ÜCHERHORT

Für Freyja

3. Auflage 2024

ISBN 978-3-7641-5173-7

Dieses Werk wurde vermittelt durch die Literaturagentur Scriptzz, www.scriptzz.de
Lektorat: Angela Iacenda
Umschlag- und Innenillustrationen: Alica Räth
Druck und Bindung: Finidr, s. r. o., Český Těšín
Gedruckt auf Papier aus geprüfter nachhaltiger Forstwirtschaft.
www.ueberreuter.de

Hendrik Lambertus

Die Mission der tollkühnen Bücher

mit Illustrationen von Alica Räth

ueberreuter

1

Einsatz für die Buchagenten

In der Papyrusgasse lag ein kleiner, unscheinbarer Laden, versteckt zwischen einigen anderen Geschäften. »Heute geschlossen« stand auf dem Schild, das an seiner Tür hing. Die Leute gingen daran vorbei, ohne es wirklich zu beachten. Sonst hätten sie vielleicht bemerkt, dass dieses Schild immer dort hing – bei Tag und bei Nacht, in der Woche und am Wochenende, im Sommer und im Winter. Denn das Antiquariat *Dinas Bücherhort*, wie der Laden sich nannte, hatte niemals geöffnet.

Das lag daran, dass es kein gewöhnliches Antiquariat war. Der Verkaufsraum hinter der Tür aus buntem Glas war zwar wie jedes andere Antiquariat mit Unmengen an Büchern vollgestopft, dicht zusammengedrängt in hohen Regalen bis unter die Decke. Doch noch niemals war je eines von ihnen verkauft worden.

Die Bücher hätten sich das auch schwer verbeten. Denn die meisten von ihnen waren mehr, als sie zu sein schienen. Sie waren lebendig.

Auf den ersten Blick glichen sie gewöhnlichen Büchern: Sie hatten einen Einband und jede Menge bedruckte Seiten, wie es sich für ein Buch gehörte. Manche waren alt und in Leder gebunden, andere neu und mit bunten Bildern auf dem Umschlag. Weniger gewöhnlich war, dass sie auch Arme und Beine hatten. Diese waren sehr dünn, fast wie bei einem Strichmännchen. Sie wuchsen seitlich aus dem Einband des Buches, sodass es mit dem Buchrücken voran gehen konnte. Auf diesem Buchrücken hatte es sein Gesicht (was den Rücken genau genommen zu seiner Vorderseite machte).

Diese Bücher hatten eine überaus wichtige Aufgabe: Sie waren Buchagenten, die tollkühnen Beschützer der gesamten Buchheit. Und *Dinas Bücherhort* war ihr Hauptquartier. Von hier aus wachten sie über die »schlafenden Bücher«, wie sie ihre unbelebten Vettern nannten, gingen auf streng geheime Missionen und kämpften gegen schurkische Bücherdiebe, unschöne Eselsohren und andere Bedrohungen der Buchheit.

Die Menschen wussten nichts von ihnen, und so sollte es auch bleiben – dafür sorgte unter anderem das Schild draußen an der Ladentür. Drinnen allerdings ging es an diesem Morgen hoch her.

»Alarm! Alarm!«, schrie der Buchagent Tom Sawyer und raschelte vor Aufregung mit seinen Seiten. Er hüpfte auf dem Tisch herum, auf dem die Buchkontrollanlage stand. Dabei rief er in voller Lautstärke: »Notfall! Krise! Bücherdiebe!« Zugleich schepperte ein Alarmton, der wie eine Polizeisirene mit Keuchhusten klang.

Die Bücher, die sich in den Bücherregalen ringsum drängten, redeten aufgeregt durcheinander. Manche knarzten mit ihren Buchrücken, andere wedelten mit ihren Lesebändchen oder schüttelten sich, dass es nur so staubte.

»Ein Alarm!«

»Was kann das sein?«

»Jemand muss die Buchheit retten!«

Ein prächtiges Buch, dessen Einband goldene Beschläge hatte und mit glänzenden Smaragden verziert war, trat in die Mitte des Raumes. Es hieß Tabula Smaragdina und war ein ehrwürdiges Zauberbuch. Auf seinem Buchrücken saß das Gesicht einer gütigen, alten Frau mit einer auffallend spitzen

Nase. Gerade hatte es jedoch streng die Augenbrauen hochgezogen.

»Ruhe, bitte!«, rief Dina, wie das Zauberbuch meist kurz genannt wurde. Sie stieg über eine kleine Leiter auf den Tisch, wo der Buchagent Tom Sawyer immer noch aufgeregt vor der Buchkontrollanlage herumwuselte. Das Gerät sah aus wie ein uraltes Radio mit einer glänzenden Holzverkleidung, aus dem alle möglichen seltsamen Antennen und Kabel herausschauten. Dina schob Tom beiseite, stellte das nervtötende Klingelgeräusch ab und schaute auf einen kleinen Bildschirm.

»Ein Buchproblem in der Stadtbibliothek! Schon so früh am Morgen … Eigentlich kann es nichts Ernstes sein«, sagte sie und überlegte kurz. »Perfekt! Das ist eine wunderbare Gelegenheit, unsere Jungagenten auf ihren ersten Einsatz zu schicken. Hol sie doch bitte mal her, Tom.«

Dieser rannte sofort los. Er öffnete die Tür zum Nebenraum, indem er an die Klinke hüpfte und sich mit seinem ganzen Gewicht daranhängte.

Dahinter erstreckten sich weitere Bücherregale. Sie standen kreuz und quer durcheinander, sodass sie ein regelrechtes Labyrinth bildeten. Zwischen manchen von ihnen hingen Netze und Seile, andere waren sogar mit Stacheldraht umwickelt. Drei Buchagenten schlichen im Schatten der Regale umher. Immer wieder blieben sie plötzlich wie auf Kommando stehen und quetschten sich blitzschnell zwischen einige Bücher, sodass sie praktisch unsichtbar waren.

Dann hangelten sie sich an einem Tau hoch auf ein Regal, trippelten bis an seinen äußersten Rand und seilten sich ab, indem sie ihre Lesebändchen aneinanderknoteten. Leider reichte es nicht ganz bis zum Boden. Für einen Moment zappelten die drei hilflos in der Luft – und purzelten schließlich mit raschelnden Seiten in eines der Netze.

»Öhm … Das war schon gar nicht schlecht. Besser als gestern jedenfalls …«, rief Tom den Agenten zu, während sie sich aus dem Netz befreiten. »Aber jetzt kommt. Dina will euch sehen. Es gibt einen Einsatz!«

Die jungen Buchagenten verließen den Trainings-Parcours und kamen so schnell in den Hauptraum gerannt, dass sie fast über ihre eigenen Beinchen stolperten. Als sie sich in einer Reihe vor Tabula Smaragdina aufstellten, beugten sich die anderen Bücher in den Regalen ringsum gespannt vor.

»Heute werde ich euch auf eure erste richtige Mission schicken«, erklärte das alte Zauberbuch. »In der Stadtbücherei ist etwas nicht in Ordnung. Leider sind unsere Leute dort gerade alle in der Uni-Bibliothek und helfen dabei, Bücher aufzuspüren, die falsch ins Regal gestellt wurden.«

»Wir sind zur Stelle und bereit, gegen alle Buchschandtaten vorzugehen!«, erklärte Hedy Hexensocke, die erste Agentin in der Reihe, aufgeregt. »Hat jemand versucht, ein unschuldiges Buch zu bekritzeln? Oder hat sogar irgendein Flegel Seiten herausgerissen?«

Auf Hedys Einband war ein Mädchen auf einem fliegenden Besen abgebildet, das eine riesige, regenbogenbunte Ringelsocke trug. Auch die Buchagentin selbst hatte so eine bunte Socke an einem ihrer dünnen Beine, wie das Mädchen in ihrer Geschichte. Selbstredend, dass sie ebenfalls zaubern konnte – mehr oder weniger jedenfalls.

»Das weiß ich nicht genau«, gab Dina zu. »Vermutlich ist es keine große Sache. Ein Buch hat vielleicht eine Staub-Allergie und braucht ein Taschentuch oder was auch immer. Ihr werdet es herausfinden. Laut der Buchkontrollanlage liegt das Problem in Raum 103 der Bibliothek vor. Also beeilt euch! Und denkt an Regel Nummer eins unseres Codex: *Mit Herz und Hand, Einband und Seiten, wollen wir zum Schutz der Bücher schreiten.*«

Das nächste Buch in der Reihe trippelte mit seinen Fingern auf dem Griff eines kleinen Säbels herum, den es an der Seite trug. Auf seinem Buchumschlag schwang sich ein Kind an einem Seil auf ein Schiff. Es war unmöglich zu erkennen, ob es ein Junge oder ein Mädchen war.

Darüber war der Titel zu lesen: »Paulchen Piratenkind und der Goldschatz von Käpt'n Grumpf«. Doch für so viele Wörter war das Buch viel zu ungeduldig und nannte sich am liebsten einfach nur *Paulchen*. Niemand wusste so recht, ob der Spitzname von *Paul* oder von *Paula* kam.

»Ich brenne darauf, fiese Bücherdiebe mit unseren Buch-Fu-Künsten niederzustrecken!«, rief Paulchen ungeduldig. »Wie ist der Schlachtplan?«

»Das ist doch wohl logisch«, erwiderte Reginald Ratlos, der danebenstand und der dritte Jungagent im Bunde war. »Wir werden eine eingehende Untersuchung durchführen, welche geheimnisvollen Geschehnisse diesen Alarm ausgelöst haben könnten.«

Auf seinem Einband war ein Pinguin in einem eleganten

Frack abgebildet, der eine Lupe in der Hand hielt. Sein Titel lautete: »Reginald Ratlos, der Gentleman-Detektiv, jagt den lachenden Kakadu«. Das Buch war eine Detektivgeschichte, und darum war auch der Buchagent Reginald ein begeisterter Detektiv – und hatte ebenfalls stets eine Lupe dabei.

»Also gehen wir zur Stadtbibliothek«, sagte Hedy Hexensocke mit großen Augen, die noch nie zuvor draußen auf den Straßen unterwegs gewesen war.

»Na, dann los!«, rief Paulchen Piratenkind und machte einen Überschlag.

»Einen Moment, bitte«, meldete sich ein Buch mit schnarrender Stimme aus einem der Regale. Auf seinem schwarzen Einband stand in Silberbuchstaben der Titel »Dracula«, und in seinem Mund schimmerten lange Fangzähne. »Hältst du es wirklich für klug, Dina, so junge Agenten auszuschicken? Sollten es nicht lieber alte und erfahrene Bücher sein? Zum Beispiel solche, die Blut saugen und durch die Nacht fliegen können?«

»Ja, ich mache mir auch Sorgen um unsere jungen Agenten«, sagte die Buchagentin Heidi, die nahe bei Dracula im

Regal stand. »Heutzutage fahren so viele Automobile in den Städten, da kann ein unschuldiges Buch leicht unter die Räder kommen …«

»Für diese Mission braucht es einen Ritter von echtem Schrot und Korn!«, rief Don Quichotte, ein alter, ledergebundener Band mit einer kaputten Lanze in der Hand. Ihr Schaft war notdürftig mit Gummiband geflickt.

»Du kennst den Codex, Drac«, sagte Tabula Smaragdina und warf Dracula einen strengen Blick zu. »Regel Nummer fünf: *Agenten müssen früh beginnen, um Erfahrung zu gewinnen*. Und wenn ich mich richtig erinnere, hattet ihr eure letzten Einsätze, als es noch Petroleumlampen und Pferdekutschen gab. Unsere jungen Freunde hier werden ihre Sache gut machen!«

»Verlass dich nur auf uns, Tabula Smaragdina«, sprach Reginald Ratlos mit einer tiefen Verbeugung, was bei einem Buch recht merkwürdig aussah. »Wir werden diesen Fall mit unserem Scharfsinn zu deiner vollsten Zufriedenheit lösen! Schon bald werden wir erste Ergebnisse …«

»Kommst du jetzt endlich?«, rief Paulchen vom Ausgang aus. Hedy war schon fast bei dem Piratenbuch. Reginald blinzelte irritiert und beeilte sich, ihnen mit seinem mehr oder weniger würdevollen Pinguingang zu folgen.

Draußen wartete ein schmutziger Hinterhof auf Paulchen, Reginald und Hedy. Es war ein kühler Herbstmorgen, und Regentropfen glänzten auf den Mülltonnen und dem Gerümpel, das die Menschen hier lagerten. Die drei Agenten huschten ungesehen an der Wand entlang.

»Bis zur Stadtbibliothek sind es mehrere Straßen«, überlegte Hedy Hexensocke besorgt. »Das ist ganz schön weit … Hoffentlich kommen wir nicht zu spät!«

»Lasst uns doch einfach eine Abkürzung rüber zur Hauptstraße nehmen!«, rief Paulchen und zeigte auf die hohe Ziegelmauer, die an das Antiquariat angrenzte.

»Wie sollen wir da denn bitte schön rüberkommen, ohne gesehen zu werden?«, fragte Reginald skeptisch und schaute an der Mauer hoch.

»Ach, du bist immer so übervorsichtig!« Das Piratenbuch nahm einfach Anlauf. Es stieß sich mit einer Luftrolle vom Boden ab, lief einige Schritte an der nackten Wand hinauf und schwang sich schließlich auf die Mauerkrone.

»Jaaahuu! Klar zum Entern!«, jubelte Paulchen und winkte den anderen mit dem Säbel zu. Diese starrten mit großen Augen die Mauer hoch.

»Na, kommt schon! Mir nach«, sagte Paulchen ungeduldig. »Du zuerst, Reginald.«

»Wie denn?«, wiederholte das Detektivbuch.

»Bist du nicht ein Vogel?«

»Erstens können Pinguine nicht fliegen«, erwiderte Reginald würdevoll, »und zweitens ist meine *Hauptperson* ein Vogel und nicht ich. Das ist ein Unterschied, wie du sehr wohl weißt. Ein Buch über einen Pinguin *ist* eben kein Pinguin.«

»Du läufst aber wie einer«, hakte Paulchen nach.

»*Ich* kann fliegen«, warf Hedy ein. »Mit der Zauberkraft meiner Hexensocke. Ich werde dich tragen.«

»Ich weiß nicht, ob das so eine gute Idee ist …«, murmelte Reginald.

Doch Hedy hörte ihm gar nicht zu. Sie zupfte ihre übergroße Ringelsocke zurecht und sprach fröhlich ihren Zauberspruch:

»*Fli, fla, fliegen, himmelwärts!*
Hoch mit uns, das ist kein Scherz!
Flü, Fla, Flügel, schön und bunt,
tragen uns über die Wund … äh, Wand!«

Ein Paar schillernder Schmetterlingsflügel, regenbogenbunt gestreift wie die Socke, glänzten plötzlich an Hedys Einband. Damit sah sie aus wie eine seltsame, buchförmige Blütenfee.

Sie packte Reginald mit beiden Armen – und zischte zusammen mit ihm in den Himmel empor wie eine Feuerwerksrakete. Viel weiter, als die Mauer hoch war.

»Iiiiih!«, kreischte Reginald gänzlich unwürdevoll.

»Ich glaube, ihr seid zu ho-hoch!«, rief ihnen Paulchen nach, die Hände vor dem Mund zu einem Trichter geformt.

Von oben war Hedys ferne Stimme zu hören:

»*Flügel, stopp!*
Setzt uns opp … nein, ab!«

Sofort kamen die beiden wieder herunter. Im freien Fall, so elegant, wie Bücher ohne Flügel eben fallen können. Paulchen tat, was zu tun war. Das Piratenbuch sprang von der Mauer und versuchte, die beiden im Flug aufzufangen. In einem Chaos aus Buchseiten und Einbänden klatschten die drei nacheinander auf den Boden. Paulchen lag ganz unten, um den Sturz der anderen beiden abzubremsen.

»Au«, stöhnte Reginald. »Ich glaube, ich habe ein Eselsohr.«

»Das war schön«, schwärmte Hedy, die schon wieder auf den Beinen stand. »Sooo hoch!«

»Jetzt weiß ich, warum Pinguine nicht fliegen«, brummte Reginald.

»Immerhin sind wir auf der anderen Seite der Mauer«, stellte Paulchen gut gelaunt fest.

»Hoffentlich hat uns niemand gesehen …«, erwiderte Reginald und schaute sich besorgt um. Sie standen nun direkt vor ihrem Antiquariat. »Ich wünschte, wir hätten einfach den Vordereingang benutzt«, seufzte das Detektivbuch.

»Bist du verrückt?«, erwiderte Hedy. »Wie sähe denn das für die Menschen aus, wenn plötzlich ein Buch fröhlich pfeifend zur Tür herausspazierte?«

Reginald wollte gerade etwas erwidern, da rumpelte ein Lastwagen die Straße entlang und fuhr durch eine Pfütze, dass das Wasser nur so aufspritzte. Die drei Bücher sprangen eilig zurück an die Mauer. Nässe konnten sie gar nicht leiden! Als der Lastwagen um die Ecke bog, bemerkte Reginald zwei Kinder auf der anderen Straßenseite: ein hochgewachsenes Mädchen und einen lockenhaarigen Jungen mit Brille, der einen Kopf kleiner war als sie. Der Junge schaute mit großen Augen quer über die Straße, ungefähr dorthin, wo sich die Buchagenten in den Schutz der Mauer duckten. Hatte er sie etwa gesehen?

»Kommt jetzt!«, rief Paulchen Piratenkind unternehmungslustig. »Auf zur Stadtbibliothek!«

Die drei setzten ihren Weg fort, wobei sie von einer dunklen Ecke in die andere huschten. Misstrauisch warf Reginald einen letzten Blick über seine Schulter. Der Junge schien ihnen immer noch hinterherzustarren.

2

Das Kapuzending schlägt zu

Die Stadtbibliothek befand sich in einem uralten, verwinkelten Gebäude. Obwohl es noch recht früh am Samstagmorgen war, waren hier bereits einige Menschen unterwegs. Die drei Buchagenten mieden den Haupteingang und drückten sich an der Außenwand entlang, bis Reginald Ratlos plötzlich stehen blieb.

»Hier geht es rein«, sagte er und klopfte an die Wand. Wie aus dem Nichts sprang eine kleine Klappe auf, die eben noch nicht zu sehen gewesen war. »Das ist die Agentenpforte«, erklärte er. »Sie führt hinunter in den Keller. Ich zeige euch den Weg.«

»Warst du denn schon einmal da drin?«, fragte Hedy Hexensocke mit großen Augen.

»Nein«, gab Reginald zu. »Aber ich bin schließlich eine Detektivgeschichte. Verlasst euch nur auf mich und meinen Spürsinn.«

»Also los«, rief Paulchen ungeduldig und schwang sich durch die Klappe. Die anderen taten es dem Piratenbuch gleich. Sie kamen in einen dunklen, menschenleeren Kellergang. Reginald lief mit der Lupe in der Hand voran, dicht gefolgt von Hedy und Paulchen. Schließlich erreichten sie eine Treppe, die nach oben führte.

»Da müssen wir hinauf«, erklärte Reginald. »Oben kommen wir in die Lesesäle. Dort laufen Menschen herum, also seid äußerst vorsichtig. Am besten so vorsichtig wie meine Hauptfigur in *Reginald Ratlos und die Juwelendiebin auf Samtpfoten*.«

»Stolpert dein Pinguin in dem Band nicht über seine eigenen Füße und verliert dabei seine Krawatte?«, fragte Hedy mit gerunzeltem Buchrücken.

»Nur, weil man ihm eine fiese Falle stellt!«, schnaubte Reginald. »Außerdem trägt er eine Fliege und keine hässliche Krawatte. Wie auch immer. Unser Ziel ist jedenfalls Raum 103 im ersten Stock. An diesem Ort wartet die Bedrohung, die den Alarm der Buchkontrollanlage ausgelöst hat.«

Sie gingen die Treppe hinauf, wobei »Gehen« vielleicht

nicht ganz der richtige Begriff dafür war, dass sie Stufe für Stufe hinaufhopsen mussten.

»Woher weißt du bloß den Weg so genau?«, fragte Paulchen, unzufrieden darüber, dass jemand anderes sagte, wo es langging.

»Das ist doch elementar«, erwiderte Reginald. »Ich musste nur den aktuellen Luftdruck in Beziehung zur Schuhgröße des Hausmeisters setzen und den Tabellenplatz vom FC Mümpelbrück davon abziehen. Schon hatte ich unsere Richtung. Angewandte Logik.«

»Hoffentlich ist deine angewandte Logik sicherer als Hedys angewandte Zauberkunst«, meinte Paulchen.

»He!«, beschwerte sich Hedy Hexensocke. »Wir *sind* doch vorhin geflogen, oder etwa nicht?«

»Leise jetzt!«, flüsterte Reginald, der gerade die oberste Treppenstufe erreicht hatte. »Hinter der Tür müssen wir aufpassen. Denkt an Regel Nummer zwei des Codex: *Menschen dürfen uns nicht sehen – wo immer wir auch schleichen und stehen.* Paulchen, bist du wohl so freundlich?«

Paulchen Piratenkind sprang mit einem Salto in die Luft und hängte sich an die Klinke der Kellertür. Reginald und Hedy drückten gemeinsam dagegen, sodass sie einen Spaltbreit aufging. Dann huschten sie hindurch.

Auf der anderen Seite schien ihnen helles Neonlicht entgegen. Die drei Buchagenten mussten blinzeln. Sie fanden sich zwischen langen Metallregalen wieder, wo aberhunderte von Büchern aufgereiht standen. Vorsichtig schauten die Agenten sich um. An einer Wand hing ein Plakat. »Große Lesenacht in der Stadtbibliothek«, stand dort, »ausgerichtet mit der freundlichen Unterstützung von P. Wächter, Ihrer Buchhandlung am Westbahnhof«. Doch das war zum Glück erst heute Abend. Sonst wäre es hier wohl reichlich voll gewesen.

Zurzeit waren nur vereinzelte Besucher zu sehen, die meisten kamen erst an und werkelten an den Schließfächern am Eingang herum. Zwei Kinder verstauten dort gerade ihre Rucksäcke. Ein hochgewachsenes Mädchen und ein lockenhaariger Junge mit Brille, der einen Kopf kleiner war als sie. Reginald blieb stehen und kniff misstrauisch die Augen zusammen.

»Was ist denn?«, fragte Paulchen Piratenkind.

»Die beiden Kinder da«, erwiderte Reginald. »Die habe ich vorhin schon auf der Straße gesehen.«

»Na und?«, sagte Hedy. »Wahrscheinlich wollen sie sich ein paar Bücher holen und hatten den gleichen Weg wie wir.«

»Ja, wahrscheinlich«, murmelte Reginald, der nicht wirklich überzeugt war.

Sie setzten ihren Weg durch die schmalen Gänge zwischen den Regalen fort, sorgsam darauf bedacht, keinem Menschen zu begegnen. Schon bald kamen sie an eine weitere Treppe. Sie hüpften die Stufen hinauf in den ersten Stock. Hier oben gab es keine weitläufigen Säle, sondern Gänge, von denen immer wieder kleine Lesestuben abgingen. Reginald marschierte zielstrebig mit seiner Lupe voran. Schließlich blieb er stehen.

»Raum 103«, sagte er. »Wir sind da.«

Die Tür war nur angelehnt. Die drei Buchagenten schauten sich misstrauisch um. Niemand war in der Nähe. Dann schoben sie sich in den Türspalt und spähten vorsichtig um die Ecke. Sie blickten in einen kleinen Raum mit gut gefüllten Bücherregalen. Ein Fenster schaute auf die Straße hinaus.

An einem Tisch in der Mitte des Raumes saß eine Gestalt über ein Buch gebeugt. Sie trug einen langen, dunkelbraunen Mantel mit Kapuze, die sie sich weit ins Gesicht gezogen hatte. Der Mantel sah ziemlich seltsam aus. Er war wie eine Flickendecke aus zahlreichen Leder-Rechtecken zusammengenäht, die unterschiedlich bedruckt waren. Dann erkannten die drei Buchagenten, was die Rechtecke wirklich waren: alte, lederne Bucheinbände!

Die geheimnisvolle Gestalt schien ganz ins Lesen vertieft

zu sein und murmelte dabei unverständliche Wörter vor sich hin. Die Seiten des Buches, in dem sie gerade las, schimmerten seltsam. So als würde sie jemand von hinten mit einer Taschenlampe beleuchten. Immer wieder lösten sich kleine, schwarze Umrisse aus dem Buch, schwebten durch die Luft und verschwanden unter der Kapuze der Gestalt. Das waren Buchstaben! Einer nach dem anderen wurden sie eingesaugt.

»Was macht der da?«, flüsterte Hedy mit Grauen in der Stimme. »Liest der etwa das Buch leer?«

Tatsächlich konnten sie nun erkennen, dass die aufgeschlagenen Buchseiten immer weißer wurden. Zeile für Zeile lösten sich die Buchstaben von der Seite, gondelten umher und wurden schließlich mit einem schlürfenden Geräusch in die Schatten unter der Kapuze gezogen.

»Das arme Buch!«, empörte sich Reginald. »Von wegen Stauballergie und Taschentuch. Wir haben es hier mit einem waschechten Schurken zu tun!«

»Und wir werden ihn aufhalten«, ergänzte Paulchen und setzte dazu an, mit gezogenem Säbel in den Raum zu stürmen. Reginald hielt das Piratenbuch am Arm zurück.

»Doch nicht so«, flüsterte er. »Wer weiß, wie gefährlich dieses Kapuzenwesen ist! Erst mal brauchen wir einen Plan.«

Paulchen stöhnte genervt.

»Vielleicht könnte ich eine Zauberfessel beschwören«, schlug Hedy Hexensocke vor. Die beiden anderen schauten sie fragend an.

»Wenn wir sie diesem Wesen umlegen, kann es sich nicht mehr bewegen. Aber jemand müsste es darin einwickeln. Jemand, der richtig schnell ist …«

»Das bin ich!«, sagte Paulchen und straffte sich. »Kümmere dich um das Seil, Hedy.«

»Wenn das mal gut geht«, brummte Reginald und trat zur Sicherheit einen Schritt zur Seite.

Hedy warf der Gestalt im Ledereinband-Mantel einen prüfenden Blick zu. Diese war noch immer über das Buch gebeugt und saugte Buchstabe für Buchstabe in sich hinein.

»Also gut«, murmelte Hedy und konzentrierte sich. Dann sprach sie den Zauberspruch:

»Zibel, Zabel, Zauberseil!
Zubel, Zabel, zu mir eil'!
Komm hierher, wo wir jetzt sind,
diene uns als festes Bind … äh, Band!«

Und ein Seil erschien in ihren Fingern. Es war geschmeidig und glänzte golden, als wäre es aus Licht geflochten. Stolz überreichte Hedy es Paulchen. Als das Piratenbuch das Seil an sich nahm, bewegte es sich plötzlich in seinen Händen. Eines der Enden hob sich wie der Kopf einer Schlange und schien sich suchend umzuschauen.

»Ist das normal?«, fragte Reginald misstrauisch. Das Seil wandte sich ihm zu, als würde es ihm zuhören.

»Öhm … bestimmt«, erwiderte Hedy rasch. »Paulchen, vielleicht solltest du dich mit dem Fesseln beeilen – bevor das Seil andere Pläne hat.«

»Gleich ist das Kapuzending sicher verschnürt!«, versprach Paulchen und rannte auf den Tisch in der Mitte des Raumes zu, während das Seil unruhig zuckte. Entschlossen sprang das Piratenbuch in die Luft – und landete auf der Stuhllehne direkt hinter der Kapuzengestalt. Paulchen schwang das Seil wie ein Lasso, um es ihr über die Schultern zu werfen.

In diesem Moment bäumte das Seil sich auf. Es verdrehte sich und versuchte, Paulchen zu umschlingen. Das Piratenbuch verlor das Gleichgewicht und purzelte mit raschelnden Seiten von der Stuhllehne. Es gab ein dumpfes Geräusch, als Paulchen auf dem Boden landete.

Das Kapuzending sprang vom Stuhl auf und fuhr herum. Bedrohlich überragte es das kleine Buch, das mit aufgeblätterten Seiten vor ihm lag und mit dem Lasso kämpfte.

Doch Paulchens Agentenausbildung mit Buch-Fu-Training machte sich bezahlt: Das Piratenbuch bändigte das Seil mit einigen gekonnten Handgriffen, sprang auf die Füße und stürmte der Kapuzengestalt mit einem wilden Kampfschrei entgegen. Diese zog einen Stab unter dem Mantel hervor. Er hatte einen Knauf, der wie der Kopf eines Vogels mit einem langen, gebogenen Schnabel geformt war.

Paulchen warf sich mit einem kühnen Salto auf die Gestalt.

Das Kapuzending deutete mit dem Stab auf das Piratenbuch. Ein bläulicher Lichtblitz flammte auf. Plötzlich hing Paulchen regungslos in der Luft, als hätte jemand einen Film auf »Pause« gestellt.

In Hedy klumpten sich sämtliche Seiten vor Schreck zusammen.

»Los!«, flüsterte sie besorgt. »Wir müssen Paulchen helfen!«

Die beiden Buchagenten stürmten in den Raum. Als die Kapuzengestalt ihre trippelnden Schritte hörte, drehte sie sich zu ihnen um. Ihr Vogel-Stab zeigte nun auf Hedy. Verzweifelt begann die Buchagentin einen Zauberspruch:

»Züber, Zauber, hilf mir schnell …«

Schon zuckte wieder ein Lichtblitz durch die Luft. Hedy warf sich zur Seite, doch der Blitz änderte spontan seine Richtung und erwischte sie trotzdem. Von einer Sekunde auf die andere konnte sie sich nicht mehr bewegen. Hilflos musste sie mit ansehen, wie die Kapuzengestalt auch auf Reginald zielte. Der Gentleman-Detektiv lief im Pinguin-Galopp über den Boden, um hinter ein Bücherregal in Deckung zu hüpfen. Der nächste Lichtblitz traf ihn, ehe er das Regal erreicht hatte. Er erstarrte mitten in der Bewegung.

Die Kapuzengestalt senkte den Vogelstab. Dann kam sie langsam auf die gelähmten Buchagenten zu. Unter ihrem Mantel zog sie eine Umhängetasche aus Leder hervor. Sie öffnete die Tasche und beugte sich hinunter. Ihre ausgestreckte Hand näherte sich Hedy. Dieses Ding wollte sie einfach so einpacken! Die Buchagentin spannte verzweifelt all ihre Seiten an, doch sie konnte sich nicht bewegen.

»Lassen Sie sofort das Buch in Ruhe!«, rief plötzlich jemand. Ein schmaler Menschenjunge, der eine große Brille auf der Nase trug, stand in der Tür der Lesestube. Seine Stimme klang dünn und heiser vor Aufregung.

Die Kapuzengestalt zuckte zusammen und schaute zu dem Jungen auf. Unter der Kapuze war kein Gesicht zu erkennen – nur schwarze Schatten.

»Und meinen Bruder lassen Sie auch in Ruhe!«, rief das hochgewachsene Mädchen, das hinter dem Jungen stand, und legte die Hand auf seine Schulter.

Hektisch blickte die Kapuzengestalt sich um. Dann schlug sie ihre Tasche zu und lief zu einem Bücherregal hinten im Raum. Mit dem Fingerknöchel klopfte das Wesen an einen der Buchrücken wie an eine Tür. Plötzlich wichen die Bücher nach links und rechts zur Seite, als würde man einen Vorhang aus Buchrücken aufziehen. Mitten im Regal klaffte auf einmal ein bogenförmiger Durchgang, der dort ganz und gar nicht hingehörte. Die Kapuzengestalt eilte hindurch. Hinter ihr rückten die Bücher zusammen. Keine zwei Sekunden später sah das Bücherregal wieder völlig normal aus.

»So etwas gibt es nicht!«, rief das Menschenmädchen ungläubig. »Das ist wissenschaftlich gesehen gar nicht möglich!« Sie trat an das Regal und schaute es sich ganz genau an.

»Magie«, hauchte der Junge mit großen Augen. »Wir haben richtige Magie gesehen, Mel!«

»Arthur, das ist Unsinn«, erwiderte das Mädchen. »Es muss eine logische Erklärung geben. Magie gibt es nur in deinen Fantasy-Büchern …«

Plötzlich war ein leises Plumpsen zu hören. Paulchen war zu Boden gepurzelt. Hedy und Reginald kämpften sich stöh-

nend wieder auf die Füße. Sie schauten sich benommen um – und erblickten die beiden Menschenkinder.

»Ups!«, machte Paulchen erschrocken.

»Ihr seht uns gar nicht!«, rief Hedy hastig.

»Wir sind schon weg!«, ergänzte Reginald, hüpfte rasch auf den Tisch und betrachtete das Buch, in dem das Kapuzending gelesen hatte, kurz durch seine Lupe. Dann huschten die drei Buchagenten in Buch-Fu-Geschwindigkeit davon, sodass nur eine Wolke Bücherstaub zurückblieb.

»He!«, rief der Junge. »Wartet doch mal!«

Die Menschenkinder versuchten, den Büchern zu folgen. Aber inmitten einer Bibliothek konnte man einen ausgebildeten Buchagenten nicht finden, wenn er es nicht wollte! Mühelos quetschten die drei sich in ein Regal und ließen die Kinder vorbeilaufen. Zur Sicherheit warteten sie einen Moment, dann setzten sie ihren Weg fort, durch den Keller und schließlich zurück zu *Dinas Bücherhort*.

3

Post für Dina

»… und dann ist das Kapuzending durch ein Bücherregal verschwunden – einfach so, als wäre es eine Tür!« Atemlos beendete Hedy ihre Erzählung. Sie stand neben ihren beiden Kollegen im Antiquariat *Dinas Bücherhort*, gegenüber vom Tischchen mit der Buchkontrollanlage. Die Buchagenten und Buchagentinnen in den Regalen ringsum raschelten besorgt mit ihren Seiten.

»Die Buchstaben sind also aus dem Buch herausgeflogen?«, fragte das alte Zauberbuch Tabula Smaragdina.

»Ja, wie Seemöwen durch die Luft«, bestätigte Paulchen.

»Und was für ein Buch war das genau?«

»Das habe ich überprüft«, erklärte Reginald wichtig. »Es war eine Ausgabe von *Robinson Crusoe*.«

»Hmm …« Nachdenklich rieb Dina sich die spitze Nase. »Robinson!«, rief sie dann. »Komm doch einmal her.«

Ein weiterer Buchagent sprang aus einem der Regale herab. Sein grauer Einband sah aus, als bestünde er aus Fell, und sein Gesicht hatte einen langen, zotteligen Bart, der ihm bis zu den Füßen hing. »Robinson Crusoe« stand in silbernen Buchstaben auf seinem Umschlag.

»Robinson«, sagte das alte Zauberbuch mütterlich. »Wie geht es dir?«

»Öhm … gut!«, erwiderte das Zottelbuch. »Alles ist wunderbar. Kann mich nicht beklagen. Bis auf …« Er verstummte und kraulte sich verwirrt den Bart.

»Ja?«, sagte Hedy gespannt. »Bis auf was?«

»Na ja …«, brummte Robinson. »Ich bin eben nicht mehr der Jüngste. Immerhin wurde ich vor rund 300 Jahren geschrieben. Da vergisst man eben schon mal etwas …«

»Vergessen?«, fragte Dina. »Was hast du vergessen?«

Robinson sah unglücklich aus. »Mein Buch erzählt doch die Geschichte eines Seemannes, der auf einer einsamen Insel strandet. Aber … Ich weiß nicht mehr, wie er wieder nach Hause gekommen ist.« Er klang nun ganz kleinlaut. »An das Ende der Geschichte kann ich mich nicht mehr erinnern. Als hätte es niemals auf meinen Seiten gestanden.«

Reginald hob eifrig die Hand. »Das Ende von Robinson Crusoe?«, rief der Gentleman-Detektiv. »Das weiß doch jedes Kind! Am Ende passiert … Ähem … Also, es passiert … Na ja, es passiert eben etwas.« Er verstummte ratlos. Alle schauten sich betreten an.

Tabula Smaragdina aber rief in die Runde: »Weiß irgendjemand, wie Robinsons Geschichte ausgeht?«

Niemand gab eine Antwort. Auf allen Regalböden herrschte Schweigen.

»Aber wie ist das möglich?«, schluchzte Robinson. »Eine Geschichte muss doch ein Ende haben! Es kann doch nicht einfach so weg sein …«

Aus dem Schatten des hintersten Bücherregals löste sich plötzlich ein großformatiges Buch. Mit schweren Schritten trat es ins Licht hinaus, wobei es sich auf einen knorrigen Gehstock stützte.

Auch dieser Buchagent war schon alt, mit einer silbernen Brille auf der Nase und einem prachtvollen Backenbart, der wie die Schnurrhaare einer Katze von seinem Gesicht abstand. »Kinder- und Hausmärchen der Brüder Grimm« stand in verschnörkelten Buchstaben auf seinem Einband.

»Das war der geheimnisvolle Zensor!«, verkündete das Buch unheilvoll.

In den Regalen ringsum tuschelte es ängstlich.

»Ach, Grimm«, rief Dina unwillig. »Mach ihnen doch keine Angst mit deinen ollen Geschichten.«

Doch der alte Buchagent schnaubte nur und ließ sich nicht beirren. Mit schnarrender Stimme fuhr er zu erzählen fort: »Niemand weiß, woher der geheimnisvolle Zensor einst gekommen ist. Und niemand weiß, wohin er gehen wird, um als Nächstes zuzuschlagen. Doch es ist bekannt, wie er aussieht: eine Gestalt in einem Ledermantel, der aus den Einbänden alter Bücher zusammengenäht ist, die Kapuze weit über den Kopf gezogen. Und darunter kein Gesicht – nur Schatten und Dunkelheit.«

Hedys Seiten raschelten furchtsam, während Paulchen und Reginald enger zusammenrückten. Das war das Ding, das sie in der Stadtbibliothek gesehen hatten!

»Und … was macht dieser Zensor?«, fragte Paulchen bang.

»Es heißt, dass er Bücher und Geschichten abgrundtief hasst«, berichtete Grimm mit weit aufgerissenen Augen, und es sah so aus, als ob sein Schatten dabei immer größer und mächtiger wurde. »Er stürzt sich auf unschuldige Bücher – und liest sie leer!«

»Er liest die Wörter aus dem Buch heraus?«, hakte Reginald misstrauisch nach.

»Er liest *die Geschichten* aus dem Buch heraus!«, rief Grimm. »Vor allem die spannendsten und fantasievollsten Teile. Sie verschwinden dann einfach, als hätte es sie nie gegeben. Nicht nur in diesem einen Buch, das der Zensor gerade vor sich hat – in allen Exemplaren auf der ganzen Welt!«

Robinson schluchzte auf: »Das ist also mit meinem Ende passiert!«

Für einen Moment herrschte beklommenes Schweigen im Antiquariat. Dann räusperte sich Dina. »Natürlich ist das nur eine von Grimms Geschichten«, sagte sie.

»Aber sie stimmt!«, rief Hedy. »Genau diesem Wesen sind wir in der Bücherei begegnet!«

»Ihr seid einem Wesen begegnet, das genau so *aussah*«, erwiderte Dina. »Das muss trotzdem nicht der geheimnisvolle Zensor gewesen sein. Es gibt ja noch nicht einmal Beweise dafür, dass er wirklich existiert.«

»Viele finstere Dinge existieren«, raunte der Buchagent Dracula vom Regal herab.

In diesem Moment klapperte es an der Ladentür des Antiquariats. Hinter dem Buntglas war ein dunkler, menschengroßer Umriss zu erkennen.

»Das ist der Zensor!«, jammerte Robinson.

»Schscht!«, machte Dina ungnädig.

Dann rappelte es am Briefschlitz der Tür. Seine Metallklappe hob sich – und etwas wurde durch den Schlitz in den Raum geschoben.

Plumps! Das Etwas landete auf dem Fußboden. Die Buchagenten sprangen erschrocken zurück. Die Gestalt draußen verschwand. Mitten auf dem Fußboden aber lag ein flaches Päckchen aus fester Pappe. Offenbar eine Büchersendung.

»Post«, hauchte Hedy Hexensocke andächtig. Sie konnte sich nicht erinnern, dass das Antiquariat *Dinas Bücherhort* jemals auch nur einen Brief bekommen hätte – geschweige denn gleich ein Paket!

Paulchen ging entschlossen auf das Päckchen zu, streckte den Arm aus – und stieß die Pappschachtel mit der Spitze des Säbels an. Erschrocken raschelten die Buchagenten ringsum mit ihren Seiten. Doch nichts regte sich.

»Scheint ungefährlich zu sein!«, rief Paulchen stolz in die Runde.

»Was steht denn drauf?«, fragte Tabula Smaragdina, die sich dem Paket nun ebenfalls näherte. Paulchen sprang mit einem Salto auf die Pappschachtel, um die Aufschrift zu lesen.

»Antiquariat Dinas Bücherhort, Papyrusgasse 13«, verkündete das Piratenbuch.

»Das ist unsere Adresse!«, erwiderte Dina ungeduldig. »Aber wer ist der Absender?«

»Ach so. Der Absender ist Hermann Tra… Tri… Tris…«

»Hermes Trismegistos?«, fragte Dina aufgeregt.

»Genau! Der Absender ist Hermes Trismegistos.«

Ein Raunen ging durch die versammelten Buchagenten.

»Der Buchvater«, staunte Heidi. Sie hatte sehr leise gesprochen, und doch war sie im ganzen Raum zu hören. Schnell nahmen die anderen ihre Worte auf.

»Der Buchvater«, murmelte Dracula.

»Das Paket ist vom Buchvater!«, rief Tom Sawyer.

Hedy presste vor Aufregung ihren Einband fest zusammen. Hermes Trismegistos! So hieß der Zauberer aus uralten Zeiten, der angeblich einst die ersten Buchagenten zum Leben erweckt hatte. Darum nannten sie ihn den *Buchvater*. Der alte Grimm erzählte gerne, Hermes hätte sogar das erste Buch erfunden – oder gleich die ganze Schrift!

»Buchvater, Buchvater«, grummelte Reginald skeptisch. »Ist das nicht auch wieder nur so eine Geschichte?«

»Keinesfalls!«, empörte sich Dracula. »Tabula Smaragdina hat ihn noch selbst gekannt!«

»Das ist richtig«, sagte das alte Zauberbuch bedächtig. »Ich war die erste Buchagentin, die der große Zauberer Hermes Trismegistos einst lebendig gemacht hat. Leider hat er sich schon vor langer Zeit aus der Welt zurückgezogen, nach seinem Streit mit Phylax.«

»Phylax?«, fragte Paulchen und hüpfte ungeduldig herum. »Wer ist das nun wieder?«

»Hermes' alter Zauberlehrling natürlich!«, erklärte Hedy. Dina aber seufzte tief. »Er hat sich, wie besagt, mit dem Buchvater zerstritten. Auch er verschwand irgendwann. Doch das ist jetzt nicht so wichtig. Lasst uns schauen, was in dem Paket ist!«

Tabula Smaragdina lief zu Paulchen hinüber und betrachtete die Pappschachtel näher. Noch nie hatten die anderen Buchagentinnen und Buchagenten das alte Zauberbuch so aufgeregt gesehen!

»Bist du wohl so freundlich, Paulchen?«, fragte sie.

Paulchen nickte eifrig. Schwungvoll ließ das Piratenbuch den Säbel durch die Luft tanzen – und fuhr dann einmal mit der Klinge an der Kante des Pakets entlang.

Sofort klappte der Deckel des Päckchens auf. Dina trat einen Schritt vor, um hineinzuschauen.

In diesem Moment spürte Hedy, dass etwas ganz und gar

nicht in Ordnung war. Das lag an ihrer geringelten Hexensocke – die Wolle kratzte plötzlich ganz furchtbar an ihrem Bein. Und das passierte nur, wenn ein richtig fauler Zauber in der Luft lag …

»Dina!«, rief Hedy Hexensocke alarmiert. »Vorsicht!«

Doch es war schon zu spät. Die Buchagenten und Buchagentinnen wurden fast von den Füßen gerissen, als ein mächtiger Sog sie erfasste. Reginald ruderte hilflos mit den Armen, während Grimm unsanft auf seinen Einband fiel.

Der Sog ging von dem Paket aus, wie von einem Strudel, der alles ringsum in sich hineinzog. Und Tabula Smaragdina beugte sich gerade darüber!

»Nicht dooooch!« Mit einem erstickten Aufschrei verschwand das Zauberbuch in dem Paket. Der Sog verebbte von einer Sekunde auf die andere.

»Hilfe!«, ertönte es dumpf aus der Pappschachtel. »So helft mir …«

Dann schlug der Deckel zu. Dicke Streifen Paket-Klebeband erschienen aus dem Nichts, wickelten sich wie gierige Würgeschlangen um das Päckchen und verschnürten es fest. Entsetzt mussten die Buchagenten mit ansehen, wie aus ihrer geachteten Anführerin eine Büchersendung wurde.

Nun begann das Paket auch noch zu schweben! Es erhob sich von selbst in die Luft, als wäre es ein seltsam steifer fliegender Teppich. Zielstrebig hielt es auf den Briefschlitz in der Tür zu.

»Halt!«, schrie Paulchen und stürmte hinter dem fliegenden Paket her. »Dageblieben!« Doch das Päckchen schoss bereits durch den Briefschlitz nach draußen.

»Wohlan, ihr tapferen Ritter!«, schmetterte der Buchagent Don Quichotte. »Wir müssen sofort die Verfolgung aufnehmen!«

»Das nützt doch nichts«, erwiderte Heidi und ließ sich frustriert auf ihr Regalbord sinken. »Das Ding fliegt viel zu schnell davon.«

»Ich weiß, was du jetzt denkst, Hedy«, sagte Reginald Ratlos streng. »Aber wir werden *nicht* mit irgendwelchen Flugzaubern experimentieren!« Hedy sah ertappt zu Boden.

»Ich verstehe das nicht!«, rief Paulchen Piratenkind. »Was war denn gerade bloß los?«

»Tabula Smaragdina ist entführt worden!«, sprach der alte Grimm mit düsterer Stimme. »Das war los.«

4

Regel Nummer 27c

Er hatte kaum ausgeredet, als auch schon ein schreckliches Chaos auf den Bücherregalen ausbrach. Alle Buchagenten riefen aufgeregt durcheinander:

»Dina wurde entführt!«

»Wie schrecklich, wie grauenhaft, einfach überfürchterlichst …«

»Das war bestimmt der geheimnisvolle Zensor!«

»Was sollen wir denn nur machen?«

Plötzlich donnerte Grimms Stimme dumpf durch den Raum: »RUUUHE!«

Die Buchagenten verstummten sofort.

»Wir müssen überlegt und mit Bedacht handeln«, erklärte der alte Grimm. »Einige von uns werden nach Dina suchen, die anderen bleiben im Antiquariat. Hier sind wir sicher und …«

Genau in diesem Moment rappelte es schon wieder an der Tür! Die Buchagenten tauschten alarmierte Blicke. Hinter dem Buntglas waren die Umrisse von zwei Menschen zu erkennen, ein großer und ein kleinerer. Gerade klopfte der große Mensch gegen die Scheibe.

»Hallo?«, fragte eine gedämpfte Stimme von draußen.

»Ihr lebenden Bücher?«, war eine andere Stimme zu hören. »Seid ihr da drinnen?«

Grimm zog misstrauisch seine dicken Augenbrauen zusammen. »Wer ist das? Und woher weiß er von uns?«

Hedy, Paulchen und Reginald schauten schuldbewusst auf den Boden. Die drei Agenten hatten die Stimmen sofort erkannt.

»Ähem …«, machte Hedy verlegen. »Es könnte sein, dass uns vorhin in der Stadtbücherei zwei Menschenkinder gesehen haben.«

»Und vielleicht haben sie uns sogar gerettet«, ergänzte Reginald.

»Jetzt stehen sie jedenfalls da draußen vor der Tür«, murmelte Paulchen Piratenkind. »Gaaanz vielleicht haben sie nämlich auch gesehen, wie wir über die Mauer geflogen sind …«

Gemurmel kam auf den Regalen ringsum auf.

»Wir sind entdeckt!«, rief Heidi besorgt.

»Habt ihr denn die Regel Nummer zwei vergessen?«, schimpfte Don Quichotte empört.

»Sie sind zu jung, ich habe es ja gesagt«, schnarrte Dracula.

Plötzlich senkte sich die Türklinke. »Schau mal, Mel«, rief jemand. »Es ist gar nicht abgeschlossen.«

Der alte Grimm wandte sich an den Agenten Don Quichotte, der den Schlüssel zum Antiquariat verwahrte.

»Torhüter!«, schimpfte er. »Wie kann das sein?«

»Äh … ich weiß nicht«, stotterte Don Quichotte. »Gestern habe ich den Schlüssel mal wieder ausprobiert, und das Schloss funktionierte tadellos. Und hinterher habe ich dann zugeschlossen … Glaube ich. Oder habe ich nicht? Hmm …«

Grimm verdrehte die Augen. »Zu spät! Alle Agenten verstecken sich! Keine Bewegung!«

Die Buchagenten reagierten wie echte Profis. Innerhalb von Sekunden huschten sie in die Regale und verharrten stocksteif. Der Raum sah plötzlich aus wie eine ganz gewöhnliche, verlassene Buchhandlung.

»Ist jemand zu Hause?« Ein langhaariger Kopf schaute in den Raum. Dann erschien etwas tiefer im Türspalt ein zweiter Kopf mit Brille.

Vorsichtig betraten die beiden Menschenkinder das Antiquariat und schauten sich staunend um.

»Cool!«, rief der Junge. »Schau mal! So viele Bücher … Ein paar davon sind richtig alt.«

»Aber keines ist lebendig«, erwiderte seine Schwester. »Ich sage doch, wir haben uns das vorhin nur eingebildet.« Sie stockte kurz. »Auch wenn das eine wirklich verrückte Einbildung war …«

»Die lebenden Bücher waren echt«, erwiderte der Junge. »Du hast sie doch gesehen! Und sie waren in Schwierigkeiten und brauchen vielleicht Hilfe. Wir müssen sie finden!«

Er ging an den Regalreihen entlang. Auch seine Schwester konnte ihre Neugier nicht mehr zurückhalten und schaute sich um.

»Wenn wir so viele Bücher zu Hause hätten …«, staunte sie.

»Haben wir doch fast«, erwiderte ihr Bruder. »Papa sagt immer, wenn wir noch mehr heranschaffen, müssen wir anbauen. Oh, sieh mal da!«

Er blieb plötzlich stehen. Rasch kam das Mädchen an seine Seite. »Was ist denn?«

»Hier steht *Hedy Hexensocke* im Regal! Das ist eines der Bücher, die wir gesehen haben.«

Reginald und Paulchen mussten hilflos mitansehen, wie

der Menschenjunge nach ihrer Kollegin griff, sie aus dem Regal zog und anschaute. Hedy selbst presste die Augen zu und legte die Arme und Beine ganz eng an, sodass sie von einem gewöhnlichen Buch nicht zu unterscheiden war.

»Hm, aber jetzt sieht das Buch ganz normal aus«, sagte der Junge enttäuscht.

Das Mädchen schnaubte. »Kein Wunder. Es *ist* ja auch ein ganz normales Buch!«

»Da bin ich mir eben nicht so sicher …« Der Junge drehte das Buch in seinen Händen

hin und her, um es von allen Seiten zu betrachten, und tastete sogar seinen Einband ab.

In diesem Moment hielt Hedy es einfach nicht mehr aus – sie musste kichern!

Sie war einfach unheimlich kitzelig, daran konnte auch keine Spezialausbildung etwas ändern.

Erschrocken ließ der Junge das prustende Buch fallen. Hedy rollte sich ab und sprang wieder auf die Beine.

»Achtung!«, rief sie. »Menschenalarm! Buch-Fu-Verdunkelungstechnik! Alle zusammen!«

Plötzlich kam Leben in die Regale ringsum. Die Buchagenten flatterten gleichzeitig mit ihren Seiten, wie ein Schwarm verrückter Schmetterlinge. Eine riesige Bücherstaub-Wolke legte sich über den Laden und tauchte alles in kratzige Dunkelheit. Sekunden später legte sie sich wieder. Die Kinder standen noch immer mitten im Raum und husteten.

»Mist!«, schimpfte Hedy. »Hat nicht geklappt!«

»Das könnte daran liegen, dass das Antiquariat nicht heimlich im Schutz der Staubwolke wegschleichen kann«, bemerkte Reginald trocken.

Sprachlos starrten die Menschenkinder die Buchagenten an. Der alte Grimm trat aus dem Regal und baute sich vor den beiden auf.

»Kinder!«, sagte er streng. »Bitte verlasst sofort diesen Ort. Er ist nicht für eure Augen bestimmt. Unser Codex verbietet es!«

»Was für ein Codex?«, fragte Mel verwirrt.

»Der Codex, der all unsere Regeln enthält, natürlich«, erklärte Grimm würdevoll. »Und eine von diesen Regeln lautet nun einmal …«

»*Wird die Not am größten sein, weihen wir auch Menschenkinder ein*«, beendete Reginald Grimms Satz.

»Genau«, knurrte der alte Grimm. Und stutzte. »Was? Das meine ich doch gar nicht … Ich meine Regel Nummer zwei: *Menschen dürfen uns nicht sehen – wo immer wir auch schleichen und stehen.*«

»Und ich spreche von Regel Nummer 27c«, fuhr der Gentleman-Detektiv ungerührt fort. »Sie ist mir eingefallen, als ich darüber nachgedacht habe, wie sehr die beiden uns vorhin geholfen haben.«

»Das ist eine völlig abstruse Regel!«, rief Dracula von seinem Regal herab.

»Aber sie gilt«, beharrte Reginald. »Die Fantasie von Menschenkindern ist so bunt und lebendig wie die Buchheit. Darum dürfen sie in ganz besonderen Notfällen mit der Welt der Buchagenten vertraut gemacht werden. Ein größerer Notfall als die Entführung von Dina und die Bedrohung durch den Zensor ist ja wohl kaum vorstellbar! Wir waren heute machtlos gegen ihn. Es war ein großes Glück, dass die beiden uns zu Hilfe gekommen sind. Zudem haben

sie eine außergewöhnliche Spürnasigkeit bewiesen, indem sie uns hier gefunden haben.«

»Aber dürfen wir ihnen einfach so trauen?«, fragte Don Quichotte skeptisch.

Die Bücher auf den Regalreihen begannen, lebhaft zu diskutieren, während den Menschenkindern deutlich anzusehen war, dass sie keine Silbe von alledem verstanden.

»Die Regel 27c bezieht sich nur auf Kinder, die die Buchheit außergewöhnlich lieben«, brummte schließlich der alte Grimm.

»Das tun die beiden!«, sprach plötzlich eine helle Stimme. Ein kleiner Buchagent kam herangetrappelt. Er hatte einen grünen, schuppigen Einband, auf dem in abgegriffenen Glitzerbuchstaben »Lesedrache Leopold« stand.

»Sie lieben die Buchheit, meine ich«, sagte er leise. »Ich kann für sie bürgen.«

»Leopold?«, rief das Mädchen überrascht. »Das ist ja das Buch, mit dem ich lesen gelernt habe … Ich erkenne jeden Fleck auf dem Einband!«

Das Buch lächelte. »Richtig. Ich bin der Buchagent, der für euer Zuhause zuständig ist«, sagte er. Dann wandte er sich

an die anderen. »Diese Menschenkinder haben nämlich so viele Bücher angesammelt, dass Tabula Smaragdina ihr Zimmer als Bibliothek eingestuft hat.«

»Und ich habe mich früher so oft gewundert, weil ich dich nicht finden konnte«, sagte das Mädchen verdattert. »Ich dachte, Arthur hätte dich verschleppt …«

»Habe ich ja auch manchmal«, murmelte ihr Bruder. »Aber halt nicht immer!«

Arthurs Schwester schüttelte verwirrt den Kopf. »Stopp jetzt mal! Ich brauche ein paar Antworten: Was genau sind Buchagenten?«

»Das sind wir«, erklärte Hedy. »Ich bin Hedy Hexensocke, das sind meine Kollegen Reginald Ratlos und Paulchen Piratenkind. Und dies, öhm, sind alle anderen.« Sie zeigte auf die Regale, von denen zahlreiche Augenpaare neugierig herunterschauten. »Es ist unsere Aufgabe, auf die Bücher aufzupassen.«

Verwirrt blickte das Mädchen sich um. Ihr kleiner Bruder aber strahlte über das ganze Gesicht.

»Ich bin Arthur Gutenberg«, sagte er. »Und dies ist meine Schwester Melusine.«

Mel musterte die Buchagenten eingehend. »Seid ihr Säugetiere?«, bohrte sie nach. »Insekten? Roboter in Buchform?«

Paulchen schaute sie groß an. »Wir sind Buchagenten!«

Der alte Grimm räusperte sich. »Jeder Buchagent – und natürlich auch jede Buchagentin – beginnt sein oder ihr Leben als ganz gewöhnliches Buch«, erklärte er. »Bis dieses irgendwann von der machtvollen Magie des Hermes Trismegistos erfüllt wird. Dann erwacht das Buch zum Leben und verwandelt sich in einen Buchagenten, bereit für seine große Aufgabe …«

»Magie«, flüsterte Arthur ehrfürchtig. »Das ist sooo cool! Wer ist dieser Herr Mess-Tiramisu?«

»Hermes Trismegistos«, verbesserte Hedy. »Der alte Zauberer, der einst die ersten Buchagenten erschaffen hat. Damit sie auf die anderen Bücher aufpassen und die Buchheit beschützen.«

»Ihr habt da eben von einem Notfall gesprochen …«, sagte Mel und versuchte, so sachlich wie möglich zu klingen.

»Ja«, erwiderte Hedy. »Wir arbeiten gerade an einer sehr schwierigen Sache.«

Die Aussicht, etwas erforschen zu können, ließ Mel aufhorchen. »Worum geht es denn?«, fragte sie.

Plötzlich redeten alle Buchagenten und -agentinnen auf einmal los.

»Tabula Smaragdina wurde entführt!«, sagte Reginald.

»Der geheimnisvolle Zensor geht um!«, rief Heidi dazwischen.

»Die Büchersendung ist einfach so davongeflogen!«, krähte Paulchen.

»Mein Ende fehlt!«, jammerte Robinson.

Arthur und Melusine aber sahen ziemlich überfordert aus.

»Am besten erzähle ich euch alles von Anfang an«, begann Hedy. Und sie berichtete den beiden Menschenkindern vom Alarm der Buchkontrollanlage und dem Einsatz in der Stadtbibliothek, von Grimms Geschichte über den geheimnisvollen Zensor und Dinas Entführung in einem Paket aus Pappe.

»Wir sind völlig ratlos, was nun zu tun ist«, beendete sie schließlich ihre Erzählung. »Dina ist irgendwo dort draußen in der Menschenwelt, und das Kapuzending auch. Wir müssen sie retten – und die Bücher vor dem Zensor beschützen!«

»Und mein Ende wiederfinden«, murrte Robinson im Hintergrund.

»Helft ihr uns dabei?«, fragte Paulchen hoffnungsvoll.

»Na klar!«, erwiderte Arthur. »Wir können doch nicht zulassen, dass unschuldige Bücher leergelesen werden! Wir helfen euch – oder, Mel?«

Mel nickte seufzend. »Natürlich.«

»So sei es dann!«, verkündete Grimm. »Der besonderen Bedrohung durch den Zensor kann nur mithilfe von Menschenkindern begegnet werden! Auch wenn ich es in all den Jahren meines Buchagentendaseins noch nicht erlebt habe: Die Regel 27c tritt in Kraft!«

Auf den Regalbrettern erhob sich aufgeregtes Gemurmel.

»Am besten machen wir uns gleich an die Arbeit«, sagte Arthur stolz. »Hm … Wenn man dieses Kapuzending nur verfolgen könnte! Aber es ist ja leider durch die Wand gegangen.«

»Durch ein Bücherregal«, verbesserte Hedy. »Das ist alte Buchmagie. Man reist zu einem Ort, indem man an ein Buch klopft, in dem er beschrieben ist.«

»Stimmt«, bestätigte Arthur. »Das Wesen hat geklopft.«

»Aber wir haben keine Ahnung, an welches Buch«, seufzte Reginald.

»Ich schon.« Alle Buchagenten wandten sich Mel zu.

»Du … weißt es?«, fragte Reginald ungläubig.

Ein zufriedenes Lächeln erschien auf Mels Gesicht. »Wissenschaftlerinnen müssen gut beobachten können und auf jedes Detail achten«, erklärte sie. »Und sie machen sich Notizen.«

Sie zog einen kleinen Schreibblock aus der Tasche. Alle verfolgten gespannt, wie sie in den vollgeschriebenen Seiten herumblätterte.

»Ah, hier ist es«, verkündete Mel schließlich. »Das Buch heißt: *St. Wuselgard – Buchschätze aus alter Zeit.*«

»St. Wuselgard?«, fragte Arthur verständnislos.

»Das ist ein altes Kloster«, erklärte Grimm. »Es ist berühmt für seine riesige Bibliothek.«

»Dorthin ist das Kapuzending also verschwunden«, sagte Hedy. »Jetzt wissen wir, wo wir suchen müssen!«

»Na dann«, rief Paulchen übermütig. »Auf nach St. Wuselgard!«

5

Der Staub der Jahrhunderte

»Okaaay …«, sagte Mel unschlüssig und schaute sich im Antiquariat um. Zahlreiche Buchagenten schauten zurück. »Und wie sollen wir zu diesem Kloster hinkommen? Das liegt ja bestimmt nicht hier um die Ecke!«

»Och, das ist kein Problem«, erwiderte Hedy mit einem listigen Lächeln. »Wir können nämlich mit Buchmagie dorthin reisen! Darum kümmere ich mich.«

Die Einbände von Reginald und Paulchen wurden ein wenig blasser. »Hast du denn schon einmal so einen Reisezauber gewirkt, Hedy?«, fragte Reginald misstrauisch.

»Na ja … noch nicht so richtig. Aber das kriege ich schon hin. Für uns drei und die Menschenkinder reicht es jedenfalls. Fast sicher. Vermutlich ganz bestimmt höchstwahrscheinlich … Wir brauchen nur ein Buch, in dem dieses Kloster beschrieben wird.«

»Und Nerven wie Drahtseile«, murmelte Reginald halblaut.

Ein passendes Buch war schnell aufgetrieben. Denn das Antiquariat *Dinas Bücherhort* war nicht nur ein Zuhause für die Buchagenten, sondern auch für zahllose gewöhnliche Bücher, die sich überall stapelten. Eines davon war ein dicker Bildband über alte Bibliotheken, in dem es ein eigenes Kapitel zum Kloster St. Wuselgard gab.

Hedy beugte sich über das Buch und machte sich daran, ihre buchmagische Reise vorzubereiten. Dabei wurde sie von zwei älteren Buchagenten unterstützt, die als die größten Zauberer des Antiquariats galten. Leider waren sie auch dafür berüchtigt, sich ununterbrochen zu streiten.

»Du musst jedes Wort des Zauberspruches auf der *letzten* Silbe betonen!«, rief Faust I, ein Buchagent mit einem altmodischen Zwicker auf der Nase. »Schließlich geht es darum, wo du letztendlich ankommen willst.«

»Nein, die *erste* Silbe musst du betonen!«, widersprach ihm sein Bruder Faust II, der ebenfalls für seine Zauberei berühmt war – und auch einen Zwicker trug. »Schließlich musst du zuerst einmal gut von hier wegkommen!«

Hedy schaute ratlos von einem zum anderen. »Na schön«,

sagte sie schließlich. »Vielen Dank. Ich werde auf euch beide hören und einfach die Hälfte der Wörter vorne betonen und die andere hinten.«

»Nein, das kannst du nicht machen!«, rief Faust I.

»Ich würde sogar sagen: Das kannst du ganz und gar und überhaupt nicht machen!«, zeterte Faust II.

Hedy beachtete sie nicht. »Leute, kommt ihr? Fasst euch an den Händen! Es geht los!«

Mel und Arthur mussten in die Hocke gehen, um die Hände der Agenten greifen zu können. Leopold Lesedrache winkte besorgt mit seinem Lesebändchen. »Gute Reise!«, rief er den Kindern zu.

Dann klopfte Hedy auch schon entschlossen auf den Bildband, als wäre er eine Tür, und sprach dabei die Worte des Zauberspruchs:

Ri, ra, reisen wollen wir
durch die Pforten aus Papier!
Si, Sa, Seiten, weiß und zart,
bringt uns an den fernen Art … ähm, Ort!

Plötzlich blätterten die Seiten des Bildbandes von selbst auf, als hätte ein Windstoß sie erfasst. Das Seitengeflatter hielt einige Sekunden an und hörte dann ebenso abrupt wieder auf. Das Buch war nun auf einer seltsamen Doppelseite aufgeschlagen: Sie zeigte das Bild eines schwarzen Torbogens, der von Bändern aus fremdartigen Schriftzeichen umgeben war.

Die fünf Reisenden bewegten sich wie von selbst auf den Torbogen zu, als stünden sie auf einem unsichtbaren Laufband. »Heee!«, schimpfte Reginald. Dann wurden sie auch schon von dem Bogen verschluckt, und das Buch schlug hinter ihnen zu.

»Wie cool …«, rief Arthur staunend. Und sagte nichts mehr, denn nun ging es immer zügiger voran – erst schnell, dann sehr schnell, schließlich absurd schnell. Wirbel aus bunten Farben zischten an ihnen vorbei, sonst war nicht viel zu

erkennen. Ein kurzes Stück ging es hinauf – dann rasten sie achterbahnschnell bergab!

»Jippieh!«, jubelte Paulchen Piratenkind.

»Ich protestiere aufs Schärfste«, keuchte Reginald Ratlos.

»Das glaubt mir keiner …«, flüsterte Mel.

Die Reise endete so plötzlich, wie sie begonnen hatte. Es gab einen Ruck, als hätte ein Auto eine Vollbremsung gemacht. Dann hockten alle nebeneinander, aufeinander und untereinander auf dem Boden eines fremden Raumes. Durch hohe Bogenfenster fiel Tageslicht herein.

»Autsch«, krächzte Reginald. »Irgendjemand liegt auf mir. Jemand Großes, Nicht-Buchförmiges …«

»Entschuldigung!«, murmelte Arthur. Die Reisenden sortierten ihre diversen Arme, Beine und Lesebändchen und rappelten sich schließlich auf.

»Wir haben es geschafft!«, grinste Hedy. »Wir sind tatsächlich durch ein Buch gereist!«

»Und fast dabei draufgegangen«, stöhnte Reginald.

»Das stimmt ja gar nicht«, sagte Hedy beleidigt.

»War aber pures Glück! Wie bei deiner Hauptfigur, die zaubert auch ständig Quatsch und hat dann damit Erfolg.«

»Oh nein«, widersprach das Hexenbuch. »Das ist vollendete Chaos-Hexerei. Denk nur an *Hedy Hexensocke und das herumhüpfende Zauberschloss*, wenn Hedy das Schloss auf einer Honigpfütze ausrutschen lässt. Das ist viel mehr als Glück!«

Paulchen ging dazwischen. »Nun streitet doch nicht. Schaut lieber, wo wir hier sind!«

Das taten sie. Und es verschlug ihnen den Atem.

Sie befanden sich in einem prachtvollen Saal mit gewölbter Decke. Diese war mit leuchtenden Wolken bemalt, zwischen denen kleine, pummelige Engelchen umherflatterten. An den Wänden zogen sich Regale voller uralter, ledergebundener Bücher gleich zwei Stockwerke hoch entlang. Um die oberen Borde zu erreichen, gab es eine umlaufende Galerie.

»Wenn das hier das Versteck von diesem Zensor ist«, murmelte Arthur, »dann hat er jedenfalls Stil.«

»Irgendwie wirkt das auf mich nicht gerade wie ein Versteck«, flüsterte Mel. »Vielleicht ist er auch aus einem ganz anderen Grund hergekommen. Was könnte er an diesem Ort gewollt haben?«

Für einen Moment herrschte nachdenkliches Schweigen. Schließlich raffte sich Hedy auf. »Soll ich Kontakt zu den örtlichen Buchagenten aufnehmen?«, fragte sie.

»Ich bitte darum«, erwiderte Reginald.

Die beiden Kinder schauten das Hexenbuch neugierig an.

Hedy aber trat einige Schritte in den Raum und beugte sich nach vorne. Dann klappte sie ihren Einband weit auf, sodass sich ihre Seiten auffächerten wie das Schwanzgefieder eines Pfaus. Sie konzentrierte sich – und schlug die Buchdeckel mehrmals nacheinander in einem seltsamen Rhythmus auf und zu. Jedes Mal erklang ein flatterndes Geräusch, das weit durch die Klosterbibliothek hallte.

»Was soll das?«, fragte Mel verwirrt.

»Das ist der Buchagenten-Ruf«, erklärte Reginald. »Siebenmal lang, dreizehnmal kurz und fünfeinhalbmal mittellang bedeutet: Wir bitten die örtlichen Buchagenten um Amtshilfe.«

»Örtliche Buchagenten?«, fragte Arthur.

»Die da drüben!«

Er zeigte auf drei Gestalten, die gerade von den Regalborden herabgesprungen kamen und sich den Neuankömmlingen bedächtig näherten – drei rechteckige, in Leder gebundene Gestalten. Sie sahen ziemlich alt und ehrwürdig aus.

»Seid willkommen!«, sprach der Größte von ihnen salbungsvoll. Er war ungewöhnlich wuchtig für ein Buch, mindestens so groß wie ein Schulatlas und dreimal so dick. Das Gesicht auf seinem Buchrücken hatte einen prächtigen Vollbart. »Willkommen in der Bibliothek von St. Wuselgard.«

»Es ist lange her, dass fremde Agenten zu uns gekommen sind«, sagte der Mittlere, der ein deutlich kleineres Buchformat hatte, aber noch immer recht stattlich war. Ein Spitzbart zierte sein Gesicht.

»Und noch nie haben sie Menschen mitgebracht«, ergänzte der Kleinste, der die Größe eines Taschenbuches hatte. Er trug einen stolz geschwungenen Schnauzbart. »Ist das der neue Brauch?«

»Die Bräuche haben sich eigentlich nicht geändert«, erwiderte Hedy ein wenig unsicher. »Die Umstände erfordern aber besondere Maßnahmen. Die Buchheit ist bedroht – denn der geheimnisvolle Zensor geht um!«

Die drei Buchagenten des Klosters schauten sich unbehaglich an.

»In älterer Zeit war es üblich«, sprach der Größte von ihnen tadelnd, »dass ein Gast sich zunächst einmal vorstellt.«

»Entschuldigt, wir sind wirklich etwas in Eile«, seufzte Hedy. »Ich bin Hedy und dies sind meine Gefährten –

Reginald und Paulchen sowie die Menschen Arthur und Melusine.«

»Angenehm. Folio«, brummte der Größte der Buchagenten.

»Quarto«, sagte der Mittlere.

»Octavo«, stellte sich der Kleinste vor.

»Sind das eure Buchtitel?«, fragte Paulchen erstaunt.

»Mitnichten«, sagte Folio.

»Wir sind nach unserem Format benannt«, ergänzte Quarto.

»Ein Folio-Buch ist richtig groß, Quarto eher mittel und Octavo klein, aber fein«, erklärte Octavo.

»Aha«, brummte Reginald. »Würdet ihr uns nun bitte helfen? Wir jagen den geheimnisvollen Zensor. Er muss mittels Buchmagie irgendwie in eure Bibliothek geraten sein! Ist er zufällig noch hier?«

»Nun, eine Gestalt haben wir schon gesehen«, sprach Folio bedächtig. »Sie war wirklich ganz schön geheimnisvoll, denn sie trug einen Kapuzenmantel aus Ledereinbänden.«

»Das war er!«, rief Paulchen aufgeregt dazwischen.

»Wir wissen allerdings nicht, ob wir mit euch darüber sprechen dürfen«, fuhr Quarto fort.

»Schließlich sind das streng geheime Angelegenheiten nur für Buchagenten«, schloss Octavo mit einem vielsagenden Blick auf Mel und Arthur.

»Die Kinder sind unsere Verbündeten!«, rief Hedy. »Ihr könnt ihnen ruhig alles erzählen.«

Folio strich sich nachdenklich über den Bart. »Wir müssen erst bei Tabula Smaragdina rückfragen, ob es damit seine Richtigkeit hat.«

»Aber Dina ist entführt worden!«, platzte Paulchen heraus. »Das ist ja das Problem!«

»Das erklärt natürlich, warum sie auf unsere Nachricht nicht geantwortet hat«, bemerkte Octavo.

»Außerdem gilt nun Regel 27c«, ergänzte Reginald bedeutungsvoll. *»Wird die Not am größten sein, weihen wir auch Menschenkinder ein.«*

Die drei Buchagenten von St. Wuselgard beratschlagten sich kurz flüsternd.

»Nun gut«, sagte Quarto schließlich. »Wir können in diesem Fall möglicherweise eine Ausnahme machen.«

Von draußen war ein Geräusch zu hören. Es klang wie das gedämpfte Murmeln mehrerer Menschen, die irgendwo im Gebäude unterwegs waren.

»Was ist das?«, fragte Arthur alarmiert.

»Das ist die nächste Führung durch das Kloster«, erklärte Octavo. »Die Besuchergruppe ist gerade in den äußeren Räumen unterwegs. Es dauert noch etwas, bis sie in die Bibliothek kommt und wir uns verbergen sollten.«

»Dann sagt uns doch endlich, was wir wissen müssen!«, rief Paulchen verzweifelt. »Sonst findet man uns noch! Die Kinder können sich ja schlecht in eines der Regale quetschen so wie wir.«

Folio seufzte tief. »Dieser Kapuzenkerl – der Zensor, wie ihr ihn nennt – ist heute morgen plötzlich in unserer Bibliothek erschienen.«

»Er kam mit einem Zauber durch ein Regal«, ergänzte Quarto.

»Was genau hat er gemacht?«, drängte Reginald und schaute besorgt in Richtung der Stimmen.

Octavo deutete auf einen Glaskasten in der Mitte des Raumes. Darin ruhte ein besonders mächtiger Wälzer. »Der Kerl hat sich an dieser Vitrine zu schaffen gemacht«, sagte er. »Natürlich haben wir versucht, ihn aufzuhalten. Doch dann hat er seinen Stab auf uns gerichtet – und uns einfach so mit einem Zauber gelähmt! Solch eine Unverschämtheit hat in all den Jahrhunderten, die wir hier schon aufpassen, niemand gewagt!«

»Kommt uns bekannt vor«, knurrte Paulchen.

»Was ist das für ein Buch in der Vitrine?«, fragte Mel neugierig.

»Eine wertvolle Sammlung von Heiligengeschichten aus dem Mittelalter«, erklärte Folio.

Quarto ergänzte stolz: »Das älteste Buch von St. Wuselgard!«

»Hat er versucht, es zu stehlen?«, hakte Reginald nach.

»Nein«, erwiderte Octavo. »Er hat einen Zauber gesprochen.«

Hedy horchte auf. »Was für einen Zauber?«

»Offenbar einen Durch-die-Wand-Zauber«, erklärte Folio. »Er hat nämlich mit den Händen *durch* das Glas hindurchgefasst! Er hat das Buch berührt …«

»Und was ist dann passiert?«, fragte Paulchen gespannt.

»Nun … er hat es abgestaubt.«

»Er hat *was*?«, fragte Mel entgeistert.

Auch Arthur starrte den Buchagenten ungläubig an. »Der Typ ist ein geheimnisvoller Reinigungsservice?«

»Den Staub hat er in einem Beutel verstaut und mitgenommen«, fuhr Quarto fort.

Alle schauten sich ratlos an. Mel sprach es schließlich aus: »Warum sollte sich jemand solch eine Mühe machen, um ein bisschen Staub zu stehlen?«

»Eine sehr gute Frage«, brummte Reginald gewichtig.

In diesem Moment hörten sie eine Tür klappen, und das Stimmengemurmel wurde deutlich lauter.

»Die Führung ist nun direkt nebenan«, stellte Octavo fest. »Als Nächstes kommen sie zu uns in die Bibliothek. Wir Buchagenten sollten uns langsam in die Regale zurückziehen.«

»Eines noch«, rief Hedy rasch. »Was hat der Zensor gemacht, nachdem er den Bücherstaub eingesackt hat?«

»Er ist durch ein anderes Regal verschwunden«, erwiderte Folio.

»Konntet ihr sehen, an welches Buch er geklopft hat?«, fragte Paulchen hoffnungsvoll.

»Nein«, sagte Quarto betrübt. »Wir waren doch alle noch von seinem Zauber gelähmt.«

Hedy seufzte tief. Sie hatten die Spur verloren!

»Der Kapuzenkerl hat allerdings einen Fußabdruck hinterlassen«, ergänzte Octavo. »Direkt vor der Vitrine. Hatte nicht mal den Anstand, sich die Füße abzutreten, bevor er diesen ehrwürdigen Ort betrat … Wir empfehlen uns nun. Wir dürfen uns nicht sehen lassen, wenn die Führung in den Saal kommt.«

»Auf bald«, rief Folio.

»Und viel Erfolg noch!«, ergänzte Quarto.

Die drei ledergebundenen Buchagenten trippelten davon, ohne sich noch einmal umzudrehen.

Mel schaute sich nervös zu der Tür um. »Hedy!«, sagte sie eindringlich. »Wir müssen hier weg! Ehe die Leute reinkommen …«

»Ich führe den Rückkehrzauber aus«, erwiderte Hedy und zog ein Stück Papier hervor, das sie extra dafür vorbereitet hatte. »Antiquariat Dinas Bücherhort, Papyrusgasse 13«, stand in ihrer verspielten Handschrift darauf.

Reginald aber watschelte entschlossen auf die Vitrine zu. »Erst muss ich mir noch den Fußabdruck des Täters ansehen«, knurrte er. »Er ist unsere einzige Spur!«

Die anderen folgten ihm rasch. Während er mit der Lupe den Abdruck untersuchte, breitete Hedy den Zettel für ihren Zauber aus und murmelte ihre Hexenformeln. Aus dem

Nebenraum war noch immer die Stimme der Fremdenführerin zu hören.

»Wie überaus prachtvoll!«, schwärmte Reginald über den Abdruck gebeugt. Er stammte von einem mittelgroßen Herrenschuh. Das Profil war deutlich zu erkennen.

»Bitte beeilt euch«, flüsterte Arthur mit einem Blick zur Tür. Gerade war die Stimme der Führerin verstummt. Das hieß, dass die Gruppe gleich in den nächsten Raum weitergehen würde!

»Die Fußlänge steht in einem ungewöhnlichen Verhältnis zum Umfang der Erde«, brummte Reginald vor sich hin. »Wenn ich also die Breite mit der Anzahl der Sommersprossen der Bürgermeisterin malnehme …«

Jetzt konnte man hören, dass sich die Gruppe im Nebenraum in Bewegung setzte. »Kommen wir also zum größten Schatz von St. Wuselgard, der Bibliothek«, war die Fremdenführerin deutlich zu verstehen.

Die Klinke der Tür senkte sich.

»Wir müssen jetzt los!«, drängte Mel.

Hedy hob die Arme und flüsterte ihren Zauberspruch:

Hi, ha, heimwärts reisen wir,
wieder bringt uns das Papier,
bri, bra, bringt uns nun dorthin,
wo wir aufgebrochen sinn, nee, sind!

Alle fassten sich schnell bei den Händen. Alle, bis auf Reginald, der noch immer vor sich hin murmelte. »… und die Dicke der Schuhsohle zum Quadrat genommen, geteilt durch die dritte Petersilienwurzel …«

Paulchen machte einen kühnen Sprung an seine Seite. »Komm schon!« Das Piratenbuch packte Reginald am Arm, der vor Schreck seine Lupe fallen ließ, und zog ihn zu den anderen in den Kreis. Keine Sekunde zu früh!

Denn sofort begann sich der Raum um sie herum zu drehen. Es gab ein gurgelndes Geräusch, als würde Wasser aus einer Badewanne ablaufen. Dann wurden Hedy, Reginald, Paulchen, Mel und Arthur von dem Zettel verschluckt, der sich zusammen mit ihnen in Luft auflöste. Als die Besuchergruppe keine drei Sekunden später die Bibliothek von St. Wuselgard betrat, war nichts mehr von den Buchagenten im Einsatz zu sehen. Nur die Fremdenführerin wunderte sich, als sie die winzige, fein geschliffene Lupe auf dem Fußboden entdeckte. Doch sie fand nie etwas Näheres darüber heraus.

6
In Ton geritzt

Die Rückkehr durch die merkwürdigen Farbwirbel verlief noch turbulenter als die Hinreise. Es ging hin und her und hoch und runter, mindestens einmal auch in einem kühnen Looping. Paulchen jubelte und alle anderen schrien. Schließlich landeten sie als stöhnendes Knäuel aus Büchern und Menschen auf dem Fußboden von *Dinas Bücherhort.*

Die zurückgebliebenen Buchagentinnen und -agenten bestürmten sie sofort mit Fragen. Hedy beantwortete sie so gut wie möglich, unterstützt von Paulchen, Arthur und Mel. Nur Reginald schmollte, weil man ihn so abrupt von seinem Fußabdruck weggerissen hatte.

»Und was machen wir jetzt?«, fragte der Buchagent Robinson besorgt.

»Tja«, sagte Reginald mit verschränkten Armen. »Ihr könntet noch eine Weile sinnlos herumgrübeln. Oder ihr könntet mich fragen, ob mein detektivischer Scharfsinn etwas herausgefunden hat.« Elegant zog er eine Ersatzlupe aus seinen Seiten hervor.

Alle starrten ihn an.

»*Hast* du denn etwas herausgefunden?«, fragte Mel vorsichtig.

Reginald schnaubte. »Man hat mich ja mit roher Gewalt von dem Fußabdruck weggezogen! Sonst hätte ich noch viel mehr herausgefunden. Aber vielleicht … habe ich ja trotzdem etwas entdeckt.«

»Nun komm schon!«, drängelte Paulchen Piratenkind. »Spiel nicht den beleidigten Schiffszwieback und sag endlich, was du weißt!«

Reginald schien vor Selbstzufriedenheit ein Stückchen zu wachsen. »Also gut. Ich habe genug von dem Abdruck gesehen, um ein paar Berechnungen anzustellen. Zunächst einmal habe ich die Summe aus der Breite des Fußabdrucks und der Höhe des Eiffelturms gebildet, um anschließend …«

»Reginald, bitte«, stöhnte Hedy. »Kannst du uns nicht einfach sagen, was dabei herausgekommen ist?«

Arthur trat ungeduldig von einem Fuß auf den anderen.

Reginald aber ließ sich Zeit. Mit verschränkten Armen stolzierte er vor den Kindern und den versammelten Buchagenten auf und ab, als müsste er erst einmal in aller Ruhe nachdenken. Dann, endlich, gab er eine Antwort: »Meine Berechnungen haben ein eindeutiges Ergebnis. Und dieses lautet: Der Zensor ist wieder hier, in unserer Stadt, herausgekommen! Und zwar in der Bahnhofsbuchhandlung Wächter am Westbahnhof.«

»Warum hast du das nicht gleich gesagt?«, rief Hedy aufgeregt. »Vielleicht tobt sich der Kerl dort gerade aus und liest alle Bücher leer!«

»Dann sollten wir so schnell wie möglich dorthin«, verkündete Paulchen entschlossen.

»Dem stimme ich zu«, brummte der alte Grimm, während er sich die Brille mit seinem Lesebändchen putzte. »Seid aber bitte vorsichtig. Der Weg zum Westbahnhof ist weit, und es ist heller Tag. Viele Menschen sind auf den Straßen unterwegs.«

»Sollen wir euch tragen?«, schlug Arthur vor. »Vielleicht in unseren Rucksäcken? Wenn wir euch in die Seitentaschen packen, könnt ihr auch gut herausgucken.«

»Das würde gar nicht weiter auffallen«, ergänzte Mel.

»Was für eine piratenstarke Idee!«, freute sich Paulchen.

Dann nahm das Piratenbuch Anlauf, sprang mit einem Salto durch die Luft – und landete auf der Schulter von Arthur, der erschrocken zusammenzuckte.

So machten sie sich schließlich auf den Weg. Arthur trug Hedy in seiner Rucksack-Seitentasche, Mel hatte Reginald und Paulchen links und rechts in den Außentaschen ihres Rucksacks platziert. Alle drei Buchagenten lugten neugierig aus ihren Verstecken heraus. Von außen sah es tatsächlich so aus, als hätten die Kinder gewöhnliche Bücher dabei – wenn man nicht zu genau hinschaute.

Während sie so in Richtung Westbahnhof liefen, fragte Mel unvermittelt: »Kann eigentlich jedes beliebige Buch zum Buchagenten werden?« Offenbar konnte sie ihren Forscherinnendrang nicht mehr zurückhalten. »Einfach so?«

»Na ja«, brummte Reginald. »Das passiert nur, wenn das Buch sich in einer besonders buchfreundlichen Umgebung befindet, quasi erfüllt ist von buchiger Buchigkeit. Dann kann die Magie des Hermes Trismegistos wirken. Bei mir war es zum Beispiel eine besonders vornehme Bibliothek.«

»Bei mir ein kleiner, liebevoller Kinderbuchladen«, schwärmte Hedy.

»Und bei mir ein bunter Bücherflohmarkt«, erinnerte sich Paulchen.

»So besagt es übrigens auch Regel 15a des Codex«, verkündete Reginald. »*Ein Agent im Buche steckt, wenn die Buchigkeit ihn weckt.*«

Arthur strahlte. »Dann ist unser Zimmer auch ein Ort von besonderer Buchigkeit!«, rief er. »Wenn Leopold Lesedrache dort zum Buchagenten werden konnte, meine ich …«

»Und alle Buchagenten machen solche gefährlichen Einsätze wie ihr und jagen den Zensor und andere Schrecken?«, fragte Mel weiter.

»Viele kümmern sich um ruhigere Tätigkeiten«, erwiderte das Hexenbuch. »Bücher flicken, verlorene Bücher unter dem Sofa hervorziehen oder die Geschichten neu ordnen, wenn sie drohen durcheinanderzugeraten. Habt ihr eine Ahnung, wie es in euren Bücherregalen aussähe, wenn wir nicht aufpassten?! Ich sage nur *Rotkäppchen und die sieben Froschkönige.*«

»Auf Missionen ziehen nur Buchagenten mit Spezialausbildung aus«, erklärte Paulchen stolz. »Solche wie wir eben.«

»Auch wenn wir eigentlich noch im Training sind …«, murmelte Hedy.

»Schaut mal«, sagte Arthur und zeigte auf eine altmodische Telefonzelle, die an der nächsten Straßenecke stand. Im Inneren der kleinen Kabine hing jedoch kein Telefon mehr an der

Wand. Stattdessen hatte jemand dort ein Regal aufgebaut, in dem zahlreiche Bücher dicht an dicht aneinandergekuschelt standen.

»Das sind Wanderbücher!«, erzählte Hedy begeistert. »Sie reisen von einem Besitzer zum anderen und sind ganz schön schwierig zu pflegen …«

In diesem Moment ging plötzlich die Tür der Telefonzelle auf, und ein Mann kam heraus.

Mel und Arthur schauten sich erstaunt an. War der eben schon da drin gewesen? Warum hatten sie ihn dann erst übersehen?

Der Fremde trat zielstrebig auf die Geschwister zu, als wären sie gute Bekannte. Die beiden waren sich jedoch ziemlich sicher, ihm noch nie zuvor begegnet zu sein!

»Können wir Ihnen helfen?«, fragte Arthur und musterte den Mann unsicher. Der Unbekannte war hochgewachsen und hager, mit silbergrauem Haar und dunkler Haut. Er trug einen schwarzen Anzug und dazu eine Krawatte, die mit seltsamen goldenen Vögeln bestickt war. Sie hatten lange, gebogene Schnäbel. Die Augen im faltigen Gesicht des Fremden funkelten wach und freundlich.

Mel trat beschützend neben ihren Bruder. Der Mann im Anzug jedoch musterte die beiden nur wohlwollend, ohne

etwas zu sagen. Er hob den rechten Zeigefinger, als würde er damit um Aufmerksamkeit bitten. Dann griff er einmal in die Tasche seines Anzugs – und zog einen flachen Gegenstand hervor. Diesen steckte er gut sichtbar an den Griff der Telefonzellentür.

»Ist das … für uns?«, fragte Arthur. Der Mann lächelte. Es war ein wissendes Lächeln, hinter dem sich irgendein Geheimnis verbarg, das man kaum erahnen konnte.

»Öhm … danke«, stammelte Mel und nahm den Gegenstand an sich. Es war eine kleine, rechteckige Tontafel. In das bräunliche Material waren Buchstaben geritzt. Doch der Text war offenbar in einer fremden Sprache geschrieben.

Mel sah fragend zu dem Mann auf. Dieser legte verschwörerisch den Zeigefinger auf die Lippen. Dann drehte er sich um und bog mit raschen, aber gelassenen Schritten in eine Seitenstraße ein. Die Geschwister blieben verdattert zurück.

Neugierig lugte Hedy aus ihrer Tasche. »War das ein Freund von euch?«, fragte sie.

»Nee«, murmelte Mel. »Den habe ich noch nie gesehen.«

»Eine stilvolle Krawatte trug er jedenfalls«, stellte Reginald mit Kennermiene fest.

»So wie Reginald Ratlos?«, fragte Arthur.

Reginalds Miene wurde säuerlich. »Nicht doch! Meine Hauptfigur trägt ausschließlich Fliegen.«

»Oh, sorry«, murmelte Arthur. »Was ist das eigentlich für ein Ding, das er dagelassen hat?« Er schaute auf das Täfelchen, das seine Schwester noch immer in der Hand hielt.

»Das ist eine Tontafel«, erklärte Hedy. »Auf solchen Tafeln haben die Menschen vor langer, langer Zeit geschrieben, indem sie mit dem Griffel in den Ton ritzten. Sie gehören in gewisser Weise zu den ersten Büchern.«

»Was steht denn überhaupt da drauf, wenn ich fragen

darf?«, mischte sich Reginald ein. Mel hielt die Tafel so, dass alle sie lesen konnten:

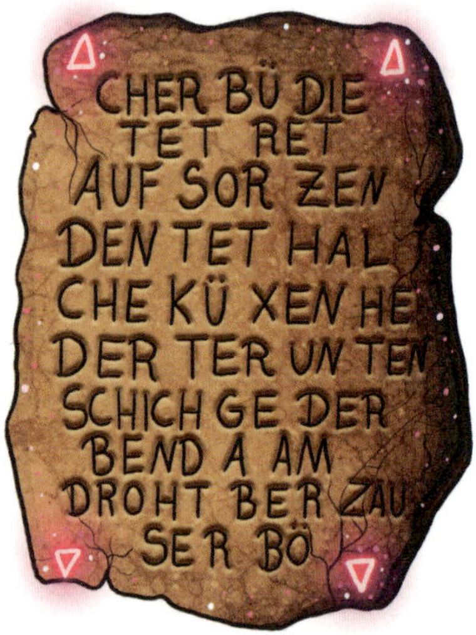

Ratlos schauten die Kinder und die Buchagenten den seltsamen Text an. »Keine Ahnung, was das bedeuten soll«, brummte Paulchen.

»Sehr merkwürdig. Das müssen wir uns später noch mal genauer angucken«, seufzte Mel. »Aber jetzt lasst uns rasch weitergehen zum Westbahnhof.«

»Verrätst du mir unterwegs noch etwas, Paulchen?«, fragte Arthur, während sie ihren Weg fortsetzten.

»Klar, worum geht's denn?«

»Meine Schwester und ich, wir haben beide deine Geschichten gelesen«, begann Arthur etwas verlegen. »Aber wir sind uns nie einig gewesen, ob du jetzt eigentlich ein *Paul* oder eine *Paula* bist.«

»In *Paulchen Piratenkind und der vierzackige Dreizack* heißt es zum Beispiel, dass Paulchen das Kind von Kapitän Windmeister sein könnte – aber der hat nun mal eine Tochter und keinen Sohn!«, erklärte Mel, die rasch in das Gespräch einstieg.

Arthur nickte. »Aber im nächsten Band ist davon gar nicht mehr die Rede, und außerdem nennt der alte Bootsmann Paulchen manchmal *Bürschlein* … Mel meint trotzdem, dass du ein Piratenmädchen bist. Ich halte dich aber für einen Jungen. Was stimmt denn nun?«

Paulchen blinzelte irritiert. »Also, ich bin natürlich … ähm … ich meine, ich bin …«, stotterte das Piratenbuch. Dann sträubten sich Paulchen vor Entsetzen die Seiten. »Ich habe nicht die geringste Ahnung! Dabei müsste ich das doch eigentlich wissen … Aber es ist wie weggewischt! Ich bin mir sicher, dass ich es mal wusste! Wie kann das bloß sein …?«

»Paulchen«, hauchte Reginald in seiner Tasche. »Ich wage es kaum auszusprechen, aber ich fürchte: Der Zensor hat wieder zugeschlagen!«

Hedy erschauderte. »Der gemeine Kerl hat einen Teil von dir leer gelesen!«

»Beim Klabautermann!«, empörte sich Paulchen. »Der hat mir mein Geheimnis geklaut. Wer ist so gemein, Piraten zu berauben?«

»Das kriegen wir bestimmt irgendwie wieder hin!«, sagte Hedy mitfühlend.

Paulchen aber umklammerte grimmig den Säbel. »Ein Grund mehr, dem Typen so schnell wie möglich das Handwerk zu legen. Ich hole mir mein Geheimnis wieder zurück!«

»Und wir helfen dir dabei«, stimmte Arthur zu. »Dieser Zensor kann sich auf etwas gefasst machen!«

7
Ein Buchbeben am Westbahnhof

Der Westbahnhof lag abgelegen in einer Ecke der Stadt, die Mel und Arthur kaum kannten. Es war ein altes Backsteingebäude an einem Bahnsteig, auf dem Grasbüschel aus den Ritzen des Pflasters wuchsen. Nur wenige Züge hielten hier, und gerade waren überhaupt keine Reisenden zu sehen, als wäre die ganze Anlage verlassen.

»Dass es hier eine Bahnhofsbuchhandlung geben soll«, wunderte sich Mel. »Da kommen doch kaum Leute vorbei …«

Doch der Laden existierte tatsächlich. »Bahnhofsbuchhandlung P. Wächter« stand in verblichenen Buchstaben auf einer Glastür an der Seite des Gebäudes. Daneben waren in einem kleinen Schaufenster einige Bücher ausgestellt – vor allem Krimis und Liebesromane.

In der Ecke des Schaufensters hing ein Plakat: »Große Lesenacht in der Stadtbibliothek«, stand dort. Und weiter unten, in kleinerer Schrift: »ausgerichtet mit der freundlichen Unterstützung von P. Wächter, Ihrer Buchhandlung am Westbahnhof«.

Die beiden Kinder betraten den halbdunklen Laden.

Zeitschriften, Rätselhefte und Reiseführer lagen auf den Verkaufstischen aus, in den Regalen drängten sich Bücher, die irgendwie lieblos nebeneinandergeschoben wirkten. Die Abteilungen waren mit seltsamen Überschriften gekennzeichnet. »Leichte Unterhaltung«, stand auf dem Regal ganz vorne, dann folgte »Noch leichtere Unterhaltung« und schließlich »Superfederleichte Unterhaltung«.

»Scheint keiner da zu sein«, sagte Arthur mit einem Blick auf die unbesetzte Kasse.

»Doch«, flüsterte Mel und zeigte auf eine Gestalt, die ganz hinten an einem der Bücherregale stand. Sie hatte den Neuankömmlingen den Rücken zugedreht und griff gerade nach einem Buch. Viel war von ihr nicht zu erkennen, denn sie trug einen braunen Kapuzenmantel, der aus zahllosen Ledereinbänden zusammengenäht war.

Plötzlich fuhr die Gestalt herum. Unter ihrer Kapuze war kein Gesicht zu erkennen – nur Schatten und Dunkelheit.

»Der Zensor!«, keuchte Arthur.

Die Kapuzengestalt warf das Buch beiseite. Mit einer fließenden Bewegung zog sie den Stab mit dem Vogelkopf unter ihrem Mantel hervor.

Entschlossen sprang Paulchen mit einem Salto aus Mels Rucksack. »Jetzt werden wir dich festsetzen und an den Mast fesseln! Und dann gibst du mir mein Geheimnis zurück!« Das Piratenbuch stürmte auf die dunkle Gestalt zu und schwang tollkühn den Säbel. Das Kapuzending richtete seinen Stab auf Paulchen.

»Halt!«, schrie Hedy von Arthurs Rucksack aus. »Nicht!« Und sie haspelte einen Zauberspruch herunter:

Schi, Scha, Schutzschild, zauberdicht,
schütze uns vor dunkler Micht … Macht, meine ich!

Sofort geschahen zwei Dinge gleichzeitig. Ein bläulicher Lichtblitz zischte vom Stab auf Paulchen zu, so wie vorhin in der Stadtbibliothek. Und direkt vor dem Piratenbuch erschien ein Ding in der Luft, das wie ein kleiner, rötlich schimmernder Ritterschild aussah. Der Lichtblitz schlug dagegen und verpuffte zu grauem Rauch.

Paulchen jubelte übermütig. Doch der Schutzschild geriet

durch die Wucht des Blitzes in Bewegung. Er trudelte nach hinten und riss Paulchen von den Füßen.

»Ups«, murmelte Hedy besorgt. »Der Schild sollte doch eigentlich fest sein …«

Groß und dunkel ragte die Kapuzengestalt über dem Piratenbuch auf. Die Kinder und die Buchagenten starrten sie an, und die Dunkelheit unter der Kapuze schien zurückzustarren. In der Luft gondelte noch immer der leuchtende Schild herum.

Dann sprang Arthur vor. Mit einem entschlossenen Tritt gab er dem schwebenden Zauberschild eine neue Richtung. Das Zauberding fegte wie ein Fußball durch die Luft – und schlug direkt unter der schattenhaften Kapuze ein.

»Aua!«, ertönte eine dumpfe Stimme. Es klang eher empört als bedrohlich.

Paulchen kämpfte sich unterdessen wieder auf die Füße. »Gib auf, du dunkeldümmliche Landratte!«

Die Kapuzengestalt wich zurück. Sie hob ihren Stab – und stieß ihn einmal kräftig auf den Fußboden.

Plötzlich ging eine Erschütterung durch die Bahnhofsbuchhandlung. Die Regale ringsum neigten sich bedenklich nach vorne. Dann ergossen sich auch schon Hunderte von Büchern als staubige Lawine in den Raum!

»Achtung!«, krähte Reginald. »Ein Buchbeben!«

Von allen Seiten hagelten Bücher auf die Menschen und Buchagenten. Paulchen Piratenkind wurde komplett darunter begraben, während Mel und Arthur zurückstolperten.

Die Buchlawine hörte so plötzlich auf, wie sie gekommen war. Die Kapuzengestalt eilte gerade aus dem Raum, nach hinten, wo das Lager des Ladens sein musste. Dabei ließ sie einen Zettel fallen. Gleich einem trockenen Blatt im Herbst segelte er zwischen den Büchern zu Boden.

»Von wegen *leichte* Unterhaltung«, stöhnte Mel und rieb sich den Kopf, wo sie ein Buch getroffen hatte.

»Paulchen!«, drängte Hedy in ihrer Tasche. »Wir müssen Paulchen befreien!«

»Bin schon dabei«, rief Arthur. Vorsichtig watete er durch die Haufen herumliegender Bücher wie durch ein Meer aus Papier. Er räumte einen Band nach dem anderen aus dem Weg, ungefähr da, wo er das Piratenbuch vermutete.

Dann, endlich, kam Paulchen zum Vorschein – halb aufgeschlagen unter einem Haufen Arztromanen und ein wenig zerfleddert.

Hedy beugte sich besorgt aus ihrer Rucksacktasche vor: »Alles okay bei dir?«

Stöhnend richtete Paulchen sich auf und strich einige geknickte Seiten glatt. »Habt ihr euch das Kennzeichen von der Galeone notiert, die mich gerammt hat?«, brummte das Piratenbuch.

Mit einem erleichterten Lächeln steckte Arthur Paulchen wieder in den Rucksack zurück.

»Los jetzt! Dem Zensor hinterher!«, drängelte Reginald und rumorte in seiner Tasche, sodass er fast herausfiel. Gemeinsam stürmten sie durch die kleine Tür, durch die die Kapuzengestalt verschwunden war.

Das Hinterzimmer war ziemlich beengt. Es schien eine Art Mischung aus Büro, Lager und Wohnzimmer zu sein. Auf einem großen Schreibtisch lagen die Stifte penibel in Reih und Glied, an der Wand stand eine Schlafcouch. Zahlreiche kleine, graue Büchlein waren sorgfältig hinter der Glastür eines Schrankes aufgereiht. Von der Kapuzengestalt war nichts zu sehen.

»Oh nein«, stöhnte Reginald. »Er muss sich wieder durch ein Buch fortgezaubert haben!«

»Oder er ist noch irgendwo hier im Haus«, überlegte Mel.

In diesem Moment hörten sie ein Geräusch. Ganz in der Nähe klopfte es! Alle fuhren zusammen.

»Das kommt von dort«, flüsterte Hedy und zeigte auf einen Wandschrank, der sich gleich neben dem Schreibtisch befand.

Wieder klopfte es. Dann war eine gedämpfte Stimme zu vernehmen: »Hallo? Ist da irgendjemand?«

»Ja, wir«, erwiderte Arthur unsicher.

»Angenehm. Wächter«, tönte es aus dem Schrank. »Hättet ihr wohl die Güte, mich rauszulassen? Man hat mich eingesperrt!«

»Das ist der Ladenbesitzer!«, rief Arthur aufgeregt. »Wir müssen ihm helfen!«

Rasch liefen die Geschwister zu dem Wandschrank hinüber. Ein Schlüssel war nirgendwo zu sehen, und so griff Mel einfach nach dem Knauf der Schranktür und zog kräftig

daran. Sie fiel fast hintenüber, als die Tür sofort mit einem Ruck aufging.

Aus dem Schrank stolperte ein kleiner, rundlicher Mann mit silbergrauem Haar. Er hatte einen dicken Schnauzbart und trug eine ebenso dicke Hornbrille. Verwundert blinzelte er die beiden Kinder an.

»Es war gar nicht abgeschlossen!«, rief Mel verwirrt.

»Tatsächlich? Na so was!«, stotterte der Mann. »Als der Kerl mich in den Schrank geschoben hat, dachte ich, der schließt mich bestimmt auch ein. Also bin ich eben drinnen geblieben …« Er zupfte an seiner Weste herum. »Wer seid ihr denn? Und was tut ihr hier?«

»Wir, öhm, haben Sie rufen gehört«, antwortete Mel wahrheitsgemäß. »Und da haben wir Sie eben rausgelassen. Sie sind Herr Wächter, sagten Sie?«

»Ganz recht. Und ihr heißt …?«

»Mein Name ist Melusine.«

»Ich heiße Arthur.«

»Und ich bin Paulchen Piratenk…«, fügte eine leise Stimme hinzu, die aber abbrach, als Paulchen sich erschrocken selbst den Mund zuhielt. Herr Wächter schaute die Kinder eindringlich an.

»So, so, Arthur also«, sagte er schließlich. »Wie der König

der Tafelrunde. Eine wunderbare Geschichte – aber so schrecklich verhunzt. Was die Menschen sich alles für einen Unfug darunter vorstellen – einfach grauenhaft!«

Mel und Arthur schwiegen verwirrt. Dann räusperte sich Mel. »Hoffentlich ist Ihren Büchern nichts passiert«, sagte sie besorgt.

»Ja, das hoffe ich auch«, brummte Herr Wächter, ohne seinen Blick abzuwenden.

»Wollen Sie nicht mal nachsehen?«, fragte Arthur.

Herr Wächter blinzelte. »Oh … ja, das sollte ich wohl tun!«

Er setzte dazu an, nach vorne in den Verkaufsraum zu gehen. Und hielt noch einmal inne. »Was wollt ihr eigentlich hier, Kinder?«, fragte er. »Habt ihr euren Zug verpasst?«

Arthur schüttelte den Kopf. »Nein, nein. Wir wollten uns nur einmal umschauen.« Er machte neugierig einen Schritt auf den Glasschrank mit den säuberlich aufgereihten grauen Büchlein zu. Herr Wächter trat ihm rasch in den Weg. »Den Schrank bitte nicht berühren«, sagte er. »Sein Inhalt ist überaus wertvoll!«

»Entschuldigung«, murmelte Arthur. »Da können Sie ja froh sein, dass der Zensor, ähm, Einbrecher nichts davon mitgenommen hat.«

Herr Wächter zuckte zusammen, als Arthur das Wort »Zensor« aussprach. Dann schüttelte er sich und ging nach vorne, dicht gefolgt von den Kindern.

»Gütiger Schreibgriffel«, keuchte er. »Das wird eine Weile dauern, das alles wieder aufzuräumen!«

»Die schönen Bücher …«, sagte Arthur mitfühlend. Doch Herr Wächter schnaubte nur. »Ach, das hier ist nur der Schund, den die Reisenden wollen! Luftigleichte Unterhaltung und so was …« Er begann, die Bücher zur Seite zu schaufeln. Die Kinder tauschten einen Blick.

»Zu schade, dass der gemeine Kerl entkommen ist«, setzte Mel wieder an.

»Ja, der ist nicht mehr zu sehen«, stellte Herr Wächter fest. »Wenn er wenigstens irgendeinen Hinweis auf sich zurückgelassen hätte …« Er warf einen flüchtigen Blick auf die Kinder.

Arthur spürte, dass Paulchen in seinem Rucksack herumhibbelte. »Der Zettel!«, flüsterte das Piratenbuch. »Denkt an den Zettel, den der Zensor verloren hat!«

Herr Wächter runzelte die Stirn. »Ich glaube, ich höre schon Stimmen«, sagte er. »Was für ein Tag …«

»Wollen Sie nicht die Polizei rufen?«, fragte Mel besorgt.

Herr Wächter wedelte mit der Hand herum. »Ja ja«, murmelte er. »Aber erst mal will ich selbst gucken, was der Kerl hier angerichtet hat!«

Und er machte damit weiter, in den Bücherhaufen herumzuräumen. Mel hatte unterdessen mit ihrem scharfen Blick bereits den Zettel entdeckt. Während Herr Wächter ihr den Rücken zuwandte, bückte sie sich rasch und zog ihn zwischen den Bücherhaufen hervor.

»Wir müssen dann langsam auch gehen«, sagte Arthur eilig.

»Nur zu, nur zu«, brummte Herr Wächter. »Ich habe ohnehin mehr als genug zu tun.«

Arthur und Mel schoben sich an ihm vorbei zur Tür. Als sie den Ausgang fast erreicht hatten, blickte Herr Wächter noch einmal von den Büchern auf.

»Kommt ihr übrigens heute Abend zur großen Lesenacht in der Stadtbibliothek?«, fragte er. »Ich helfe dabei, die Nacht auszurichten. Das wird sicher großartig! Und je mehr Kinder da sind und Geschichten lesen, umso besser …«

Arthur und Mel schauten sich an.

»Wir würden schon gerne …«, sagte Arthur unsicher.

»Aber wir haben etwas anderes zu tun«, ergänzte Mel.

»Ich würde mich jedenfalls freuen, euch dort zu sehen«, sagte Herr Wächter mit einem breiten Lächeln und wandte sich wieder seinen Büchern zu. Die beiden Kinder schlüpften rasch nach draußen.

»Das war ja ein komischer Kauz«, meinte Arthur.

Mel stimmte ihm zu. »Ja, er hat sich schon ein wenig seltsam verhalten …«

»Nun zeigt schon den Zettel, den dieser Zensor-Schurke verloren hat!«, drängelte Paulchen.

Arthur und Mel zogen sich mit ihren Buchfreunden unter ein Schutzdach für Fahrräder zurück, um ungestört zu sein. Hier holte Mel das Stück Papier hervor. Es war eine Art Landkarte oder Lageplan, von Hand gezeichnet und beschriftet. Die Buchagenten machten lange Hälse, um besser sehen zu können – wenn man einmal davon absah, dass sie gar keine Hälse hatten.

»Diese Zeichnungen sollen wohl Bäume sein, und die geschlängelte Linie ist vielleicht ein Fluss«, sagte Mel. »Ich habe keine Ahnung, was für ein Ort das ist. Aber hier ist ein rotes Kreuz eingezeichnet!«

»Und hier steht: Zeichenwald«, las Arthur von dem Zettel ab.

»Der Zeichenwald?«, rief Hedy aufgeregt. »Den kenne ich! Der liegt in den Buchlanden.«

»Buchlande?«, fragte Mel ratlos.

»Die Welt der geschriebenen Wörter! Ihr Menschen seht sie für gewöhnlich nur von außen, wenn ihr irgendwelche Buchstaben lest. Aber in Wahrheit gehen die Schriftzeichen viel tiefer als das bisschen Druckerschwärze auf Papier.«

»Vielleicht hat der Zensor unsere Dina dort versteckt!«, bemerkte Paulchen aufgeregt. »Und das X markiert den Punkt!«

»Das könnte sein«, überlegte Arthur. »Wisst ihr, wie man dorthin kommt, in den Zeichenwald?«

»Klar«, erwiderte Hedy. »Mit einem Zauber natürlich.«

Reginald stöhnte gequält.

8

Unter Papiertigern

Hedy schaute sich gut um und vergewisserte sich, dass gerade kein nichts ahnender Mensch vorbeikam. Dann zog sie einen großen Bogen Papier zwischen ihren Seiten hervor, der mit geheimnisvollen Schriftzeichen bedeckt war. Die Buchagentin pfiff fröhlich vor sich hin, während sie das Papier auf den Boden legte, um anschließend sorgfältig eine Ecke auf die andere zu falten.

»Was soll das denn werden?«, fragte Reginald misstrauisch, als Hedy nun auch noch die Ecken des Bogens umknickte und anschließend die Unterkanten hochklappte.

»Na, was schon?«, erwiderte das Hexenbuch, ohne von der Arbeit aufzublicken. »Wenn wir in den Zeichenwald wollen, brauchen wir ein angemessenes Fortbewegungsmittel. Und darum kümmere ich mich jetzt. Moment, noch ein paar Handgriffe, gleich habe ich es …«

Einige Faltungen und Knicke später war Hedy fertig. Stolz präsentierte sie den anderen ihr Werk.

»Ein … Papierschiffchen?«, fragte Mel entgeistert.

»Ja, allerdings!«, strahlte Hedy. »Der Papierschiffchenzauber stammt aus der Feder von Phylax persönlich, heißt es.«

»Wer ist Phylax?«, erkundigte sich Arthur neugierig.

»Der alte Zauberlehrling von Hermes Trismegistos, dem Buchvater. Angeblich haben sie sich später zerstritten. Phylax hatte wohl ziemlich eigentümliche Vorstellungen davon, wie die Buchheit zu schützen ist … Der Zauber ist jedenfalls gut.«

Tatendurstig sprang Paulchen Piratenkind aus der Rucksacktasche. »Klar, Schiffe sind immer gut!«

»Ist das Schiffchen nicht *ein bisschen* zu klein für uns?«, fragte Arthur. »Wie soll man denn da einsteigen?«

»Wartet's nur ab«, rief Hedy. »Bitte etwas näher treten!«

Alle drängten sich eng um das mit Schriftzeichen bedeckte Papierschiffchen, und Hedy achtete darauf, dass jeder sein dreieckiges »Segel« mit einem Finger berührte. Dann sprach sie stolz ihren Zauber:

Schi, Scha, Schiffchen aus Papier,
trage uns hinfort von hier!
Zum Zeichenwald nun bring uns hin,
und wir kommen gut dort in, öhm, an!

Plötzlich schien das Papierschiffchen zu wachsen. Es wurde größer und immer größer! Schon hatte es die Maße eines stolzen Segelboots. Dann gab es einen Stoß, und alle purzelten über die Reling in das Schiff hinein.

»Autsch«, beschwerte sich Arthur, der kopfüber an Bord gefallen war. Er rappelte sich auf – und staunte mit offenem Mund.

Sie befanden sich nicht länger am Westbahnhof. Stattdessen fuhr das Schiffchen auf einem Fluss dahin, mitten durch einen Wald, der in keinem Atlas der Menschen zu finden war. Mächtige Bäume mit schwarzen Stämmen zogen am Ufer vorüber. In ihrem Schatten wuchsen verzweigte Büsche und bunte Blumen mit merkwürdig geformten Blüten. Das Wasser des Flusses hatte eine tiefblaue, tintige Farbe.

Das Papierschiffchen aber war noch immer ein Papierschiffchen – nur eben so groß, dass man darauf stehen konnte.

»Wirklich ein nettes Schiff«, gab Reginald zu. »Ich gratuliere dir zu dem gelungenen Zauber, Hedy.«

»Eigentlich hätte sich das Papierschiffchen ja noch in eine schicke Luxusjacht verwandeln sollen …«, erwiderte das Hexenbuch verlegen.

»Es tut so gut, wieder einmal Planken unter den Füßen zu haben!«, schwärmte Paulchen. »Na ja, eher Papier. Sei's drum! Heho, Piraten! Käpt'n Grumpf – ich meine, geheimnisvoller Zensor – wir kriegen dich!«

Hedy wedelte mit der Karte. »Schau mal, ob du uns näher zu der Stelle bringen kannst, die mit dem X markiert ist.«

»Natürlich! Nichts leichter als das«, erwiderte das Piratenbuch übermütig und übernahm das Steuer.

Langsam glitt das Papierschiffchen auf den Wellen voran, während sich die Wälder ringsum endlos in alle Richtungen erstreckten. Arthur und Mel beobachteten staunend das Ufer.

»Weißt du, woran mich diese Blume erinnert?«, fragte Mel und zeigte auf eine prachtvolle, tiefrote Blüte, die nach oben hin spitz zulief.

Arthur nickte eifrig. »Die sieht aus wie ein *A*, nicht wahr?«, entgegnete er. »Und das da ist ein *L*!« Er meinte eine dunkelblaue Blume. Ihr Kelch bestand aus zwei Blütenblättern, von denen das größere nach oben und das kleine zur Seite wuchs. »Und dort, ein *O*!« Die Blüten einer orangegelben Blume bildeten tatsächlich einen Kreis mit einem Loch in der

Mitte. Je länger er schaute, umso mehr Buchstaben erkannte er in der Blumenpracht ringsum.

Fröhlich sah Hedy von der Landkarte auf. »Das sind Buchstablumen«, erklärte sie. »Sie bilden die unterste Ebene im Zeichenwald.«

»Unterste Ebene?«, fragte Mel stirnrunzelnd. »Gibt es denn noch mehr?«

»Die nächste Ebene sind die Silbüsche«, sagte Hedy und deutete auf das Gesträuch, das höher als die Blumen aufragte. Die Büsche waren in verschiedenen Grüntönen gemustert, und zwar so, dass man beim näheren Hinsehen Buchstaben auf ihnen erahnen konnte. *Ra* stand auf jedem einzelnen Blatt eines Busches, der sich vor ihnen über das Ufer beugte. Die Blätter des Busches daneben waren mit *Ent* übersät. *Tu* war im Muster des nächsten Strauches erkennbar.

»Verschiedene Silben«, stellte Arthur verwundert fest.

»Genau!«, bestätigte Hedy. »Und dann kommen natürlich noch die Wortweiden.«

Sie blickte an einem schwarzen, knorrigen Baumstamm hinauf. Wenn man genau hinschaute, konnte man Zeichen im Muster seiner Borke sehen. Diese ergaben das Wort *Autobahnraststätte*. Es zog sich immer wieder in verschlungenen Buchstaben über den Baum.

»Diese Wortweide ist schon ziemlich alt«, sagte Hedy. »Darum ist ihr Wort auch so lang. Junge Bäume bilden eher Wörter wie *bei* oder *hoch* oder *Ente* aus. Ganz tief im Zeichenwald habe ich schon mal eine uralte Wortweide entdeckt, auf der *Kreismusikschulorchestergeneralprobentermin* stand.«

Sie zeigte auf einen jungen Baum am Ufer, dessen Rinde das Wort *aus* trug. Ein weiterer Buchstabe wuchs gerade dazu, und es war schon zu erahnen, dass das Wort bald *Maus* lauten würde.

»Und welchen Sinn hat das alles?«, fragte Mel mit gerunzelter Stirn. Alle drei Buchagenten schauten sie groß an.

»Ist das nicht offensichtlich?«, schnarrte Reginald. »Hier reifen all die Buchstaben, Silben und Wörter heran, aus denen eure Bücher und Geschichten bestehen. Irgendwo müssen die doch herkommen, oder? Die Orangen, die du kaufst, wachsen ja schließlich auch nicht im Supermarkt.«

Arthur rückte sich die Brille zurecht. »Wie kommen die Wörter denn von hierher … öhm … zu uns?«

»Na, mit dem Schreibfluss!«, erklärte Hedy. »Auf dem reisen wir doch die ganze Zeit.«

»Schreibfluss?«

Die Buchagentin grinste zufrieden in sich hinein. »Beugt euch mal über die Reling und hört gut zu«, sagte sie.

Die beiden Kinder folgten ihrem Rat und neigten sich runter zum tieftintenblauen Wasser. Schon nach wenigen Sekunden bemerkten sie, dass der Fluss nicht einfach nur vor sich hin plätscherte. Seine Wellen flüsterten Worte!

»Es war einmal …«, hauchte der Fluss unter ihrem Boot.

»An einem dunklen und stürmischen Abend begab es sich …«, trug eine weitere Woge herbei.

»In der Papyrusgasse lag ein kleiner, unscheinbarer Laden …«, flüsterte es danach in den Wellen.

»Der Schreibfluss fließt vom Zeichenwald in eure Menschenwelt«, sagte Hedy. »Immer, wenn jemand die Zeichen aus diesem Wald nutzt, um eine Geschichte zu schreiben, dann schwappen sie auf dem Schreibfluss zu euch Menschen rüber, und ihr könnt sie lesen und in die Geschichte eintauchen. Man sagt sogar, dass jemand *im Schreibfluss* ist, wenn er oder sie gerade etwas schreibt und es besonders gut klappt – jedenfalls, wenn nicht gerade mal wieder irgendein Biber eine Schreibblockade im Fluss aufgebaut hat.«

Plötzlich streckte Mel den Arm aus.

»Schaut mal!«, rief sie aufgeregt. »Die drei großen Bäume, öhm, Wortweiden, die da drüben so dicht nebeneinanderstehen! Sind die nicht auch auf der Karte zu sehen?«

»Ja, das stimmt!«, erwiderte Reginald. »Hervorragend beobachtet – hätte ich nicht besser machen können. Höchstens ein kleines bisschen. Hier müssen wir anlegen, Hedy!«

Paulchen änderte mit seinem Ruder den Kurs, und das Schiffchen fuhr hinüber ans Ufer. An der Wurzel einer besonders prachtvollen Wortweide kam es schließlich zum Stehen. *Schornsteinfegersonntagsessen* war in borkigen Buchstaben auf ihrer Rinde zu lesen.

»Hat jemals jemand dieses Wort gebraucht?«, fragte Mel mit gerunzelter Stirn, als sie an Land kletterten.

»Sonst wäre es kaum da«, erwiderte Hedy fröhlich.

»Kommt!«, rief Paulchen und ging mit gezogenem Säbel voran wie ein Piratenkapitän auf Schatzsuche.

Die anderen folgten dichtauf im Gänsemarsch, immer tiefer in den Zeichenwald hinein. Schon nach wenigen Schritten war die Welt von merkwürdigen Geräuschen erfüllt.

»Eee… eee… eee…«, flüsterte es leise im Wind, als Arthur eine prächtig-lilafarbene Blume streifte. »An! An! An!«, rief es etwas deutlicher, nachdem Mel mit der Jacke an einem Gebüsch hängen geblieben war. Misstrauisch blieb sie stehen.

»Keine Sorge«, sagte Hedy beiläufig. »Das passiert immer, wenn man eine Buchstablume oder einen Silbusch anstößt … Sie geben ihren Laut von sich. Man gewöhnt sich daran.«

So setzten sie ihren Weg fort, während die merkwürdigsten Geräusche ertönten. Mal war es ein leise gesummtes »Hmmmh«, mal ein kräftig posauntes »Böh!«.

Nach einiger Zeit erreichten sie eine Lichtung. Sie war über und über mit Buchstablumen in allen Regenbogenfarben bedeckt. In ihrer Mitte erhob sich ein kleiner Hügel. Ein rundes, höhlenartiges Loch öffnete sich in seiner Flanke.

»Das muss es sein!«, rief Paulchen.

Reginald ließ seine Lupe über die Landkarte wandern. »Ja, das könnte tatsächlich hinkommen«, brummte er. »Das X markiert diesen Ort.«

»Dann lasst uns nachschauen, was es hier gibt!«, drängelte Hedy.

Sie überquerten vorsichtig die Lichtung. Mit jedem Schritt gaben die Buchstablumen um sie herum ein seltsames Lautkonzert von sich.

Als sie die Höhlenöffnung fast erreicht hatten, regte sich dort etwas.

»Vorsicht!« Paulchen hob warnend die Hand. Nun schob sich ein Umriss ins Freie. Es war der Körper eines mächtigen Raubtieres. Es ging auf allen vieren und bewegte sich mit katzenhafter Eleganz. Schwarze Streifen zogen sich auf seinen orangefarbenen Flanken entlang. Seine grünen Augen funkelten wach, sein Schwanz zuckte unruhig hin und her.

Es war ein ausgewachsener Tiger. Und er bestand komplett aus Papier!

Sein Körper war aus farbigen Blättern gefaltet. Der Schwanz war mehrfach geknickt, die Ohren erinnerten an das Dreieckssegel ihres Papierschiffchens. Die langen Schnurrhaare schienen angeklebt zu sein. Alles an dem Tiger sah aus wie gebastelt. Doch er war höchst lebendig – und wirkte ziemlich hungrig …

Dumpf stieg ein Knurren aus seiner Brust auf.

GRRRRM!

»Ein Papiertiger!«, keuchte Reginald mit Schrecken in der Stimme.

Die Ohren des Tigers stellten sich auf, als er den Gentleman-Detektiv hörte. Sein Maul öffnete sich und entblößte zwei Reihen papierweißer Zähne, deren Ränder so scharf waren, wie eine Buchseite nur sein konnte. Eine dicke, rote Zunge fuhr langsam an ihnen entlang.

GRRRRM!

Wieder dieses Knurren.

Paulchen streckte dem Tiger den Säbel entgegen. »Komm

uns nicht zu nahe, du … Miezekatze!« Die Stimme des Piratenbuches zitterte leicht.

»Wir müssen uns gaaanz langsam entfernen«, flüsterte Mel. »Und auf keinen Fall weglaufen. Habe ich jedenfalls gelesen …« Vorsichtig machte sie einen ersten Schritt rückwärts. Der Papiertiger näherte sich ihnen gelassen und bedrohlich.

»Hat das der Tiger auch gelesen?«, murrte Reginald.

»Können wir ihn vielleicht irgendwie vertreiben?«, fragte Arthur. »Hedy, wovor haben Papiertiger Angst?«

Die Buchagentin zuckte hilflos mit den Schultern. »Sie sind die mächtigsten Raubtiere der Buchlande! Wovor sollten sie Angst haben? Höchstens vor einem anderen Tiger, der größer ist. Der hier wirkt ja noch recht klein …«

Mels Augen weiteten sich ungläubig »Klein?!«

Der Tiger aber kam näher und näher.

GRRRRM!

»Ich habe eine Idee!«, rief Arthur plötzlich. »Knurren können wir auch! Wozu gibt es schließlich die Buchstablumen?«

Die drei Buchagenten schauten ihn groß an. Dann lächelte Hedy, die verstanden hatte.

»Das könnte klappen«, meinte sie.

»Genial!«, rief nun auch Paulchen.

Schnell huschten die Agenten in verschiedene Richtungen

ins Gesträuch. Sofort spannte der Tiger sich an, als wollte er ihnen hinterherspringen.

»Huhu!« Hektisch winkte Arthur ihm zu. »Herr Tiger! Nicht dorthin schauen. Hier ist die Ablenkung!«

Zwei grüne Tigeraugen starrten ihn an.

GRRRRM!

Unheilvoll hallte das Knurren des Tigers über die Lichtung.

GRRRRM!

Plötzlich war da noch ein zweites Knurren. Es kam aus dem Wald. Überrascht hielt der Tiger inne. Sein Knurren klang fragend.

GRRRRM?

GRRRRRM!

Das Knurren aus dem Wald hörte sich umso wütender an.

GRRRRM!

Und wieder knurrte es, doch aus einer anderen Richtung. Verwirrt wandte der Tiger den Kopf hin und her.

GRRRRF!

Noch ein Geräusch, und diesmal kam es hinter einer großen Wortweide hervor.

Der Papiertiger machte sich groß und riss sein mächtiges Maul auf.

GRRRM …

Sein Knurren sollte vermutlich herausfordernd sein, doch es klang inzwischen eindeutig unsicher.

GRRRRRM!

GRRRRRM!

GRRRRRF!

Nun knurrte es aus mehreren Richtungen rings um die Lichtung gleichzeitig. Der Papiertiger legte die Ohren an. Dann drehte er sich um, zog den gefalteten Schwanz ein – und verschwand mit großen Sprüngen im Zeichenwald. Buchstablumen und Silbüsche gaben protestierende Laute von sich, als er seinen massigen Körper durch das Unterholz schob und schließlich verschwand.

»Es hat geklappt!«, jubelte Hedy, die hinter einer Wurzel hervorgekrochen kam.

Auch Paulchen und Reginald trippelten nun aus verschiedenen Richtungen herbei.

Arthur atmete tief durch. »Ja, zum Glück«, sagte er. »Aber warum GRRRRF?«

Etwas betreten blickte Reginald auf seine Füße. »Ich habe so schnell keine M-Buchstablume gefunden«, murrte er. »Aber GRRRRF klingt doch auch recht hübsch …«

»Nun lasst uns endlich in die Höhle schauen!«, drängelte Paulchen.

Tatendurstig rannte das Piratenbuch quer über die Lichtung und verschwand in der Öffnung – nur um kurze Zeit später wieder herauszukommen.

»Und?«, fragte Hedy gespannt.

»Da drinnen ist nichts«, sagte Paulchen mit hängendem Lesebändchen.

Reginald räusperte sich. »Was für ein Nichts?«

»Ein ganz gewöhnliches Überhauptnichts.«

»Aha … Wie bitte? Was soll das heißen?«

»Die Höhle ist völlig leer. Keine Spur von irgendetwas. Anscheinend ist sie nur der Schlafplatz des Papiertigers.«

»Das kann doch gar nicht sein!«, rief Hedy. »Bist du ganz sicher?«

»Piratensicher«, versicherte Paulchen. »Mit Schatzhöhlen kenne ich mich aus.«

»Aber was sollte das dann?«, fragte Arthur ratlos. »Der Landkarte zufolge ist das hier exakt der Ort mit dem X!«

Plötzlich fing Mel an, wütend zu schimpfen. »Wisst ihr was? Ich glaube, das war alles eine Falle!«, rief sie.

»Meinst du?«, fragte Arthur besorgt.

»Na klar! Der Zensor verliert rein zufällig einen Zettel, wir heben ihn auf, kommen hierher – und laufen fast einem hungrigen Papiertiger in den Rachen! Seit der Stadtbibliothek weiß der Zensor doch, dass wir ihn jagen. Offenbar hat er versucht, uns loszuwerden.«

»Du könntest recht haben«, brummte Reginald. »Vielleicht hat er in der Buchhandlung Wächter sogar auf uns gewartet.«

»Wenn ich den erwische!«, empörte sich Paulchen.

Hedy stöhnte. »War das alles jetzt umsonst?«

»Sieht so aus«, erwiderte Mel frustriert. Dann straffte sie sich. »Aber wir werden nicht aufgeben! Wir müssen unsere Strategie ändern: Lasst uns wissenschaftlich vorgehen. Am besten schreiben wir einfach mal auf, was wir bis jetzt alles wissen …«

Sie zog ihren Notizblock aus der Tasche. Dabei fiel ein kleiner Gegenstand auf den Boden.

»Was ist das?« Arthur bückte sich danach.

»Die Tontafel, die uns dieser Fremde gegeben hat.«

»Stimmt. Das war eine ziemlich schräge Begegnung, oder? Ich hatte das Gefühl, der Mann wollte uns irgendetwas sagen …« Nachdenklich drehte er das Ding in der Hand. »Ich wüsste zu gerne, was dieses Kauderwelsch heißen soll … CHER BÜ DIE TET …«

Mit der Tontafel in der Hand ging Arthur auf und ab. Er war so vertieft in die Inschrift, dass er nicht auf seine Umgebung achtete – und frontal in einen Silbusch lief.

»Mi! Mi! Mi!«, machte der Busch, als wollte er sich beschweren.

Mel betrachtete den Busch eindringlich. Dann schlug sie sich mit der Hand gegen die Stirn. »Silben! Ich glaub', ich hab's!«

Alle schauten sie fragend an.

»Der Text auf der Tontafel! Womöglich ist es wirklich eine Nachricht und überhaupt kein Kauderwelsch. Sie ist nur verschlüsselt! Vielleicht müssen wir die einzelnen Silben zu Wörtern zusammenziehen.«

Die beiden Kinder und die Buchagenten beugten sich aufgeregt über die Tafel.

»Cherbü die tetret«, probierte es Reginald. »Klingt nicht sehr überzeugend, finde ich.«

»Nicht *Cherbü*«, überlegte Arthur. »Das soll bestimmt *Bücher* heißen! Wir müssen die Silben rückwärts lesen!«

»Tretet die Bücher?«, fragte Paulchen empört.

»*Rettet*«, verbesserte Mel. *Rettet die Bücher.*«

»Meint ihr, der ganze Text ist von hinten nach vorne zu lesen?«, rätselte Hedy.

»Öb Res Uaz …«, fing Paulchen an.

»Nein, ich glaube, wir müssen nicht die Buchstaben rückwärts lesen«, unterbrach ihn Arthur. »Wir müssen die Silben von hinten zusammenziehen. Hm … Böser Zauber droht … Das klappt!«

Rasch übersetzten sie auch den Rest des Spruches:

Böser Zauber droht
am Abend der Geschichten
unter der Hexenküche.
Haltet den Zensor auf.
Rettet die Bücher.

»Abend der Geschichten?« Hedy rieb sich ratlos den Einband.

»Vermutlich ein Abend, an dem Geschichten erzählt oder gelesen werden«, erklärte Reginald mit wichtiger Miene.

»Das dachte ich mir schon fast …«, erwiderte das Hexenbuch etwas säuerlich.

»Die Lesenacht!«, rief Arthur aufgeregt. »Könnte die Lesenacht in der Stadtbücherei gemeint sein?«

»Möglich«, sagte Hedy. »Vielleicht plant der Zensor dort irgendeine dunkle Zauberei!«

»Und der Fremde wollte uns dabei helfen, ihn aufzuhalten!«, ergänzte Mel.

»Was, wenn das wieder eine Falle ist?«, fragte Reginald skeptisch.

»Und was ist diese Hexenküche?«, mischte sich Hedy fast zeitgleich ein.

Arthur straffte sich. »Es gibt nur eine Möglichkeit, das herauszufinden«, sagte er. »Auf zur Stadtbibliothek!«

9

Die Abenteuer der Lesenacht

Die Fenster der Stadtbibliothek waren hell erleuchtet und geschmückt mit bunten Lichterketten. Irgendwie wirkte das uralte Gebäude erwartungsvoll und froh darüber, dass in seinen ehrwürdigen Mauern so viel Leben wuselte. Denn obwohl schon der Abend dämmerte, war hier allerhand los.

»Große Lesenacht in der Stadtbibliothek«, prangte überall auf großen Plakaten, »ausgerichtet mit der freundlichen Unterstützung von P. Wächter, Ihrer Buchhandlung am Westbahnhof«. Zahllose Kinder strömten fröhlich plappernd in das Gebäude, mal kleine Gruppen, mal ganze Schulklassen.

»So viele Bücherfreunde und Bücherfreundinnen!«, staunte Hedy. Sie hatte sich zusammen mit ihren beiden Agenten-Kollegen in einen Plastikkorb für Bücher gequetscht, den

Mel über dem Arm trug. Gemeinsam mit den anderen Besuchern schwärmten die beiden Kinder ins Foyer der Stadtbibliothek. Auch hier war alles für einen bunten Abend geschmückt. Weitere Plakate verkündeten das Programm der Lesenacht: Man konnte die Lesung einer Kinderbuchautorin besuchen, einem Märchenerzähler zuhören, in einer Schreibwerkstatt Gedichte basteln oder an einem Buchbinde-Workshop teilnehmen. Und natürlich gab es überall jede Menge zu lesen!

»Ganz schön viel los gerade«, brummte Reginald.

»Eigentlich freue ich mich immer, Kinder mit Büchern zu sehen«, erwiderte Hedy. »Aber wenn ich mir vorstelle, dass der Zensor hier seine dunkelfinstere Hexerei durchziehen wird …« Sie schüttelte sich.

»Wird er nicht, weil wir das verhindern werden«, knurrte Paulchen entschlossen.

Reginald lugte aus der Tasche hervor. »Bei den vielen Leuten, die in der Bücherei unterwegs sind, wird es nicht einfach sein, den Zensor zu finden«, murmelte er. »Möglicherweise könnte ich die Quersumme der Einwohnerzahl von Hinter-Pilzdorf mit dem Geburtsdatum von Hans Christian Andersen malnehmen und anschließend …«

»Vielleicht weiß ich eine schnellere Methode«, unterbrach

ihn Mel freundlich. Dann ging sie hinüber zur Infotheke. Dort saß eine kleine Frau mit einer Lesebrille auf der Nase.

»Entschuldigung«, sprach Mel die Bibliothekarin an. »Gibt es hier zufällig irgendwo eine Hexenküche?«

»Natürlich«, sagte die Frau lächelnd. »Du meinst doch bestimmt unsere *Zauberhafte Hexenküche*? Das ist eine der verschiedenen Lese-Inseln.«

»Was ist das denn?«, fragte Arthur, der nun auch dazukam.

»In jeder Lese-Insel sind besonders schöne Bücher zu einem bestimmten Motto für euch bereitgelegt«, erklärte die Bibliothekarin.

Tatsächlich waren an vielen Türen zu den kleinen Nebenräumen der Bibliothek Schilder angebracht. *Endlose Weltraum-Weiten* stand auf einer Tür, die mit bunten Sternen geschmückt war. *1001 Geschichten aus 1001 Nacht* prangte in Goldpapier-Buchstaben auf der Tür daneben. Anschließend folgte die *Zauberhafte Hexenküche*, beschriftet mit grellgrünen Leuchtbuchstaben.

»Vielen Dank für die Hilfe«, sagte Mel und wandte sich von der Theke ab.

Alle waren plötzlich furchtbar angespannt. Dort, hinter dieser Tür, wartete der geheimnisvolle Zensor auf sie! Er stand vermutlich kurz davor, irgendeinen furchtbaren Zauber zu wirken. Und es lag nur an ihnen, ihm das Handwerk zu legen.

Arthur und Mel nickten sich wortlos zu. Dann drückte Mel die Klinke herunter und öffnete ruckartig die Tür.

Dahinter lag ein kleiner Nebenraum der Stadtbibliothek. Die Wände waren vollgestellt mit Bücherregalen, und in der Mitte des Raumes hatte man einen Tisch aufgebaut, der mit schwarzem Stoff verhüllt war. Darauf thronten zwischen Spinnenweben aus Watte, Glitzersternen und Plastik-Spinnen jede Menge Bücher über Hexen und Zauberer.

Der Raum war menschenleer.

»Er ist nicht hier«, sagte Arthur halb enttäuscht und halb erleichtert. Dann wandte er sich zum Gehen.

»Warte.« Seine Schwester hielt ihn am Arm fest. »Es heißt im Spruch doch *unter der Hexenküche*, nicht *in der Hexenküche*.«

»Hmm«, machte Arthur nachdenklich. »Dieses Gebäude ist ziemlich alt, oder?«

»Allerdings«, bestätigte Reginald.

»Alte Gebäude haben manchmal Geheimnisse.«

Der Gentleman-Detektiv überlegte kurz – und machte sich sofort daran, den Boden eifrig mit seiner Lupe abzusuchen. Auch seine beiden Kollegen sprangen aus dem Korb.

»Hier!«, rief er schließlich triumphierend. »Schaut euch mal diese merkwürdigen Fugen an. Genau wie in *Reginald Ratlos und das Haus der dreieinhalb Geheimnisse.*«

Er zeigte mit seiner Lupe auf die Holzdielen. Jetzt konnten auch die anderen dort eine Art Quadrat aus Ritzen erkennen.

»Eine Falltür!«, rief Paulchen aufgeregt. »Ha! Jetzt geht es dem Zensor an den Kragen. Zurücktreten bitte! Ich öffne die Luke.«

Das Piratenbuch steckte vorsichtig den Säbel in eine der Fugen auf dem Boden. Dann drückte es ihn am Griff herunter und benutzte die Klinge so als Hebel. Mit einem knarzenden Geräusch hob sich langsam die Klappe der Falltür. Arthur griff schnell nach ihr, um sie ganz zu öffnen. Nun lag ein dunkles Rechteck vor ihnen. Steinerne Stufen führten dort in ein Gewölbe hinab.

»Hab ich's doch gesagt!«, triumphierte Reginald. »Dieses Gebäude hat Geheimnisse.«

»Genau genommen hat Arthur es gesagt«, murmelte Mel.

»Aber ich habe es gedacht«, erwiderte der Gentleman-Detektiv.

Gemeinsam stiegen sie die Stufen des Geheimgangs hinab. Paulchen lief mit gezogenem Säbel voran, die anderen folgten dichtauf. Arthur, der als Letzter ging, zog die Luke hinter ihnen wieder zu.

Tiefer und tiefer schraubten die Stufen sich hinab. Nach einer kleinen Ewigkeit endeten sie an einem Gang, der vor ihnen ins Dunkel führte. Seine Wände waren mit groben Feldsteinen ausgemauert und glänzten feucht. Die Luft roch muffig.

»Das müssen uralte Gewölbe sein«, flüsterte Reginald.

»Oooh!«, machte Hedy beeindruckt. »Soll ich uns Licht zaubern?«

Paulchen und Reginald schauten sich besorgt an. Doch ehe jemand etwas sagen konnte, machte es plötzlich »Klick!« – und ein dünner Lichtkegel beleuchtete den Gang vor ihnen.

»Forscherinnen haben immer eine Taschenlampe dabei«, sagte Mel stolz.

Vorsichtig bewegte die Gruppe sich durch den Gang voran. Nach einiger Zeit machte der Tunnel vor ihnen eine scharfe Biegung. Dahinter war ein unruhiger Lichtschimmer zu erahnen.

Sie rückten so leise wie möglich vor und steckten schließlich die Köpfe um die Ecke. Der Gang weitete sich vor ihnen zu einem großen Gewölbe. Zahllose Kerzen beleuchteten den Raum mit ihrem flackernden Licht. Es war ziemlich warm und roch rußig. Mitten auf den Fußboden hatte jemand einen großen Kreis gemalt, der von Schriftzeichen umgeben war. Eine Gestalt kniete auf dem Boden und war damit beschäftigt, grauen Staub über den Kreis zu streuen. Eine Gestalt in einem Kapuzenmantel, der aus zahllosen Bucheinbänden zusammengesetzt war.

Neben dem Kreis stand ein kleiner, runder Vogelkäfig. Darin war eine Buchagentin gefangen. Ihr Einband war mit

kostbaren, tiefgrünen Smaragden verziert und sie hatte das Gesicht einer alten Dame.

»Tabula Smaragdina!«, flüsterte Paulchen Piratenkind aufgeregt.

»Was macht der Kerl da?«, brummte Reginald misstrauisch.

Hedy stutzte. Dann weiteten sich ihre Augen. »Natürlich!«, flüsterte sie. »Das ist der Bücherstaub, den er in St. Wuselgard abgestaubt hat! Bei meinem Lesebändchen, Staub vom ältesten Buch einer sehr alten Bibliothek ist eine überaus mächtige Zauberzutat! Dass mir das nicht gleich eingefallen ist …«

Arthur rückte sich aufgeregt die Brille zurecht. »Eine Zauberzutat also? Für welchen Zauber? Was soll er bewirken?«

Hedy betrachtete konzentriert den Kreis, an dem die Kapuzengestalt noch immer arbeitete.

»Das kann ich von hier aus nicht erkennen«, sagte sie. »Aber der Zauber muss jedenfalls wirklich, wirklich mächtig sein!«

In diesem Moment schaute die Kapuzengestalt auf – und blickte genau in ihre Richtung. Unter der Kapuze lag nichts als Schatten und Dunkelheit.

»Ihr schon wieder!«, zischte eine heisere Stimme aus der Finsternis hervor.

»Ja, wir schon wieder!«, erwiderte Mel mit trotziger Entschlossenheit. »Wir haben dich entdeckt, Zensor! Was für einen bösen Zauber planst du gegen die Buchheit?«

Die Kapuzengestalt erhob sich kopfschüttelnd. Dann schlug sie die Kapuze zurück. Die Schatten lösten sich in Nichts auf. Stattdessen erschien das schnauzbärtige Gesicht von Herrn Wächter! Überrascht schnappten die Gefährten nach Luft.

»Ich plane keinen bösen Zauber«, schnaubte er empört. »Und schon gar nicht *gegen* die Buchheit. Ich will den Büchern nicht schaden – sondern sie vor der erbärmlichen Fantasie der Menschen bewahren! Und ihr werdet mich dabei nicht aufhalten.« Er griff unter seinen Mantel und zog den Stab hervor, den die Kinder nur zu gut kannten.

»Bewahren?«, wiederholte Paulchen Piratenkind mit gerunzeltem Buchrücken. »Ich verstehe nicht …«

»Ich werde sie allesamt leer lesen«, verkündete Herr Wächter. »Alle Bücher der Buchheit! Dann sind sie bei mir für immer sicher vor den närrischen Menschen.«

»Das ist doch Irrsinn. Außerdem kriegen Sie so einen mächtigen Zauber allein niemals hin!«, rief Hedy zornig.

»Glaubst du?«, fragte Herr Wächter. »Warum habe ich wohl diese ganze Lesenacht organisiert? Und warum habe ich meinen Zauberkreis an diesem Ort, unter der Stadtbücherei, angelegt? Ich werde die Fantasie all der Kinder nutzen, die heute Abend hier ein Buch lesen. Mit ihrer Macht werde ich meinen Zauber über die gesamte Buchheit ausdehnen können!«

Arthur starrte ihn entsetzt an.

»So etwas würde höchstens Hermes Trismegistos selbst schaffen«, erwiderte Hedy trotzig. »Oder vielleicht sein Lehrling Phylax.«

Ein breites Grinsen erschien plötzlich auf dem Gesicht von Herrn Wächter.

»Vorsicht!«, rief Dina von ihrem Käfig aus. »Das *ist* Phylax! Der Zensor ist Phylax!«

»Aber … ich dachte, das ist Herr Wächter?«, stammelte Hedy.

»Also ist Phylax Herr Wächter«, überlegte Reginald und

kratzte sich am Einband. »Demnach ist Phylax der Zensor, und Herr Zensor ist der Wächter …«

»Sie sind der Lehrling von diesem Buchvater?«, fragte Arthur verwirrt.

»Das war ich einmal«, sprach Herr Wächter – nein, Phylax, der Zensor. »Nun aber bin ich der wahre Meister, seit ich diesen Stab besitze!«

Stolz reckte er den Vogelkopf-Knauf in die Höhe. Bläuliche Blitze umzüngelten ihn.

Tabula Smaragdina rüttelte wütend an den Stäben ihres Käfigs. »Den Stab hast du dem Buchvater gestohlen, Phylax!«, rief sie. »Seine Macht gebührt dir nicht. Lass ja die Kinder und meine Buchagenten in Ruhe, bevor Hermes Trismegistos richtig wütend wird!«

Phylax lachte leise. »Ich habe dafür gesorgt, dass der alte Hermes mir nicht gefährlich werden kann«, sagte er. Dann wandte er sich an die Neuankömmlinge. »Und was euch betrifft – ich habe ehrlich versucht, euch zu schonen! Ich bin lieber geflohen, als den Stab ernsthaft gegen euch einzusetzen. Habe euch sogar die deutliche Warnung mit dem Papiertiger geschickt! Doch ihr wollt ja nicht lockerlassen …«

»Diese Papier-Bestie hätte uns beinahe zerfleischt!«, rief Paulchen verärgert.

Phylax machte eine wegwerfende Handbewegung. »Unsinn«, knurrte er. »Ein Papiertiger sieht immer sehr gefährlich aus. Doch eigentlich sind die vollkommen harmlos.«

»Aber – was soll das denn bloß alles?«, fragte Mel. »Wenn Sie der Buchheit nichts Böses wollen – warum wollen Sie die Bücher mit Ihrem Zauber leer lesen? Ich verstehe das einfach nicht!«

Phylax schaute sie traurig an. »Ich liebe die Geschichten mehr als sonst jemand auf der Welt«, erklärte er. »Und ich bin es so leid, der Einzige zu sein, der vernünftig mit ihnen umgeht. Was andere sich beim Lesen mit ihrer sogenannten Fantasie vorstellen, ist einfach nur grauenhaft! Ich weiß das, weil ich es mit meiner Buchzauberei sehen kann. Schrecklich!« Er schüttelte sich. »Erinnert ihr euch an *Robinson Crusoe*? Ein Mensch stellt sich Robinson beim Lesen mit einem riesigen Zinken als Nase vor! Ein anderer als hässliche Zeichentrickfigur und ein dritter mit einem rosafarbenen Fellhut! Einfach nur scheußlich!«

Arthur zuckte mit den Schultern. »Jeder hat eben andere Vorstellungen«, sagte er.

»Aber nur meine sind die richtigen!«, rief Phylax. »Ich lese schon seit vielen Hundert Jahren Bücher – und ich lese sie sehr, sehr sorgfältig! In meiner Vorstellung sind die Geschichten genau so, wie sie sein sollen. Und so sollen sie bewahrt werden!«

»Wie sollen sie denn sein?«, fragte Mel misstrauisch.

»Na, *richtig* natürlich!«, erwiderte Phylax. »Das ist doch auch in eurem Interesse, ihr Buchagenten. Reginald – du willst bestimmt auch, dass endlich niemand mehr deine Hauptfigur verhunzt? Denk an die lächerliche Krawatte, die alle dir andichten – dein Pinguin trägt eine Fliege, bei allen Großbuchstaben!«

»Nun ja«, brummte Reginald. »Das wäre schon nett …« Dann schüttelte er sich. »Aber eigentlich kann sich doch jeder vorstellen, was er möchte!«

»Hedy«, wandte sich der Zensor nun an die Hexenbuchagentin. »Was ist mit dir? Deine Hauptfigur ist eine große Chaos-Zauberin! Und viele denken, dass sie einfach nur Quatsch zaubert und Glück hat. Sollte das nicht anders sein?«

Das Hexenbuch verschränkte die Arme. »Hedy Hexensocke ist eine Chaos-Hexe *und* hat Glück.«

Phylax schaute nun das dritte Buch an. »Paulchen«, sagte er. »Dein Geheimnis ist bei mir in guten Händen. Jetzt hat endlich die alberne Raterei ein Ende, ob deine Hauptfigur ein Junge oder ein Mädchen ist.«

Das Piratenbuch zog wütend die Augenbrauen zusammen.

»Sie haben mir mein Geheimnis geklaut!«, rief Paulchen. »Und jetzt ist es weg, für immer verschwunden …«

Phylax schüttelte den Kopf. »Die leer gelesenen Stellen verschwinden nicht einfach«, sagte er. »Ich banne sie in magische Büchlein, wo niemand anderes mehr drankommt – nur ich selbst. So werde ich die Schönheit der Geschichten auf ewig bewahren, wie es meine Aufgabe als Buchzauberer ist.«

»Die grauen Bücher in dem Glasschrank!«, rief Arthur aufgeregt. »Die Büchlein, die ich mir nicht anschauen durfte …«

Phylax grinste triumphierend. »Und es werden noch viel mehr Büchlein werden! Was ich bislang erreicht habe, ist nichts gegen das, was mein Zauber in dieser Nacht bewirken wird. Sämtliche Bücher der Buchheit werden vor der erbärmlichen Fantasie der Menschen sicher sein.«

»Phylax! Das kannst du nicht tun!«, rief Tabula Smaragdina in ihrem Käfig, und ihre Stimme klang ziemlich verzweifelt.

»Nein?«, fragte der Zensor leise. »Kann ich nicht?«

Paulchen Piratenkind stemmte die Hände in die Hüften – oder dorthin, wo die Hüften gewesen wären, wenn ein Buch denn welche hätte. »Allerdings nicht – weil wir es verhindern werden!«

Hedy und Reginald rückten dichter an das Piratenbuch heran. Dann stürzten sich die drei gemeinsam auf den Zensor.

10
Ein alter Meister

»Zurück! Keinen Schritt weiter!«, brüllte Phylax und hob den Stab mit dem Vogelkopf. Bläuliche Blitze umzuckten den Schnabel. Doch schon rief Hedy hastig einen Zauberspruch:

»Zie, za, zielen kannst du nicht!
Denn gleich blendet dich das Licht!
Chaos, Lärm und bunter Dampf,
helfen uns in diesem Kampf!
He, das reimt sich ja wirklich …! Yeah!«

Und der Hexenzauber tat seine Wirkung. Plötzlich brach in dem Kellergewölbe ein furchtbares Durcheinander los! Bunte Lichtkugeln zischten umher, und zahllose Luftschlangen flatterten überall durch den Raum. Irgendwo stieg giftgrüner Rauch auf, der seine Farbe langsam zu lila wechselte und schließlich kirschrot wurde. Dazu ertönten Geräusche, die sich anhörten, als würde jemand in einem Blechtopf voller verstimmter Musikinstrumente herumrühren.

»Zurück, sage ich!«, schrie Phylax gegen den Lärm an – und feuerte blaue Lähmungsblitze aus seinem Stab ab. Doch in dem Chaos aus tanzenden Lichtern, grellgelben Rauchschwaden und Luftschlangen zischten seine Blitze sonst wohin, ohne jemanden zu treffen.

Dann waren Paulchen und Reginald auch schon bei ihm. Sie hängten sich rechts und links an seine Hosenbeine und versuchten, Phylax zum Stolpern zu bringen.

»He!«, rief dieser wütend. »Lasst das gefälligst!« Ungeschickt strampelte er abwechselnd mit dem rechten und dem linken Bein, um sie abzuschütteln. Hedy unterstützte ihre Kollegen, indem sie immer mehr Rauch und Lärm herbeihexte.

Mel und Arthur hatten inzwischen ihre Chance genutzt und waren am Zensor vorbeigeschlüpft. Nun näherten sie sich dem Zauberkreis, während ringsum noch immer Lichter durch die Gegend schwirrten und bunte Dampfschwaden vor sich hin waberten. Doch gerade als sie die Inschrift auf dem Boden lesen wollten, rief Phylax einige Zauberworte –

und es kam Bewegung in den Kreis! Die Schriftzeichen bewegten sich und purzelten durcheinander. Die Wörter, die nun vor den Kindern lagen, machten sie ratlos:

»So ein Halunke!«, ärgerte sich Mel.

Einige der Buchstaben waren bereits mit dem uralten Bücherstaub bestreut, andere schimmerten noch frisch gemalt.

»Egal, versuchen wir einfach, sie wegzumachen!«, erwiderte Arthur.

Mel trat mit ihrem Turnschuh auf den Kreis und wischte darauf herum. Doch nichts tat sich. Die geheimnisvollen

Wörter standen noch immer so klar da, wie Phylax sie gezeichnet hatte. Verzweifelt ließ sich Arthur auf die Knie fallen, zog ein Taschentuch hervor und machte es mit ein wenig Spucke nass. Energisch schrubbte er über die Zeichen.

»Sie gehen nicht ab!«, keuchte er. »Der Kerl muss wasserfeste Farbe verwendet haben.«

»Hedy!«, rief Mel über die Schulter. »Hast du eine Ahnung, was es mit dem Zauberkreis auf sich hat? Kannst du das lesen?«

Hedy kam rasch herangelaufen. Buchrückenrunzelnd beugte das Hexenbuch sich über den Kreis. »Phylax hat die Buchstaben durcheinandergebracht, damit wir sie nicht mehr lesen können!«, schimpfte es. »Dieser gemeine … He!«

Hedy sprang zur Seite, als ein Lichtblitz des Zensors dicht an ihr vorbeizuckte.

»Ich glaube, wir könnten einen Zauberschild gebrauchen«, sagte sie besorgt. »Ich kümmere mich darum!«

Und sie lief entschlossen der Kapuzengestalt entgegen, die sich noch immer mit Reginald und Paulchen herumschlug. Die beiden Menschenkinder blieben am Zauberkreis zurück.

»Durcheinandergebrachte Buchstaben, hmm …«, murmelte Mel.

»Ich glaube, *Rücheb* heißt *Bücher*«, überlegte Arthur. »Das Wort erkenne ich immer – egal, wie es aussieht.«

»Schau, *sedi* und *side* könnten *seid* bedeuten …«, rief Mel aufgeregt.

Arthur konzentrierte sich ganz fest und blendete den Lärm ringsum aus. In seinem Kopf tanzten die Buchstaben umher, wechselten ihre Position, bis sie wieder Wörter ergaben.

»Ich hab's!«, jubelte er. »Das ganze heißt: Bücher, seid gebannt! Seid in meiner Hand!«

Mel seufzte. »Oh nein, das ist der Bannspruch! Wenn wir ihn doch nur wegwischen könnten!«

»Das geht leider nicht«, rief Hedy ihnen von hinten zu. »Aber man kann einem Bannspruch etwas hinzufügen, um ihn umzukehren!«

Arthur überlegte kurz. Dann hellte sich sein Gesicht auf und er griff nach dem Pinsel, der noch neben dem Zauberkreis lag. So schnell er nur konnte, quetschte er weitere Buchstaben in die Lücken zwischen den Zauberwörtern.

»Würfle die Buchstaben am besten auch so durcheinander wie die anderen!«, schlug Mel vor.

»Mach ich«, murmelte Arthur, ohne aufzublicken. So entstand immer mehr ein neuer Zaubersatz:

Grinsend übersetzte Mel: »Bücher, seid niemals gebannt! Ihr seid nicht mehr in meiner Hand! Super, Arthur!«

»Ihr müsst noch den Bücherstaub drüberstreuen!«, rief Hedy über die Schulter. »Und zwar über den ganzen Kreis! Sonst wirkt der Gegenzauber nicht.« Mel griff nach dem Beutel und begann, den Staub zu verteilen.

»Oh nein, das wirst du nicht tun!«, schnaufte Phylax. Mit großen Schritten näherte sich der Zensor den Kindern, den Stab mit seinen zuckenden Blitzen bedrohlich erhoben. An seinem Bein hing noch immer Paulchen. Rasch streckte das Piratenbuch den Säbel aus.

»Was soll das?«, rief der Zensor, als er fast darüberstolperte.

Er bückte sich, um Paulchen mit dem Stab zur Seite zu fegen. Darauf hatte Hedy nur gewartet! Sofort sprang sie heran und klammerte sich mit ihrem ganzen Gewicht an den Vogelkopf des Stabes. Klappernd fiel er zusammen mit der Buchagentin zu Boden. Die blauen Blitze erloschen.

»Na warte, du …!«, heulte der Zensor auf. In diesem Moment rieselte das letzte bisschen Staub auf Arthurs Zauberwörter. Der Kreis leuchtete strahlend hell auf – so grell, dass alle für einen Moment geblendet wurden.

Als sie die Augen wieder aufschlugen, waren die Zauberzeichen verschwunden, ebenso wie sämtliche Zauberei, die eben noch in dem Gewölbe gewirkt hatte: Hedys tanzende Lichter waren fort, die bunten Rauchschwaden, die Luftschlangen … einfach alles. Sie befanden sich nun in einem komplett leeren Raum. Phylax, der Zensor, stand mit hängenden Schultern vor ihnen und schaute sich um, als könnte er nicht fassen, was eben geschehen war. Der Stab mit dem Vogelkopf lag vor ihm auf dem Boden.

»Nein«, sagte der Zensor, und nun klang seine Stimme ganz leise. Verzweifelt griff er nach dem Stab – und ließ den Arm wieder sinken, als plötzlich Schritte zu hören waren. Sie näherten sich durch den Gang, langsam und gelassen. Dann betrat eine weitere Person das Gewölbe. Es war der Fremde, der den Kindern die Tontafel zugesteckt hatte – noch immer makellos gekleidet, als wäre er zu einem Fest geladen.

»Phylax«, sagte er mit sanfter Stimme. »Du gestattest doch, dass ich mir mein Eigentum zurückhole?« Beiläufig streckte er die Hand nach dem Stab aus. Dieser erzitterte leicht, dann flog er auch schon durch die Luft, direkt in die Hand des alten Mannes. Der Vogelkopf des Stabes sah irgendwie erleichtert aus.

»Buchvater!«, rief Dina aufgeregt in ihrem Käfig. »Ich hatte so sehr gehofft, dass du kommen würdest …«

»Tabula Smaragdina«, sprach Hermes Trismegistos lächelnd. »Ich freue mich auch, dich zu sehen.«

Dann zeigte der alte Zauberer mit dem Vogelstab auf den Käfig. Sofort sprang die verschlossene Klappe an seiner Seite auf, und das Zauberbuch hüpfte in die Freiheit.

Hermes Trismegistos aber ging noch einige Schritte auf Arthur und Mel zu.

»Ihr habt es geschafft«, sagte er mit einem anerkennenden Lächeln. »Ihr habt meine Nachricht entschlüsselt und Phylax aufgehalten. Gute Arbeit.«

»Ich glaube, ich verstehe nicht, was eigentlich los ist«, erwiderte Mel verwirrt.

Der Zauberer breitete die Arme aus. »Wir alle, die wir in diesem Gewölbe versammelt sind, teilen ein gemeinsames Ziel«, sagte er. »Ihr Menschenkinder, die Buchagentinnen und -agenten, Tabula Smaragdina, meine Person und selbst mein ehemaliger Lehrling Phylax. Wir alle wollen die Buchheit beschützen und bewahren.«

Phylax hatte die Arme verschränkt und starrte trotzig in die Luft, als wäre sein alter Meister gar nicht da.

»Doch auch wenn man dasselbe Ziel hat«, fuhr Hermes Trismegistos fort, »kann man geteilter Meinung darüber sein, wie es zu erreichen ist. Darum gehen Phylax und ich seit einiger Zeit getrennte Wege. Leider hat Phylax mir vor Kurzem den Ibis-Stab gestohlen, in dem ich einen großen Teil meiner Zauberkraft gespeichert habe. Diese Macht setzte er dazu ein, die Bücher vor der Fantasie der Menschen zu schützen.«

»Hat ja auch fast geklappt ...«, knurrte Phylax, doch niemand beachtete ihn.

»Aber ... warum haben Sie Ihren Lehrling denn nicht aufgehalten?«, fragte Mel empört.

Der alte Zauberer seufzte bedauernd. »Phylax hat mit der Macht des Stabes einen Fluch über mich verhängt, der es mir verbot, direkt einzugreifen oder meine Buchagenten zu warnen. Und dann hat er auch noch die gute Tabula Smaragdina entführt, damit sie ihre Agenten nicht mehr beraten konnte.« Er warf Phylax einen strengen Seitenblick zu. »Aber zum Glück gibt es ja noch euch Menschenkinder! Ich habe beobachtet, wie ihr meine Agenten unterstützt habt. Der Fluch hat es gerade so zugelassen, dass ich euch die Tontafel mit dem Rätsel-Hinweis zukommen lassen konnte. Mehr Hilfe war aber nicht möglich, ich konnte noch nicht einmal mit euch reden. Doch ich wusste, dass ihr es auch so schaffen würdet! Arthur und Melusine Gutenberg – ich danke euch! Und euch natürlich auch, meine tollkühnen Buchagenten.«

Die drei Agenten verbeugten sich verlegen – Reginald so tief, dass er vornüberkippte. Dann sprang Paulchen auch schon wieder munter einen Schritt vor.

»Aber was passiert denn jetzt mit Phylax, Buchvater?«, fragte das Piratenbuch ungeduldig.

Hermes Trismegistos schaute seinen ehemaligen Lehrling nachdenklich an. »Ich weiß, wie wichtig es dir ist, die Geschichten so zu bewahren, wie du sie verstehst, Phylax«, sagte er. »Aber sie sind nun einmal veränderlich, das ist ihre Natur – wie bei allem, was lebendig ist. Es gibt nicht nur den einen Robinson. Er wird jedes Mal neu erschaffen, wenn wieder ein Mensch seine Geschichte liest. Außerdem ist nicht alles, was dir nicht gefällt, gleich Schund.«

Phylax schnaubte nur verächtlich.

»Du bist mit deinem Handeln zu weit gegangen«, fuhr der Buchvater fort. »Und du wirst bemerken, dass die grauen Büchlein in deinem Glasschrank nur noch weiße Seiten enthalten. Ich habe mir erlaubt, die leer gelesenen Stellen, die du darin verwahrt hast, den Büchern zurückzugeben, denen sie gehören.«

»Das kannst du nicht machen!«, brauste Phylax auf.

»Es ist bereits geschehen«, entgegnete der Buchvater gelassen.

»Stimmt!«, jubelte Paulchen plötzlich. »Ich weiß wieder, was das Geheimnis meiner Hauptfigur ist!« Übermütig hüpfte das Piratenbuch durch die Gegend.

»Und?«, fragte Arthur gespannt. »Ist Paulchen ein Junge oder ein Mädchen?«

Das Piratenbuch grinste. »Paulchen ist Paulchen! Das genügt vollkommen.«

»Immerhin haben Sie jetzt mit Ihren grauen Büchlein jede Menge freie Notizbücher, Herr Phylax«, bemerkte Reginald.

Der Zensor schnaubte wütend. Dann überkreuzte er die Arme vor der Brust – und verschwand in einer Wolke aus Bücherstaub.

»Er ist entkommen!«, rief Paulchen empört.

»Lasst ihn«, erwiderte der Buchvater, und seine Stimme klang mit einem Mal müde. »Vorerst ist er keine Bedrohung mehr. Und meinen Ibis-Stab wird er so schnell nicht wieder stehlen, das versichere ich euch.« Er verbeugte sich leicht. »Ich empfehle mich nun«, sagte er. »Wir werden uns bald wiedersehen.«

Dann verschwand auch er und ließ nur den trocken-gemütlichen Duft bedruckter Buchseiten zurück. Die Buchagenten schauten lange auf die Stelle, wo er eben noch gestanden hatte.

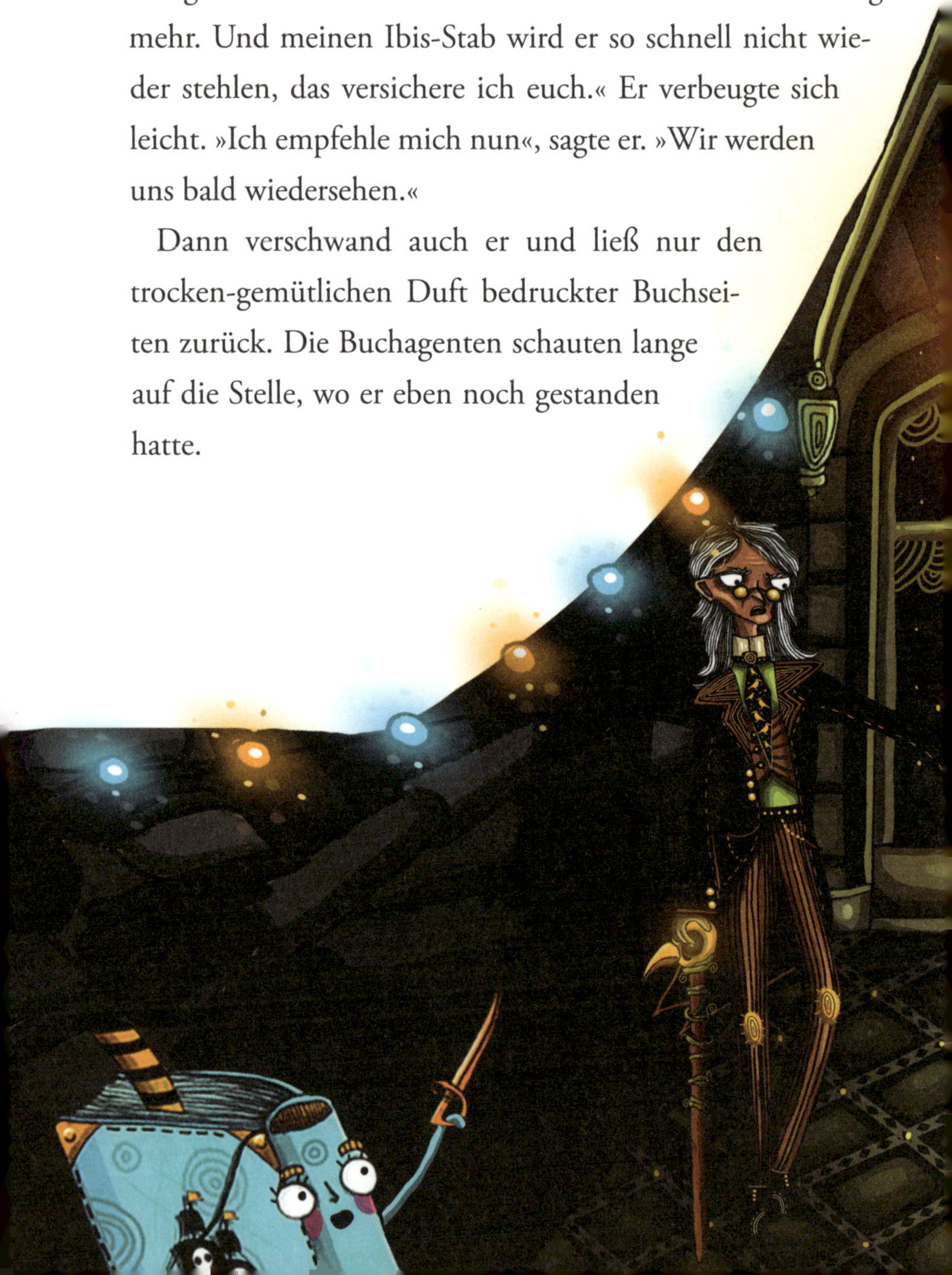

»Na gut. Wenn wir schon mal da sind: Wollen wir nicht zur Lesenacht gehen?«, fragte Arthur, und auf seinen Lippen lag ein erleichtertes Grinsen. »Wer mag sich mit mir die *Endlosen Weltraum-Weiten* ansehen?«

11

Buchagenten ohne Einband

Am nächsten Tag herrschte aufgeregtes Getuschel im Antiquariat *Dinas Bücherhort*. Die Buchagentinnen und Buchagenten hüpften unruhig in ihren Regalen durcheinander. Schon seit einer ganzen Weile versuchte Tabula Smaragdina, für Ruhe zu sorgen. Das alte Zauberbuch stand auf dem Tisch mit der Buchkontrollanlage und wedelte energisch mit seinem Lesebändchen.

»Sooo … Nun seid doch endlich mal leise! Sonst kommen wir ja nie voran.« Das Gemurmel verebbte und wich erwartungsvollem Schweigen.

Vor dem Tisch standen die Agenten Hedy Hexensocke, Paulchen Piratenkind und Reginald Ratlos in einer Reihe. Ihnen gegenüber hatten Mel und Arthur auf dem Boden Platz genommen. Die beiden Menschenkinder waren ziemlich müde. Sie hatten nicht nur den Kampf gegen den geheimnisvollen Zensor, sondern auch eine lange Lesenacht hinter sich.

»Ihr alle könnt euch gewiss schon denken, weswegen wir uns heute hier versammelt haben«, sagte Dina mit fester Stimme. Die drei Agenten richteten sich stolz auf.

»Es geht um einen schweren Verstoß gegen unseren Codex!«, fuhr die Buchagentin fort. Die Bücher ringsum schauten sich erschrocken an. »Die Regel Nummer zwei wurde verletzt: das Gebot der Geheimhaltung. Zwei Menschenkinder halten sich seit gestern inmitten der Buchagenten und Buchagentinnen auf. Ja, sie standen selbst Hermes Trismegistos persönlich gegenüber!«

»Die Glücklichen!«, warf Faust I sehnsüchtig ein.

»Wohl eher: die Überglücklichen«, korrigierte ihn Faust II.

»Ruhe bitte!«, fuhr Dina fort. »Arthur, Melusine – es ist meine Aufgabe als Oberhaupt der Buchagenten, mich um Brüche des Codex zu kümmern. Und genau das werde ich jetzt tun.«

Die beiden Menschenkinder tauschten einen besorgten Blick.

»Aber«, wagte Reginald einzuwerfen, »was ist mit Regel

27c? *Wird die Not am größten sein, weihen wir auch Menschenkinder ein!*«

»Die gilt nur in der Not«, fuhr Dina ungerührt fort. »Und die Not ist nun vorbei. Also stellt es einen Bruch des Codex dar, dass die Kinder hier sind.« Sie musterte Arthur und Mel mit einem strengen Blick. »Unter diesen besonderen Umständen sehe ich nur eine Möglichkeit: die Anwendung von Regel Nummer 512.«

Reginald stutzte. »512? Die Regel kenne ich gar nicht!«

»Ich auch nicht!«, warf Dracula vom Regal aus ein.

»Habe ich ebenfalls noch nie gehört«, brummte Grimm.

»Sie ist ja auch neu«, erklärte Dina. »Ich habe sie mir gerade ausgedacht. Die Regel Nummer 512 lautet: *Wenn sie alles zum Guten wenden, werden Kinder zu Buchagenten.*«

Das Getuschel in den Regalen wurde wieder lauter.

»Also«, fuhr Dina fort, »ernenne ich dich, Melusine Gutenberg, und dich, Arthur Gutenberg, zu Buchagentin und Buchagent in menschlicher Gestalt. Zu Buchagenten ohne Einband ehrenhalber, gewissermaßen.«

Die Antwort war ein lauter Jubelsturm von sämtlichen Regalbrettern. »Ohne Einband! Ohne Einband!«, rief Leopold Lesedrache und hüpfte fröhlich auf dem Boden herum. »Mel, Arthur – jetzt sind wir Kollegen!«

Offenbar hatte niemand etwas gegen die neue Regel einzuwenden.

»Es kann nie schaden, tapfere Mitstreiter zu haben!«, verkündete Don Quichotte.

»Und treue Freunde!«, stimmte ihm Heidi zu.

»Menschen sind spannend«, verkündete Faust I.

»Überaus spannend sogar«, verbesserte Faust II.

»Und schmackhaft«, brummte Dracula, doch niemand beachtete ihn.

Tabula Smaragdina räusperte sich. Diesmal dauerte es noch länger, bis der Lärm in den Regalen verstummte. »Arthur, Melusine«, sprach sie dann. »Wollt ihr euch als Buchagenten ohne Einband unserer Sache anschließen und uns auch künftig unterstützen, wenn es um den Schutz der Buchheit geht?«

Arthur starrte sie ungläubig mit großen Augen an. »Das, das ist …«, stotterte er. »Wow! Also, ich meine – natürlich wollen wir! Oder, Mel?«

Seine Schwester strich sich verlegen das Haar zurück. »Es wäre wissenschaftlich unhaltbar, so eine Gelegenheit auszuschlagen«, sagte sie. »Selbstverständlich sind wir dabei!«

»Wir möchten aber wieder zusammen mit Hedy, Reginald und Paulchen arbeiten«, warf Arthur ein.

»Das wird sich einrichten lassen«, erwiderte Dina schmunzelnd. Die drei Buchagenten liefen auf die Menschenkinder zu und umarmten sie so, wie es eben ihre kurzen Arme zuließen. Reginald brachte es fertig, dabei sogar halbwegs würdevoll auszusehen.

In diesem Moment begann ein schriller Alarmton zu scheppern, der wie eine Polizeisirene mit Keuchhusten klang. Mel und Arthur sprangen erschrocken auf. Der Buchagent Tom Sawyer aber hüpfte wild herum.

»Alarm! Alarm!«, krähte er. »Notfall! Krise! Buchprobleme!«

Paulchen schwang sich tatendurstig auf den Tisch mit der Buchkontrollanlage. »Wir haben einen Einsatz! Alle Bücher – und sonstigen Leute – an Deck!«, rief das Piratenbuch.

Die drei Buchagenten traten zusammen mit Arthur und Mel an die Anlage heran, die noch immer lautstark krakeelte. Verschwörerisch blickten sie einander an. Dann beugten sie sich erwartungsvoll über das Gerät. Das nächste Abenteuer wartete schon auf die Buchagenten mit und ohne Einband!

Der Buchagententest

Die Buchagentinnen und Buchagenten können immer Unterstützung für ihre gefährlichen Missionen gebrauchen! Taugst du zum Buchagenten ohne Einband? Das verrät dir der Buchagententest:

Buchagentenfähigkeit 1: Buch-Fu

Alle Buchagenten trainieren die geheime Kunst des Buch-Fu, und auch Buchagenten ohne Einband sollten sich darin auskennen.
Welche Buch-Fu-Technik wenden unsere Agenten in der Geschichte an?

- Mit Büchern nach Buchdieben schmeißen
- Verdunkelung durch eine Wolke aus Bücherstaub
- Fechten mit der Schreibfeder

Buchagentenfähigkeit 2: Wissen über den Codex

Der Codex ist sehr wichtig für die Buchagenten, denn schließlich sind hier alle Regeln für den Einsatz verzeichnet.
Wie lautet die Regel Nummer 5 im Codex der Buchagenten?

- »Agenten müssen früh beginnen, um Erfahrung zu gewinnen.«
- »Bücher sind uns ganz egal – lasst sie lieber im Regal.«
- »Wenn Seiten ausgerissen sind, reparieren wir geschwind.«

Buchagentenfähigkeit 3: Spürnasigkeit

Ein Buchagent braucht eine feine Spürnase, um Fälle lösen zu können – jede Kleinigkeit kann bedeutsam sein!
Auf welcher Seite findest du diesen Buchagenten?

- Auf Seite 107
- Auf Seite 87
- Auf Seite 11

Auswertung:

Buch-Fu:	**Wissen über den Codex:**	**Spürnasigkeit:**
1 Punkt	3 Punkte	1 Punkt
3 Punkte	1 Punkt	2 Punkte
2 Punkte	2 Punkte	3 Punkte

3 bis 4 Punkte: Du hast noch ein hartes Buchagenten-Training vor dir, doch du hast das Zeug dazu! Schnapp dir rasch ein paar Bücher, und los geht es mit der Buchigkeit!

Rang: Buchagent*in ohne Einband in Ausbildung

5 bis 7 Punkte: Nicht schlecht – deine Buchagentenfähigkeiten sind vielversprechend! Noch ein paar Runden im Trainings-Parcours, und du bist bereit.

Rang: Junior-Buchagent*in ohne Einband

8 bis 9 Punkte: Die Buchigkeit ist stark in dir! Du könntest sofort losziehen auf deine erste Mission.

Rang: Buchagent*in ohne Einband

URKUNDE

FÜR: ____________________

Im Namen aller Bücher der gesamten Buchheit und in Anerkennung deiner besonders buchfreundlichen Eigenschaften wirst du hiermit zum/zur

____

ernannt.

Mit Herz und Hand,
Einband und Seiten,
wollen wir zum
Schutz der Bücher schreiten.

Gezeichnet: Tabula Smaragdina

DINA

Text und Modelle

Francesco Decio
Vanda Battaglia

Diagramme

Francesco Decio

Fotos

Dario Canova
Araldo De Luca

Videos

Paolo Biano

Inhalt

SCHWIERIGKEITSGRAD ★☆☆☆☆

SCHWIERIGKEITSGRAD ★★☆☆☆

SCHWIERIGKEITSGRAD ★★★☆☆

SCHWIERIGKEITSGRAD ★★★★☆

SCHWIERIGKEITSGRAD ★★★★★

Vorwort

In der ländlichen Gegend der USA, in der ich aufwuchs, gab es keine japanischen Gemeinschaften. Als ich vier oder fünf Jahre alt war, schickte uns meine Großmutter Pakete aus Seattle mit Sojasoße, getrockneter Misopaste, Pilzen und verschiedenen Gemüsesorten oder eingelegten Pflaumen. Manchmal war auch ein Bündel Origami-Papier mit Anleitungen im Paket, aber es war immer für die die gleichen sechs oder sieben traditionellen Modelle. Wir hatten auch ein Buch mit Origami-Modellen von Vögeln, und obwohl die erklärten Techniken recht einfach waren, fand ich damals einige der Modelle sehr schwierig und verwirrend. Andere wiederum waren zwar ziemlich leicht, aber ich war mit dem Ergebnis nicht zufrieden. Wieder andere hatten etwas Magisches: Das entstandene Objekt ging über die Summe der Faltungen hinaus. Ich übte viel mit diesen Modellen, bis ich ihre logische Abfolge verstand und in der Lage war, sie aus dem Gedächtnis nachzubilden, und zwar mit geschlossenen Augen und oft mit gewöhnlichem Zeichenpapier.

Als Jugendlicher habe ich mich nur wenig mit Origami beschäftigt. Als Erwachsener habe ich gelegentlich ein Buch am Flughafen oder in einem Geschenkeladen gekauft und versucht, ein oder zwei der dargestellten Modelle zu falten. In der Zeit, in der ich es vernachlässigt habe, hat sich Origami rasend schnell weiterentwickelt. Dass ich nie über die kreativen Aspekte nachgedacht habe, lag vielleicht daran, dass ich meine ersten Erfahrungen mit Origami in so jungem Alter gemacht habe. Jedes Modell, das ich damals faltete, ohne ihm allzu viel Aufmerksamkeit zu schenken, war das Ergebnis der Experimente, Entscheidungen und sorgfältigen Dokumentation einer anderen Person.

Ich habe mich dann einer Gruppe von Origami-Fans angeschlossen. Wir treffen uns regelmäßig in New Yorker Cafés, um über Origami und ihre Gestaltung zu sprechen, und bleiben oft, bis das Café schließt. Wir falten alles: Bausteine, Dübel, Tiere, Gegenstände, Möbel usw. Einige meiner Origami-Freunde haben schon als Kinder angefangen, nach Anleitungen zu falten, genau wie ich, nur haben sie nie damit aufgehört: Sie reisen um die Welt und besuchen Kongresse, sie erfinden Modelle und schicken sie an Zeitschriften.

Seit ich diese erweiterte Origami-Welt kennengelernt habe, schätze ich einige traditionelle japanische Modelle, die dieser wunderbaren Kunst zweifelsohne Form und Inspiration verleihen, noch mehr.

Von Zeit zu Zeit werde ich eingeladen, Origamikurse vor den unterschiedlichsten Menschen zu geben: Ob es sich um Studierende einer Privatuniversität oder um Kinder in einem Gemeindezentrum handelt, sie alle machen ähnliche Erfahrungen mit Frustration,

Entschlossenheit, Zufriedenheit und Freude. Einige traditionelle Modelle, die immer noch auf der ganzen Welt beliebt sind, werden seit Jahrhunderten nur durch mündliche Überlieferung weitergegeben ... vielleicht birgt Origami den Schlüssel zu einer Art universellem kreativen Potenzial.

Ich werde manchmal gefragt, ob meine Arbeit – die Gestaltung von Pop-up-Büchern – etwas mit Origami zu tun hat. Die Antwort ist ja. Beide erfordern oberflächlich betrachtet das Falten von Papier, aber ich denke, dass Origami auf einer tieferen Ebene für alle Künstler relevant ist. Vielleicht hat die Tatsache, dass ich als Kind traditionelle Muster gelernt habe, dazu beigetragen, dass ich mich schon früh in meiner Karriere für das Gestalten mit Papier entschieden habe. Mit der zunehmenden Komplexität von Pop-up-Büchern steigt auch die Versuchung, dem Papier den eigenen Willen aufzuzwingen, aber meistens rebelliert es und produziert Ergebnisse, die verwirrend oder langweilig sind oder überhaupt nicht funktionieren. Das traditionelle Origami nutzt die Vorzüge des Papiers, um Modelle hervorzubringen, und ist deshalb ein Gegenbeispiel für Effizienz und Eleganz. Michelangelo soll die Bildhauerei als Akt der Befreiung der Figur aus dem Marmorblock, in dem sie eingeschlossen war, beschrieben haben. In ähnlicher Weise verglich Yoshizawa den Prozess des Origami-Faltens mit der Entwicklung, Reifung und Geburt eines Embryos. Auch jetzt noch entspannt das Papierfalten meinen Geist und nährt meine Seele.

Dieses Buch enthält eine Menge Informationen und einige der wichtigsten traditionellen japanischen Modelle. Ganz gleich, ob Sie zum ersten Mal mit Origami in Berührung kommen oder diese Reise bereits begonnen haben, ich hoffe, es gibt Ihnen Inspiration. Viel Spaß beim Falten.

Sam Ita
www.samita.us

Eine kurze Geschichte des Origami

Die Geschichte des Origami beginnt nicht mit der üblichen Floskel „Es war einmal", sondern mit einem konkreteren „Eines Tages", einem Ausdruck, der sich auf ein bestimmtes Ereignis bezieht, das zu einem bestimmten Zeitpunkt in der Geschichte stattfand. Es gab tatsächlich einen konkreten Tag, an dem das Papier erfunden wurde. Die lange Reise des Origami begann an diesem Tag, oder vielleicht etwas später: Seine Verbreitung, die in der Antike begann und bis heute anhält, ist eng mit der Verbreitung des Papiers selbst verbunden. Soweit wir wissen, begann die Geschichte des Papiers in China, aber erst als es nach Japan kam, entwickelte sich das Origami und wurde zu einem integralen Bestandteil der Gesellschaft. Es markierte und begleitete die verschiedenen Etappen der historischen und kulturellen Entwicklung des Landes.

Der Überlieferung nach wurde das Papier in China im frühen 2. Jahrhundert n. Chr. während der Herrschaft von Kaiser Hedi (和帝, von 88-105) aus der östlichen Han-Dynastie (25-220) erfunden: 105 n. Chr. soll der Eunuch Cai Lun (蔡倫, ?-121) dem Herrscher das erste Papier geschenkt haben, das wahrscheinlich aus Hanffasern und verschiedenen Baumrinden – wie der Rinde des Maulbeerbaums – sowie anderen Rohstoffen und wiederverwerteten Materialien hergestellt wurde. Archäologische Funde in den Provinzen Shaanxi und Gansu in den letzten Jahrzehnten haben jedoch gezeigt, dass das Papier zwar tatsächlich in China erfunden wurde, seine Entstehungszeit jedoch um einige Jahrhunderte zurückdatiert werden muss. Die Tatsache, dass die Überlieferung den Namen von Cai Lun mit der Erfindung dieses Materials in Verbindung bringt, ist wahrscheinlich auf den bedeutenden Beitrag zurückzuführen, den er auf diesem Gebiet geleistet hat: Der Eunuch verbesserte die Qualität des Endprodukts und die Verarbeitungsmethoden auf der Grundlage früherer Experimente, erweiterte die Palette der verwendeten Rohstoffe und gab dieser Technologie, die sich von da an in ganz China ausbreitete und immer beliebter wurde, einen nie dagewesenen Auftrieb.

蔡倫 – Der Eunuch Cai Lun

Das Papier war recht haltbar und eignete sich gut zum Färben. Vor allem aber war es ein ideales Medium für das Schreiben mit Tinte und löste damit die bis dahin verwendeten Holz- und Bambusstreifen ab. Außerdem war das Papier so dünn, dass es gefaltet werden konnte, wobei der Falz gut erhalten blieb. Es konnte zudem unzählige Male neu gefaltet werden – eine sehr wichtige Eigenschaft für die spätere Entwicklung des Origami. Auch wenn das erste chinesische Papier wahrscheinlich sehr grob war, weil es aus Baumrinde und anderen groben Materialien hergestellt wurde, war es dennoch eine revolutionäre Erfindung, die für ihre Zeit wirklich sensationell war.

和帝 – **Der Kaiser Hedi**

Als Cai Lun also das Ergebnis seiner Forschung dem Kaiser Hedi und seiner Frau, Kaiserin Deng Sui (鄧綏, 81-121), präsentierte, waren diese sehr zufrieden. Im Jahr 114, unter der Herrschaft von Kaiser Andi (安帝, von 106-125), ernannte Deng – die inzwischen verwitwete Kaiserin – Cai Lun als Belohnung für seine Verdienste zum „Marquis von Longting", einer Stadt im Bezirk Yang (Shaanxi). Dort befindet sich heute unweit seiner Grabstätte ein nach ihm benanntes Museum, das der Papierkultur gewidmet ist. Aufgrund des Titels, der Cai Lun verliehen wurde, wurde es bald üblich, dieses erste von dem Eunuchen perfektionierte Material „Papier des Marquis Cai" zu nennen. Neben den Ehrungen, die er erhielt, wurde Cai Lun jedoch ein absolutes Verbot auferlegt, das Geheimnis der Papierherstellung außerhalb Chinas zu exportieren. Diese Verpflichtung galt natürlich auch für seine Erben und alle anderen Personen, die in Zukunft mit der Papierverarbeitung zu tun hatten.

綏 – **Die Kaiserin Deng Sui**

So wurde das Geheimnis für fünfhundert Jahre gewahrt, doch 610 n. Chr. gelangte die Technik der Papierherstellung nach Japan, wahrscheinlich durch einen buddhistischen Mönch. Sie verbreitete sich dann zwischen dem 7. und 8. Jahrhundert in Korea und anderen asiatischen Ländern: Der Legende nach war der Mönch gezwungen, das Geheimnis der Papierherstellung

安帝 – Der Kaiser Andi

preiszugeben, um sein Leben zu retten, als das Schiff, auf dem er sich befand, von japanischen Piraten angegriffen wurde. So wurden in Japan bald Methoden entwickelt, um Papier weicher und elastischer zu machen – Techniken, die bis heute unübertroffen sind.

Das Papier wurde zum Komplizen der Kultur dieses Volkes und erlangte auch bald große Bedeutung für seine heiligen Werte. Das Wort Origami (折り紙) hat viele Implikationen und Bedeutungen, von denen einige sich auf den religiösen Bereich beziehen. Es besteht aus zwei Begriffen: ori (折), was „falten" bedeutet, und kami (紙), was „Papier" bedeutet, daher die Bedeutung von „gefaltetem Papier" oder „Papier falten". Nach den Regeln der japanischen Phonetik ändert sich der Klang des Konsonanten „k" zu „g" und die daraus resultierende Aussprache ist daher Origami. Aber kami ist auch etwas Übergeordnetes, etwas, das „darüber steht", das schwebt, das oben ist. Das Wort, das auf die Gottheiten (神) anspielt, die per definitionem „hoch oben stehen", wird auf dieselbe Weise ausgesprochen, eben kami. Und zur Herstellung von Papier wurden und werden auch heute noch verschiedene Pflanzenfasern verwendet, die zu einem sehr feinen Brei zerkleinert und mit Baumwolle und anderen Fasern vermischt werden, die – in Wasser eingeweicht – von Natur aus dazu neigen, zu schwimmen. Daher rührt vielleicht die Vorstellung, dass Papier ein Mittel ist, über das die Menschen mit den Göttern selbst in Kontakt treten können.

Der Prozess der Papierherstellung repräsentiert und erinnert an ein anderes Konzept, das in der östlichen Kultur im Allgemeinen sehr präsent ist: die kontinuierliche Transformation der Dinge. Um beispielsweise Reispapier herzustellen, müssen Reispflanzen gewonnen werden, die aus ihrem normalen Leben „gerissen" wurden, aber nach der Zerkleinerung zu einem feinen Brei in Form von Papier in ein neues Leben „wiedergeboren" werden. Angesichts einer derartigen Auffassung ist die Verwendung von Papier im religiösen Bereich absolut natürlich: So sind auch die gohei entstanden, auf eine bestimmte Weise gefaltete Papierstreifen, deren Funktion darin besteht, die Menschen im Idealfall mit den Gottheiten zu verbinden. Die Athleten, die Sumo-Ringer, erhielten für einen Sieg kein Geld, sondern diese kostbaren Streifen. Noch viel später mussten die Schmiede von

Samurai-Schwertern den Raum, in dem sie ein Schwert schmieden wollten, mit diesen Streifen weihen.

Es verwundert daher nicht, dass die Herstellung von Papier in Japan fast ausschließlich Mönchen vorbehalten war, zum einen, weil sie die Hauptnutzer waren, und zum anderen, weil der Herstellungsprozess ziemlich langwierig war und ein hohes Maß spezialisierter Arbeit erforderte. Papier wurde nicht zur Herstellung von „Modellen" verwendet, wie wir sie heute kennen, sondern um abstrakte Figuren mit symbolischer und ritueller Bedeutung nach strengen formalen Regeln zu schaffen, die nur wenigen Spezialisten bekannt waren. So ging es mindestens 150 Jahre weiter. Während der Heian-Periode (794-1185) fand zunächst ein allmählicher Übergang von einer vorwiegend religiösen zu einer eher weltlichen Nutzung statt. Es waren nicht mehr nur Mönche, die Papier falteten, sondern auch Angehörige der aristokratischen Klasse, da es sich um ein teures Material handelte, das nicht für jeden zugänglich war. Dies führte von den abstrakten Modellen, die für religiöse Zwecke verwendet wurden, zu eher darstellenden Modellen, die Tiere, Insekten, Blumen und andere Formen aus der Natur darstellten. In dieser Zeit entstand das heute vielleicht bekannteste Modell der Welt, das auch das internationale Origami-Symbol ist: der berühmte Kranich, japanisch Tsuru (鶴). Trotz der raschen Verbreitung von Papier blieb es lange Zeit ein seltenes und wertvolles Material, dessen Verwendung religiösen Zeremonien oder anderen wichtigen Anlässen vorbehalten war. Eines der ältesten Beispiele für Origami aus der Heian-Zeit ist ein gefaltetes Blatt Papier, mit dem die Sake-Flasche abgedeckt wurde, die bei religiösen Zeremonien als Sühneopfer auf den Altar gestellt wurde. Aus der gleichen Zeit stammen stilisierte Modelle eines männlichen Schmetterlings (Ocho, 雄蝶) und eines weiblichen Schmetterlings (Mecho, 雌蝶), die am Hals von zwei Sake-Flaschen befestigt wurden. Diese wurden bei Shinto-Hochzeitszeremonien für ein besonderes Glücksritual verwendet – ein Brauch, der auch heute noch üblich ist.

Am Ende der Heian-Periode begann die Kamakura-Periode (1185-1333), gefolgt von der Muromachi- oder Ashikaga-Periode (1333-1573), in der der allmähliche Niedergang der zivilen Aristokratie mit dem Aufstieg des Militärs und der Samurai-Klasse einherging. In dieser Zeit entwickelten sich innerhalb des Buddhismus neue Schulen, von denen die berühmteste wohl das Zen ist, das Selbstdisziplin, Meditation und den Kontakt zur Natur in den Vordergrund stellt. Die Geschichte des Origami hat diesen Wandel aufgezeichnet, und die Disziplin verbreitete sich in immer breiteren Schichten der Gesellschaft. Zu dieser Zeit entstand das Noshi (熨斗), eine Papierdekoration, die als Zeichen der Fröhlichkeit oder als Glückwunsch für eine erbrachte Leistung einem Geschenk beigefügt wurde. Die japanische Tradition hat zahlreiche Arten von Noshi für verschiedene Anlässe kodifiziert, die auch heute noch gebräuchlich sind. Es entwickelte sich auch der Brauch, Briefe in Form von Schmetterlingen, Kranichen und Blumen oder sogar in abstrakten, geometrischen Formen zu falten, mit denen Bitten an den örtlichen Fürsten gerichtet wurden oder um die Gunst der Geliebten gebeten wurde. Diese konnte an der Farbe und Form erkennen, ob der Brief einen liebevollen Inhalt hatte oder nicht. In prominenten Familien wurde die Beherrschung der Origami-Kunst zu einer Voraussetzung für die Aufnahme in die Gesellschaft, und viele Familien nahmen ein Origami als Wappen an. Allmählich begann sich diese Disziplin auch auf die Arbeiterklasse auszuweiten. Zur Aufbewahrung kleiner Gegenstände wurden Kästchen angefertigt, wie das Tato, das zur Aufbewahrung von Heilkräutern diente, oder das Tsutsumi. Sogar die Kusudama, eine Kräuterkugel, von der man glaubte, sie könne vor bösen Geistern schützen, wurde aus Papier hergestellt, wobei mehrere Blätter mit Nadel und Faden zusammengefügt wurden. In dieser Zeit erlebte das Land eine beachtliche wirtschaftliche Entwicklung, die relativen Wohlstand und sozialen Frieden mit sich brachte.

Mit der Edo- oder Tokugawa-Periode (1603-1868) kam der Buchdruck nach Japan und die Origami-Kunst profitierte von diesem Medium, um sich weiter zu verbreiten. Es wurde eine Reihe von Texten mit Origami-Modellen gefunden: Zu den ältesten gehört das Chushingura Orikata, eine Sammlung von traditionellen Persönlichkeiten. Das vielleicht berühmteste Werk ist das Hiden Senbazuru Orikata, dessen Titel auf die „Geheimnisse des Faltens von tausend Kranichen" anspielt: Der Kranich hat seit seiner Geburt einen langen Weg zurückgelegt, und man könnte sogar sagen, dass er sich auf diesem Weg vervielfacht hat, denn im Laufe der Zeit haben sich seine Bedeutungen vervielfacht. Es sind auch andere Sammlungen mit traditionellen Mustern bekannt, von denen die Kayaragusa, wörtlich „Fenster zur kalten Jahreszeit", wohl die bekannteste ist. Es handelt sich um eine Sammlung von zeremoniellen Modellen: der männliche Schmetterling, Ocho, und der weibliche Schmetterling, Mecho, der Glückskobold, die Tänzer, die Ringer, die Hina-Puppen. Der Wert dieser Sammlung ist enorm, denn sie dokumentiert die lange Reihe der damals bereits bekannten traditionellen Modelle.

Mit dem Ende der Edo-Periode begann für Japan eine Phase der „Kontamination" mit der westlichen Kultur. Bis dahin hatten nur sehr wenige Japaner die Möglichkeit gehabt, ihre Landesgrenzen zu überschreiten, und noch weniger Ausländer hatten Zugang zum Land der aufgehenden Sonne. Der wirtschaftliche Austausch war minimal und der kulturelle Austausch praktisch nicht vorhanden. Zu dieser Zeit entdeckte der Westen Japan und die Japaner begannen, durch speziell organisierte Touren Origami im Ausland bekannt zu machen. Zunächst galten Origami-Anhänger in Europa als Zauberer oder Taschenspieler, denn niemand hatte so etwas je zuvor gesehen. Von rühmlichen Ausnahmen wie Leonardo da Vinci, Lewis Carroll und einigen anderen abgesehen, kam zumindest bis Mitte des 19. Jahrhunderts niemand auf die Idee, Papier zu falten, nicht einmal, um sehr einfache Figuren zu schaffen. Interessanterweise war das Falten von Stoffen, Tischtüchern und Servietten zur Herstellung von Figuren aller Art viel weiter verbreitet: Origami wurde mit Stoff statt mit Papier hergestellt, um die an den Höfen der großen Herren gedeckten Tische zu schmücken, und diese Technik war Gegenstand spezieller Abhandlungen, von denen sehr seltene Exemplare erhalten sind.

Friedrich Fröbel

Es war Friedrich Fröbel, ein „Lehrer" der damaligen Zeit, der Mitte des 19. Jahrhunderts das enorme Potenzial des Origami für den Unterricht erkannte, um die Kreativität der Schüler zu entwickeln und verschiedene Regeln der elementaren Geometrie zu vermitteln. Seine Erfahrung blieb jedoch lange Zeit ein Einzelfall, auch wenn sie zur Verbreitung des Origami im Westen beitrug. Eine weitere sehr wichtige Erfahrung, die das Origami irgendwie in unsere Zeit „transportierte", war die berühmte Kunstschule „Bauhaus", wo diese Disziplin mindestens ein Jahrzehnt lang, von 1920 bis 1930, gelehrt wurde.

Aufgrund einer Reihe glücklicher Umstände verlief Fröbels Erfahrung jedoch nicht einfach im Sande, sondern wurde in Japan tatsächlich wieder aufgegriffen. Sie wurde anerkannt und in großem Umfang in der Kindererziehung angewandt. Dies markierte einen sehr wichtigen Wendepunkt. Zu den Personen, die sich für diese Methode interessierten, gehörte Akira Yoshizawa, einer der größten Origami-Meister. Da er sich schon immer stark zu dieser Kunst hingezogen gefühlt hatte, zögerte er nicht, zum Papier zu greifen, als er den Auftrag erhielt, die Angestellten des Unternehmens, in dem er arbeitete, in Geometrie zu unterrichten. Yoshizawas Liebe zum Origami befähigte ihn, diese Disziplin von einer Technik zu einer Kunst zu erheben. Er revolutionierte die Art und Weise, wie Papier gefaltet wurde – angefangen bei der Konzeption des Modells. Er führte das Konzept der „weichen Falten" ein und gab der Dreidimensionalität, die bis dahin eine Ausnahme war, neue Impulse. Er entwickelte auch die Technik des „Nassfaltens" (wet folding), um seinen Modellen eine bis heute unübertroffene Plasitizität zu verleihen.

Akira Yoshizawa

Die Welt lernte Yoshizawa kennen, als er 1952 seine erste Sammlung von Werken in einer japanischen Zeitschrift veröffentlichte. Es handelte sich um die zwölf Tierkreiszeichen, die aufgrund ihrer außergewöhnlichen Schönheit und der völlig neuen Technik sofort Aufsehen erregten und für Erstaunen sorgten. Nicht weniger wichtig war sein Beitrag für die Verbreitung des Origami. Zusammen mit zwei anderen großen Vertretern des modernen Origami, Samuel Randlett und Robert Harbin, entwickelte er eine Reihe von Symbolen und grafischen Zeichen, um die mit einem Blatt Papier auszuführenden Faltungen darzustellen. Für Origami-Kunst war das, als würde man die Revolution des Buchdrucks neu erleben. Die Bildsprache war in der Tat international und überwand alle Sprachbarrieren: Es wurde endlich möglich, ein bestimmtes Modell zu vermitteln, ohne dass ein Lehrer den Schüler unterrichten musste. Die Allgemeingültigkeit dieser Methode wird durch die Tatsache bewiesen, dass diese Symbole auch heute noch praktisch unverändert verwendet werden.

Samuel Randlett

In der Zwischenzeit haben sich die Werke des japanischen Meisters in der ganzen Welt verbreitet, zumindest durch das Mittel der Fotografie.

1955 wurde in Amsterdam die erste Ausstellung mit Originalmodellen von Yoshizawa organisiert. Der Erfolg war immens und zum Teil unerwartet. Der japanische Botschafter in den Niederlanden dankte Yoshizawa öffentlich für seinen Beitrag zur Verbesserung der Beziehungen zwischen den beiden Ländern. Später wurde der Künstler von der japanischen Regierung zum Weltfriedensbotschafter ernannt.

Robert Harbin

Das Echo dieses Erfolges erreichte auch die Vereinigten Staaten, wo Origami längst Fuß gefasst hatte. 1958 gründete Lillian Oppenheimer das Origami Center in New York und konnte dank ihrer Begegnung mit Yoshizawa eine zweite Ausstellung organisieren. Wiederum war der Erfolg groß und das Echo in den Vereinigten Staaten und in der ganzen Welt gewaltig.

Yoshizawa wurde im Westen ebenso berühmt wie im Osten. Bald darauf entstanden in Europa weitere Vereinigungen: 1967 die British Origami Society und 1978 das Origami Diffusion Centre. Der Trend setzt sich fort, sodass es heute in jedem europäischen Land mindestens eine Origami-Vereinigung gibt. Das Gleiche gilt für Lateinamerika.

Lillian Oppenheimer

Während Yoshizawa Origami von einer Technik zu einer Kunst erhoben hat, gibt es viele andere Künstler, die diesen Weg bis zum Ende gegangen sind. Das Beispiel von Eric Joisel ist erwähnenswert: Dank seiner künstlerischen Ausbildung (Joisel ist Bildhauer und Maler) ermöglichte ihm die Begegnung mit Papier, seine Kreativität und Fantasie auf höchstem Niveau auszudrücken. Sein Werk ruft ungläubiges Staunen hervor, umso mehr, wenn man bedenkt, dass es sich immer noch um ein Blatt Papier handelt, das ohne Klebstoff oder Schere gefaltet und geformt wird.

Eric Joisel

Gibt man in eine beliebige Suchmaschine den Begriff „Origami" ein, erscheinen mindestens 10 000 Websites: Man kann wirklich sagen, dass Origami heute in der ganzen Welt bekannt ist. Ein großer Teil dieses Erfolges gebührt dem von Yoshizawa zusammen mit Randlett und Harbin entworfenen Code, der den Informationsaustausch in einer noch nie dagewesenen Geschwindigkeit ermöglichte und erleichterte. Die Tatsache, dass Origami ohne die mystischen und religiösen Bedeutungen, die es in Japan kennzeichnen, in den Westen gekommen ist, hat den Menschen im Westen eine größere Freiheit gegeben, sich auf den Weg zu machen, um all die neuen Möglichkeiten zu entdecken, die intuitiv entstehen oder die sich nach und nach ergeben. Zunächst löste man sich vom Quadrat und erkundete das Potenzial anderer Formate: gleichseitiges Dreieck, Sechseck, Achteck, Rechtecke aller Art. Auch neue Formen und Techniken wurden in Anlehnung an die Arbeiten von Yoshizawa erforscht, wie z. B. die Technik des box pleating, die es ermöglicht, eine beliebige Anzahl von freien Papierschichten für das Falten benötigter Bestandteile zu erhalten.

Tomoko Fuse

Das Studium der Geometrie hat durch die Origami-Kunst erhebliche Impulse erhalten. Alle Axiome der euklidischen Geometrie können mit Hilfe der Origami-Kunst demonstriert werden, die es sogar ermöglicht, einige Gleichungen dritten Grades zu lösen, die mit Lineal und Zirkel unlösbar wären.

Das modulare Origami schließlich hat seine Patin in Tomoko Fuse gefunden, die die Ergebnisse ihrer Bemühungen kontinuierlich der internationalen Origami-Gemeinschaft vorstellt und jede Form von fester Geometrie, sowohl reale als auch der Fantasie entsprungene, mit durchweg hervorragenden Ergebnissen erforscht. Das Prinzip des modularen Origami ist relativ einfach: Jedes Blatt greift in das vorherige hinein und bildet gleichzeitig eine Verbindung für das nächste Blatt. In der Praxis wird jedes Blatt zu einem Modul, das mit den anderen verbunden wird. Die Anzahl der Module ist nicht begrenzt: Es sind Installationen mit mehr als 60.000 Modulen bekannt.

Robert J. Lang

Gleichzeitig werden die Anwendungen von Origami im Alltag immer zahlreicher: Die in Autos eingebauten Airbags beispielsweise gehen auf eine Origami-Anwendung zurück (es geht darum, eine bestimmte Fläche auf kleinstem Raum so zu falten, dass sie sich mit minimalem Aufwand bei maximaler Geschwindigkeit ausdehnt). Und selbst die Linse des Hubble-Teleskops wurde nach dem Origami-Prinzip gefaltet und ins Weltall geschickt und ließ sich am Zielort mit einem einfachen Klick wieder öffnen. Auch die Medizin ließ sich vom Origami-Prinzip inspirieren, um moderne Stents für die Gefäßchirurgie zu entwerfen. Nicht weniger bedeutsam sind die Ergebnisse, die mit Origami für die Genesung und Behandlung von Menschen mit psychischen Störungen erzielt werden. Es ist kaum zu glauben, aber die vollständige theoretische Formalisierung des Origami ist einem Forscher der NASA., Robert J. Lang, zu verdanken. Wie Lang haben sich auch andere berühmte Persönlichkeiten und Wissenschaftler mit Origami beschäftigt, und diese Disziplin ist heute Gegenstand eingehender Studien von Mathematikern.

Letztendlich ist Origami ein mächtiges, sehr mächtiges Werkzeug. Und es ist unbestreitbar, dass es in den letzten Jahrzehnten exponentiell an Bedeutung gewonnen hat. Es ist gewachsen, hat sich aber nicht verändert. In der östlichen Philosophie heißt es, dass die einzige Konstante in der Welt die Verwandlung ist: Origami verkörpert dieses Konzept fast in Perfektion. Aus einem Modell entsteht durch eine nachträgliche Änderung ein anderes, das wiederum Variationen erfährt, aus denen ein weiteres Modell und dann wieder ein anderes hervorgeht – ohne Unterbrechung.

An dieser Stelle bleibt nur noch, ein Blatt Papier in die Hand zu nehmen und sich auf den Weg in die unendliche Welt des Origami zu machen. Viel Spaß beim Falten.

Einige traditionelle Modelle

Eine Kurtisane hält ein Origami (Utagawa Kunisada [Toyokuni III], 1786-1865, Holzschnitt, ca. 1844).

Eines der wichtigsten traditionellen Modelle ist zweifellos der Kranich. Es ist unerlässlich, kurz auf die Bedeutung dieses Modells in der Kultur einzugehen: Es ist kein Zufall, dass der Kranich zum internationalen Symbol des Origami geworden ist. In Japan genießt der Kranich seit jeher ein hohes Ansehen und ist Protagonist zahlreicher Geschichten und Legenden. Nach der ältesten dieser japanischen Legenden soll dieser Vogel tausend Jahre alt werden. Deshalb verschenken die Japaner traditionell einen Kranich, um dem Beschenkten ein langes und glückliches Leben zu wünschen.

In der Origami-Kunst durfte dieses wichtige Symbol also auf keinen Fall fehlen. Der Kranich hatte nicht nur eine Versöhnungsfunktion, sondern galt und gilt auch als willkommenes Opfer für die Götter. In Japan ist das Falten dieses Modells sehr verbreitet: So wie bei uns Gebete gelehrt werden, wird dort das Falten des Kranichs erlernt.

Wenn das Schenken eines Kranichs dem Wunsch nach einem tausendjährigen Leben entspricht, dann ist das Schenken von tausend Kranichen logischerweise gleichbedeutend mit dem Wunsch nach einer nahezu unendlichen Existenz. Da diese auf der Erde nicht erfahrbar ist, schließt sie zwangsläufig die jenseitige Dimension ein. Während die Art und Weise, wie ein Kranich gefaltet wird, seit der Antike im Wesentlichen gleich geblieben ist, gibt es verschiedene Methoden, um einen „Ansammlung" oder eine Schar von tausend Kranichen zu erhalten. Eine der einfachsten, aber nicht weniger schönen Methoden besteht darin, tausend Kraniche einzeln zu falten und sie dann mit Nadel und Faden zusammenzufügen. Man kann dann eine einzige Reihe von tausend Kranichen machen oder zehn Reihen von hundert Kranichen, die an einem Haken an der Decke hängen, oder sogar zwanzig Reihen von fünfzig Kranichen, die auf dieselbe Weise aufgehängt werden. Jeder kann seine eigene Methode erfinden, um tausend Kraniche zu schaffen, und sogar auf vielfältige Weise mit den Farben spielen. Die lange japanische Origami-Tradition hat auch noch ein anderes System entwickelt, um etwas zu erreichen, das den tausend Kranichen sehr ähnlich ist – eine Methode, die in Bezug auf das erforderliche Engagement und die Konzentration mit einer langen und beschwerlichen Pilgerreise verglichen werden kann und ebenso wertvoll ist. Es ist nämlich möglich, ein großes Quadrat durch verschiedene Einschnitte in kleinere

Quadrate zu unterteilen, sodass eine kleine Lasche des Papiers intakt bleibt und jedes Quadrat mit dem vorherigen und dem nächsten verbunden werden kann. Jedes Quadrat wird dann zu einem Kranich gefaltet. Das Falten von Kranichen auf diese Weise ist natürlich komplexer, schwieriger und anspruchsvoller. Eine einzige falsche oder unbedachte Bewegung genügt, um eine der zerbrechlichen Laschen, die die Quadrate zusammenhalten, zu zerreißen, und schon sind viele Stunden Arbeit verloren. Wenn die Arbeit jedoch erfolgreich zu Ende gebracht wird, ist das Ergebnis wirklich spektakulär. Die Kraniche werden durch den Schnabel, die Flügel oder den Schwanz miteinander verbunden, oder durch eine Kombination dieser drei Methoden, die durch eine bewusste Wahl des Origami-Künstlers oder einfach durch Zufall bestimmt wird. Wenn die aus den Einschnitten gewonnenen Quadrate unterschiedlich groß sind, haben wir einen oder mehrere große Kraniche und kleinere, die alle wie die Mitglieder einer Familie oder eine Mutter mit ihren Kindern zusammengehören. Die Zärtlichkeit, die dieses Bild hervorruft, ist unaussprechlich, und es ist offensichtlich, dass sich hinter dem Falten des Papiers selbst etwas Tieferes verbirgt.

Auch in jüngerer Zeit ist der Kranich der Protagonist nicht weniger ergreifender Geschichten. Ein berühmter Roman aus dem letzten Jahrhundert erzählt die wahre Geschichte eines japanischen Mädchens, das durch die Strahlung der 1945 über Hiroshima abgeworfenen Bombe geschädigt wurde: Das Mädchen fragte beharrlich, wann es wieder gesund sein würde, und niemand wusste, was man sagen oder erfinden sollte, um das Kind zu beruhigen. So erzählte ihr jemand, teils durch Zufall, teils auf der Welle eines alten Glaubens, dass sie geheilt werden würde, wenn sie mit dem Falten von tausend Kranichen fertig sei. Sadako, so hieß das Mädchen, machte sich sofort an die Arbeit, kam aber „nur" bis zu über sechshundert Kranichen. Leider erlag sie dann den Auswirkungen der Strahlung. Der Staffelstab wurde jedoch in Japan und in der ganzen Welt von zahlreichen Menschen aufgegriffen, die sich verpflichteten, tausende Kraniche als Ausdruck des Wunsches nach Frieden zu falten. Japan seinerseits hat der kleinen, aber dennoch großen Sadako ein Denkmal gewidmet, auf dem noch heute zu jeder Jahreszeit Sträuße von tausend Kranichen zum Gedenken

Eine Mutter bastelt Origami für ihren Sohn (Utagawa Kuniyoshi, 1797-1861, Holzschnitt, 1840)

an sie abgelegt werden, die aus der ganzen Welt kommen – als Zeichen des Friedens. Ein Kranich scheint nur ein Stück Papier zu sein, aber in Wirklichkeit verbirgt er eine tiefere Bedeutung, die es zu entdecken gilt.

Auch einem anderen wichtigen traditionellen Modell, dem Karpfen, liegt die Betrachtung der Natur zugrunde: Ihr angeborener Beobachtungsgeist, der mit besonderer Schärfe die natürlichen Elemente im Blick hat, hat die Japaner zu der Erkenntnis geführt, dass der Karpfen ein Fisch in ständiger Bewegung ist und sogar gegen den Strom schwimmen kann. So schwimmt er häufig stromaufwärts. Er vereint also zwei sehr wichtige Eigenschaften, nämlich Stärke und Entschlossenheit, die in der Antike für Krieger unerlässlich waren. Er gilt daher als einer der tugendhaftesten Fische. Als Symbol der Beharrlichkeit erinnert er auch an die Treue in der Ehe. Es ist eine typisch japanische Tradition, bei männlichen Kindern den Geist des Karpfens anzurufen, damit sie seine Tugenden verinnerlichen. Um diese Geister zu besänftigen, ist es auch heute noch Brauch, am 5. Mai, dem Tag der Jungen, auf dem Dach oder Balkon jedes Hauses, in dem mindestens ein Kind gefeiert wird, einen großen Bambusstock anzubringen, an dessen Spitze das Stoff- oder Papierbildnis eines oder mehrerer Karpfen flattert – die Anzahl entspricht derjenigen der gefeierten Kinder. Zur Freude der Kleinen, für die man sich Geschenke wie körperliche und geistige Kraft oder Erfolg im Leben erhofft, haben die Karpfen sehr helle und auffällige Farben.

Mädchen erlernen die Origami-Kunst (Miyagawa Shuntei, 1873-1914, Holzschnitt, 1896)

Auch Schmetterlinge haben in den Kulturen der ganzen Welt schon immer eine besondere Rolle gespielt, und Japan bildet da keine Ausnahme. Sie gelten als Symbol für die Schönheit und Anmut der jungen Frauen, die sich nach einer langen Zeit in ihrer ganzen Pracht aus der Puppe entfalten. Der männliche Schmetterling, Ocho genannt, und der weibliche Schmetterling, Mecho genannt, stehen für das Eheglück. Diese Symbolik ist in Japan seit der Antike bekannt, und auch heute noch sind die beiden Schmetterlinge bei jeder Hochzeitszeremonie zu sehen: Zur Feier des Brautpaares wird traditionell

Porträt eines Schauspielers als berühmter Zauberer mit Frosch-Origami (Utagawa Kunisada [Toyokuni III], 1786-1865, Holzschnitt).

Sake getrunken – das berühmte, durch die Gärung von Reis gewonnene Getränk. Und die Flasche, in der er sich befindet, ist mit einem Papierumschlag verschlossen, der wahrscheinlich der Vorläufer der Ocho- und Mecho-Schmetterlinge ist, von denen man annimmt, dass sie das erste Origami mit symbolischer Bedeutung sind. Auf jeden Fall gehören sie zu den ältesten und bekanntesten Origami.

Ebenfalls aus der Tierwelt stammt ein weiteres traditionelles Motiv, der Frosch, der im Laufe seiner Entwicklung eine Metamorphose vom Ei zur Kaulquappe und dann zum erwachsenen Tier durchläuft. Diese einfache Tatsache wäre in einem Land wie Japan, das sehr empfindsam auf symbolische Bedeutungen reagiert, an sich schon sehr wichtig. Aber das ist noch nicht alles. Ein seltsamer Zufall will es, dass im Japanischen das Wort „Frosch" und das Wort „umkehren" gleich ausgesprochen werden: Kaeru. Es ist daher naheliegend, den Frosch mit einem Talisman für Reisende zu assoziieren: So war es üblich, dass die Ehefrauen der Fischer ihren Männern einen Talisman in Form eines Frosches als Glücksbringer mitgaben, damit sie sicher nach Hause zurückkehren würden. In japanischen Tempeln werden auch heute noch kleine Froschfiguren als Glücksbringer für ruhelose Seelen, die durch das Universum wandern, verkauft. Einen Frosch zu falten ist also gleichbedeutend mit dem Falten eines Glücksbringers.

Beim Noshi, einem anderen klassischen traditionellen Modell, lässt sich ebenfalls ein tierischer Ursprung nachweisen, wenn auch nicht ganz so offensichtlich. Für die Japaner ist Noshi eine Art Ritual, ein von allen anerkannter und geschätzter Brauch, der auf eine sehr lange Geschichte zurückblickt. Das Noshi, oder besser gesagt das Noshi-awabi, ist ein essbares Weichtier, das die Eigenschaft hat, sich nicht zu zersetzen, wenn es getrocknet wird: Aufgrund dieser Eigenschaft, die in Japan seit jeher bekannt ist, wurde es zum Symbol der Unsterblichkeit. Im Zeitalter der Samurai, das von einer Kultur voller symbolischer Bedeutungen geprägt war, war es üblich, den Kriegern, die zu einer Mission aufbrachen, einen kleinen Streifen dieser Muschel als Glücksbringer und gleichzeitig als Schutz für das ewige Leben im Falle ihres Todes mitzugeben. Die Reinheit eines Streifens dieses Weichtiers wurde dadurch gewahrt, dass man es mit dem Material überzog, das den Göttern am besten gefiel: Papier. Natürlich war das Verfahren, mit dem es bedeckt wurde, selbst voller symbolischer Bedeutungen, angefangen bei der Wahl des Papiers und seiner Farbe.

Der Brauch, einen solchen Glücksbringer zu verschenken, verbreitete sich allmählich im Volk, und es wurde üblich, die kostbare und oft unerreichbare Muschel durch etwas Ähnliches zu ersetzen, zum Beispiel einen Streifen Papier. Die Jahrhunderte und auch die Zeit der Samurai sind vergangen, aber der Brauch ist erhalten geblieben und hat sich sogar noch weiter verbreitet, während er sich dem Wandel der Zeit anpasste. Heute bezeichnet der Begriff Noshi eine Papierdekoration, die als Glücksbringer, Glückwunsch zu einer erbrachten Leistung oder als gute Wünsche für die Zukunft verwendet wird. In Japan wird der Verpackung eines Geschenks große Bedeutung beigemessen; die Verpackung ist sogar oft wichtiger als der Inhalt selbst. Wenn die Verpackung sehr aufwendig ist, bedeutet dies, dass viel Mühe in die Verpackung gesteckt wurde – eine Mühe, die ausschließlich der Person gewidmet ist, für die das Geschenk bestimmt ist. Und je komplizierter die Verpackung ist, desto mehr Wertschätzung erhält sie durch den Empfänger. Die Gestaltung eines Noshi verkörpert dieses Prinzip perfekt. Das war früher so und ist auch heute noch üblich, auch wenn der Papierstreifen heutzutage häufig durch einen Streifen aus Kunststoff ersetzt wird.

Auch die Regeln für das Falten der Noshi haben sich nicht geändert. Er muss beim Beschenkten ein Gefühl von Harmonie, Freude und Frieden hervorrufen. Beim Falten müssen daher bestimmte Symmetrien beachtet werden, die zwar teilweise dem eigenen Geschmack überlassen sind, aber zum richtigen Ergebnis führen müssen. Das Profil des Noshi muss sorgfältig berechnet werden, ebenso wie die Verhältnisse zwischen den verschiedenen Falten und zwischen den weißen und farbigen Teilen. Außerdem muss das Blatt beim Einwickeln so gefaltet werden, dass außer dem ersten Schnitt keine weiteren Schnitte gemacht werden: Diese Eigenschaft wurde im Laufe der Zeit auch auf andere Origami-Arten übertragen und wurde zu einem der typischsten Merkmale dieser Disziplin. Schließlich muss die Faltung so ausgeführt werden, dass ein bestimmtes Profil mit schrägen Seiten entsteht, ohne dass es einen exakten Bezugspunkt gibt: Die Ausführung aller Faltungen erfolgt ausschließlich nach dem Augenmaß. Es liegt auf der Hand, dass viel Übung und ein gewisses Maß an Erfahrung erforderlich sind, um ein Ergebnis zu erzielen, das der Bedeutung des Motivs angemessen ist.

Das von uns vorgestellte Noshi-Modell ist relativ einfach und symmetrisch, aber es gibt auch sehr häufig asymmetrische Noshi, bei denen man dennoch die sorgfältige Suche nach präzisen Linien und Verhältnissen spüren kann.

Glossar

Bezeichnung des Symbols	*Aussehen des Symbols*	*Anwendung*	*Ergebnis der Anwendung*
Talfalte		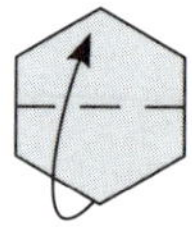	
Talfalte ausführen und wieder entfalten		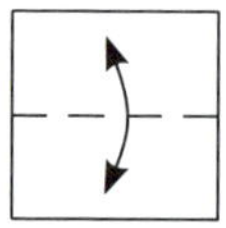	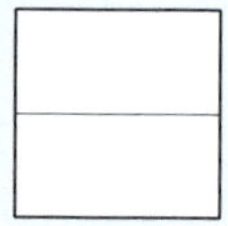
Bergfalte		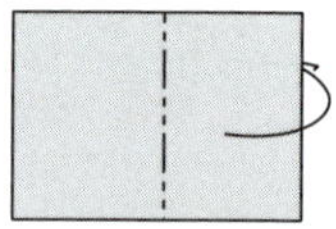	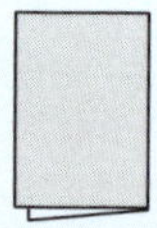
Bergfalte ausführen und wieder entfalten		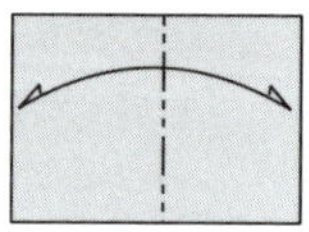	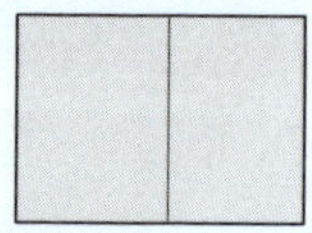
Die Faltung einmal, zweimal, dreimal etc. wiederholen		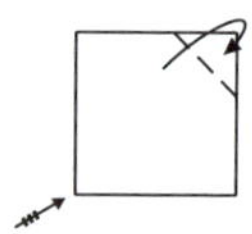	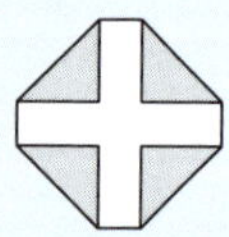
Punkt auf Punkt falten		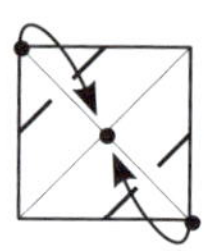	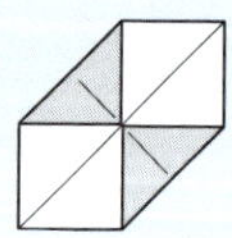
Unter der Papierschicht einstecken		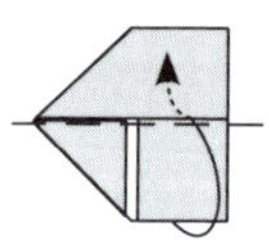	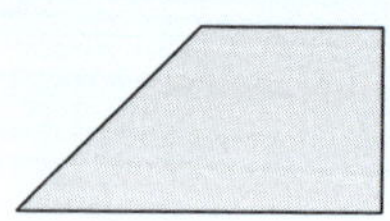

Bezeichnung des Symbols	*Aussehen des Symbols*	*Anwendung*	*Ergebnis der Anwendung*
Verdeckte Kanten (Röntgenstrahlen)			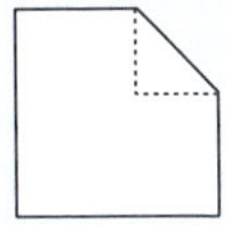
Die Figur wenden		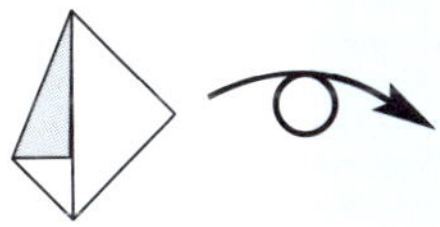	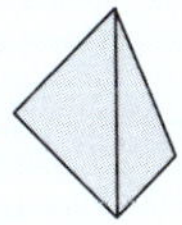
Drücken, quetschen, nach innen stülpen		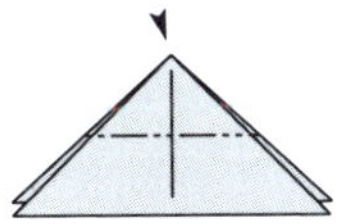	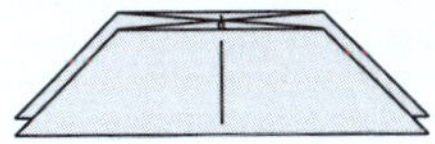
Drehen, um die Figur anders auszurichten		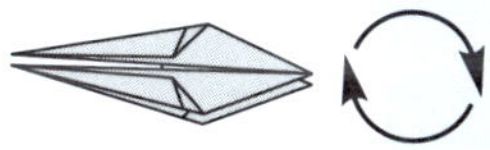	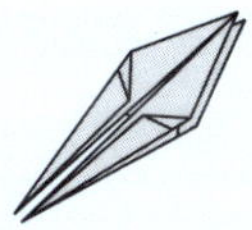
Die winkelhalbierende Falte einer Ecke ausführen		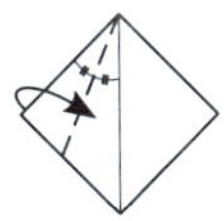	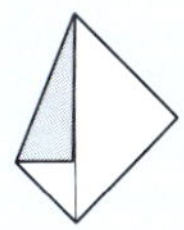
Zickzackfalte		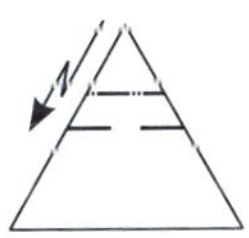	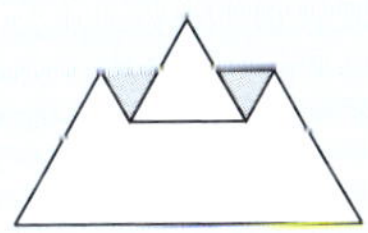
Symmetrische Zickzackfalte	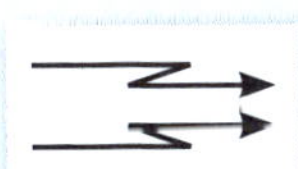	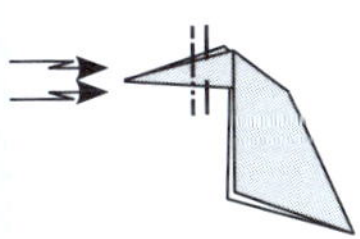	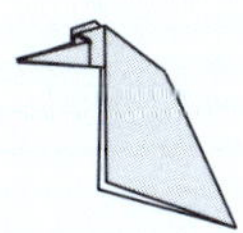

Bezeichnung des Symbols	*Aussehen des Symbols*	*Anwendung*	*Ergebnis der Anwendung*
Eine oder mehrere Falten bzw. eine oder mehrere Papierschichten entfalten	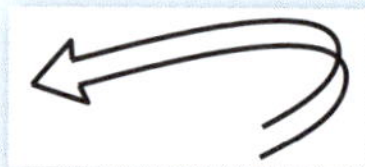	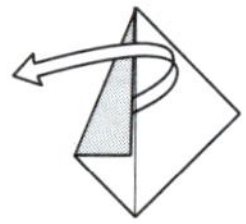	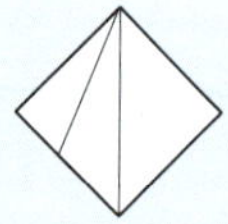
Vergrößerte Figur		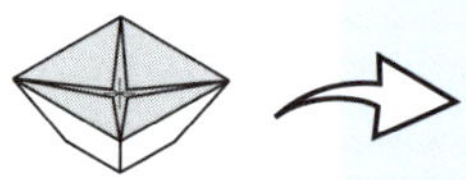	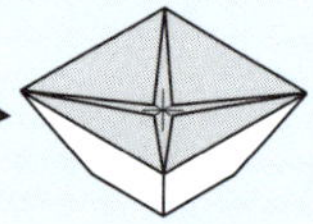
Verkleinerte Figur		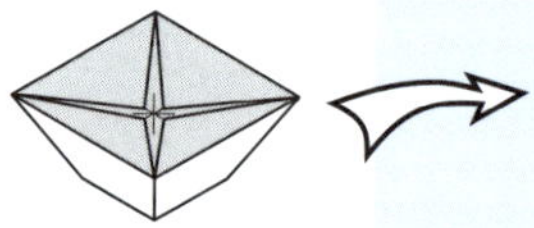	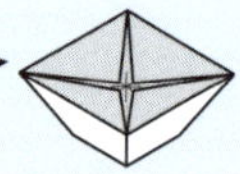
Auf 90° falten		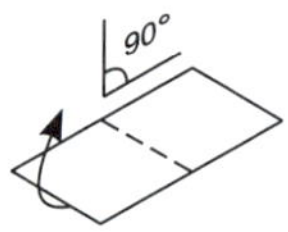	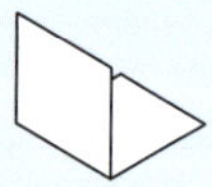
Aufblasen			
Übergang zur Dreidimensionalität	3D	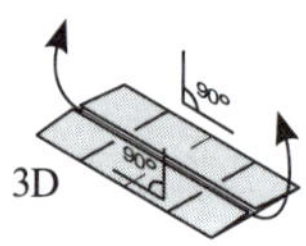	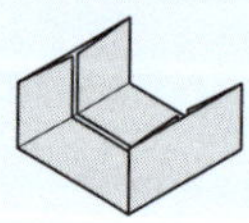
Knick	– –	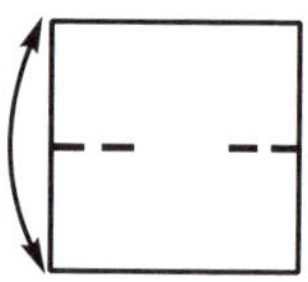	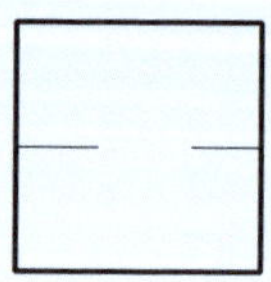

VIDEO: www.nuinui.ch/video/it/g11/grande-tradizionali/p32

★☆☆☆☆

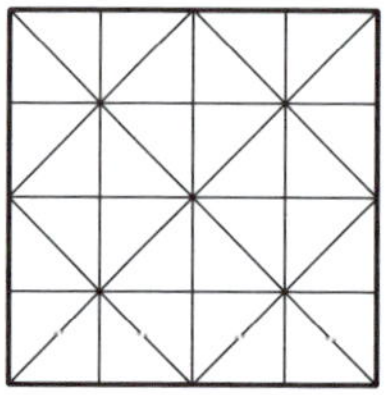

Das Windrädchen

Diese Modelle sind von den japanischen Traditionen inspiriert: Sie zu falten, kommt ein wenig einer Reise in jenes geheimnisvolle Land gleich, wo die Seelen von Kindern, die nie geboren wurden oder früh starben – dargestellt durch Figuren mit kindlichen Zügen – mit Blumen, Spielzeug, Puppen, Süßigkeiten geehrt werden, und mit Windrädchen, die sich leicht im Wind bewegen und die Luft mit den sanftesten Klängen erfüllen.

1

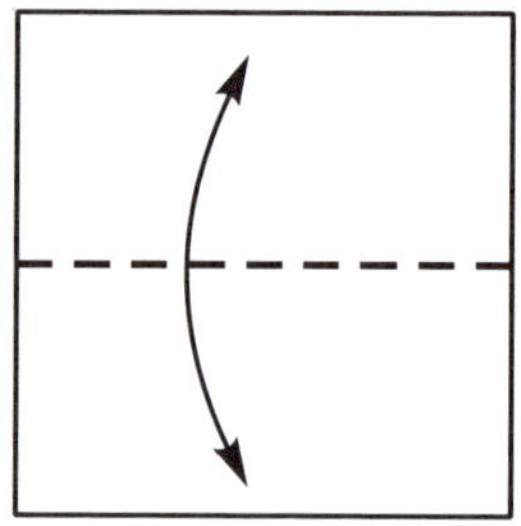

Die untere Kante und die obere Kante mit einer Talfalte bündig aufeinander falten, um die horizontale Mittellinie zu erhalten. Dann wieder entfalten.

2

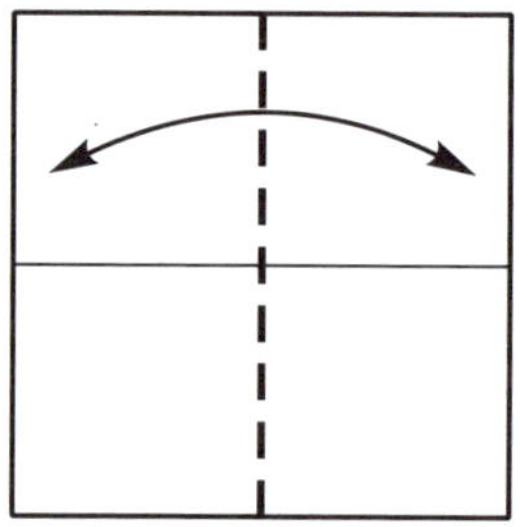

Die rechte und die linke Kante mit einer Talfalte bündig aufeinander falten, um die vertikale Mittellinie zu erhalten. Dann wieder entfalten.

3

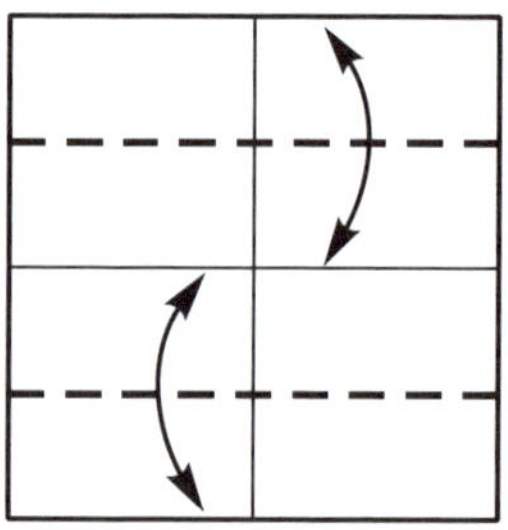

Die untere und die obere Kante zur horizontalen Mittellinie falten und wieder entfalten.

4

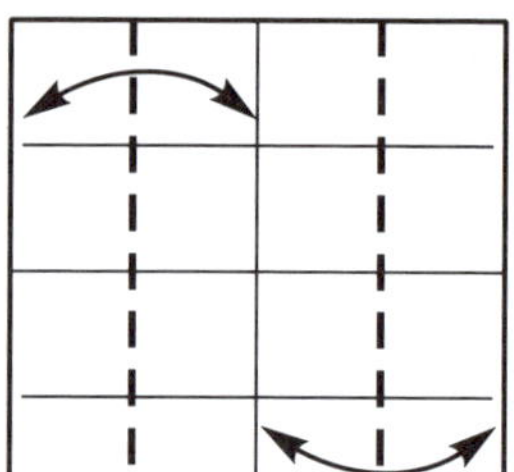

Die rechte und die linke Kante zur vertikalen Mittellinie falten und wieder entfalten.

5

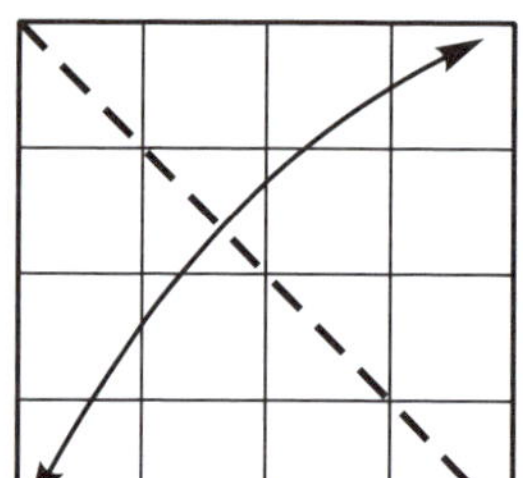

Eine Diagonale falten und wieder entfalten.

9

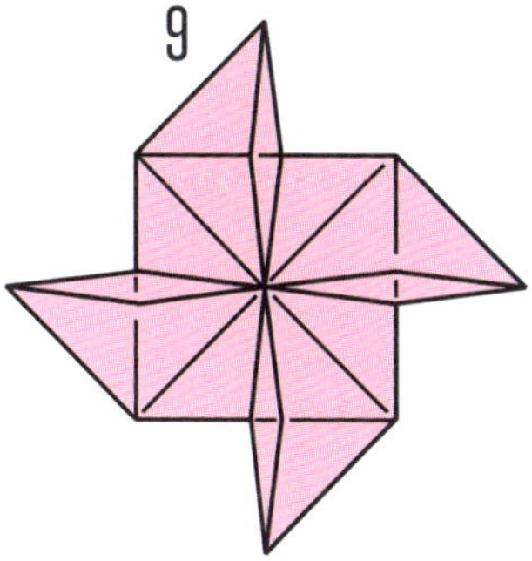

Das Windrädchen ist fertig.

8A

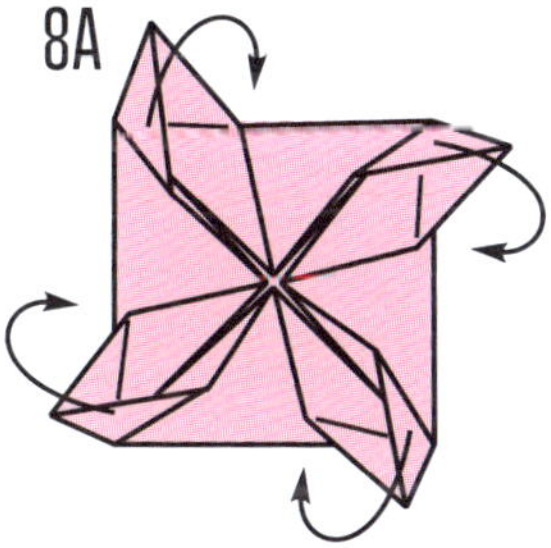

Die Zeichnung ist im Vergleich zur vorherigen vergrößert. Nachdem die Mittelpunkte zur Mitte gefaltet wurden, die hochstehenden Papierschichten in Pfeilrichtung zur Grundfläche herunter falten, sodass die in Schritt 9 abgebildete Figur entsteht.

8

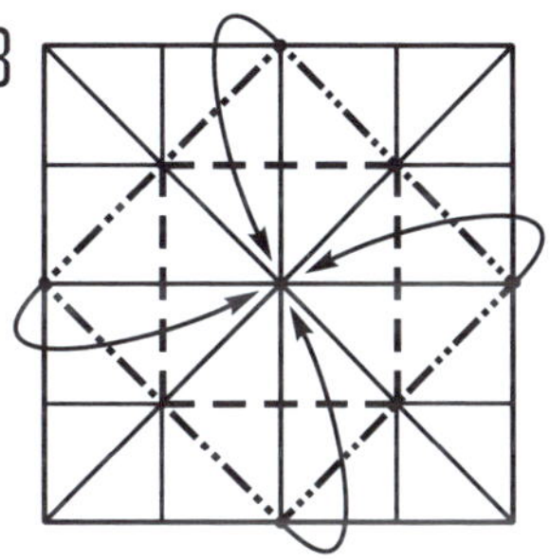

Die Mittelpunkte aller Kanten zum Mittelpunkt falten.

6

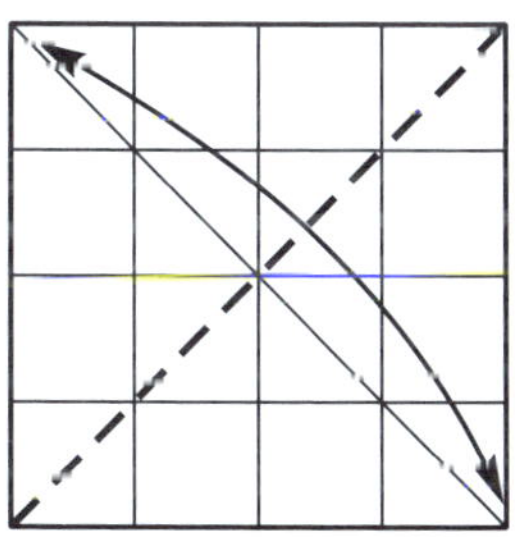

Die andere Diagonale falten und wieder entfalten.

7

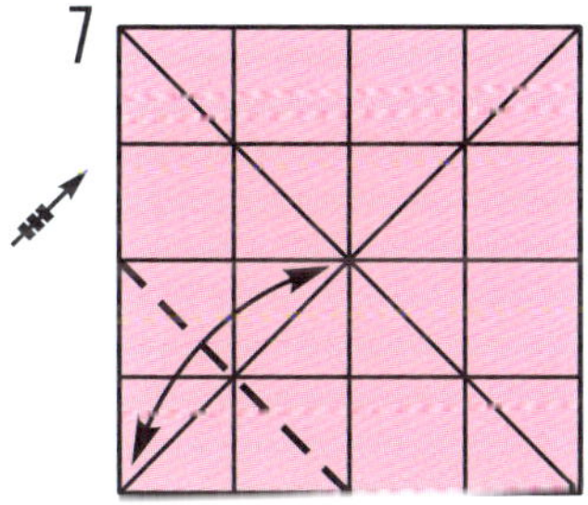

Das Modell wenden. Eine Ecke zum Mittelpunkt falten und wieder entfalten. Mit den übrigen drei Ecken genauso verfahren.

VIDEO: www.nuinui.ch/video/it/g11/grande-tradizionali/p34

★☆☆☆☆

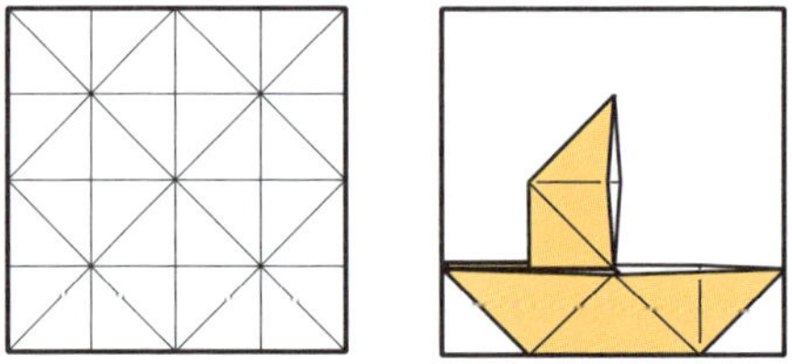

DAS KLEINE BOOT

In Japan findet an den Tagen, die dem Totenkult gewidmet sind, eine Zeremonie statt, bei der viele kleine Papierboote in Gewässer gesetzt werden. An Bord kehren – der Legende nach – die Geister aus dem Reich der Toten auf die Erde zurück, wenn auch nur für kurze Zeit. Dieses Modell ist von diesem alten Brauch inspiriert.

1

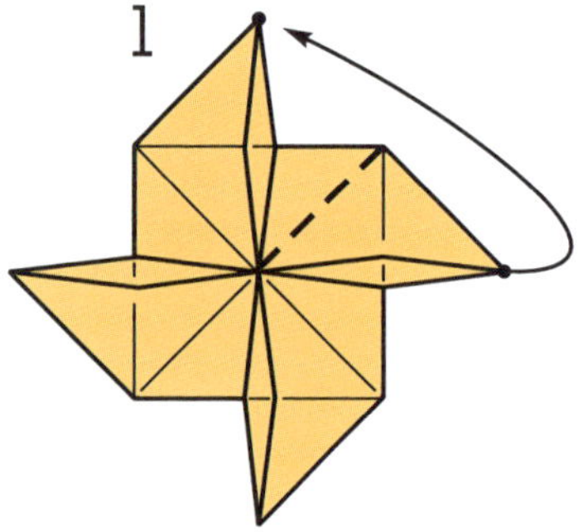

Ausgehend vom Windrädchen die angegebene Spitze nach oben falten, sodass die angegebenen Punkte zusammentreffen.

2

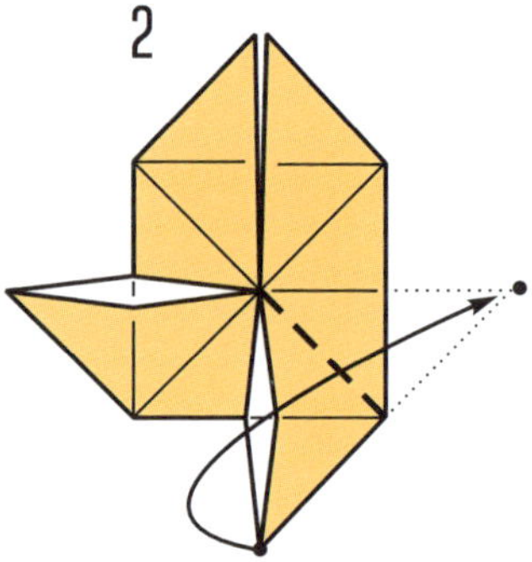

Nun die wiederum angegebene Spitze gemäß der gepunkteten Linie nach rechts falten.

3

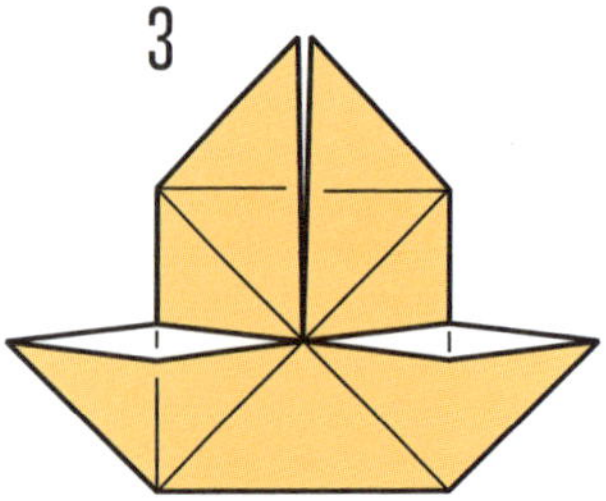

Die Zeichnung zeigt das Aussehen der Figur, nachdem Schritt 2 abgeschlossen ist.

4

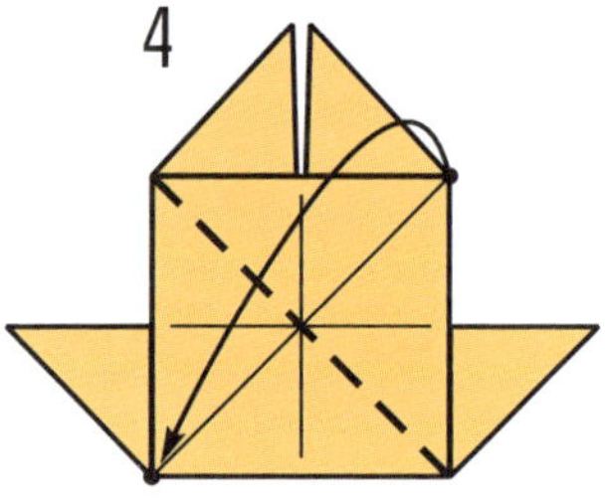

Das Modell wenden und mit einer Talfalte die beiden angegebenen Punkte aufeinander falten.

5

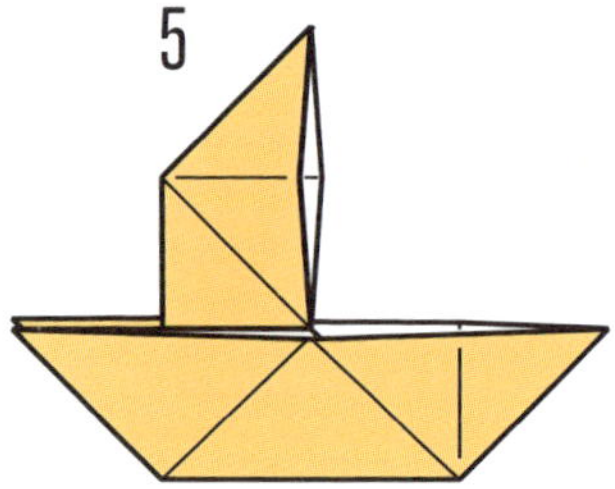

Das Schiffchen ist fertig.

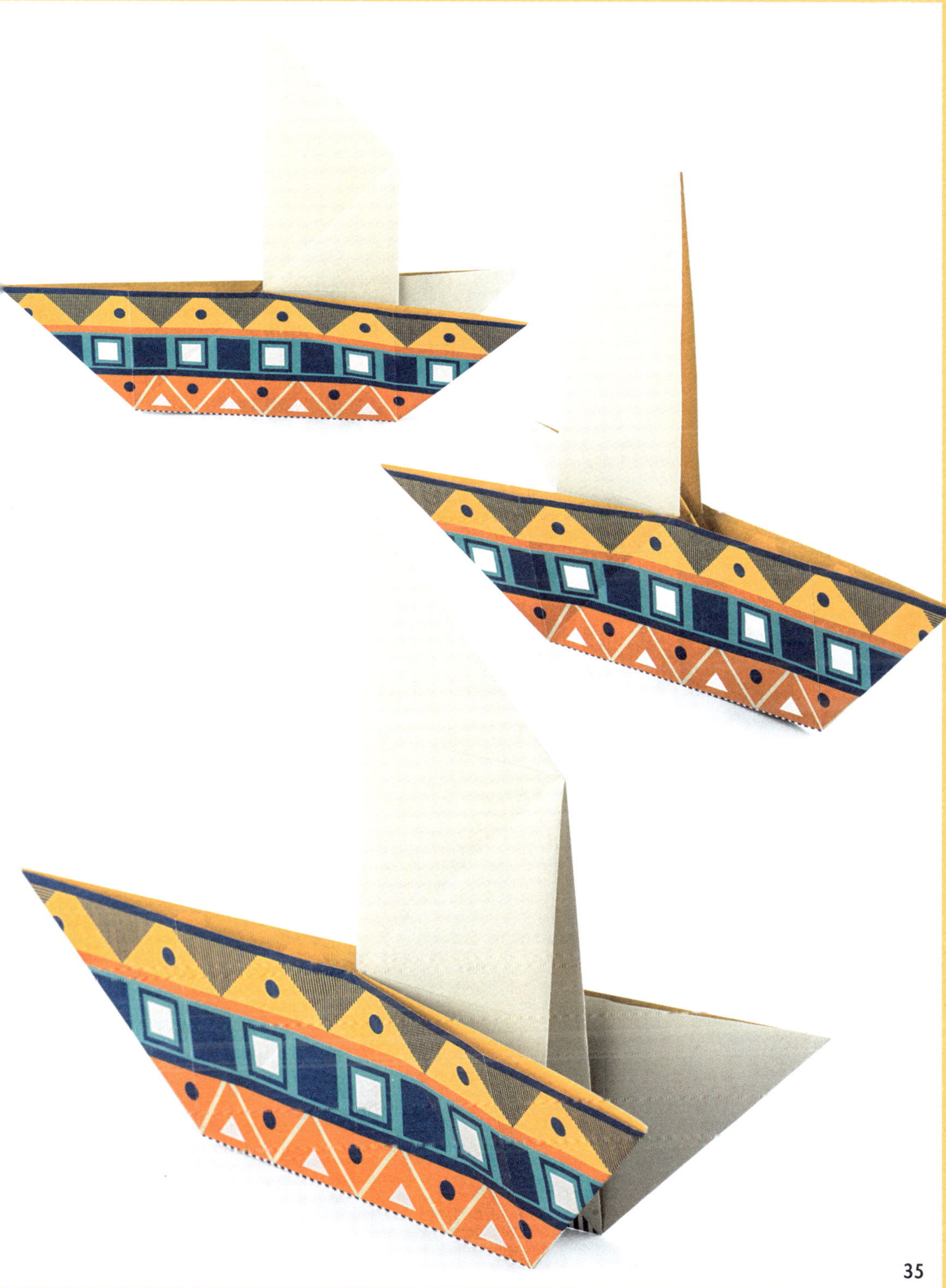

VIDEO: www.nuinui.ch/video/it/g11/grande-tradizionali/p36

★☆☆☆☆

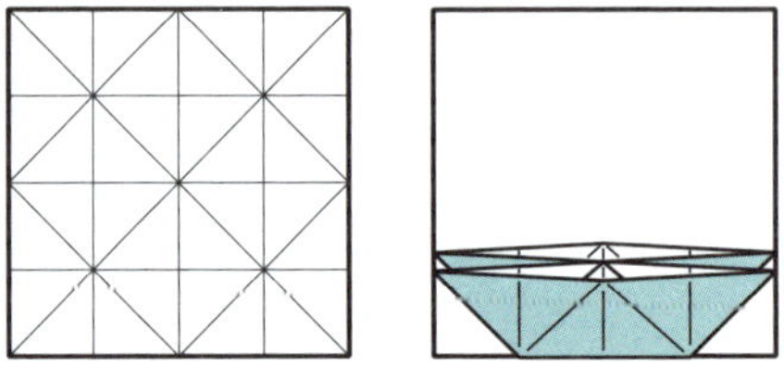

DER KATAMARAN

Dieses traditionelle Boot besteht aus zwei dünnen Rümpfen, die parallel verlaufen und durch eine mehr oder weniger komplexe Struktur miteinander verbunden sind. Japan ist heute führend in der Erprobung auf diesem Gebiet und hat Schiffe gebaut, die als schwimmende Laboratorien dienen und mit hochentwickelter Ausrüstung für Unterwasser- und ozeanographische Untersuchungen, für den Kampf gegen Umweltverschmutzung sowie für die Rettung und Brandbekämpfung ausgestattet sind.

1

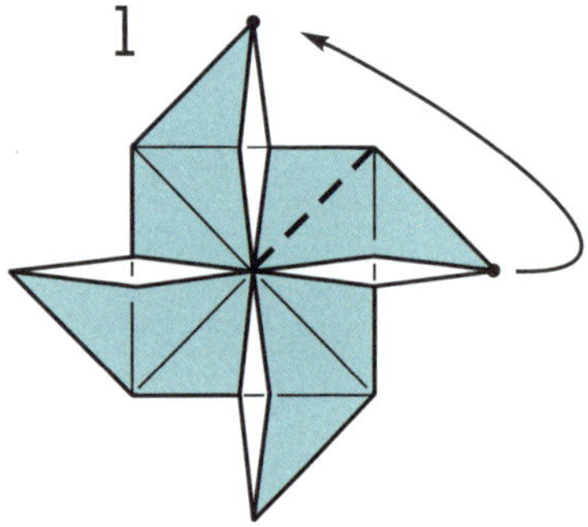

Ausgehend vom Windrädchen die angegebene Spitze nach oben falten, sodass die gekennzeichneten Punkte zusammentreffen.

2

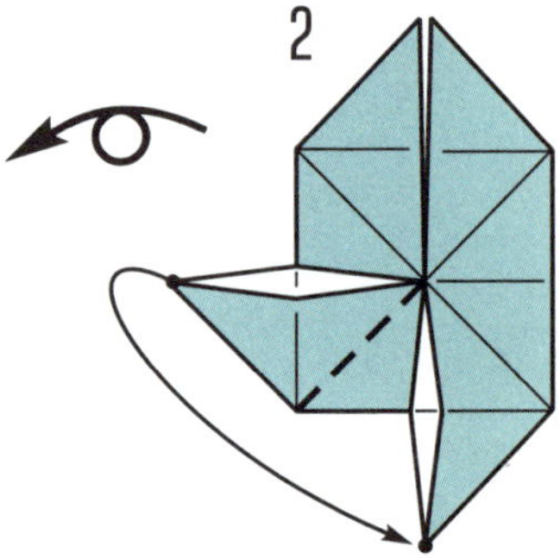

Nun die linke Spitze nach unten falten, sodass die angegebenen Punkte zusammentreffen.

3

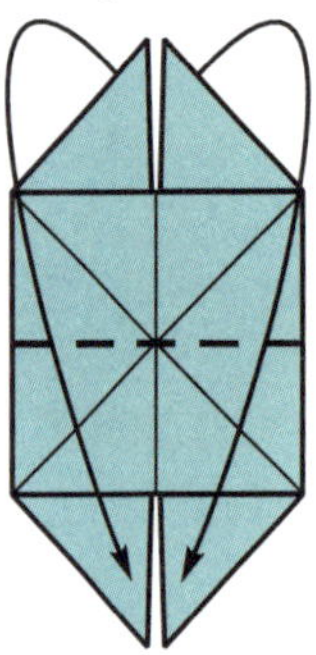

Das Modell wenden. Die gesamte obere Hälfte des Modells so nach unten falten, dass sie sich mit der unteren Hälfte deckt.

4

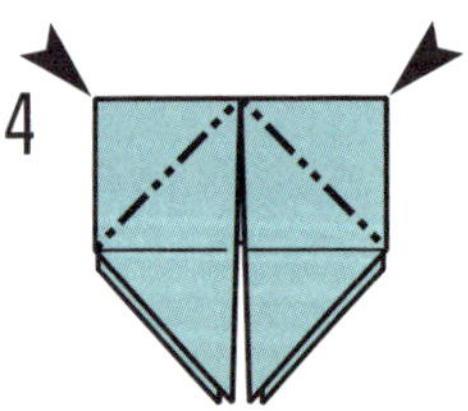

Die beiden markierten Ecken zwischen die Papierschichten nach innen stülpen.

5

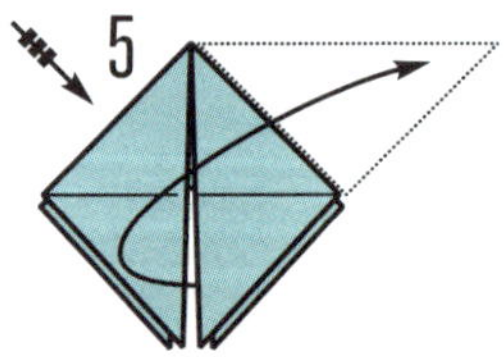

Die obere rechte Papierschicht bis zur durch die gepunkteten Linien angegebenen Position hochfalten. Mit der hinteren Schicht und dann mit den entsprechenden Papierschichten links genauso verfahren.

6

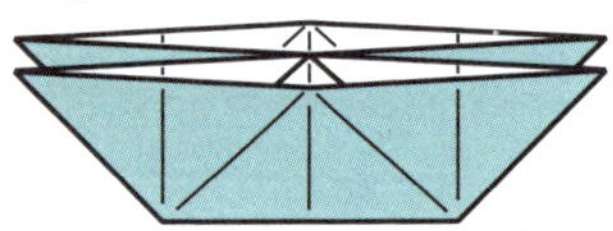

Der Katamaran ist fertig.

VIDEO: www.nuinui.ch/video/it/g11/grande-tradizionali/p38

★☆☆☆☆

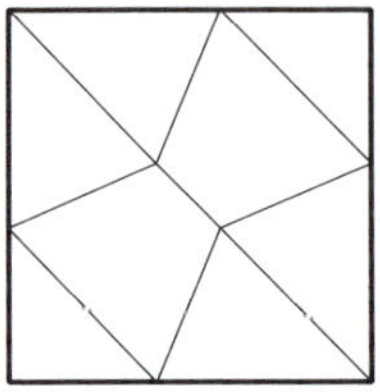

Der Becher

Mit der Origami-Technik kann jedes Lebewesen oder jeder unbelebte Gegenstand „in Form von Falten" nachgebildet werden: Es lassen sich unendlich viele Alltagsgegenstände herstellen. Der Becher zum Beispiel ist ein sehr einfaches Modell und eines der beliebtesten, weil er nützlich und leicht herzustellen ist. Er kann zur Aufbewahrung von kleinen Gegenständen verwendet werden, kann aber auch Flüssigkeiten aufnehmen, wenn man ihn mit fettdichtem Papier faltet.

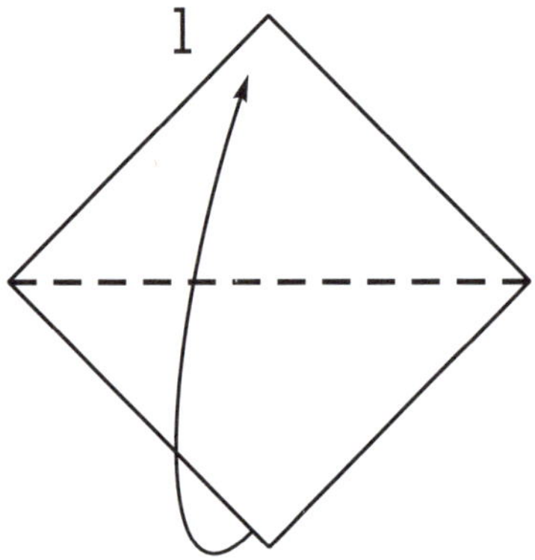

Mit einer Talfalte die horizontale Diagonale falten.

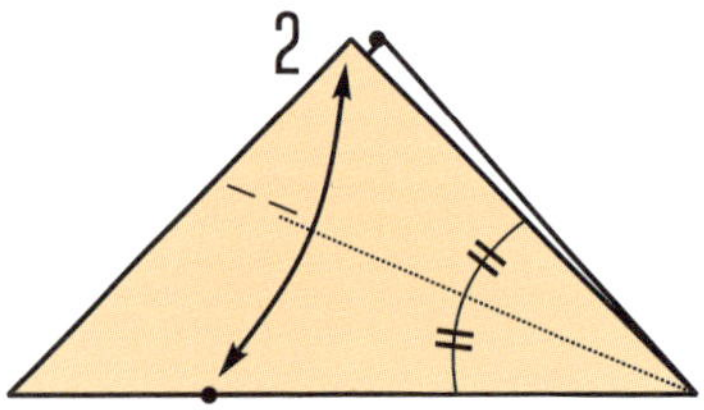

Nur auf der oberen Papierschicht unter Beachtung des Winkels mit einer Talfalte den dargestellten Knick ausführen.

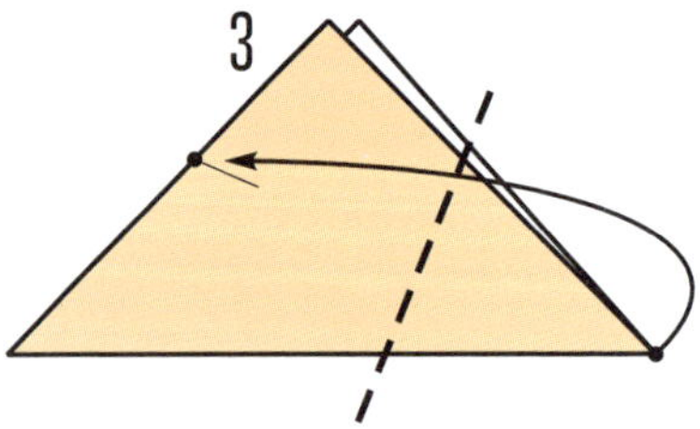

Die rechte Ecke auf den Endpunkt des in Schritt 2 gefalteten Knicks falten.

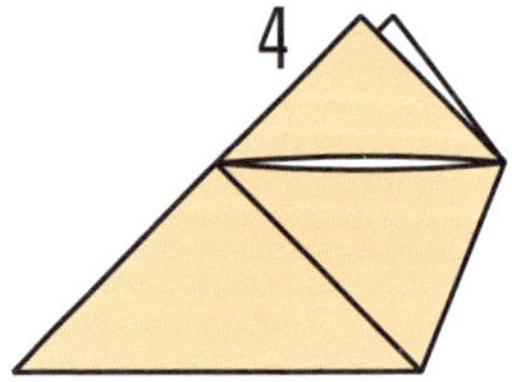

Die Zeichnung zeigt das Aussehen der Figur, nachdem Schritt 3 abgeschlossen ist.

9

Der Becher ist fertig.

8

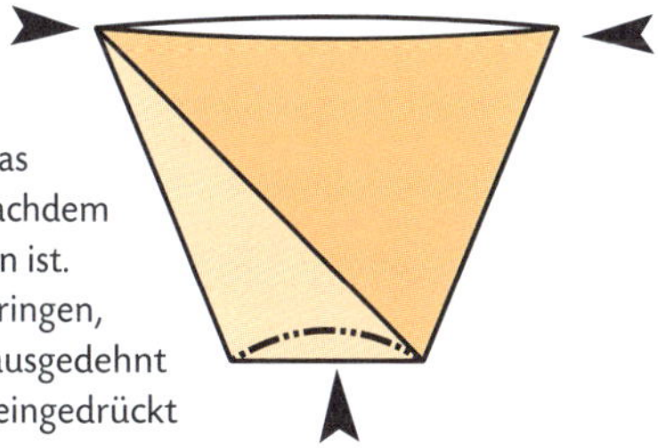

Die Zeichnung zeigt das Aussehen der Figur, nachdem Schritt 7 abgeschlossen ist. Den Becher in Form bringen, indem der obere Teil ausgedehnt und der untere leicht eingedrückt wird.

7

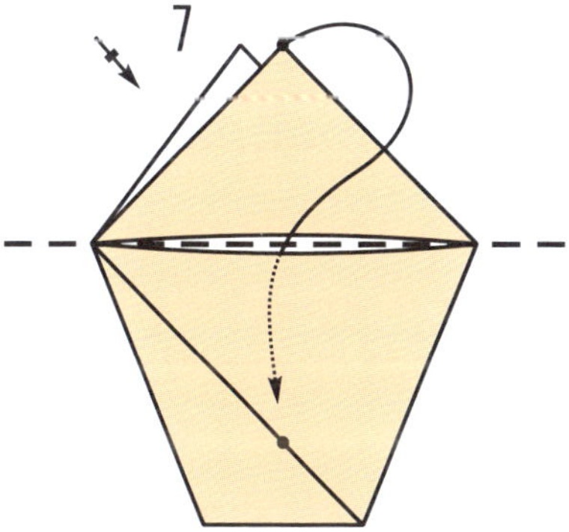

Die Spitze der oberen Schicht in die angegebene Tasche stecken. Mit der Rückseite genauso verfahren.

6

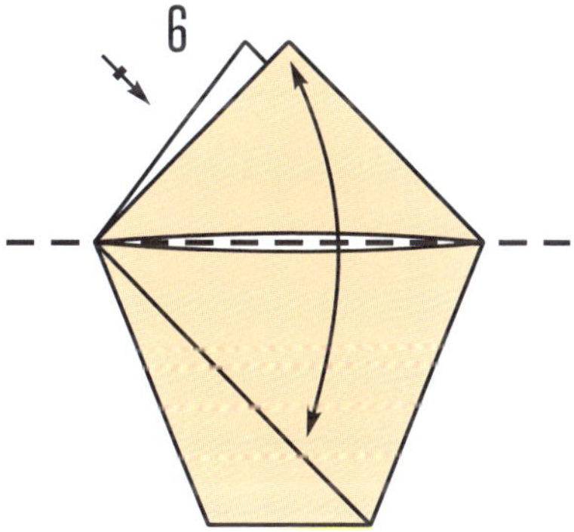

Nur die obere Papierschicht wie dargestellt nach unten falten und wieder entfalten. Mit der Rückseite genauso verfahren.

5

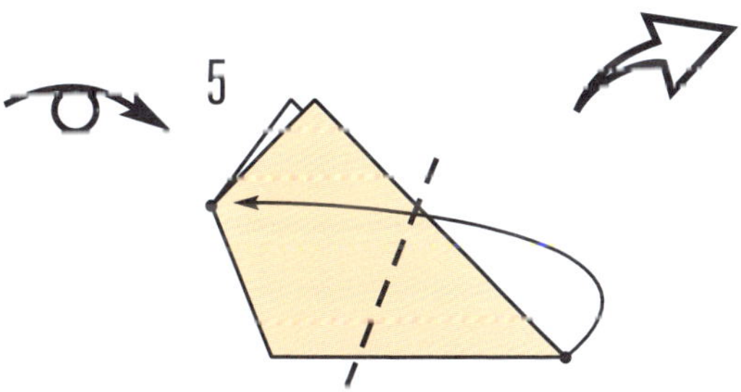

Das Modell wenden und die rechte Ecke an die durch den Pfeil markierte Stelle falten.

VIDEO: www.nuinui.ch/video/it/g11/grande-tradizionali/p40

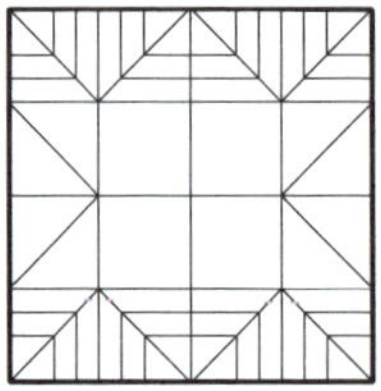

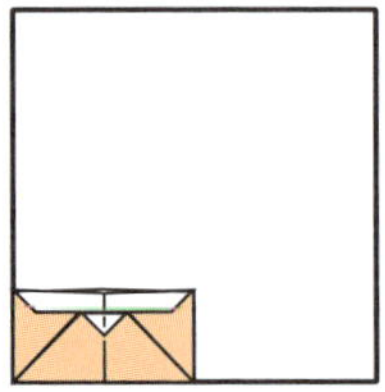

DER EINFACHE BRIEFUMSCHLAG

So wie eine handgeschriebene Notiz besonders wertvoll ist, so verhält es sich auch mit dem Wert eines Gegenstandes, der durch Falten eines gewöhnlichen Blattes Papier mit den eigenen Händen entsteht, weil er eine einzigartige und sehr persönliche Botschaft vermittelt. Mithilfe dieser Anleitung können Sie einen einfachen Briefumschlag gestalten, der jedoch seinem Inhalt eine zusätzliche originelle Note verleiht.

1

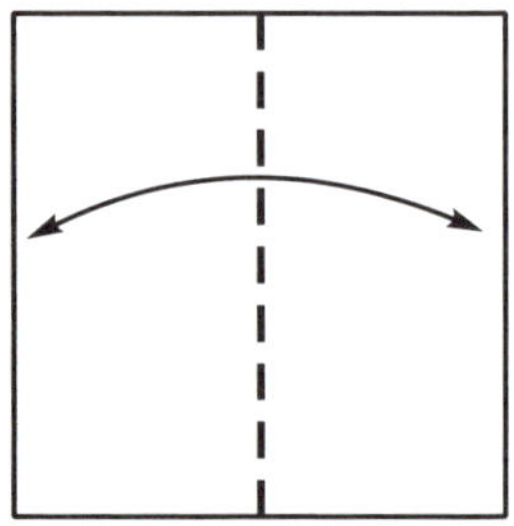

Mit einer Talfalte die obere Kante bündig auf die untere Kante falten.

2

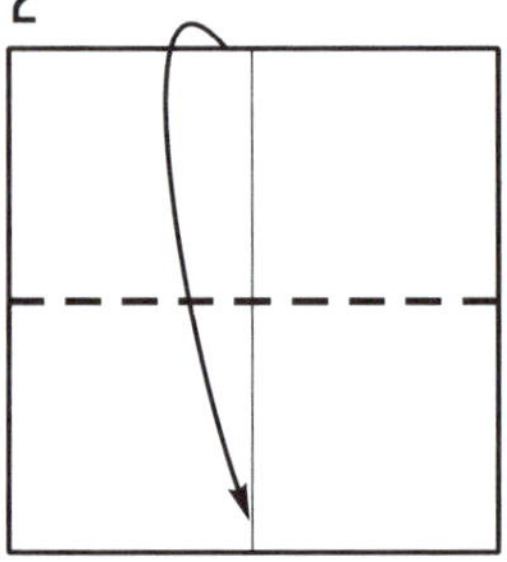

Mit einer Talfalte die vertikale Mittellinie falten und wieder entfalten.

3

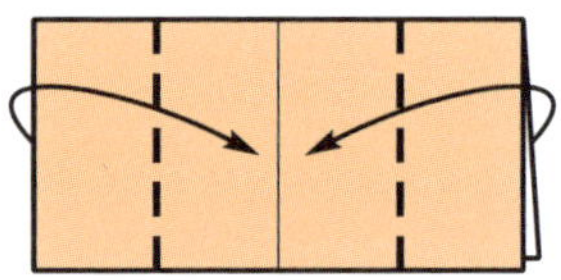

Die rechte und die linke Seite mit einer Talfalte zur Mittellinie falten.

4

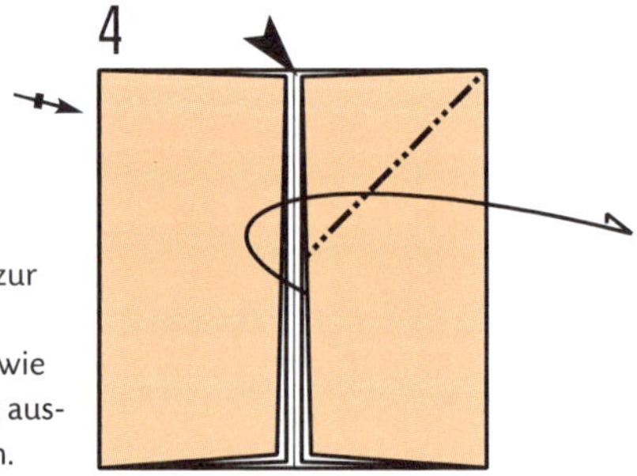

Die Zeichnung ist im Vergleich zur vorherigen vergrößert. Mit der doppelten Papierschicht rechts wie dargestellt eine Quetschfaltung ausführen. Links genauso verfahren.

10

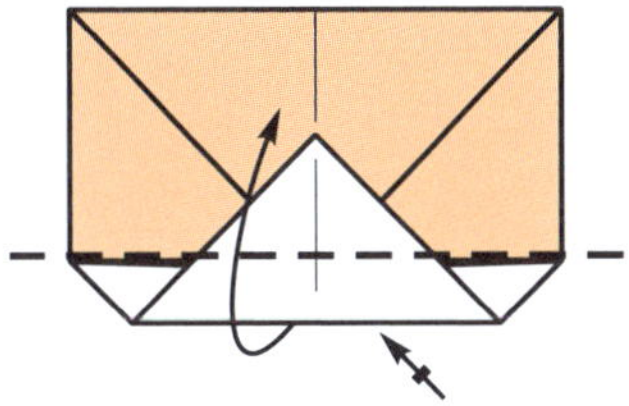

Mit der oberen Schicht die dargestellte Talfalte ausführen. Mit der Rückseite genauso verfahren.

9

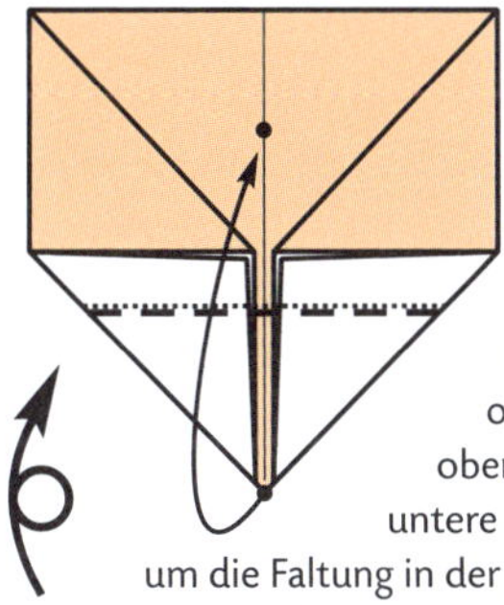

Das Modell wenden und die Spitze der oberen Schicht mit einer Talfalte nach oben falten. Die gepunktete Linie zeigt die untere Schicht an, die als Bezugspunkt dient, um die Faltung in der gleichen Entfernung wie durch den in Schritt 8 festgelegten Falz auszuführen.

11

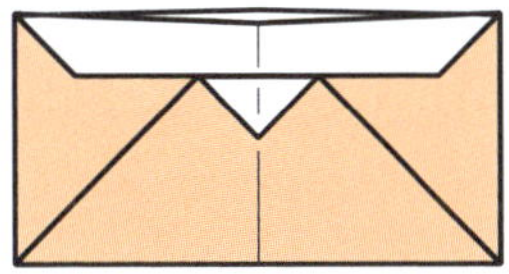

Der einfache Briefumschlag ist fertig.

8

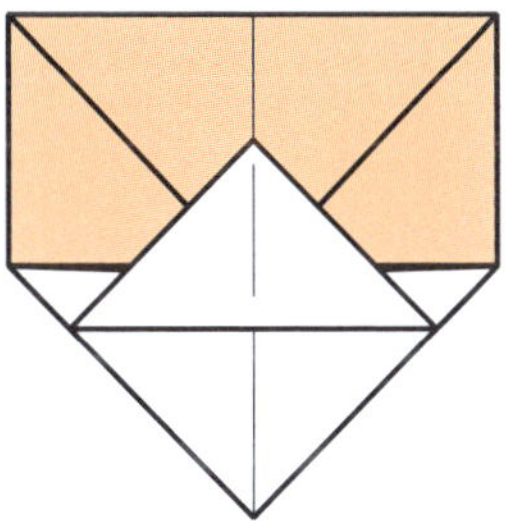

Die Zeichnung zeigt das Aussehen der Figur, nachdem Schritt 7 abgeschlossen ist.

7

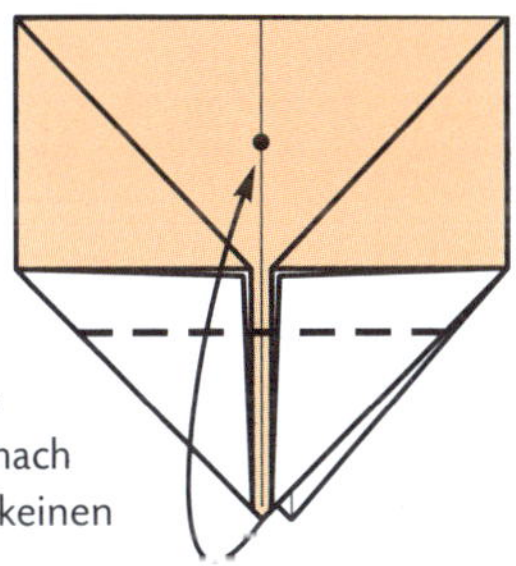

Nur die Spitze der oberen Schicht mit einer Talfalte nach oben falten. Die Falte hat keinen exakten Bezugspunkt.

6

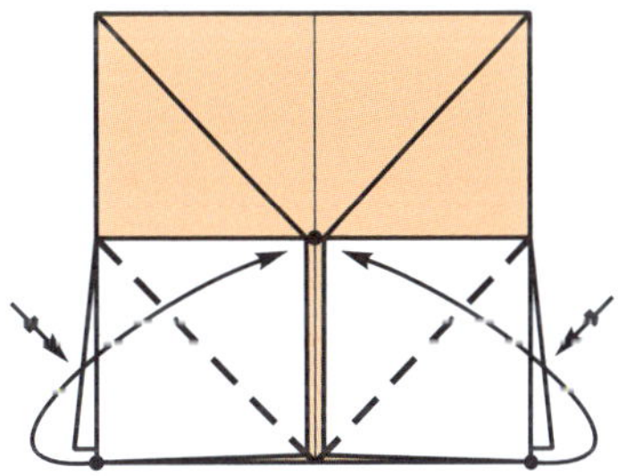

Mit den dargestellten Talfalten die angegebenen Punkte zusammenführen. Auf der Rückseite wiederholen.

5

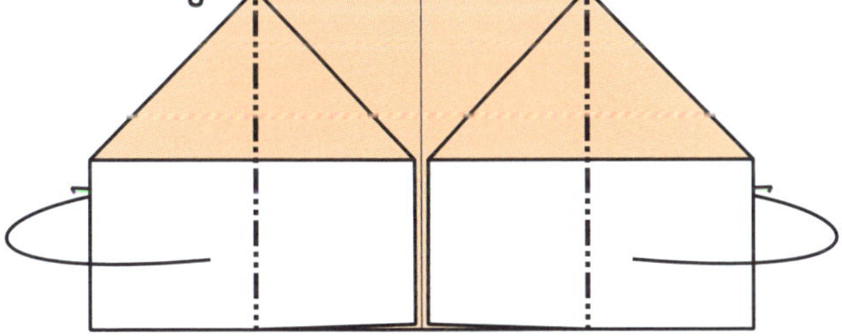

Mit den angegebenen Schichten eine Bergfalte ausführen.

VIDEO: www.nuinui.ch/video/it/g11/grande-tradizionali/p42

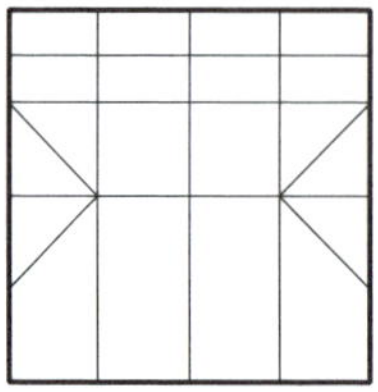

DAS KLAVIER

Im riesigen Panorama der Musikinstrumente ist das Klavier zweifellos das faszinierendste. Aufgrund seiner Fähigkeit, so viele verschiedene Töne gleichzeitig zu erzeugen, nimmt es eine herausragende Stellung ein und gilt als unbestrittener „König" unter den Instrumenten. Die Origami-Version wahrt seine charakteristische Eleganz und macht es zu einem wirklich einzigartigen und originellen Objekt.

1

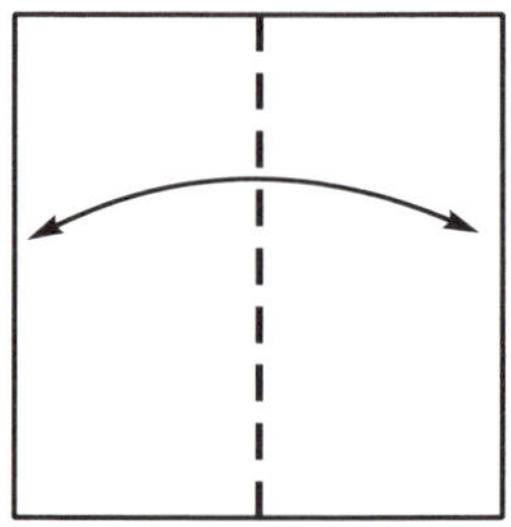

Mit einer Talfalte die vertikale Mittellinie falten und wieder entfalten.

2

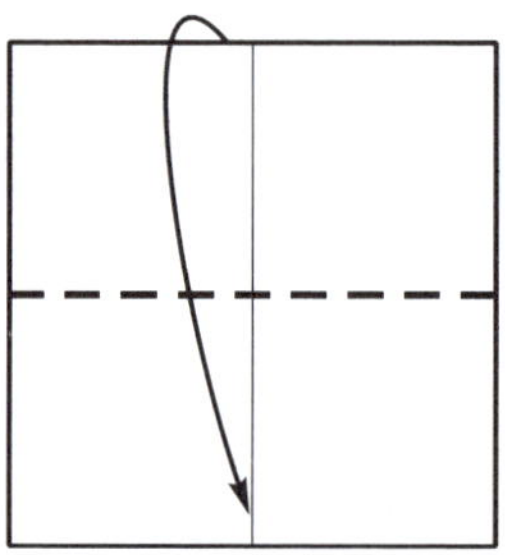

Mit einer Talfalte die obere Kante bündig auf die untere Kante falten.

3

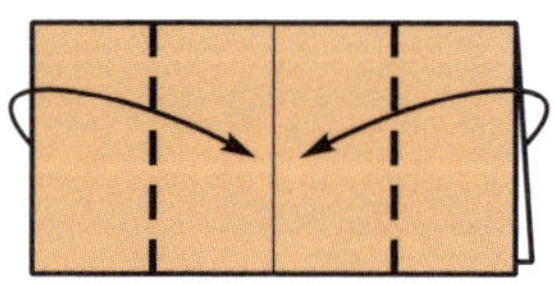

Die rechte und die linke Seite mit einer Talfalte zur Mitte falten.

4

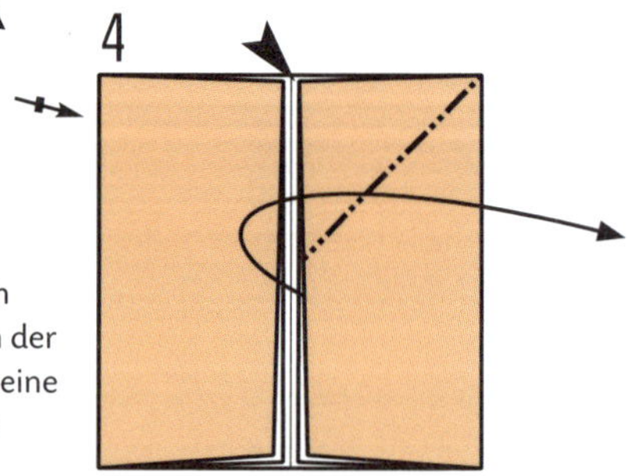

Die Zeichnung ist im Vergleich zur vorherigen vergrößert. An der rechten Kante wie dargestellt eine Quetschfalte ausführen. Links genauso verfahren.

8

3D

Die linke und rechte Kante im 90°-Winkel zur Grundfläche wieder entfalten. Das Modell wird dreidimensional.

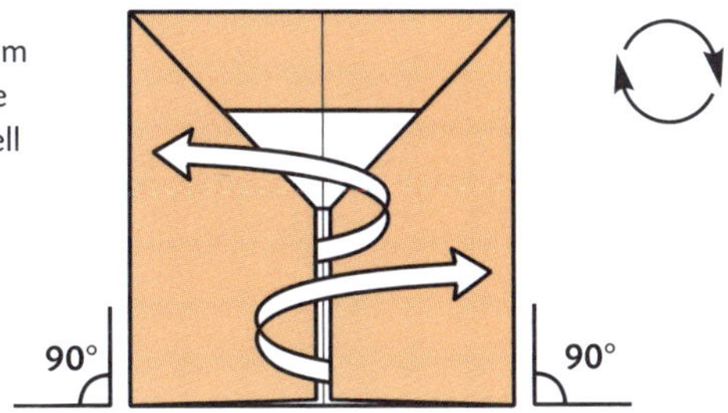

7

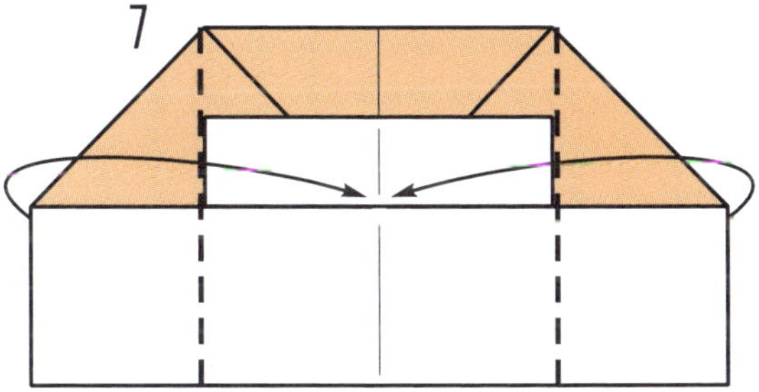

Mit einer Talfalte die linke und die rechte Kante zur Mittellinie falten.

6

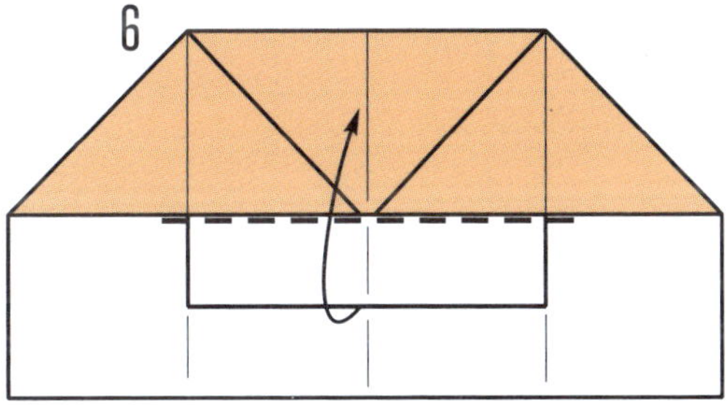

Eine Talfalte wie dargestellt ausführen.

5

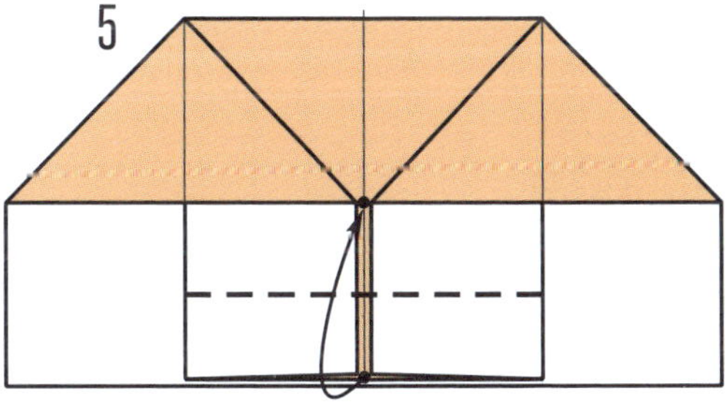

Die angegebenen Punkte mit einer Talfalte aufeinander falten.

9

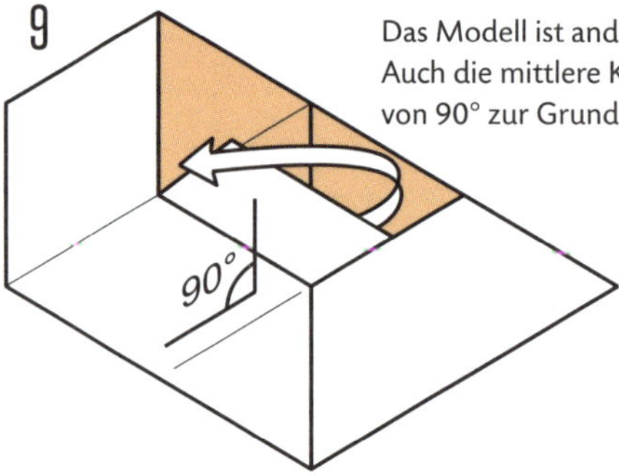

Das Modell ist anders ausgerichtet. Auch die mittlere Kante im Winkel von 90° zur Grundfläche aufrichten.

10

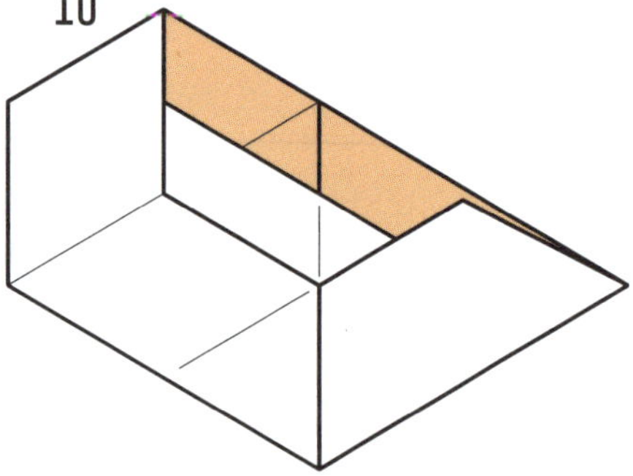

Die Zeichnung zeigt das Aussehen der Figur, nachdem Schritt 9 abgeschlossen ist. Das Modell wie in der Zeichnung angegeben aufstellen.

11

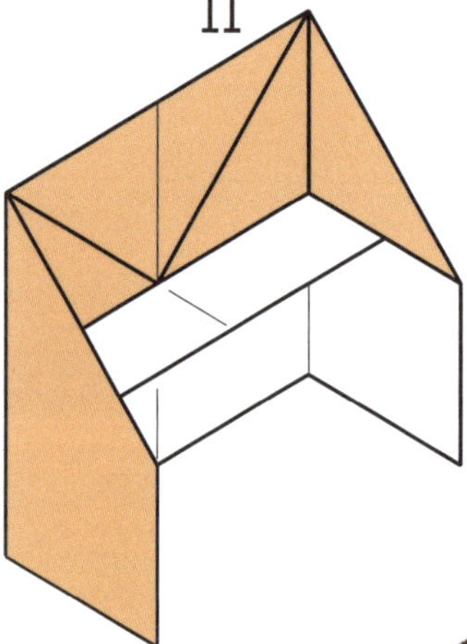

Das Klavier ist fertig.

VIDEO: www.nuinui.ch/video/it/g11/grande-tradizionali/p46

★★☆☆☆

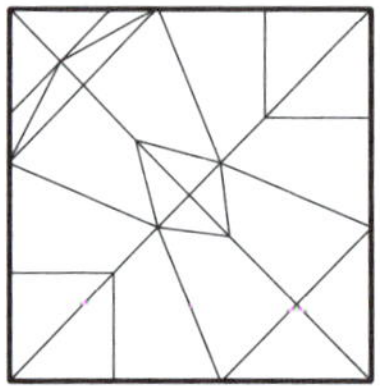

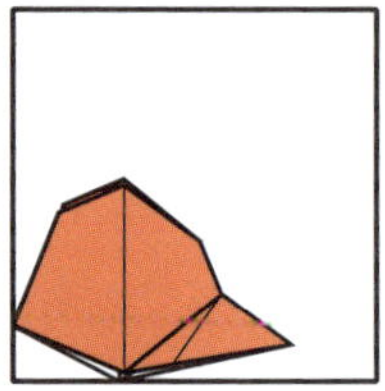

Der Hut

Stellen Sie sich dieses Modell als eine raffiniertere und „exotischere" Version des klassischen Papierhuts vor, den jedes Kind schon einmal gebastelt hat, vielleicht durch Falten von Zeitungspapier ... Durch die Wahl von Papieren mit lustigen Mustern oder leuchtenden Farben und die passende Änderung der Größe des Ausgangspapiers können Sie viele kuriose Hüte basteln, die beispielsweise bei einer kleinen Party zur Unterhaltung und Verkleidung der Kinder eingesetzt werden können.

1

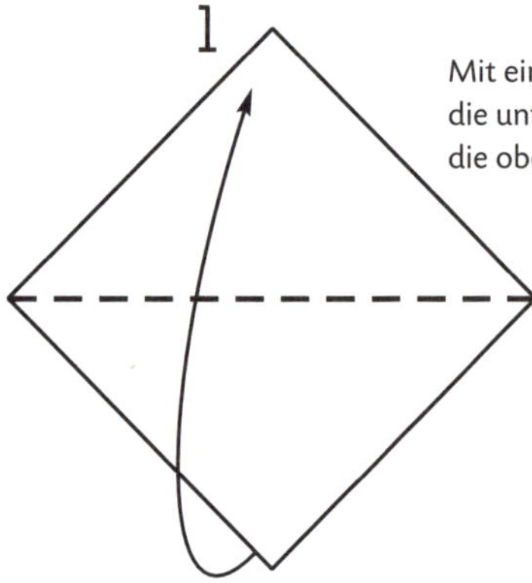

Mit einer Talfalte die untere Ecke auf die obere falten.

2

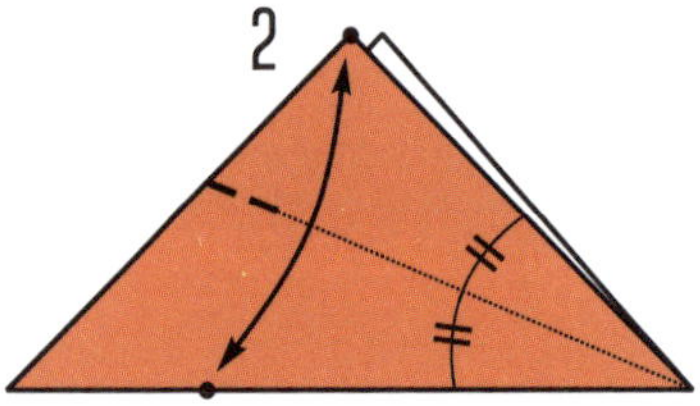

Nur an der Kante der oberen Papierschicht einen Knick wie dargestellt ausführen. Der entstehende Falz ist eine Winkelhalbierende der rechten Ecke.

3

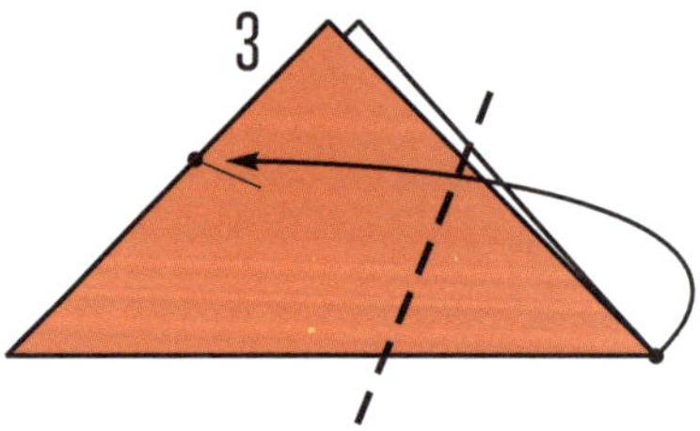

Die rechte Ecke mit einer Talfalte zum Endpunkt des in Schritt 2 gefalteten Knicks falten.

4

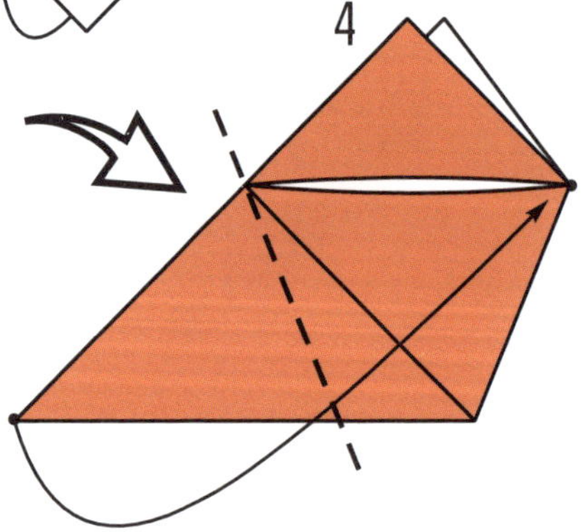

Die Zeichnung ist gegenüber der vorherigen vergrößert. Mit einer Talfalte die linke Ecke zum angegebenen Punkt falten.

9

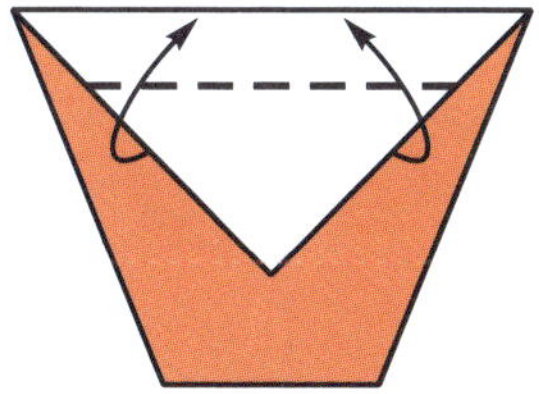

Die angegebene Talfalte hat keinen exakten Bezugspunkt.

8

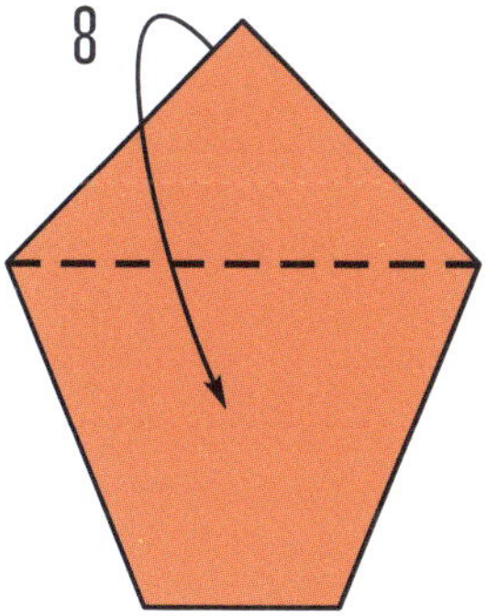

Das Modell wenden und die angegebene Talfalte ausführen.

7

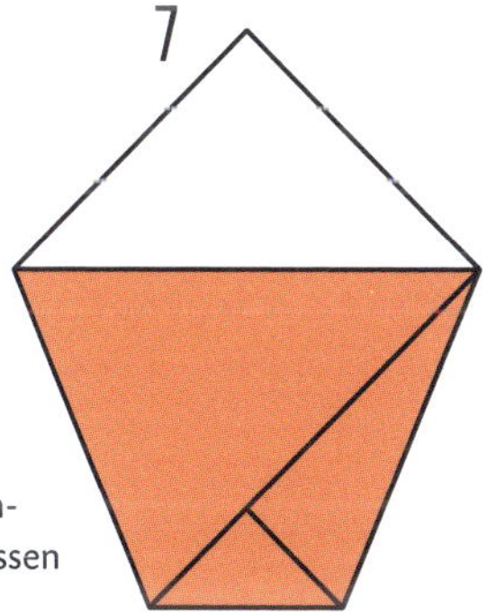

Die Zeichnung zeigt das Aussehen der Figur, nachdem Schritt 6 abgeschlossen ist.

6

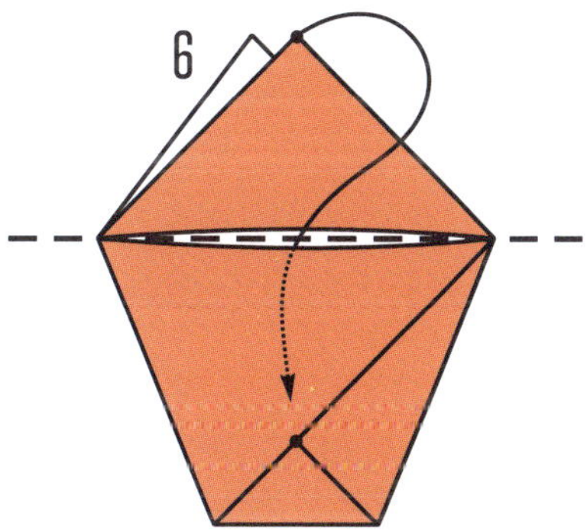

Nur die obere Schicht in die angegebene Tasche stecken.

5

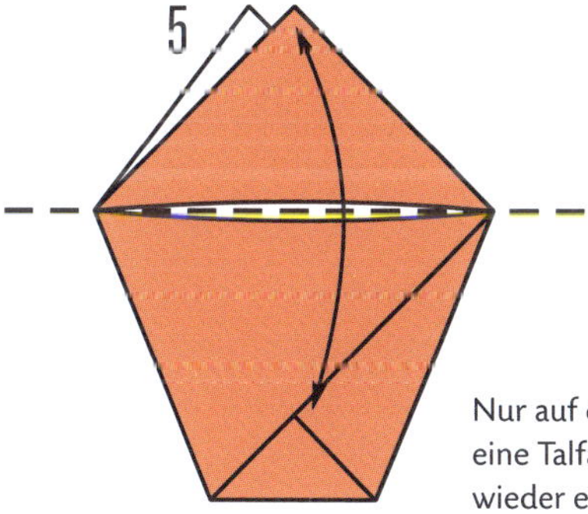

Nur auf der oberen Schicht eine Talfalte ausführen und wieder entfalten.

10

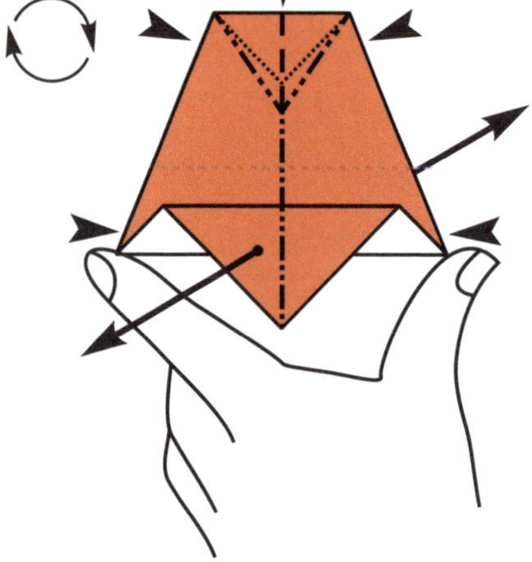

Durch diese Faltungen wird das Modell dreidimensional, nur um gleich danach wieder abgeflacht zu werden. Die auszuführende Bewegung wird in Abbildung 10 durch den Daumen und den Zeigefinger angezeigt, die auf die unteren Ecken drücken, bis sie sich berühren. Außerdem muss auch von oben gemäß den Pfeilen gedrückt werden. An diesem Punkt wird das Modell – wie in der Zeichnung in Schritt 11 gezeigt – wieder abgeflacht.

11

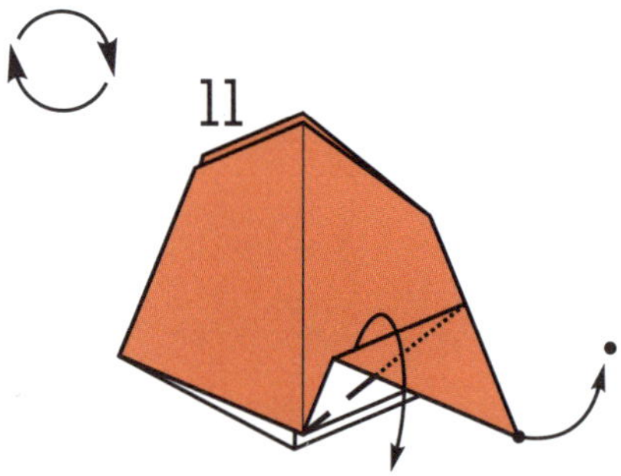

Das Modell ist anders ausgerichtet als in der Zeichnung zu Schritt 10. Das Visier greifen und nach oben ziehen, um die angegebene Talfalte auszuführen. Die gepunktete Linie zeigt an, dass die Faltung auch unter der Schicht verläuft.

12

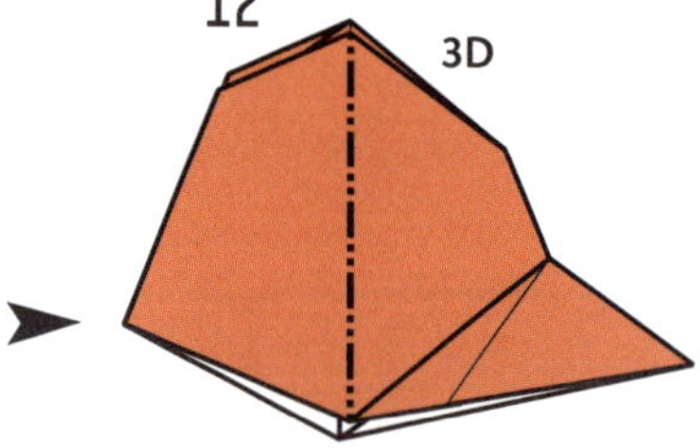

Dann muss der Hut noch durch „Aufblasen" in die dreidimensionale Form gebracht werden.

13

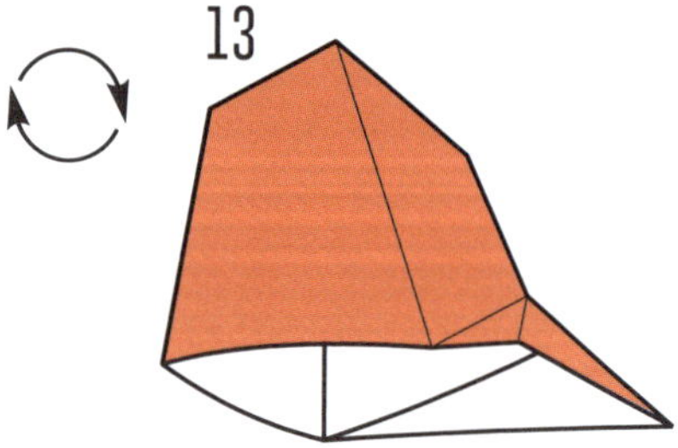

Der Hut ist fertig.

VIDEO: www.nuinui.ch/video/it/g11/grande-tradizionali/p50

★★☆☆☆

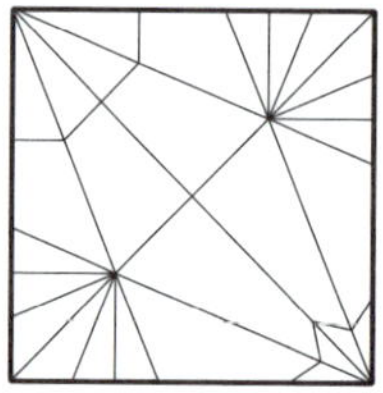

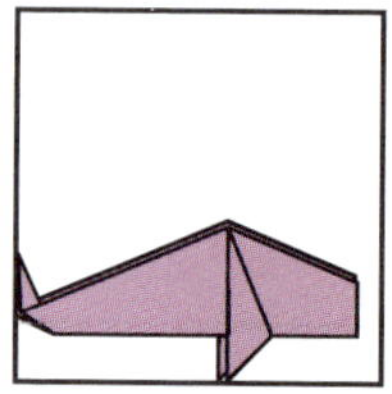

DER KARPFEN

Der Karpfen (Koi auf Japanisch) ist ein Symbol für Glück, eheliche Treue und Ausdauer. Er ist in der Lage, gegen den Strom zu schwimmen und alle Widrigkeiten zu überwinden. Er verkörpert außerdem perfekt die Tugenden des Kriegers und wird oft mit den wünschenswertesten Eigenschaften eines jungen Mannes in Verbindung gebracht: Am Tag der Kinder, der am 5. Mai gefeiert wird, lässt man Drachen in Karpfenform steigen, um den Kindern Kraft und Tugend zu wünschen.

1

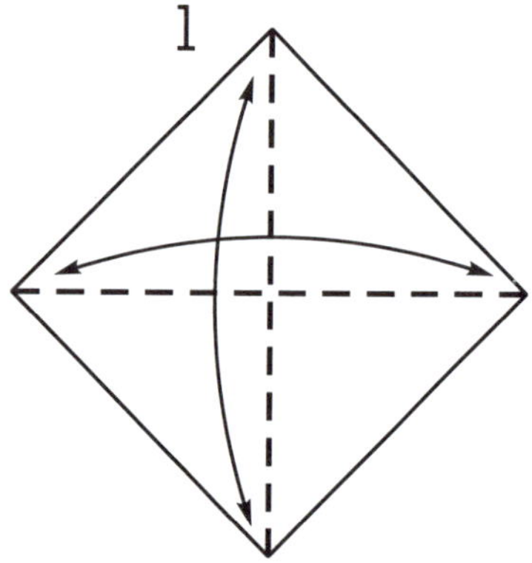

Mit Talfalten die beiden Diagonalen falten und wieder entfalten.

2

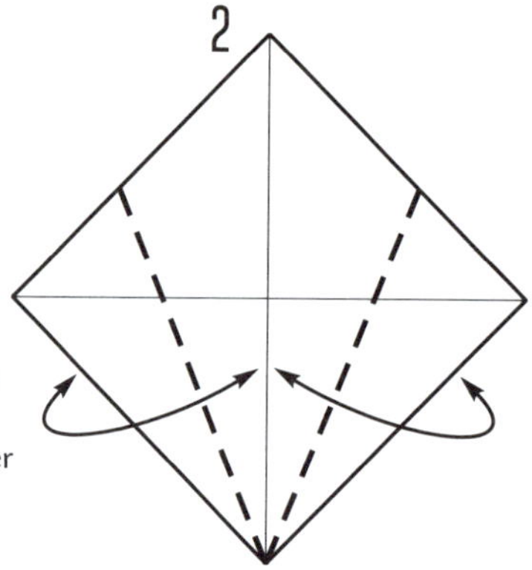

Die angegebenen Faltungen ausführen und wieder entfalten.

3

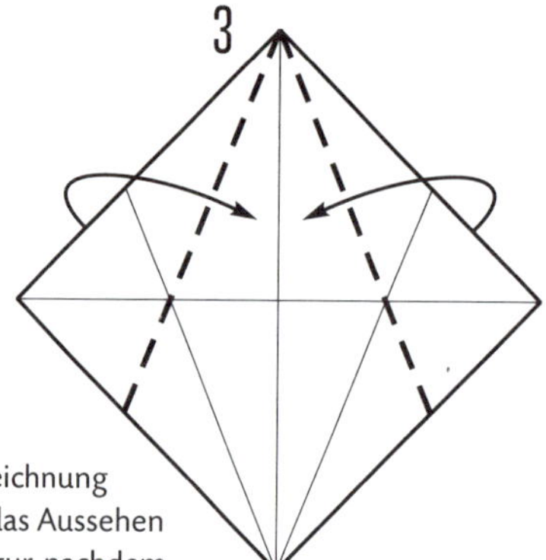

Die Zeichnung zeigt das Aussehen der Figur, nachdem Schritt 3 abgeschlossen ist.

4

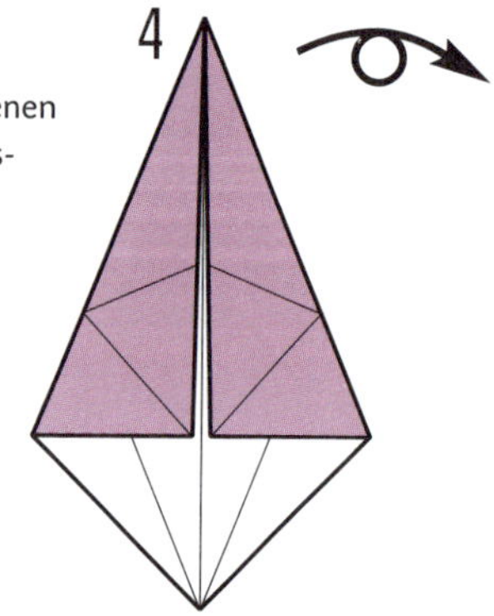

Die angegebenen Faltungen ausführen.

9

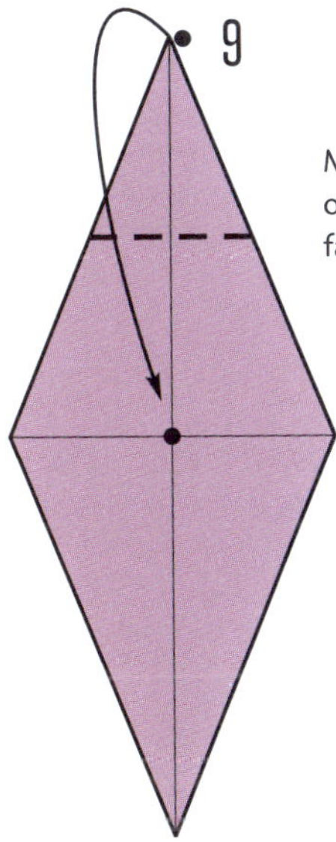

Mit einer Talfalte die obere Spitze zur Mitte falten.

8

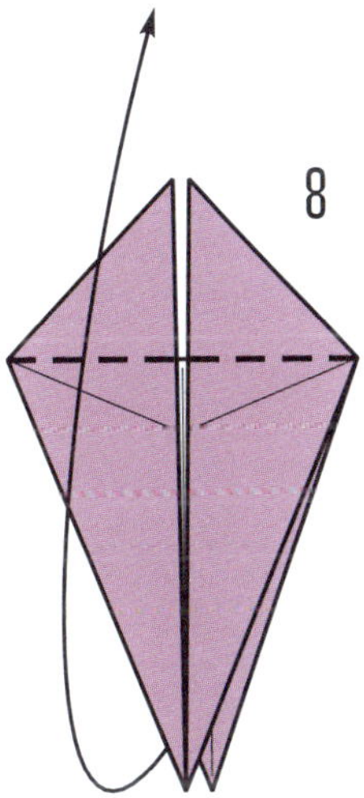

Mit einer Talfalte die Spitze nach oben falten.

7

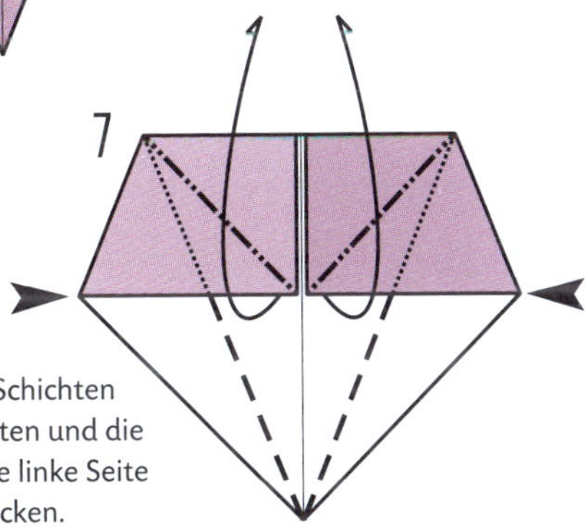

Die farbigen Schichten nach oben falten und die rechte und die linke Seite zur Mitte drücken.

6

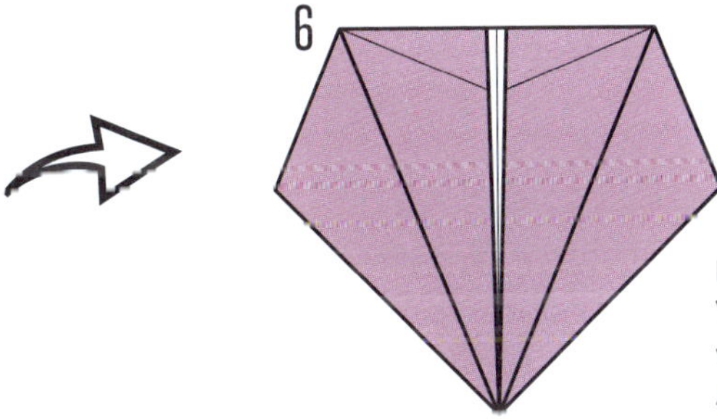

Die Zeichnung ist im Vergleich zur vorherigen vergrößert und zeigt das Aussehen des Modells, nachdem Schritt 5 abgeschlossen ist.

5

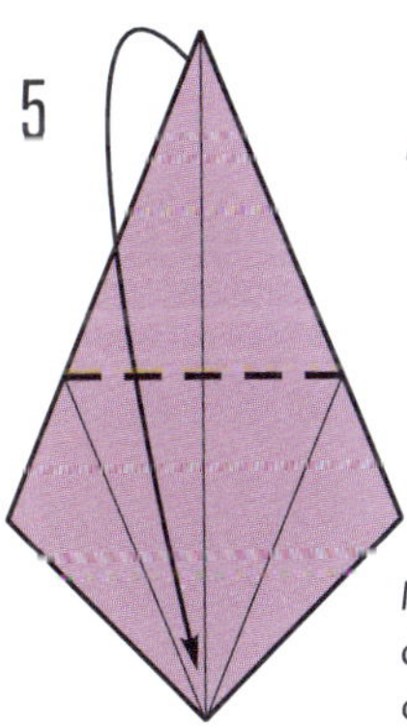

Mit einer Talfalte die obere Spitze auf die untere falten.

10

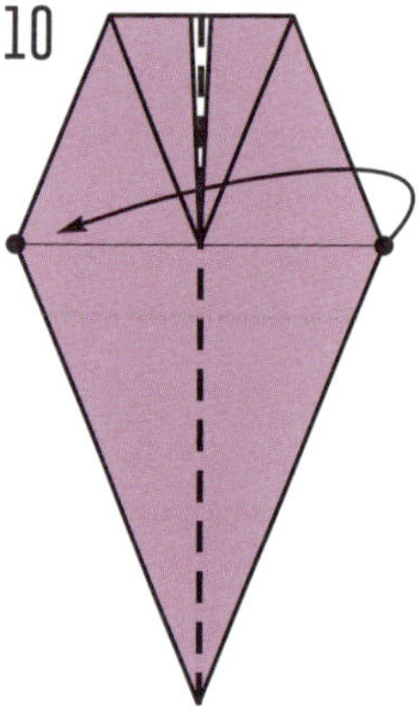

Mit einer Talfalte die angegebenen Punkte aufeinander falten.

11

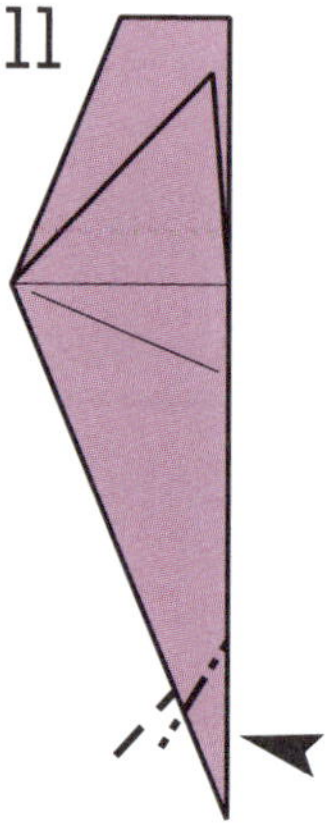

Den markierten Teil wie dargestellt nach innen stülpen.

12

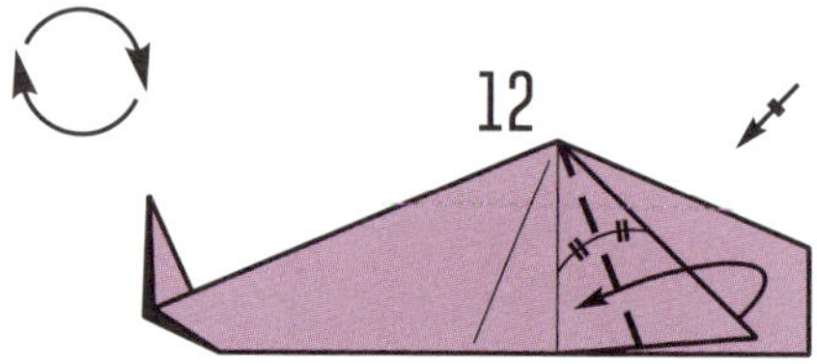

Das Modell ist anders ausgerichtet als in der Zeichnung zu Schritt 11. Eine Faltung entlang der Winkelhalbierenden der angegebenen Schicht ausführen. Mit der Rückseite genauso verfahren.

13

Der Karpfen ist fertig.

VIDEO: www.nuinui.ch/video/it/g11/grande-tradizionali/p54

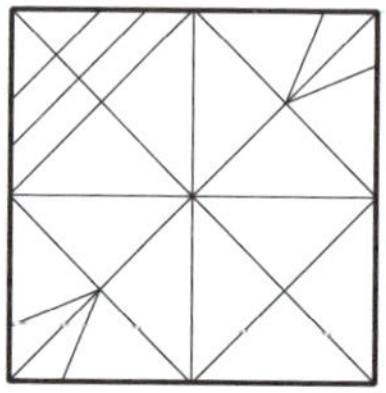

DER KABUTO

Der Kabuto war der Helm der mittelalterlichen Rüstung, die für die Samurai, die berühmten Krieger des feudalen Japans, charakteristisch war. Er bestand aus Leder- und Eisenplatten, die mit Nieten und Schnüren verbunden waren und wurde mit einer Maske über dem Gesicht geschlossen, die Kopf und Hals schützte. Er war oft mit einem Emblem oder einem Mon verziert, das die verschiedenen Familien kennzeichnete und auch eine Art „eingetragenes Warenzeichen" war.

1

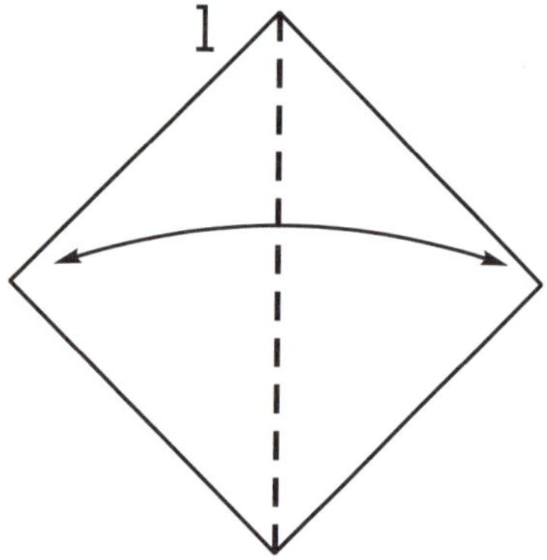

Mit einer Talfalte die vertikale Diagonale falten und wieder entfalten.

2

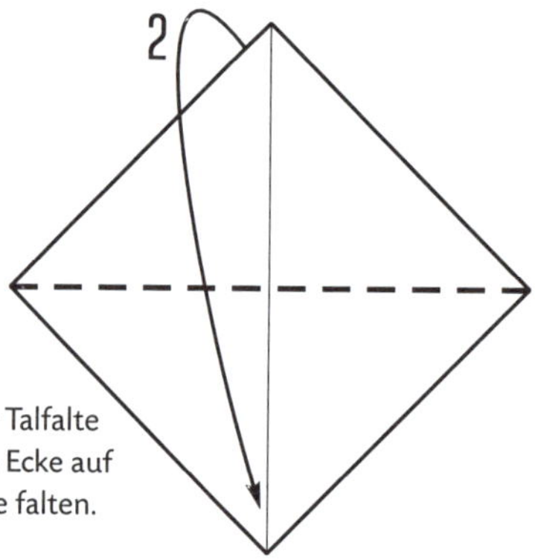

Mit einer Talfalte die obere Ecke auf die untere falten.

3

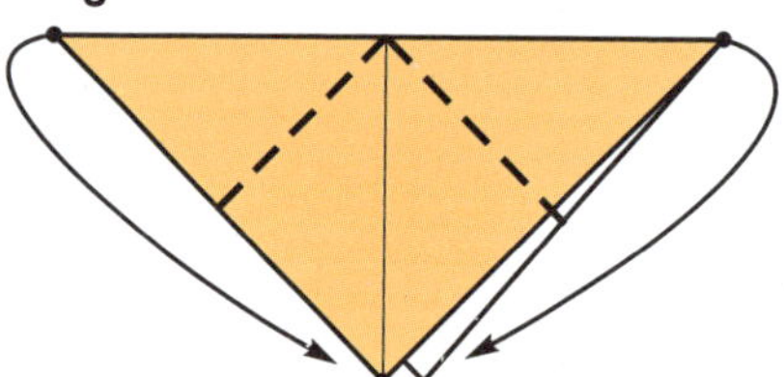

Mit einer Talfalte die rechte und die linke Ecke zur unteren Ecke falten.

4

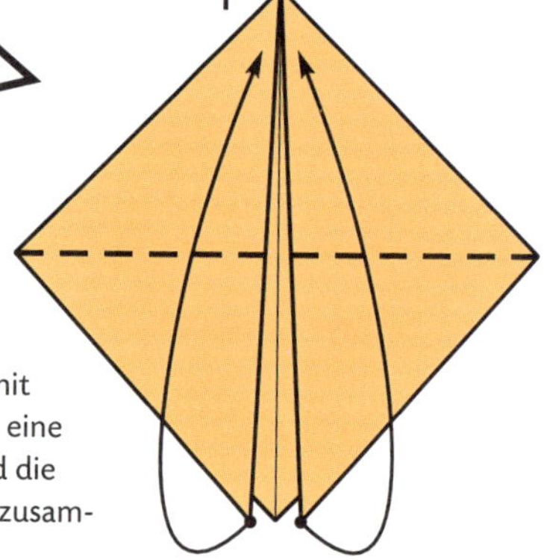

Die Zeichnung ist im Vergleich zur vorherigen vergrößert. Nur mit den oberen Schichten eine Talfalte ausführen und die angegebenen Punkte zusammenführen.

9

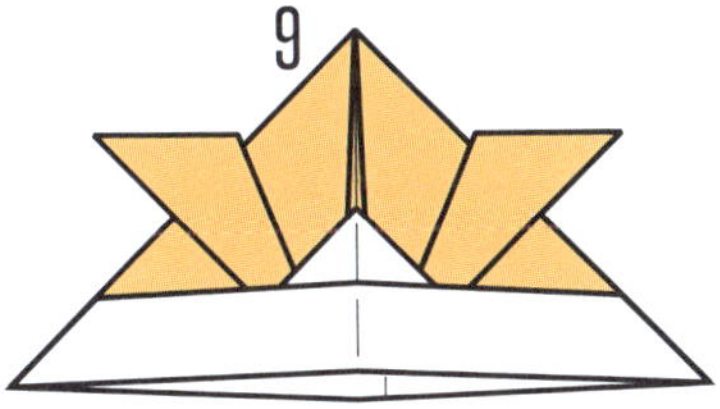

Der Kabuto ist fertig.

8

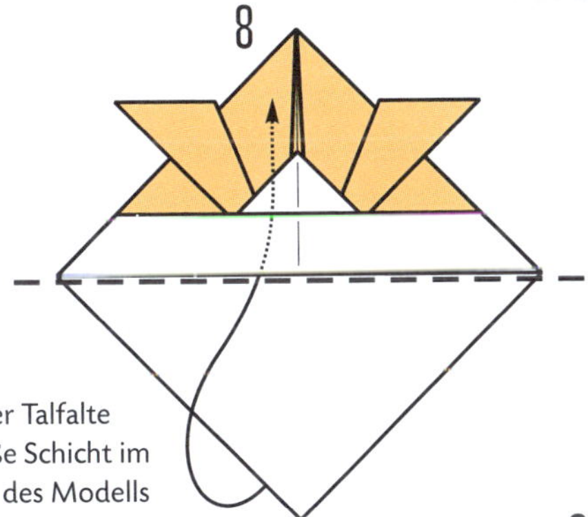

Mit einer Talfalte die weiße Schicht im Inneren des Modells verschwinden lassen.

7

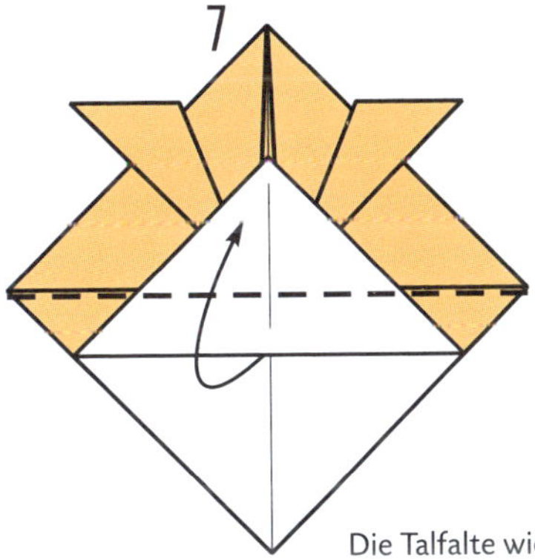

Die Talfalte wie angegeben ausführen.

6

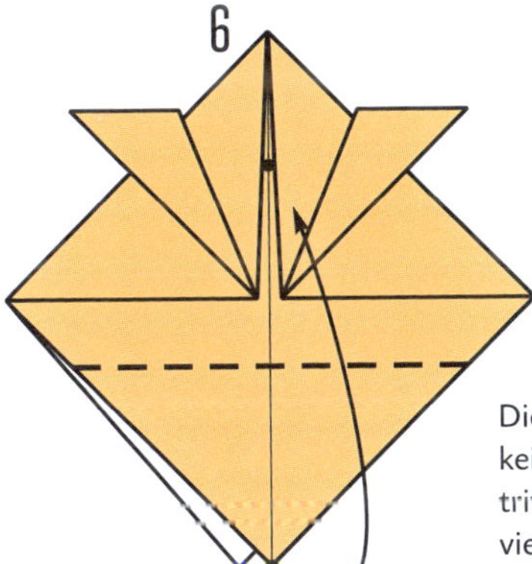

Die hier auszuführende Faltung hat keinen exakten Bezugspunkt und betrifft nur die oberen Schichten. Es ist vielleicht hilfreich, sich die Zeichnung zu Schritt 7 anzusehen, um eine Vorstellung vom gewünschten Ergebnis zu bekommen.

5

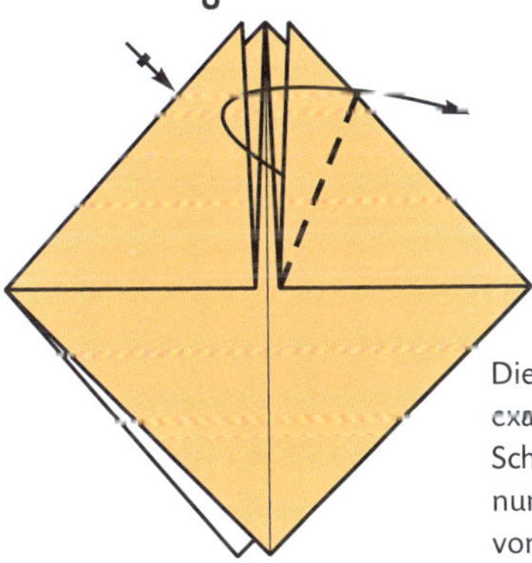

Die hier auszuführende Faltung hat keinen exakten Bezugspunkt und betrifft nur die oberen Schichten. Es ist vielleicht hilfreich, sich die Zeichnung zu Schritt 6 anzusehen, um eine Vorstellung vom gewünschten Ergebnis zu bekommen.

VIDEO: www.nuinui.ch/video/it/g11/grande-tradizionali/p58

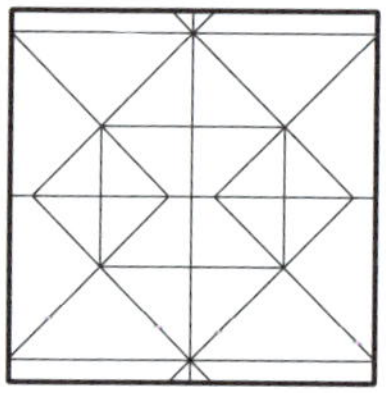

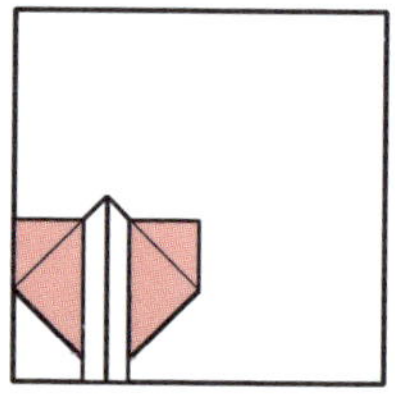

Der Kimono

Der Kimono ist das traditionelle Kleidungsstück Japans schlechthin. Es hat den Status einer Nationaltracht. Dieses lange Gewand mit seinen weiten Ärmeln und der charakteristischen T-Form wird in der Taille mit dem Obi, dem typischen Gürtel geschlossen, der im Rücken elegant verknotet wird. Der Kimono wird sowohl von Frauen als auch von Männern zu einer Vielzahl von Anlässen getragen. Mit dieser Anleitung können Sie eine schöne Papierreplik herstellen.

1

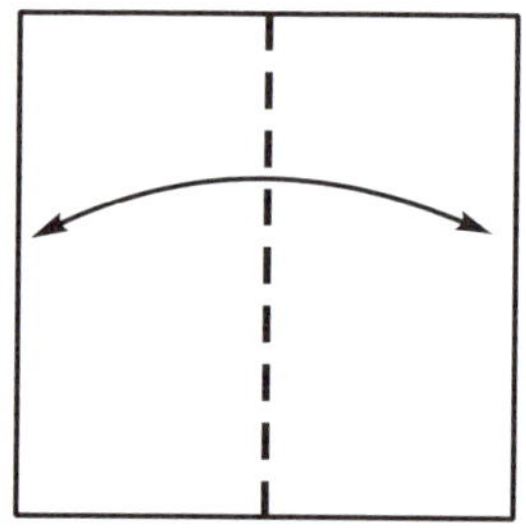

Mit einer Talfalte die vertikale Mittellinie falten und wieder entfalten.

2

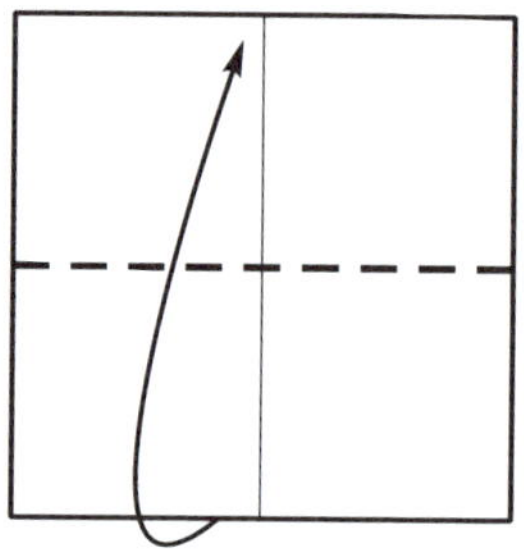

Mit einer Talfalte die untere Kante bündig auf die obere falten.

3

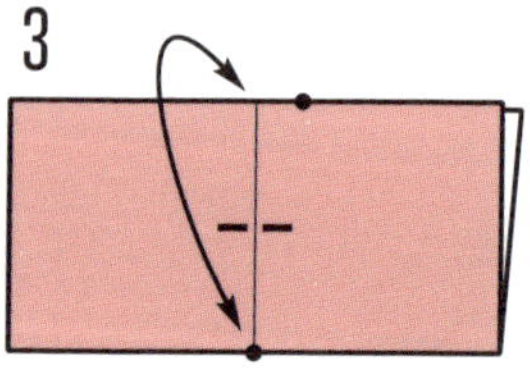

Durch Zusammenführen der angegebenen Punkt einen Knick als Talfalte nur auf der oberen Schicht ausführen.

4

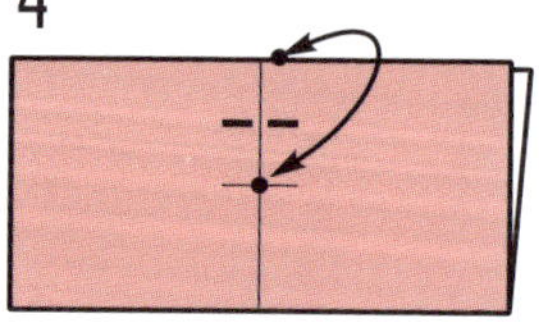

Durch Zusammenführen der angegebenen Punkte einen Knick als Talfalte nur auf der oberen Schicht ausführen.

5

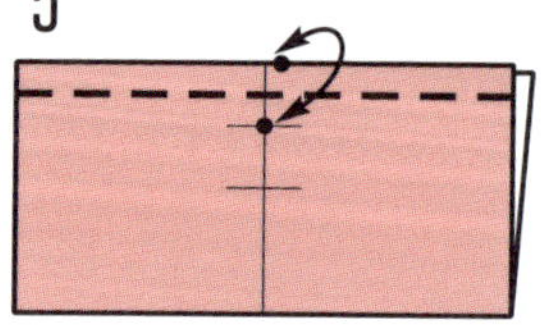

Mit einer Talfalte nur auf der oberen Schicht die angegebenen Punkte aufeinander falten und wieder entfalten.

10

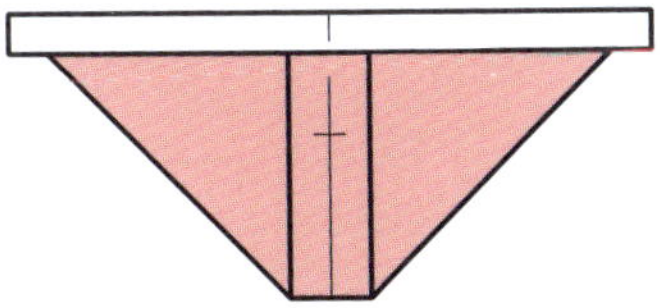

11

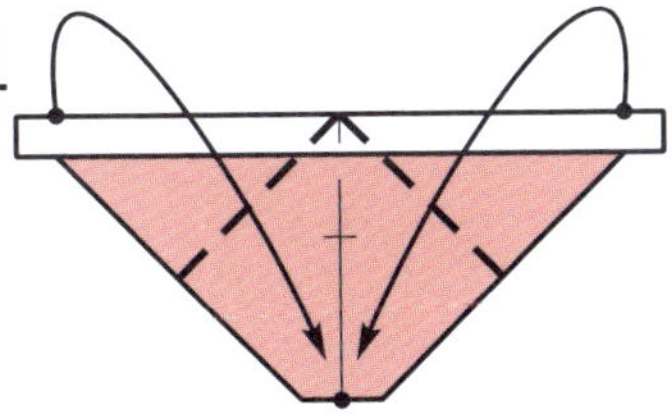

Die Zeichnung zeigt das Aussehen der Figur, nachdem Schritt 9 abgeschlossen ist.

Das Modell wenden und mit einer Talfalte die angegebenen Punkte zusammenführen.

9

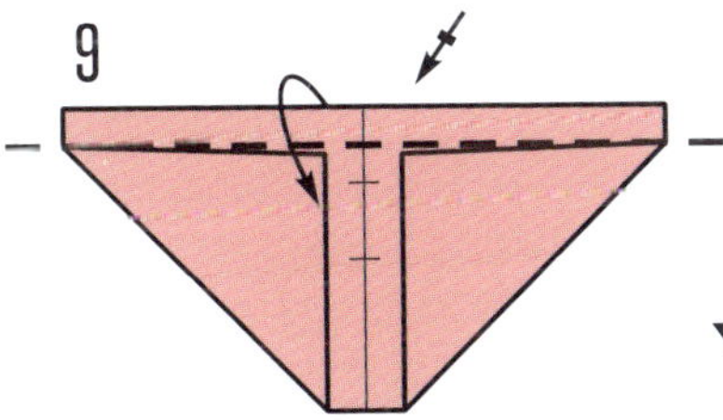

Nur die obere Schicht auf der Basis des in Schritt 5 erstellten Falzes erneut falten. Auf der Rückseite wiederholen.

8

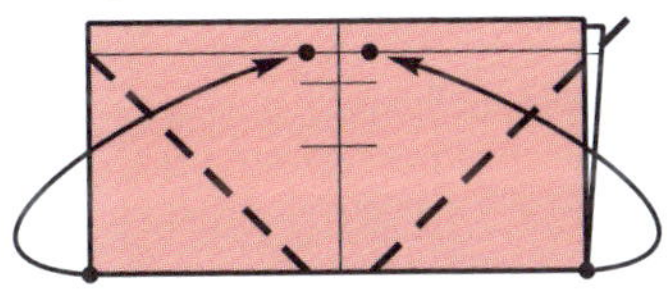

Mit einer Talfalte die linke und die rechte Ecke über die angegebenen Punkte falten.

6

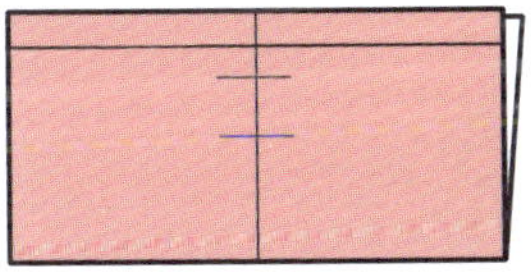

7

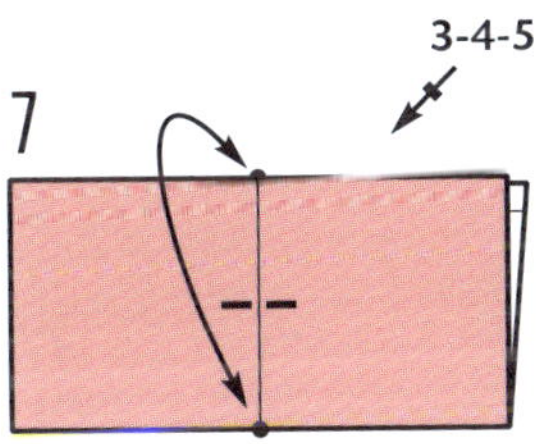

Die Zeichnung zeigt das Aussehen der Figur, nachdem Schritt 5 abgeschlossen ist.

Das Modell wenden und die in den Schritten 3, 4 und 5 ausgeführten Faltungen wiederholen.

12

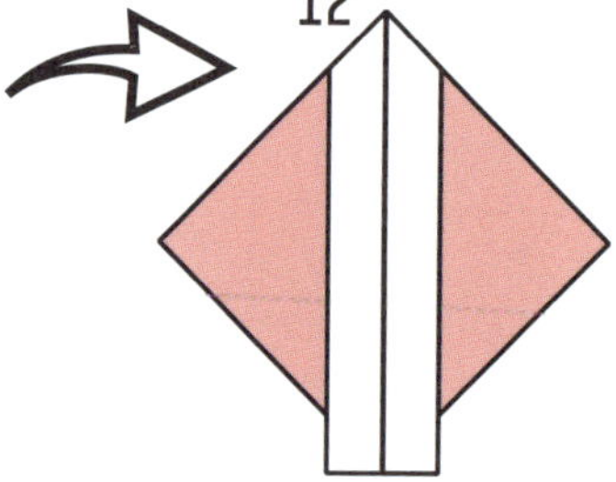

Die Zeichnung ist im Vergleich zur vorherigen vergrößert und zeigt das Aussehen der Figur, nachdem Schritt 11 abgeschlossen ist.

13

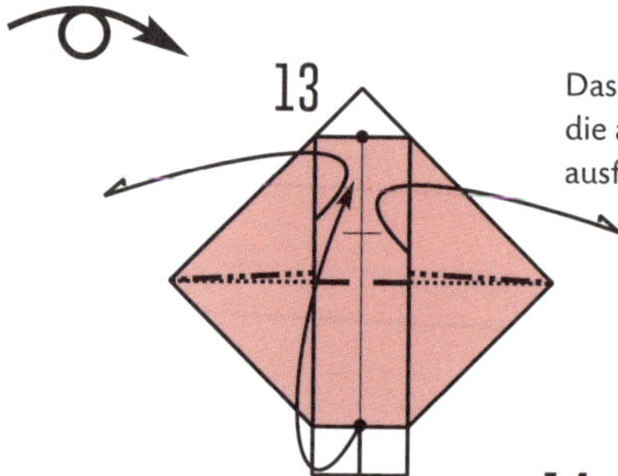

Das Modell wenden und die angegebenen Faltungen ausführen.

14

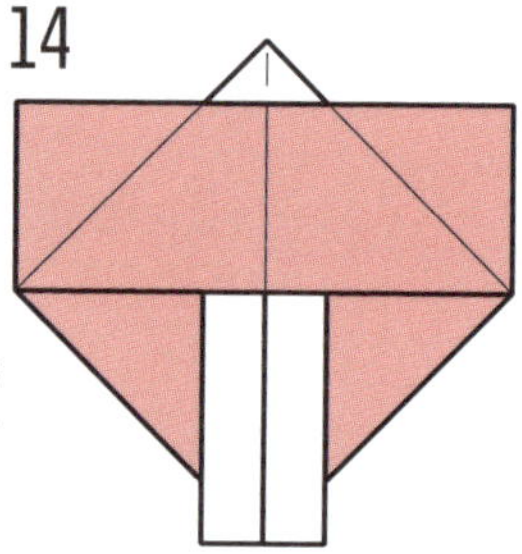

Die Zeichnung zeigt das Aussehen der Figur, nachdem Schritt 13 abgeschlossen ist.

15

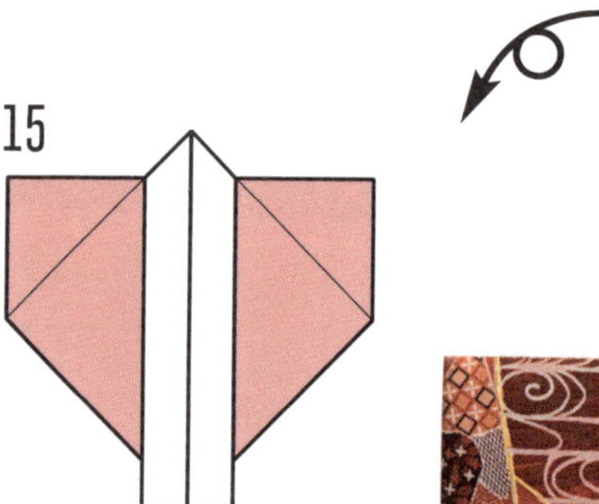

Das Modell wenden.
Der Kimono ist fertig.

VIDEO: www.nuinui.ch/video/it/g11/grande-tradizionali/p62

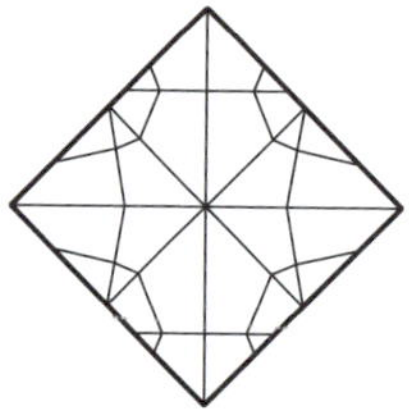

DIE ZIKADE

Die Zikade (Semi) ist ein sommerliches Insekt, dessen Gesang in Japan mehr als alles andere an den Sommer erinnert und seinen typischen „Soundtrack" bildet. Sie bleibt jahrelang erst in Form einer Larve und dann einer Nymphe unter der Erde, bevor sie schließlich ihre erwachsene Form annimmt und nur wenige Tage lebt. Deshalb ist sie bei den Japanern ein sehr beliebtes Symbol für Verfall, Zerbrechlichkeit, Unbeständigkeit und Vergänglichkeit.

1

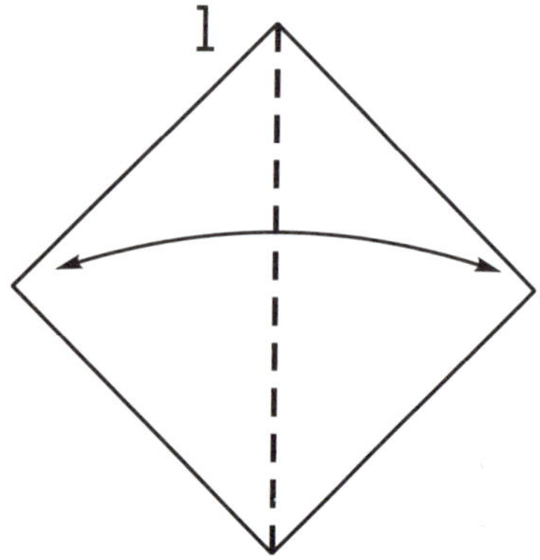

Die vertikale Diagonale eines Quadrats falten und wieder entfalten.

2

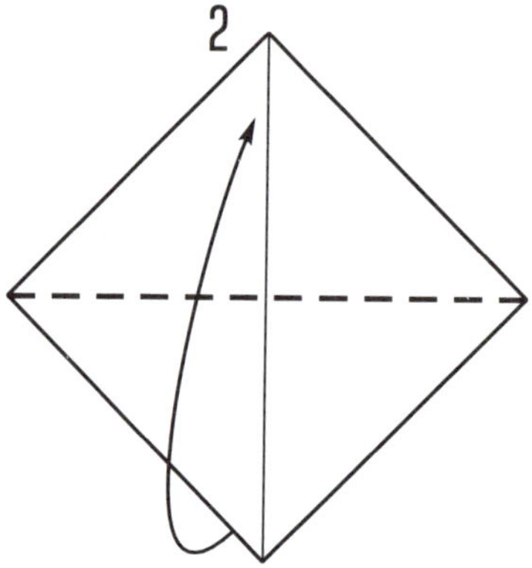

Auch die horizontale Diagonale falten, indem die untere Ecke über die obere gelegt wird.

3

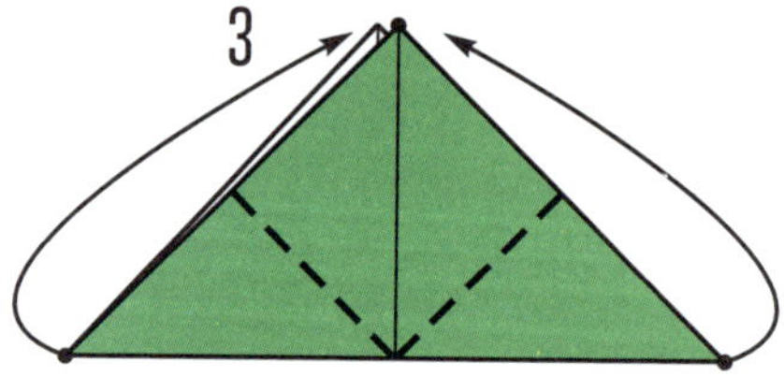

Die rechte und linke Ecke nach oben falten und mit den angegebenen Punkten zusammenführen.

4

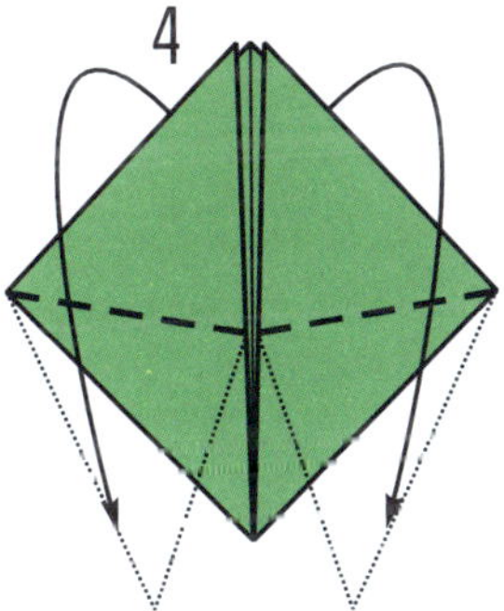

Die Zeichnung ist im Vergleich zur vorherigen vergrößert. Die angegebene Talfalte wird nur an der oberen Schicht ausgeführt. Der Falz weist eine leichte Neigung ohne einen exakten Bezugspunkt auf. In der Abbildung ist der Bezugspunkt durch die gestrichelten Linien gekennzeichnet.

5

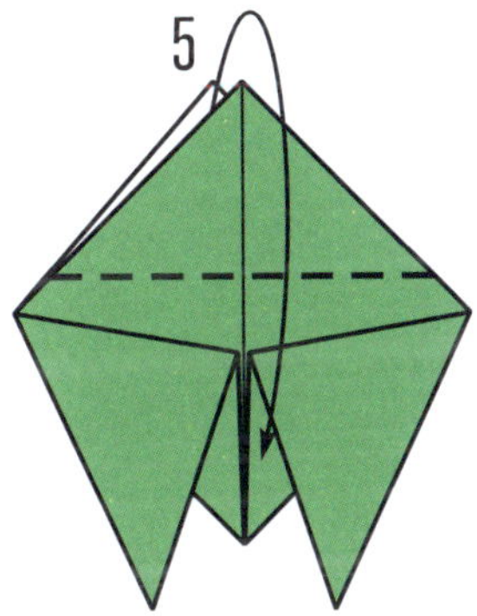

Die dargestellte Talfalte nur mit der oberen Papierschicht ausführen. Es gibt keinen exakten Bezugspunkt.

6

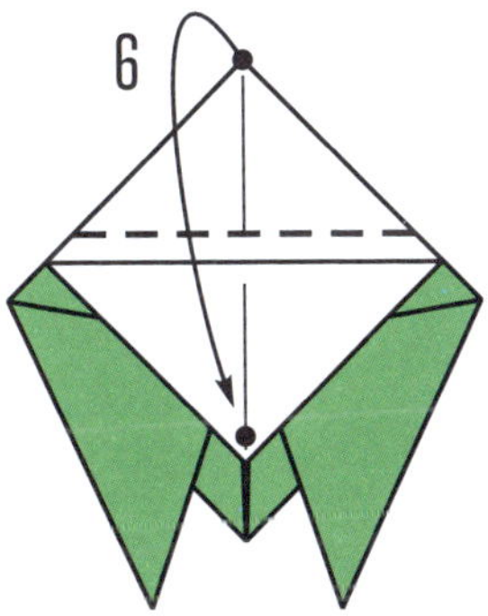

Auch für diese Faltung gibt es keinen exakten Bezugspunkt. Die Spitze nach unten falten und dabei darauf achten, dass von dieser Schicht links und rechts ein Rand sichtbar bleibt.

7

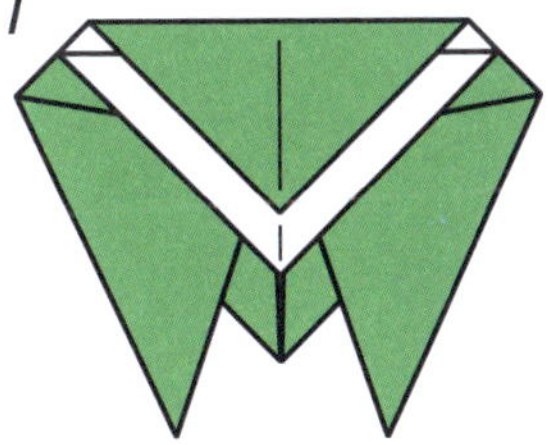

Die Zeichnung zeigt das Aussehen der Figur, nachdem Schritt 6 abgeschlossen ist.

8

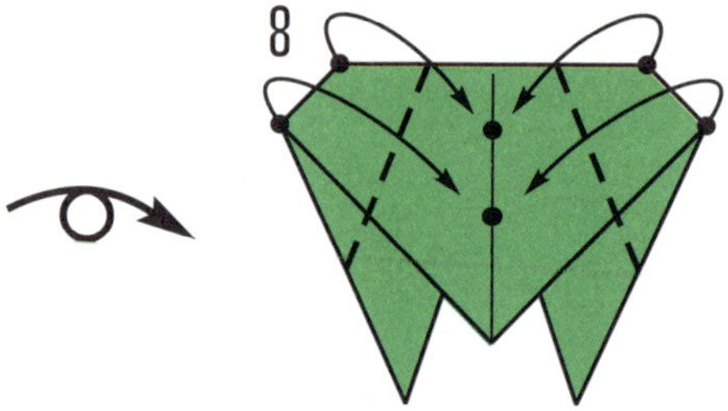

Das Modell wenden. Die angegebenen Punkte wie dargestellt aufeinander falten.

9

Die Zeichnung zeigt das Aussehen der Figur, nachdem Schritt 8 abgeschlossen ist.

10

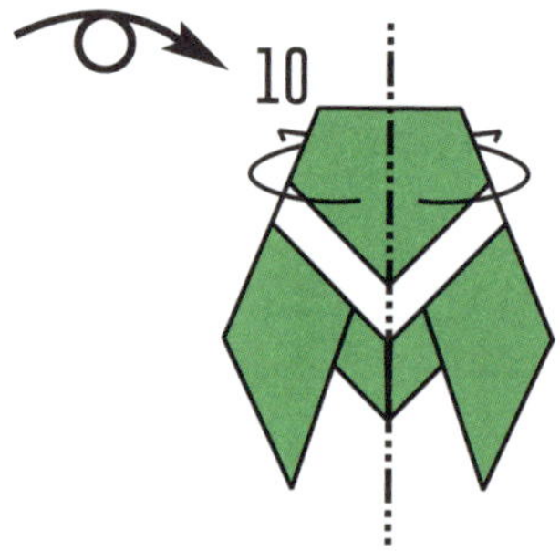

Das Modell wenden und wie dargestellt eine leicht ausgeprägte Bergfalte ausführen. Dadurch erhält das Modell eine leichte Dreidimensionalität.

11

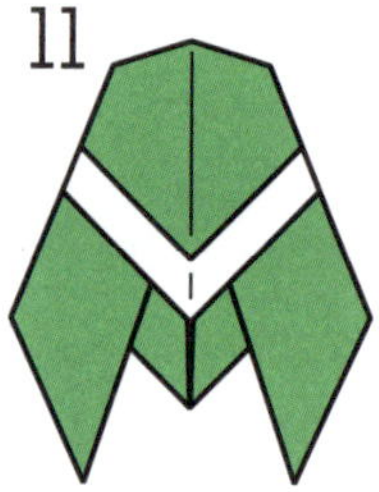

Die Zikade ist fertig.

VIDEO: www.nuinui.ch/video/it/g11/grande-tradizionali/p68

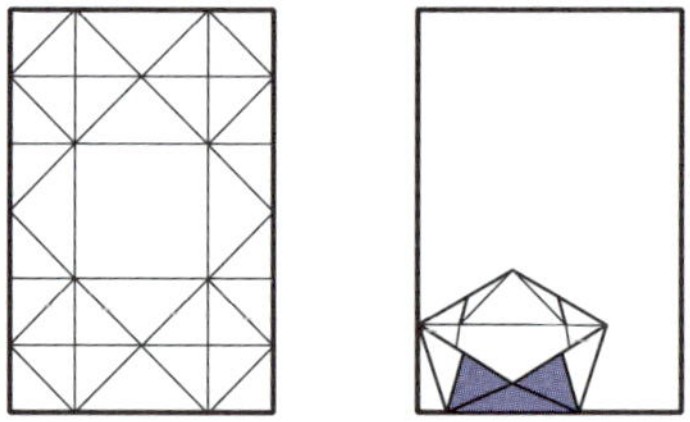

DIE ANTIKE JAPANISCHE SCHACHTEL

Es ist wichtig, seine Sachen in Ordnung zu halten: Diese Schachtel – ein traditionelles Modell – gehört zu den ältesten und bewahrt in seiner Einfachheit den Charme seiner besonderen geometrischen Form, die sich für die Aufbewahrung der unterschiedlichsten Gegenstände eignet. Viel Spaß beim Basteln in einfarbigem Ton-in-Ton oder mit starken Farbkontrasten, oder aber mit Papier in verschiedenen Mustern.

1

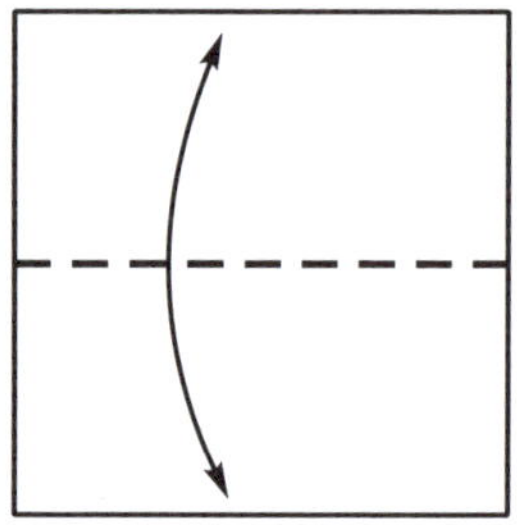

Die ersten Schritte sind notwendig, um das Ausgangsformat zu erhalten, das in diesem Fall nicht ein Quadrat, sondern ein Rechteck mit den Proportionen 3 zu 2 ist. Die horizontale Mittellinie eines Quadrats falten und wieder entfalten.

2

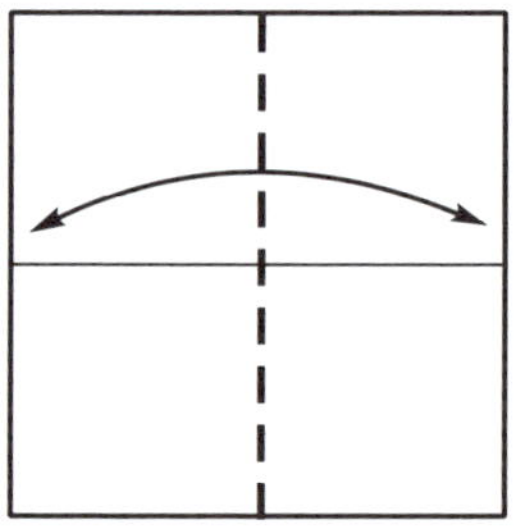

Die vertikale Mittellinie falten und wieder entfalten.

3

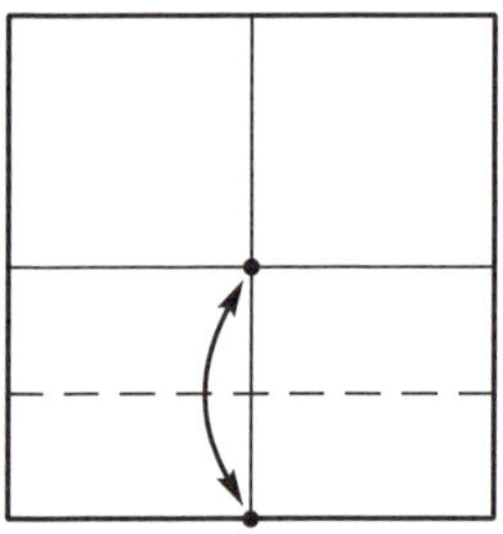

Die untere Kante zur Mitte falten und wieder entfalten.

4

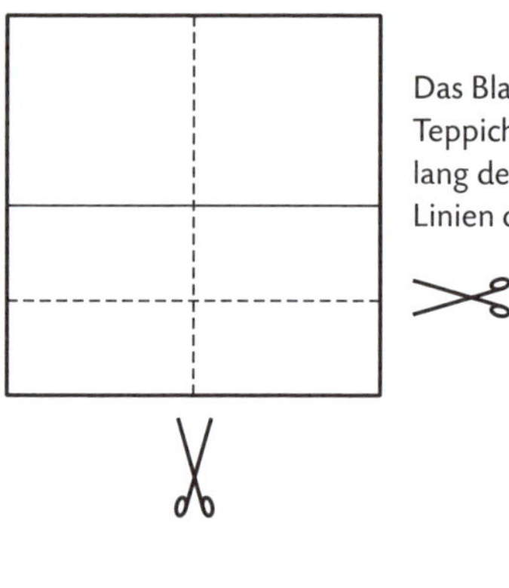

Das Blatt mit einem Teppichmesser entlang den gestrichelten Linien durchschneiden.

8

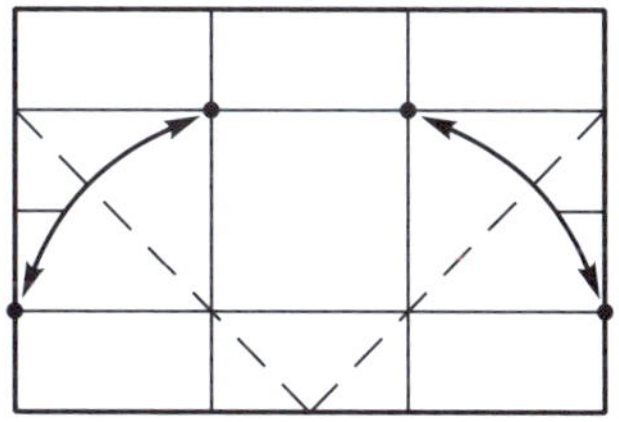

Zwei Faltungen im Winkel von 45° ausführen und dabei die angegebenen Punkte übereinanderlegen, dann wieder entfalten

7

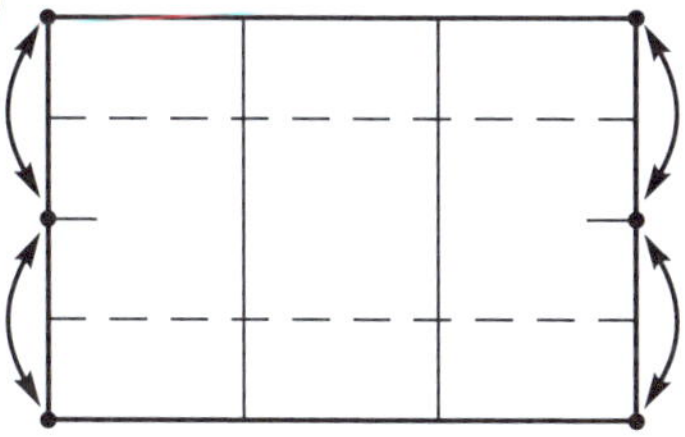

Die obere und die untere Hälfte zur Mitte falten und wieder entfalten.

6

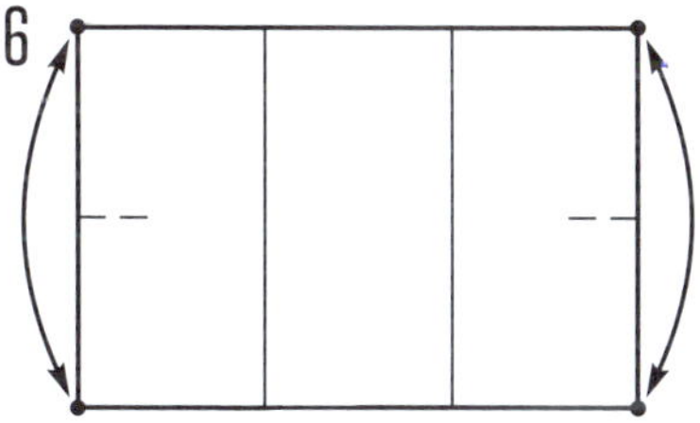

Das Blatt wie in der Abbildung dargestellt ausrichten. Auf der rechten und linken Seite jeweils den dargestellten Knick ausführen.

5

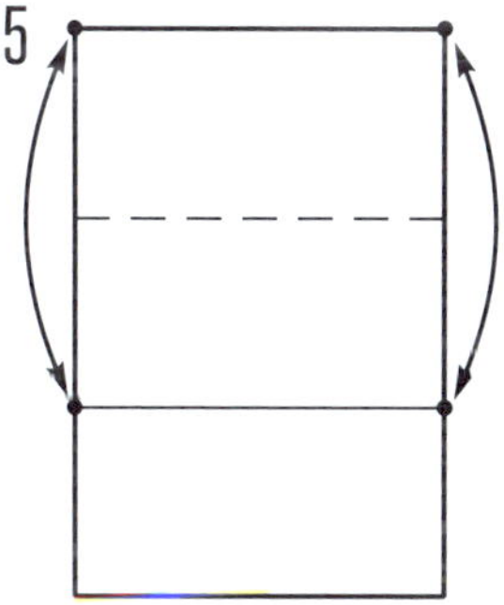

Die Zeichnung ist gegenüber der vorherigen vergrößert. Das Blatt hat jetzt ein Format von 3 zu 2. Mit einer Talfalte die obere Hälfte auf den unteren Falz falten. Dann wieder entfalten.

4A

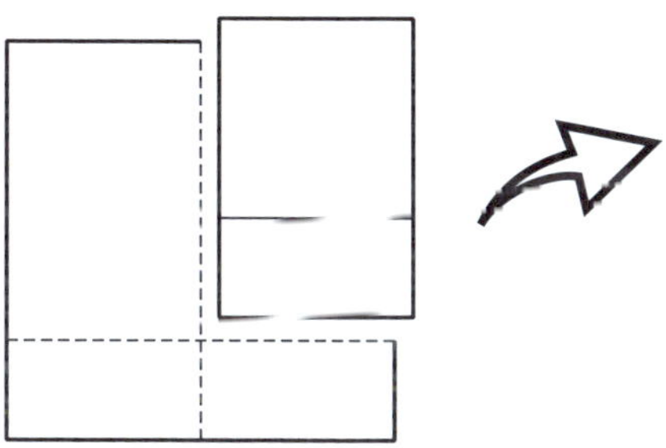

Nach der Ausführung von Schritt 4 erhält man das in Abbildung 4 dargestellte Rechteck. Dieses wird zur Herstellung der japanischen Schachtel verwendet.

9

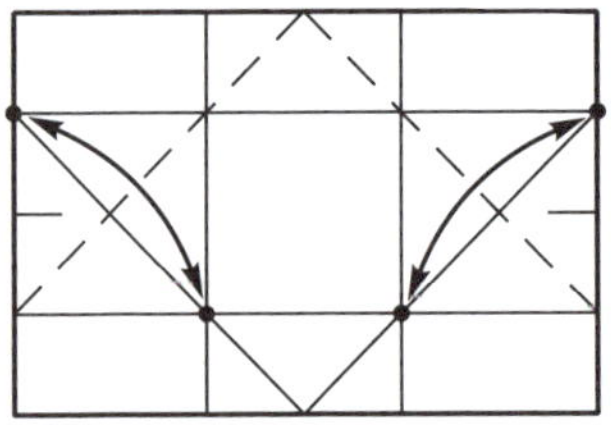

Zwei weitere Faltungen in einem Winkel von 45° ausführen und dabei die angegebenen Punkte übereinanderlegen. Dann wieder entfalten.

10

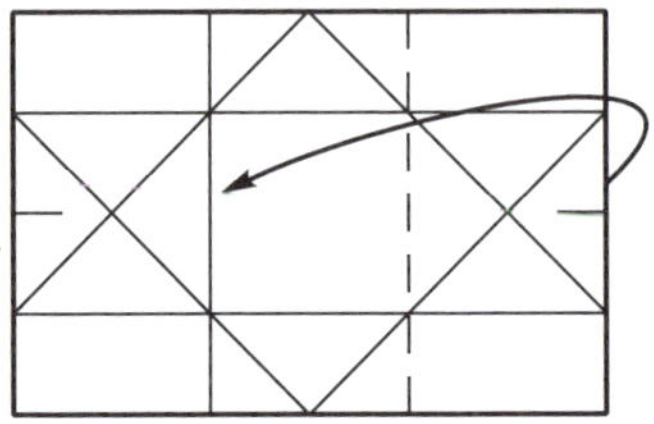

Die rechte Kante wie dargestellt entlang des bereits vorhandenen Falzes falten.

11

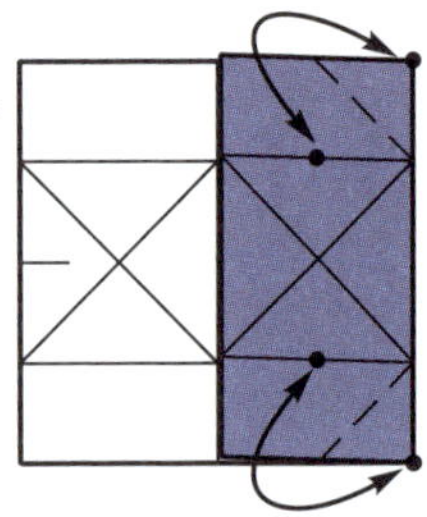

Zwei Faltungen im Winkel von 45° ausführen und dabei die angegebenen Punkte übereinanderlegen. Dann wieder entfalten.

12

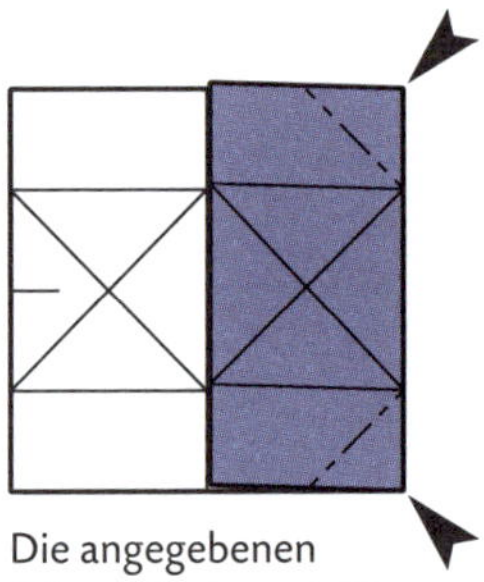

Die angegebenen Ecken wie dargestellt nach innen stülpen.

13

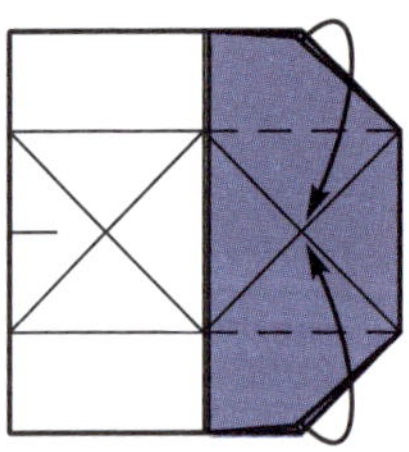

Nur die oberen Kanten anheben und zur Mitte falten.

14

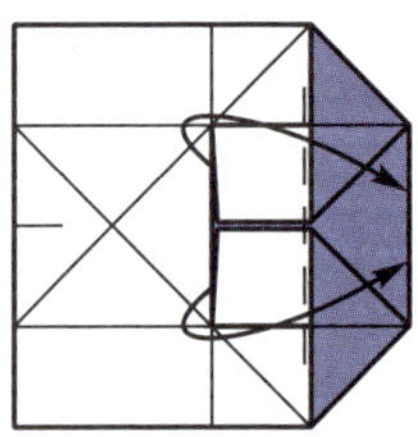

Die weiße Schicht wie in der Abbildung dargestellt nach rechts falten.

15

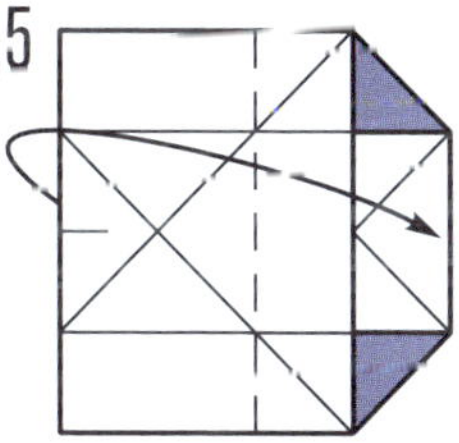

Die linke Kante nach rechts falten und dabei dem bereits vorhandenen Falz folgen.

16

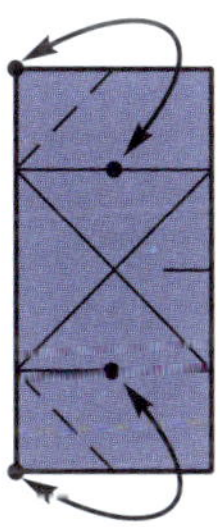

Zwei Faltungen im Winkel von 45° ausführen und dabei die angegebenen Punkte übereinander legen. Dann wieder entfalten.

17

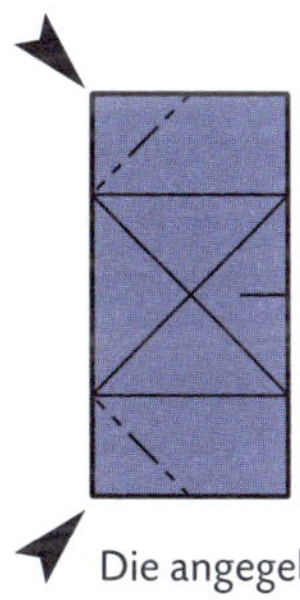

Die angegebenen Ecken wie dargestellt nach innen stülpen.

18

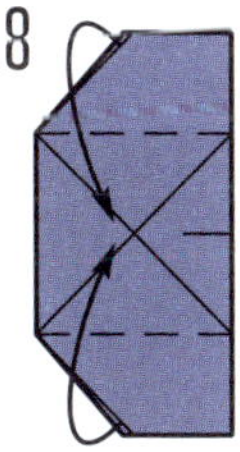

Nur die oberen Kanten anheben und zur Mitte falten.

19

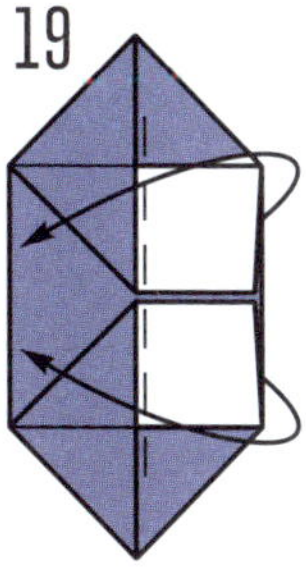

Die Zeichnung ist im Vergleich zur vorherigen vergrößert. Die angegebene weiße Schicht wie dargestellt nach links falten.

20

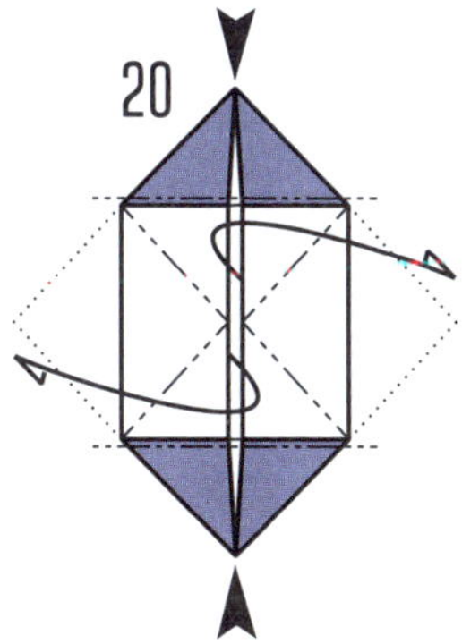

Die Schachtel durch eine Abfolge von Bergfalten öffnen und sofort wieder abflachen, indem die zentralen Punkte der weißen Schicht mit den gepunkteten Linien zusammengeführt werden. Der Vorgang wird erleichtert, wenn die oberen und unteren Ecken nach innen gedrückt werden.

21

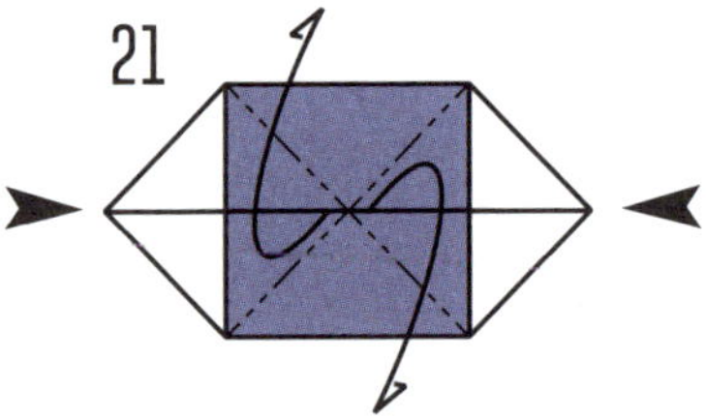

Jetzt die Schachtel durch Wiederholung des vorherigen Vorgangs in Form bringen, aber stoppen, wenn das Modell dreidimensional wird. Dann vorsichtig auf die linke und die rechte Ecke drücken und gleichzeitig den mittleren Teil öffnen.

22

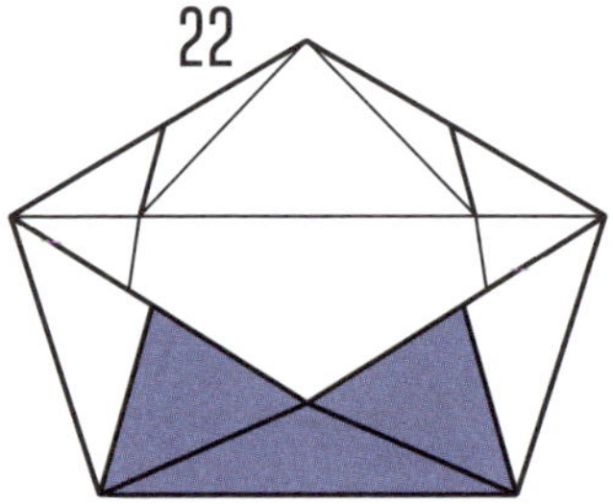

Stoppen, wenn die Schachtel die gewünschte Form angenommen hat. Die Schachtel ist fertig.

VIDEO: www.nuinui.ch/video/it/g11/grande-tradizionali/p74

★★☆☆☆

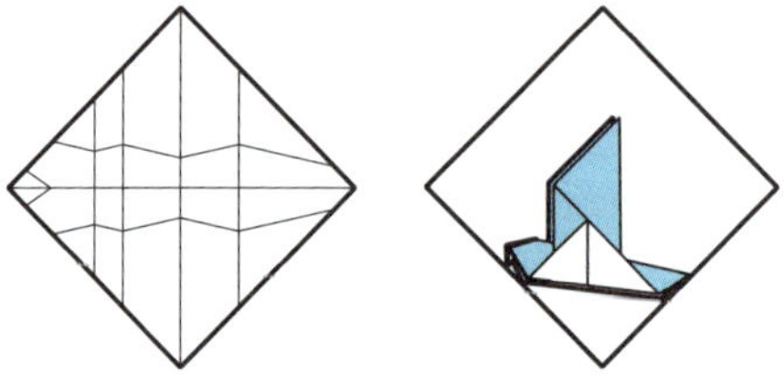

DIE TAUBE

Die Taube (Columba livia) gehört zur Familie der Columbidae, der über 300 Arten angehören. Diese Vögel finden sich im symbolischen Apparat vieler Kulturen. Im alten Japan war die Taube Bote und Symboltier von Hachiman, dem Kriegsgott des Shinto-Pantheons, dem Beschützer Japans, seines Volkes und der Samurai sowie Schutzgottheit des Minamoto-Klans.

1

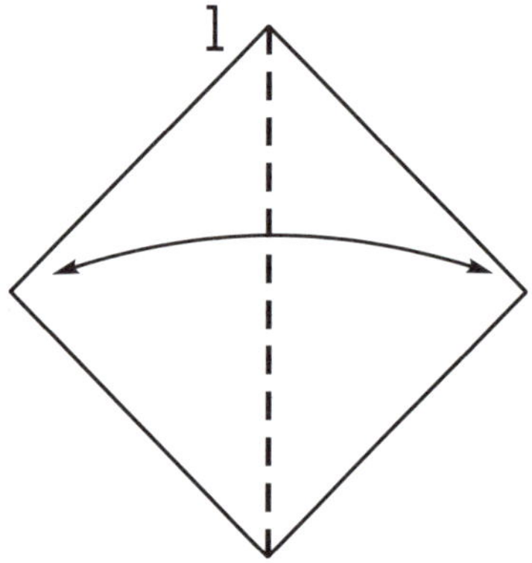

Die vertikale Diagonale eines Quadrats falten und wieder entfalten.

2

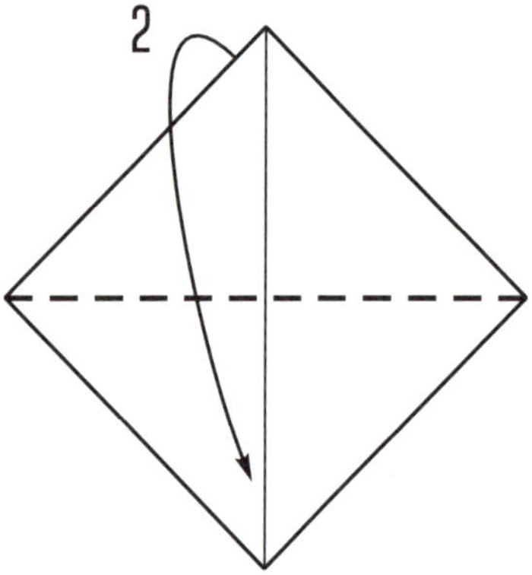

Die obere Ecke über die untere Ecke falten, um die horizontale Diagonale des Quadrats zu erhalten.

3

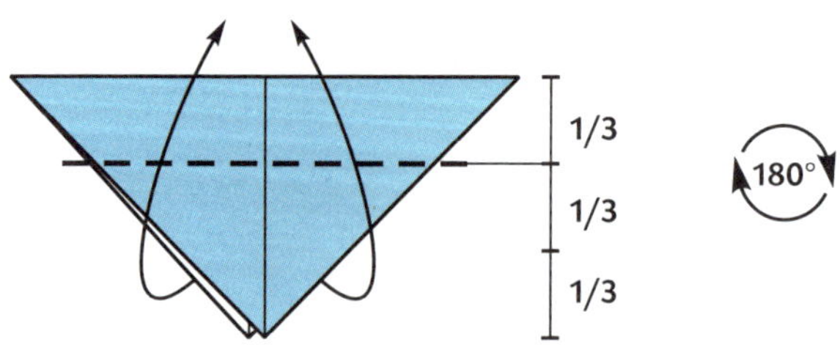

Beide Schichten des Quadrats einbeziehen und die Spitze etwa 1/3 von der oberen Kante entfernt nach oben falten.

4

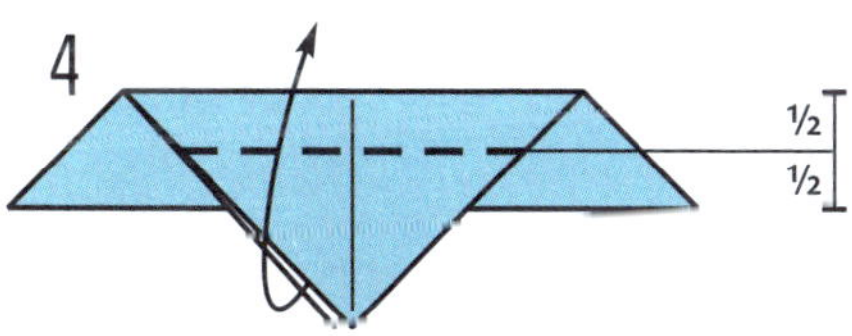

Das Modell um 180° im Uhrzeigersinn drehen. Nur die obere Schichte des Modells ca. 1/2 von der oberen Kante entfernt erneut falten.

5

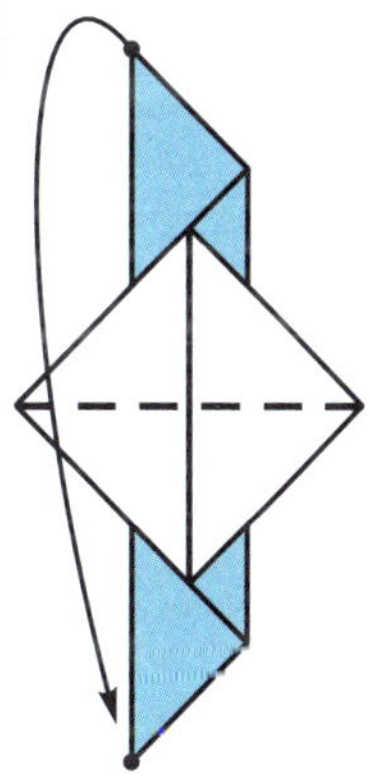

Das Modell um 90° im Uhrzeigersinn drehen. Die obere Spitze zur unteren Spitze falten, sodass die angegebenen Punkte übereinander liegen.

6

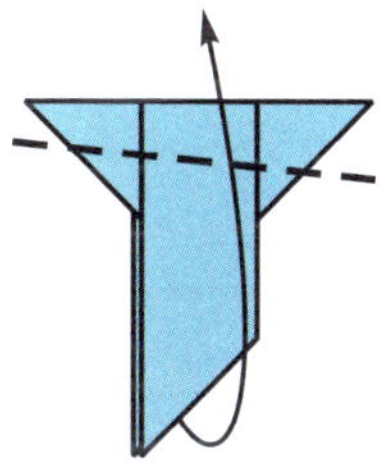

Eine Talfalte ausführen, um die Flügel vom Körper zu trennen. Die Falte hat keinen exakten Bezugspunkt. Wir empfehlen eine leichte Neigung, wie in der Abbildung dargestellt, um eine bessere Wirkung zu erzielen.

7

Die Zeichnung zeigt das Aussehen der Figur, nachdem Schritt 6 abgeschlossen ist.

8

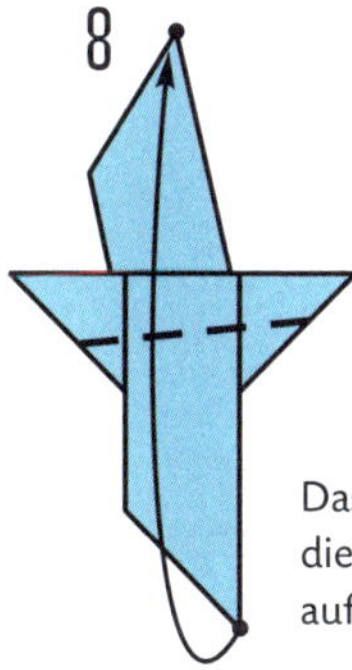

Das Modell wenden und die angegebenen Punkte aufeinander falten.

9

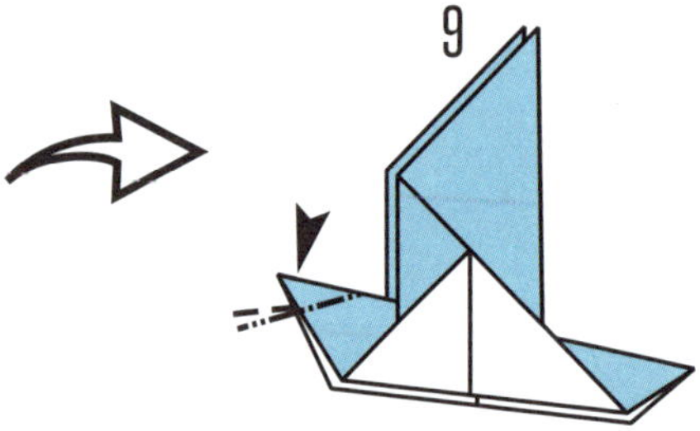

Die Zeichnung ist im Vergleich zur vorherigen vergrößert. Die angegebene Stelle wie dargestellt nach innen stülpen, um den Schnabel zu formen.

10

Die Taube ist fertig.

VIDEO: www.nuinui.ch/video/it/g11/grande-tradizionali/p78

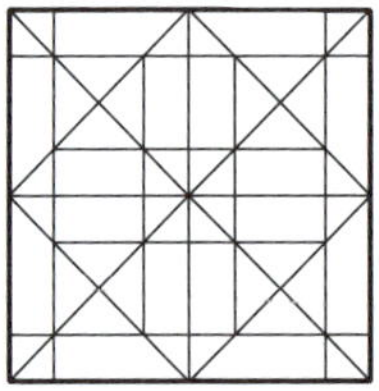

DIE WASSERBOMBE

Die Wasserbombe ist eines der klassischen Modelle, das vor allem junge Origami-Fans begeistern wird. Man kann sie wie einen Luftballon mit Wasser füllen, wenn man ein paar kleine Vorsichtsmaßnahmen beachtet: Um zu verhindern, dass sie sich auflöst, darf sie erst unmittelbar vor dem Gebrauch gefüllt werden, vor allem, wenn man normales Papier verwendet. Außerdem darf sie nicht zu stark gefüllt werden, da sie sonst reißen könnte, insbesondere beim Transport.

1

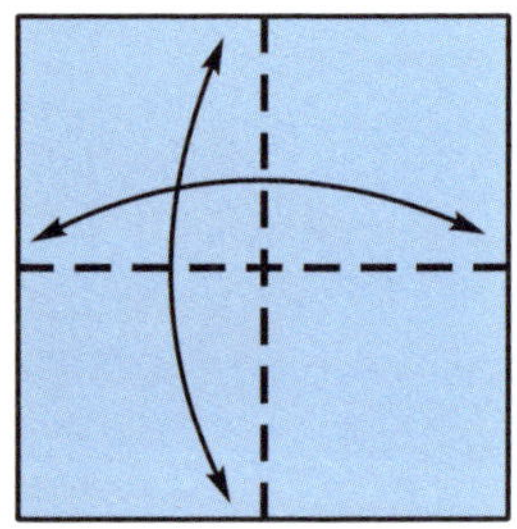

Mit einem quadratischen Blatt beginnen. Die farbige Seite zeigt nach oben. Die beiden Mittellinien des Quadrats falten und wieder entfalten.

2

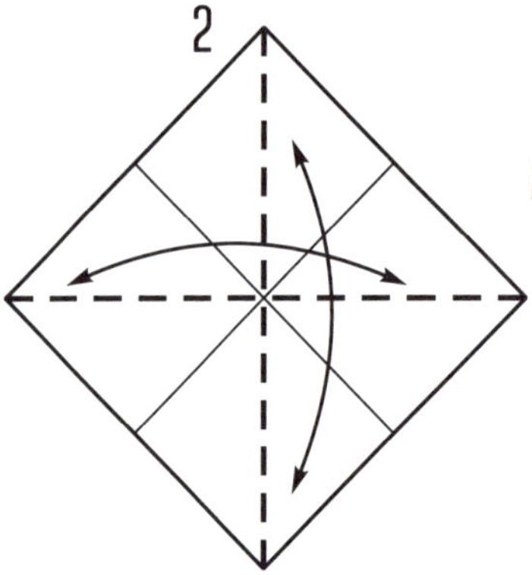

Das Papier wenden und um 45° im Uhrzeigersinn drehen. Die beiden Diagonalen des Quadrats falten und wieder entfalten.

3

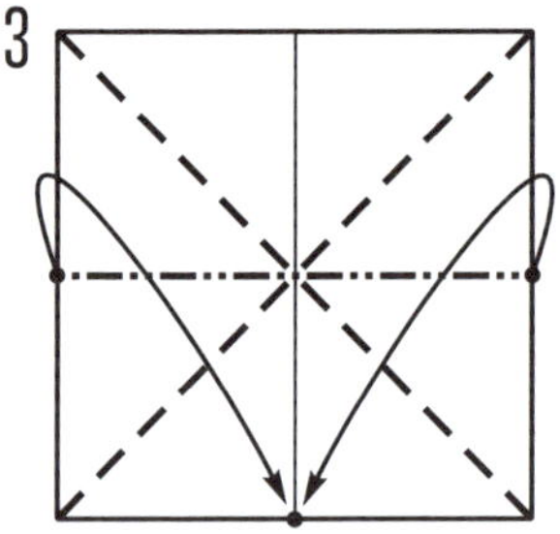

Das Blatt erneut um 45° im Uhrzeigersinn drehen und die angegebenen Punkte aufeinander falten. Das Blatt wird vorübergehend dreidimensional, um dann wieder zu einer dreieckigen Basis abgeflacht zu werden.

4

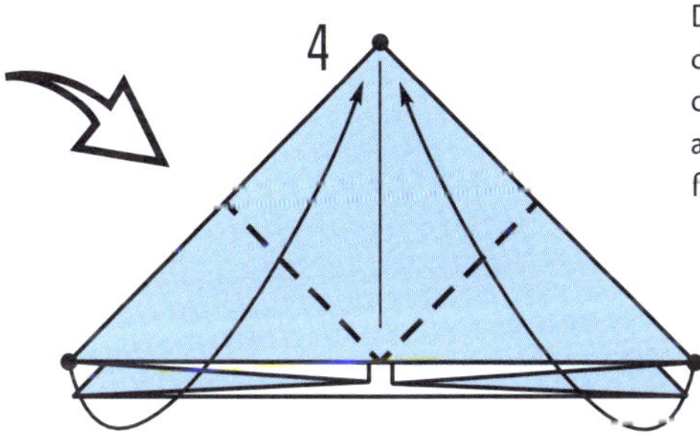

Die Zeichnung ist im Vergleich zur vorherigen vergrößert. Nur die obere linke und rechte Schicht nach oben falten, sodass die angegebenen Punkte zusammengeführt werden.

5

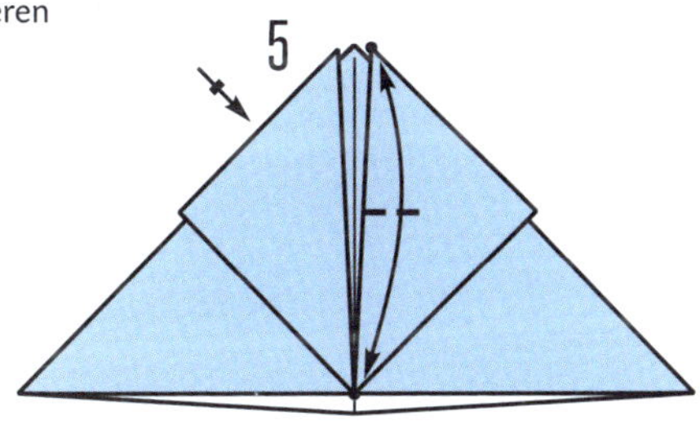

Die angegebene Falte ist ein Knick, der nur an der im vorherigen Schritt nach oben gefalteten oberen Schicht vorgenommen wird. Den Knick auch auf der linken Seite entsprechend ausführen.

6

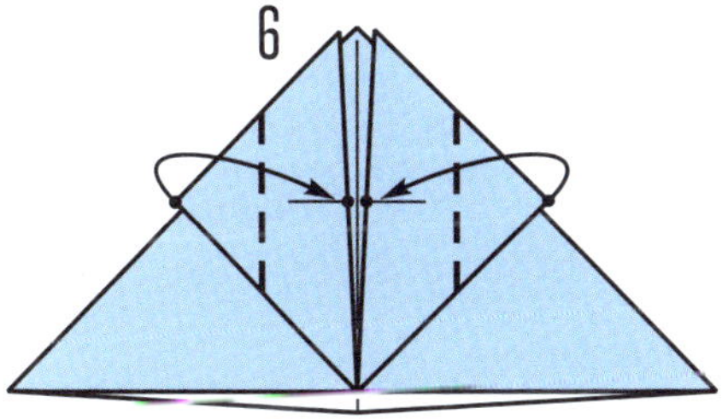

Die angegebenen Punkte auf der Mittelkante mit dem Endpunkt des im vorherigen Schritt gefalteten Knicks in Übereinstimmung bringen. Auch diese Faltung betrifft immer nur die oberen Schichten.

7

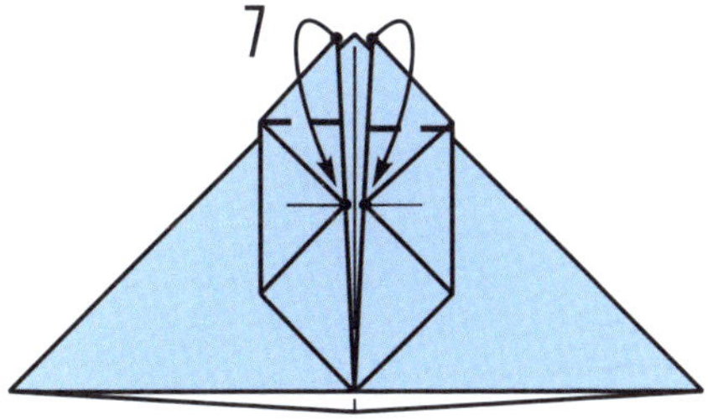

Die oberen Spitzen nach unten falten und mit den angegebenen Punkten zusammenführen.

8

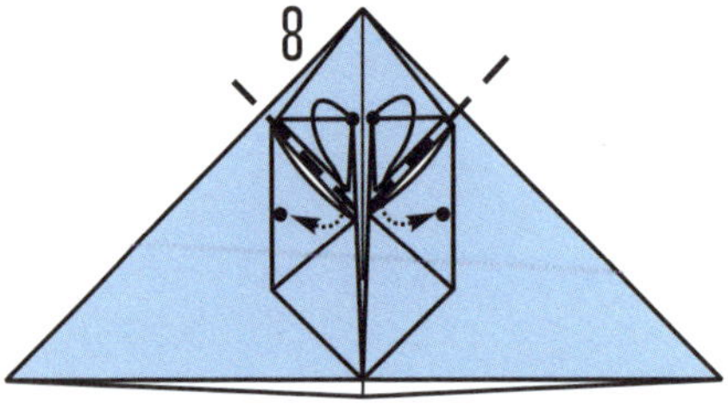

Die angegebenen kleinen Ecken wie dargestellt so weit wie möglich in die Täschchen rechts und links stecken.

9

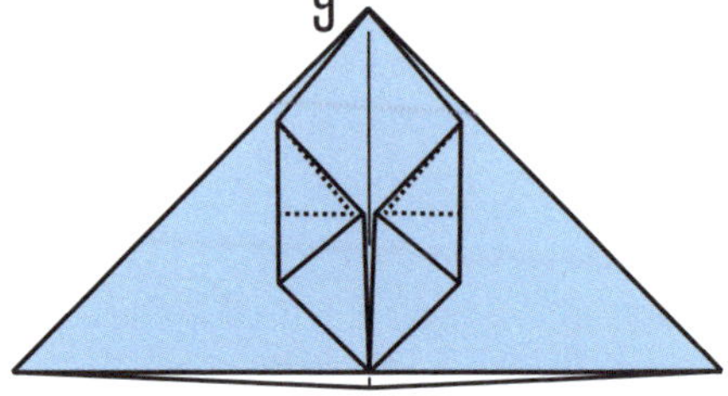

Die Zeichnung zeigt das Aussehen der Figur, nachdem Schritt 8 abgeschlossen ist. Die Pünktchen zeigen die in die Täschchen eingesteckte Schicht.

10

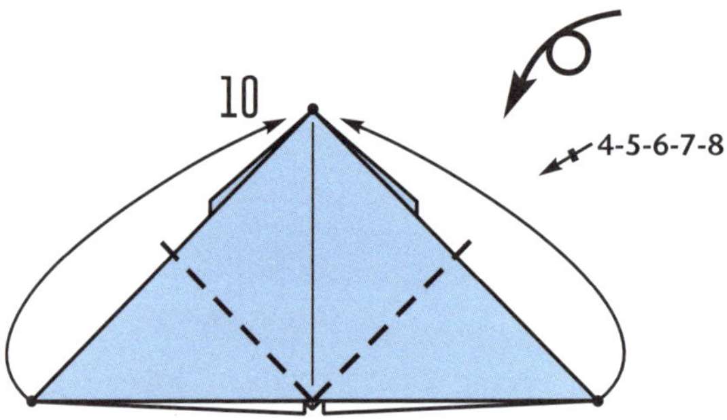

Das Modell wenden und die Schritte 4 bis 8 wiederholen.

11

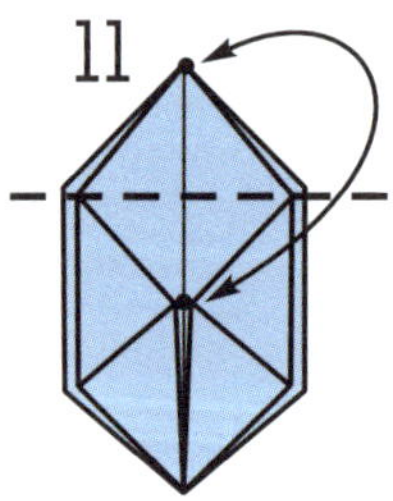

Auf den oberen Schichten die angegebenen Punkte aufeinander falten. Dann wieder entfalten. Die Falze kräftig feststreichen.

12

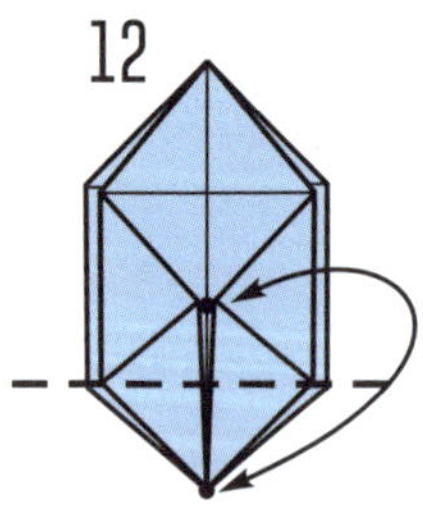

Auf den unteren Schichten die angegebenen Punkte aufeinander falten. Dann wieder entfalten. Die Falten kräftig feststreichen.

13

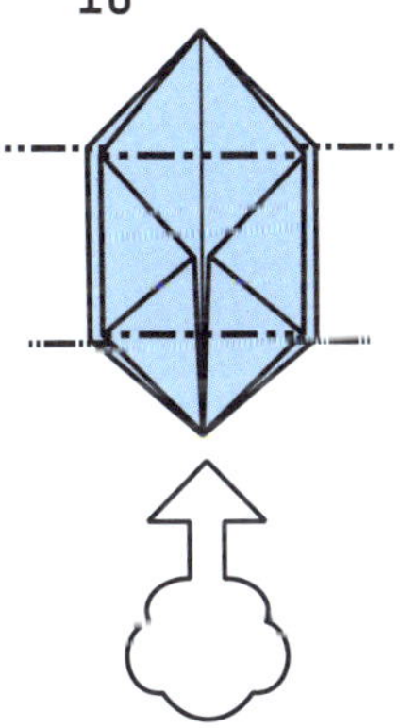

Das Modell vorsichtig festhalten, ohne die Schichten zusammenzudrücken. Das Modell „aufblättern" und so kreuzförmig öffnen. Die Lippen auf der Unterseite anlegen, wo sich ein kleines Loch befindet, und mit einem kurzen und kräftigen Stoß Luft in das Origami blasen. Bei Bedarf hierfür einen Strohhalm nutzen. Wenn das Modell sich durch die Luft ausgedehnt hat, die Falten so anpassen, dass die Form eines Würfels entsteht.

14

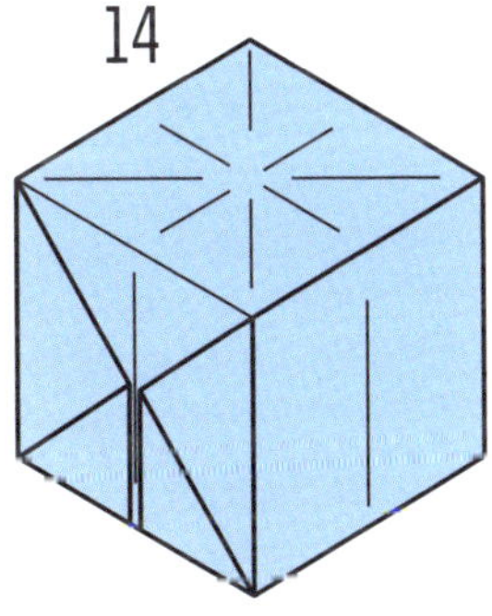

Die Wasserbombe ist fertig.

VIDEO: www.nuinui.ch/video/it/g11/grande-tradizionali/p82

★★★☆☆

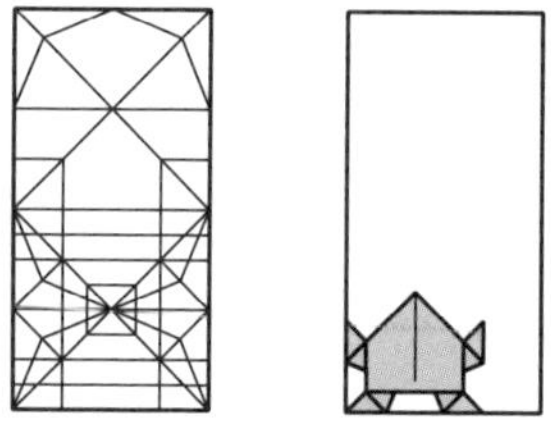

Der Frosch

In Japan ist ein Amulett in Form eines Frosches ein Talisman für Reisende: Frosch, Kaeru, ist nämlich ein Homophon für das Wort „Rückkehr". Es war üblich, dass die Ehefrauen der Fischer ihren Männern einen Talisman mit dieser Form als Glücksbringer schenkten, damit sie sicher nach Hause zurückkehren würden. Obwohl das Modell stilisiert ist, wird es mit seiner charakteristischen Sprungbewegung Kinder und Erwachsene gleichermaßen unterhalten. Man kann dieses Modell zwar auch mit einem Quadrat falten, das durch Falten der Mittellinie halbiert wird. Hier wurde jedoch die Verwendung eines halben Quadrates bevorzugt, da sich dann weniger Schichten ansammeln und das Falten aufgrund der geringen Dicke einfacher ist.

1

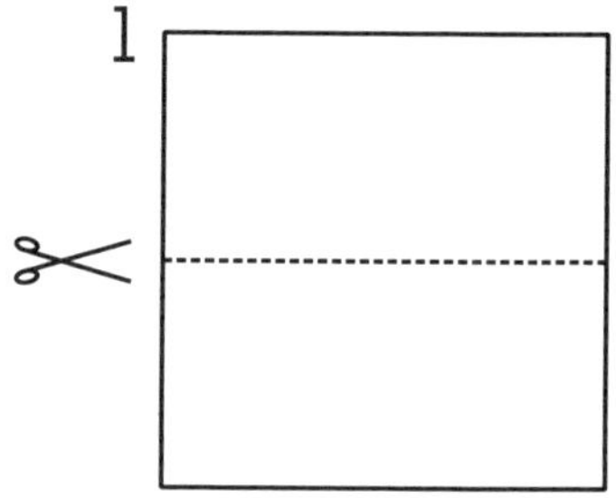

Ein Quadrat entlang der horizontalen Mittellinie in zwei Hälften schneiden.

2

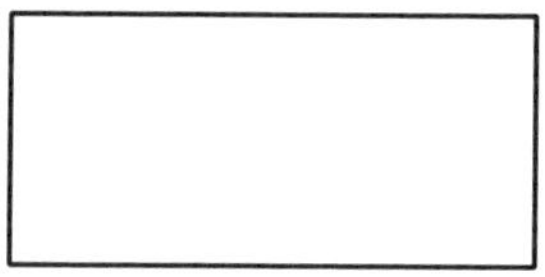

Eines der erhaltenen Rechtecke verwenden.

3

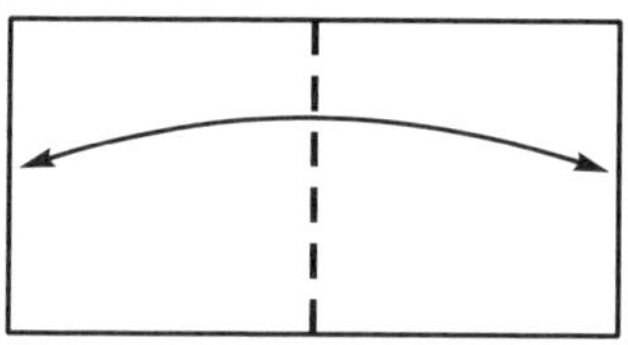

Die rechte Kante bündig auf die linke falten, um die vertikale Mittellinie zu erhalten. Dann wieder entfalten.

4

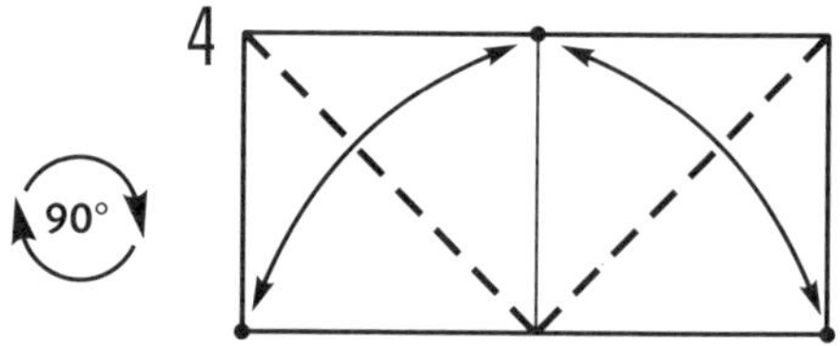

Mit zwei Talfalten die angegebenen Punkte aufeinander falten. Dann wieder entfalten.

5

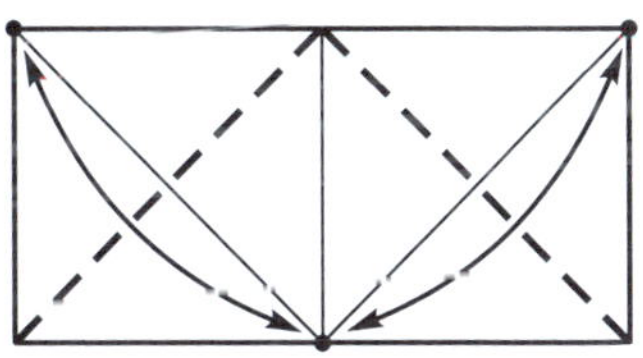

Mit zwei Talfalten die angegebenen Punkte aufeinander falten. Dann wieder entfalten.

6

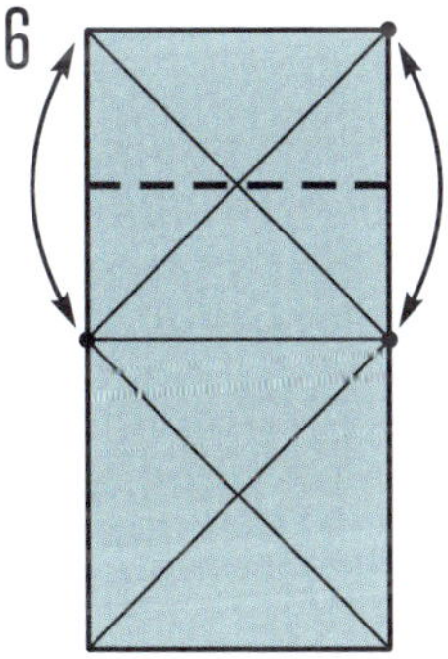

Das Blatt um 90° im Uhrzeigersinn drehen und dann wenden. Die angegebenen Punkte durch eine Talfalte aufeinander falten. Dann wieder entfalten.

7

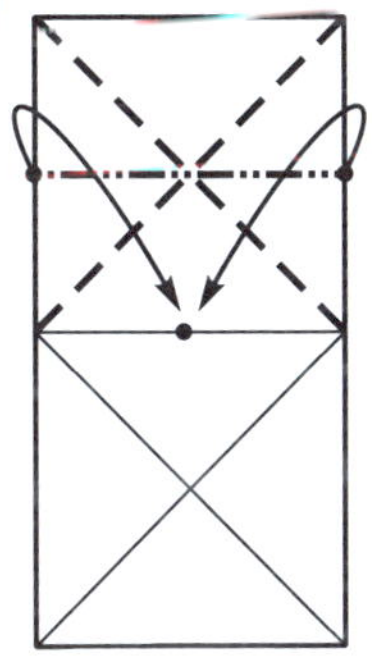

Das Papier wenden. Den oberen Teil wie zu einer dreieckigen Basis falten, indem die angegebenen Punkte zusammengeführt werden.

8

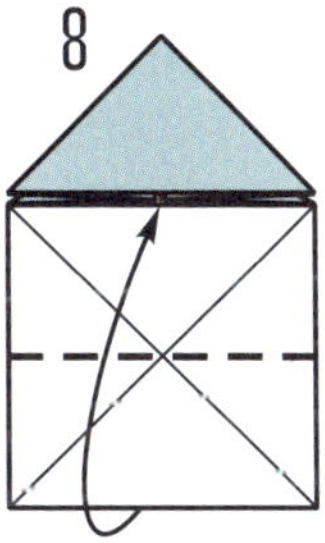

Mit einer Talfalte die untere Kante zur Mitte falten.

9

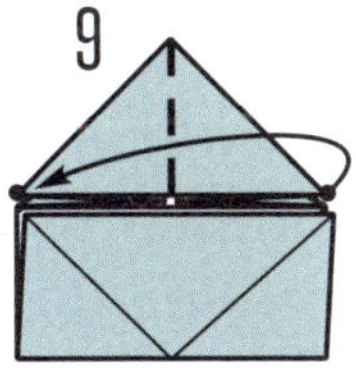

Die obere rechte Ecke anheben und auf die linke Ecke falten.

10

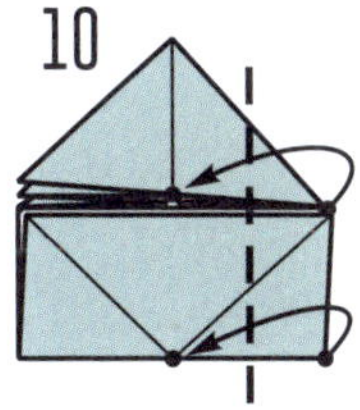

Die angegebenen Punkte aufeinander falten.

11

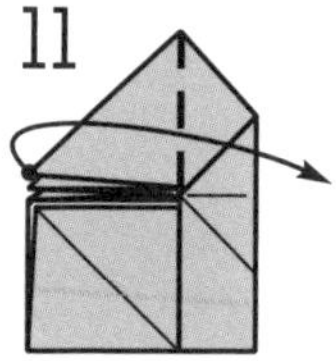

Die zuvor aufgerichtete Ecke in die ursprüngliche Position bringen.

12

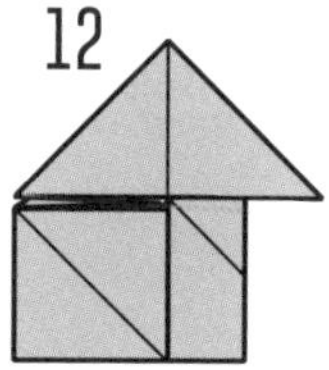

Die Zeichnung zeigt das Aussehen der Figur, nachdem Schritt 11 abgeschlossen ist.

13

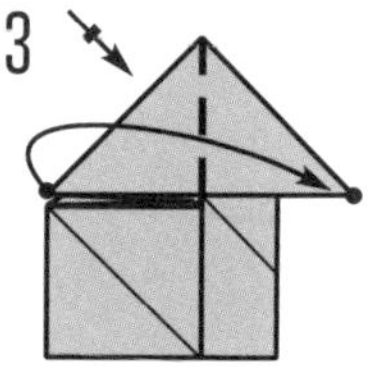

Die linke Ecke anheben und auf die Ecke Spitze falten. Dann die gleichen Faltungen wie in den Schritten 10 und 11 wiederholen..

14

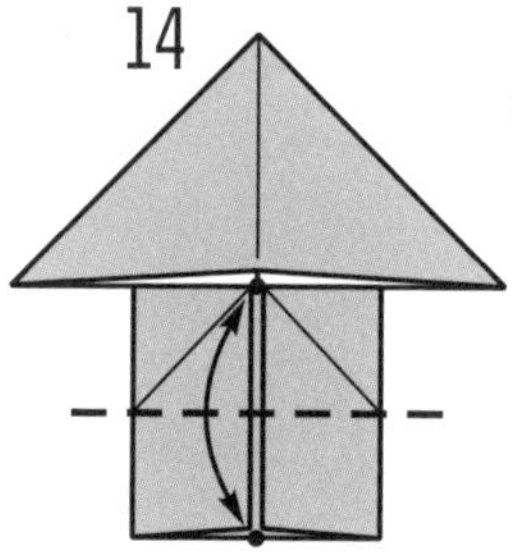

Die Zeichnung ist gegenüber der vorherigen vergrößert. Die untere Kante zur Mitte falten und wieder entfalten.

15

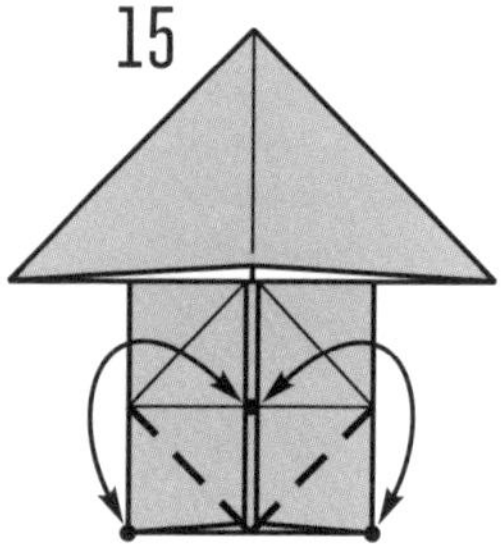

Die Ecken falten und dabei die angegebenen Punkte zusammenführen. Dann wieder entfalten.

16

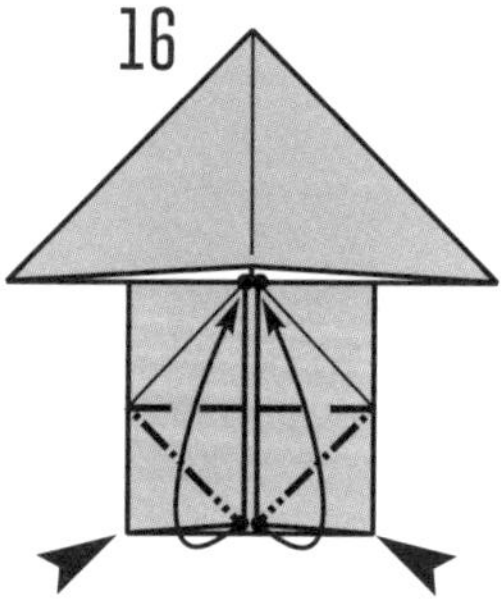

Nur die unteren Ecken der oberen Schichten anheben und die angegebenen Punkte aufeinander falten.

17

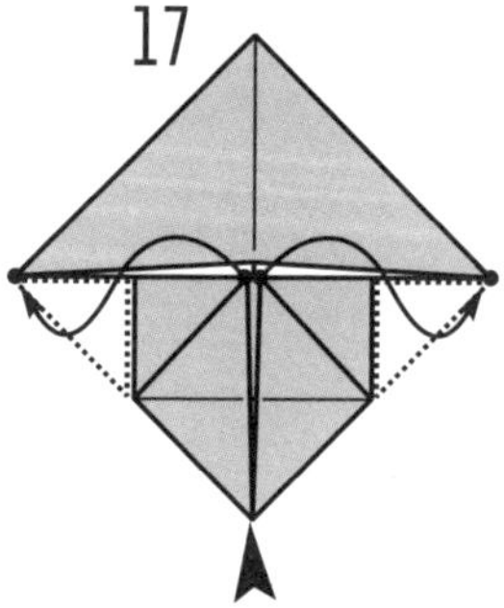

Die soeben nach oben gefalteten Ecken der oberen Schichten nehmen und sie nach außen in die durch die gestrichelten Linien markierte Position bringen.

17A

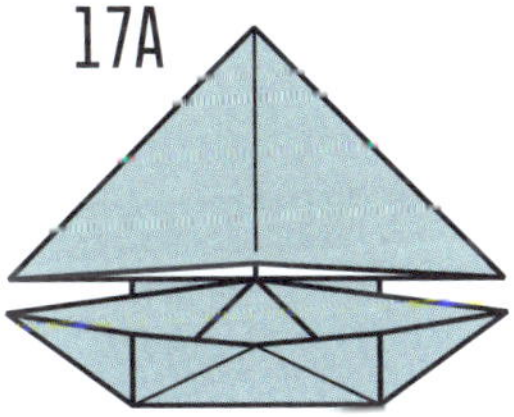

In der Abbildung wird die Ausführung des Schrittes fast vor der Beendigung gezeigt.

18

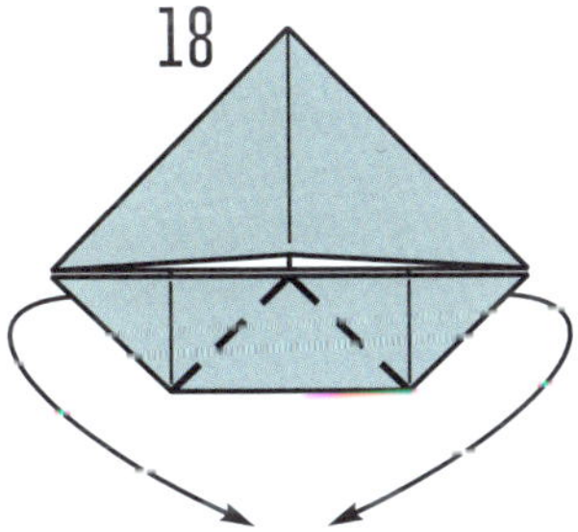

Die angegebenen Spitzen erneut nach unten falten.

19

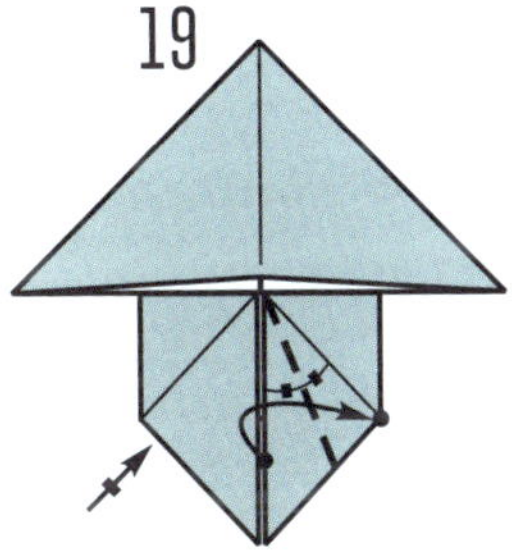

Eine winkelhalbierende Falte ausführen, indem die vertikale Kante um 45° geneigt auf den rechten Falz gelegt wird. Auch auf der linken Schicht wiederholen.

20

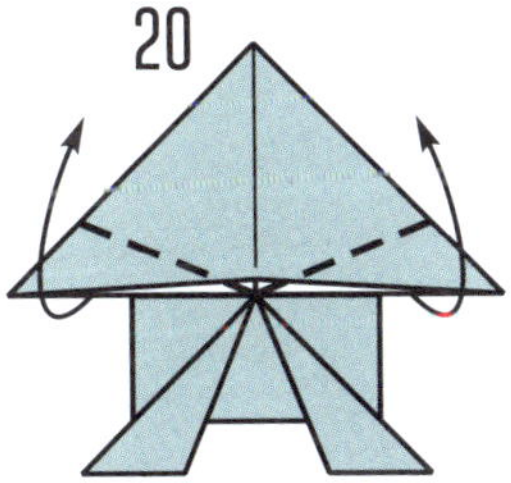

Die angegebenen Ecken ebenfalls nach oben falten. Es gibt keinen exakten Bezugspunkt für diese Falten.

21

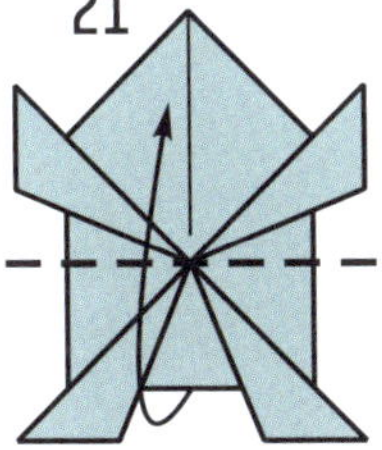

Die angegebene Falte verläuft genau durch den Kreuzungspunkt der vier Beine des Frosches.

22

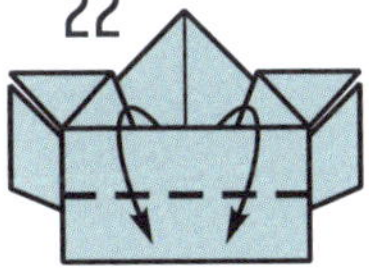

Die hier auszuführende Faltung wird nur an der obersten, soeben nach oben gefalteten Schicht vorgenommen. Etwa zur Hälfte zurückfalten.

23

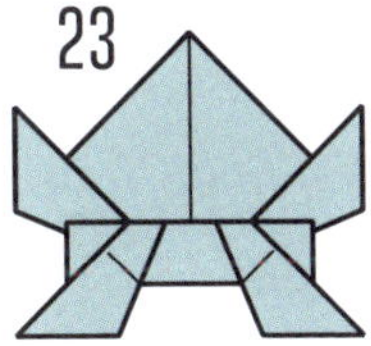

Die Zeichnung zeigt das Aussehen der Figur, nachdem Schritt 22 abgeschlossen ist.

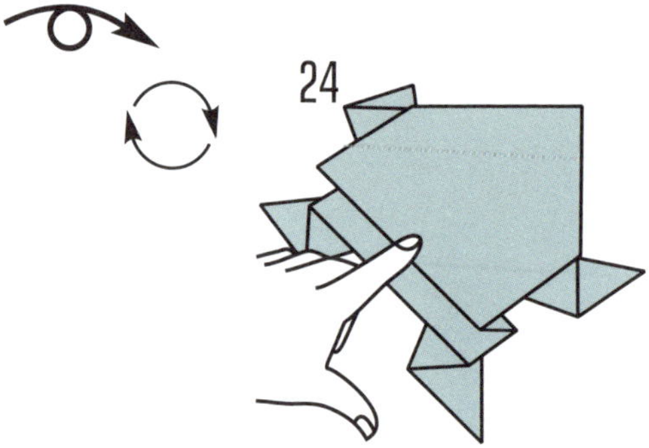

Der Frosch ist fertig. Das Modell wenden und auf eine ebene Fläche legen. Den Zeigefinger auf die Zickzackfalte legen, um den Frosch in Bewegung zu setzen. Drücken und gleichzeitig den Zeigefinger nach hinten gleiten lassen, sodass die „Feder" der Zickzackfalte in Bewegung gerät.

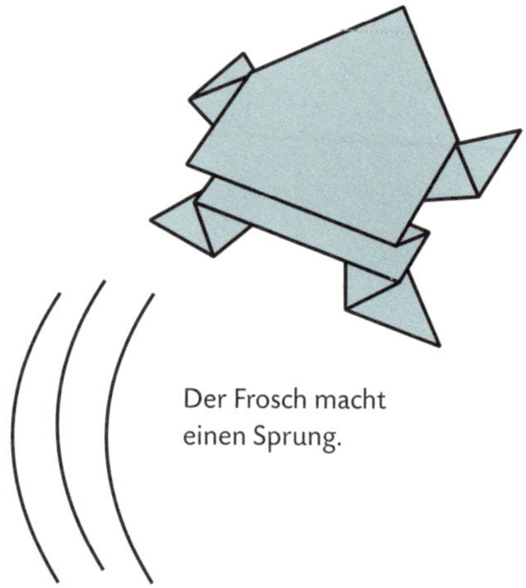

Der Frosch macht einen Sprung.

VIDEO: www.nuinui.ch/video/it/g11/grande-tradizionali/p88

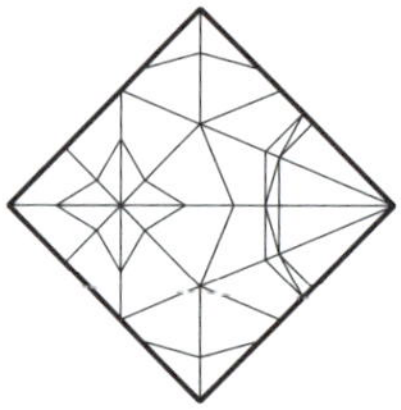

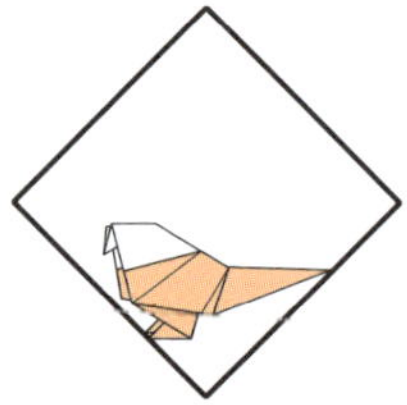

DER KLEINE VOGEL

In der japanischen Mythologie, wie auch in anderen Kulturen, werden Vögel mit übernatürlichen Kräften und Fähigkeiten in Verbindung gebracht. Sie gehören auch zu den traditionellen Themen der Künste der aufgehenden Sonne: Es ist kein Zufall, dass die Blumen- und Vogelmalerei eines der wichtigsten Genres in Japan ist. Auch im Origami sind Vögel ein sehr häufiges Motiv, angefangen mit dem allgegenwärtigen Kranich, dem Symbol schlechthin für diese Disziplin.

1

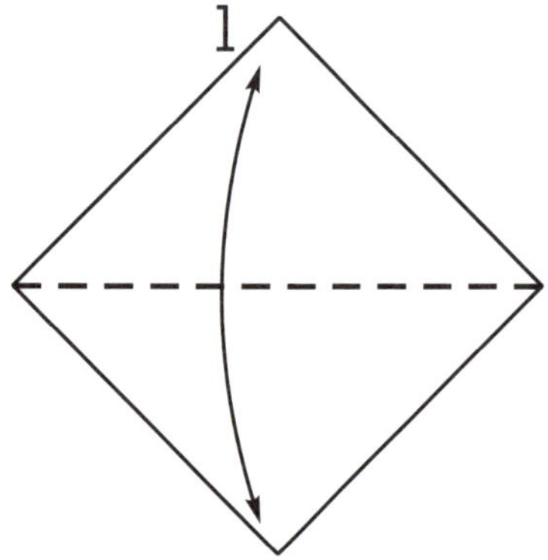

Die untere Ecke auf die obere falten, um eine Diagonale zu erhalten. Dann wieder entfalten.

2

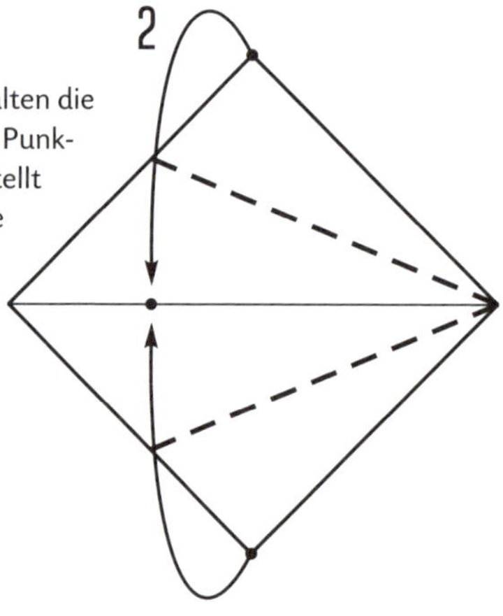

Mit zwei Talfalten die angegebenen Punkte wie dargestellt zur Mittellinie falten.

3

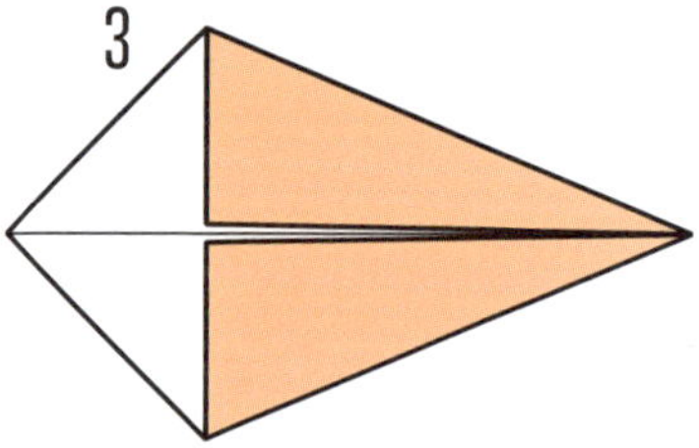

Die Zeichnung zeigt das Aussehen der Figur, nachdem Schritt 2 abgeschlossen ist.

4

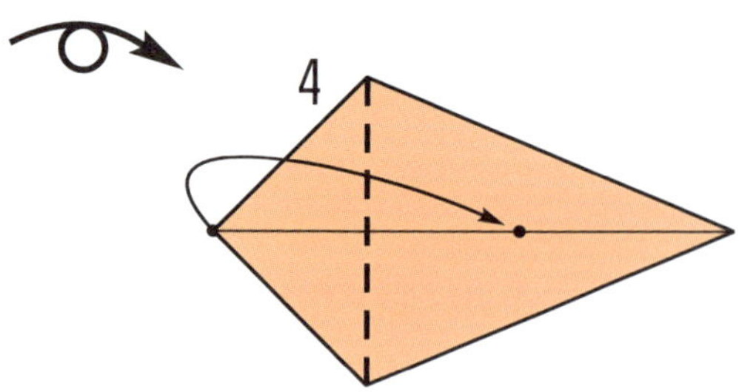

Das Modell wenden. Die linke Ecke aufrichten und zum angegebenen Punkt falten.

9

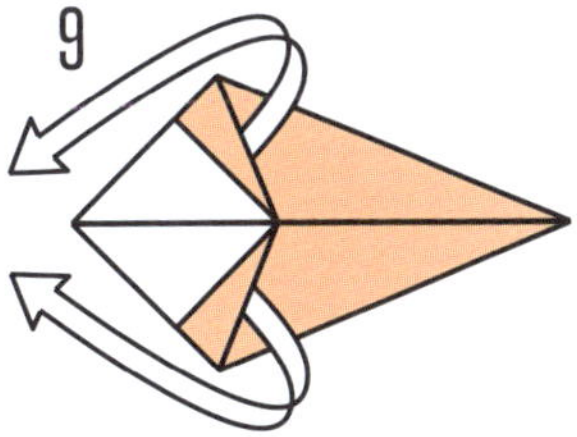

Die angegebenen Papierschichten wieder entfalten.

10

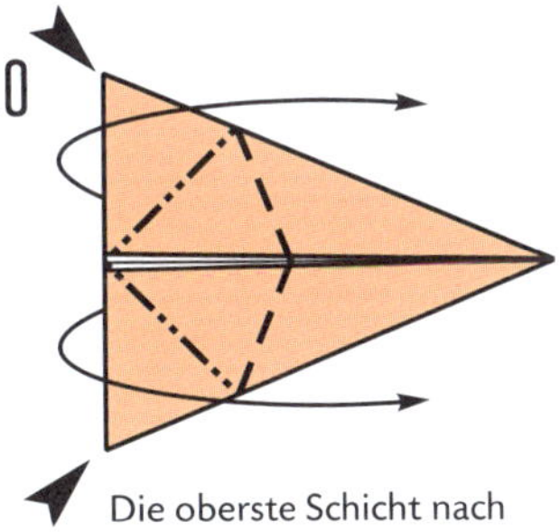

Die oberste Schicht nach hinten falten, um die dargestellten Falten auszuführen.

8

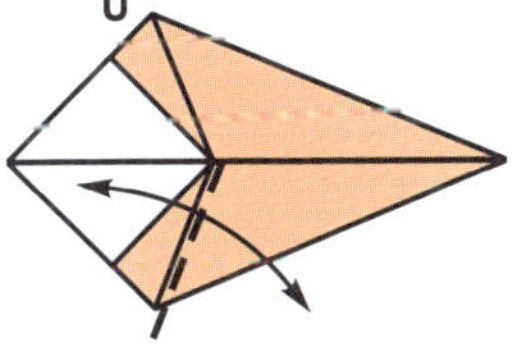

Eine Talfalte entlang der Kante ausführen, die durch die vorangegangene Faltung entstanden ist und die entstehende Falte wieder entfalten.

7

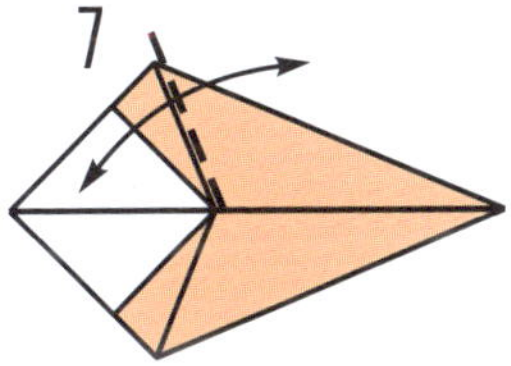

Eine Talfalte entlang der Kante ausführen, die durch die vorangegangene Faltung entstanden ist und die entstehende Falte wieder entfalten.

5

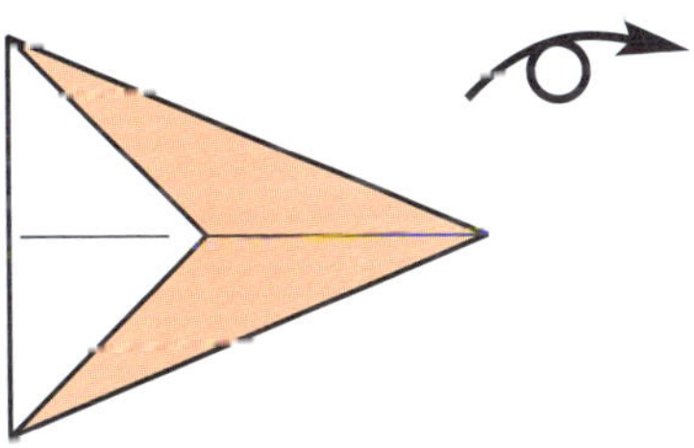

Die Zeichnung zeigt das Aussehen der Figur, nachdem Schritt 4 abgeschlossen ist.

6

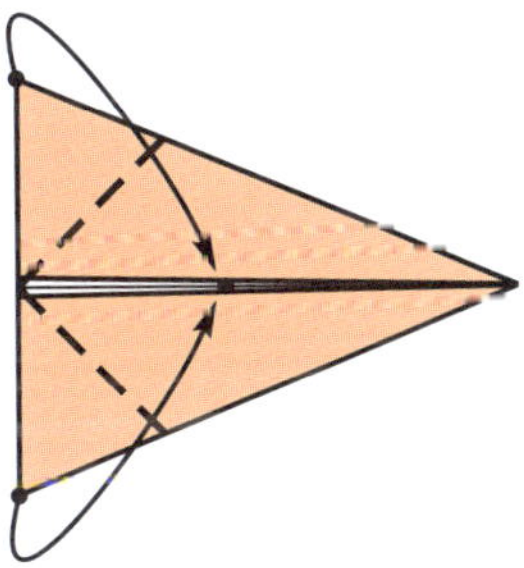

Das Modell wenden. Mit zwei Talfalten die angegebenen Punkte zur Mittellinie falten.

11

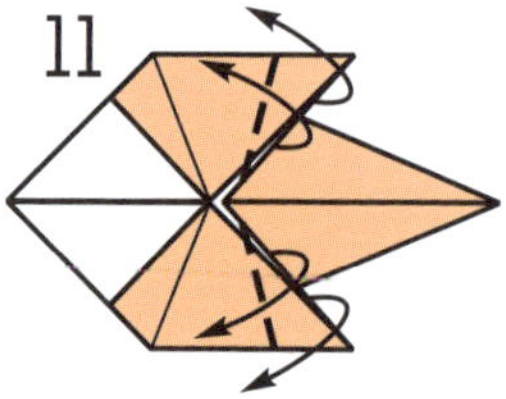

Die dargestellten Faltungen dienen zur Gestaltung der Füße des kleinen Vogels. Es gibt keinen exakten Bezugspunkt für diese Faltungen.

12

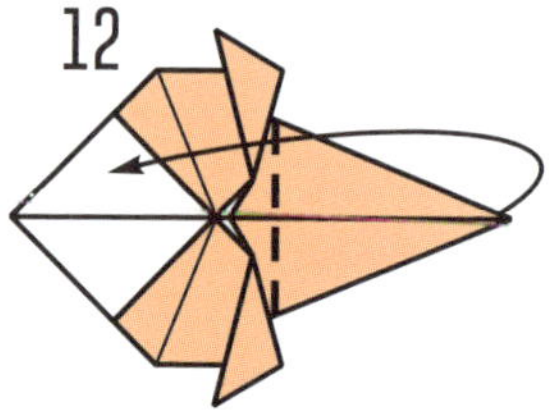

Diese Falte bereitet die Trennung des Schwanzes vom Rest des Körpers vor. Auch in diesem Fall gibt es keinen exakten Bezugspunkt.

13

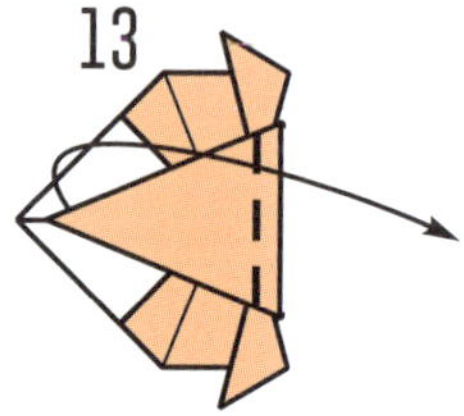

Mit der angegebenen Talfalte wird die Trennung des Schwanzes vom Rest des Körpers abgeschlossen Es gibt keinen exakten Bezugspunkt.

14

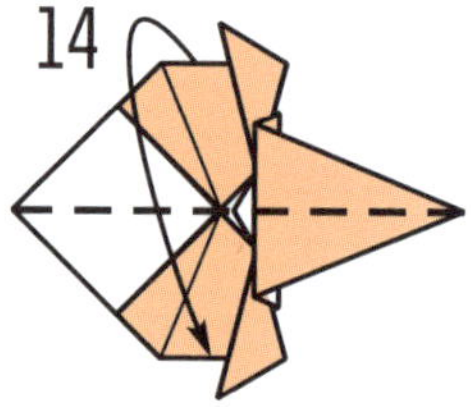

Die obere Hälfte über die untere Hälfte falten.

15

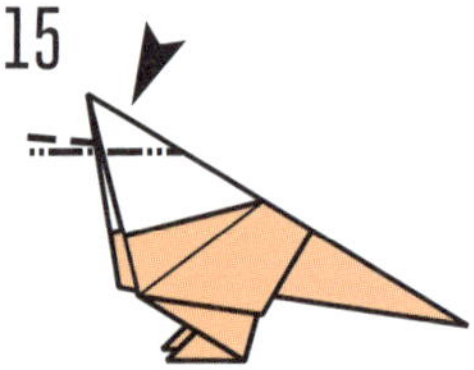

Das Modell wurde anders und präziser ausgerichtet, mit den Füßen parallel zur Grundfläche. Die angegebene Stelle wie dargestellt nach innen stülpen, um den Schnabel vom Kopf zu trennen.

16

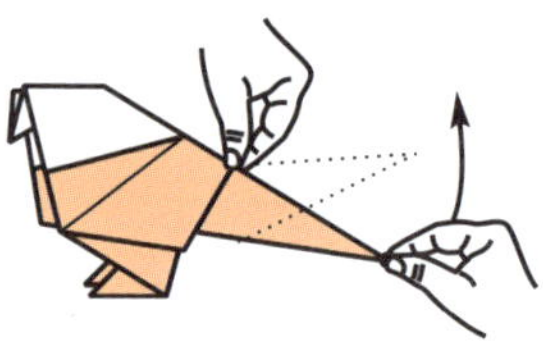

Der letzte Vorgang betrifft den Schwanz, der auf verschiedene Weise ausgerichtet werden kann. Die angegebenen Punkte mit den Händen anfassen. Die linke Hand ruhig halten, während die rechte Hand die Spitze – wie durch die gestrichelten Linien angezeigt – nach oben hebt.

17

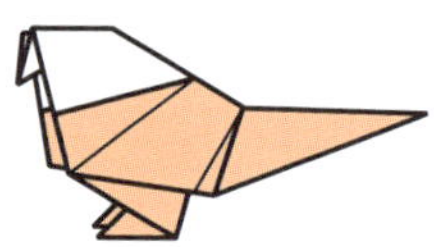

Der kleine Vogel ist fertig.

VIDEO: www.nuinui.ch/video/it/g11/grande-tradizionali/p94

★★★☆☆

DER PFAU

Der Pfau, Symbol für Adel, Anmut, Schönheit, Mitgefühl und Gutmütigkeit, wird in Japan mit Kannon, dem barmherzigen Bodhisattva, in Verbindung gebracht. Ihm werden Wunderkräfte zugeschrieben, die den negativen Auswirkungen von Giften entgegenwirken und die wohltuende Wirkung von Regen in Erinnerung rufen. In der buddhistischen Ikonografie sind seine Federn Sinnbild für ein Wesen, das gegen die Versuchungen der Welt und gegen jedes andere Gift immun ist.

1

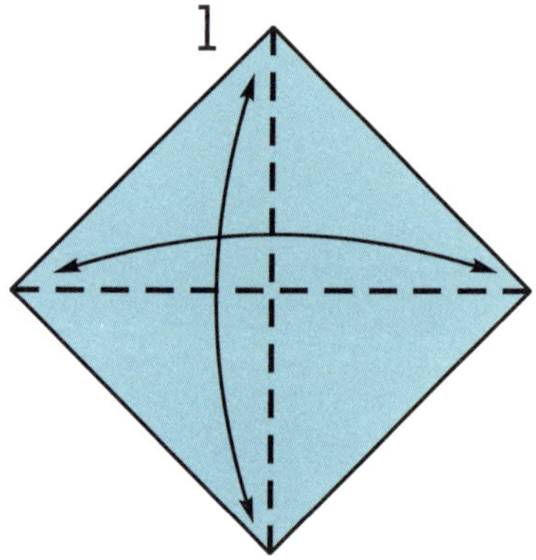

Mit einem quadratischen Blatt beginnen. Die farbige Seite zeigt nach oben. Die beiden Diagonalen falten und wieder entfalten.

2

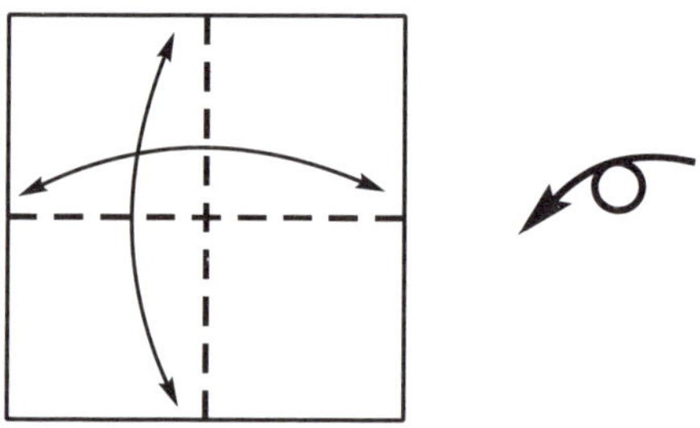

Das Papier wenden. Die beiden Mittellinien falten und wieder entfalten.

3

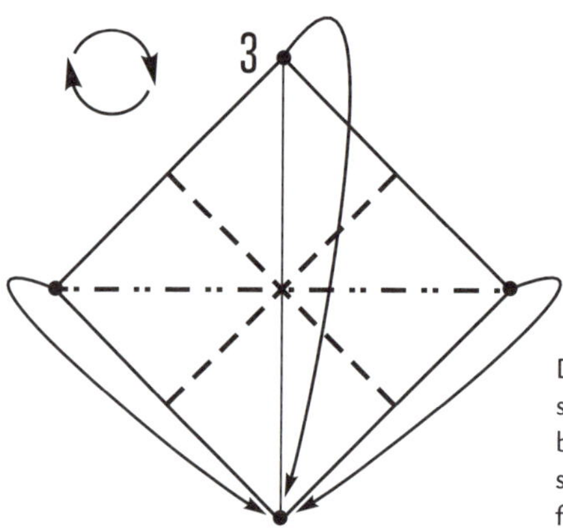

Das Papier um 45° im Uhrzeigersinn drehen und dann die angegebenen Punkte aufeinander falten, sodass eine quadratische Grundfläche entsteht.

4

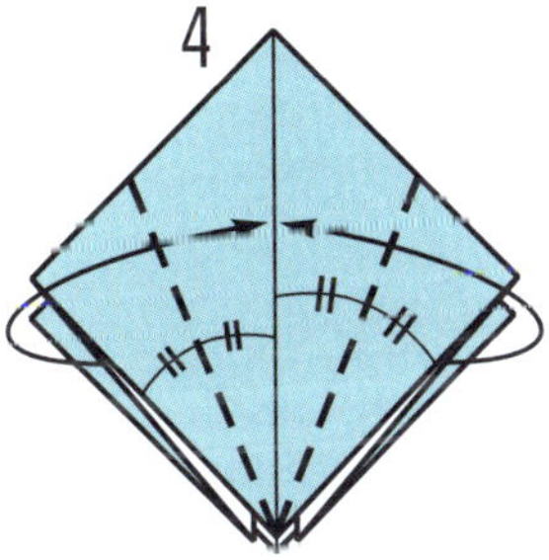

Die oberen Papierschichten entlang des vertikalen Falzes in eine Linie bringen.

5

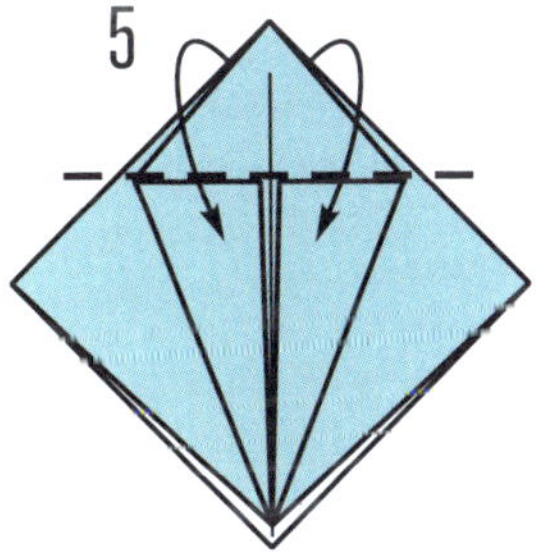

Alle Schichten entlang der Linie, die durch die vorherigen Faltungen entstanden ist, erneut falten.

6

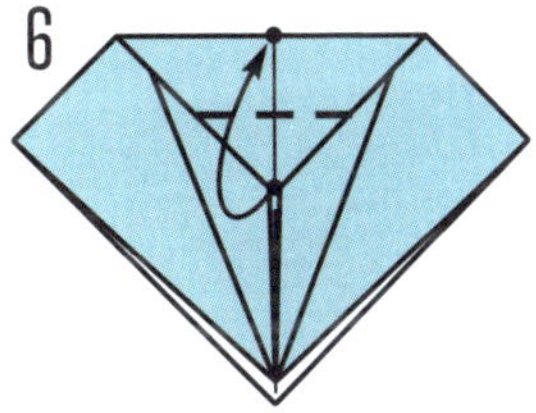

Die Spitze nach hinten falten und dabei die angegebenen Punkte aufeinander falten.

7

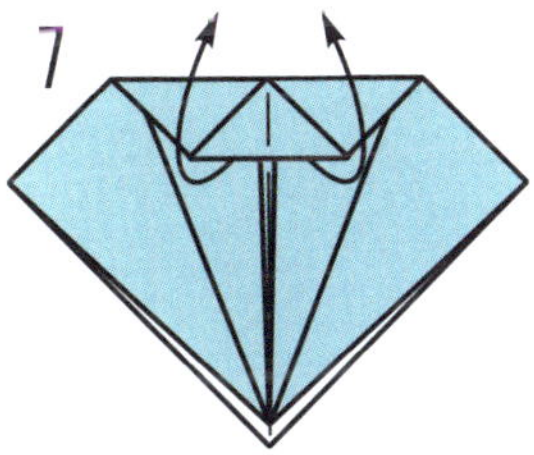

Die ganze Schicht anheben und nach oben falten.

8

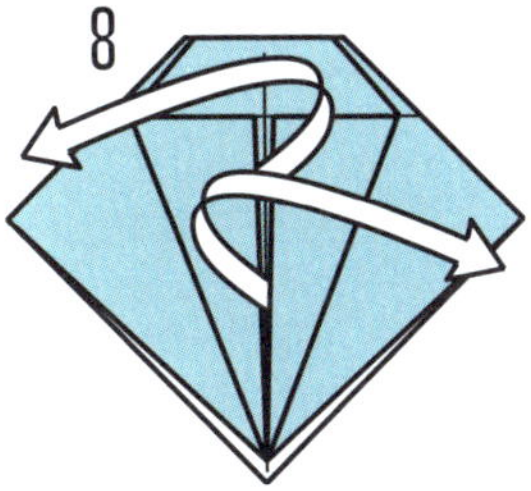

Die zuvor gefalteten oberen Schichten wieder entfalten.

9

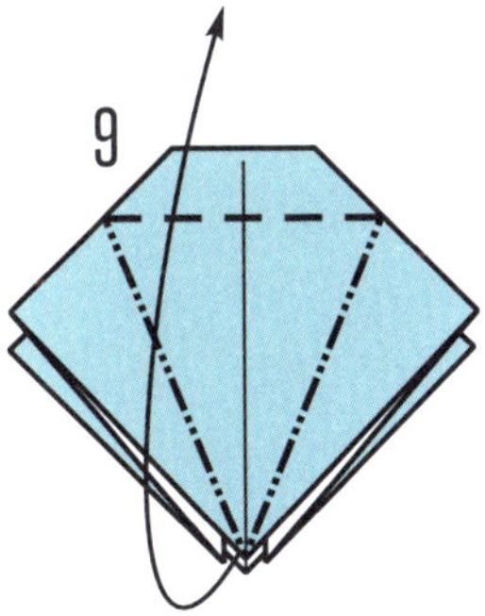

Eine Blütenblattfalte ausführen.

10

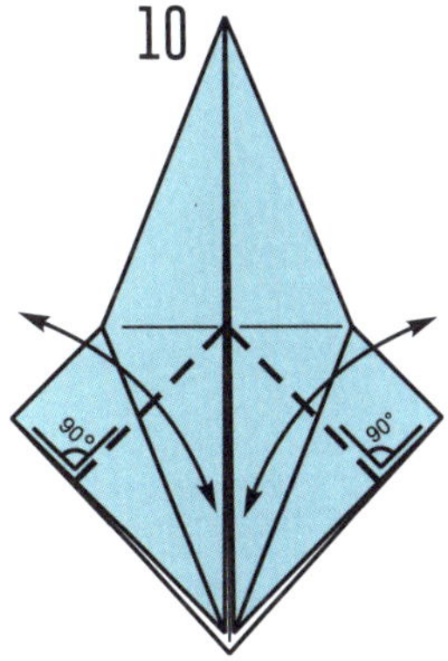

Die oberen Schichten möglichst weit aufrichten und wie dargestellt eine Talfalte ausführen. Falten und in die anfängliche Position bringen.

11

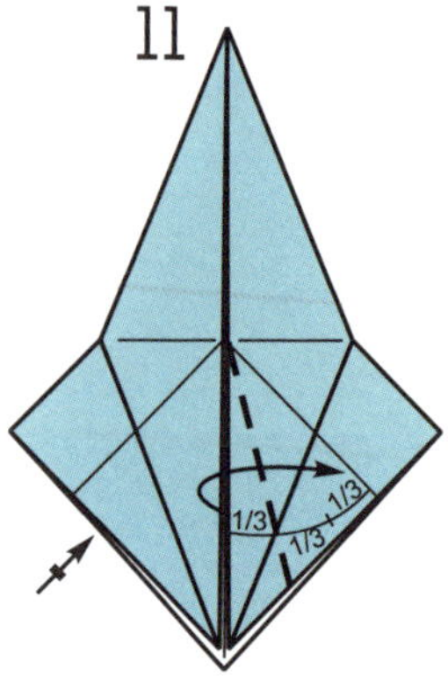

Die obere Schicht anheben und falten; dabei den Winkel um ca. 1/3 teilen. Mit der linken Schicht genauso verfahren.

12

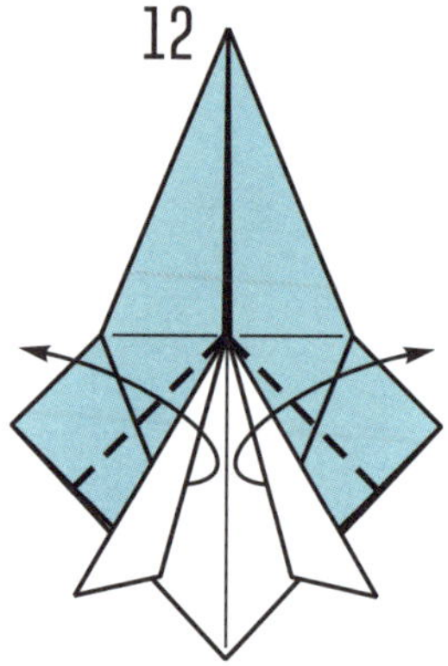

Das Modell wenden und entlang des bereits vorhandenen Falzes zur Hälfte falten.

13

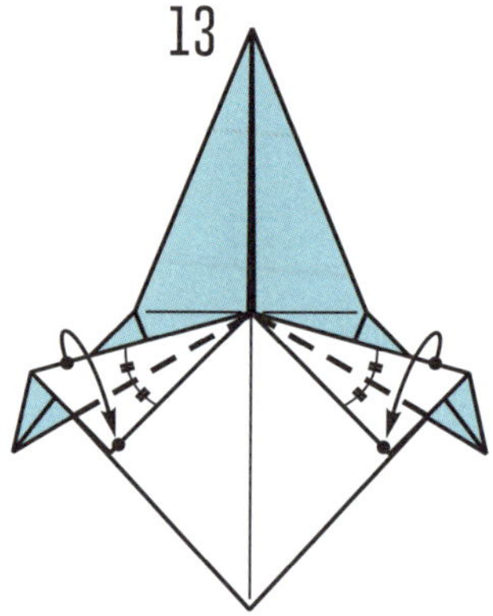

Mit einer Talfalte den Winkel der oberen Schicht halbieren.

14

Die Zeichnung zeigt das Aussehen der Figur, nachdem Schritt 13 abgeschlossen ist.

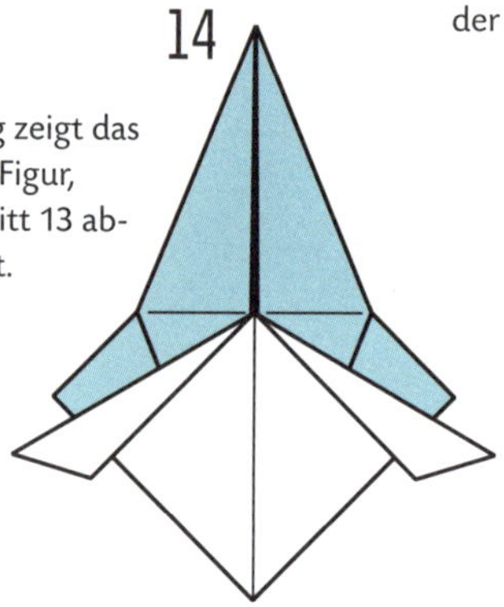

15

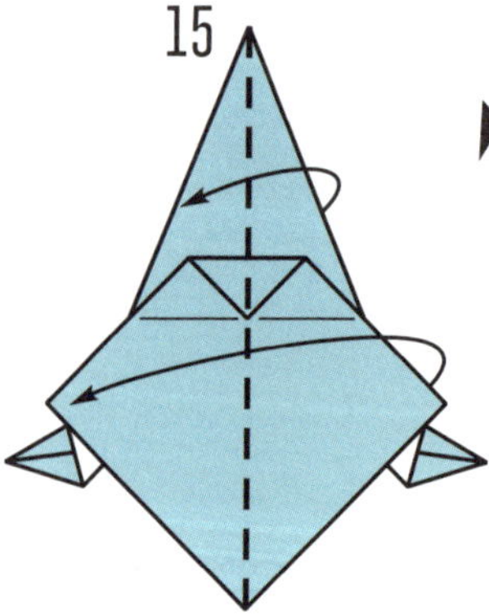

Das Modell wenden. Anhand des bereits vorhandenen Falzes zur Hälfte falten.

16

Mit einer Talfalte die angegebenen Punkte aufeinander falten. Falten und wieder entfalten.

17

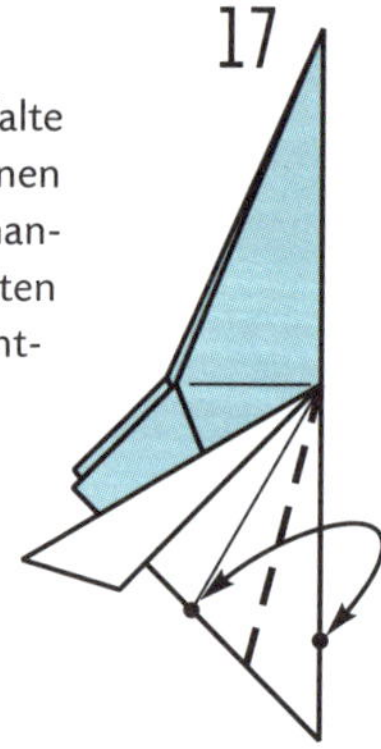

Mit einer Talfalte die angegebenen Punkte aufeinander falten. Falten und wieder entfalten.

18

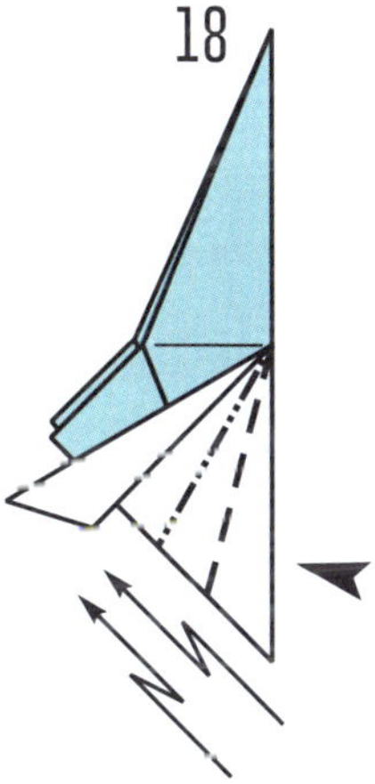

Eine Zickzackfalte an der angegebenen Stelle ausführen.

19

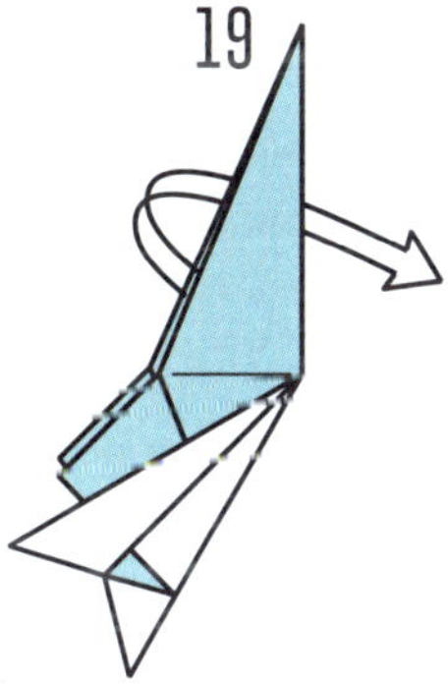

Das Modell wieder entfalten und die Figur wie in Schritt 14 positionieren.

20

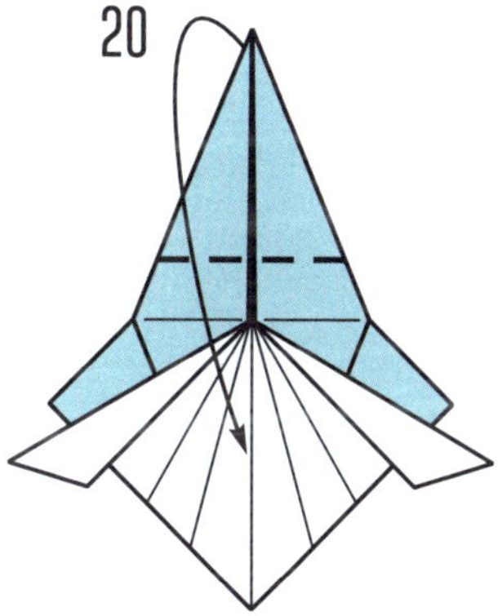

Die Spitze wie abgebildet nach unten falten. Als Bezugspunkt kann die Kante unterhalb der Spitze verwendet werden.

21

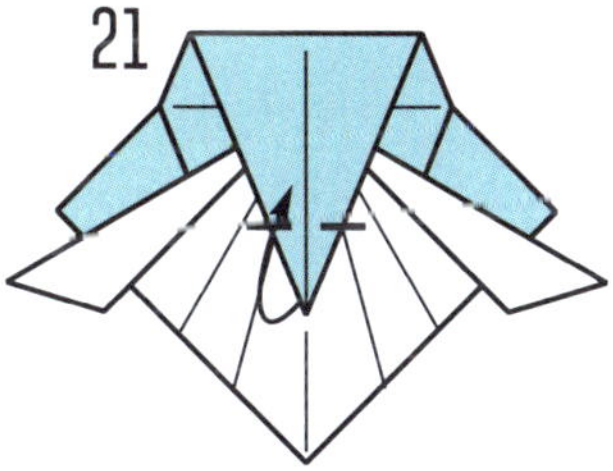

Die Spitze der soeben gefalteten Schicht nach oben falten, um den Kopf des Pfaus zu formen.

22

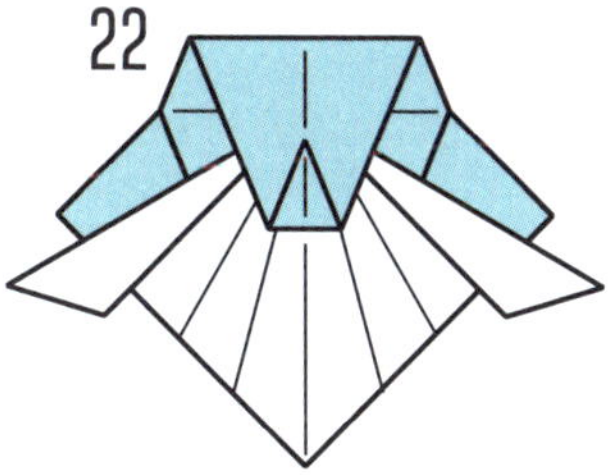

Die Zeichnung zeigt das Aussehen der Figur, nachdem Schritt 21 abgeschlossen ist.

23

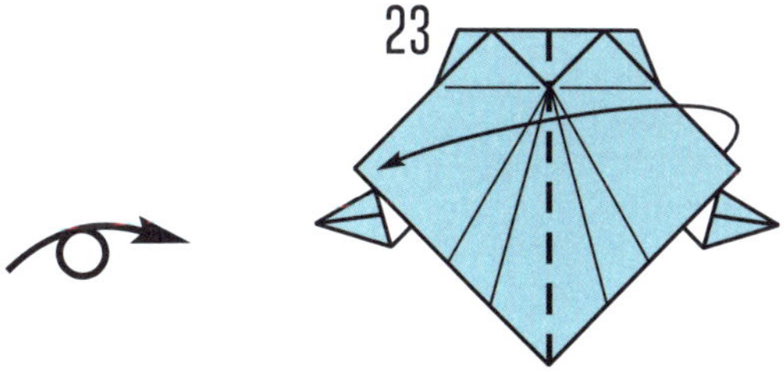

Das Modell wenden und entlang des bereits vorhandenen Falzes zur Hälfte falten.

24

Die Zeichnung zeigt das Aussehen der Figur, nachdem Schritt 23 abgeschlossen ist.

25

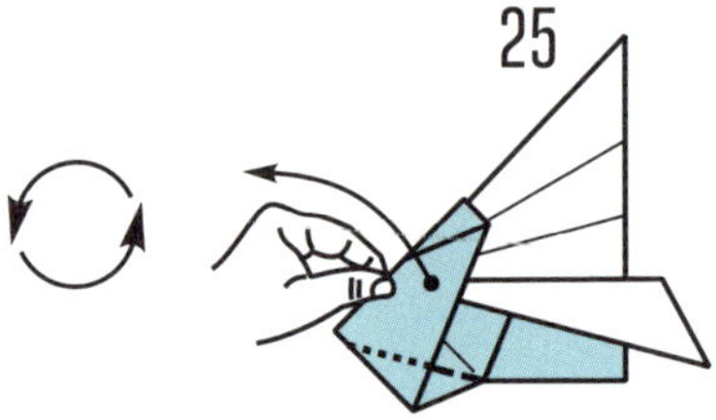

Das Modell gegen den Uhrzeigersinn drehen, bis es die in der Abbildung angegebene Position annimmt. Den Hals des Pfaus vorsichtig herausziehen. Nachdem er die ideale Position hat, nach unten drücken, um den Falz zu stabilisieren.

26

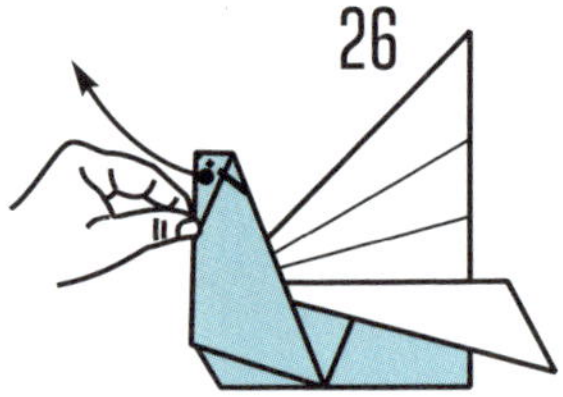

Die Spitze nach oben ziehen, um den Kopf des Pfaus zu formen. Nachdem er die ideale Position hat, den Falz durch Drücken fixieren.

27 3D

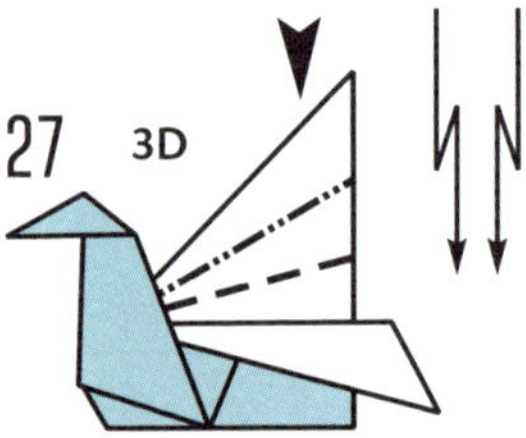

Die Zickzackfalten wieder in Position bringen. Die Flügel durch Formen spreizen.

28

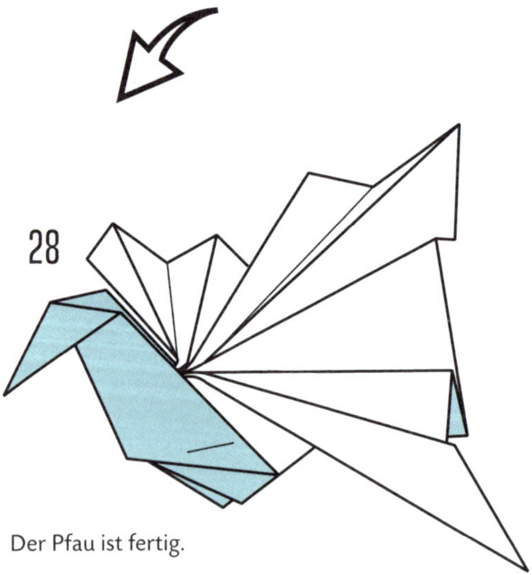

Der Pfau ist fertig.

VIDEO: www.nuinui.ch/video/it/g11/grande-tradizionali/p102

★★★☆☆

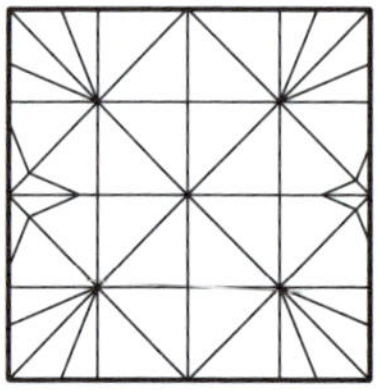

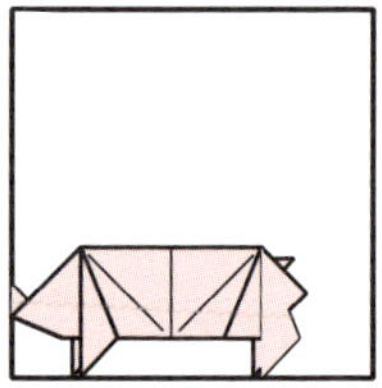

DAS SCHWEINCHEN

Das Schwein (oder Wildschwein) ist eines der Zeichen des östlichen Tierkreises. Der Buddha spürte den Tag, an dem er diese Welt verlassen würde und rief alle Tiere herbei, aber nur zwölf antworteten auf seinen Ruf. Um sie zu belohnen, benannte er jedes Jahr des Mondzyklus nach einem von ihnen: Das Schwein kam als letztes an, und ist daher das letzte Tier des Tierkreises.

1

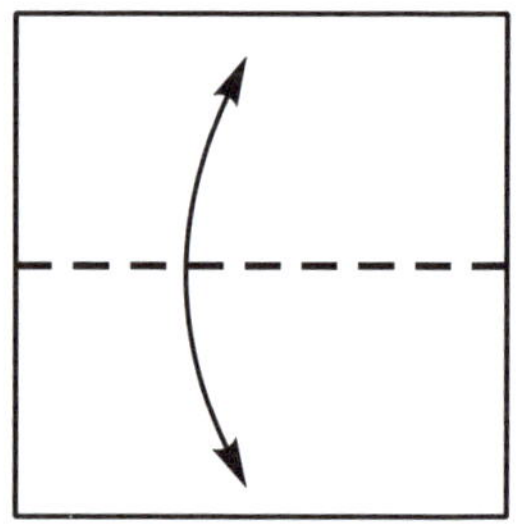

Die untere und die obere Kante mit einer Talfalte bündig aufeinander falten, um die horizontale Mittellinie zu erhalten. Dann wieder entfalten.

2

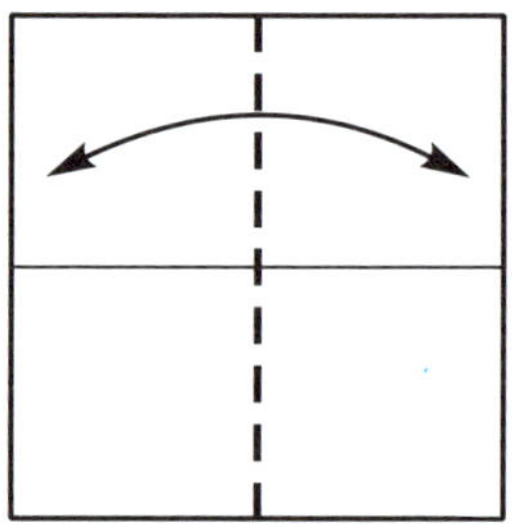

Die rechte und die linke Kante mit einer Talfalte bündig aufeinander falten, um die vertikale Mittellinie zu erhalten. Dann wieder entfalten.

3

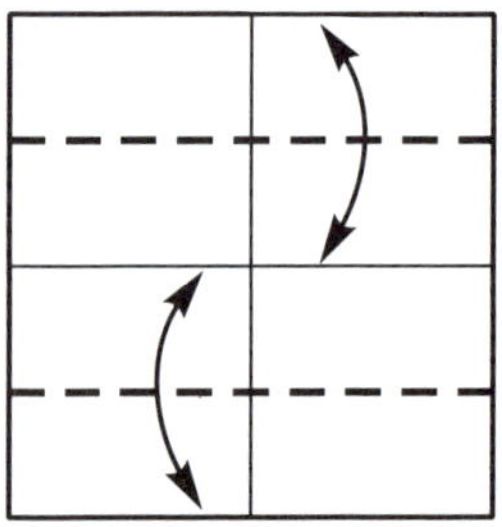

Die untere und die obere Kante zur horizontalen Mittellinie falten und dann wieder entfalten.

4

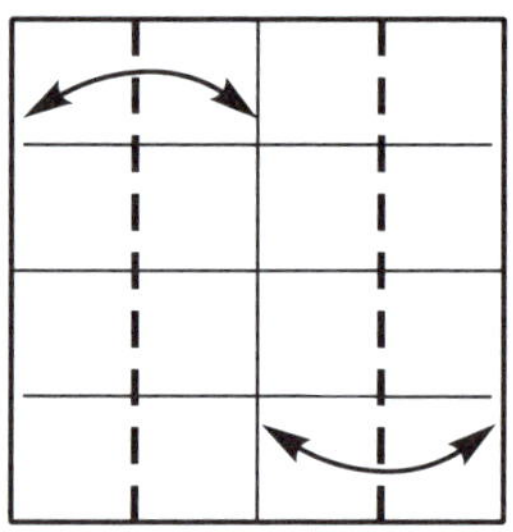

Die rechte und die linke Kante zur vertikalen Mittellinie falten und dann wieder entfalten.

9

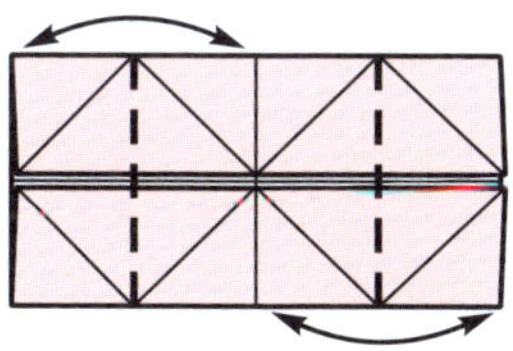

Die bereits vorhandenen angegebenen Falze erneut verstärken, indem die rechte und die linke Kante zur Mitte gefaltet und dann wieder entfaltet werden.

10

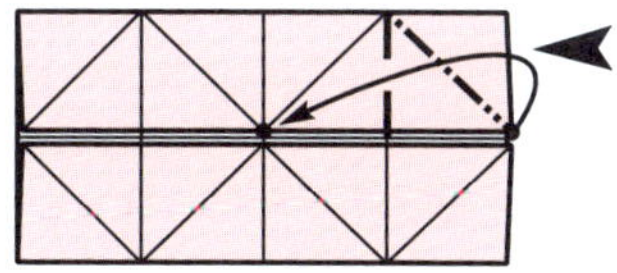

Die angegebenen Punkte in Übereinstimmung bringen, und auf diese Weise die dargestellte Faltung ausführen.

8

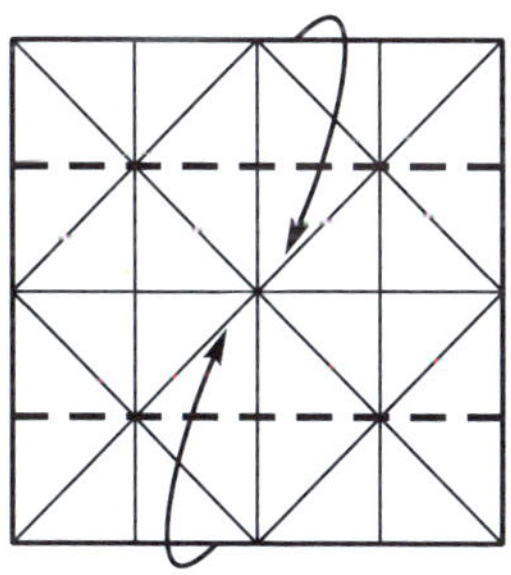

Die obere und die untere Kante zur horizontalen Mittellinie falten.

7

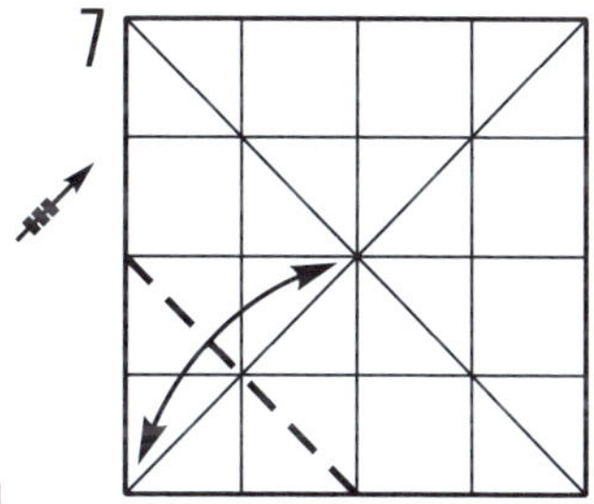

Eine Ecke zum Mittelpunkt falten und dann wieder entfalten. Mit den übrigen drei Ecken genauso verfahren.

6

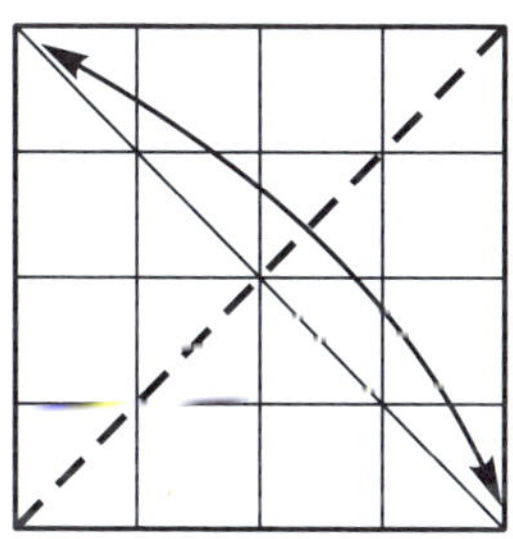

Auch die andere Diagonale falten und wieder entfalten.

5

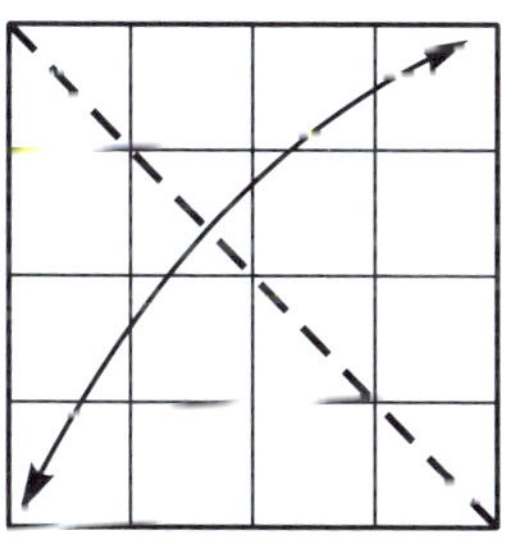

Eine Diagonale falten und wieder entfalten.

11

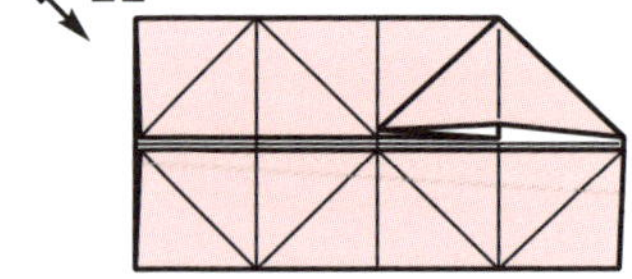

Die gleiche Faltung wie in Schritt 10 mit den übrigen drei Ecken der Figur wiederholen.

12

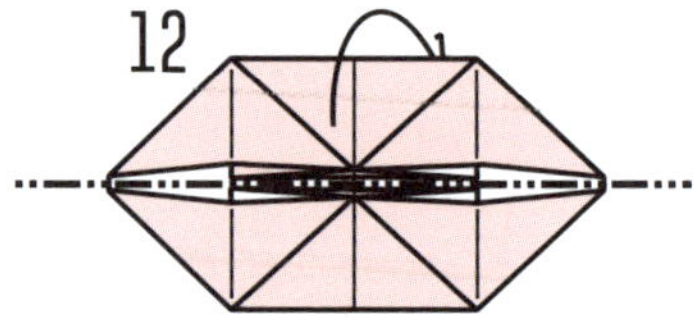

Die dargestellte Bergfalte durchführen, indem der obere Teil der Figur „nach hinten" gefaltet wird.

13

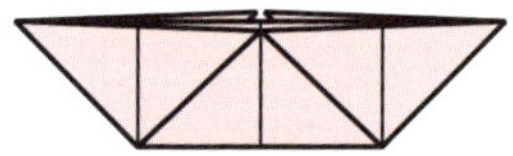

Die Zeichnung zeigt das Aussehen der Figur, nachdem Schritt 12 abgeschlossen ist.

14

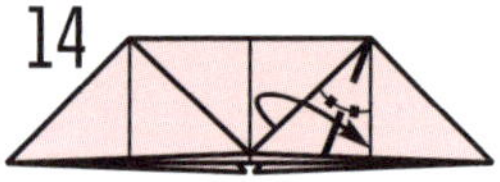

Das Modell um 180° drehen und auf der angegebenen Schicht eine winkelhalbierende Falte ausführen.

15

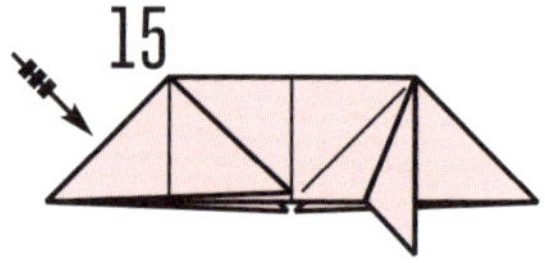

Das Modell sollte wie in der Abbildung aussehen. Dieselbe winkelhalbierende Falte mit den anderen drei Schichten wiederholen.

16

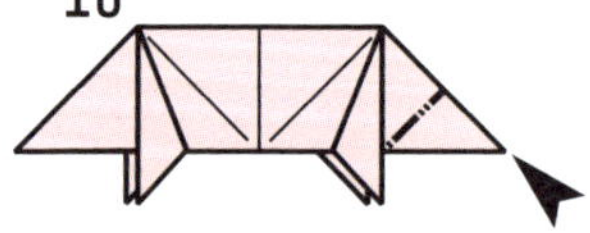

Die rechte Spitze wie dargestellt nach innen stülpen.

22

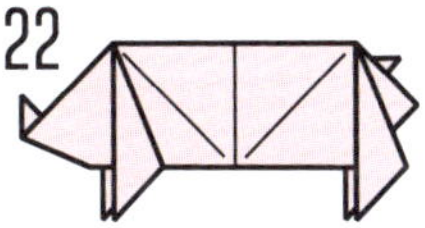

Das Schweinchen ist fertig.

21

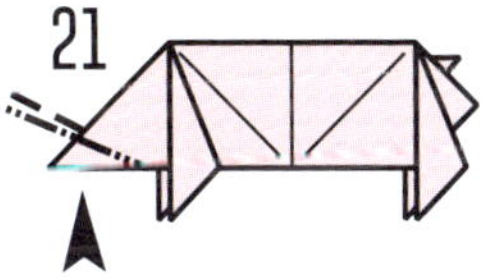

Die angegebene Stelle nach innen stülpen, um die Schnauze des Schweinchens zu formen.

20

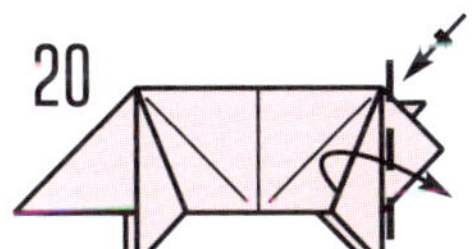

Mit einer Talfalte die angegebene rechte Schicht umklappen, sodass der Hufe des Schweinchens entsteht. Mit der hinteren Schicht genauso verfahren.

17

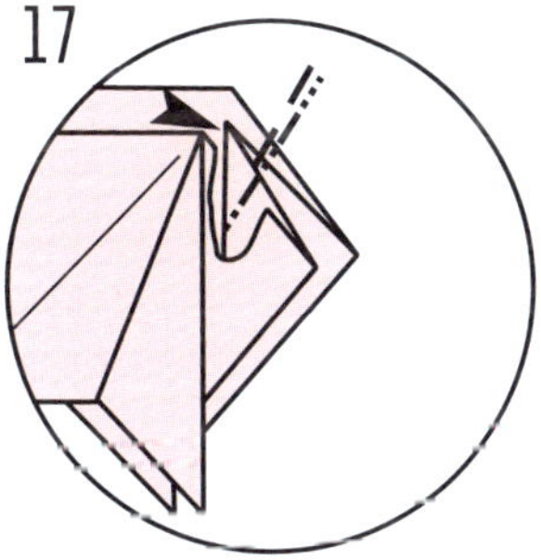

In der Abbildung wurde ein Querschnitt verwendet, d. h. die vordere Schicht wurde als aufgebrochen dargestellt, um die Falte in der Abbildung zu zeigen. Die gerade gefaltete Schicht erneut nach innen stülpen, um den Schwanz des Schweinchens zu formen.

18

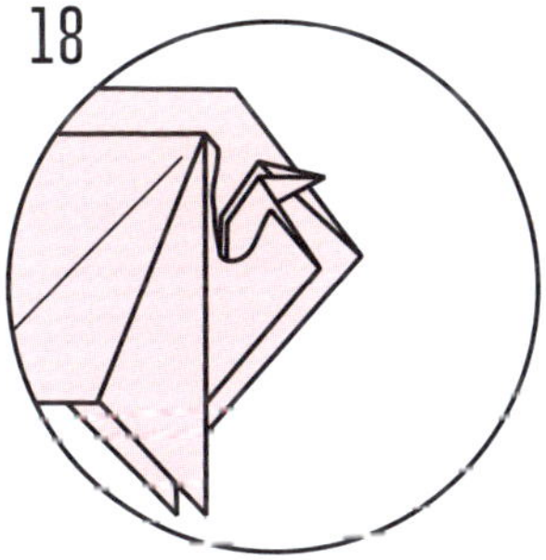

In der Abbildung wird weiterhin der Querschnitt verwendet, um das Ergebnis nach Abschluss von Schritt 17 darzustellen.

19

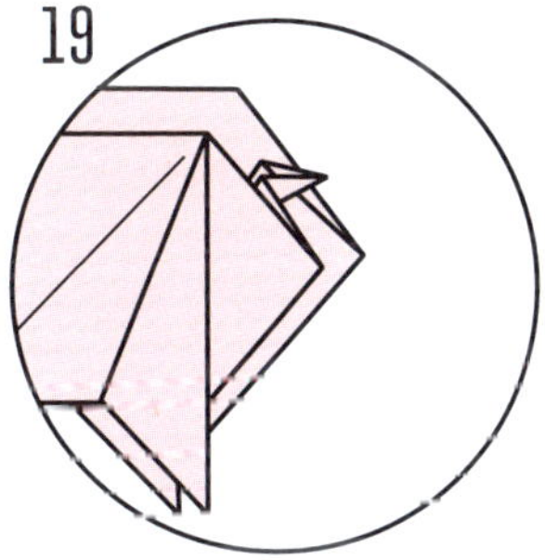

In dieser Zeichnung wird der Querschnitt nicht mehr verwendet. Die Darstellung veranschaulicht, wie die rechte Seite des Modells aussehen sollte.

VIDEO: www.nuinui.ch/video/it/g11/grande-tradizionali/p108

★★★☆☆

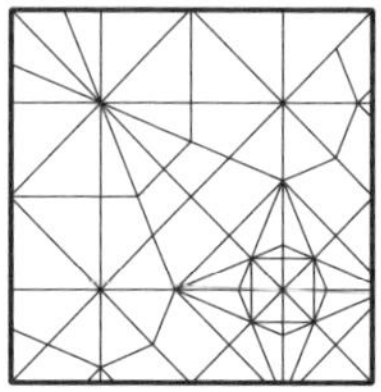

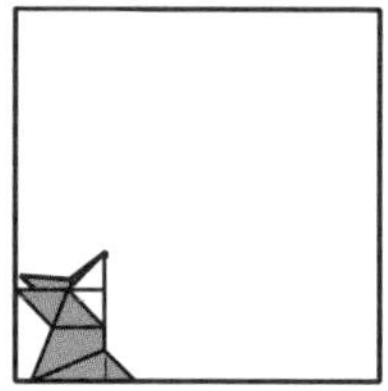

DER SUMO-RINGER

Sumo ist eine für Japan typische Form des Ringkampfs mit uralten Wurzeln. Ursprünglich wurde er in der Shinto-Religion als Ritual praktiziert, und in einigen Tempeln kann man Darstellungen bewundern, in denen ein Ringer gegen ein spirituelles Wesen „kämpft". Spuren dieser Religiosität finden sich im Brauch, Salz auf den Boden zu werfen, um den Ring zu reinigen, und in dessen Abdeckung, die einem Heiligtum ähnelt.

1

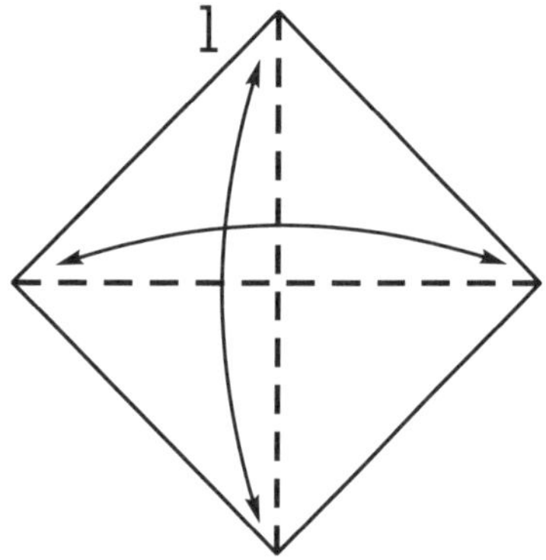

Mit Talfalten beide Diagonalen falten und wieder entfalten.

2

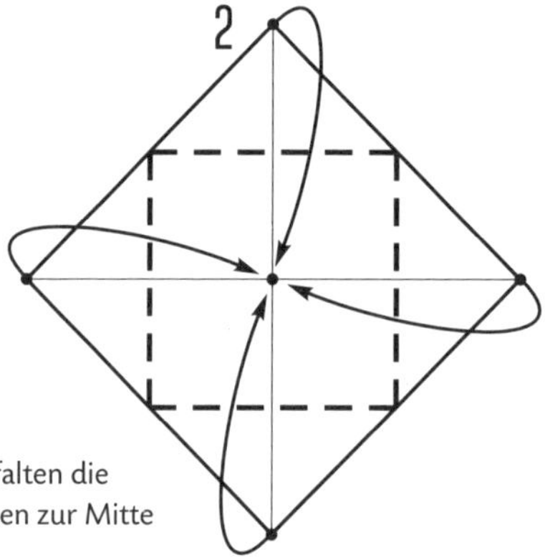

Mit Talfalten die vier Ecken zur Mitte falten.

3

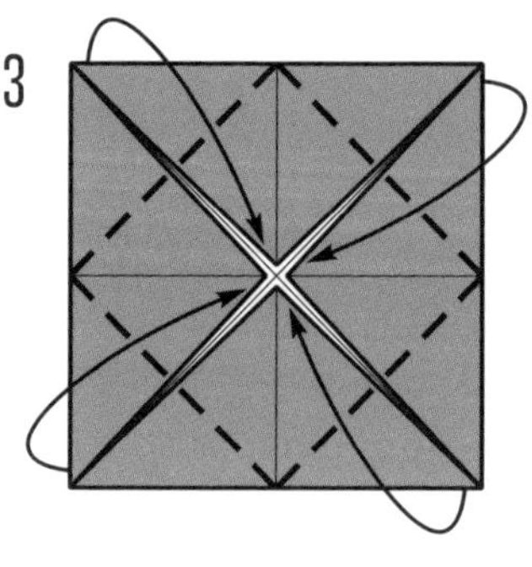

Die Zeichnung ist im Vergleich zur vorherigen vergrößert. Die vier Ecken erneut zur Mitte falten.

4

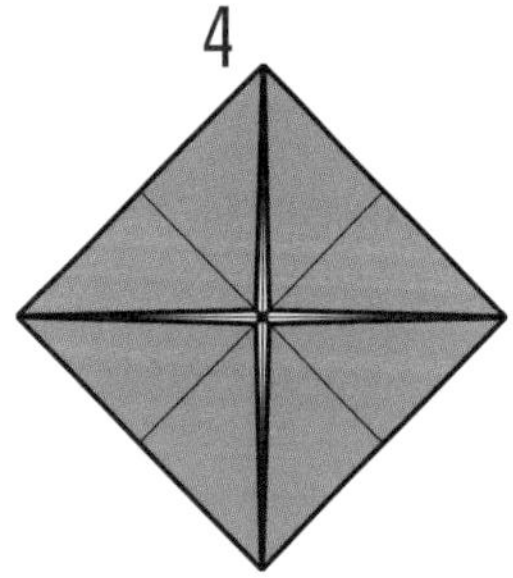

Die Zeichnung zeigt das Aussehen der Figur, nachdem Schritt 3 abgeschlossen ist.

9

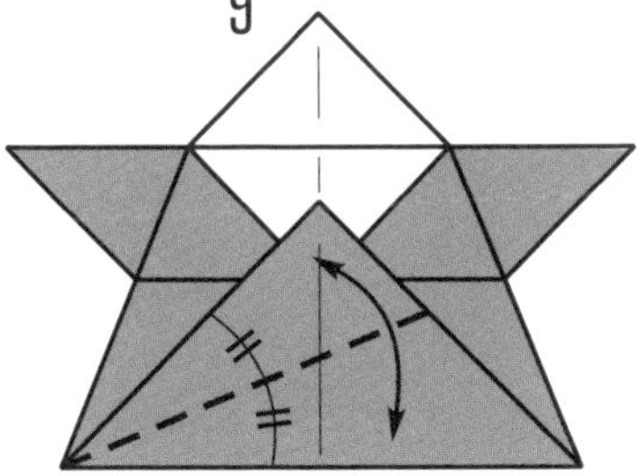

Mit einer Talfalte auf der dreieckigen Ebene die rechte Winkelhalbierende falten und wieder entfalten.

10

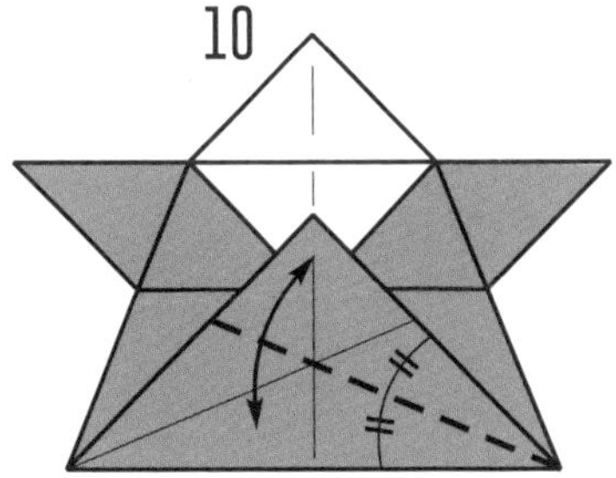

Die Zeichnung ist gegenüber der vorherigen vergrößert. Mit einer Talfalte auf der dreieckigen Ebene die linke Winkelhalbierende falten und wieder entfalten.

8

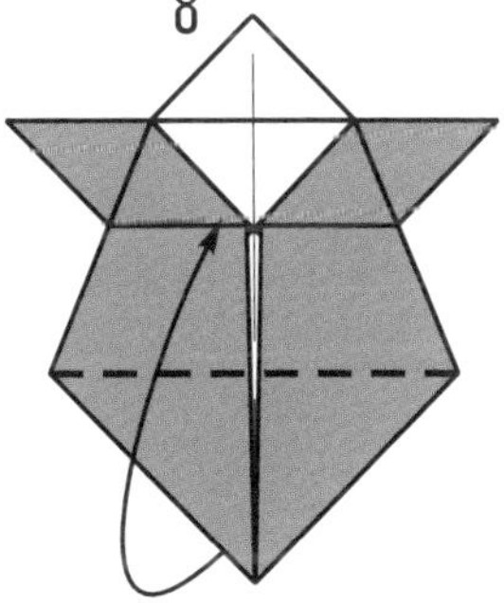

Das Modell wenden und die dargestellte Talfalte ausführen.

7

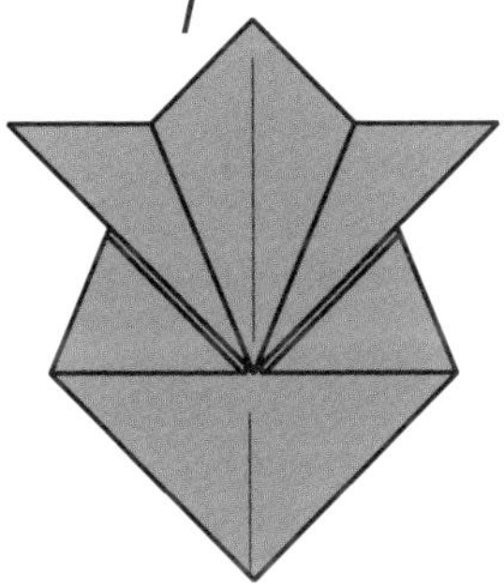

Die Zeichnung zeigt das Aussehen der Figur, nachdem Schritt 6 abgeschlossen ist.

6

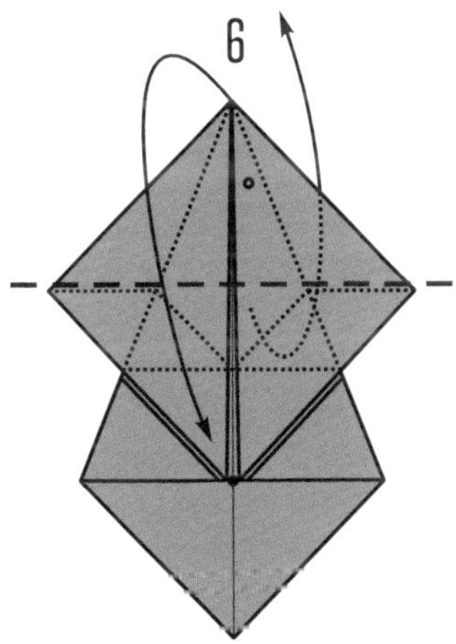

Auch in diesem Fall dient die Talfalte als Knotenpunkt für die darunter liegende Schicht, die frei sein muss, damit sie, ohne durch die Falte beeinträchtigt zu werden, nach oben herauskommen kann. Dies betrifft nur die oberste Schicht.

5

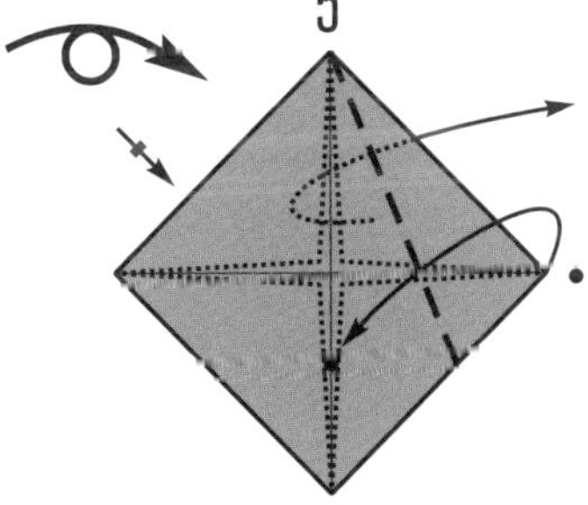

Die Talfalte darf die darunter liegende rechte obere Schicht nicht einbeziehen, was auch durch den gepunkteten Pfeil angezeigt wird. Diese Schicht muss frei bleiben. Die Talfalte fungiert praktisch als Knotenpunkt für die darunter liegende Schicht, die sich genau um diese Falte dreht.

11

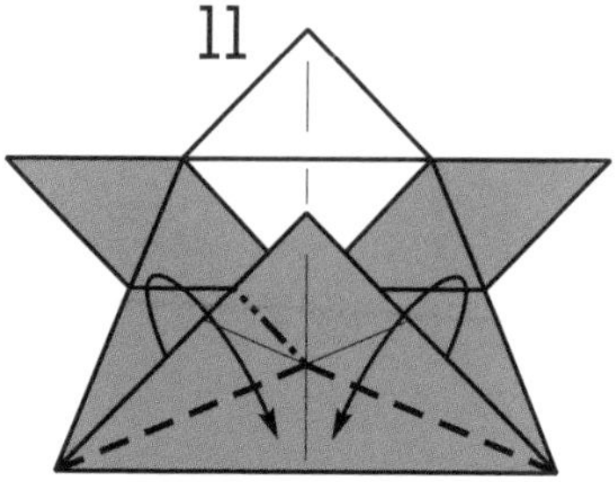

Wie dargestellt eine Hasenohrfaltung ausführen.

12

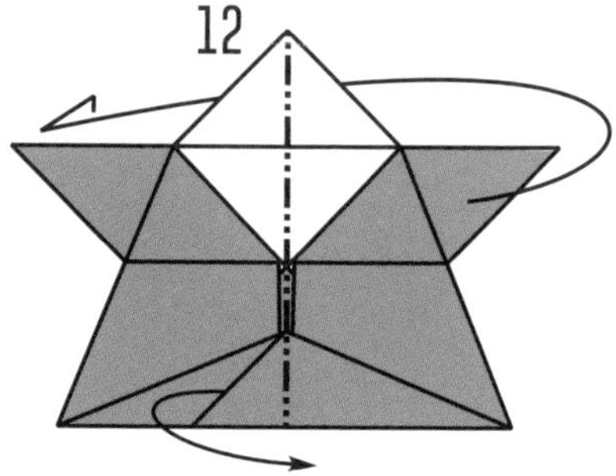

Mit einer Bergfalte das äußerste rechte Ende über das äußerste linke Ende falten.

13

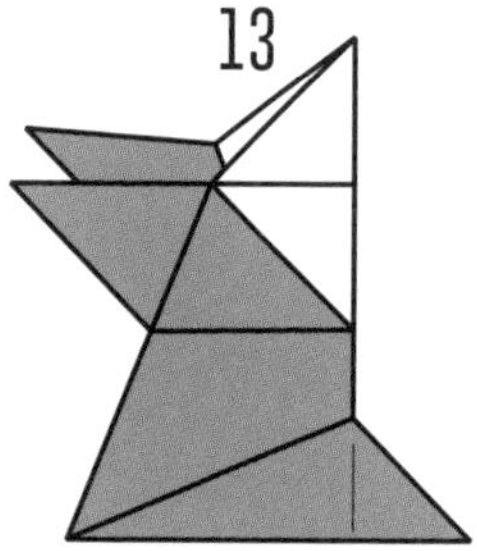

Der Sumo-Ringer ist fertig.

VIDEO: www.nuinui.ch/video/it/g11/grande-tradizionali/p112

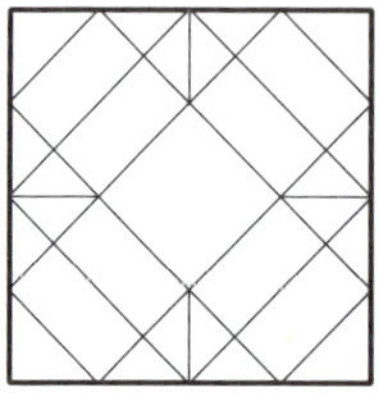

DIE MASU-KISTE

Der Masu ist ein kleiner Holzbehälter mit quadratischer Grundfläche, der ursprünglich als Standardmaß für eine Portion Reis und auch als „Glas" für die Verkostung von Sake verwendet wurde: Das Holz verleiht diesem Getränk besondere Düfte und verändert teilweise seinen Geschmack. Die Masu-Kiste als Origami ist in ihrer schlichten Funktionalität wunderschön und stellt einen nützlichen Behälter zum Verstecken Ihrer kleinen Schätze dar.

1

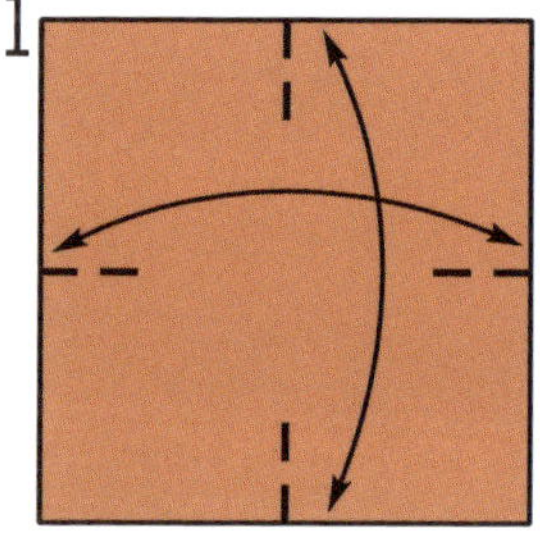

Auf der farbigen Seite an den angegebenen Stellen im Quadrat mit Talfalten Knicke ausführen.

2

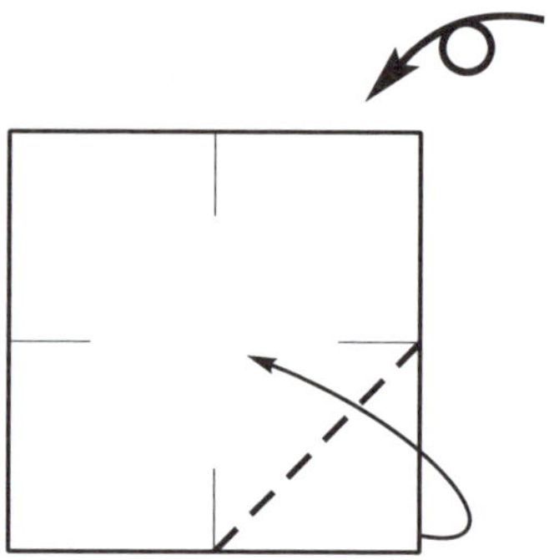

Das Papier wenden und die dargestellte Talfalte ausführen, die ihren Bezugspunkt im Falz aus Schritt 1 hat.

3

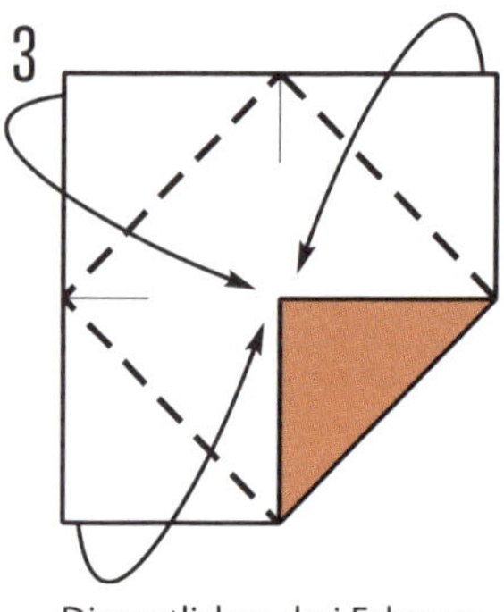

Die restlichen drei Ecken so falten, dass sie mit der bereits in Schritt 2 gefalteten Ecke zusammentreffen.

4

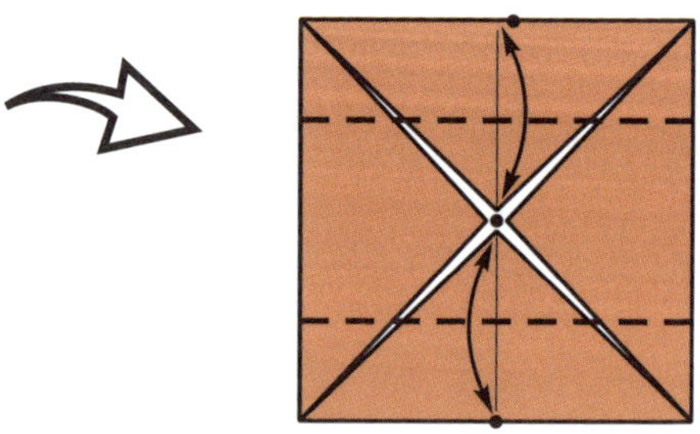

Die Zeichnung ist im Vergleich zur vorherigen vergrößert. Mit einer Talfalte die obere und die untere Kante zur Mitte falten und wieder entfalten.

5

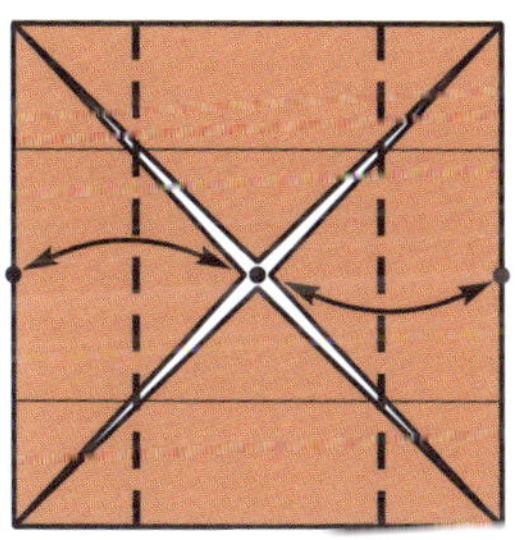

Die rechte und die linke Kante zur Mitte falten. Wieder entfalten.

6

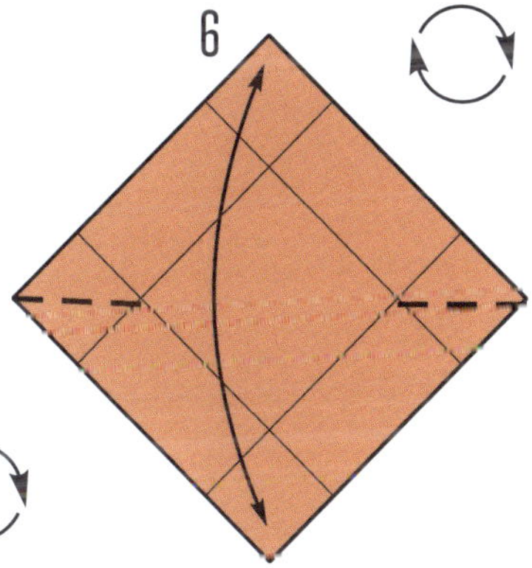

Das Modell wenden und wie in der Zeichnung ausrichten. Die angegebene Talfalte nur mit den Quadraten rechts und links ausführen.

7

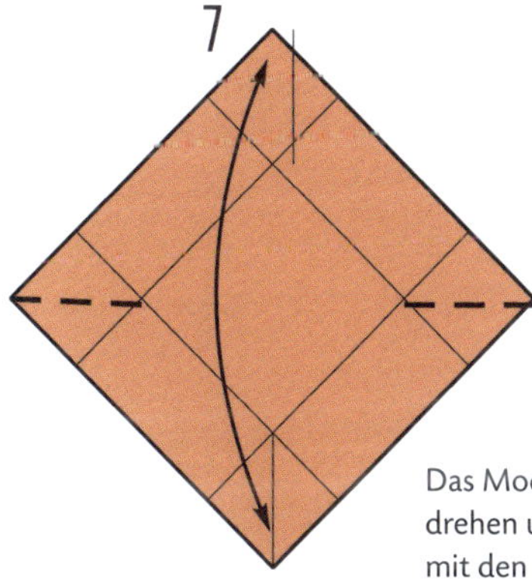

Das Modell um 90° drehen und nur mit den Quadraten rechts und links eine Talfalte ausführen.

8

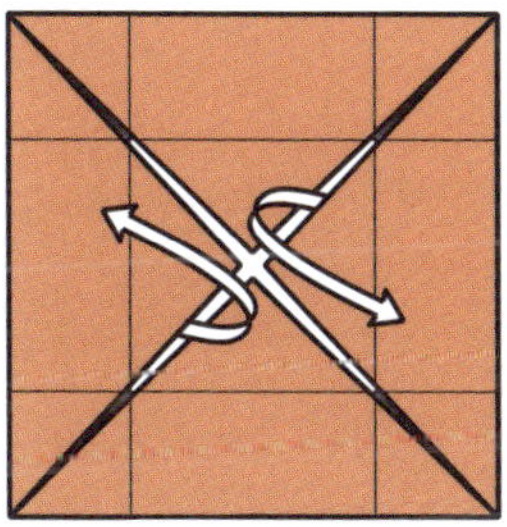

Das Modell wenden und wie in der Zeichnung ausrichten. Die rechte und linke Ecke wieder entfalten.

9

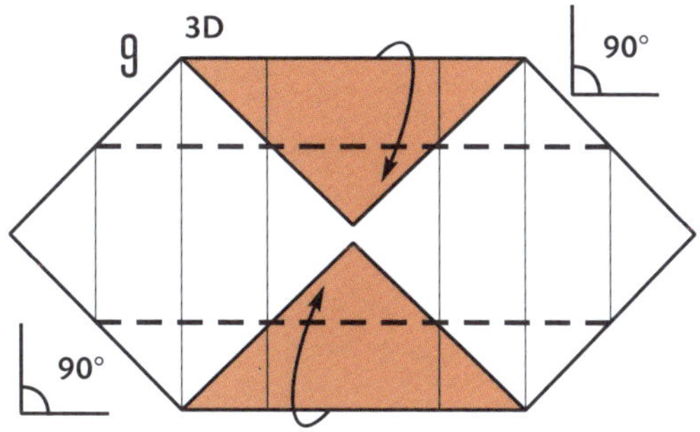

Die dargestellte Talfalten ausführen, indem die obere und untere Kante im Winkel von 90° zur Grundfläche ausgerichtet werden.

10

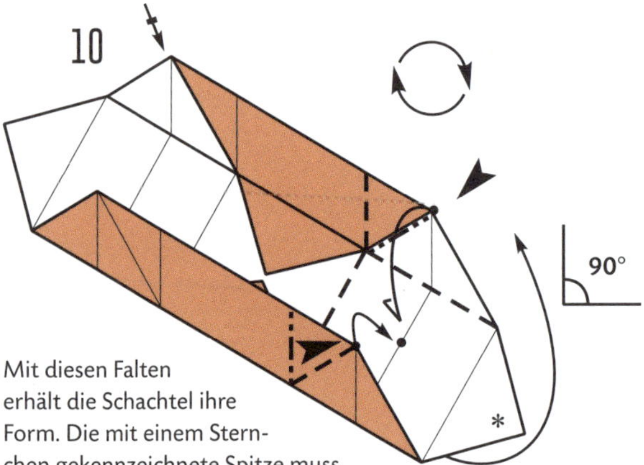

Mit diesen Falten erhält die Schachtel ihre Form. Die mit einem Sternchen gekennzeichnete Spitze muss in Bezug auf die Grundfläche um 90° aufgerichtet werden. Gleichzeitig müssen die durch die großen schwarzen Pfeile gekennzeichneten Kanten ins Innere der Kiste geschoben werden. Die Punkte zeigen die Flächen an, die sich berühren werden, wenn die Spitze aufgerichtet wird. Mit der linken Spitze genauso verfahren.

11

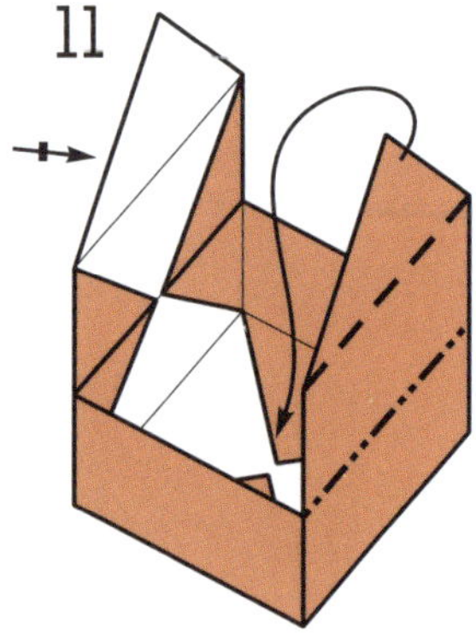

Die angegebene Spitze so falten, dass sie den Boden der Schachtel berührt. Mit der anderen Spitze genauso verfahren.

12

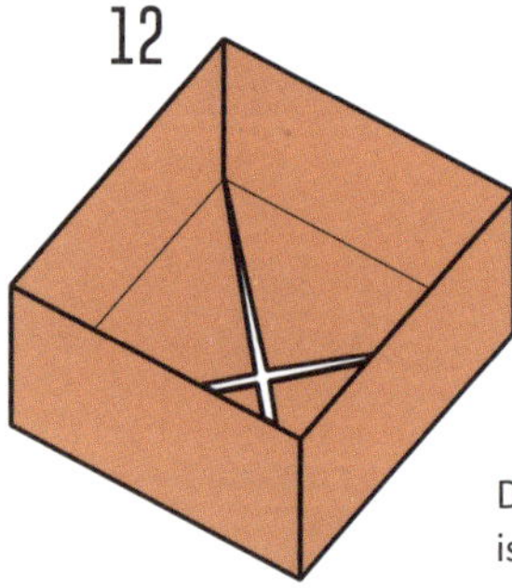

Die Masu-Kiste ist fertig.

Für die Herstellung des Deckels, mit dem die Schachtel verschlossen werden soll, mit einem Blatt in gleicher Größe wie bei der Basis beginnen und bis Schritt 3 gleich vorgehen. Dann die Schritte Nr. 4 und 5 wie unten dargestellt ausführen, d. h. etwa 2 mm von der Mitte entfernt und schließlich ab Nr. 6 die gleichen Schritte wie bei der Basis ausführen.

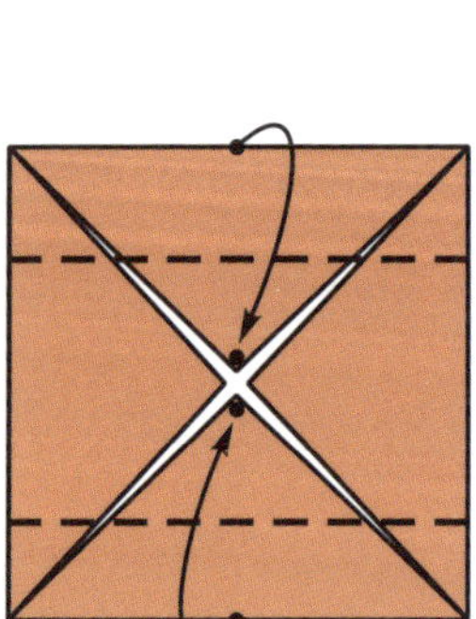

VIDEO: www.nuinui.ch/video/it/g11/grande-tradizionali/p116

★★★☆☆

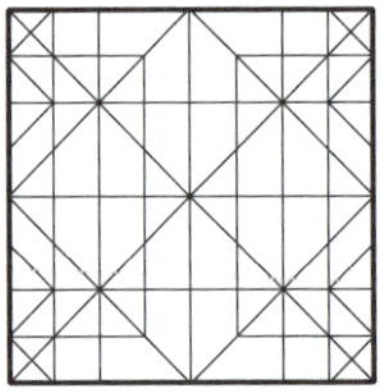

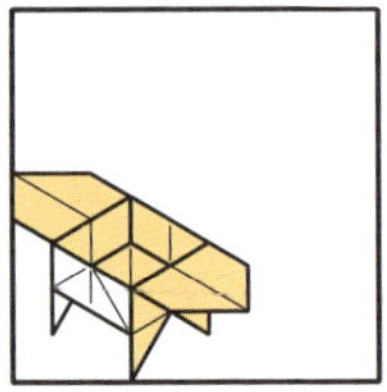

DER SAMBO

Dieses alte traditionelle vierfüßige Modell mit einer ganz besonderen Form stellt einen Sambo dar, d.h. einen kleinen Holzständer, der bei religiösen Zeremonien zur Präsentation der Opfergabe diente. Heute wird er häufig für profanere Zwecke verwendet – zur Aufbewahrung von Süßigkeiten oder sogar als originelle Geschenkverpackung für sehr kleine Geschenke.

1

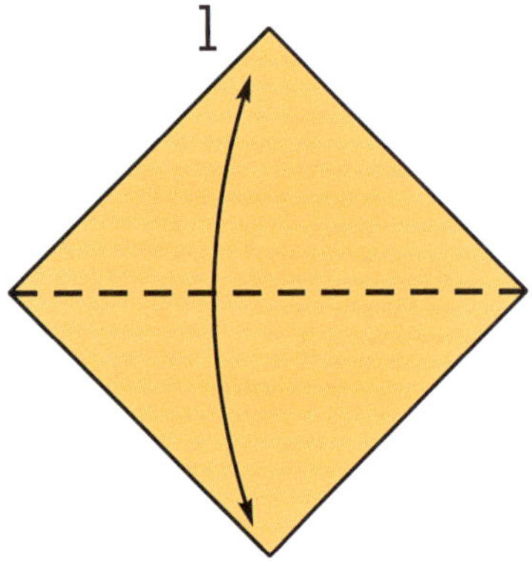

Auf der farbigen Seite mit einer Talfalte die horizontale Diagonale falten und wieder entfalten.

2

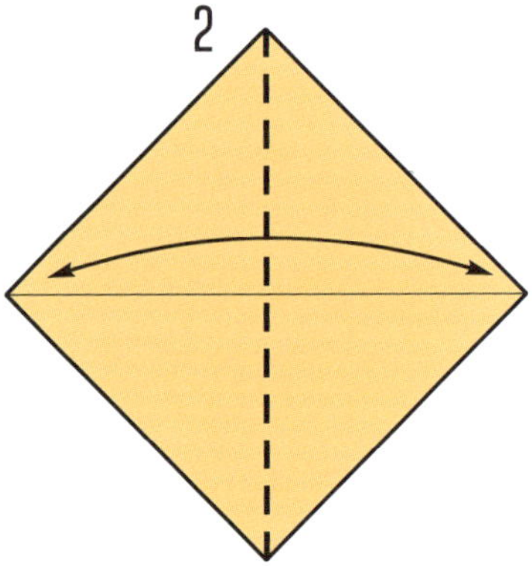

Auf der farbigen Seite mit einer Talfalte die vertikale Diagonale falten und wieder entfalten.

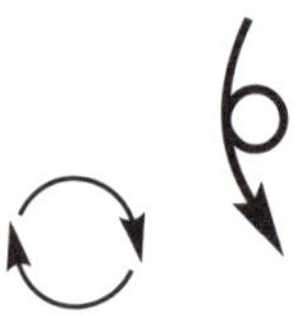

3

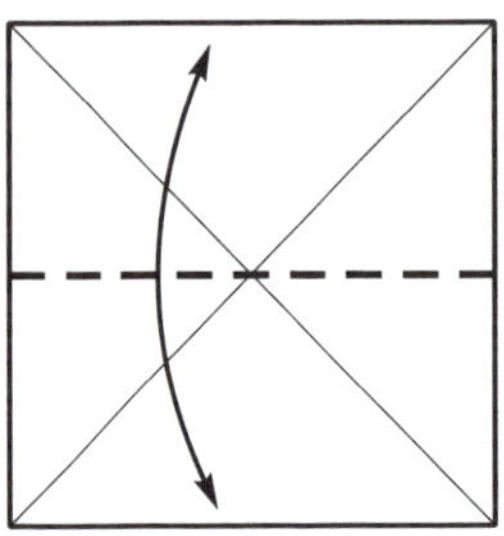

Das Blatt wenden. Die horizontale Mittellinie falten und wieder entfalten.

4

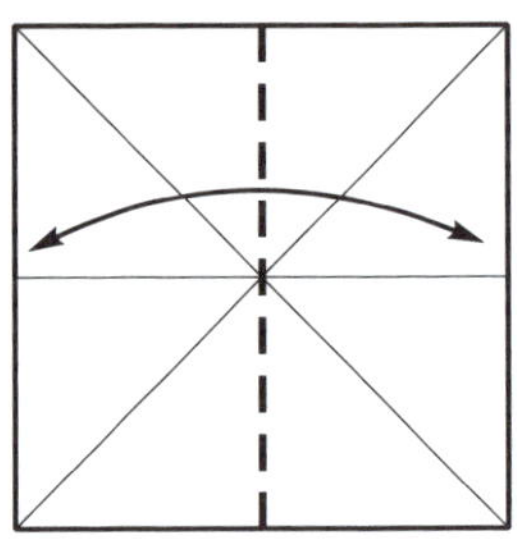

Die vertikale Mittellinie falten und wieder entfalten

5

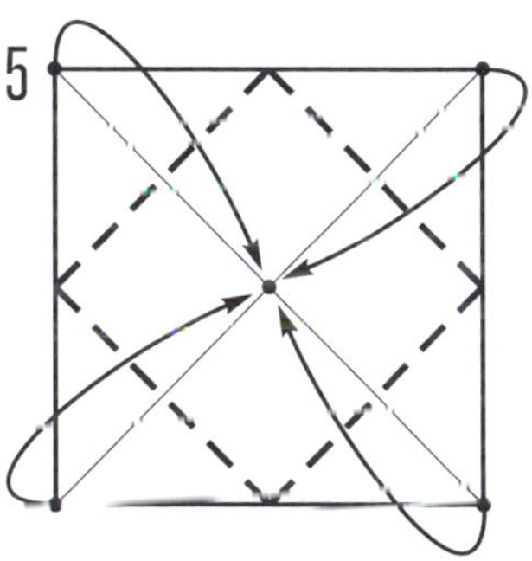

Die vier Ecken mit Talfalten zur Mitte falten.

6

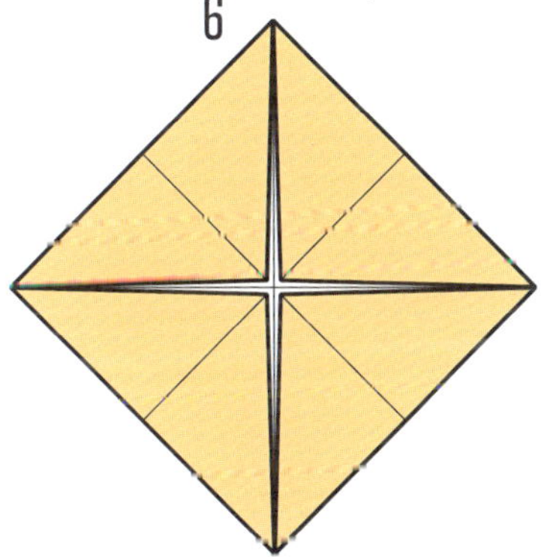

Die Zeichnung ist im Vergleich zur vorherigen vergrößert und zeigt das Aussehen des Modells, nachdem Schritt 5 abgeschlossen ist.

7

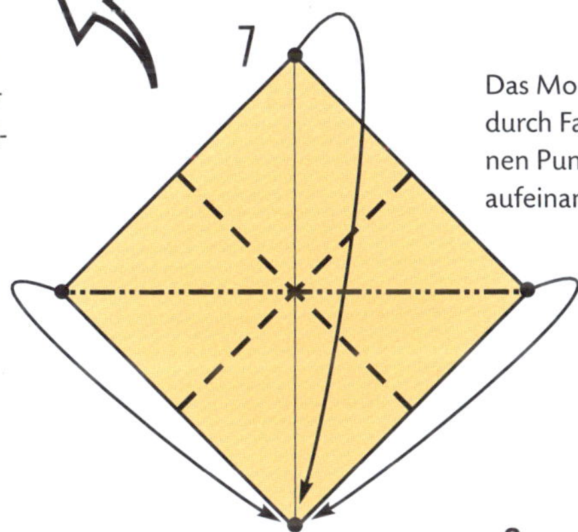

Das Modell wenden und durch Falten die angegebenen Punkte wie dargestellt aufeinander falten.

8

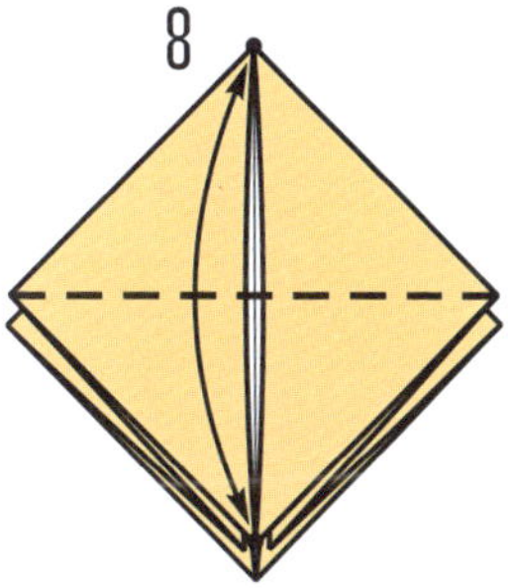

Die Zeichnung ist im Vergleich zur vorherigen vergrößert. Nur auf der oberen Schicht eine Talfalte wir dargestellt ausführen und wieder entfalten.

9

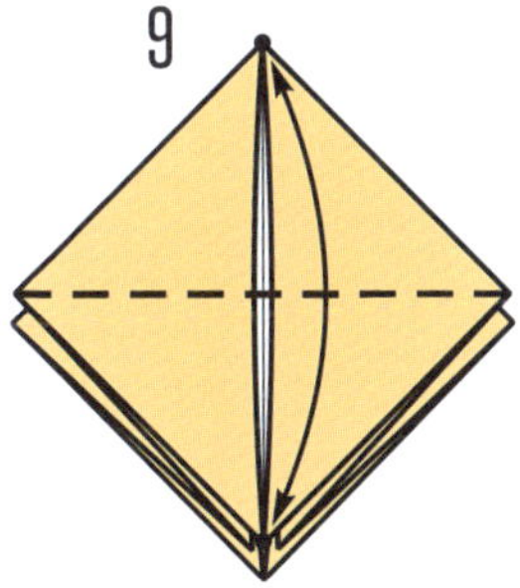

Das Modell wenden. Nur auf der oberen Schicht eine Talfalte wie dargestellt ausführen.

10

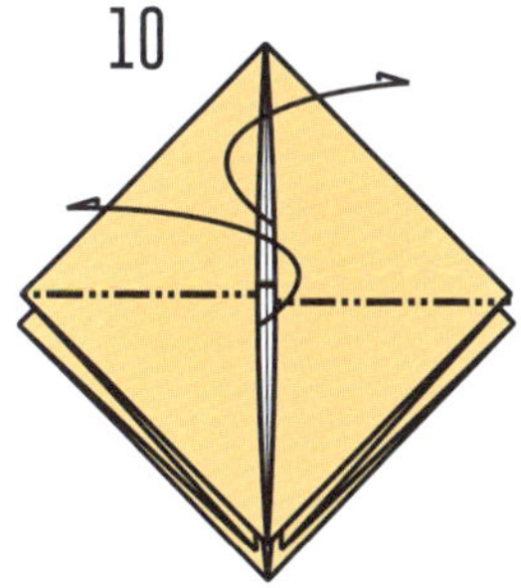

Nur auf der oberen Schicht zwei Bergfalten wie dargestellt ausführen.

11

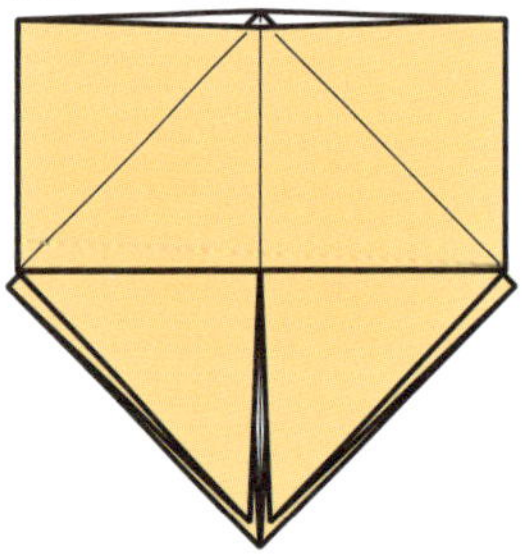

Die Zeichnung zeigt das Aussehen der Figur, nachdem Schritt 10 abgeschlossen ist.

12

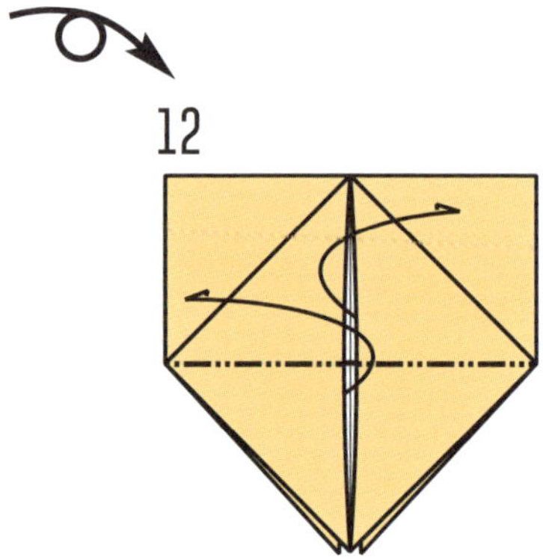

Das Modell wenden und zwei Bergfalten ausführen.

13

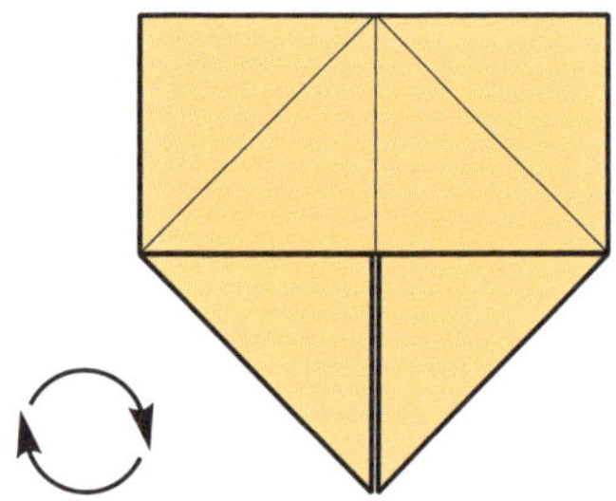

Die Zeichnung zeigt das Aussehen der Figur, nachdem Schritt 12 abgeschlossen ist.

14

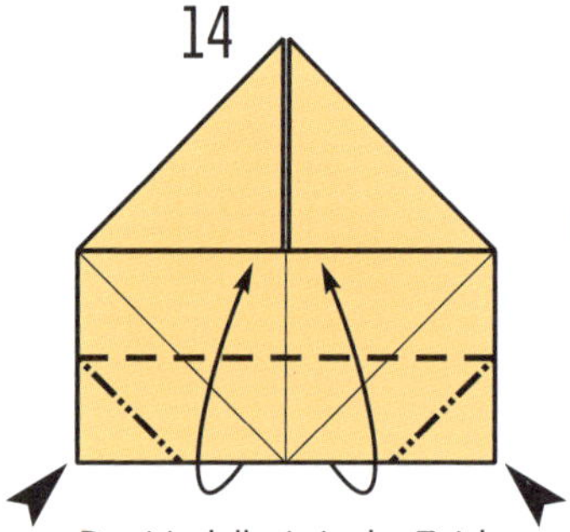

Das Modell wie in der Zeichnung dargestellt ausrichten. Die angegebenen Faltungen nur auf der oberen Schicht ausführen.

15

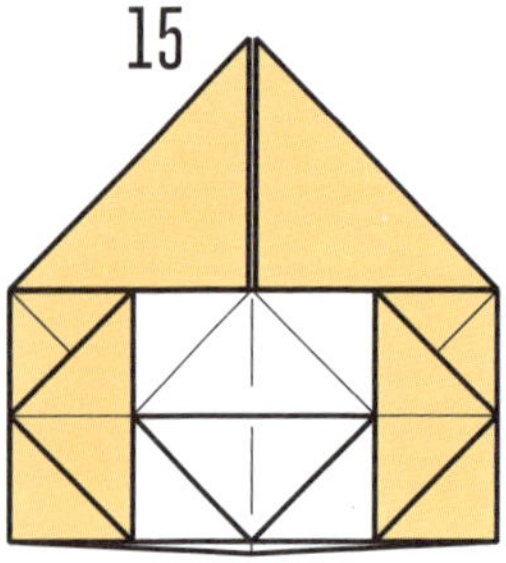

Die Zeichnung zeigt das Aussehen der Figur, nachdem Schritt 14 abgeschlossen ist.

16

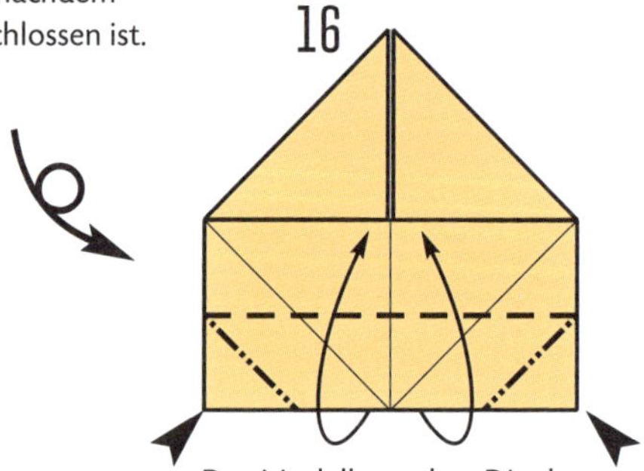

Das Modell wenden. Die dargestellten Faltungen nur auf der oberen Schicht ausführen.

17

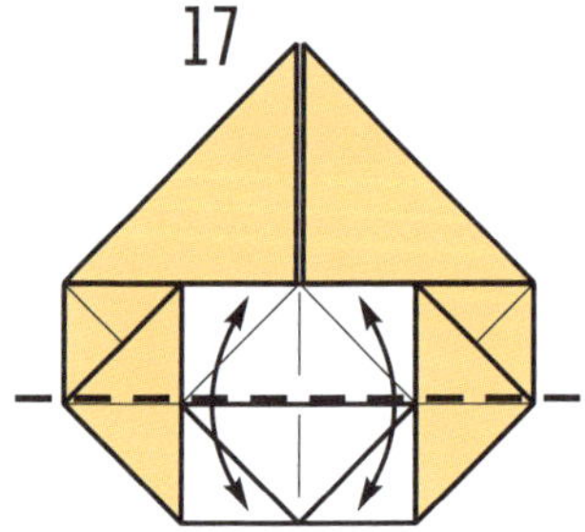

Eine Talfalte wie dargestellt ausführen und wieder entfalten.

18

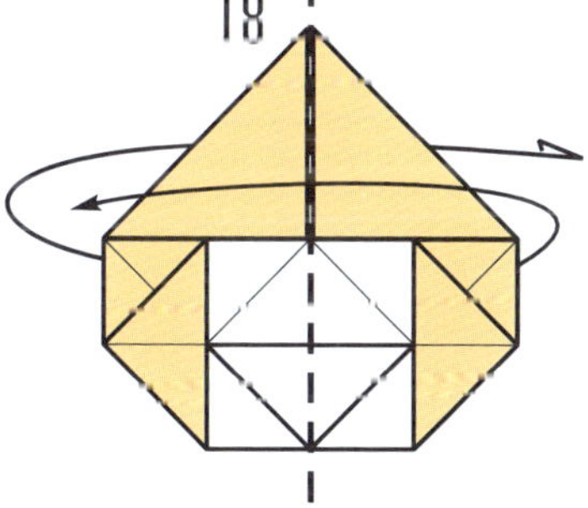

Eine Buchfaltung ausführen.

19

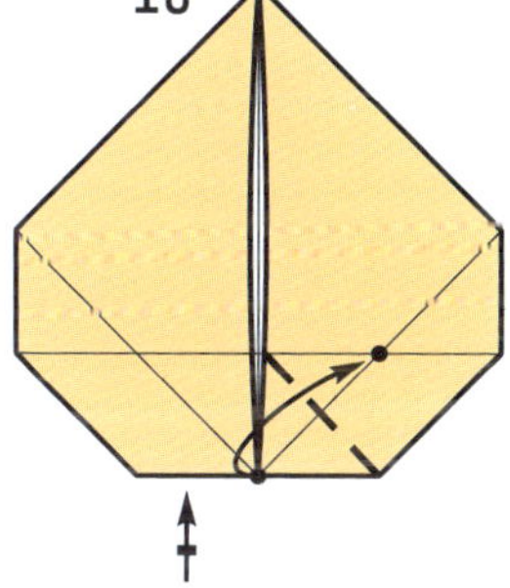

Die angegebenen Punkte mit einer Talfalte aufeinander falten. Links genauso verfahren.

20

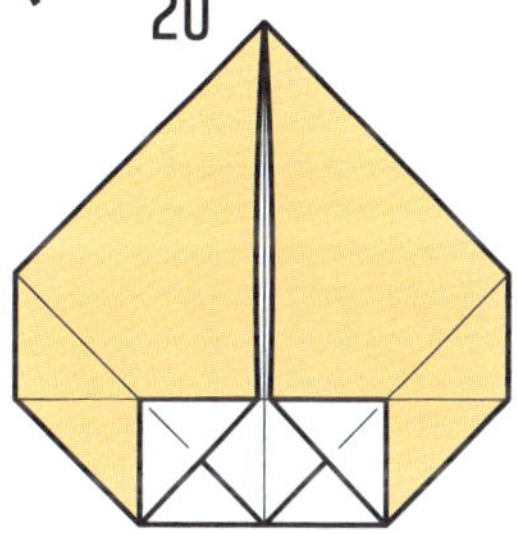

Die Zeichnung zeigt das Aussehen der Figur, nachdem Schritt 19 abgeschlossen ist.

21

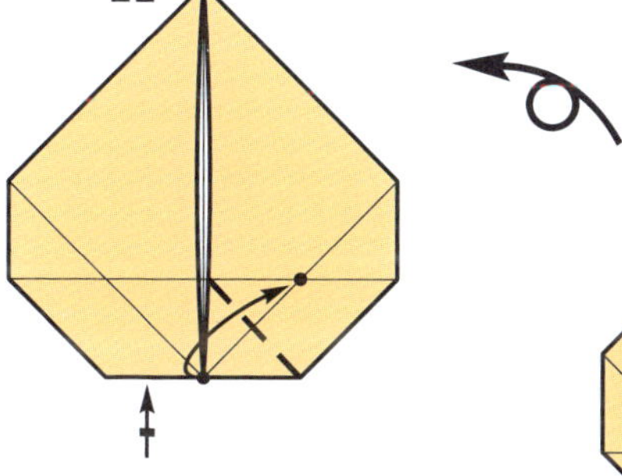

Das Modell wenden. Die angegebenen Punkte mit einer Talfalte aufeinander falten. Auf der linken Seite wiederholen.

22

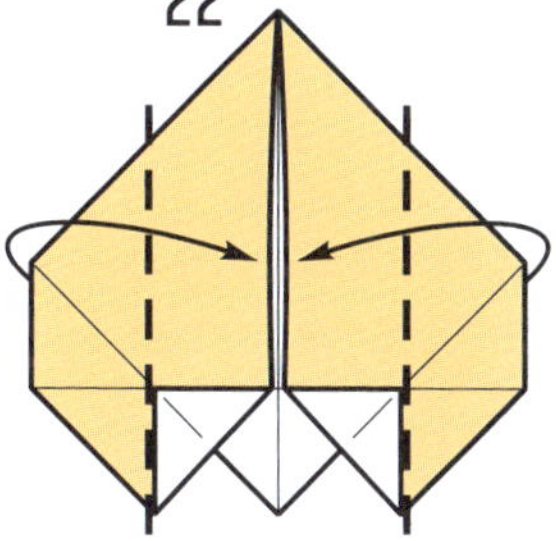

Die linke und die rechte Seite mit einer Talfalte zur Mitte falten.

23

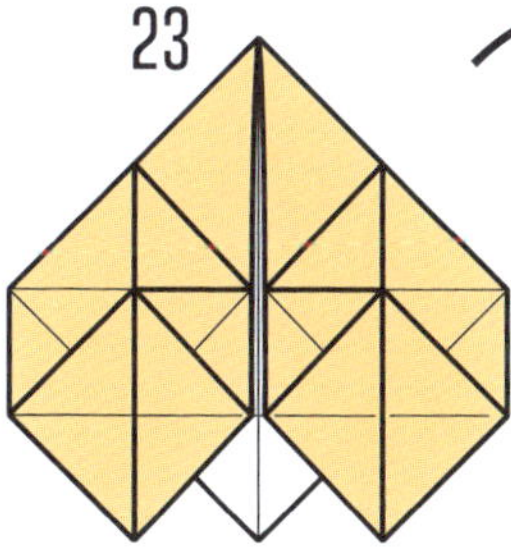

Die Zeichnung zeigt das Aussehen der Figur, nachdem Schritt 22 abgeschlossen ist.

24

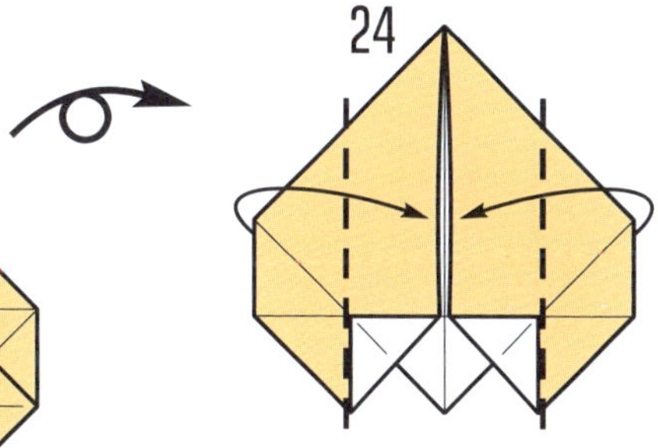

Das Modell wenden. Die rechte und die linke Hälfte mit einer Talfalte zur Mitte falten.

25

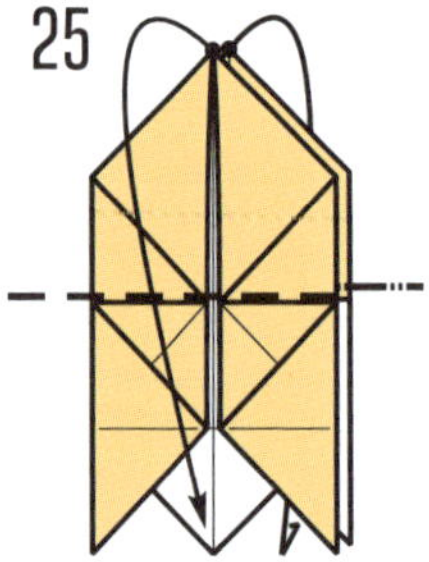

Die oberen Spitzen jeweils mit einer Talfalte nach unten falten.

26

Die Zeichnung zeigt das Aussehen der Figur, nachdem Schritt 25 abgeschlossen ist.

27

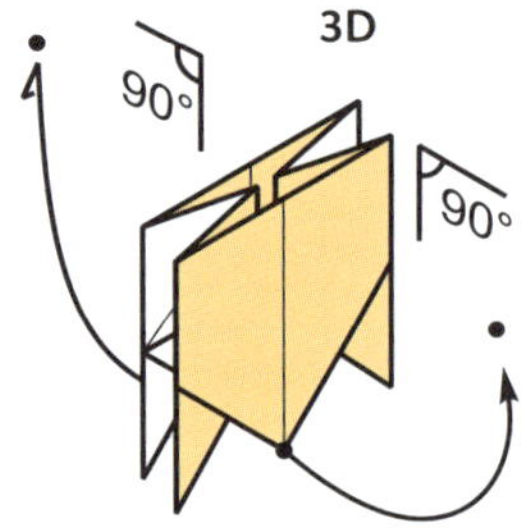

Das Modell ist anders ausgerichtet. Die in Schritt 25 gefalteten Spitzen um 90° zur vertikalen Achse des Modells aufrichten. Die Figur wird dreidimensional.

28

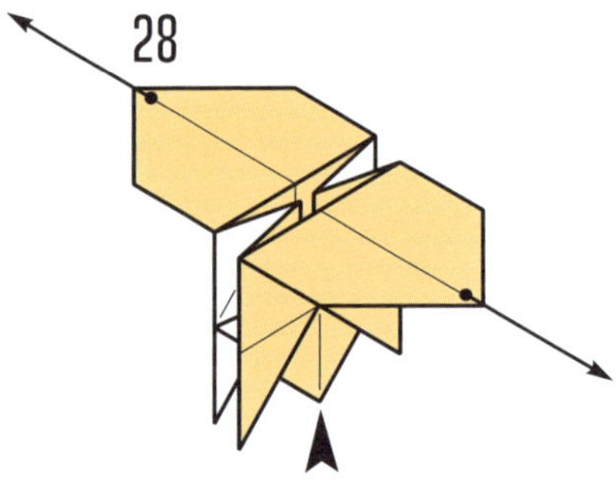

Die in Schritt 27 aufgerichteten Punkte in entgegengesetzte Richtungen auseinanderziehen. Den Boden durch Drücken von unten in Form bringen.

29

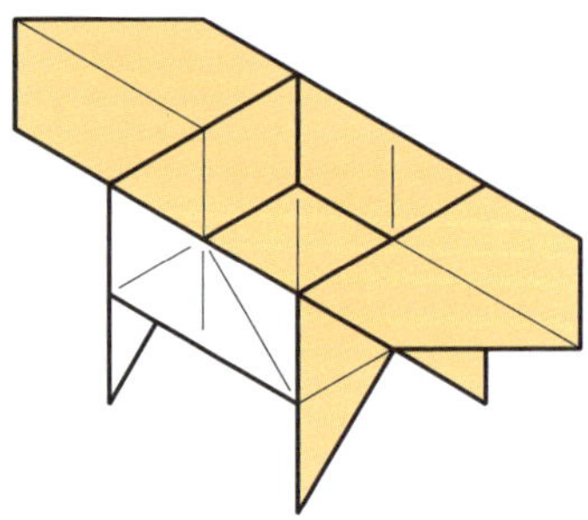

Der Sambo ist fertig.

VIDEO: www.nuinui.ch/video/it/g11/grande-tradizionali/p122

★★★☆☆

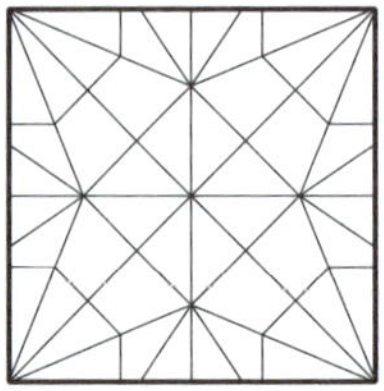

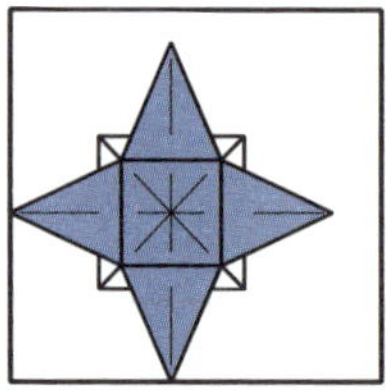

Die sternförmige Schachtel

Die japanische Kunst des Papierfaltens entstand gerade deshalb, weil sich mit den besonderen Eigenschaften dieses Materials eine Vielzahl von schönen Formen modellieren lassen. Warum sich also mit der klassischen quadratischen Schachtel begnügen, wenn Origami uns die Möglichkeit gibt, eine sternförmige Schachtel zu gestalten? Und schon haben wir eine originelle Idee, um unsere Geschenke zu personalisieren oder kleine Gegenstände aufzubewahren ...

1

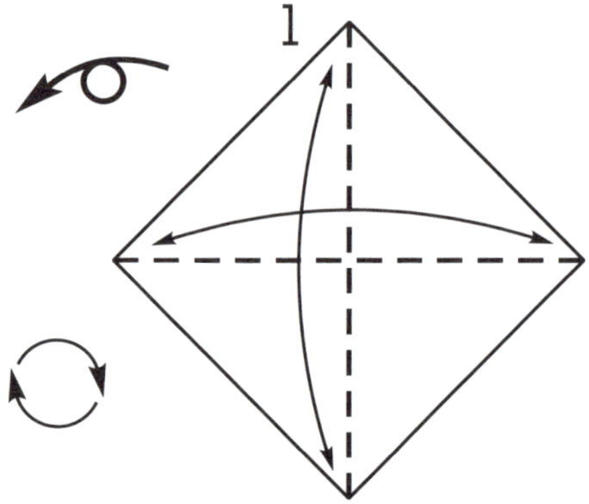

Mit Talfalten die beiden Diagonalen falten und wieder entfalten.

2

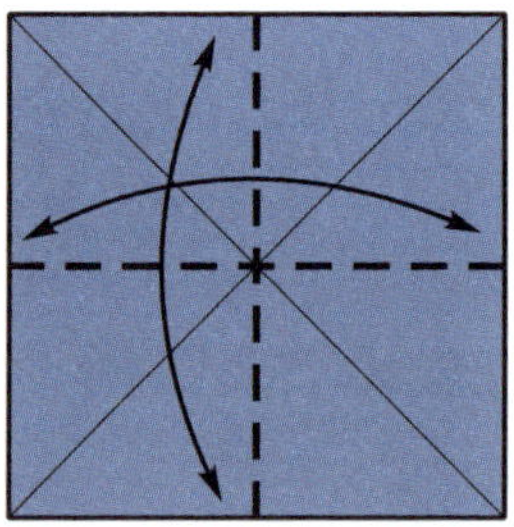

Das Papier wenden. Mit Talfalten die beiden Mittellinien falten und wieder entfalten.

3

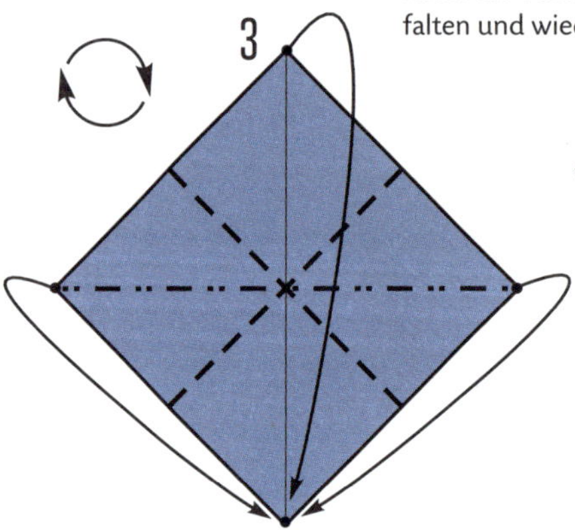

Das Papier wie in der Zeichnung dargestellt ausrichten und die angegebenen Punkte wie dargestellt aufeinander falten.

4

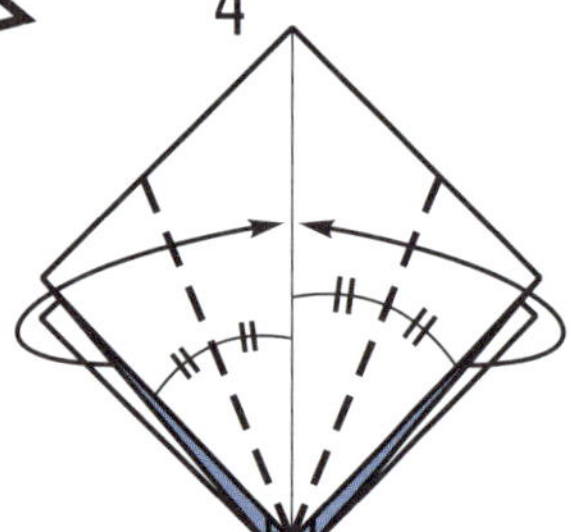

Zwei winkelhalbierende Falten auf den oberen Schichten ausführen.

5

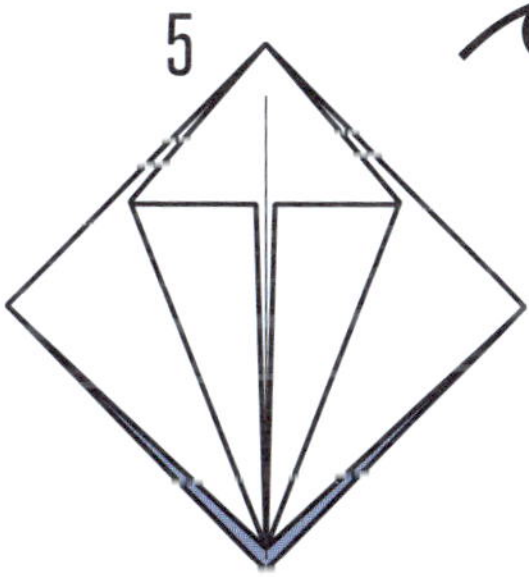

Die Zeichnung zeigt das Aussehen der Figur, nachdem Schritt 4 abgeschlossen ist.

6

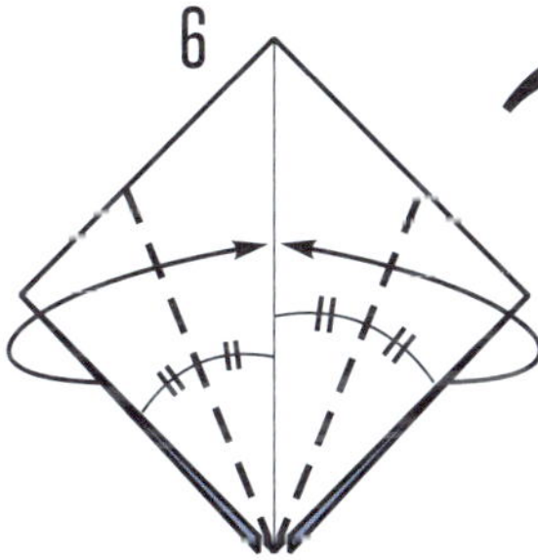

Das Modell wenden. Zwei winkelhalbierende Talfalten ausführen.

7

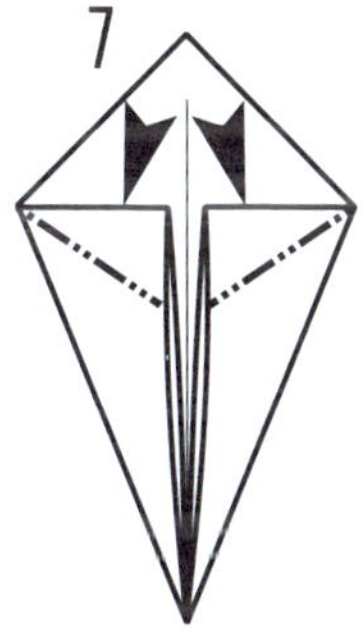

Zwei Quetschfalten ausführen.

8

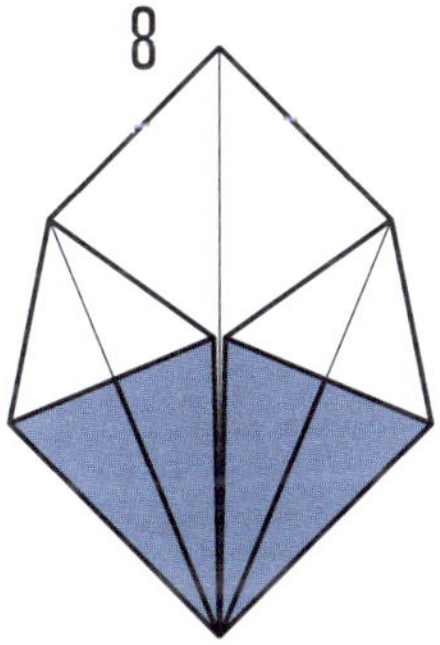

Die Zeichnung zeigt das Aussehen der Figur, nachdem Schritt 7 abgeschlossen ist.

9

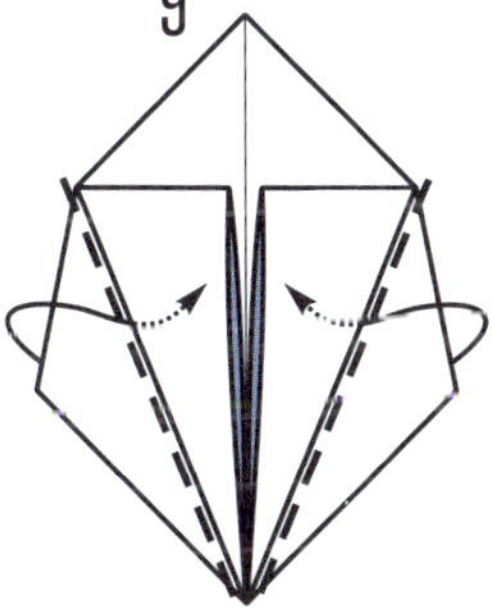

Das Modell wenden. Mit zwei Talfalten die rechte und linke Kante unter die oberste Schicht bringen.

10

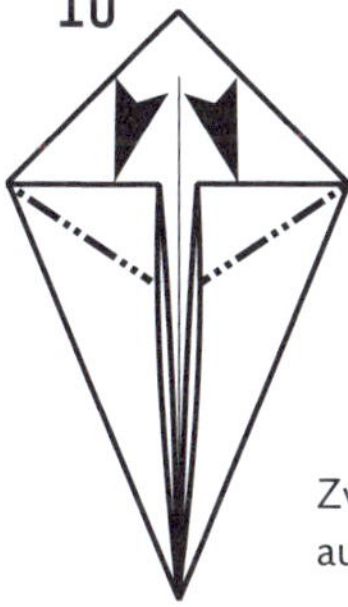

Zwei Quetschfalten ausführen.

11

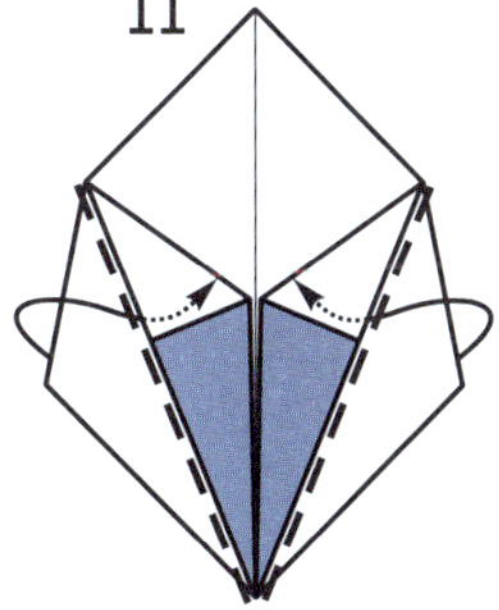

Das Modell wenden. Mit zwei Talfalten die rechte und die linke Kante unter die oberste Schicht bringen.

12

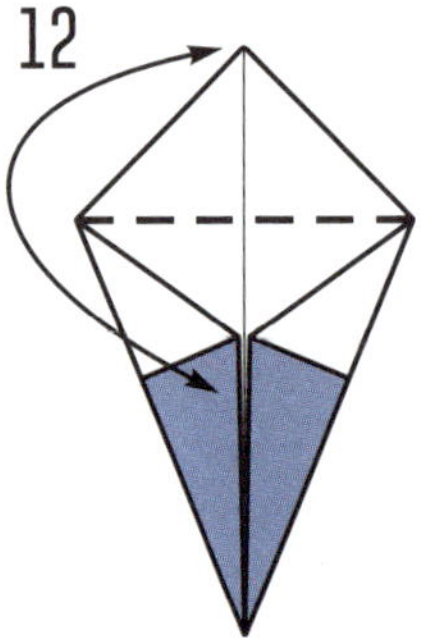

Die dargestellte Talfalte ausführen und wieder entfalten.

13

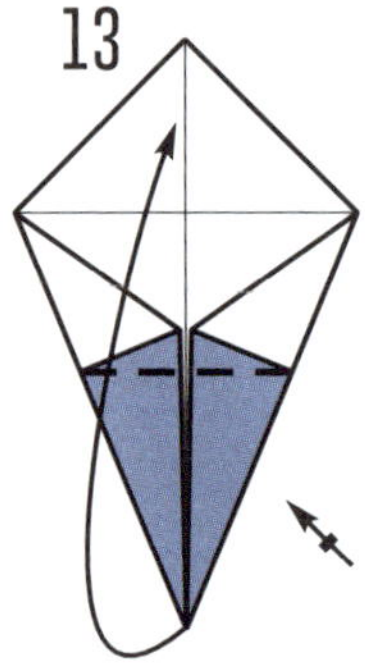

Mit der oberen Spitze eine Talfalte ausführen. Mit der unteren Spitze genauso verfahren.

14

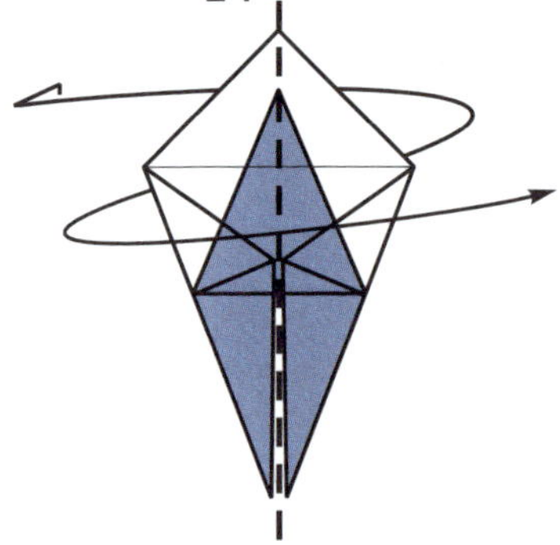

Eine Buchfaltung ausführen.

15

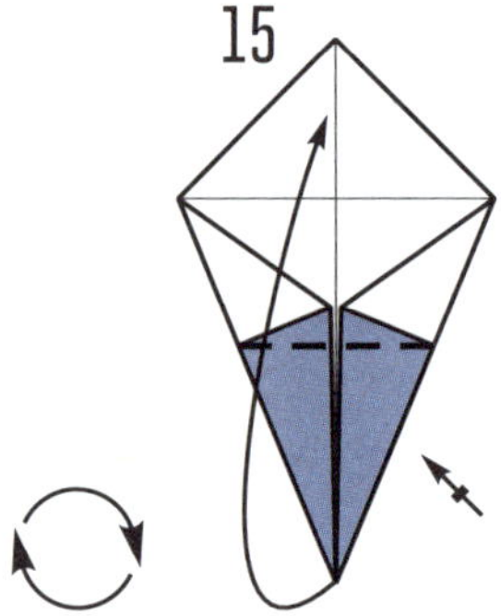

Mit der oberen Spitze eine Talfalte ausführen. Mit der unteren Spitze genauso verfahren.

16

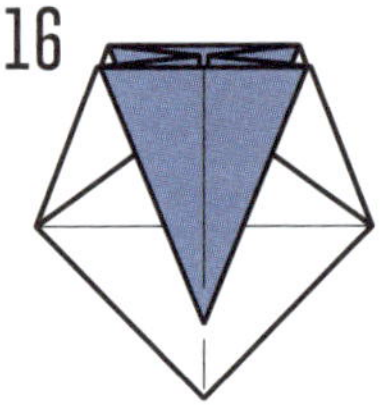

Die Zeichnung zeigt das Aussehen der Figur, nachdem Schritt 15 abgeschlossen ist.

17

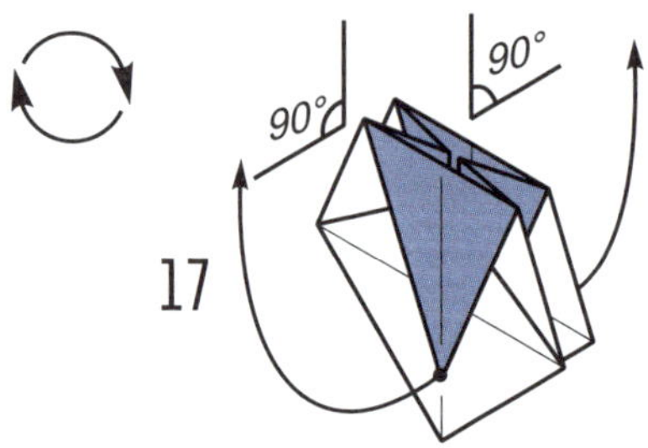

Das Modell ist anders ausgerichtet. Die in Schritte 15 gefalteten Spitzen um 90° zur vertikalen Achse des Modells aufrichten.

20

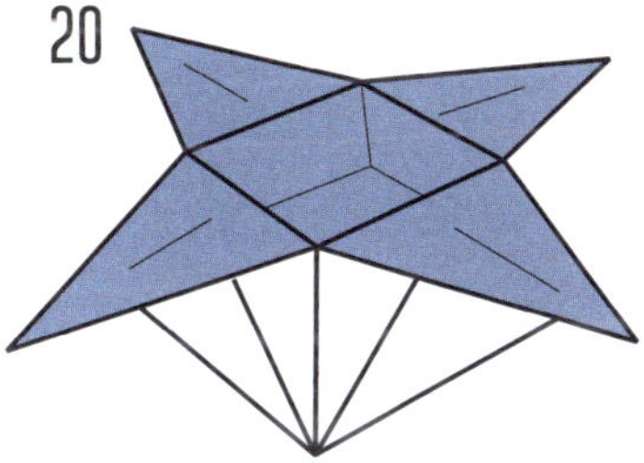

Die sternförmige Schachtel, die aus zwei verschiedenen Blickwinkeln präsentiert wird, ist fertig.

19

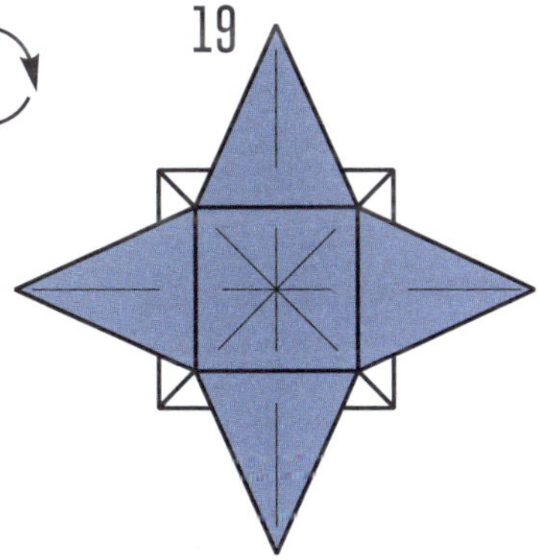

Die Zeichnung zeigt das Aussehen der Figur, nachdem Schritt 18 abgeschlossen ist.

18

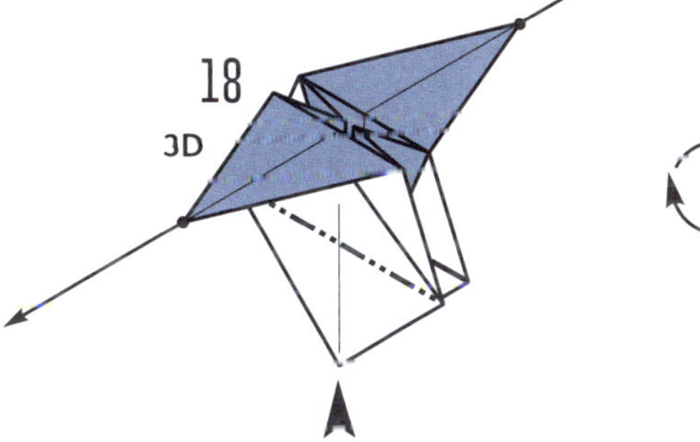

Die beiden aufgerichteten Spitzen in entgegengesetzte Richtungen ziehen. Den Boden formen und auch die beiden anderen Spitzen herausziehen.

VIDEO: www.nuinui.ch/video/it/g11/grande-tradizionali/p128

★★★☆☆

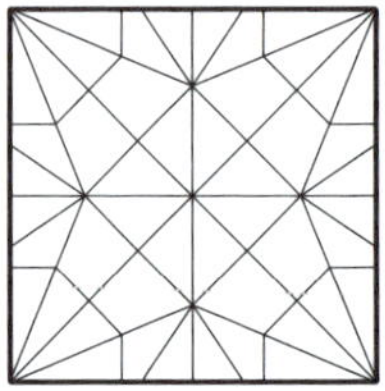

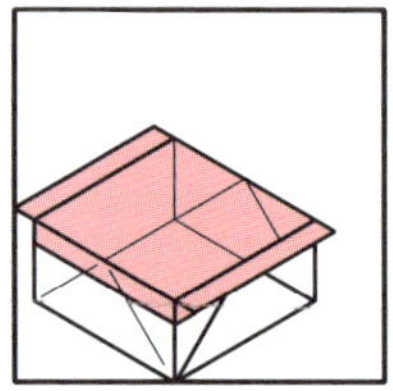

DIE FLACHE SCHACHTEL

Die Schachtel ist ein echter Klassiker der Origami-Kunst, aber auch ein sehr praktischer Gegenstand und eines der beliebtesten Modelle, weil sie vielseitig einsetzbar ist. Die hier vorgestellte, einfach herzustellende Schachtel ist wirklich originell, da sie mit einer kleinen, einfachen Geste geschlossen oder geöffnet werden kann. Sie lässt sich durch eine sorgfältige Auswahl des Papiers und das Spiel mit Farbe und Fantasie auf einfache Weise personalisieren.

1

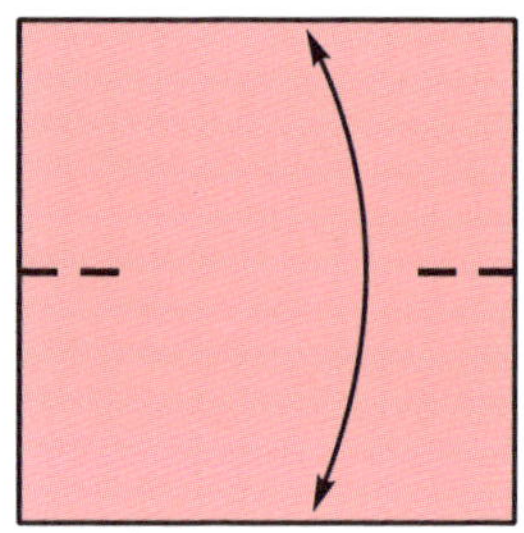

Mit der farbigen Seite nach oben mit Talfalten zwei Knicke wie dargestellt ausführen.

2

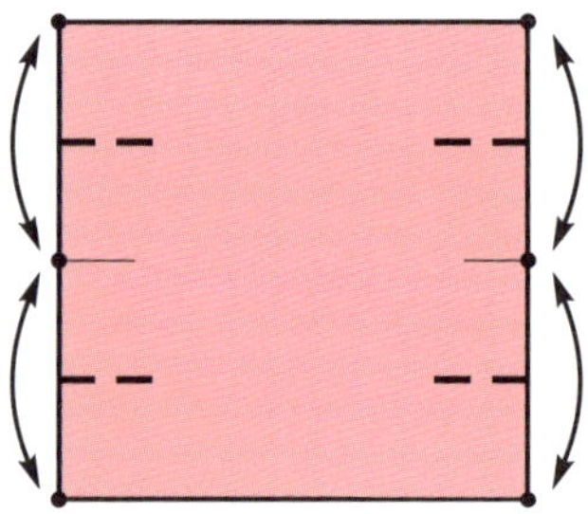

Mit Talfalten vier Knicke wie dargestellt ausführen.

3

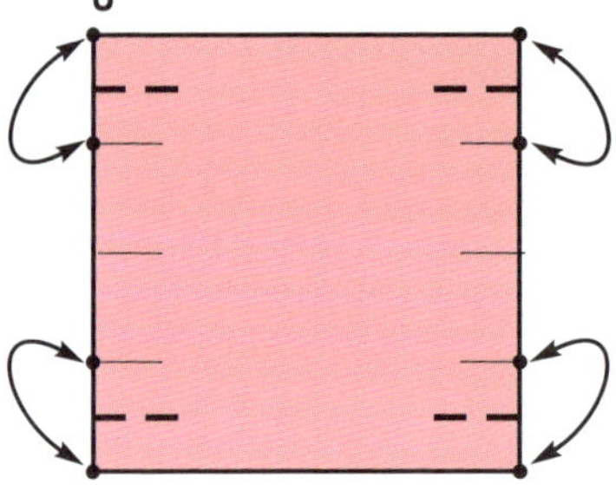

Mit Talfalten vier Knicke wie dargestellt ausführen.

4

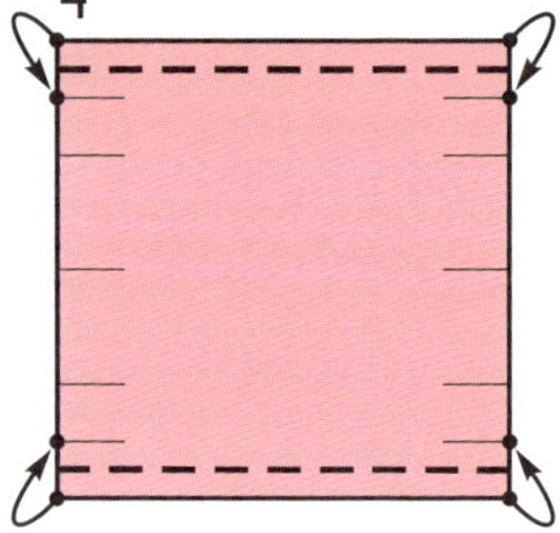

Mit Talfalten die angegebenen Punkte aufeinander falten.

5

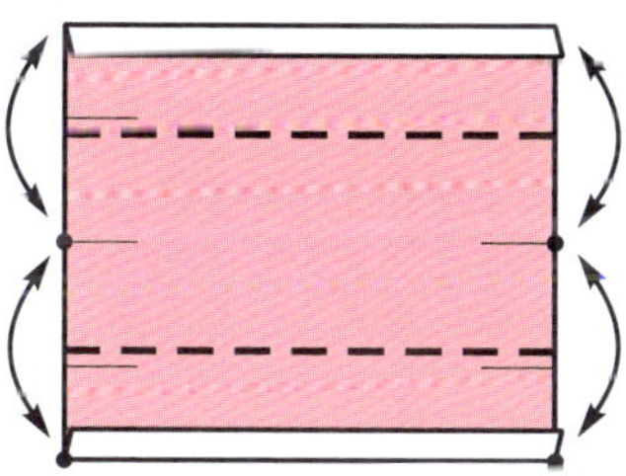

Mit einer Talfalte die obere und die untere Kante zur Mitte falten. Wieder entfalten.

6

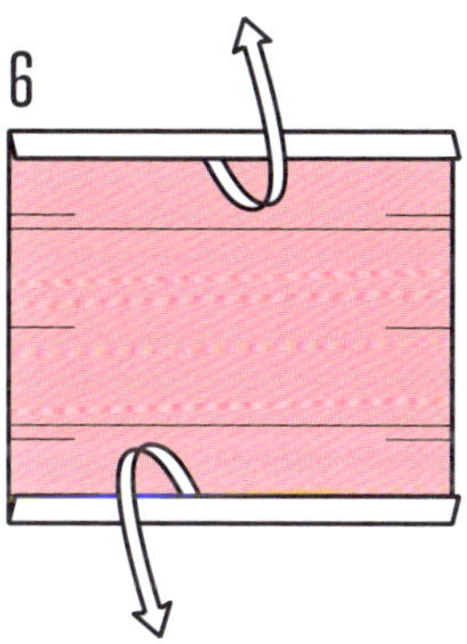

Die in Schritt 4 gefalteten Kanten wieder entfalten.

7

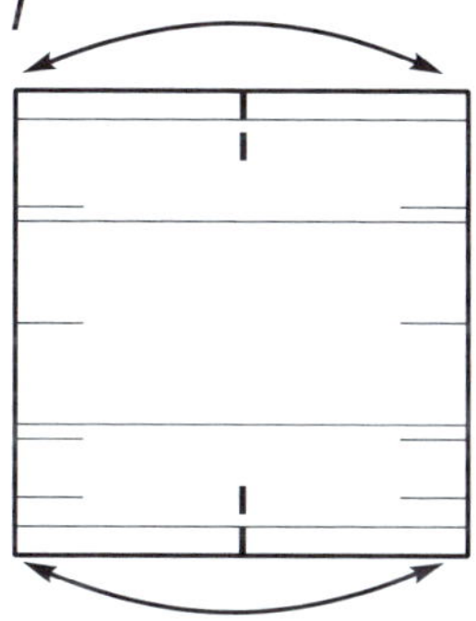

Das Papier wenden. Auf den horizontalen Seiten jeweils einen Knick wie dargestellt ausführen.

8

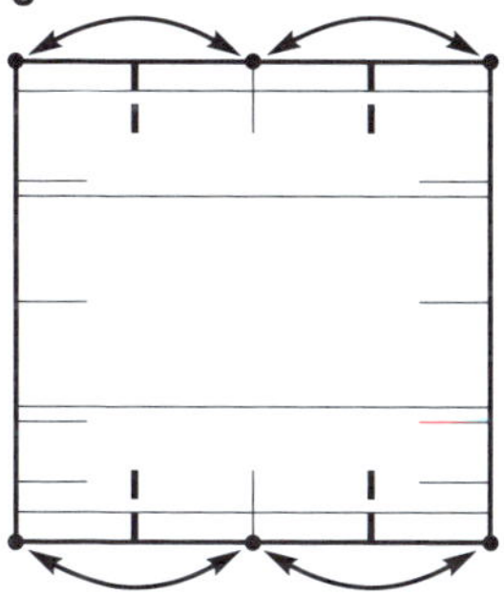

Mit Talfalten vier Knicke wie dargestellt ausführen.

9

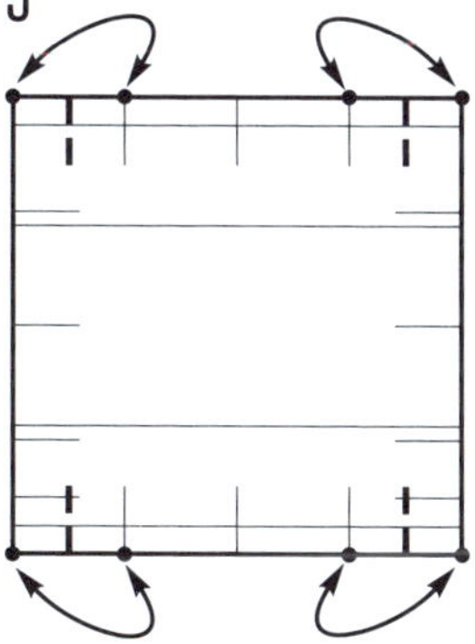

Mit Talfalten vier Knicke wie dargestellt ausführen.

10

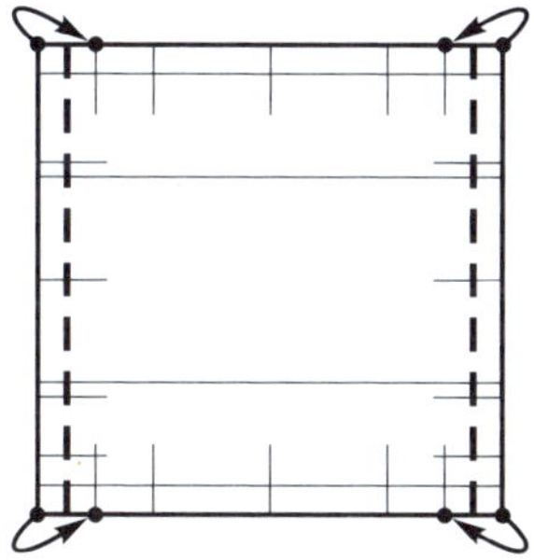

Mit Talfalten die angegebenen Punkte aufeinander falten.

11

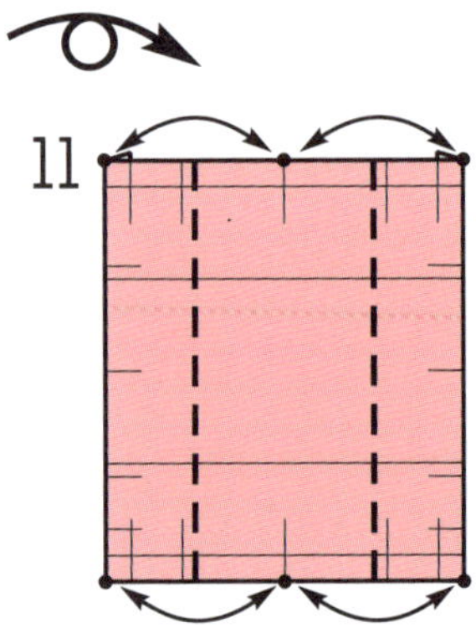

Das Modell wenden. Mit einer Talfalte die linke und rechte Kante zur Mitte falten. Wieder entfalten.

12

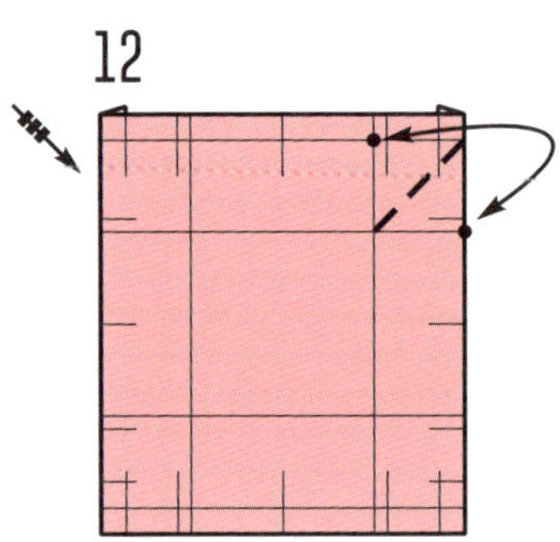

Vier Talfalten wie dargestellt ausführen.

13

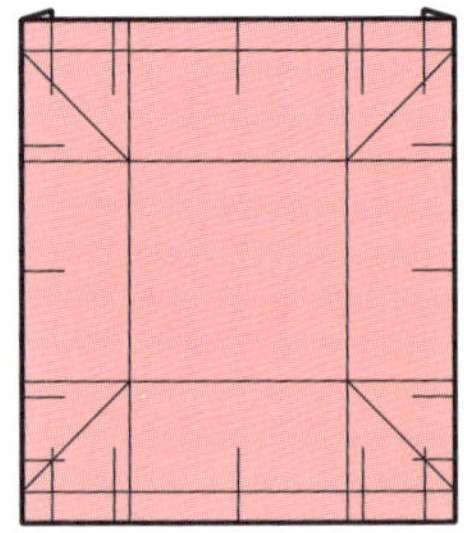

Die Zeichnung zeigt das Aussehen der Figur, nachdem Schritt 12 abgeschlossen ist.

14

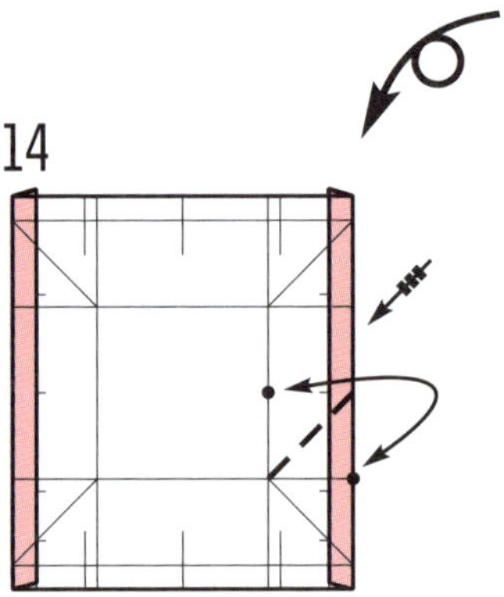

Das Modell wenden. Vier Talfalten wie dargestellt ausführen.

15

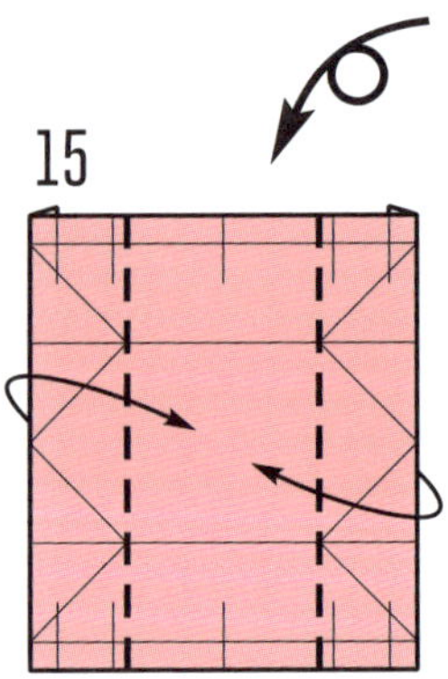

Das Modell wenden. Eine Talfalte entlang des in Schritt 11 ausgeführten Falzes ausführen.

16

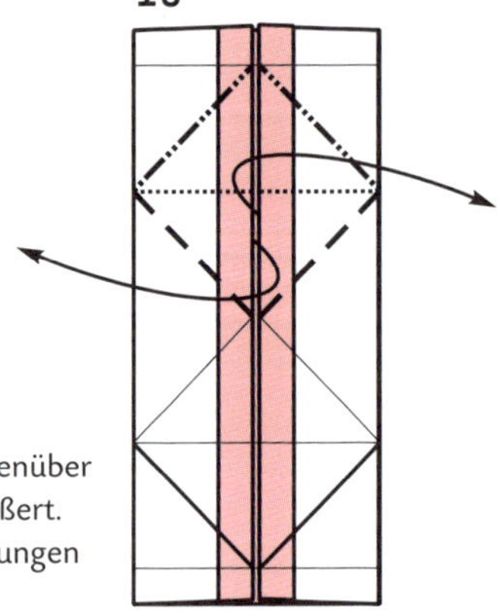

Die Zeichnung ist gegenüber der vorherigen vergrößert. Die angegebenen Faltungen ausführen.

22

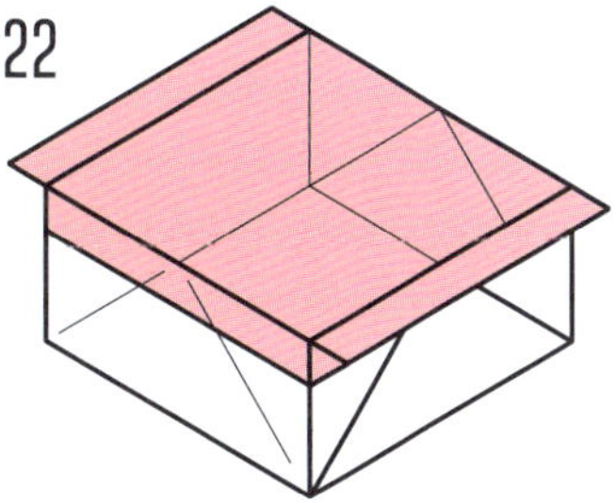

Die Zeichnung zeigt das Aussehen der Figur, nachdem Schritt 21 abgeschlossen ist.

23

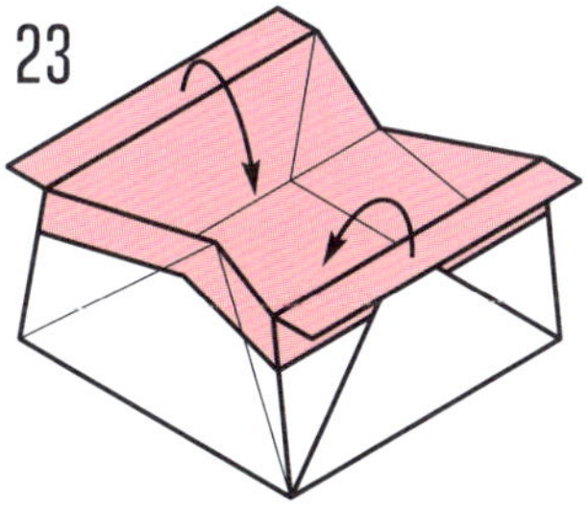

Die in Schritt 21 ergriffenen Kanten nach unten drücken, um die Schachtel wieder zu glätten.

24

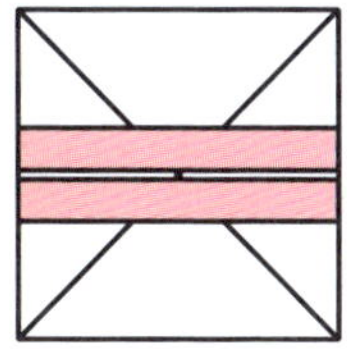

Die wieder flach gedrückte Schachtel ist fertig.

21

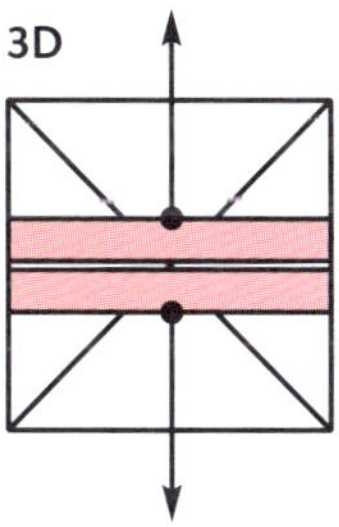

Die durch schwarze Punkte gekennzeichneten Kanten nehmen und in entgegengesetzte Richtungen ziehen. Das Modell wird dreidimensional.

20

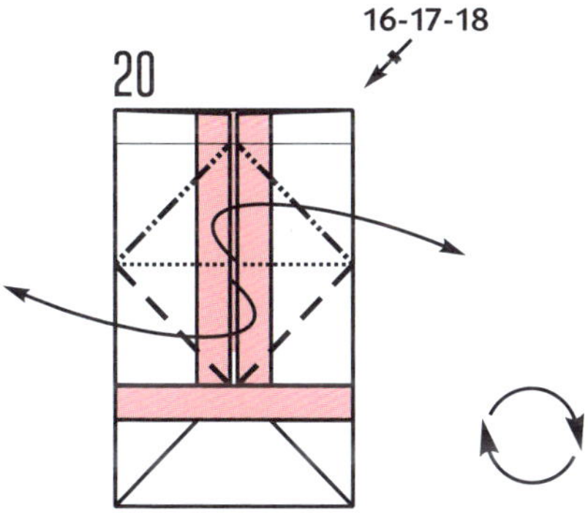

Das Modell um 180° drehen und die in den Schritten 16, 17 und 18 ausgeführten Faltungen wiederholen.

19

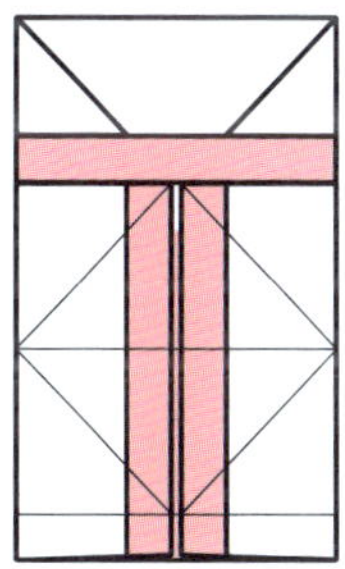

Die Zeichnung zeigt das Aussehen der Figur, nachdem Schritt 18 abgeschlossen ist.

17

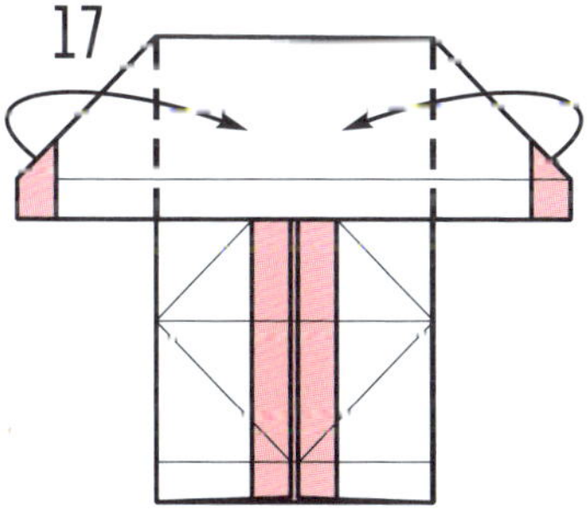

Wie dargestellt die rechte und die linke Kante zur Mitte falten.

18

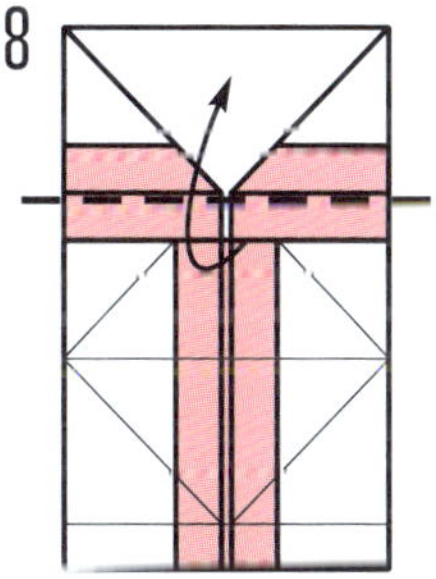

Wie dargestellt eine Talfalte auf der oberen Schicht ausführen.

VIDEO: www.nuinui.ch/video/it/g11/grande-tradizionali/p134

★★★★☆

DIE SCHWERTLILIE

Die japanische Schwertlilie oder Hanashōbu (Iris ensata) – ein Symbol für Nüchternheit, Keuschheit und Einfachheit – ist eine typische Frühlingsblume. Sie zeichnet sich durch ihre langen, dünnen und spitzen Blätter aus, die an Samurai-Schwerter und an Tugenden wie Mut, Stärke, Beständigkeit, Loyalität, die Erhabenheit des Geistes, die Fähigkeit, sich strenger Disziplin zu unterwerfen und an Gerechtigkeitssinn erinnern.

1

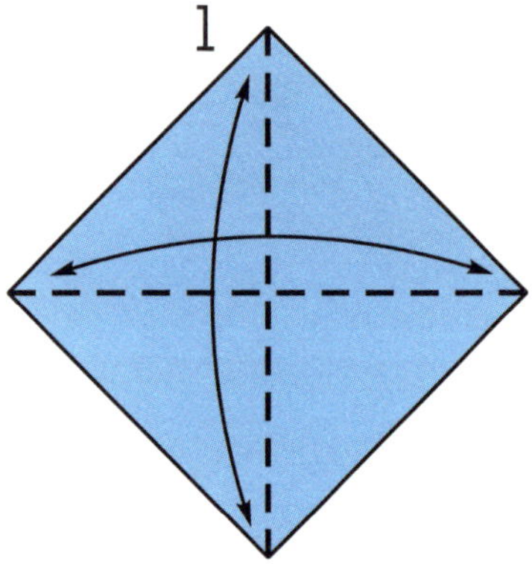

Mit einem quadratischen Blatt beginnen. Die farbige Seite zeigt nach oben. Die beiden Diagonalen falten und wieder entfalten.

2

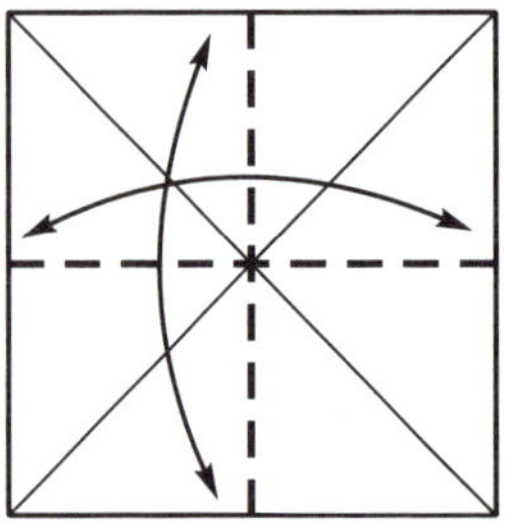

Das Papier wenden. Die beiden Mittellinien falten und wieder entfalten.

3

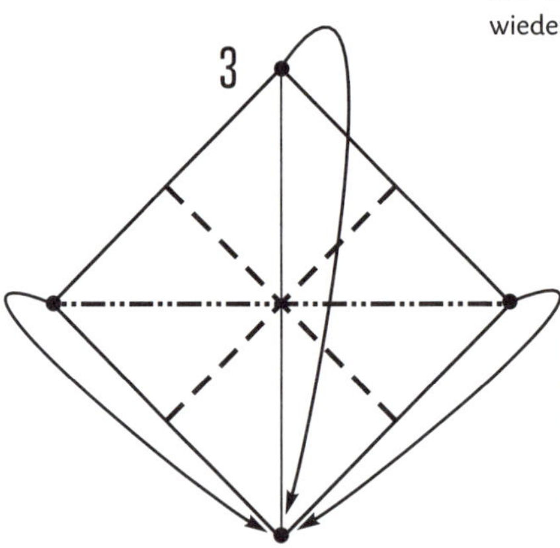

Das Quadrat um 45° drehen und dann die angegebenen Punkte wie dargestellt aufeinander falten, um eine quadratische Basis zu erhalten.

4

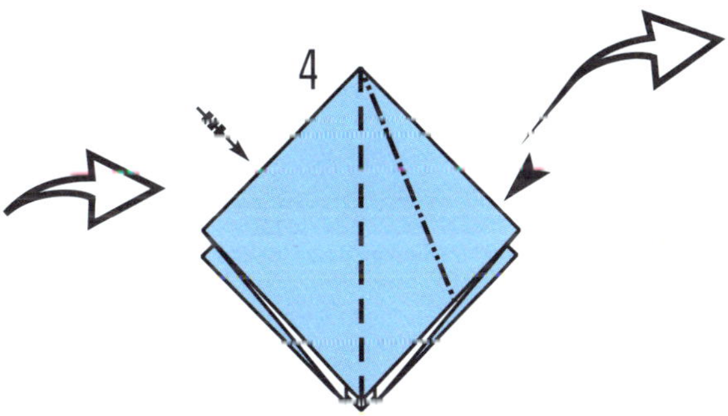

Die Zeichnung ist gegenüber der vorherigen vergrößert. Die rechte Schicht anheben und eine Quetschfalte ausführen. Mit den übrigen drei Schichten genauso verfahren.

5

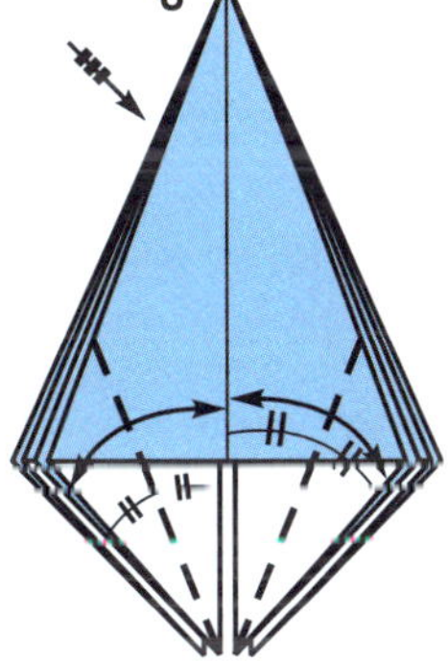

Die Zeichnung ist im Vergleich zur vorherigen vergrößert. Auf der oberen Schicht zwei winkelhalbierende Falten ausführen und dann wieder entfalten. Mit den anderen Schichten genauso verfahren.

6

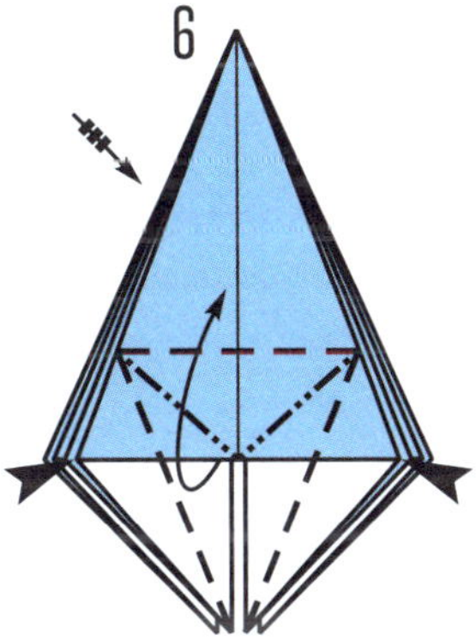

Auf der obersten Schicht eine Blütenblattfaltung ausführen. Mit den anderen Schichten genauso verfahren.

7

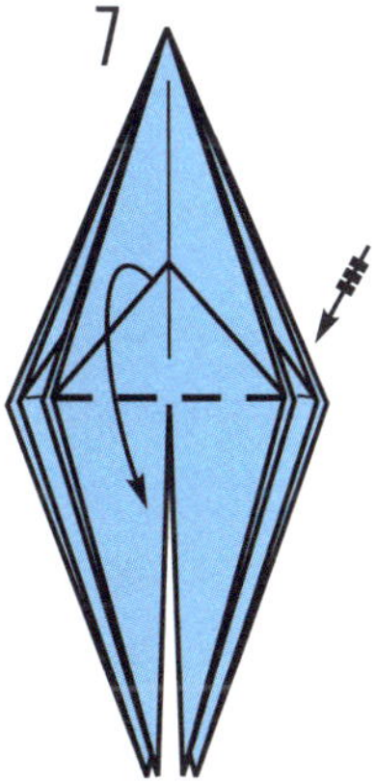

Die angegebene Spitze nach unten falten. Mit den anderen drei Spitzen genauso verfahren.

8

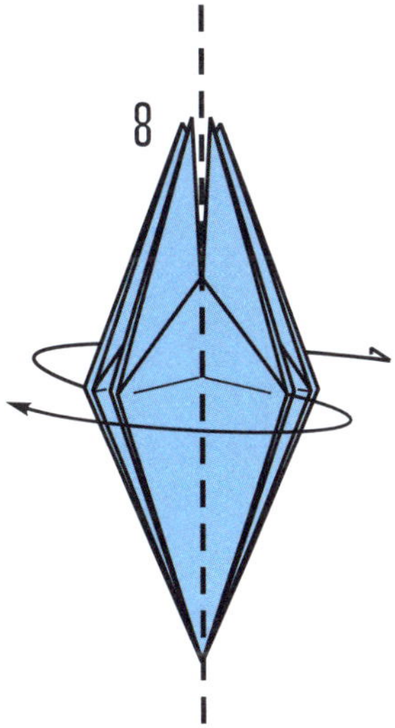

Das Modell um 180° im Uhrzeigersinn drehen. Auf der obersten und der untersten Schicht eine Buchfaltung ausführen.

9

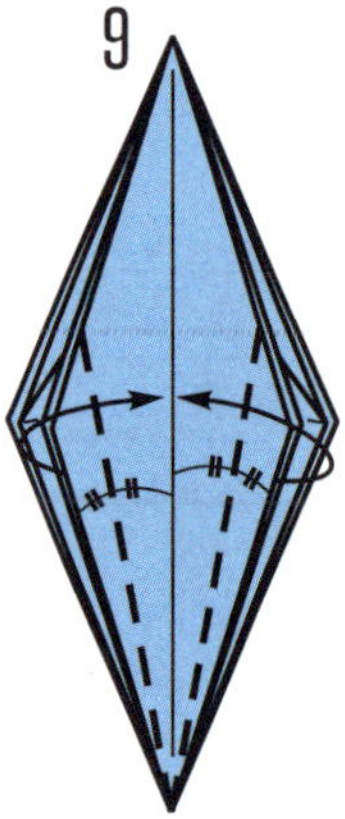

Auf der oberen Schicht des Modells eine winkelhalbierende Falte ausführen, indem die seitlichen Kanten zum zentralen Falz gefaltet werden.

10

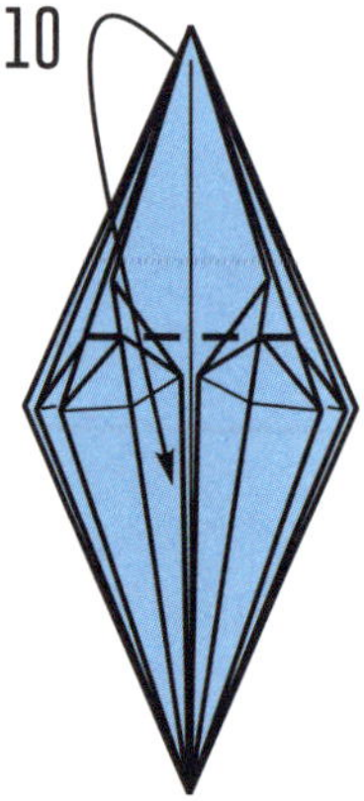

Nur die obere Spitze des Modells so weit wie möglich nach unten falten.

11

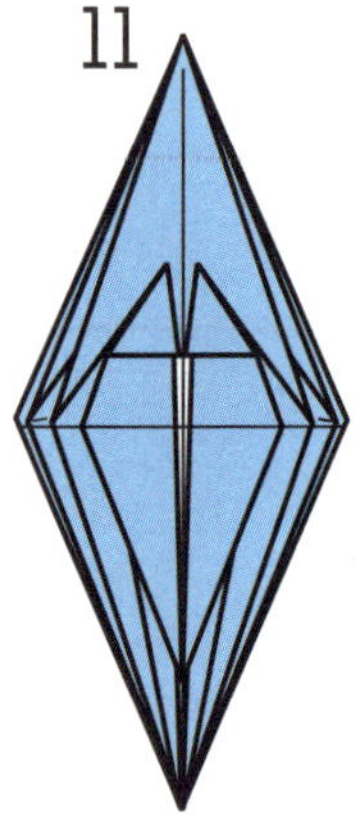

Das Modell sollte wie in der Abbildung aussehen. Die gerade nach unten gefaltete Spitze bildet eines der Blätter, die später abgerundet werden.

12

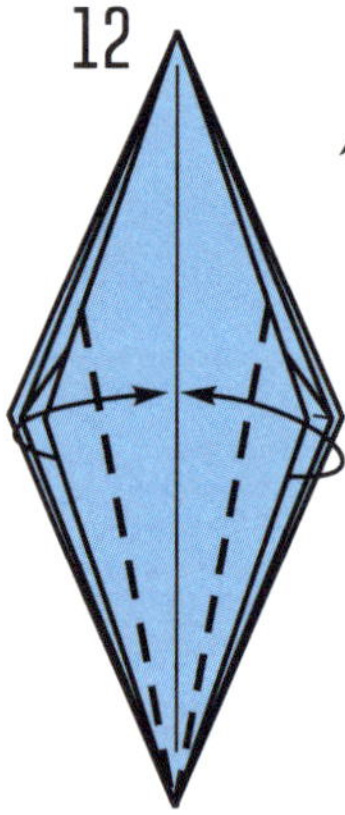

Das Modell wenden. Die Schritte 9 und 10 wiederholen, um drei weitere Blätter zu erhalten.

13

Nach der Ausführung aller erforderlichen Schritte sollte das Modell wie in der Abbildung aussehen. Nun können die Blätter geformt werden. Ein Blatt anheben und vorsichtig um einen zylindrischen Gegenstand wickeln, z. B. einen Kugelschreiber oder Bleistift. Alles für einige Sekunden festhalten und dann den zylindrischen Gegenstand entfernen. Das Blatt bleibt rund. Mit den anderen Blättern genauso verfahren.

14

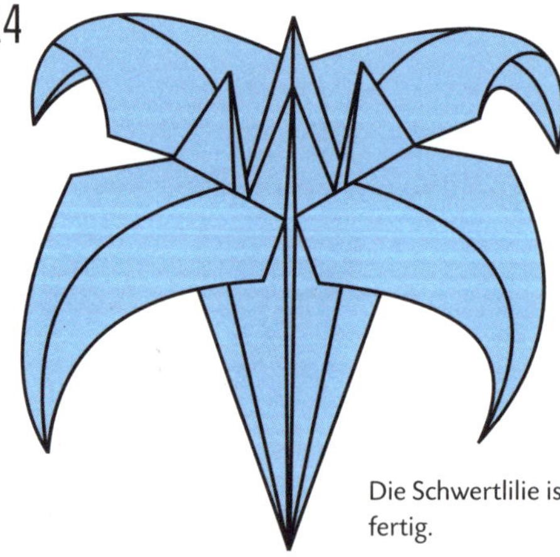

Die Schwertlilie ist fertig.

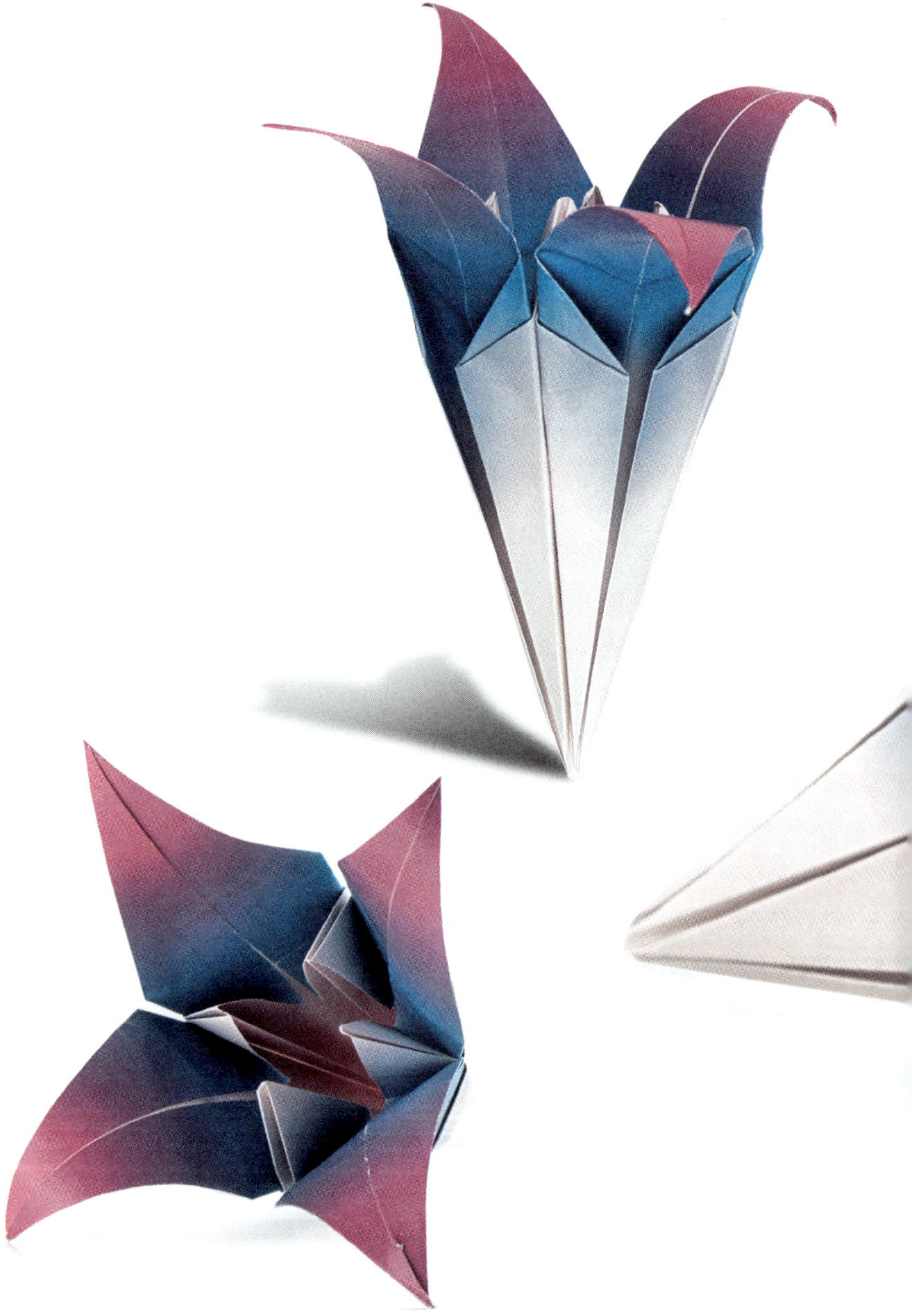

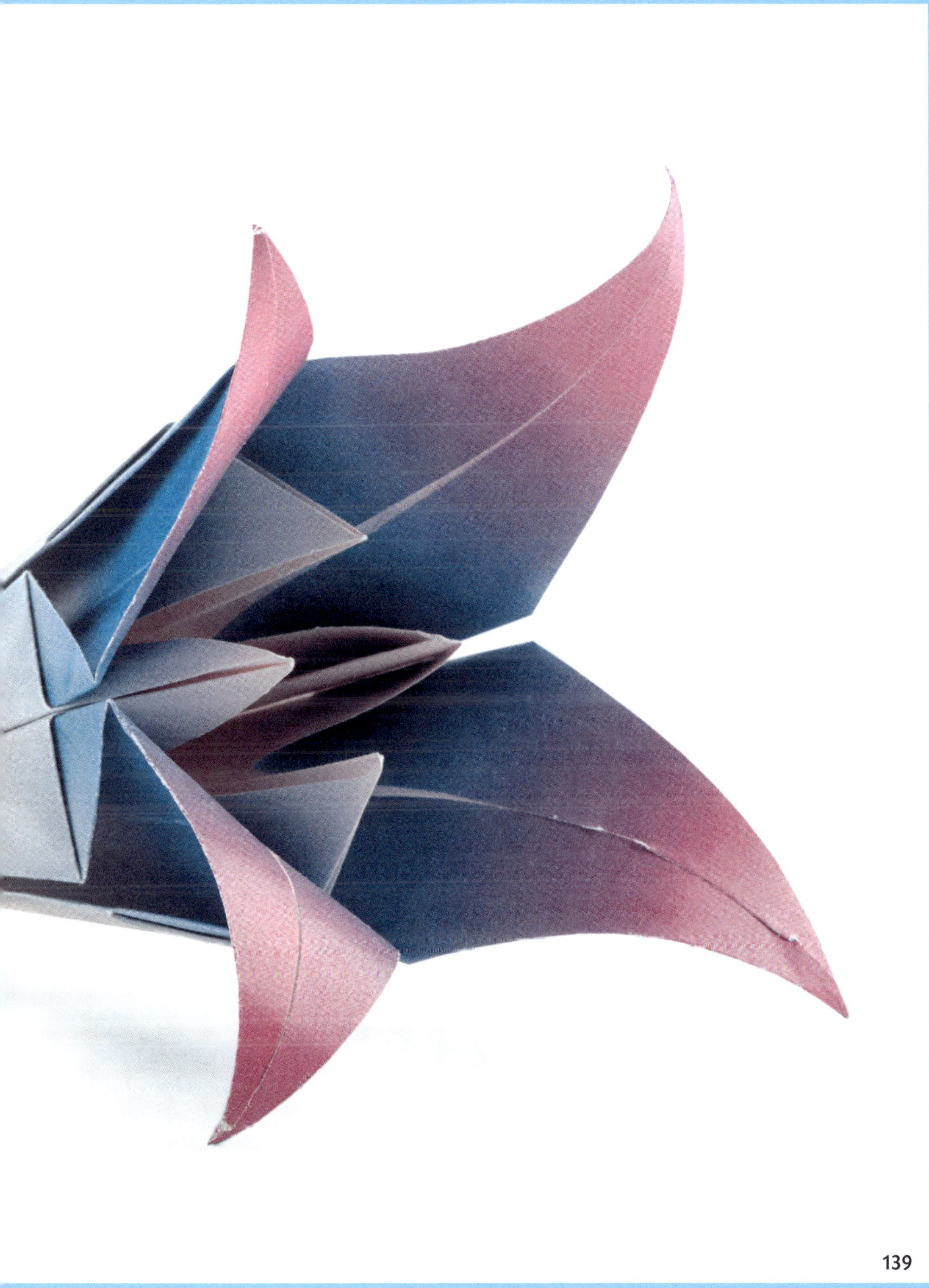

VIDEO: www.nuinui.ch/video/it/g11/grande-tradizionali/p140 ★★★★☆

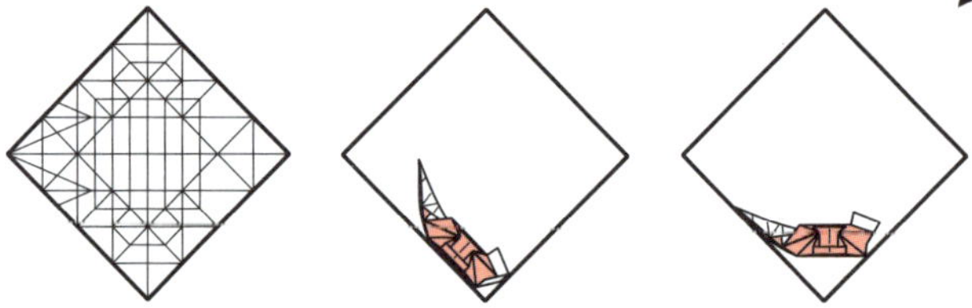

DIE DSCHUNKE

Die Dschunke ist ein Boot chinesischen Ursprungs, das noch heute in Gebrauch ist. China nutzte sie in ganz Asien sowohl für den Seehandel als auch für militärische Zwecke, insbesondere während der Song- (960-1279) und Yuan-Dynastie (1271-1368). Dieses Modell kann – wie auch das Modell für das kleine Boot – für das Totenfest verwendet werden.

1

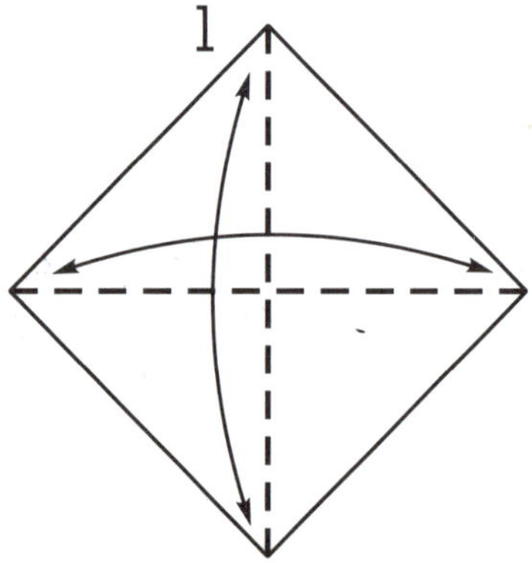

Die beiden Diagonalen eines Quadrats falten und wieder entfalten.

2

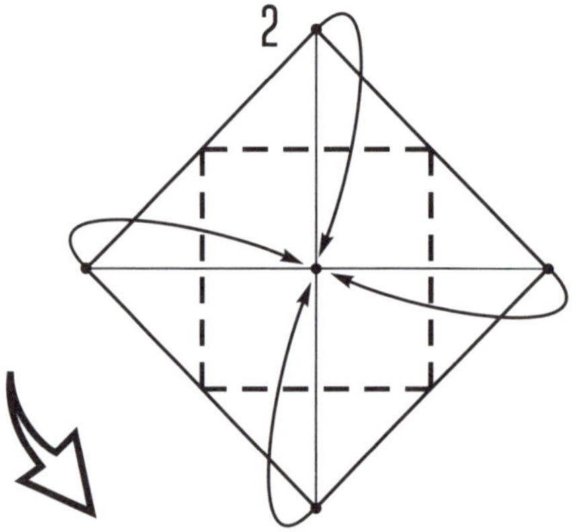

Die vier Ecken zur Mitte falten.

3

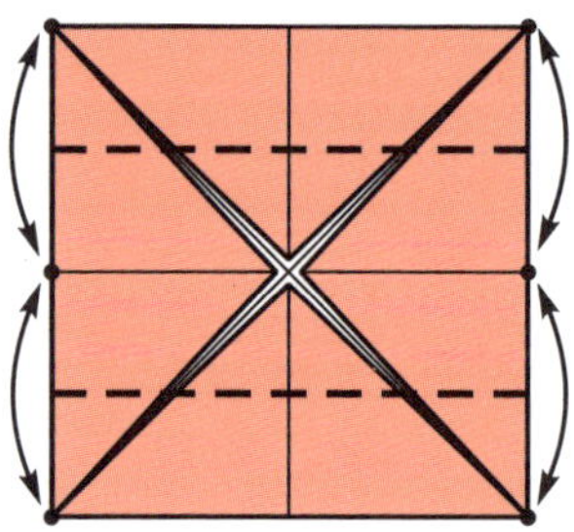

Die Zeichnung ist gegenüber der vorherigen vergrößert. Die obere und die untere Kante zur Mittellinie falten und wieder entfalten.

4

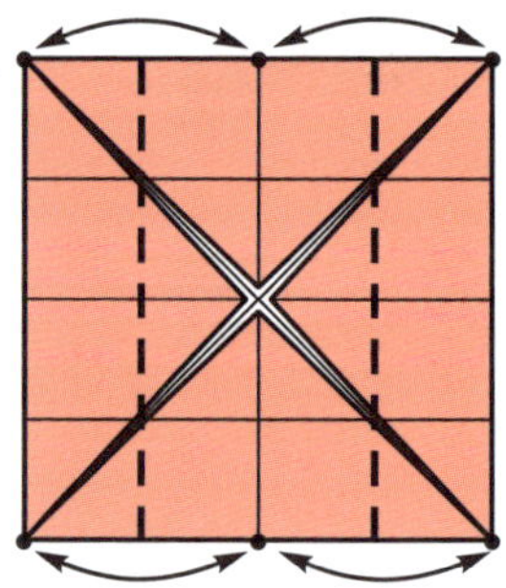

Die rechte und die linke Kante zur vertikalen Mittellinie falten und wieder entfalten.

9

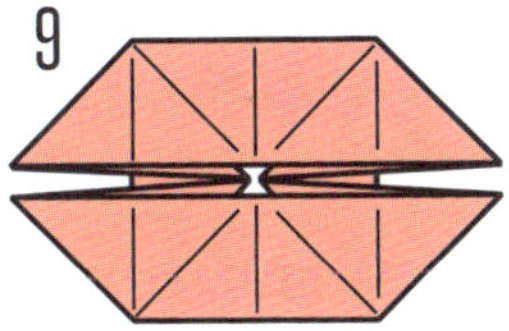

Die Zeichnung zeigt das Aussehen der Figur, nachdem Schritt 8A abgeschlossen ist.

8A

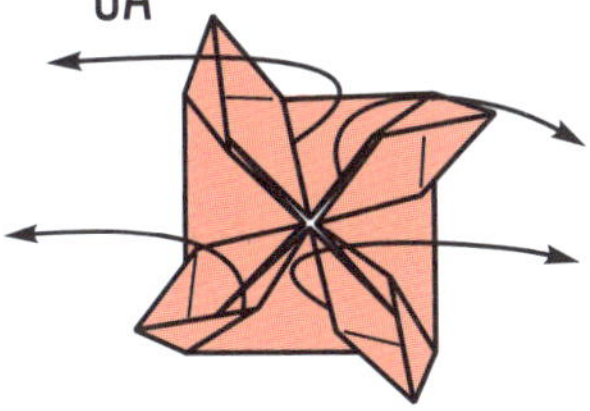

Die Abbildung zeigt einen Zwischenschritt. Die Spitzen entsprechend den verschiedenen Pfeilen ausrichten, das heißt, zwei nach rechts und zwei nach links.

8

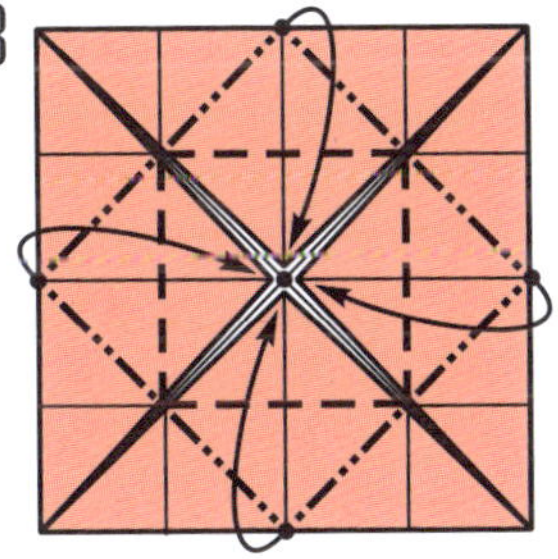

Die Mittelpunkte aller Seiten zur Mitte falten. Bei diesem Vorgang wird das Modell kurzzeitig dreidimensional und danach wieder flach.

7

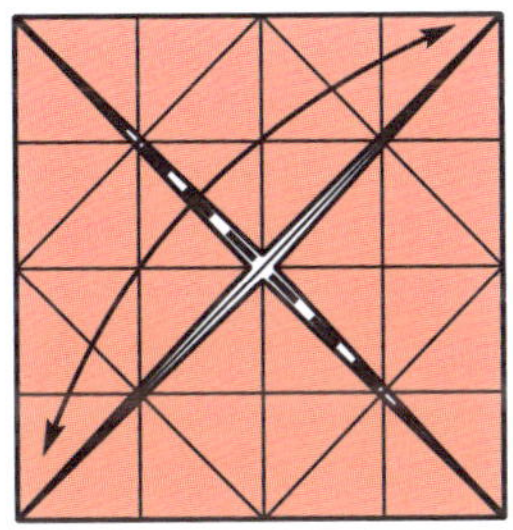

Auch die andere Diagonale falten und wieder entfalten.

5

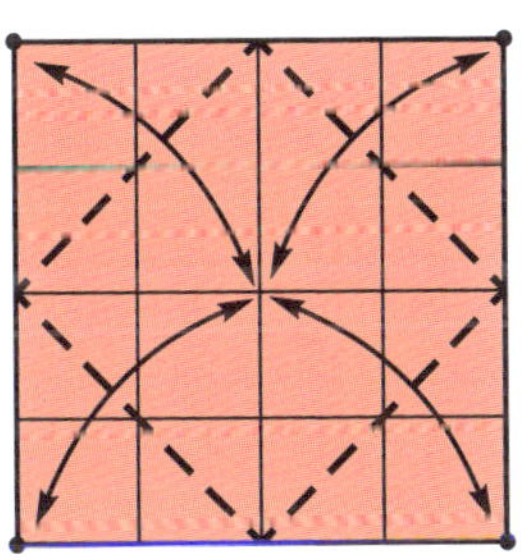

Das Modell wenden. Die vier Ecken zur Mitte falten und wieder entfalten.

6

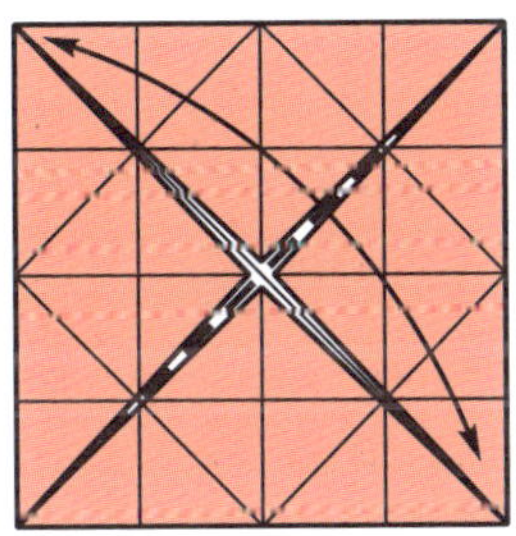

Das Modell wenden. Die dargestellte Diagonale falten und wieder entfalten.

10

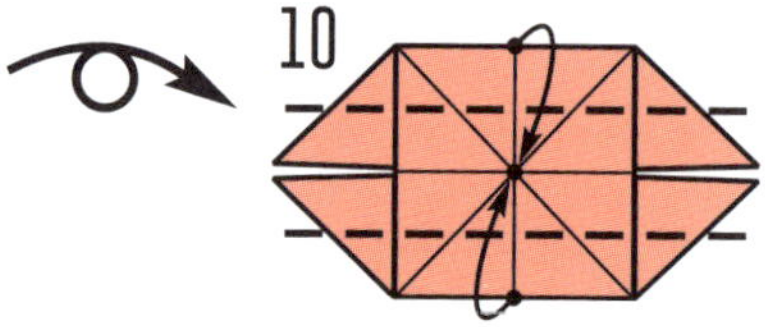

Das Modell wenden. Die untere und die obere Kante zur Mitte falten. Da es mehrere Schichten gibt, ist es hilfreich, die Falten besonders fest zu streichen.

11

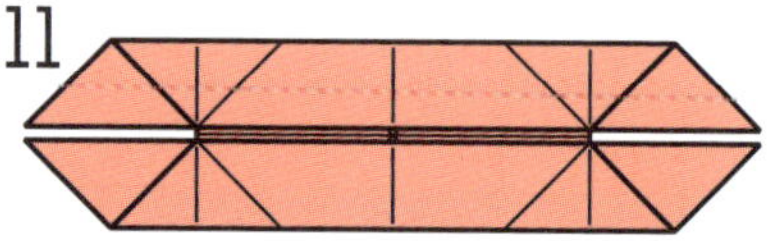

Die Zeichnung ist gegenüber der vorherigen vergrößert. Das Modell sollte wie in der Abbildung aussehen.

12

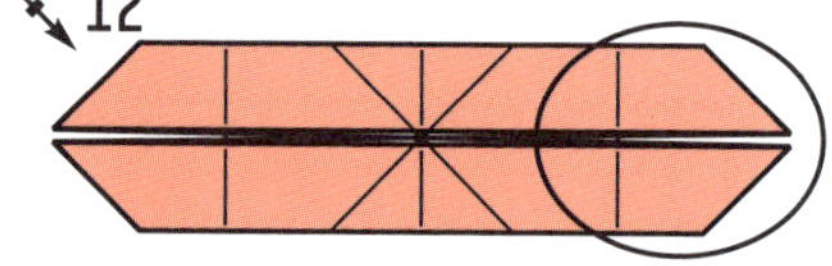

Das Modell wenden. Der auszuführende Vorgang ist in der Vergrößerung in Schritt 12A dargestellt.

12A

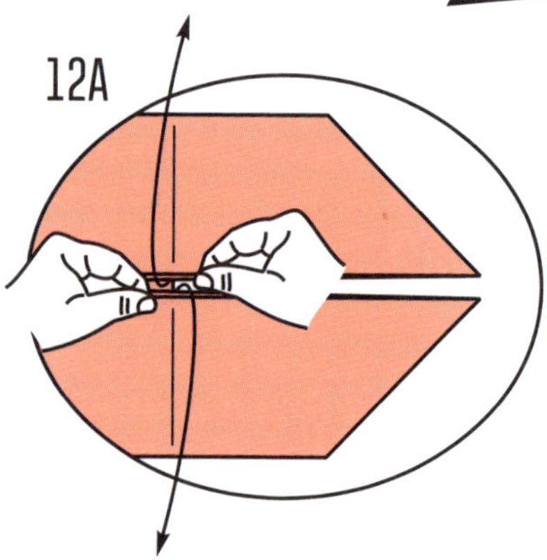

Mit einer Faltung fortfahren, die auch die darunter liegende, nicht sichtbare Schicht einbezieht. Die beiden oberen und unteren Schichten genau an der angegebenen Stelle greifen, d. h. am vertikalen Falz. Beide zusammen anheben, indem die oberen Schichten nach oben und die unteren Schichten nach unten gebracht werden. Mit diesem Vorgang wird auch eine weitere Schicht mitgezogen, die bei Bedarf durch Quetschen geglättet werden muss. Auf der linken Seite genauso verfahren.

13

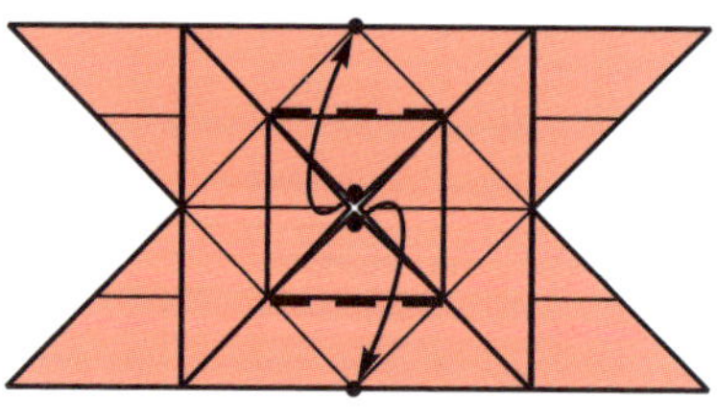

Jetzt sollte das Modell wie in der Abbildung aussehen. Das obere und untere kleine Dreieck in der Mitte bestimmen. Anheben und durch Falten die angegebenen Punkte zusammenführen.

14

Die Zeichnung zeigt, wie die Figur aussehen wird, wenn Schritt 13 abgeschlossen ist.

19

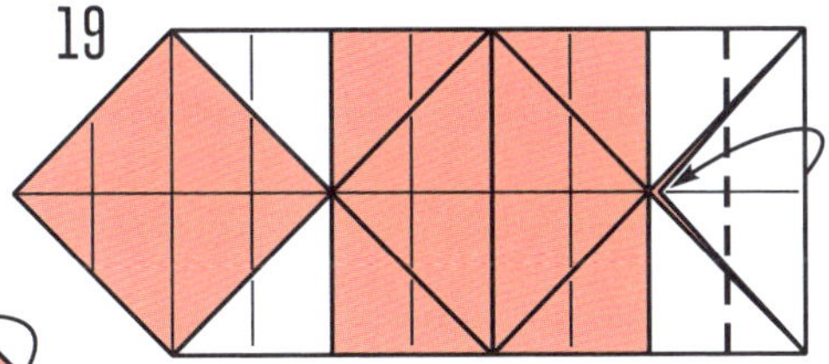

Die angegebene Talfalte wie dargestellt ausführen.

18

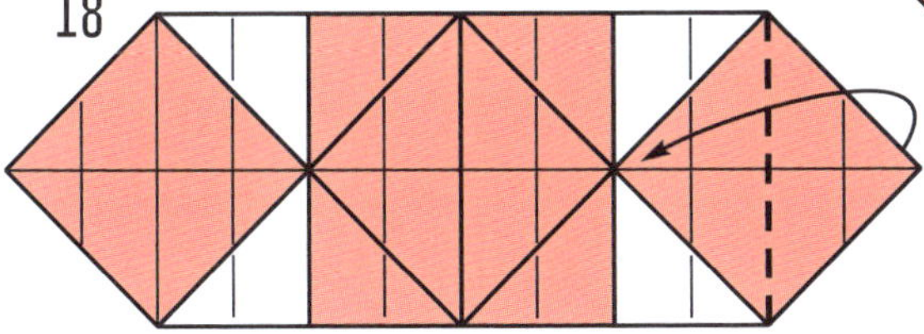

Die angegebene Talfalte nur rechts ausführen.

17

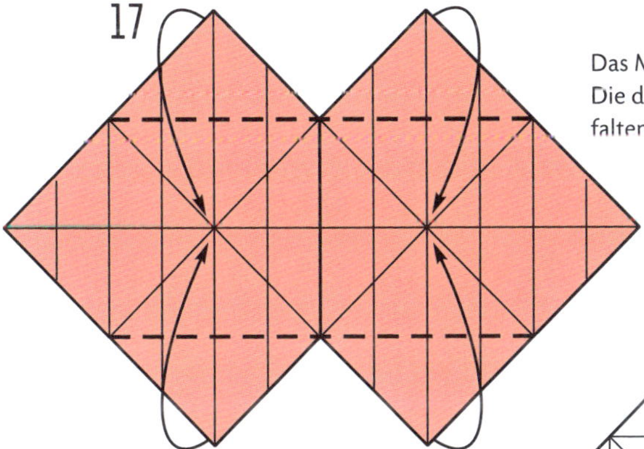

Das Modell wenden.
Die dargestellten Talfalten ausführen.

16

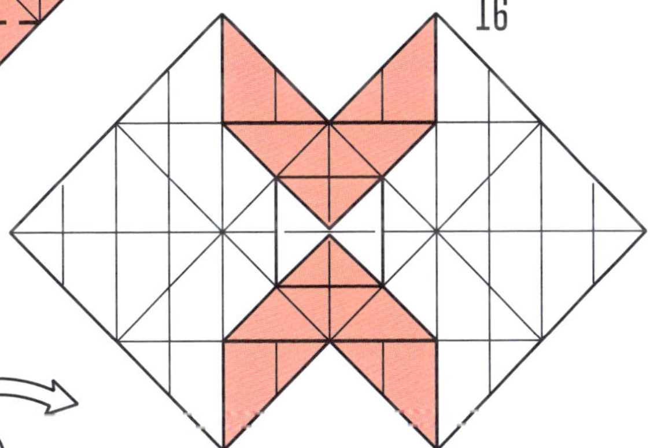

Die Zeichnung zeigt das Aussehen der Figur, nachdem Schritt 15 abgeschlossen ist.

15

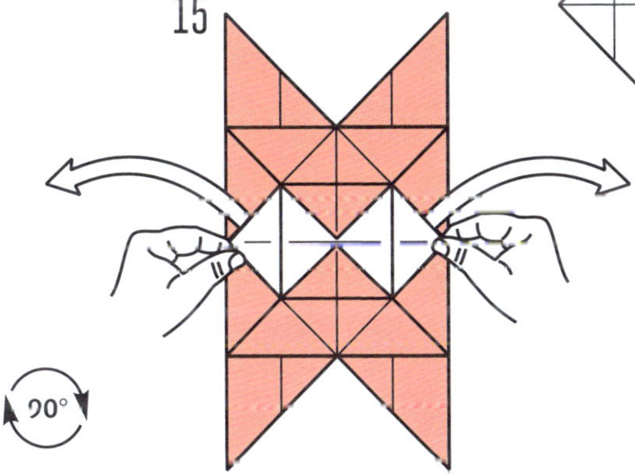

Das Modell um 90° drehen. Die beiden angegebenen Dreiecke nehmen und das in den darunter liegenden Schichten verborgene Papier vorsichtig herausziehen.

20

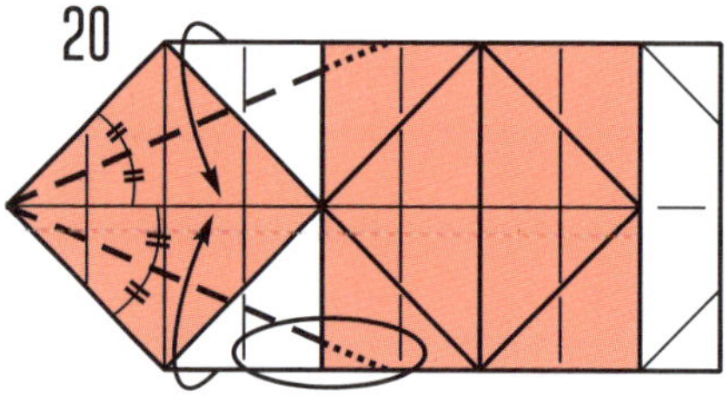

Die Figur erfordert zwei winkelhalbierende Falten, um den linken Winkel in vier gleiche Teile zu unterteilen. Diese Falten enden unter der zuvor gefalteten Schicht. Das Papier beim Erreichen der richtigen Position unterstützen, damit die Falte an ihrem natürlichen Punkt endet, der nicht sichtbar ist.

20A

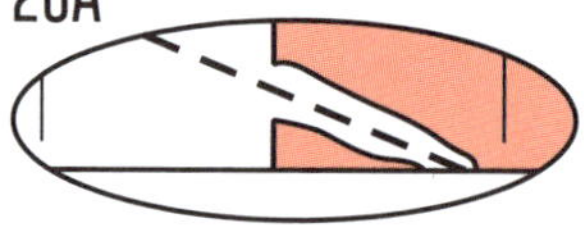

Bei dieser Vergrößerung wird der Querschnitt dargestellt. Das heißt, man stellt sich vor, dass das Papier entfernt wurde, das den Blick auf die darunter liegende Schicht verhindert. So wird besser veranschaulicht, wo die Talfalte endet.

21

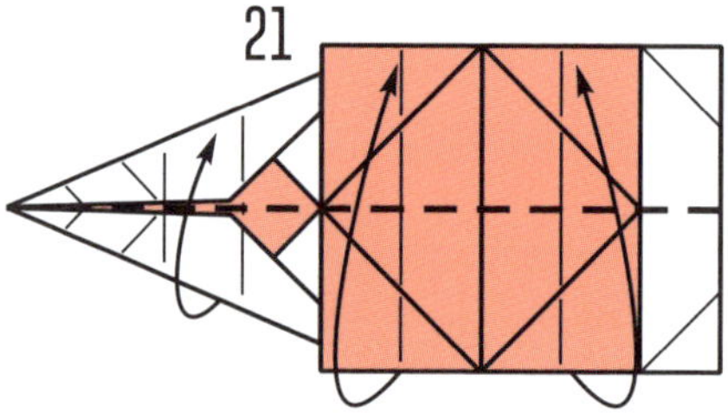

Jetzt sollte das Modell wie in der Abbildung aussehen. Die untere Kante bündig auf die obere Kante falten.

22

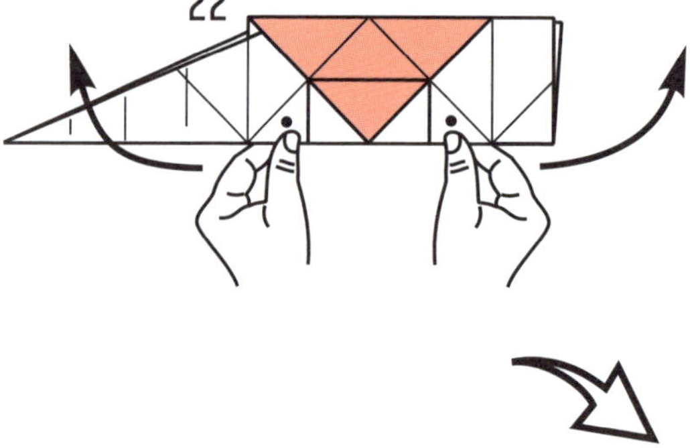

Der letzte Schritt ist der schwierigste. Das Modell muss dreidimensional werden. Dazu das Papier ganz vorsichtig herausziehen. Das Modell mit beiden Händen an den angegebenen Stellen anfassen. Immer noch sehr vorsichtig die durch die großen schwarzen Pfeile angezeigte Bewegung ausführen, die halbkreisförmig nach oben verläuft. Ziehen nach links und rechts vermeiden. Nach und nach wird das Modell dreidimensional. Die vordere und hintere Neigung kann nach Belieben akzentuiert werden.

23

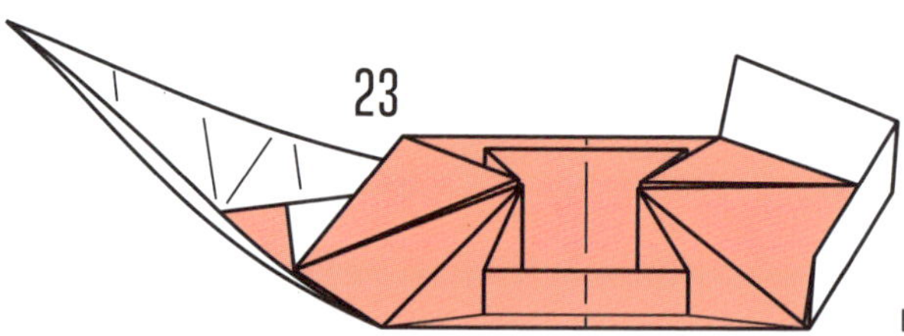

Die Dschunke ist fertig.

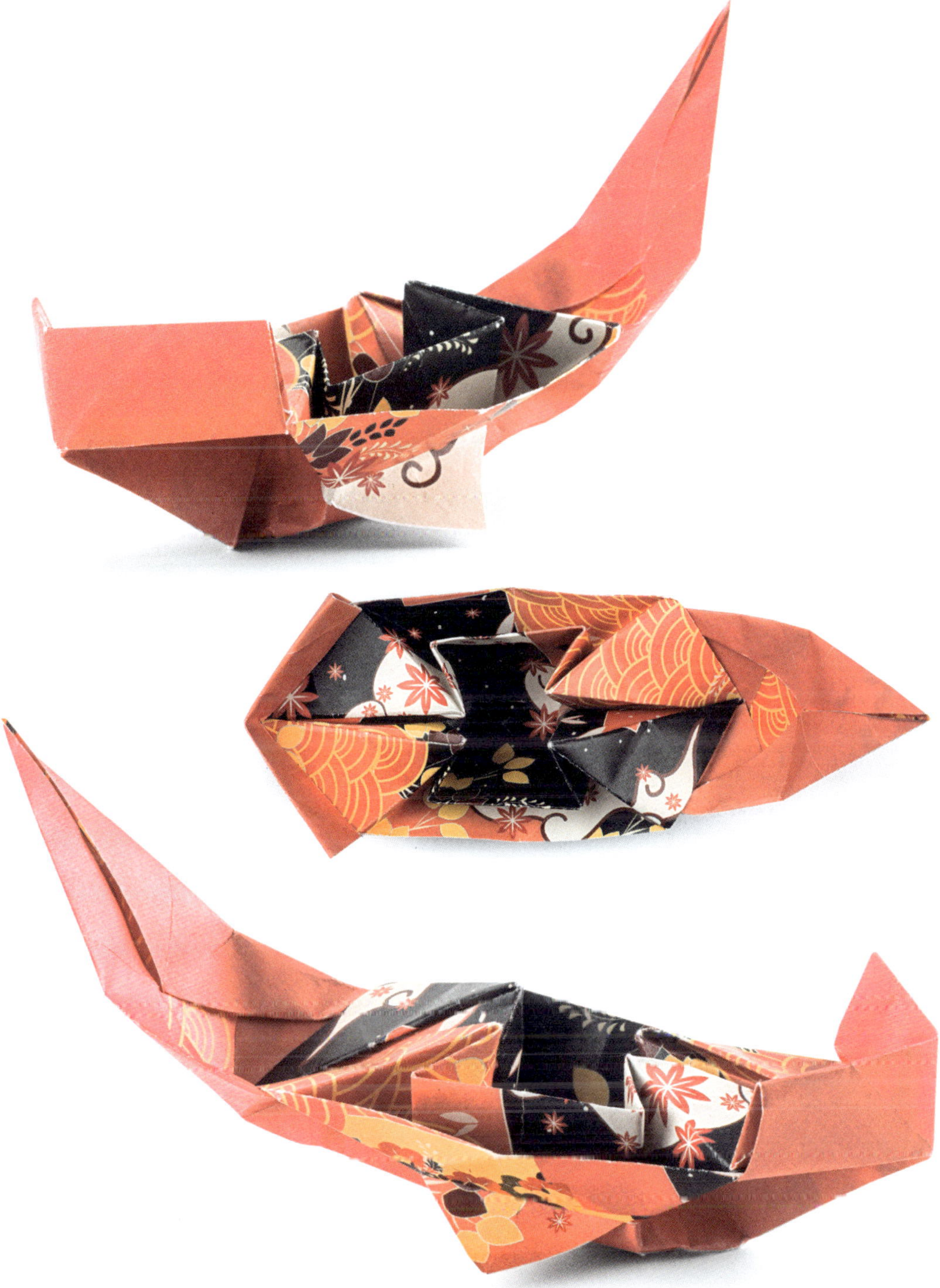

VIDEO: www.nuinui.ch/video/it/g11/grande-tradizionali/p146

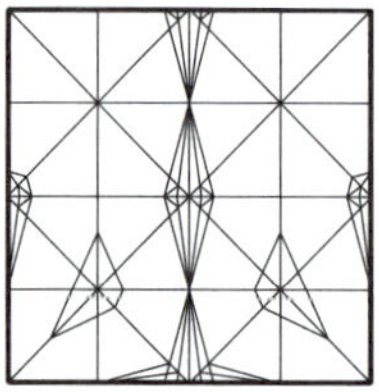

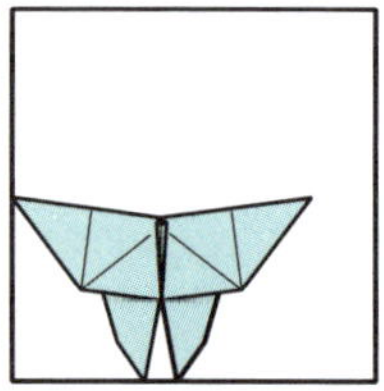

DER SCHMETTERLING

In der japanischen Kultur stehen Schmetterlinge – ein Symbol für Freude und ein langes Leben – auch für den Flug der Seele. Da sie nach langer Zeit im Kokon ihre ganze Pracht entfalten, symbolisieren sie auch die entstehende Schönheit und Anmut junger Frauen. Dieses Origami ist ein Modell von großer Einfachheit und Eleganz, welches Sie mithilfe dieser Anleitung leicht selbst nachbilden können.

1

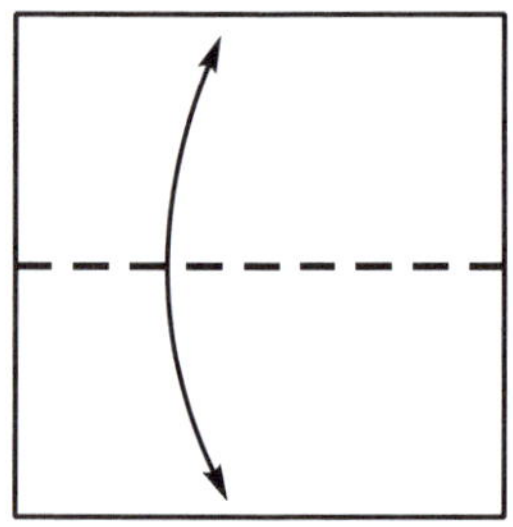

Mit einer Talfalte die horizontale Mittellinie falten und wieder entfalten.

2

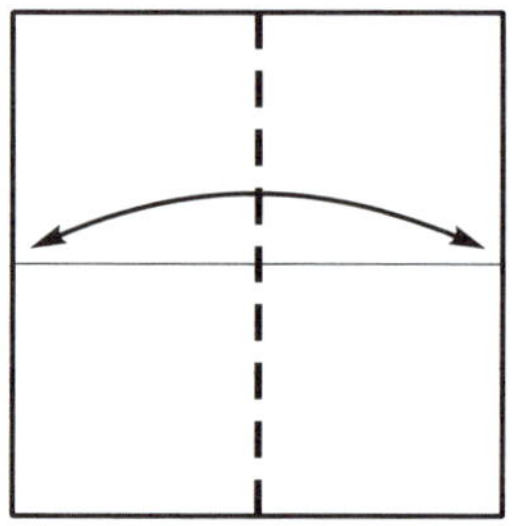

Mit einer Talfalte die vertikale Mittellinie falten und wieder entfalten.

3

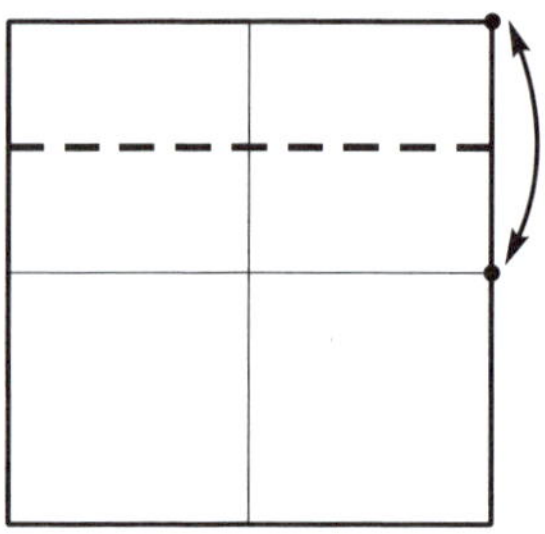

Mit einer Talfalte die schwarz markierten Punkte aufeinander falten und wieder entfalten. Mit den drei anderen Seiten des Quadrats genauso verfahren.

4

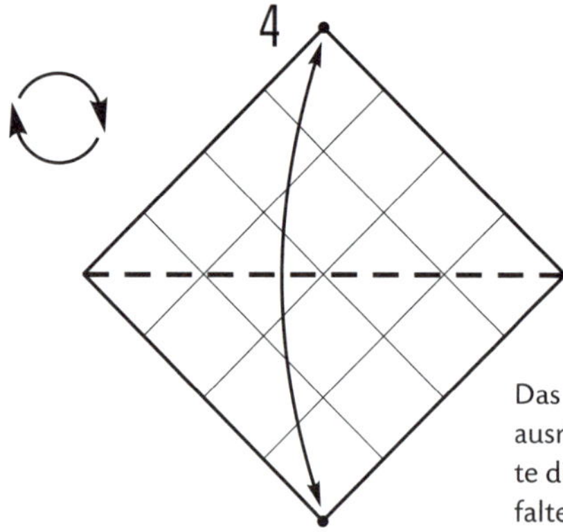

Das Modell wie dargestellt ausrichten. Mit einer Talfalte die horizontale Diagonale falten und wieder entfalten.

5

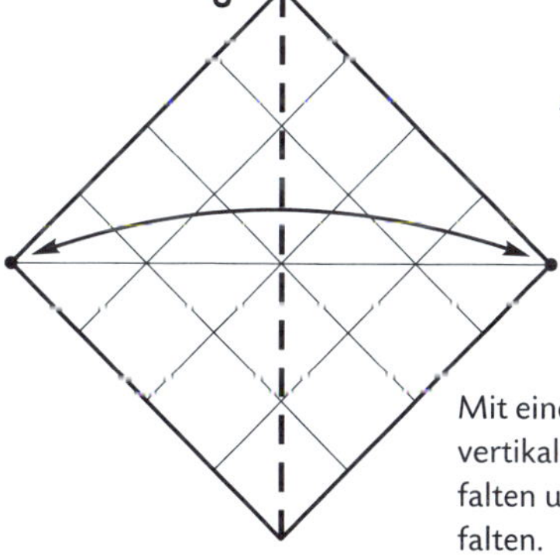

Mit einer Talfalte die vertikale Diagonale falten und wieder entfalten.

6

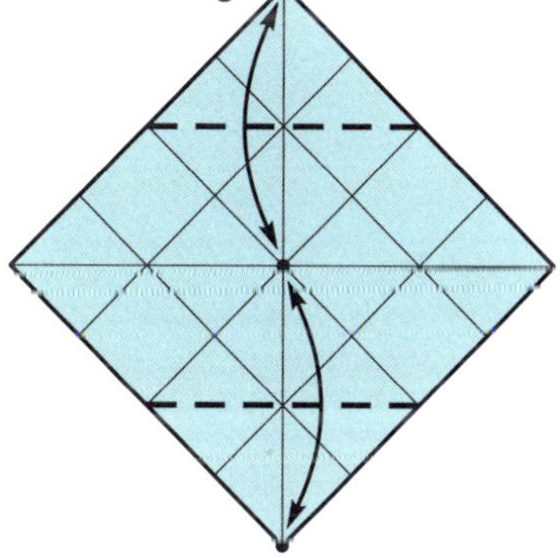

Das Papier wenden. Mit einer Talfalte die obere und die untere Ecke zur Mitte falten. Wieder entfalten.

7

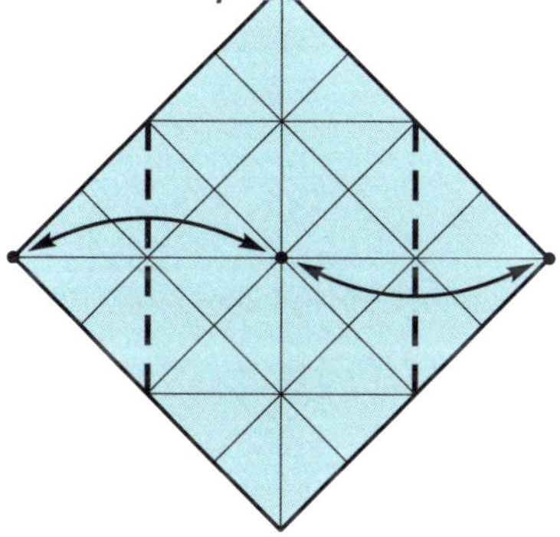

Mit einer Talfalte die linke und die rechte Ecke zur Mitte falten. Wieder entfalten.

8

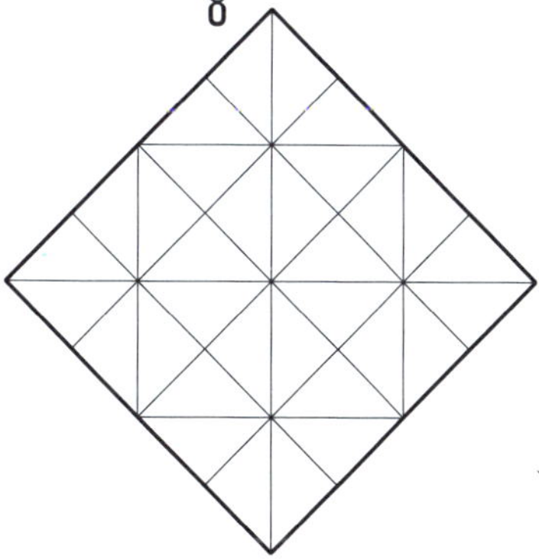

Die Zeichnung zeigt das Aussehen der Figur, nachdem die Faltungen in Schritt 7 abgeschlossen sind.

9

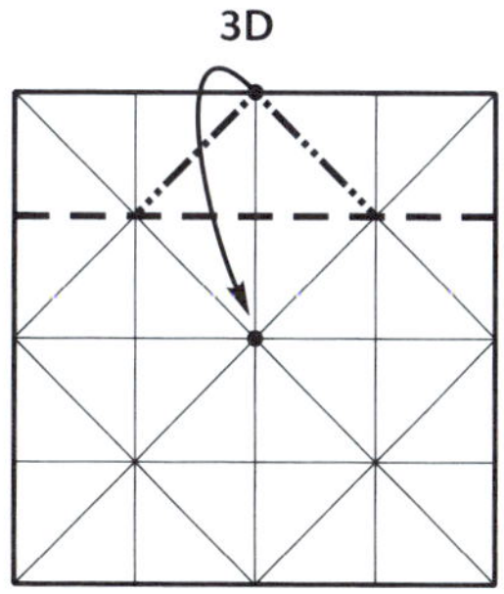

Das Papier in die oben abgebildete Position drehen und dann die angegebenen Punkte wie dargestellt aufeinander falten. Das Modell ist nicht mehr flach, sondern dreidimensional.

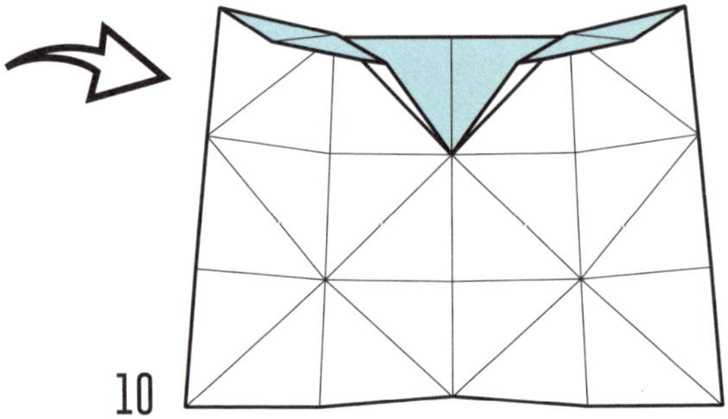
10

Die Zeichnung zeigt das Aussehen der Figur, nachdem die Faltungen in Schritt 9 abgeschlossen sind.

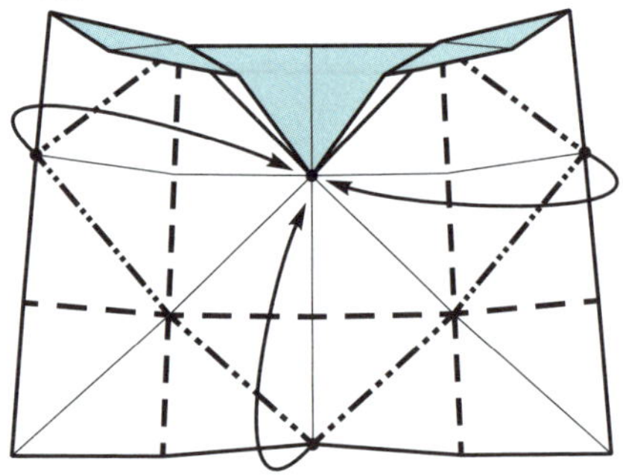
11

Mit dem noch dreidimensionalen Modell alle angegebenen Punkte zusammenführen.

12

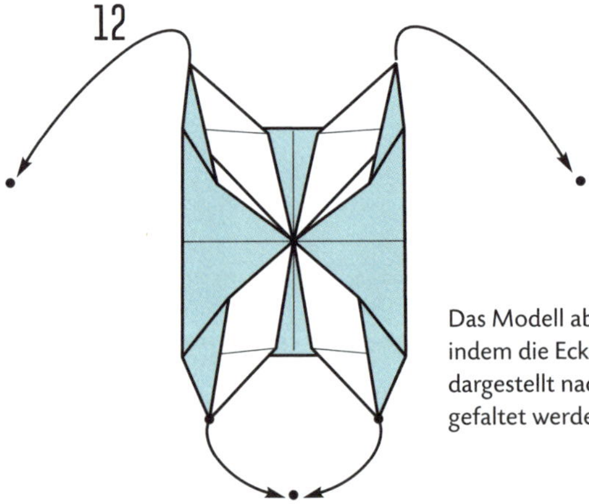

Das Modell abflachen, indem die Ecken wie dargestellt nach unten gefaltet werden.

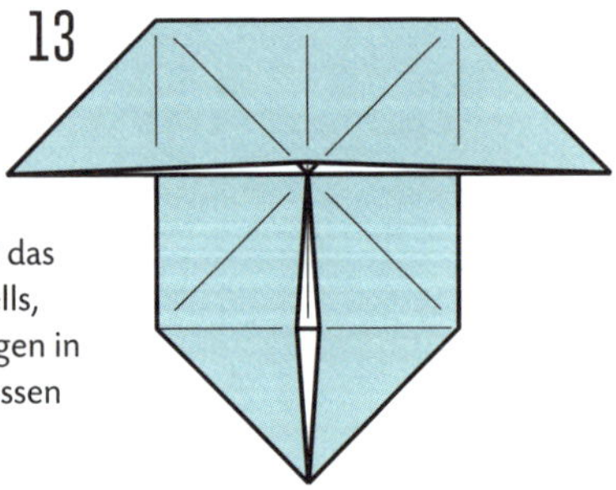
13

Die Zeichnung zeigt das Aussehen des Modells, nachdem die Faltungen in Schritt 12 abgeschlossen sind.

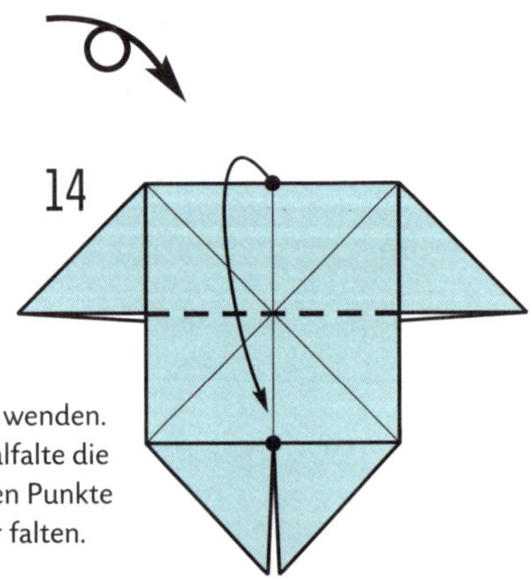
14

Das Modell wenden. Mit einer Talfalte die angegebenen Punkte aufeinander falten.

15

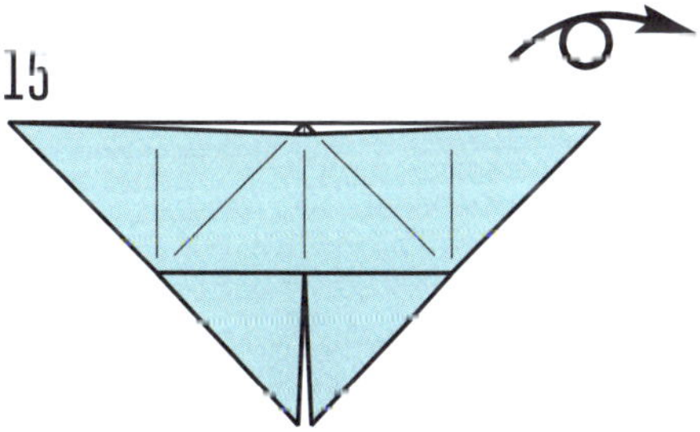

Die Zeichnung zeigt das Aussehen des Modells, nachdem die Faltungen in Schritt 14 abgeschlossen sind.

16

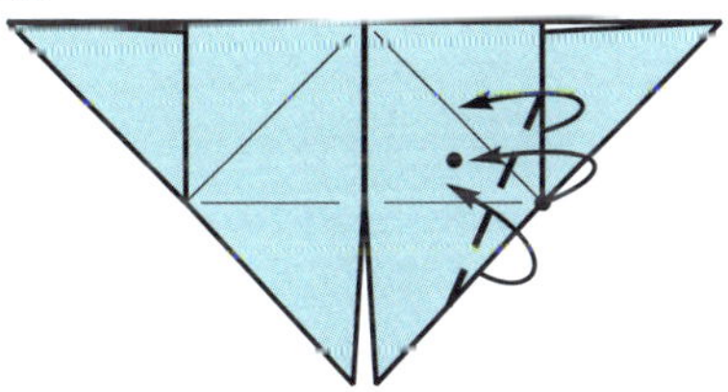

Die in Schritt 16 auszuführende Faltung, die zur Ausdünnung der Flügel dient, hat keinen exakten Bezugspunkt. Entscheiden Sie nach eigenem Belieben, wie viel Papier in die Faltung einbezogen werden soll.

17

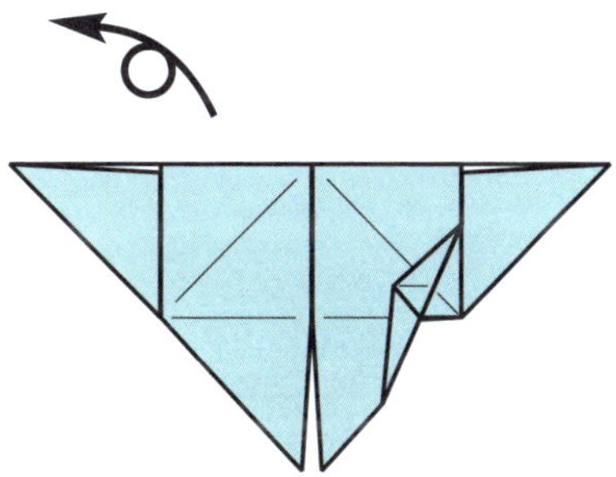

Die Zeichnung zeigt das Aussehen des Modells, nachdem die Faltungen in Schritt 16 abgeschlossen sind.

18

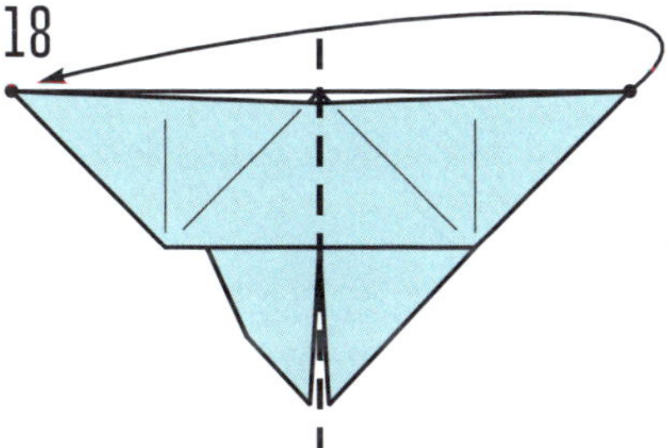

Das Modell wenden. Mit einer Talfalte die angegebenen Punkte aufeinander falten.

19

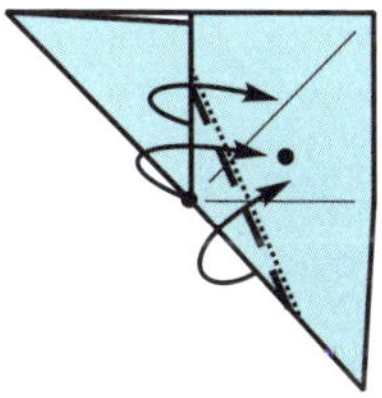

Die gepunktete Linie zeigt die in Schritt 16 gefaltete Schicht, die zur Orientierung dient, um die gleiche Neigung auch für diesen Flügel des Schmetterlings zu erreichen.

20

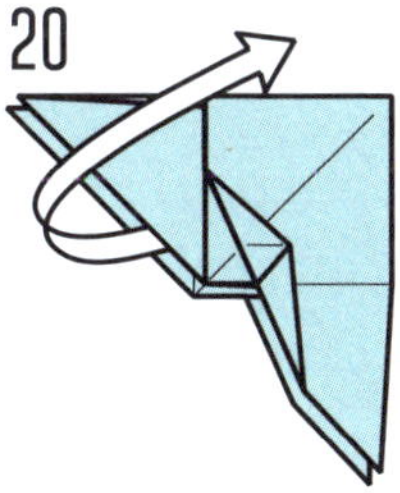

Nur die obere Schicht des Modells wieder entfalten.

21

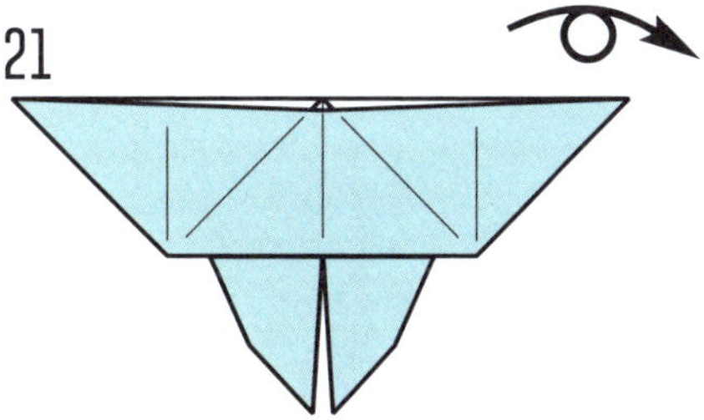

Die Zeichnung zeigt das Aussehen des Modells, nachdem die Faltungen in Schritt 20 abgeschlossen sind.

22

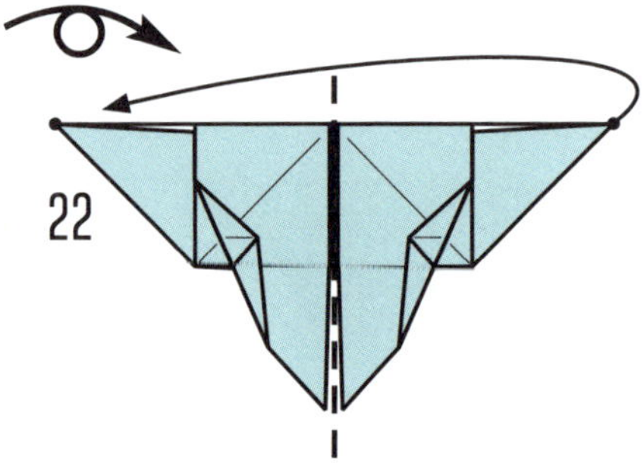

Das Modell wenden. Mit einer Talfalte die angegebenen Punkte aufeinander falten.

23

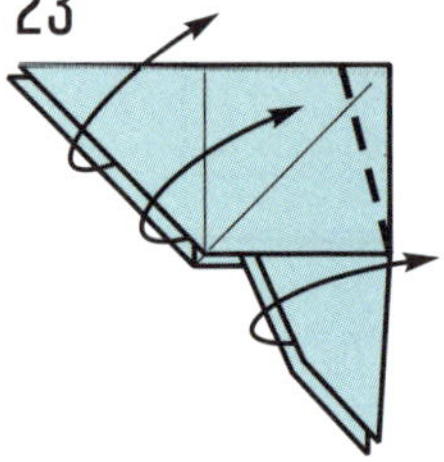

Mit der angegebenen Faltung erhält man den Körper des Schmetterlings. Sie hat keinen exakten Bezugspunkt und wird nur in der oberen Hälfte ausgeführt. Da es sich um mehrere Schichten handelt, muss der Falz gut festgestrichen werden. Bei den ersten Versuchen mit diesem Modell ist es ratsam, auch die Winkelgröße etwas großzügiger als angegeben zu wählen, um Probleme mit übermäßig dicken Schichten zu vermeiden.

24

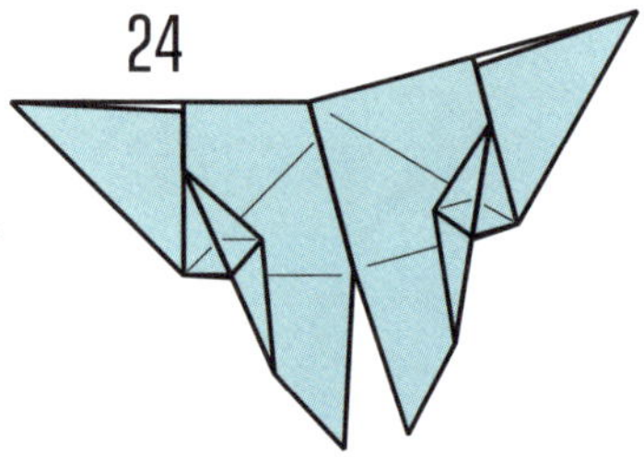

Die Zeichnung zeigt das Aussehen des Modells, nachdem die Faltungen in Schritt 23 abgeschlossen sind.

25

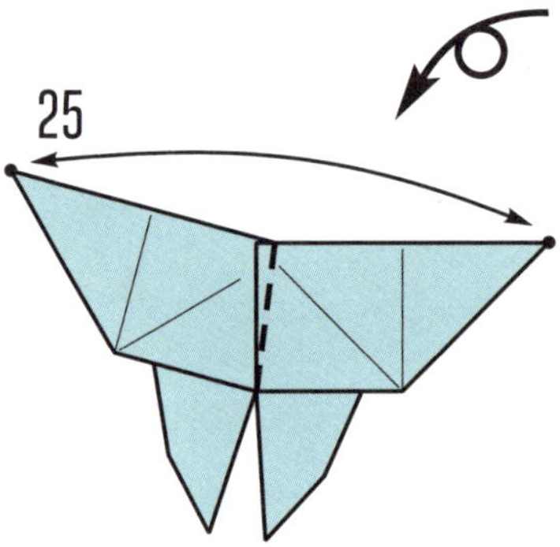

Das Modell wenden. Mit einer Talfalte die angegebenen Punkte aufeinander falten und wieder entfalten.

26

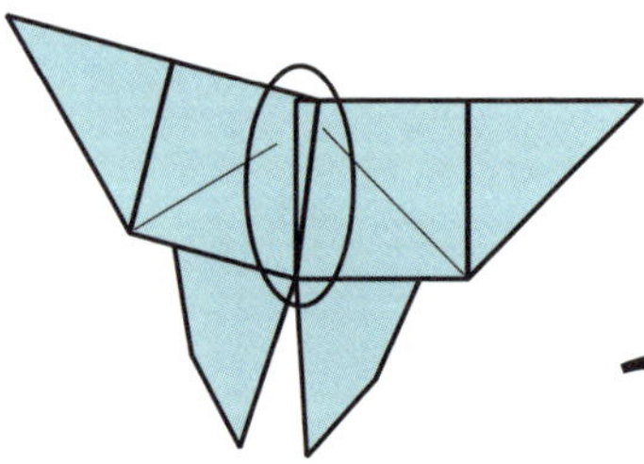

Die Zeichnung zeigt das Aussehen des Modells, nachdem die Faltungen in Schritt 25 abgeschlossen sind. Die auszuführenden Faltungen betreffen nur den mittleren Teil und sind in den ovalen Abbildungen 26Aund und 26B dargestellt.

26A

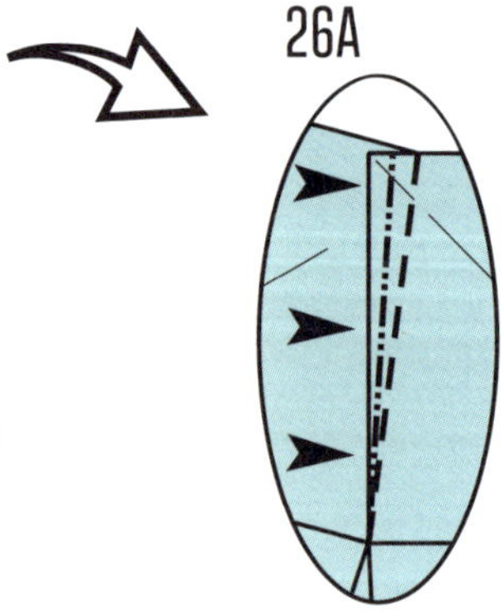

Die ovale Abbildung zeigt nur einen vergrößerten Ausschnitt des Modells. Es muss eine Quetschfaltung ausgeführt werden, d. h. der Rand muss vertikal aufgerichtet und dann gedrückt werden, um ihn zu falten und abzuflachen.

29

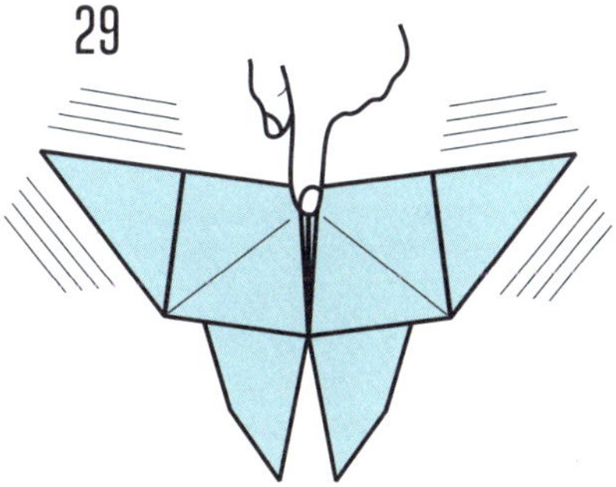

Durch sanften Druck auf den sich verschmälernden Teil in der Mitte beginnen sich die Flügel zu bewegen.

28

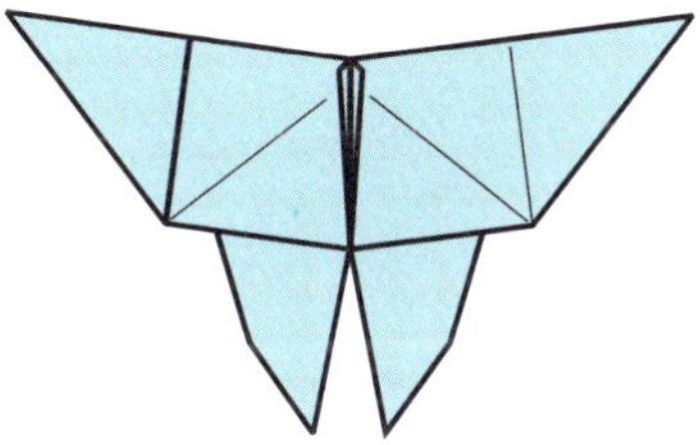

Der Schmetterling ist fertig.

27B

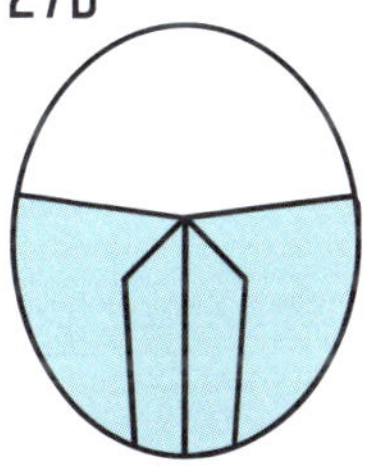

In Abbildung 27B ist das gewünschte Ergebnis dargestellt.

27A

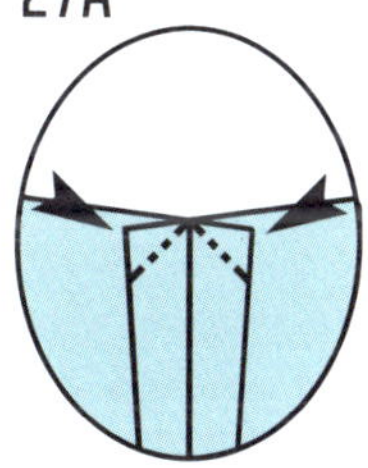

Wie bei einer Einstülpung nach Innen drucken und schieben.

26B

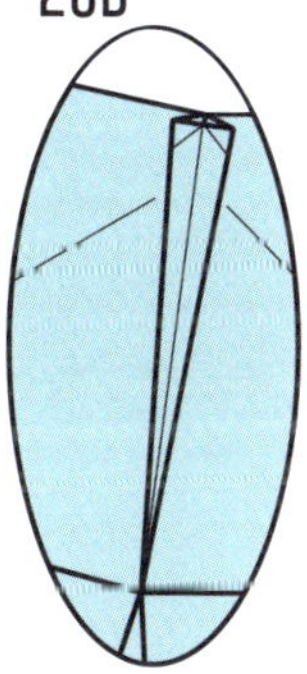

In Abbildung 26B ist das gewünschte Ergebnis dargestellt.

27

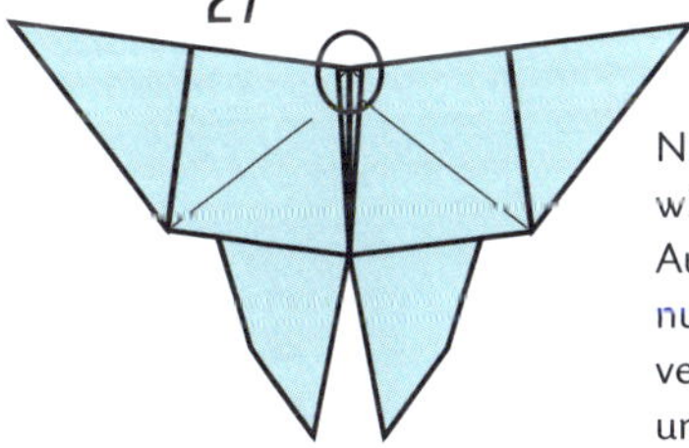

Nun muss die Figur leicht gedreht und wie dargestellt ausgerichtet werden. Auch die Falten in Schritt 27 betreffen nur einen Teil des Modells, der in den vergrößerten ovalen Abbildungen 27A und 27B dargestellt ist.

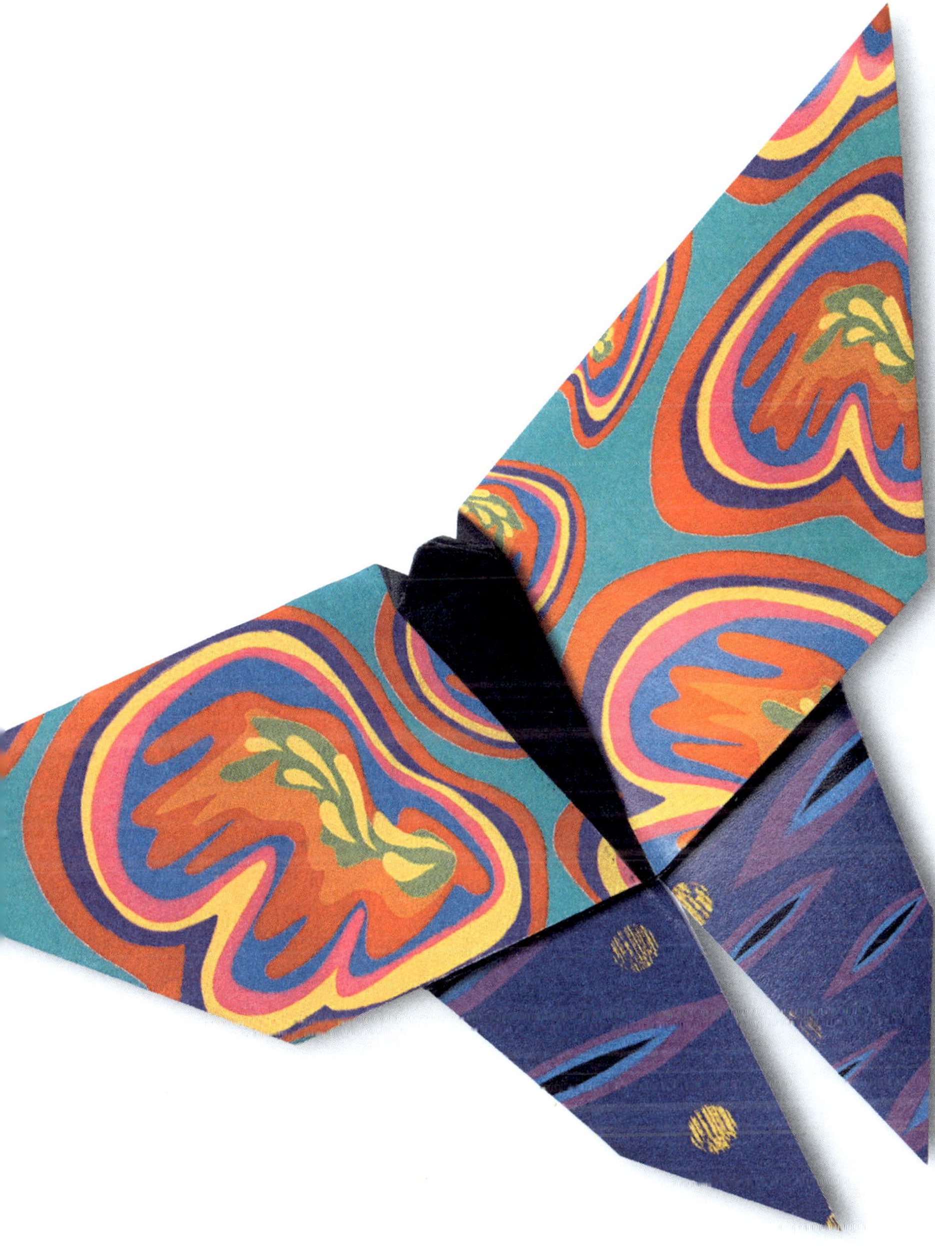

VIDEO: www.nuinui.ch/video/it/g11/grande-tradizionali/p154

★★★★☆

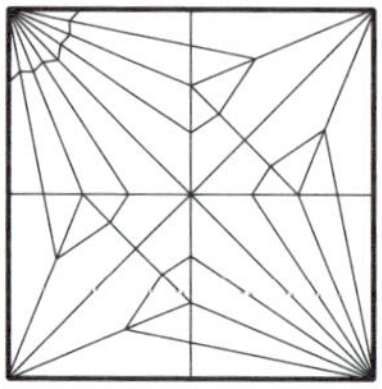

DER KRANICH

Der Kranich (Tsuru) steht für den Wunsch nach einem langen Leben, Gesundheit und viel Glück. Darüber hinaus ist er ein international anerkanntes Emblem des Origami. Es ist ein japanischer Brauch, 1000 Origami-Kraniche (Orizuru) zu basteln, um ein langes Leben zu wünschen oder um besonders wichtige Wünsche zu äußern: Riesige, bunte Girlanden aus unzähligen Papierkranichen sind häufig vor Tempeln zu sehen.

1

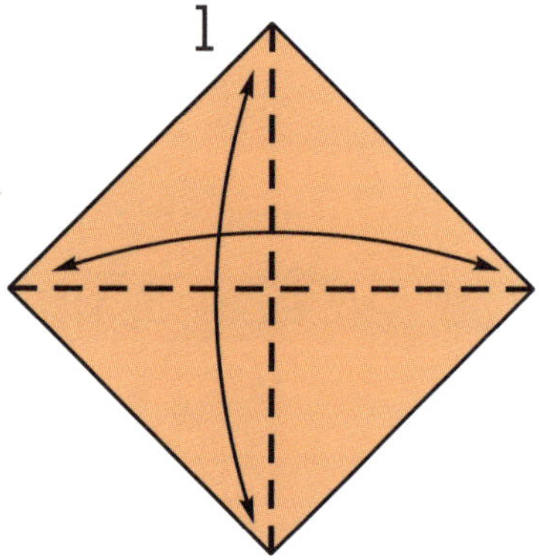

Auf der farbigen Seite mit Talfalten die Diagonalen des Quadrats falten.

2

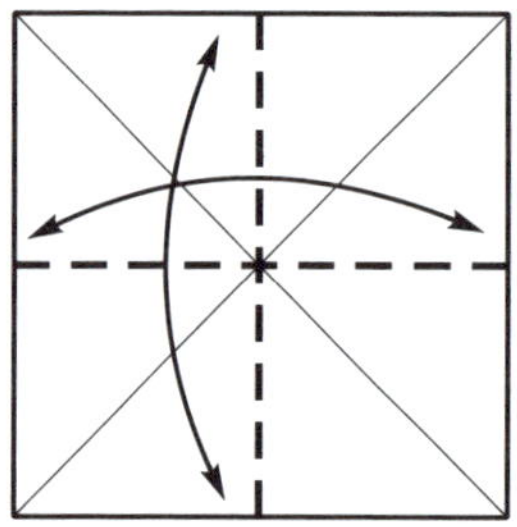

Das Papier wenden und wie in der Zeichnung ausrichten. Mit Talfalten die Mittellinien des Quadrats falten.

3

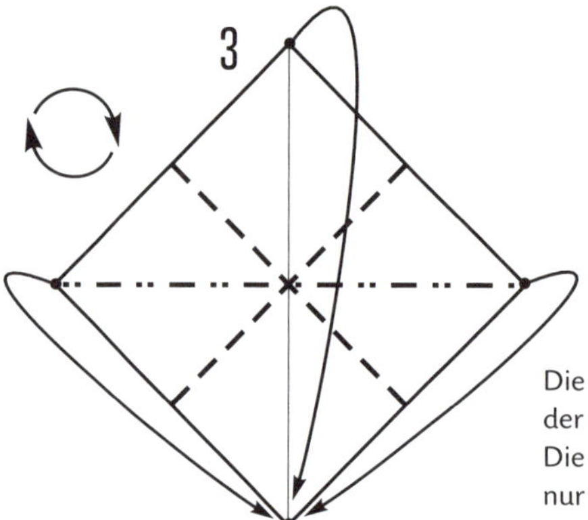

Die Zeichnung ist gegenüber der vorherigen vergrößert. Die angegebenen Faltungen nur auf den oberen Schichten ausführen.

4

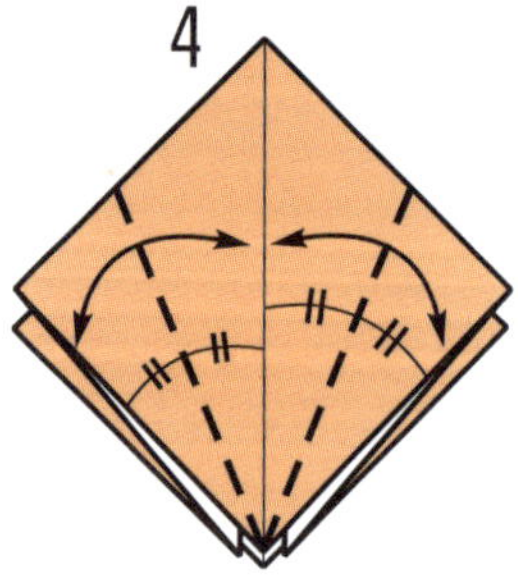

Das Papier wie in der Zeichnung ausrichten und die angegebenen Punkte aufeinander falten.

5

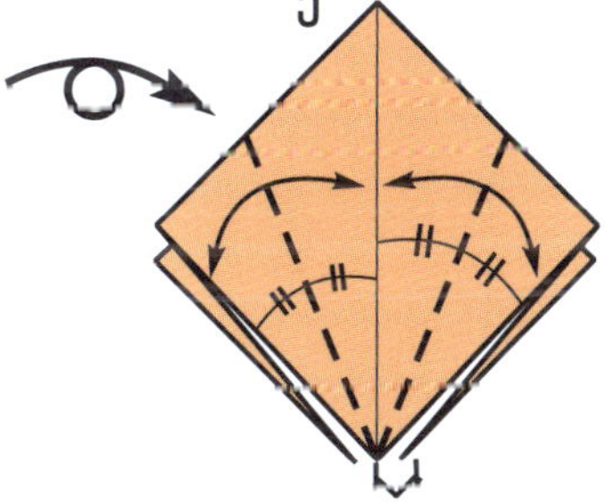

Das Modell wenden und die angegebenen Faltungen nur auf den oberen Schichten ausführen.

6

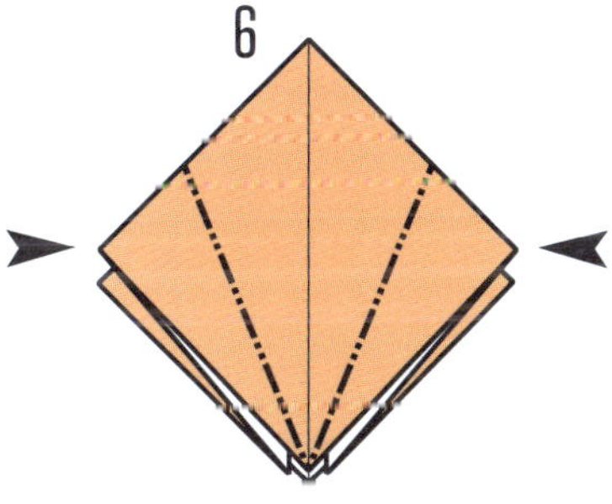

Nur die angegebenen Schichten wie dargestellt nach innen stülpen.

7

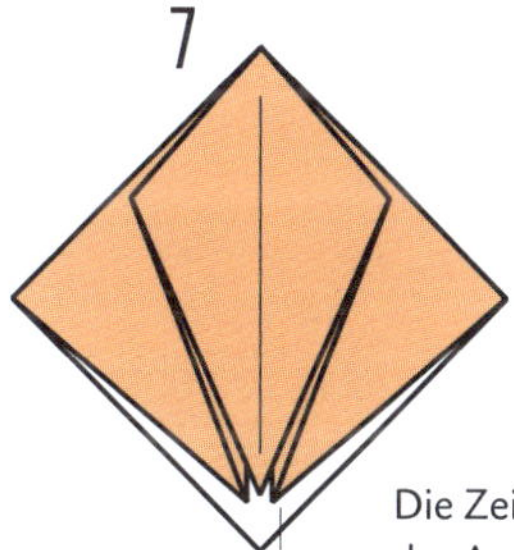

Die Zeichnung zeigt das Aussehen der Figur, nachdem Schritt 6 abgeschlossen wurde.

8

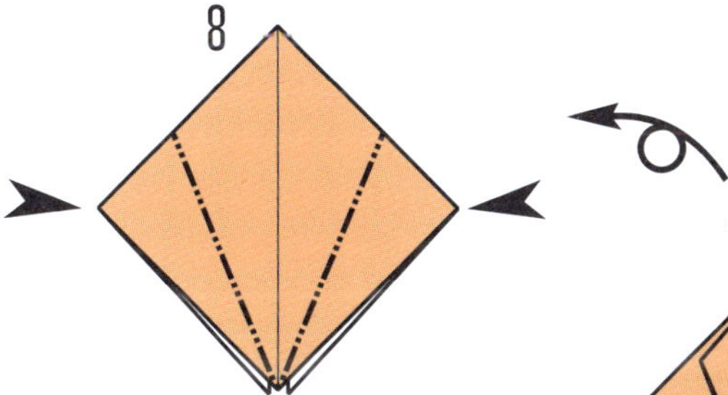

Das Modell wenden und die angegebenen Stellen wie dargestellt nach innen stülpen.

9

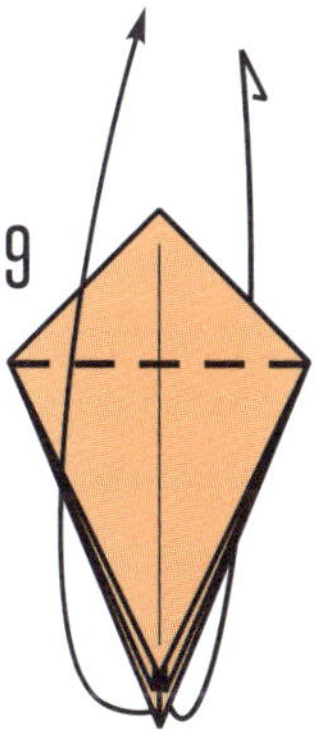

Mit einer Talfalte die obere und die untere Ecke nach oben falten.

10

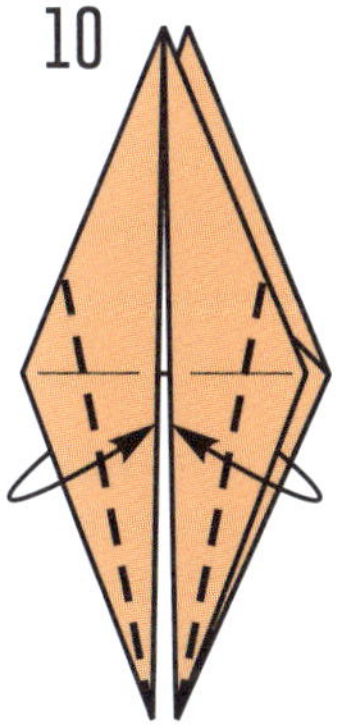

Die angegebenen Talfalten nur an den oberen Schichten ausführen.

11

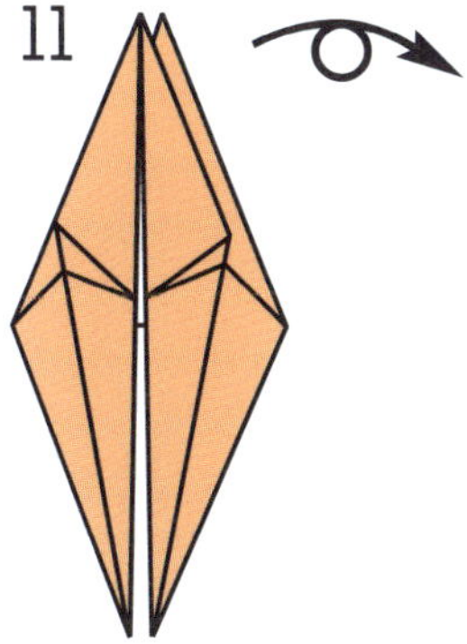

Die Zeichnung zeigt das Aussehen der Figur, nachdem Schritt 10 abgeschlossen ist.

12

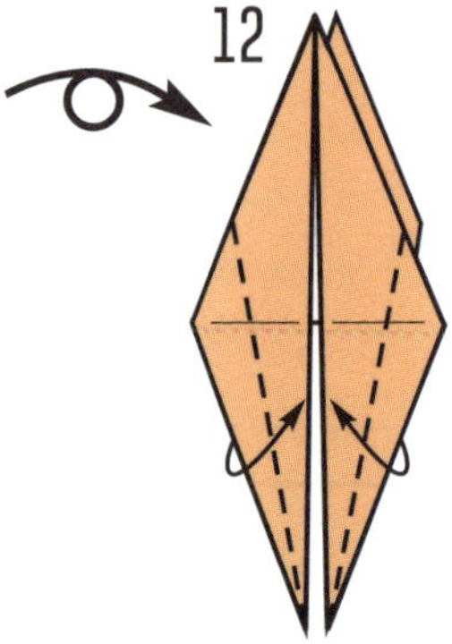

Das Modell wenden und die angegebenen Faltungen ausführen.

13

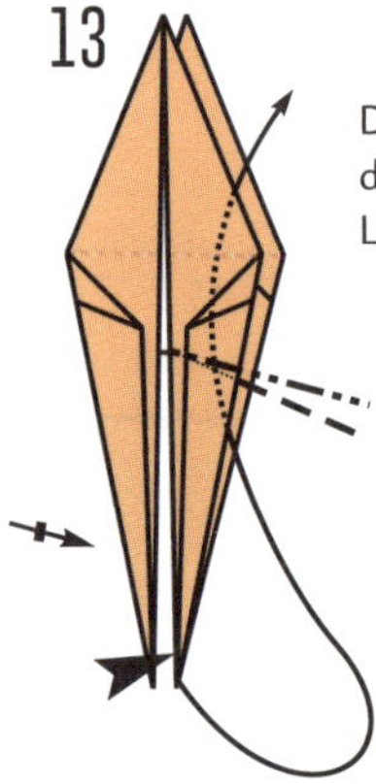

Die rechte untere Spitze wie dargestellt nach innen stülpen. Links wiederholen.

14

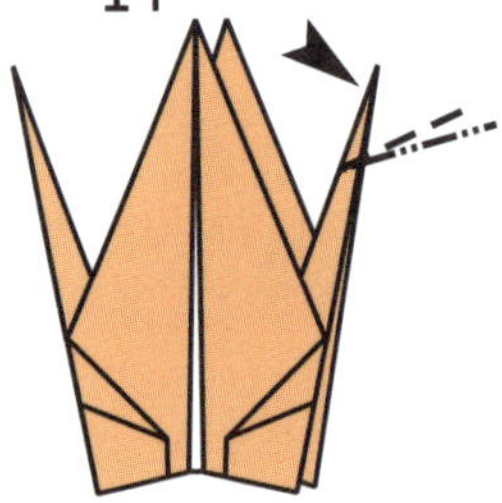

Die Zeichnung ist gegenüber der vorherigen vergrößert. An der angegebenen Stelle nach innen stülpen.

15

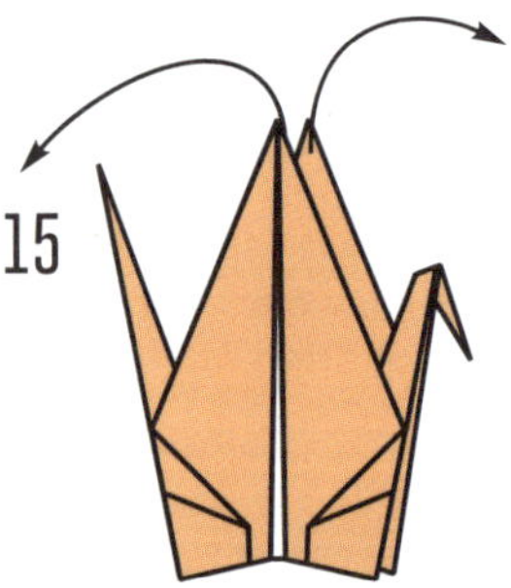

Die Enden der beiden Flügel greifen und vorsichtig nach außen ziehen. Durch diese Bewegung wird das zentrale Quadrat zwischen den Flügeln abgeflacht und bildet den Rücken des Kranichs.

16

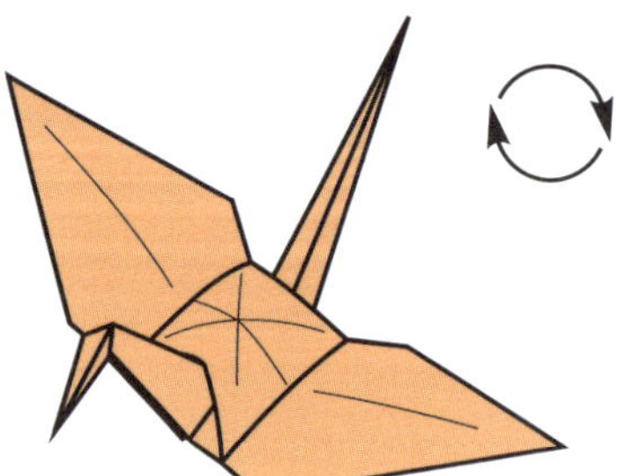

Das Modell ist anders ausgerichtet. Der Kranich ist fertig.

VIDEO: www.nuinui.ch/video/it/g11/grande-tradizionali/p158

★★★★☆

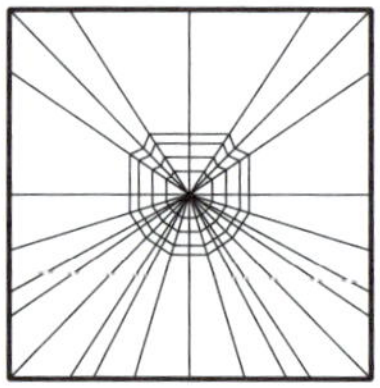

DER MECHO (WEIBLICHER SCHMETTERLING)

Bei traditionellen Shinto-Hochzeiten schmücken elegante Papierschmetterlinge die Hälse der beiden Sake-Flaschen, die für ein Glückwunschritual während der Hochzeitszeremonie verwendet werden. Der weibliche Schmetterling symbolisiert natürlich die Braut und wird Mecho genannt; zusammen mit dem männlichen Schmetterling (Ocho) steht er für den für jeden Japaner leicht erkennbaren Wunsch nach Eheglück.

1

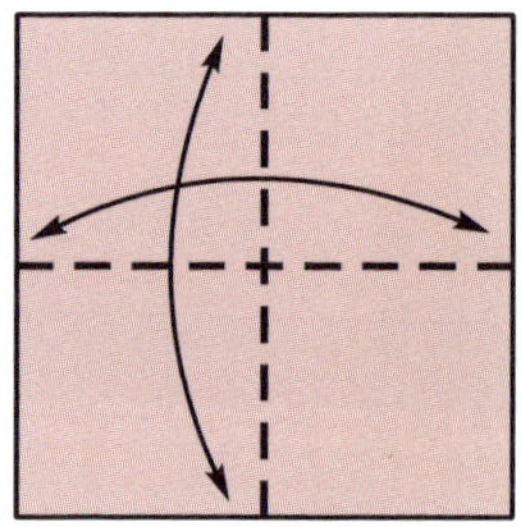

Auf der farbigen Seite mit Talfalten die Mittellinien des Quadrats falten und wieder entfalten.

2

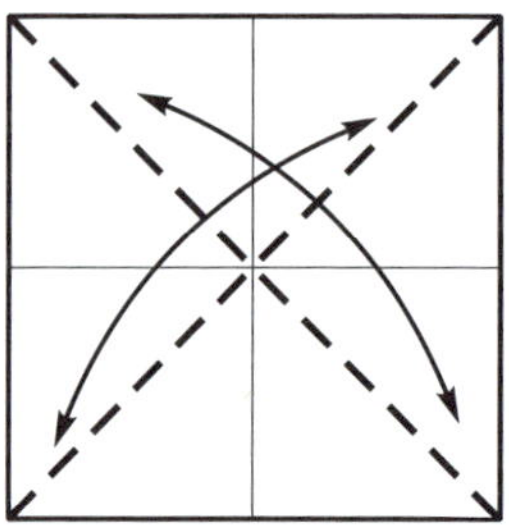

Das Papier wenden. Mit Talfalten die Diagonalen falten und wieder entfalten.

3

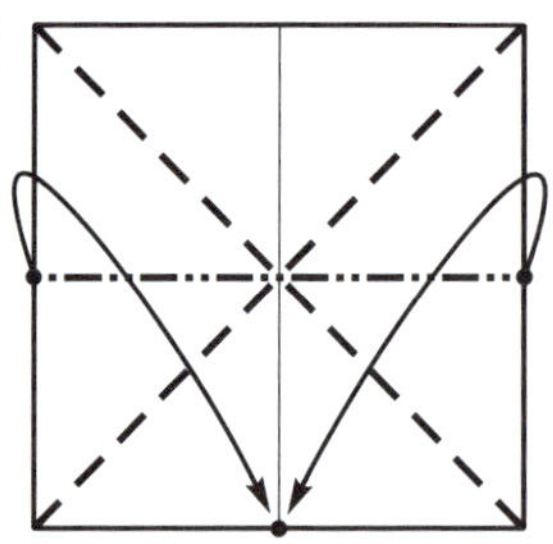

Die angegebenen Punkte aufeinander falten.

4

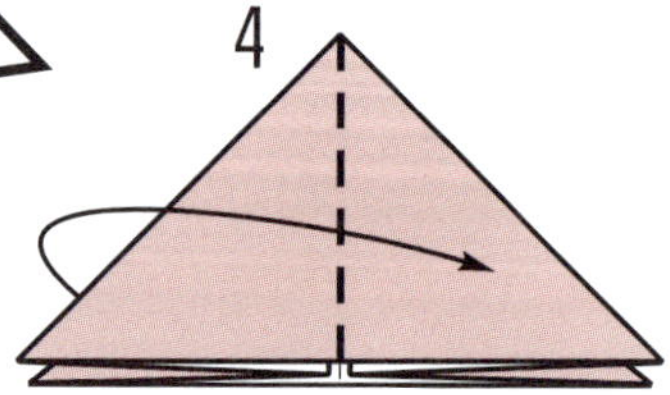

Die Zeichnung ist gegenüber der vorherigen vergrößert. Nur auf der oberen linken Schicht eine Talfalte ausführen.

5

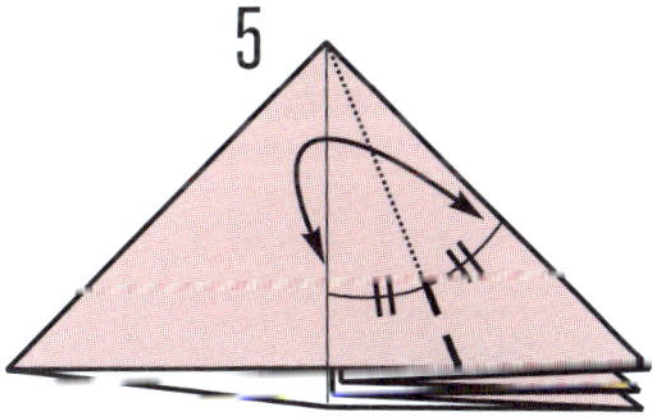

Nur auf der oberen rechten Schicht einen Knick wie dargestellt ausführen.

6

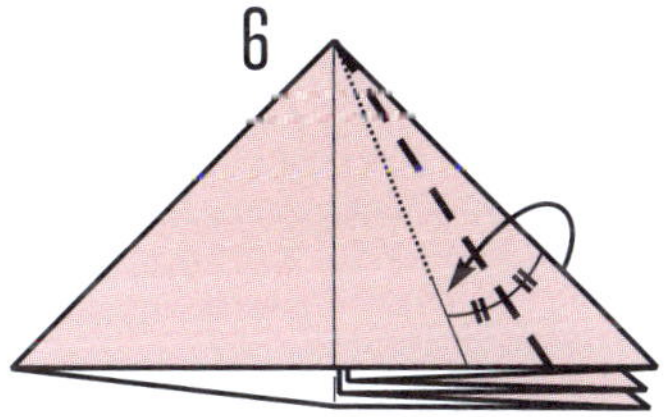

In der vorherigen Ecke eine winkelhalbierende Falte ausführen.

7

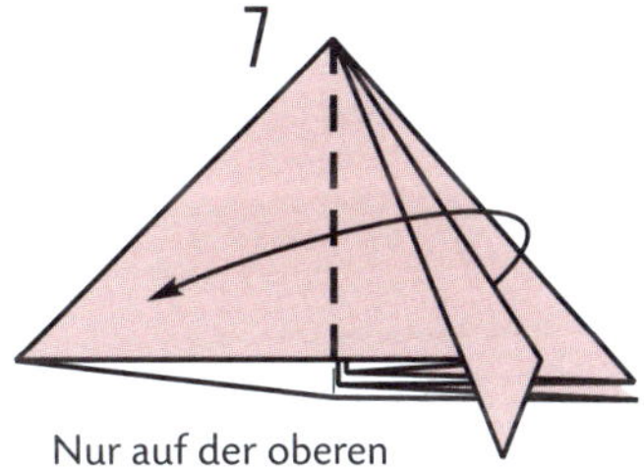

Nur auf der oberen Schicht eine Talfalte ausführen.

8

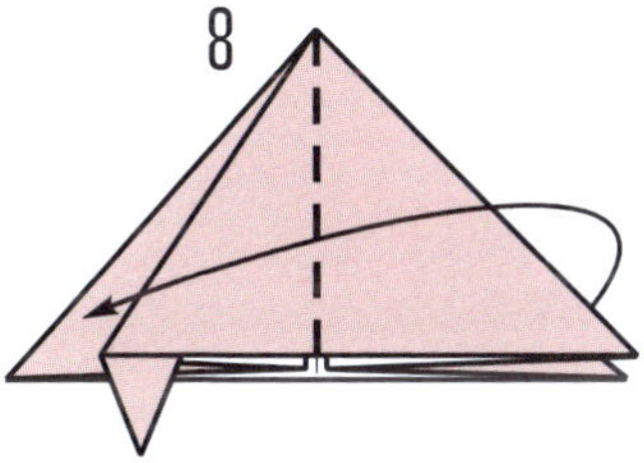

Nur auf der oberen rechten Schicht eine Talfalte ausführen.

9

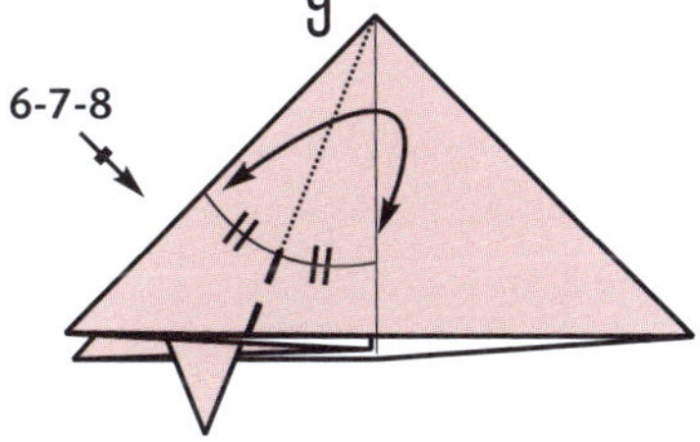

Nur auf der oberen Schicht einen Knick wie dargestellt ausführen. Die in den Schritten 6, 7 und 8 angegebenen Faltungen wiederholen.

10

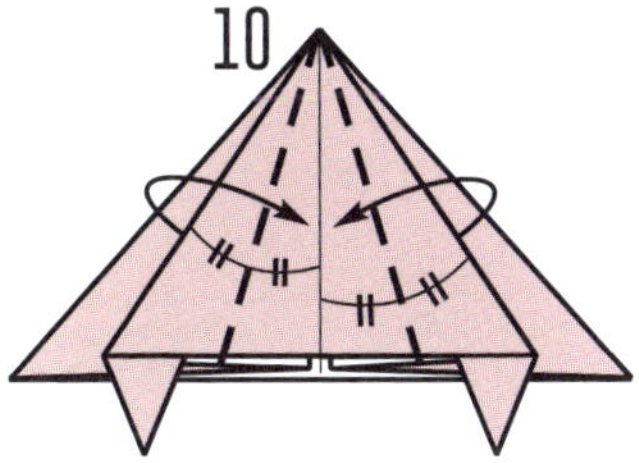

Zwei Talfalten ausführen.

11

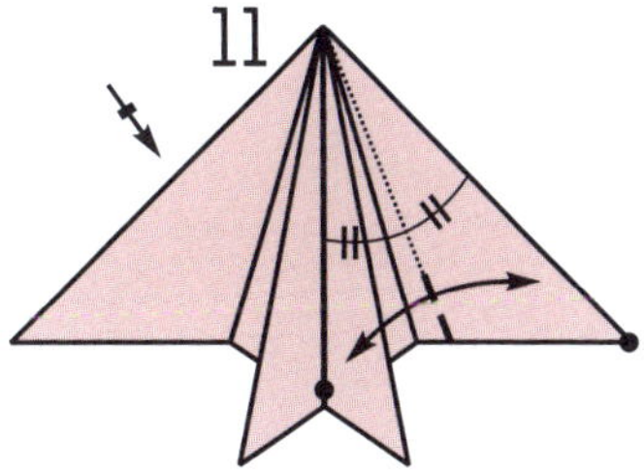

Einen Knick wie dargestellt ausführen und dabei die angegebenen Punkte zusammenführen. Links genauso verfahren.

12

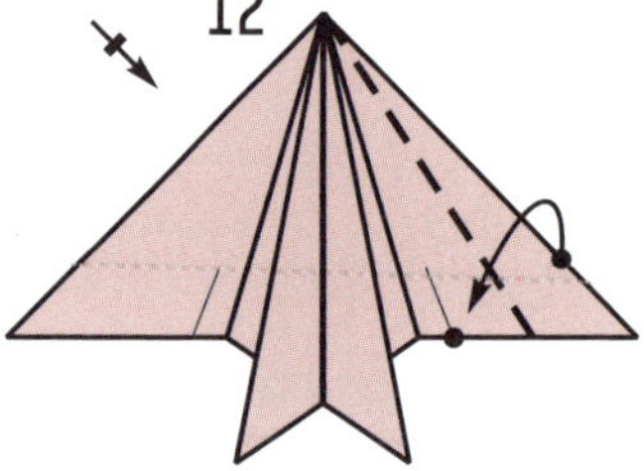

Die angegebenen Punkte aufeinander falten. Auf der linken Seite wiederholen.

13

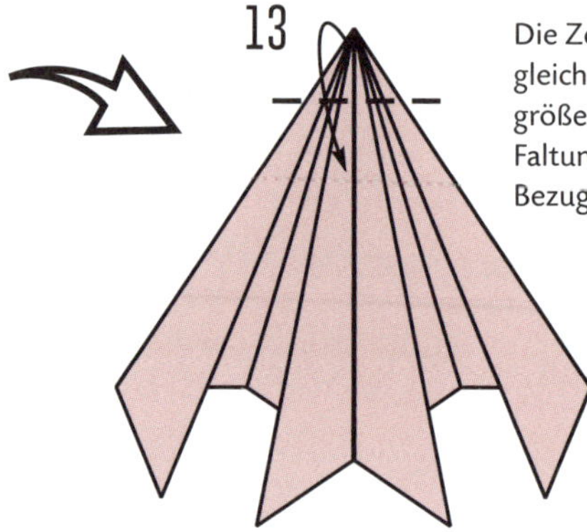

Die Zeichnung ist im Vergleich zur vorherigen vergrößert. Die auszuführende Faltung hat keinen exakten Bezugspunkt.

14

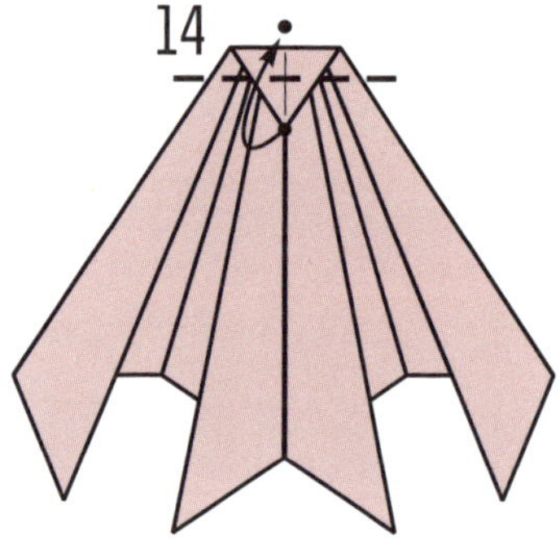

Eine Talfalte so ausführen, dass die Spitze über den oberen Rand hinausragt.

15

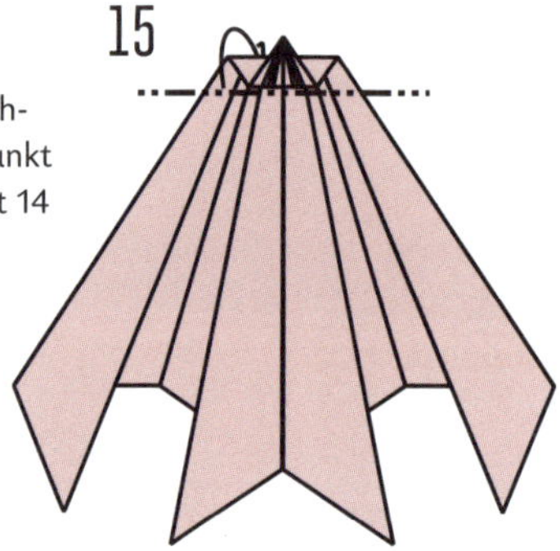

Eine Bergfalte ausführen, deren Bezugspunkt die Kante aus Schritt 14 ist.

16

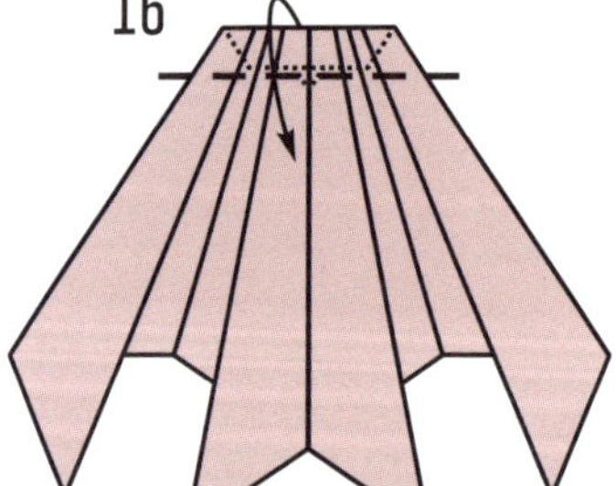

Eine Talfalte ausführen, deren Bezugspunkt die gefaltete Kante aus Schritt 15 ist und die in der Zeichnung durch die gepunktete Linie angezeigt wird.

17

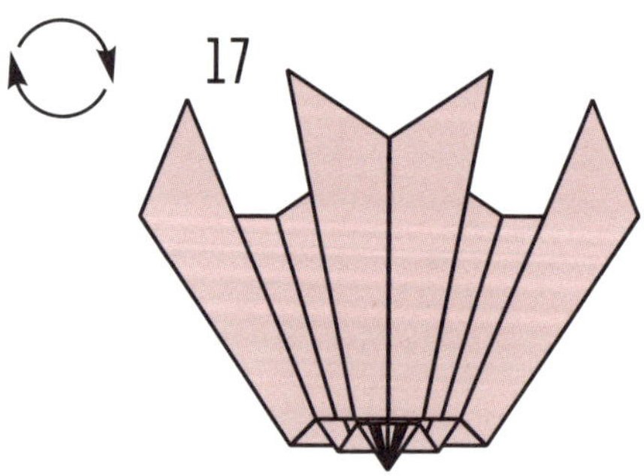

Das Modell wie in der Zeichnung ausrichten. Der weibliche Schmetterling, Mecho genannt, ist fertig.

VIDEO: www.nuinui.ch/video/it/g11/grande-tradizionali/p162

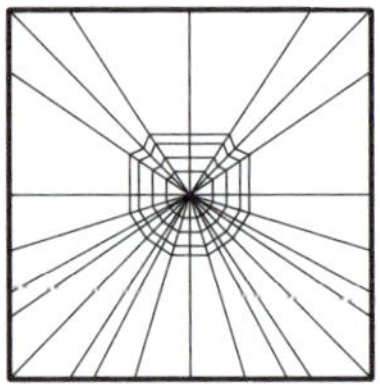

DER OCHO (MÄNNLICHER SCHMETTERLING)

Der männliche Schmetterling, genannt Ocho, und sein weibliches Gegenstück Mecho gehören zu den ältesten bekannten Origami. In Japan hat der Schmetterling mehrere symbolische Bedeutungen: Zwei Schmetterlinge, die Seite an Seite in der Luft tanzen, stehen für die Freuden der Ehe. Dem Flug eines Schmetterlings zu folgen, weist hingegen den Weg zur Lösung eines Problems oder zum Entschlüsseln eines Geheimnisses.

1

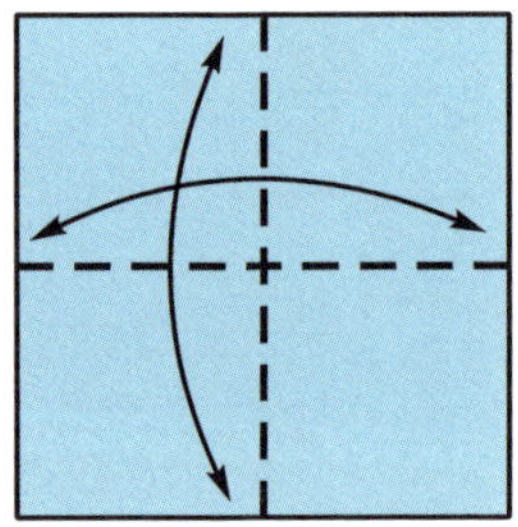

Auf der farbigen Seite mit Talfalten die Mittellinien des Quadrats falten und wieder entfalten.

2

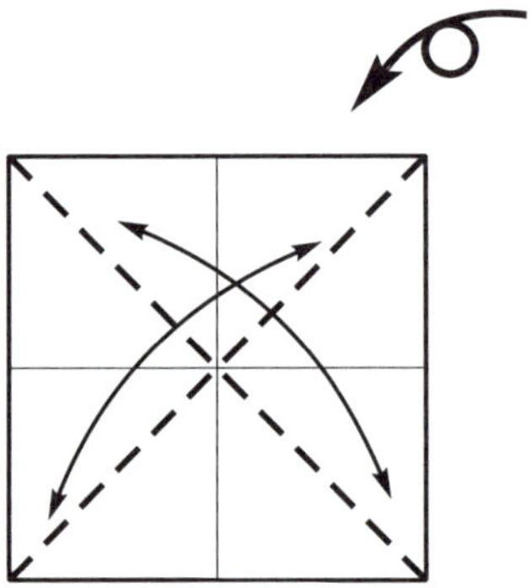

Das Papier wenden. Die Diagonalen falten und wieder entfalten.

3

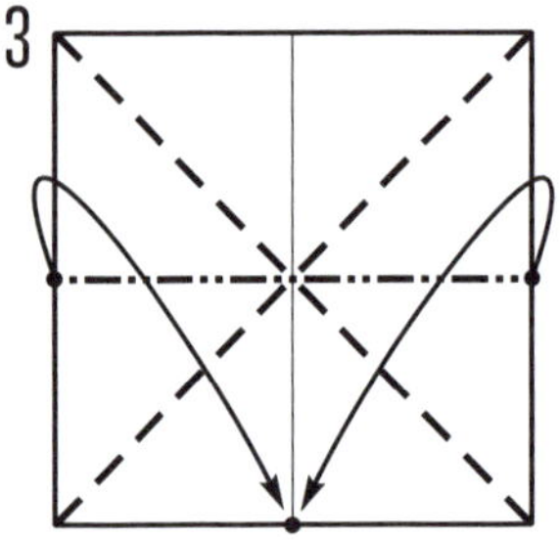

Die angegebenen Punkte aufeinander falten.

4

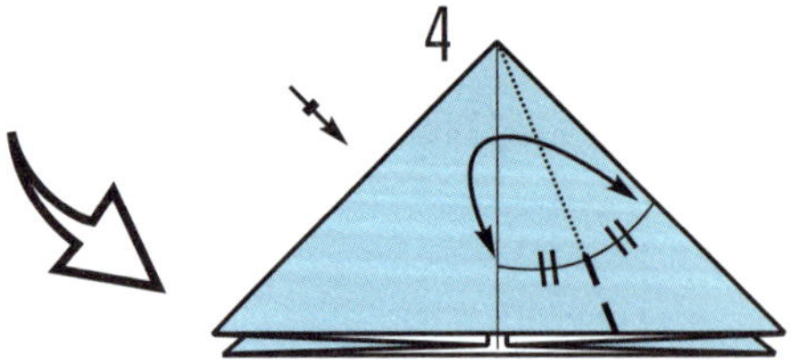

Die Zeichnung ist im Vergleich zur vorherigen vergrößert. Nur auf der oberen Schicht rechts wie dargestellt einen Knick ausführen. Links genauso verfahren.

5

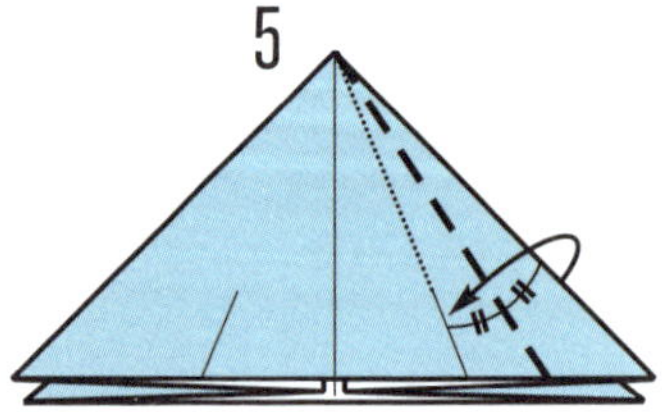

Eine winkelhalbierende Falte in derselben Ecke ausführen.

6

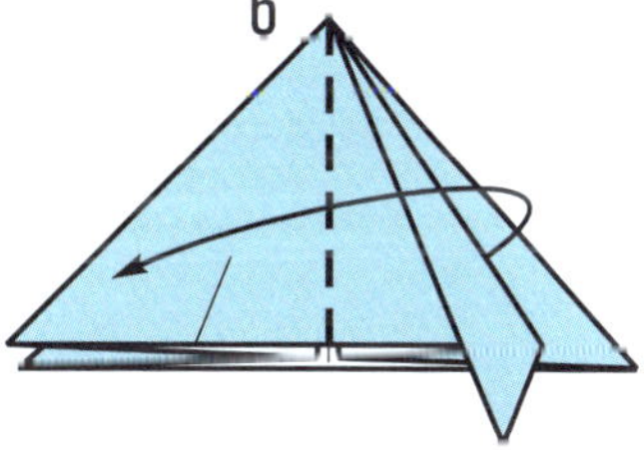

Eine Talfalte wie dargestellt ausführen.

7

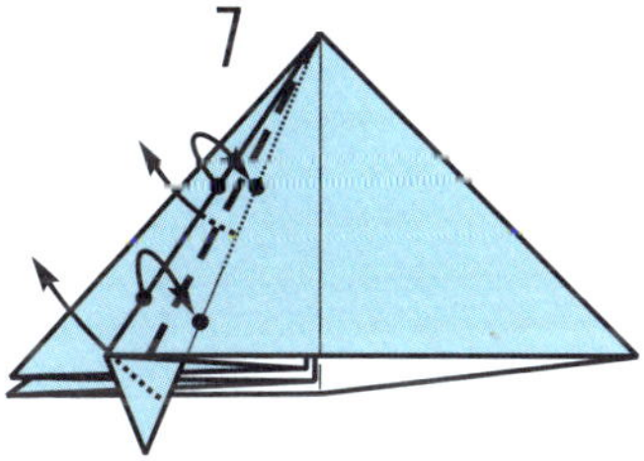

Mit einer Talfalte die angegebenen Punkte aufeinander falten und darauf achten, dass die darunter liegende, in Schritt 5 gefaltete Schicht nicht mit einbezogen wird. Sie muss nach links herauskommen können.

8

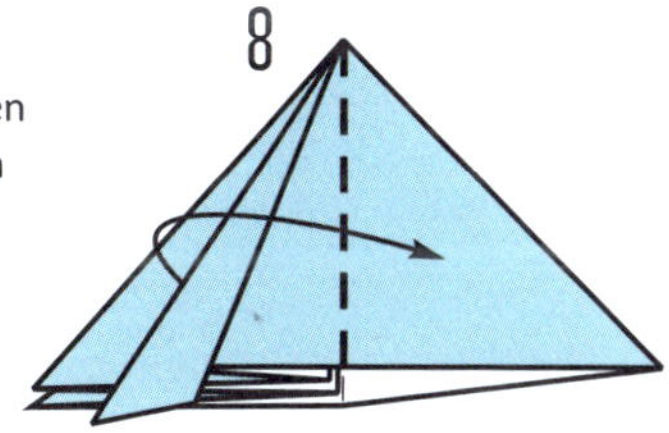

Mit einer Talfalte die linke Kante nach rechts falten.

9

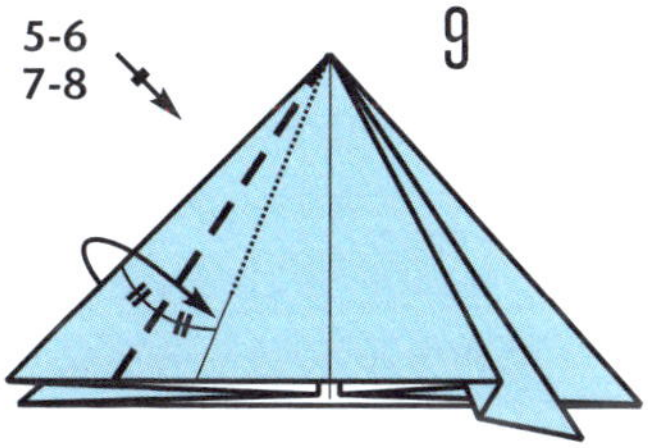

Auf der oberen Schicht links die in den Schritten 5, 6, 7 und 8 beschriebenen Faltungen ausführen.

10

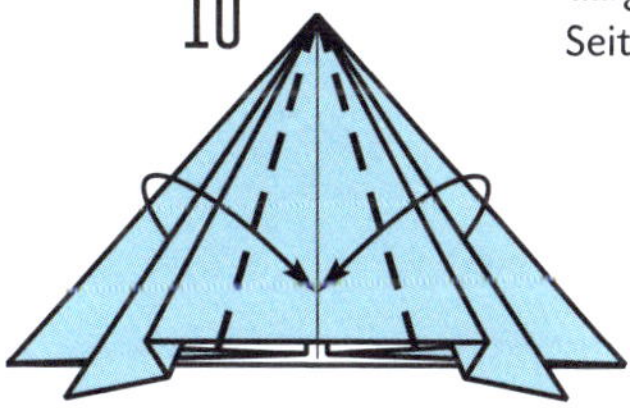

Zwei Talfalten wie dargestellt ausführen.

11

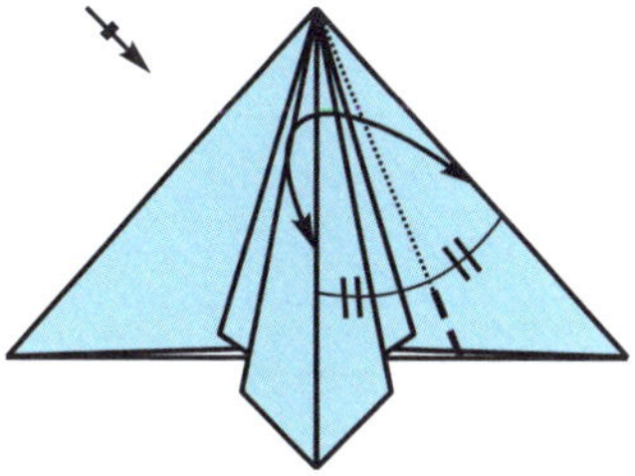

Mit einer Talfalte einen Knick wie dargestellt ausführen. Auf der linken Seite wiederholen.

12

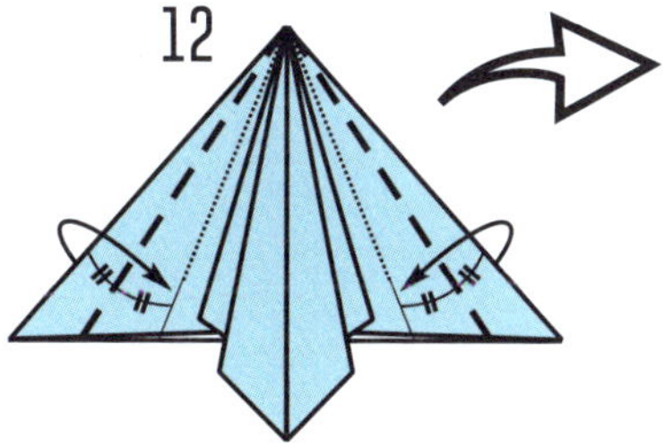

Zwei Talfalten ausführen und dabei die Seitenkanten auf die in Schritt 11 erstellten Falze falten.

13

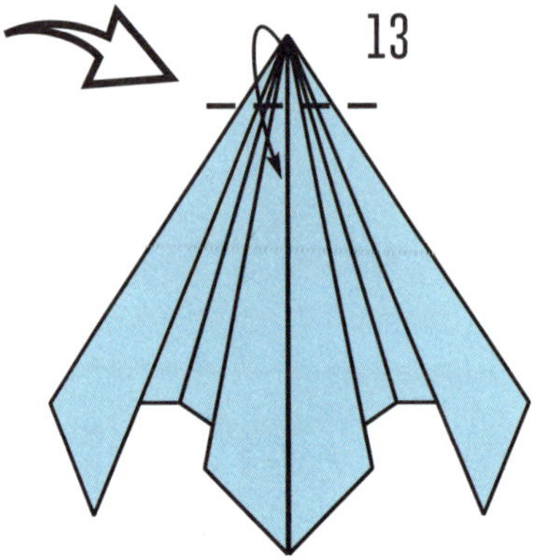

Die Zeichnung ist gegenüber der vorherigen vergrößert. Die auszuführende Talfalte hat keinen exakten Bezugspunkt.

14

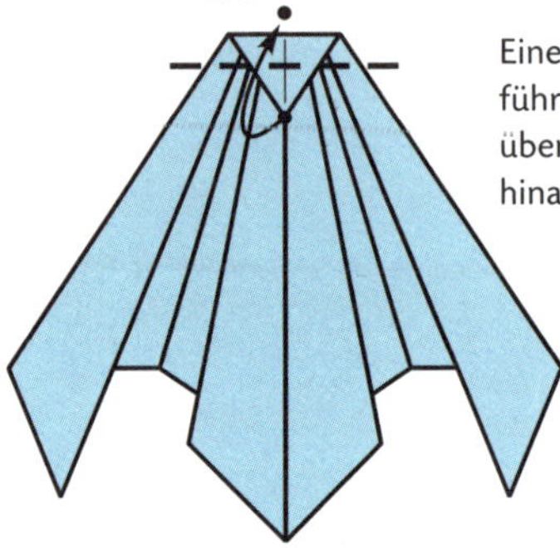

Eine Talfalte so ausführen, dass die Spitze über den oberen Rand hinausragt.

15

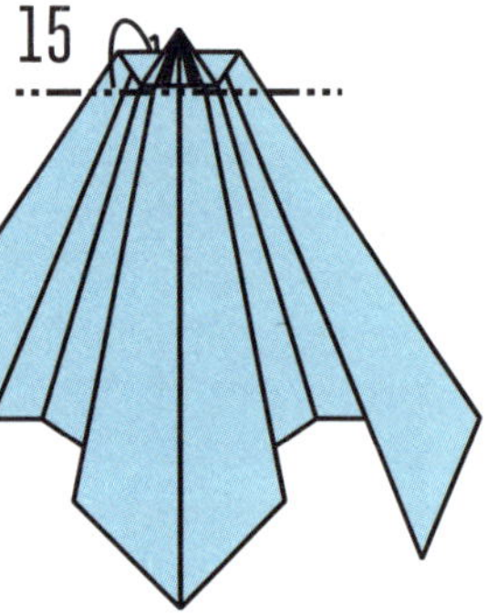

Eine Bergfalte ausführen, deren Bezugspunkt die in Schritt 14 gefaltete Kante ist.

16

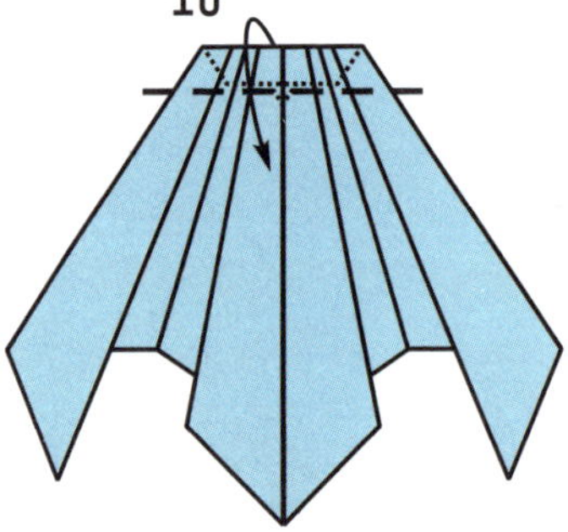

Eine Talfalte ausführen, deren Bezugspunkt, die in Schritt 15 gefaltete Kante und die in der Zeichnung durch eine gepunktete Linie dargestellt, ist.

17

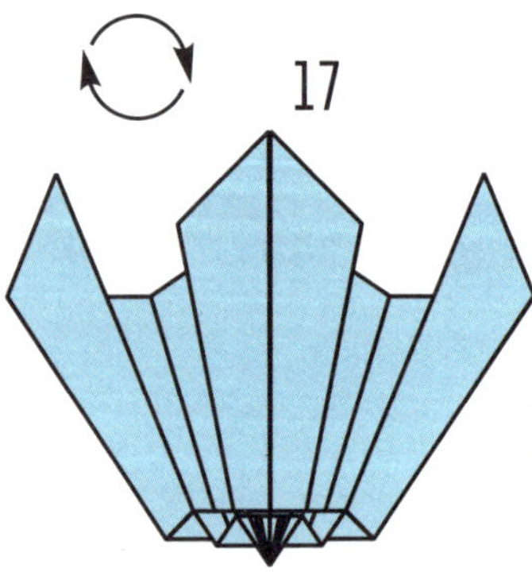

Das Modell wie in der Zeichnung ausrichten. Der männliche Schmetterling – Ocho – ist fertig.

VIDEO: www.nuinui.ch/video/it/g11/grande-tradizionali/p166

★★★★☆

DER LAUBFROSCH

Weil „Frosch" und „Rückkehr" auf Japanisch gleich ausgesprochen wurde (Kaeru), ist es nur natürlich, dass der Frosch mit einer Glücksbotschaft assoziiert wurde. Noch immer werden kleine Froschfiguren als Talismane in japanischen Tempeln verkauft. Das Falten eines Frosches ist also gleichbedeutend mit der Herstellung eines sicher wirksamen Talismans!

1

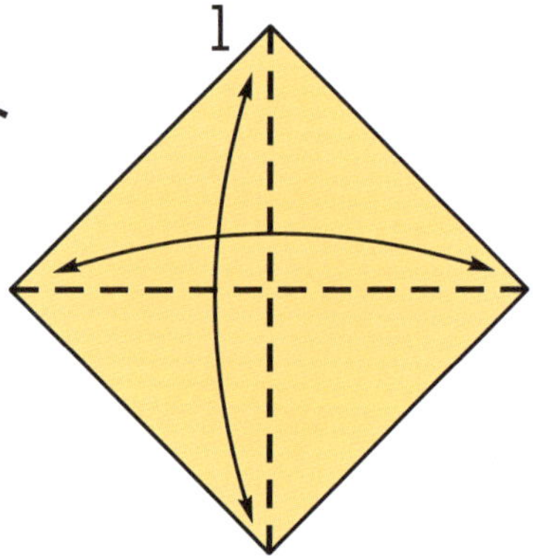

Auf der farbigen Seite mit Talfalten die Diagonalen falten und wieder entfalten.

2

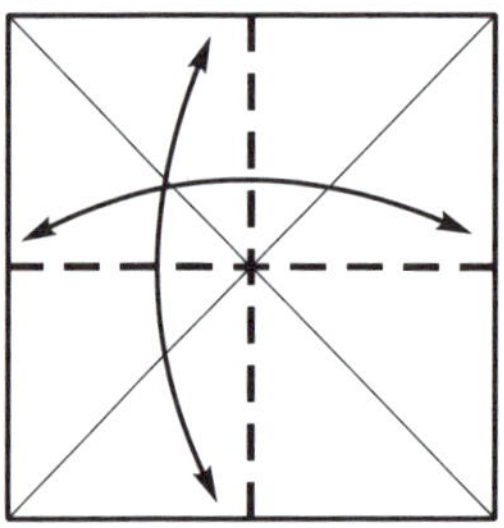

Das Papier wenden. Das Modell wie in der Zeichnung dargestellt ausrichten. Mit Talfalten die Mittellinien falten und wieder entfalten.

3

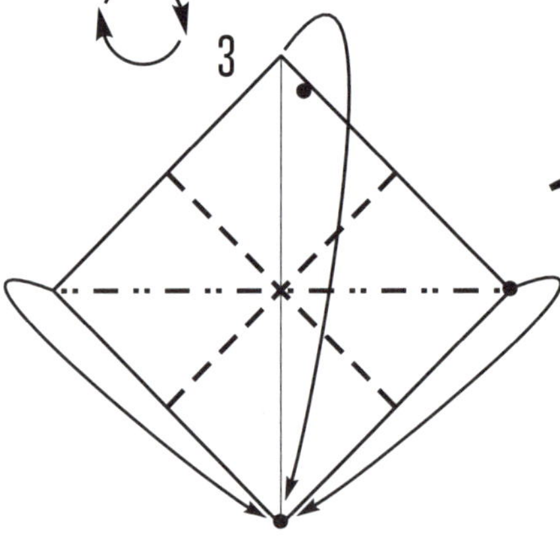

Das Modell wie in der Zeichnung dargestellt ausrichten und die angegebenen Punkte wie dargestellt aufeinander falten.

4

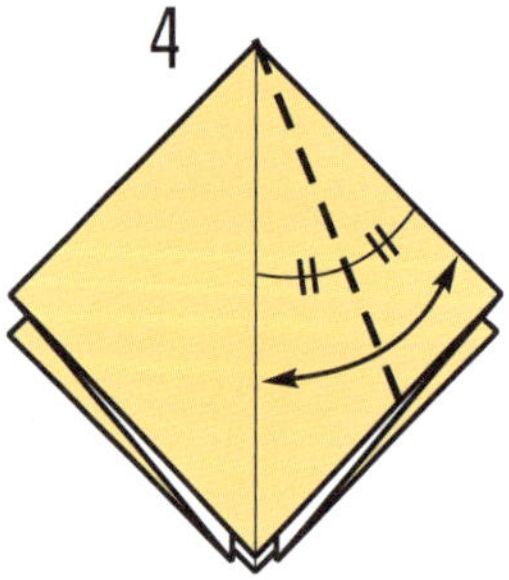

Das Modell ist im Vergleich zum vorherigen vergrößert. Auf der oberen Schicht eine winkelhalbierende Talfalte ausführen.

5

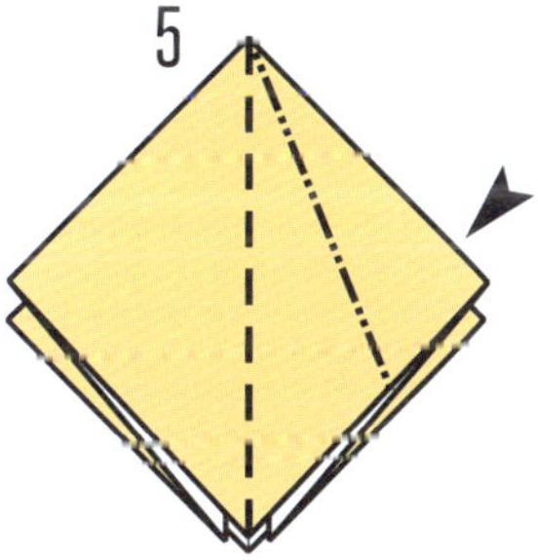

Eine Quetschfalte ausführen.

6

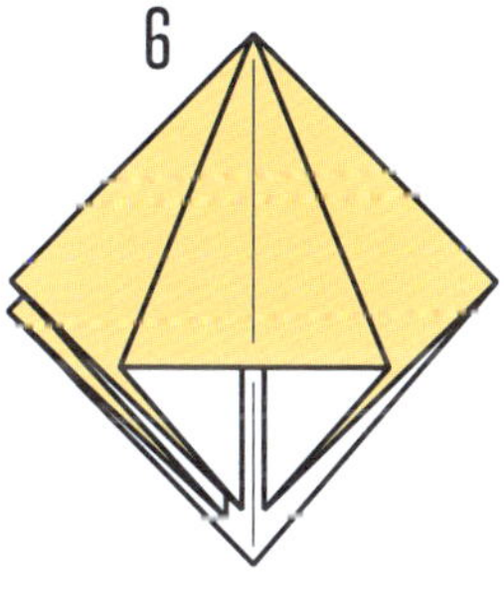

Die Zeichnung zeigt das Aussehen der Figur, nachdem Schritt 5 abgeschlossen ist.

7

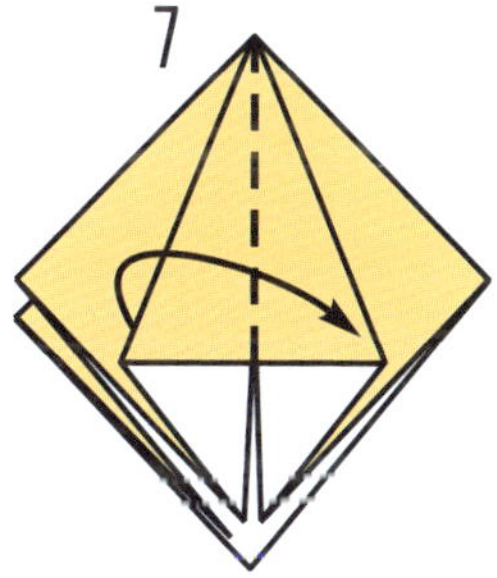

Mit einer Talfalte die obere linke Kante nach rechts falten.

8

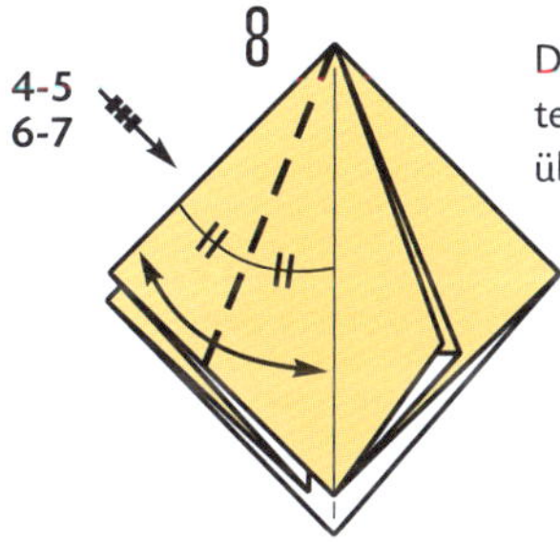

Die Faltungen aus den Schritten 4, 5, 6 und 7 mit den drei übrigen Schichten wiederholen.

9

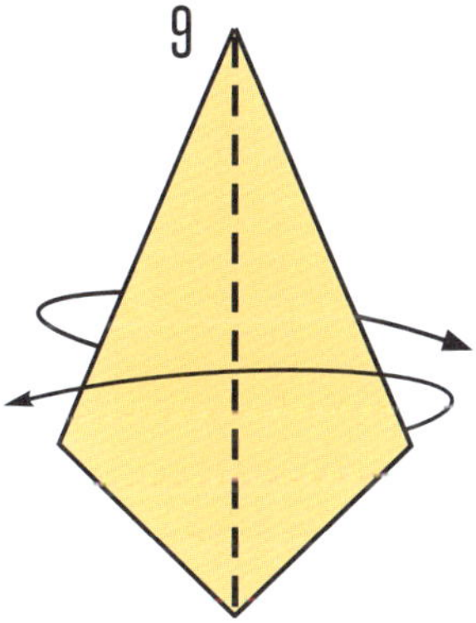

Die Zeichnung ist im Vergleich zur vorherigen vergrößert. Eine Buchfaltung ausführen.

10

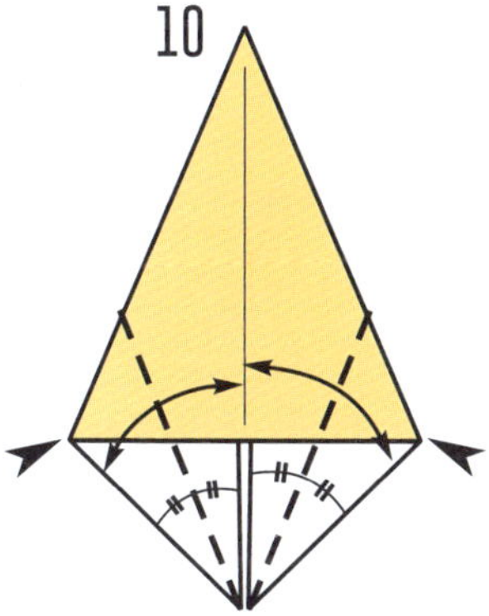

Zwei winkelhalbierende Talfalten ausführen.

11

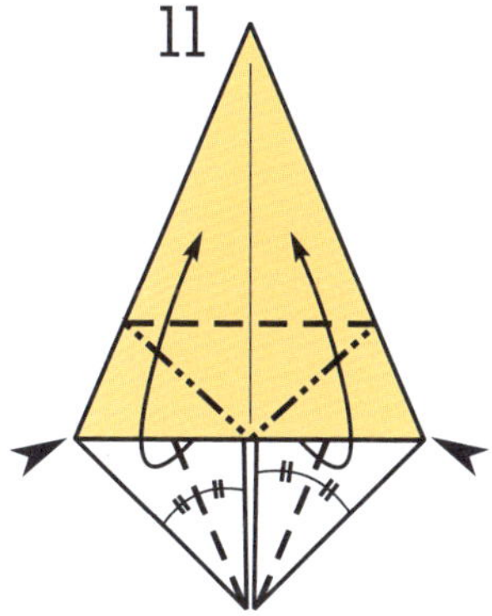

Eine Blütenblattfalte ausführen.

12

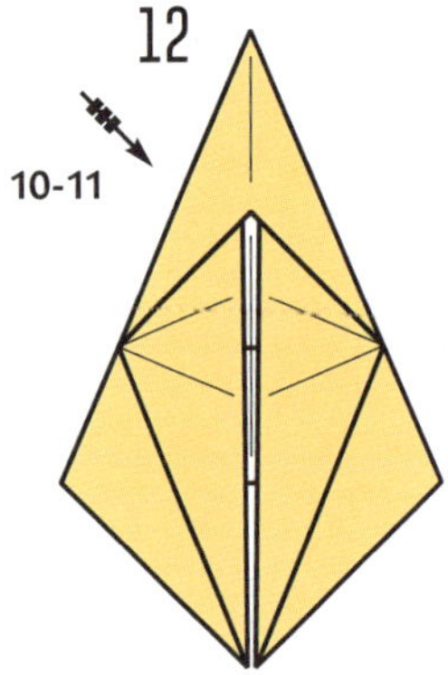

Die in Schritt 10 und 11 beschriebenen Faltungen mit den übrigen drei Schichten ausführen.

13

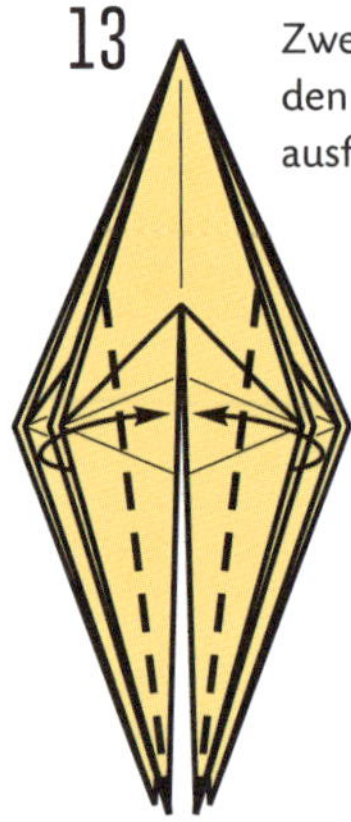

Zwei Talfalten nur auf den oberen Schichten ausführen.

14

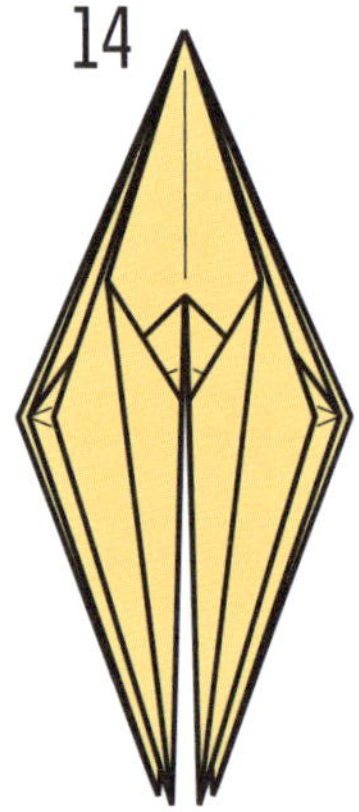

Die Zeichnung zeigt das Aussehen der Figur, nachdem Schritt 13 abgeschlossen ist.

15

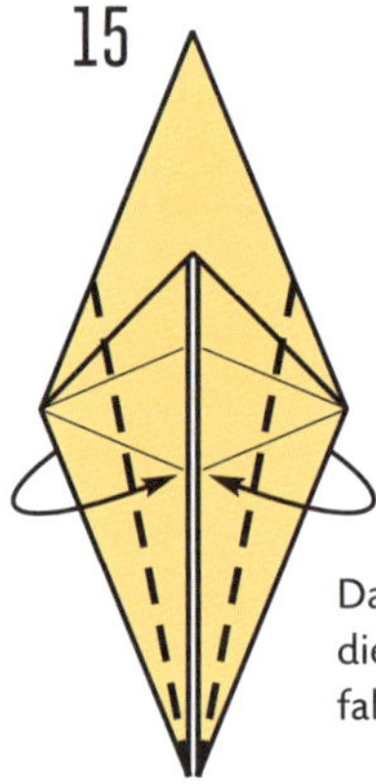

Das Modell wenden und die dargestellten zwei Talfalten ausführen.

16

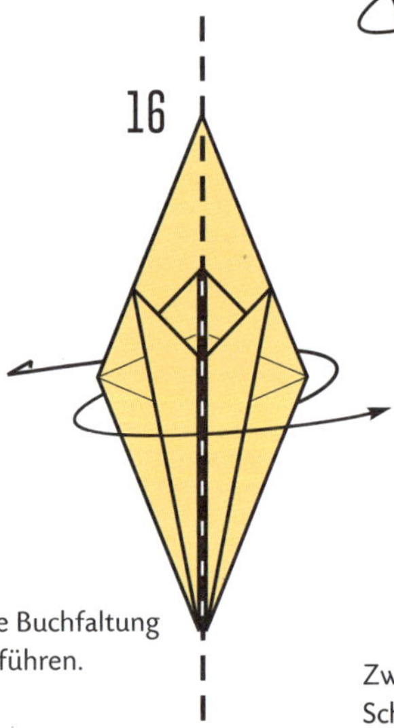

Eine Buchfaltung ausführen.

17

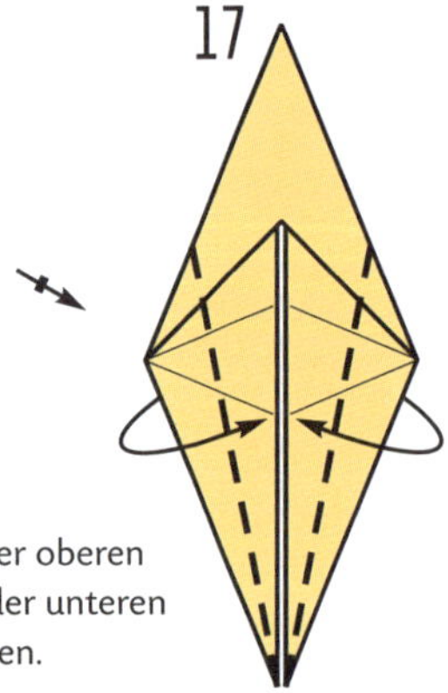

Zwei Talfalten nur auf der oberen Schicht ausführen. Mit der unteren Schicht genauso verfahren.

22

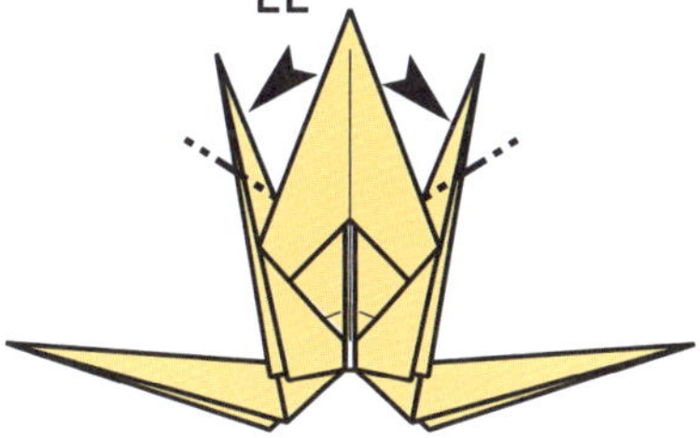

An den zwei angegebenen Stellen wie dargestellt nach innen stülpen.

23

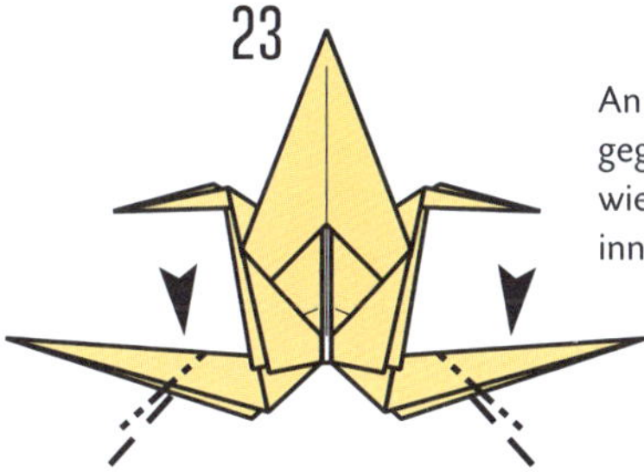

An den zwei angegebenen Stellen wie dargestellt nach innen stülpen.

21

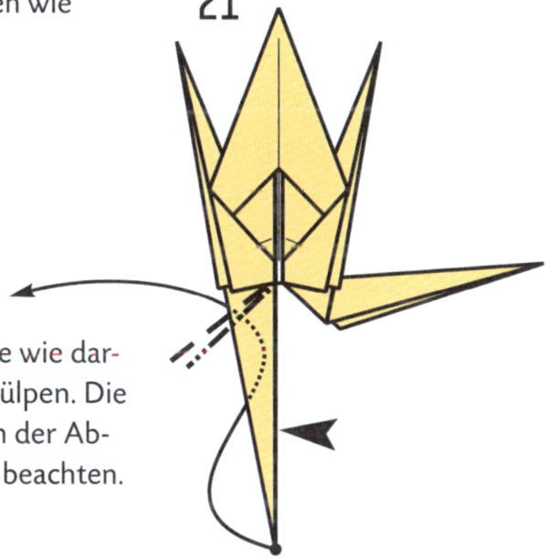

Die angegebene Stelle wie dargestellt nach innen stülpen. Die endgültige Position in der Abbildung zu Schritt 22 beachten.

20

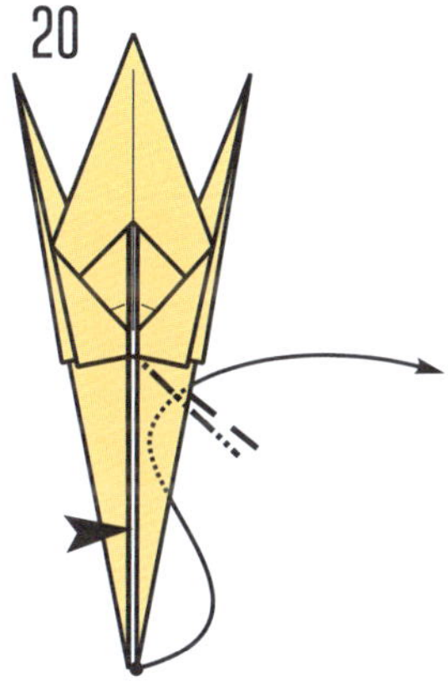

Die angegebene Stelle wie dargestellt nach innen stülpen. Die endgültige Position in der Abbildung zu Schritt 21 beachten.

18

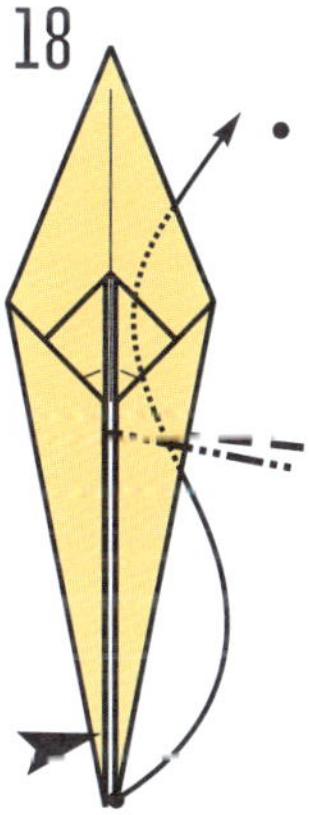

Nur auf der oberen Schicht rechts die angegebene Stelle wie dargestellt nach innen stülpen. Die endgültige Position des Falzes in der Abbildung zu Schritt 19 beachten.

19

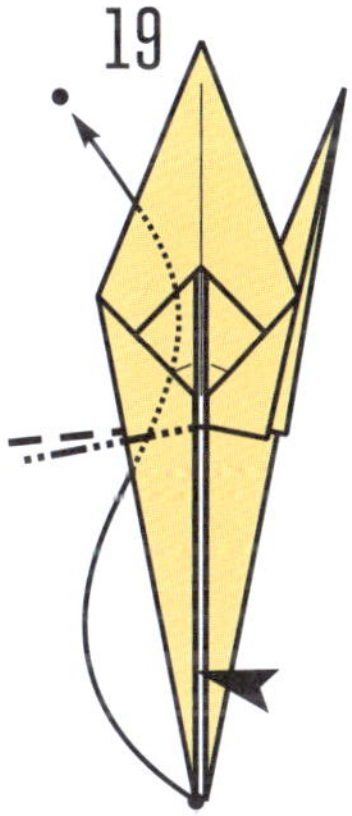

Nur die obere Schicht an der angegebenen Stelle wie dargestellt nach innen stülpen und die Spitze in die gleiche Position wie die rechte bringen.

24

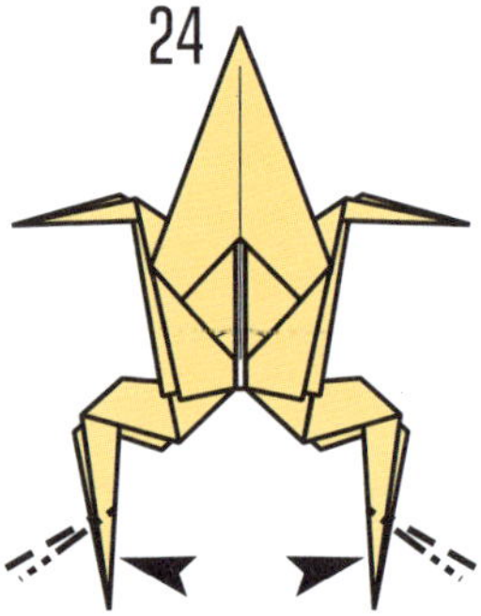

An den zwei angegebenen Stellen wie dargestellt nach innen stülpen.

25

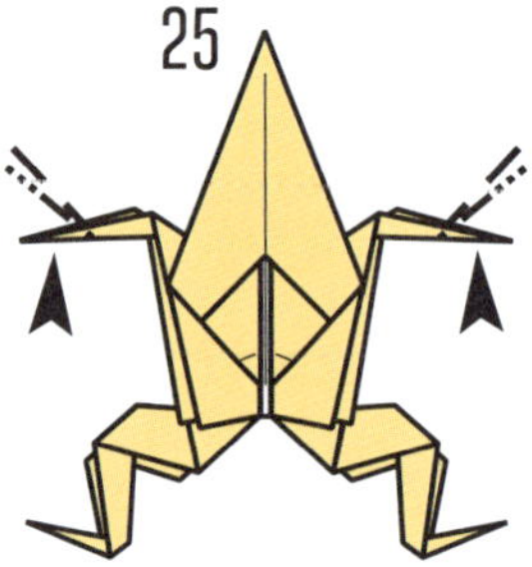

An den zwei angegebenen Stellen wie dargestellt nach innen stülpen.

26

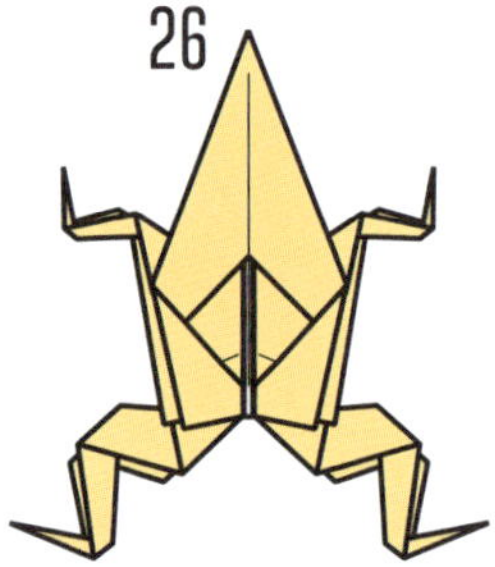

Die Zeichnung zeigt das Aussehen der Figur, nachdem Schritt 25 abgeschlossen ist.

27

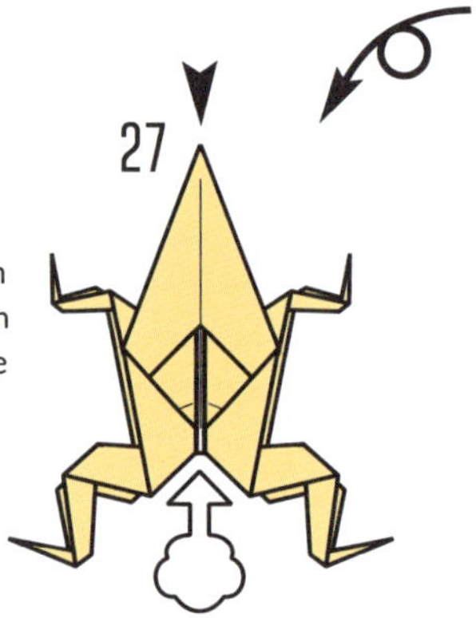

Das Modell durch das Loch zwischen den Hinterbeinen aufblasen. Die obere Spitze abrunden.

28

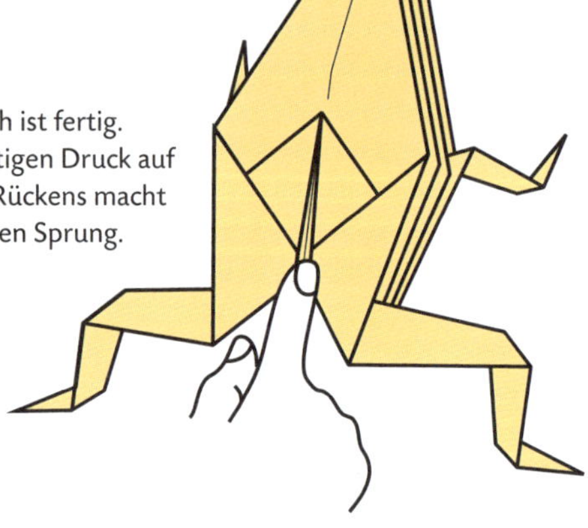

Der Laubfrosch ist fertig. Durch vorsichtigen Druck auf das Ende des Rückens macht er einen leichten Sprung.

VIDEO: www.nuinui.ch/video/it/g11/grande-tradizionali/p172

★★★★☆

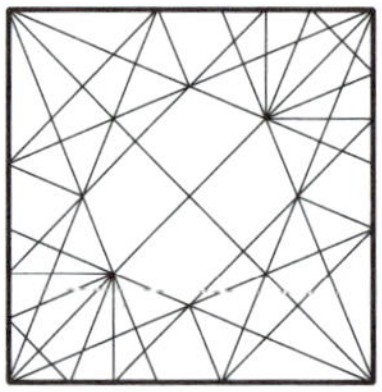

DER SCHILDKRÖTENPANZER-TATO

Die Schildkröte steht für den Wunsch nach einem langen Leben und ihre uralte Symbolkraft findet sich auch in diesem ganz besonderen Origami-Modell, dem Tato, wieder, dessen Form an einen stilisierten Schildkrötenpanzer erinnert. Es handelt sich um einen leicht verschließbaren Behälter, der sich ideal für die Aufbewahrung kleiner und meist flacher Gegenstände – wie Münzen, Knöpfe, Nadeln, Fäden, Tickets oder Postkarten – eignet.

1

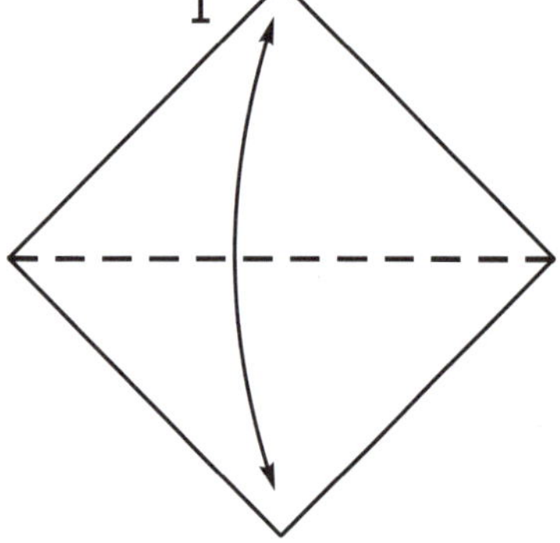

Mit einer Talfalte die horizontale Diagonale falten und wieder entfalten.

2

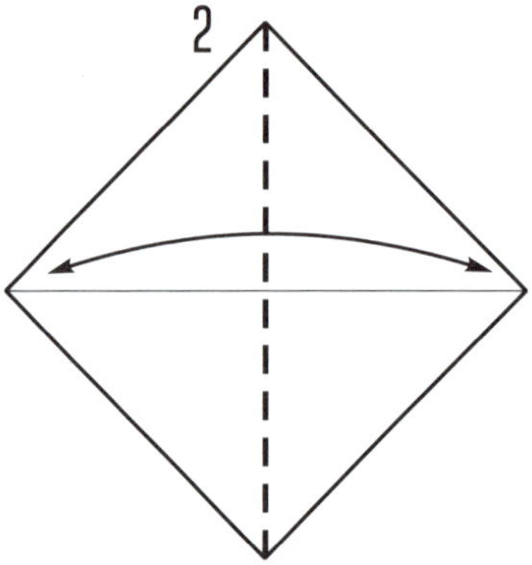

Mit einer Talfalte die vertikale Diagonale falten und wieder entfalten.

3

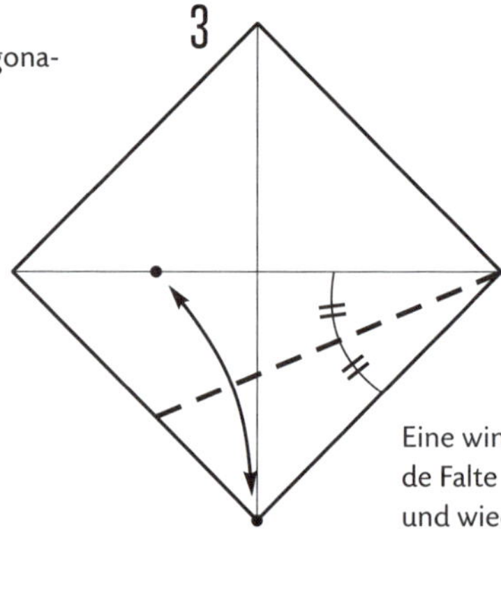

Eine winkelhalbierende Falte ausführen und wieder entfalten.

7

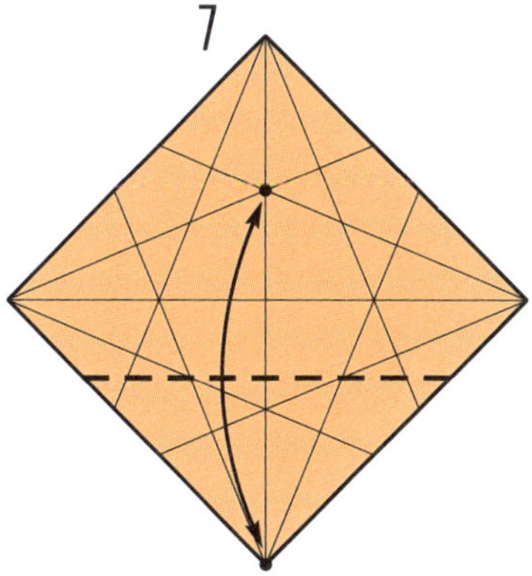

Das Blatt wenden. Mit einer Talfalte die angegebenen Punkte aufeinander falten.

6

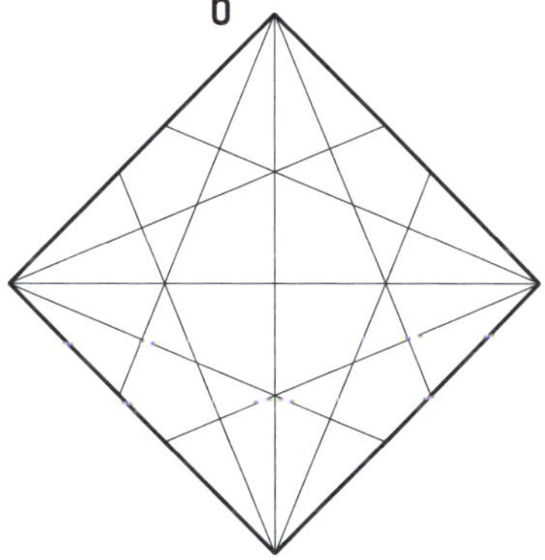

Die Zeichnung zeigt das Aussehen der Figur, nachdem Schritt 5 abgeschlossen ist.

5

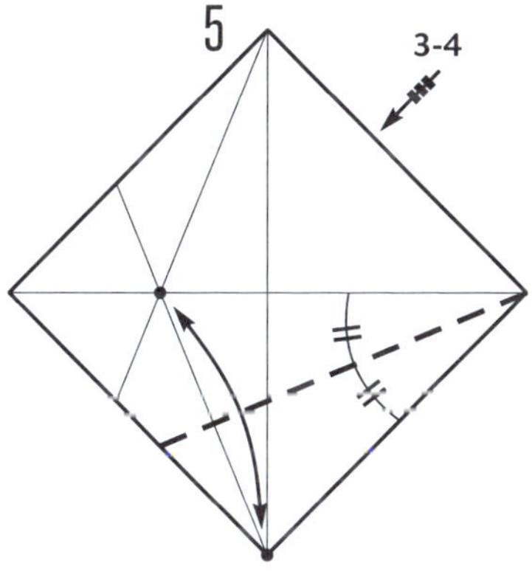

Das Papier um 90° im Uhrzeigersinn drehen und die in den Schritten 3 und 4 ausgeführten Faltungen wiederholen. Mit den übrigen beiden Ecken ebenso verfahren.

4

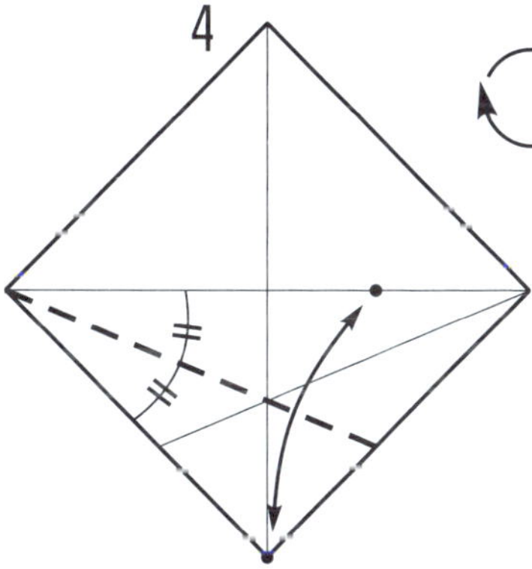

In der gegenüberliegenden Ecke eine winkelhalbierende Falte ausführen und wieder entfalten.

8

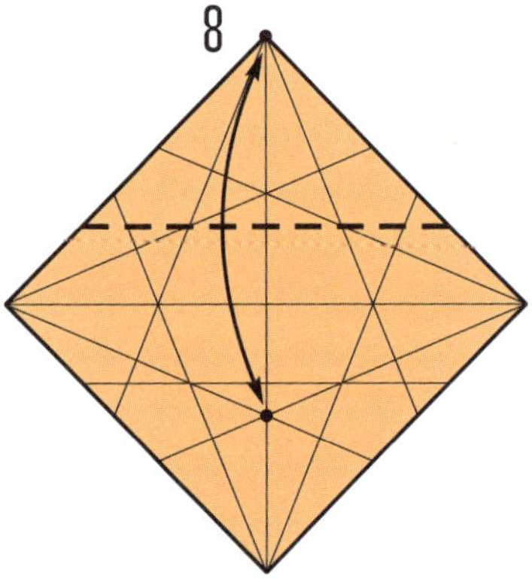

Mit einer Talfalte die angegebenen Punkte aufeinander falten.

9

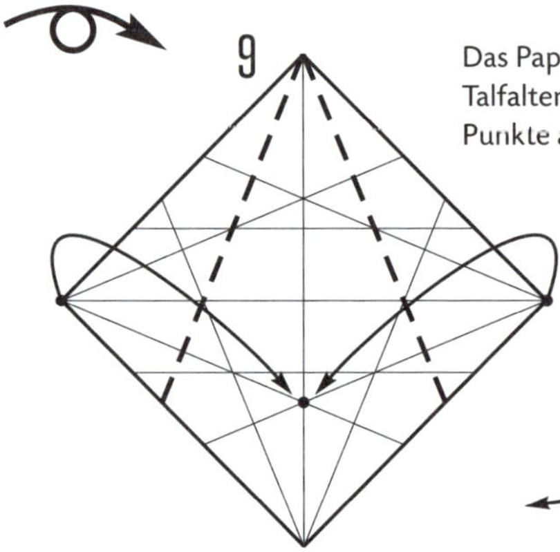

Das Papier wenden. Mit zwei Talfalten die angegebenen Punkte aufeinander falten.

10

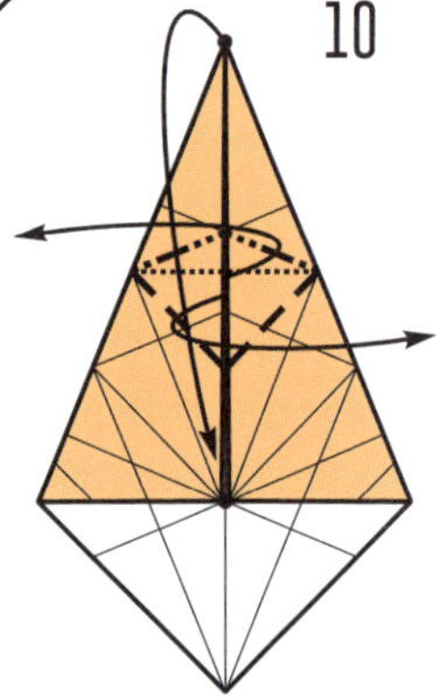

Die angegebenen Faltungen ausführen.

10A

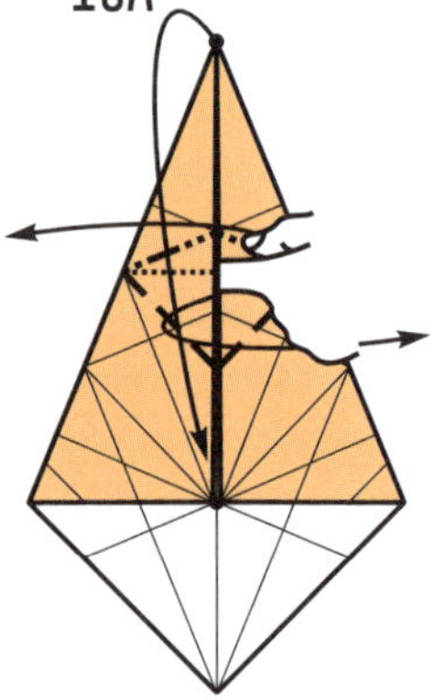

Das Einführen eines Fingers in die Figur kann helfen, diese Faltungen leichter auszuführen.

11

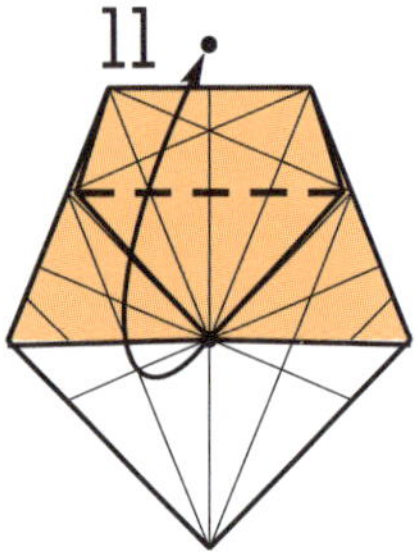

Mit einer Talfalte die Spitze der oberen Schicht nach oben falten.

12

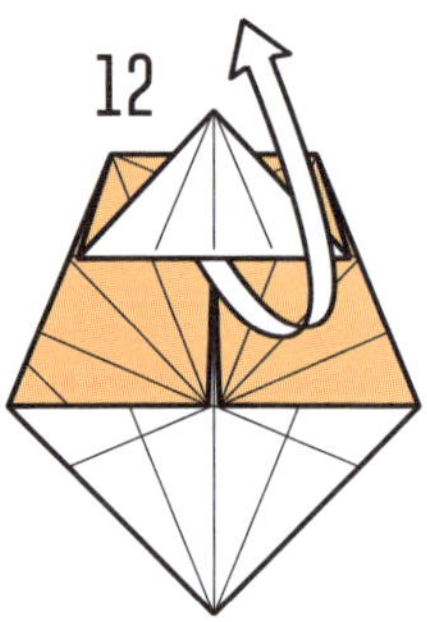

Das ganze Papier wieder entfalten. Darauf achten, dass dabei die Falze nicht geglättet werden.

13

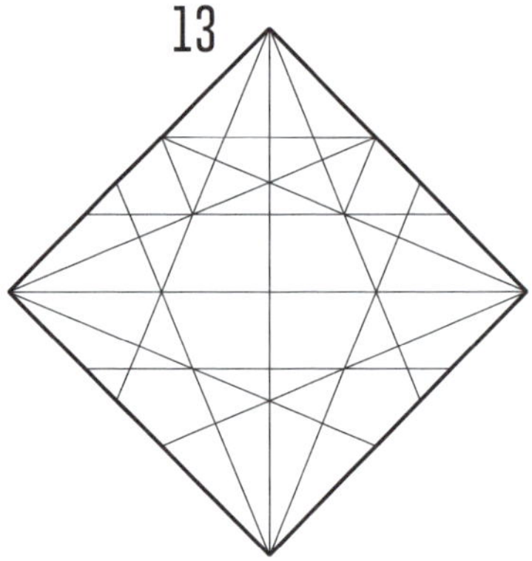

Die Zeichnung zeigt das Aussehen der Figur, nachdem Schritt 12 abgeschlossen ist.

17

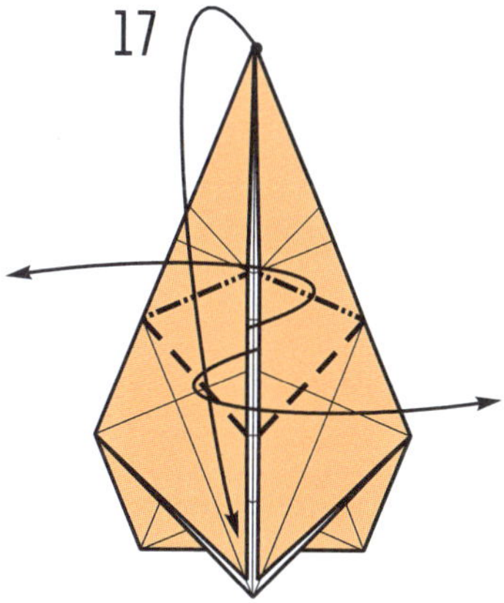

Die angegebenen Faltungen ausführen.

18

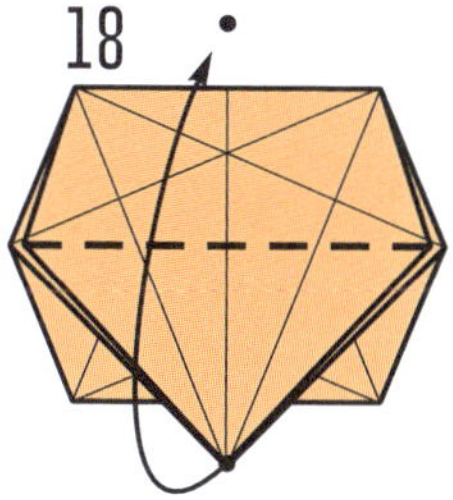

Die Talfalte nur auf der oberen Schicht ausführen.

16

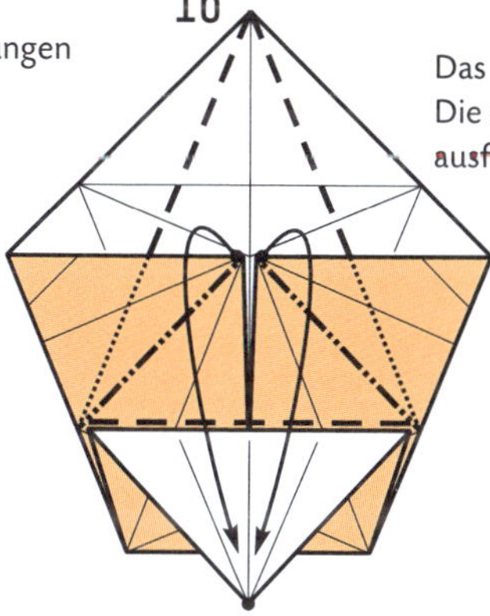

Das Modell um 180° drehen. Die angegebenen Faltungen ausführen.

15

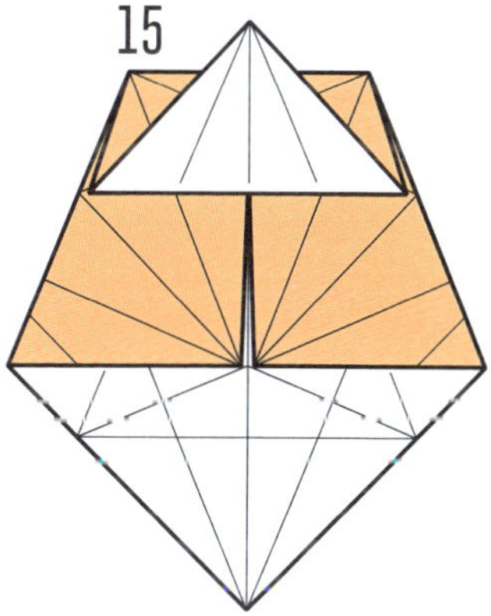

Die Zeichnung ist gegenüber der vorherigen vergrößert und zeigt das Aussehen des Modells, nachdem Schritt 14 abgeschlossen ist.

14

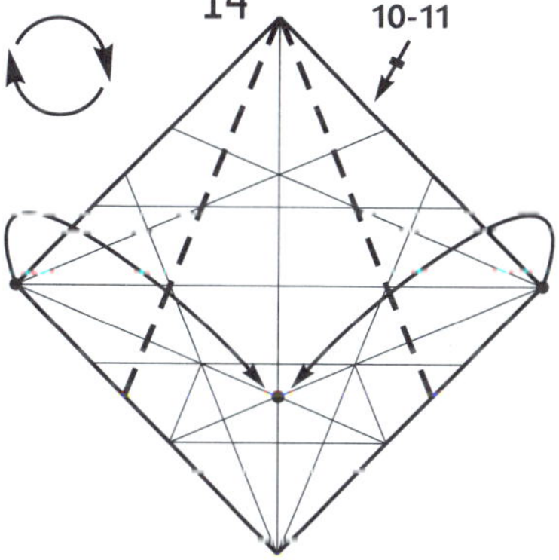

Das Modell um 180° drehen und die in den Schritten 10 und 11 ausgeführten Faltungen wiederholen.

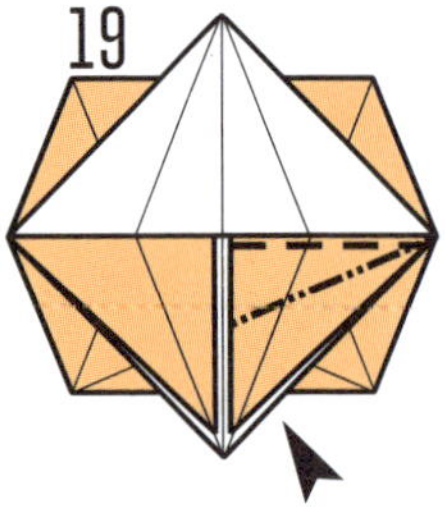

Eine Quetschfalte ausführen.

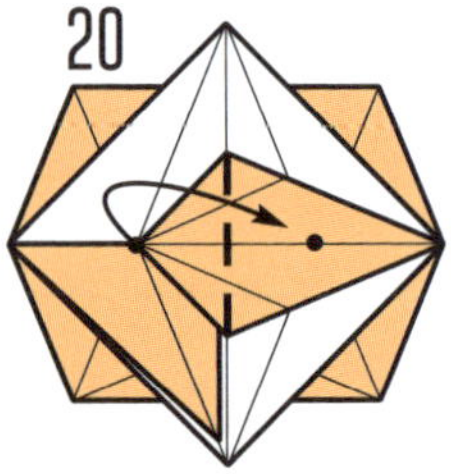

Mit der angegebenen Spitze eine Talfalte ausführen.

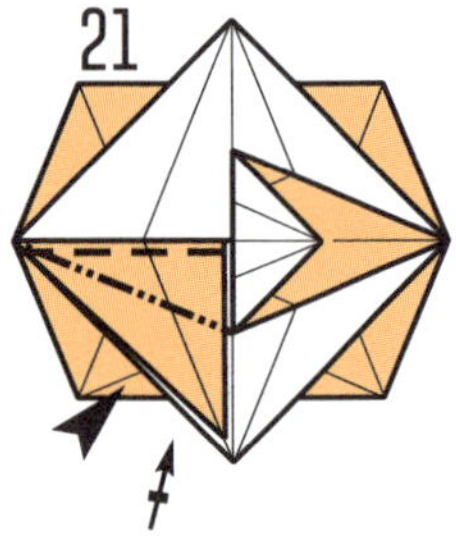

Die in den Schritten 19 und 20 durchgeführten Faltungen wiederholen.

Der Schildkrötenpanzer-Tato ist fertig.

VIDEO: www.nuinui.ch/video/it/g11/grande-tradizionali/p178

★★★★★

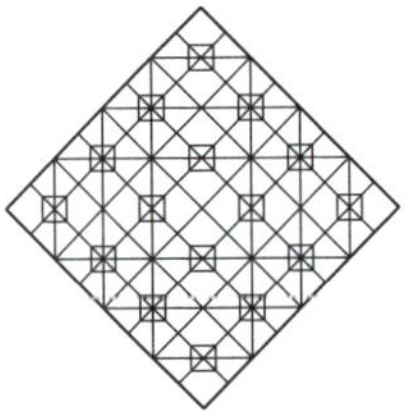

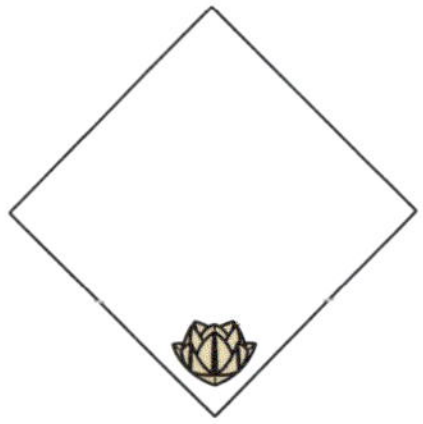

DIE LOTUSBLUME

Wie alle vorgestellten Modelle ist auch die Lotusblume eng mit der Tradition und Spiritualität der aufgehenden Sonne verbunden. Für Asiaten hat sie einen starken symbolischen Wert: Sie gilt als Symbol der Reinheit, da sie ihre Wurzeln im Schlamm versenkt, sich aber ihren Weg durch stehendes Wasser bahnt, um schön und unversehrt wieder aufzutauchen.

1

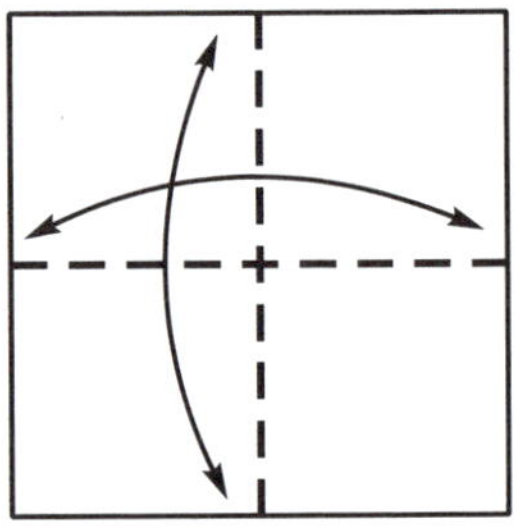

Die beiden Mittellinien falten und wieder entfalten.

2

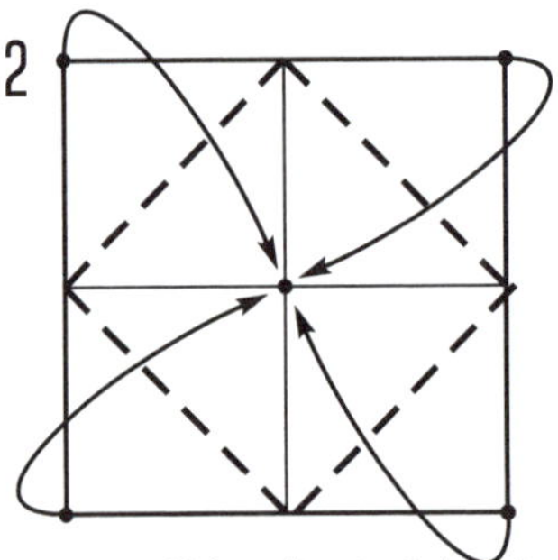

Mit Talfalten die vier Ecken des Quadrats zur Mitte falten.

3

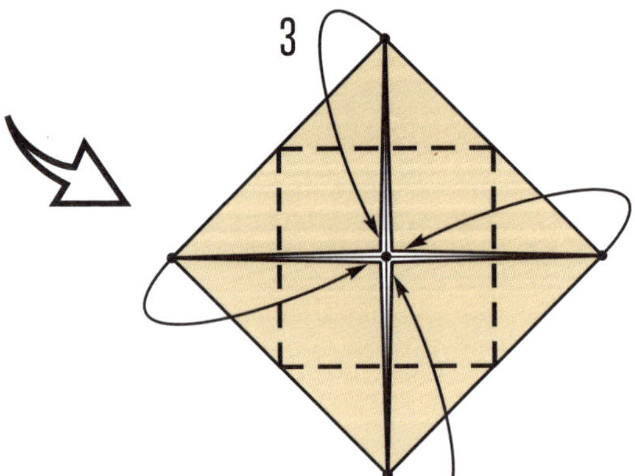

Die Zeichnung ist gegenüber der vorherigen vergrößert. Mit Talfalten die vier Ecken des Quadrats noch einmal zur Mitte falten.

4

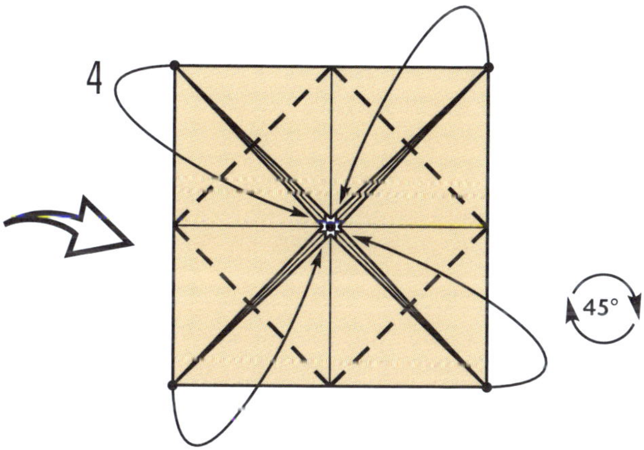

Die Zeichnung ist gegenüber der vorherigen vergrößert. Die Ecken mit Talfalten ein drittes Mal zur Mitte falten.

5

Auch wenn die Zeichnung im Vergleich zum tatsächlichen Ergebnis vergrößert ist, sollte das Modell wie in der Abbildung aussehen.

6

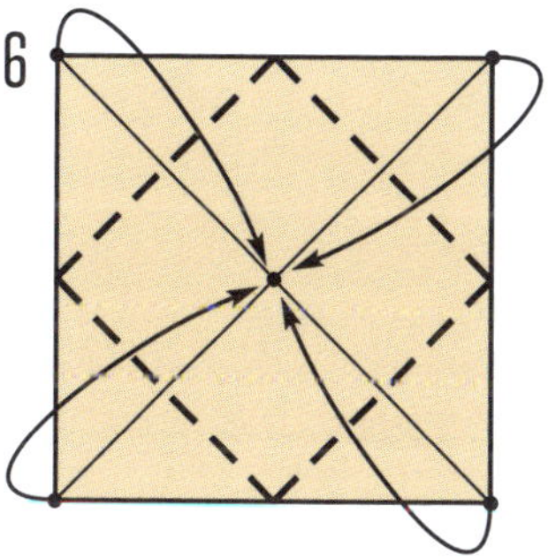

Das Modell wenden und mit Talfalten die vier Ecken zur Mitte falten.

7

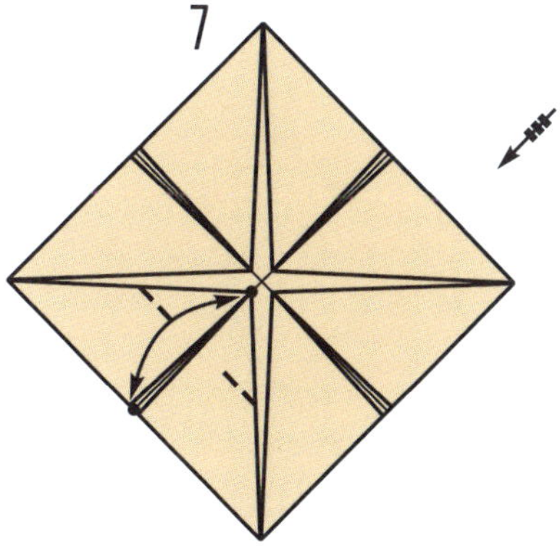

Die Zeichnung ist im Vergleich zur vorherigen vergrößert. Eine der inneren Ecken zum gegenüberliegenden Mittelpunkt falten. Nur an den Kanten falten, denn die Falte dient nur als Bezugspunkt für die nachfolgenden Faltungen. Mit den übrigen drei inneren Ecken genauso verfahren.

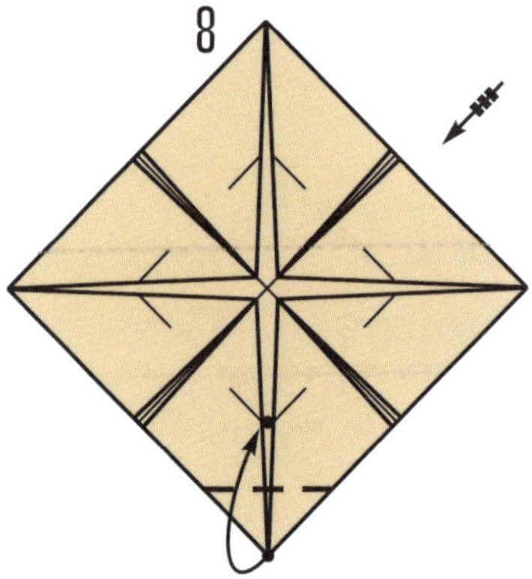

Die Ecken über die Kreuzungspunkte falten, die sich nach der Faltung im vorherigen Schritt ergeben haben.

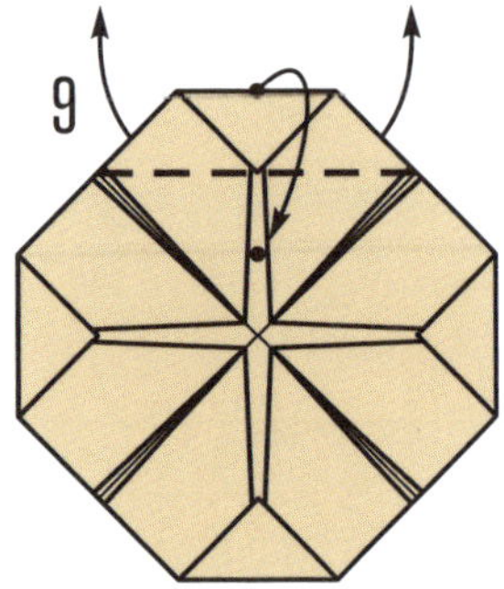

Mit einer Talfalte die angegebenen Punkte aufeinander falten. Gleichzeitig muss die darunter liegende Schicht herauskommen können.

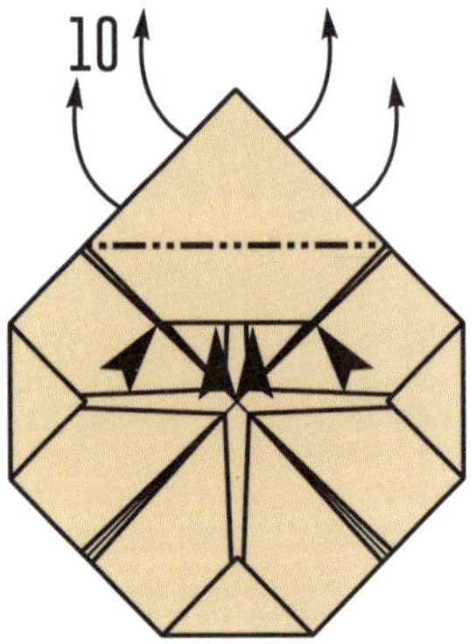

Die auszuführende Faltung ist praktisch eine Umkehrung. Genauer gesagt, muss das gesamte Trapez nach außen geschoben werden. Seine kleinere Basis wird durch die vier schwarzen Pfeile angegeben, die genau diesen Vorgang veranschaulichen sollen. Gleichzeitig wird das Dreieck über dem Trapez nach oben gestülpt. Das Modell ist nun nicht mehr flach, sondern dreidimensional.

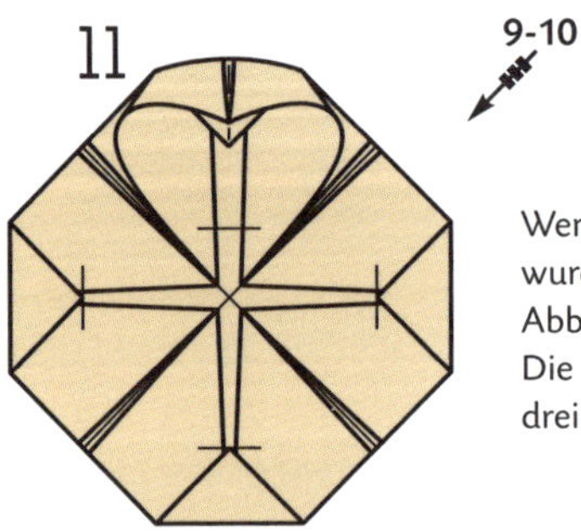

Wenn Schritt 10 korrekt ausgeführt wurde, sollte das Modell wie in der Abbildung in Schritt 11 aussehen. Die Schritte 9 und 10 mit den übrigen drei Seiten wiederholen.

14

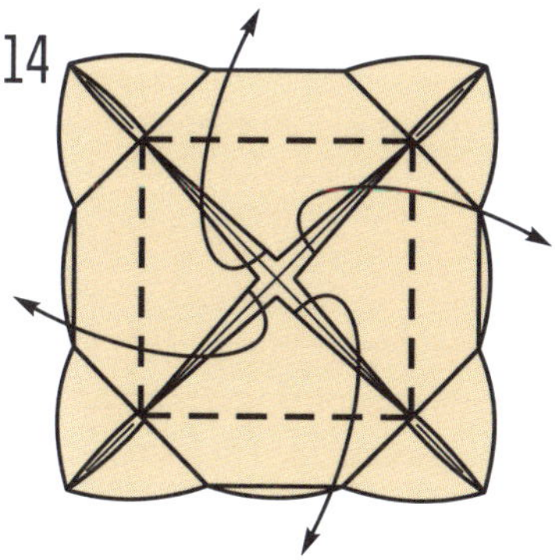

Das Modell sollte wie in der Abbildung aussehen, jedoch mit acht umgekehrten Blütenblättern. Es ist möglich, eine letzte Reihe von Blütenblättern zu bilden.

15

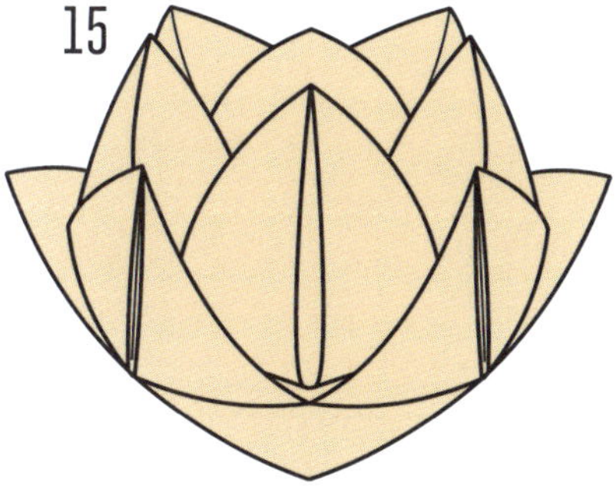

Das Modell wenden. Die Lotusblume ist fertig.

13

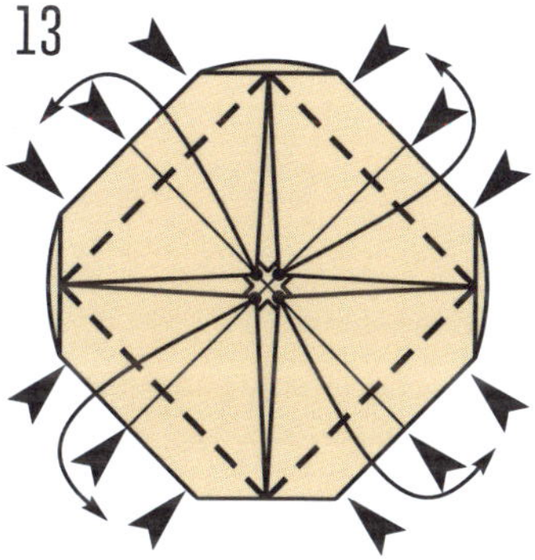

Das Modell wenden. Der erforderliche Vorgang ist praktisch identisch mit dem in den Schritten 9 und 10 ausgeführten. Das Trapez, dessen kleinere Basis durch die schwarzen Pfeile gekennzeichnet ist, nach innen stülpen und gleichzeitig das Dreieck über dem Trapez nach außen stülpen.

12

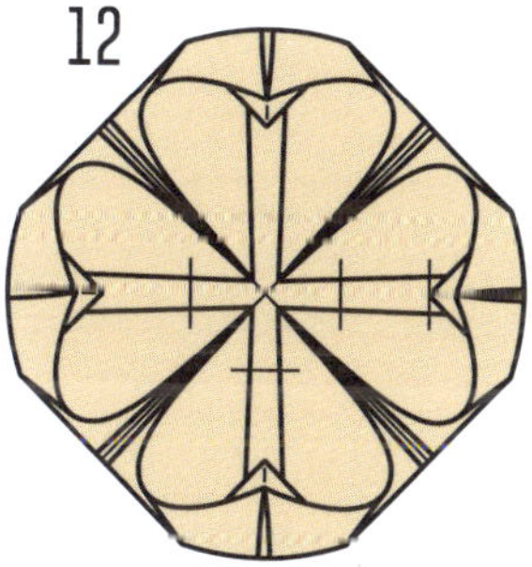

Abbildung 12 zeigt das Modell in der Ansicht von oben. Nach der Ausführung der Schritte 9 und 10 auf allen vier Seiten, sollte das Modell von oben betrachtet wie in der Abbildung aussehen.

12A

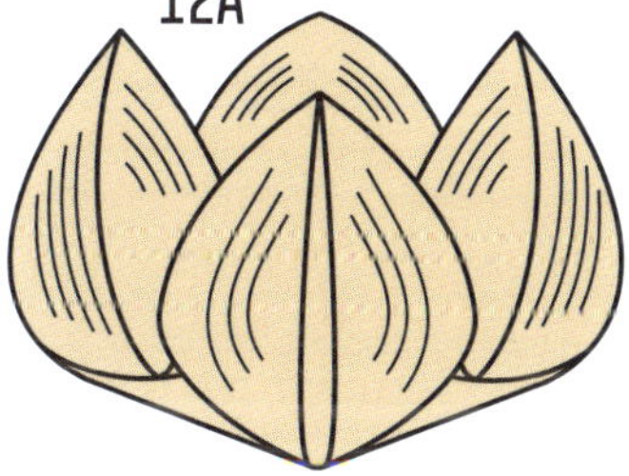

Von der Seite hingegen sollte das Modell so aussehen.

VIDEO: www.nuinui.ch/video/it/g11/grande-tradizionali/p184

★★★★★

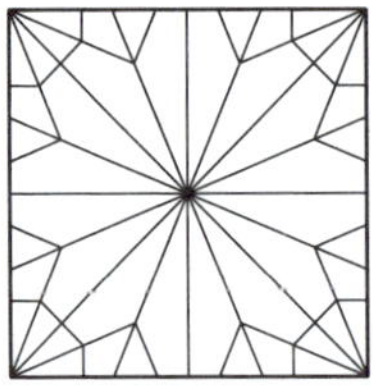

Die Kusudama

Die Kusudama war ursprünglich eine Kugel aus Heilkräutern, die vor bösen Geistern schützen sollte. Sie wurde aus Papier hergestellt, wobei mehrere Blätter verwendet wurden, um verschiedene Module – meist kegelförmige Blumen – zu bilden, die mit Nadel und Faden (oder Klebstoff) zu einer Kugel zusammengefügt wurden. Sie ist der Vorläufer des heute weit verbreiteten modularen Origami. Sie können in jede Blüte getrocknete Blütenblätter, Beeren oder duftende Kräuter stecken.

1

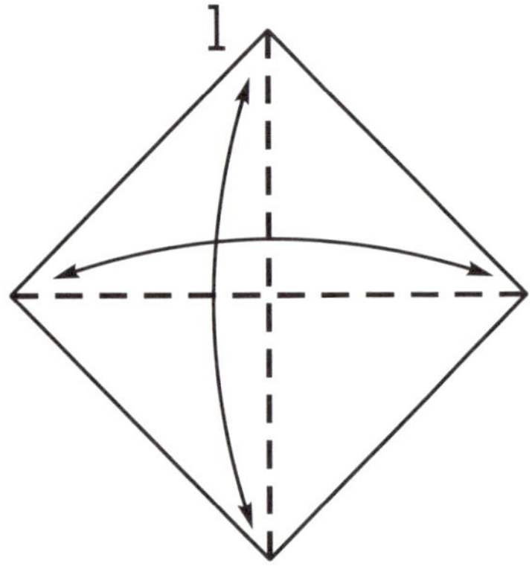

Die beiden Diagonalen eines Quadrats falten und wieder entfalten.

2

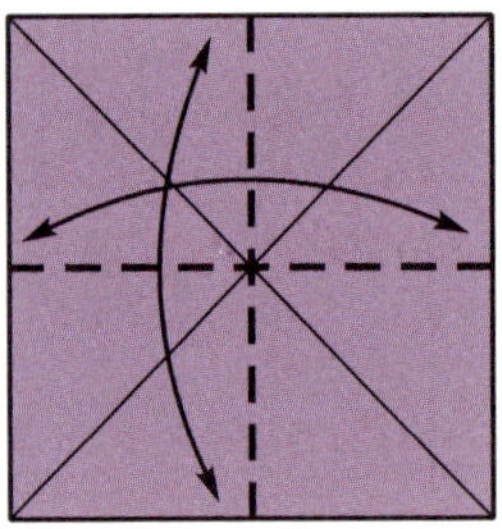

Das Papier wenden. Die beiden Mittellinien falten und wieder entfalten.

3

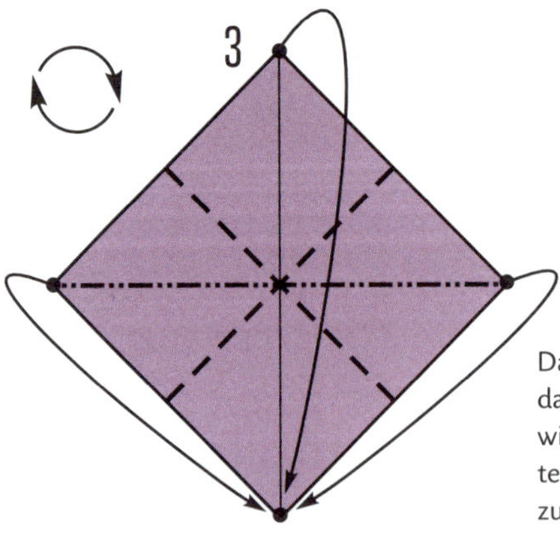

Das Quadrat um 45° drehen und dann die angegebenen Punkte wie dargestellt aufeinander falten, um eine quadratische Basis zu erhalten.

8

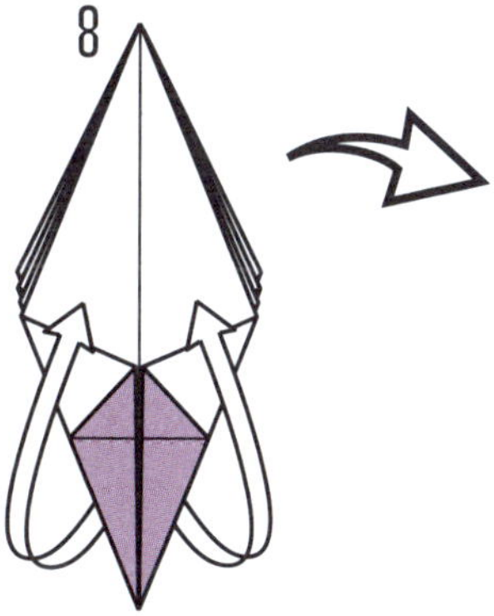

Das gesamte Modell wieder entfalten, ohne die Falze zu glätten.

7

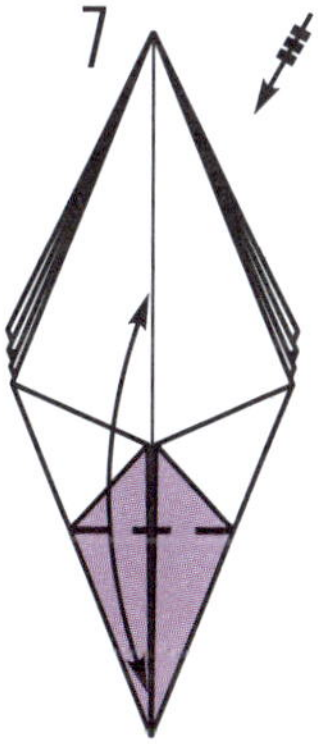

Wie in der Abbildung dargestellt, falten und wieder entfalten. Für die anderen drei Schichten wiederholen.

6

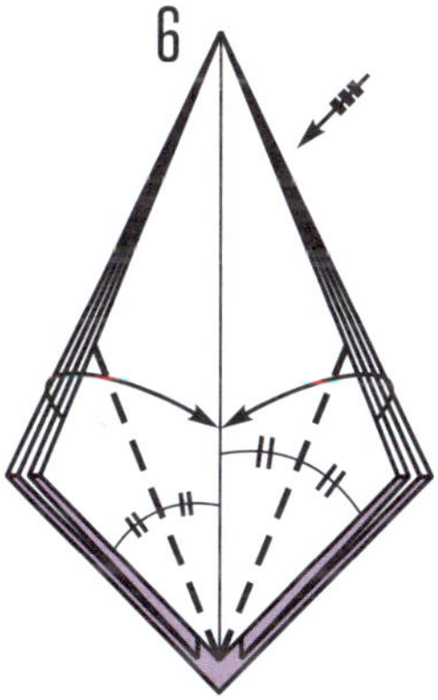

Auf der oberen Schicht eine winkelhalbierende Falte ausführen. Mit den anderen Schichten genauso verfahren.

5

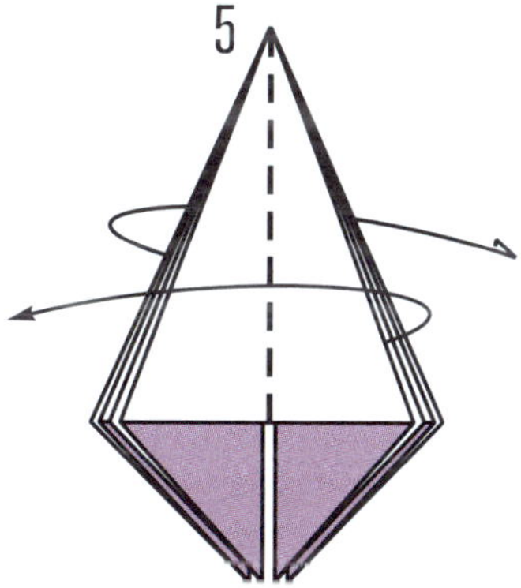

Die Zeichnung ist im Vergleich zur vorherigen vergrößert. Auf der oberen und unteren Schicht eine Buchfaltung ausführen.

4

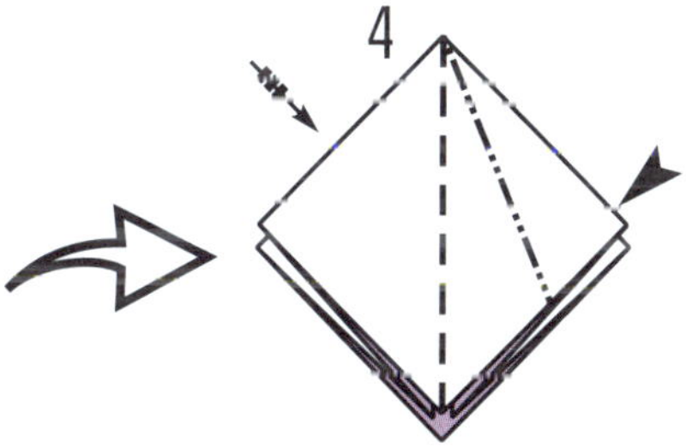

Die Zeichnung ist im Vergleich zur vorherigen vergrößert. Die rechte Schicht aufrichten und eine Quetschfalte ausführen. Mit den anderen drei Schichten genauso verfahren.

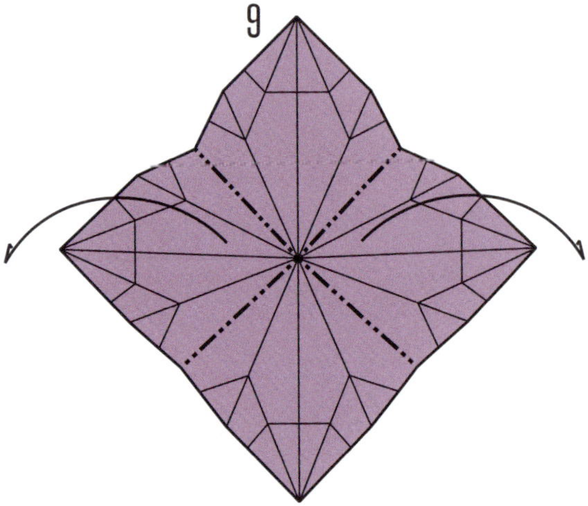

Die Mitte des Modells sollte konkav sein. Wenden, sodass es konvex wird, d. h. mit der Spitze nach oben.

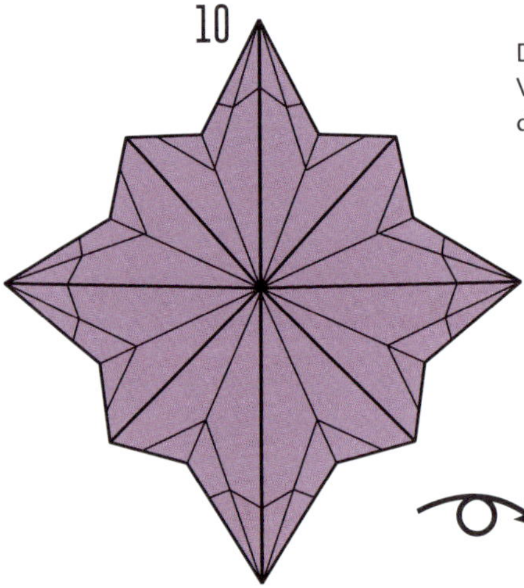

Die Mitte des Modells ist nun nach oben gerichtet. Die nächsten Schritte enthalten die Anleitung zum Schließen des Moduls. Alle notwendigen Falze sind bereits vorhanden, und es sind keine neuen Faltungen erforderlich.

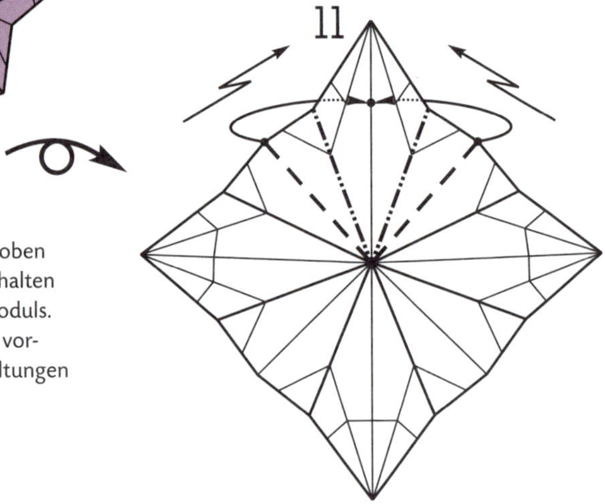

Das Modell ist immer noch dreidimensional. Wenden und zwei Zickzackfalten ausführen.

15

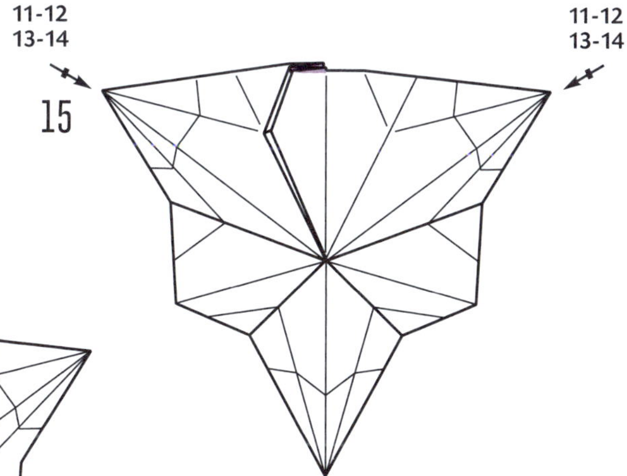

Die Schritte 11 bis 14 mit den beiden durch Wiederholungspfeile gekennzeichneten Ecken wiederholen. Das Modell neigt dazu, sich etwas mehr als in einem Halbkreis zu schließen.

14

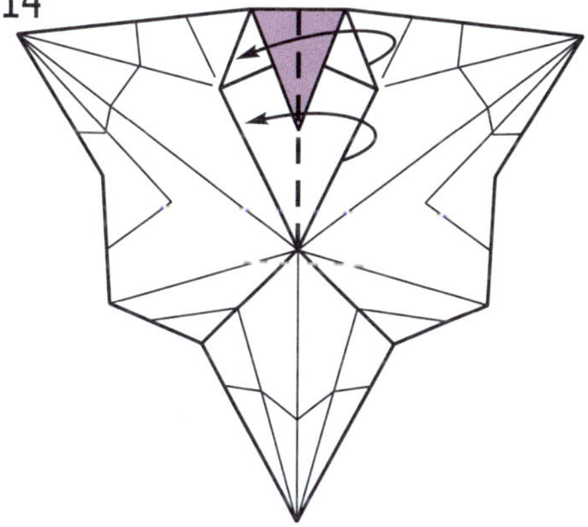

Mit einer Talfalte die rechte Kante über die linke falten.

13

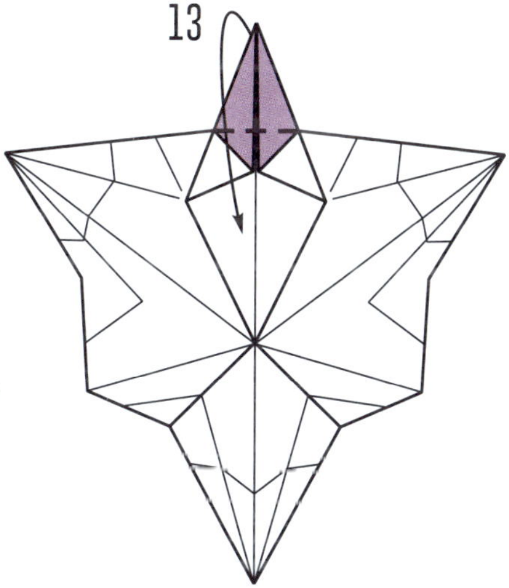

Eine Talfalte wie dargestellt ausführen.

12

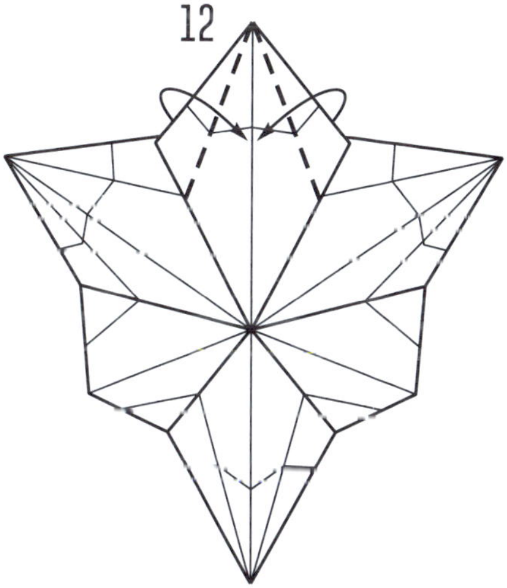

Zwei Talfalten wie dargestellt falten.

16

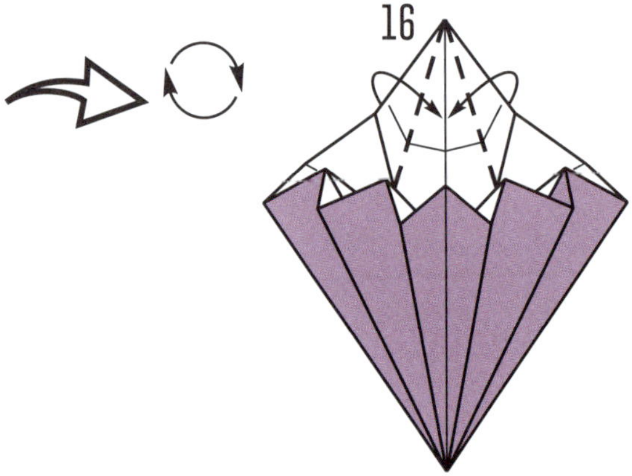

Die Zeichnung ist im Vergleich zur vorherigen vergrößert und anders ausgerichtet, um die beiden Talfalten, die zum Fixieren des Modells dienen, besser darzustellen.

17

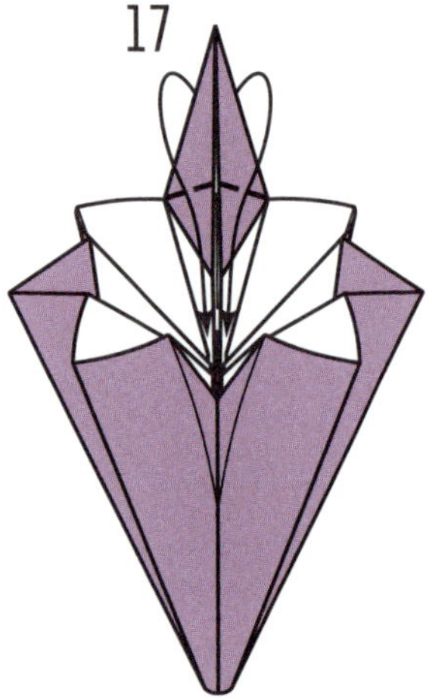

Jetzt ist das Modell geschlossen. Den angegebenen Punkt durch eine Talfalte nach unten falten.

18

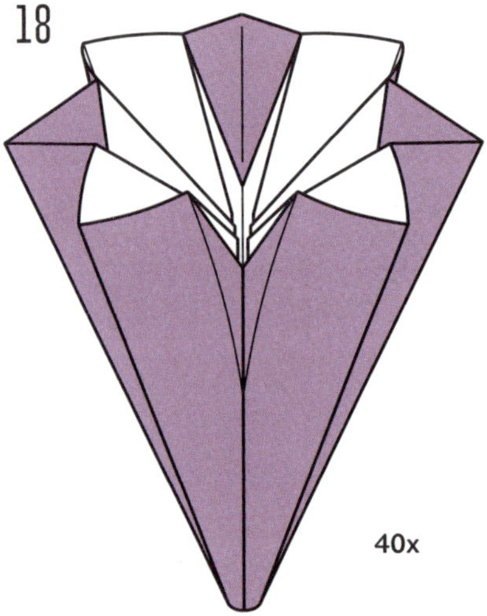

40x

Die Zeichnung ist im Vergleich zur vorherigen vergrößert. Die Figur ist fertig und sollte wie in der Abbildung aussehen. Das Modell ist eines von 40, die benötigt werden, um eine traditionelle Kusudama zu konstruieren. Das heißt, Sie müssen noch 39 weiter falten.

19

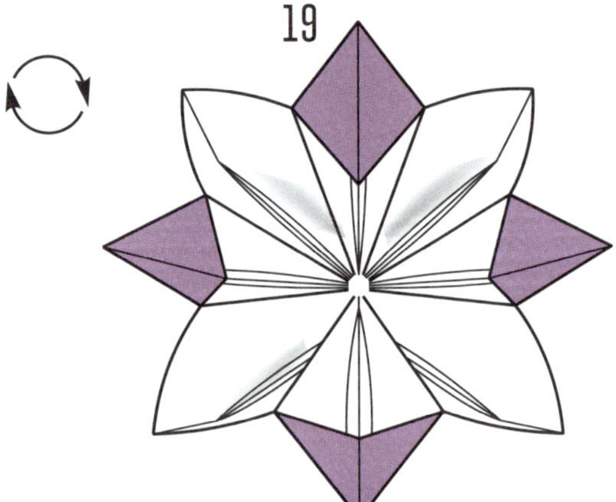

Die gleiche Figur wird hier von oben gezeigt.

Zusammenfügen der Module

20

Die Kusudama ist ein modulares Origami ante litteram. Es ist das einzige Modell, für dessen Konstruktion Nadel und Faden benötigt wird, da es sich aus vier Ringen mit je 10 Modulen zusammensetzt. Zunächst werden also die vier Ringe vorbereitet. Dazu 10 Module auf einer Ebene aufstellen. Mit Nadel und Faden jedes Modul etwa 5 mm vom Ende entfernt einfädeln.

21

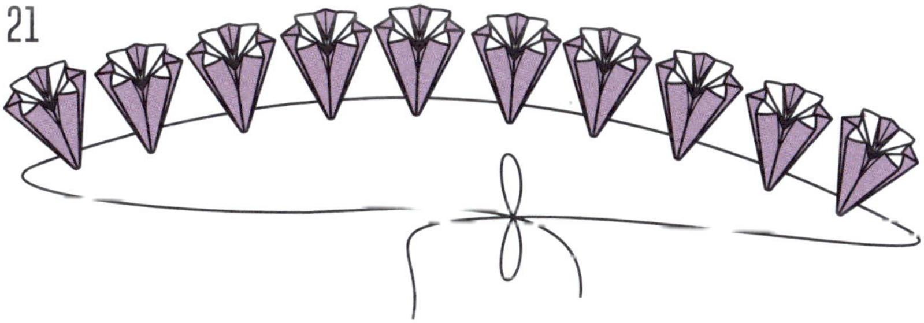

Die beiden Enden des Fadens – wie in Schritt 22 dargestellt – zu einer Schlaufe verknoten. Den Faden nicht zu fest anziehen und in der Mitte des Rings etwas Spiel lassen.

22

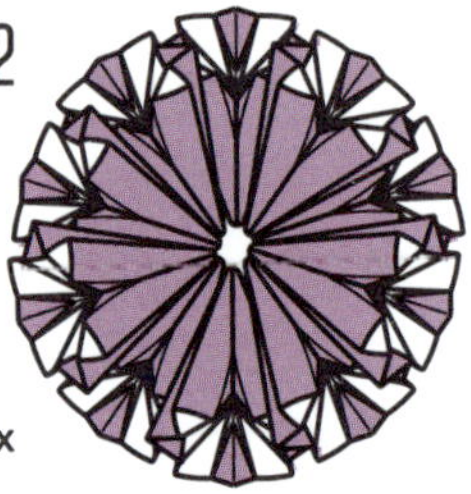

4x

Die anderen drei Ringe entsprechend vorbereiten.

23

Zum Zusammenfügen der vier Ringe zunächst zwei etwa 120 cm lange Schnüre in X-Form anordnen.

24

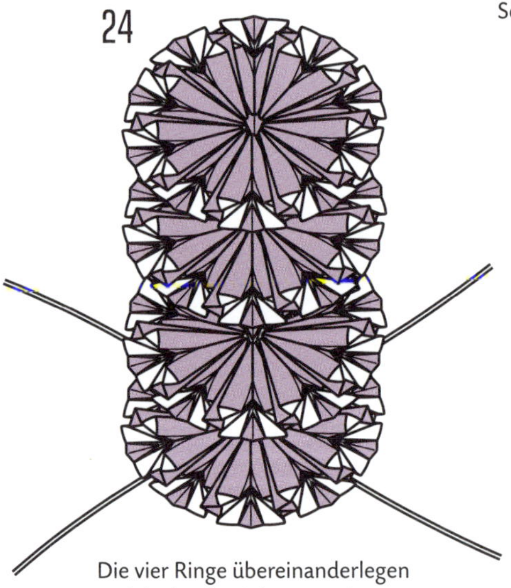

Die vier Ringe übereinanderlegen und die beiden Schnüre X-förmig überlappen.

25

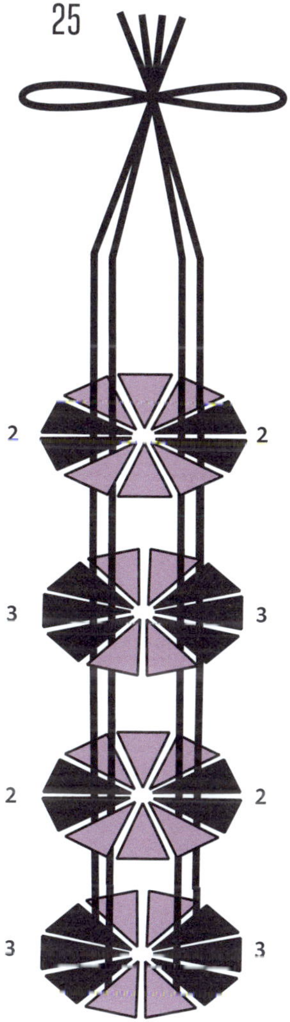

Die beiden Enden der Fäden in der abgebildeten Anordnung zwischen die ringförmigen Module einführen. Dann alle Enden miteinander verknoten und mit dem Spannen beginnen, sodass die Module zusammen allmählich die Form einer Kugel annehmen. Wenn das Modell in der richtigen Form ist, den Knoten fest zuziehen.

26

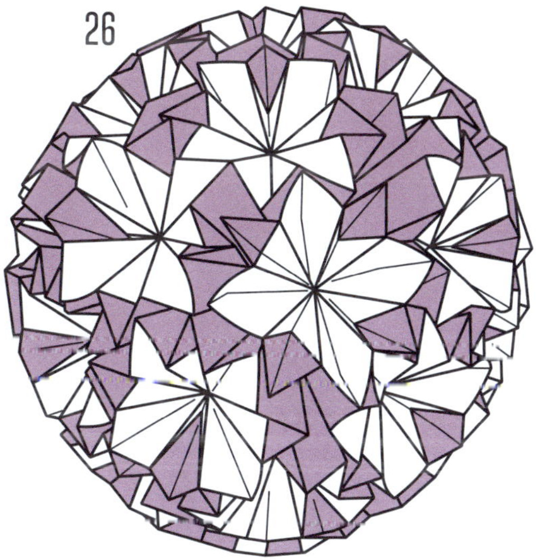

Die Kusudama entfaltet nun ihre ganze Pracht.

VIDEO: www.nuinui.ch/video/it/g11/grande-tradizionali/p194

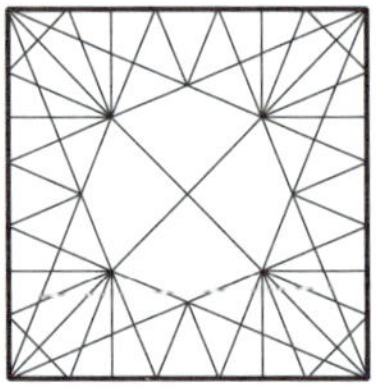

DER ACHTECKIGE UMSCHLAG

Durch die Verwandlung eines Papierblattes in diesen achteckigen Umschlag mit eleganten Geometrien erleben Sie die ganze Magie des Origami, die ganze Faszination einer alten und doch sehr modernen Kunst. Nehmen Sie ein quadratisches Blatt – vorzugsweise aus hochwertigem Origami-Papier, da sich dieses Material aufgrund seiner geringen Dicke leichter falten lässt – dessen Seiten in zwei verschiedenen Farben gehalten sind, damit das dekorative Motiv auf der Vorderseite richtig zur Geltung kommt.

1

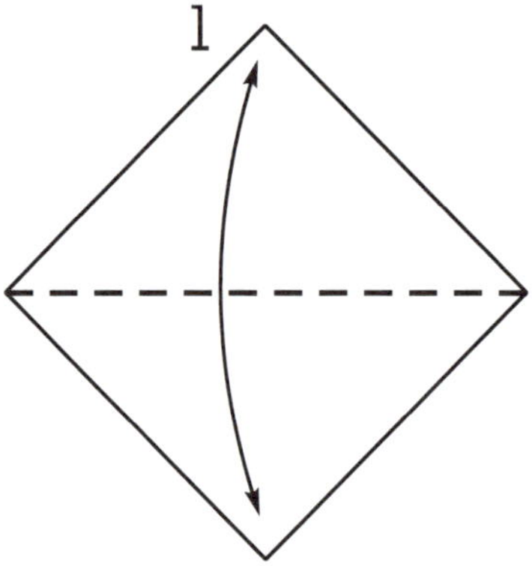

Mit einer Talfalte die horizontale Diagonale falten und wieder entfalten.

2

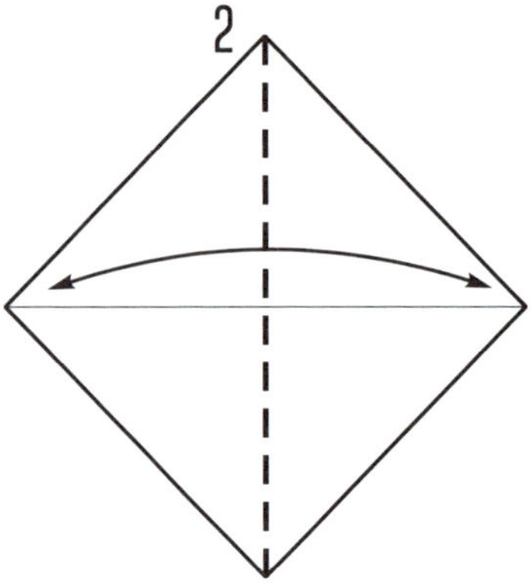

Mit einer Talfalte die vertikale Diagonale falten und wieder entfalten.

3

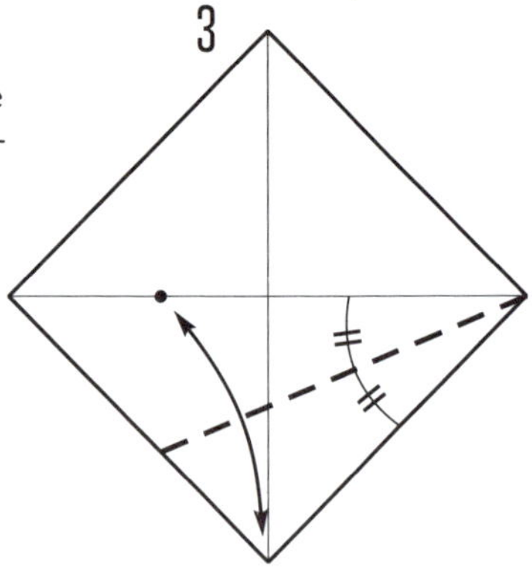

Die dargestellte winkelhalbierende Falte falten und wieder entfalten.

Bei der Ausführung dieser Faltung muss die Aufmerksamkeit auf die Bergfalte gelegt werden. Besonders darauf, dass die beiden durch den Pfeil gekennzeichneten Punkte zusammengeführt werden. Zu diesem Zweck muss die farblich gekennzeichnete Fläche von der Ebene angehoben und im rechten Winkel in die neue Position gebracht werden. Das Papier sollte an der Stelle „einen Knotenpunkt bilden", an der die Bergfalten und die Talfalte sich auf der farbigen Seite überschneiden. Die kürzere vertikale Talfalte ist eine Folge dieser Bewegung und wird durch Glätten des Papiers erreicht, nachdem die Ecke in die neue Position gebracht wurde. Mit anderen Worten könnte man sie als „automatisch" entstandene Falte bezeichnen.

8

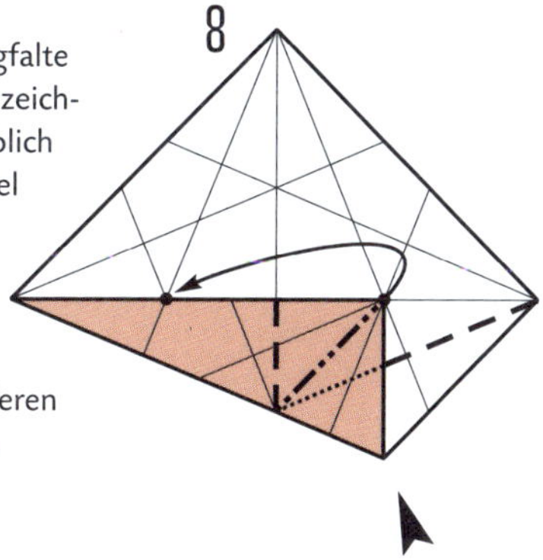

7

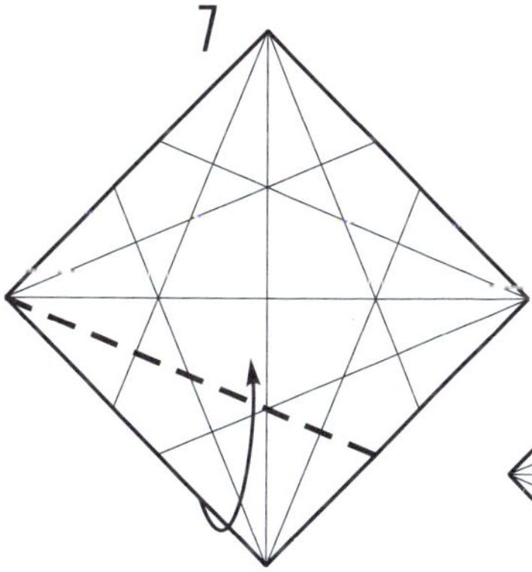

Eine Talfalte wie in der Zeichnung dargestellt ausführen.

6

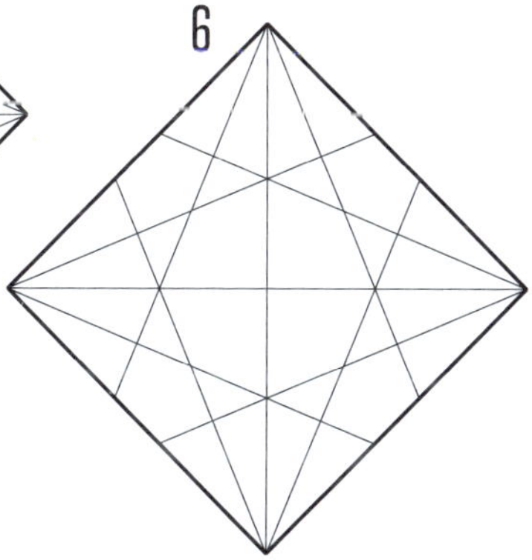

Die Zeichnung zeigt das Aussehen der Figur, nachdem Schritt 5 abgeschlossen ist.

5

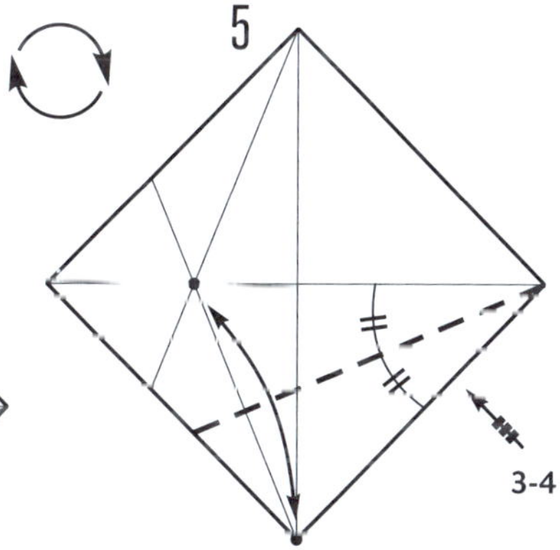

4

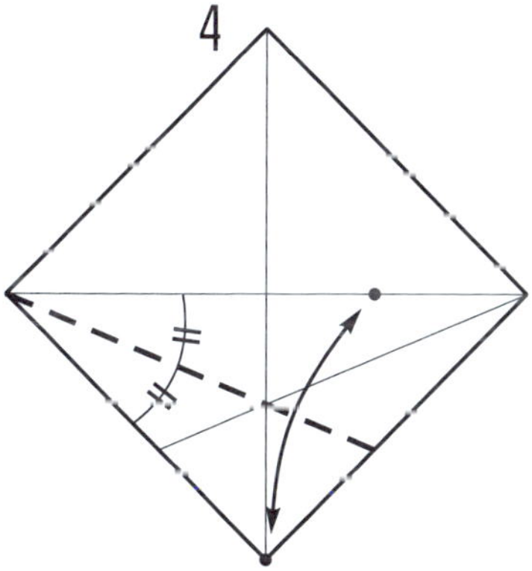

Die dargestellte winkelhalbierende Falte falten und wieder entfalten.

Das Papier um 90° im Uhrzeigersinn drehen, um die in den Schritten 3 und 4 ausgeführten Faltungen an den übrigen drei Ecken des Quadrats zu wiederholen.

9

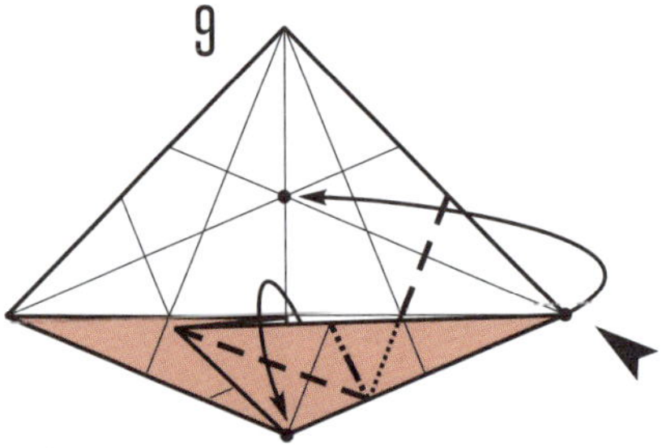

Auch in diesem Fall gibt es eine „automatisch" entstandene Falte. Es handelt sich um eine kleine Bergfalte. Die Aufmerksamkeit sollte sich auf die Talfalten richten. Um sie korrekt auszuführen, muss das Papier zunächst in die dreidimensionale Form übergehen und dann zur Ebene zurückkehren. Durch erneutes Glätten des Papiers entsteht automatisch eine Bergfalte. Diese Faltenart wird uns bei der Faltung dieses Modells noch häufiger begegnen.

10

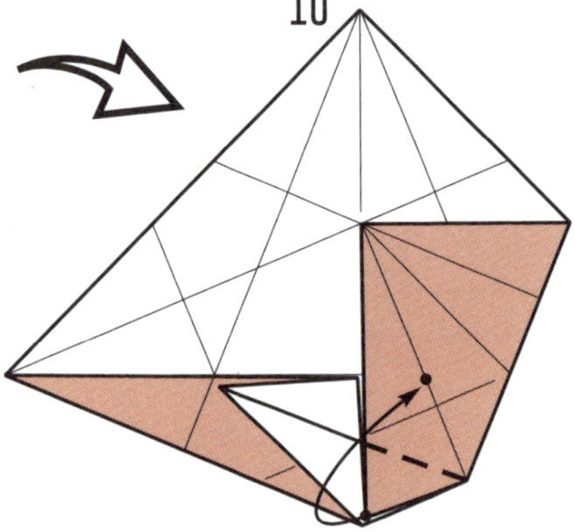

Mit einer Talfalte die angegebenen Punkte aufeinander falten.

11

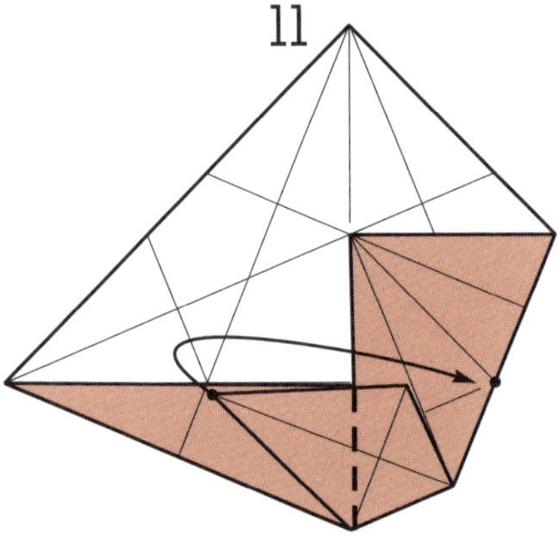

Mit einer Talfalte die angegebenen Punkte aufeinander falten.

12

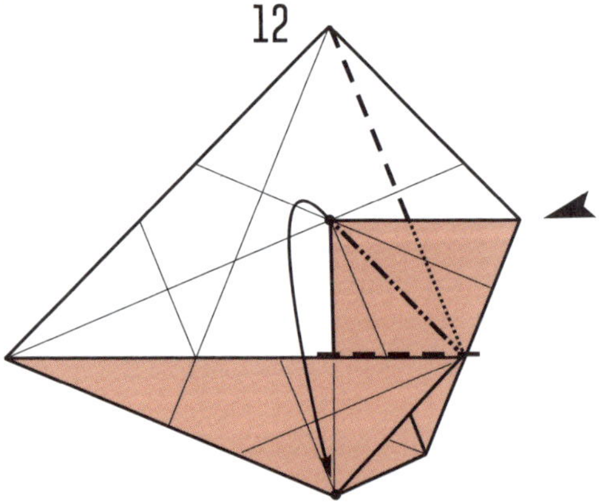

Es wird dieselbe Art von Faltung benötigt wie in Schritt 8. Die Aufmerksamkeit sollte sich auf die Bergfalte richten. Die horizontale Talfalte entsteht „automatisch", indem das Papier geglättet wird, nachdem die durch den Pfeil angezeigte Ecke in die neue Position gebracht wurde.

16

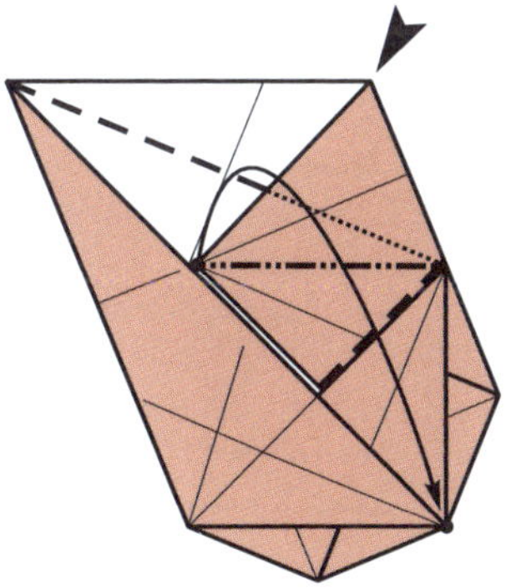

Beim Falten den Ablauf der „automatischen" Faltung wiederholen, die bereits in den Schritten 9 und 12 beschrieben wurde.

15

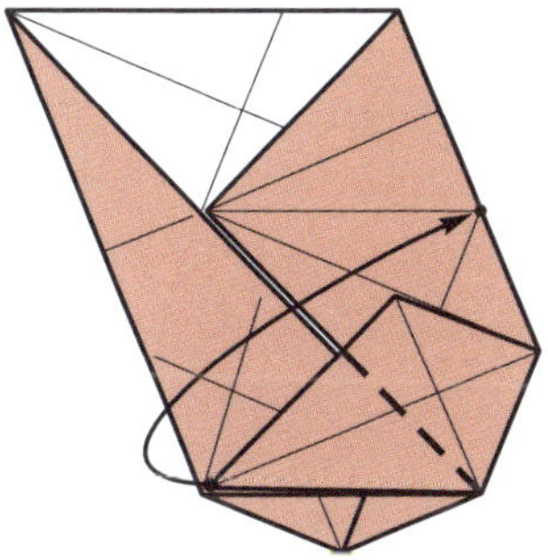

Die angegebenen Punkte aufeinander falten.

14

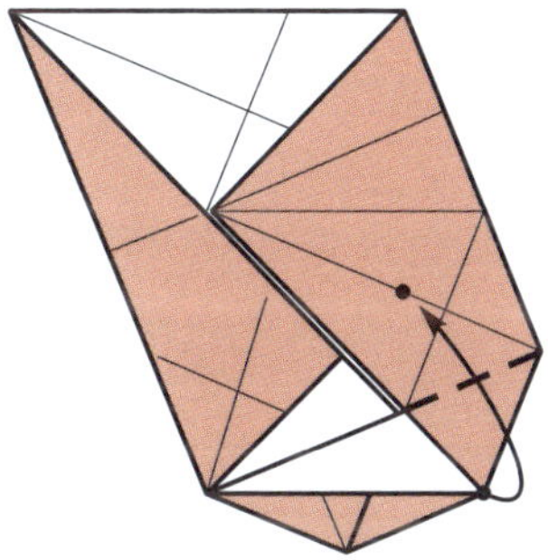

Die angegebenen Punkte aufeinander falten.

13

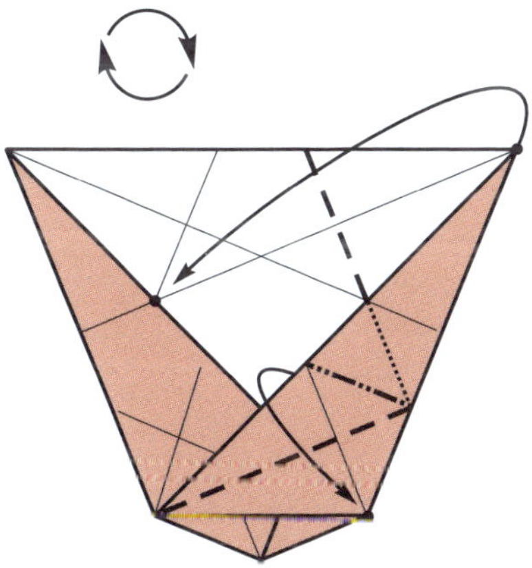

Auch in diesem Fall handelt es sich um eine „automatische" Falte. Es ist die kleine Bergfalte. Die Aufmerksamkeit sollte sich nur auf die Talfalten richten. Um sie richtig auszuführen, muss das Papier zunächst in die dreidimensionale Form übergehen und dann zur Ebene zurückkehren. Wenn das Papier wieder geglättet wird, entsteht automatische eine kleine Bergfalte. Diese Faltenart wird uns bei der Faltung dieses Modells noch häufiger begegnen.

17

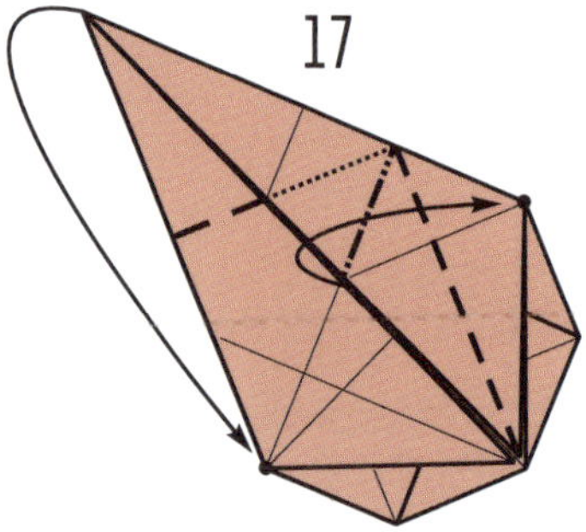

Hier hingegen muss die bereits in den Schritten 10 und 13 beschriebene „automatische" Faltbewegung wiederholt werden.

18

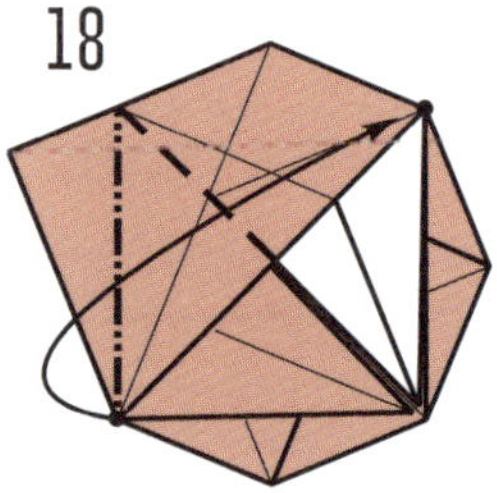

Die angegebenen Punkte wie dargestellt aufeinander falten.

19

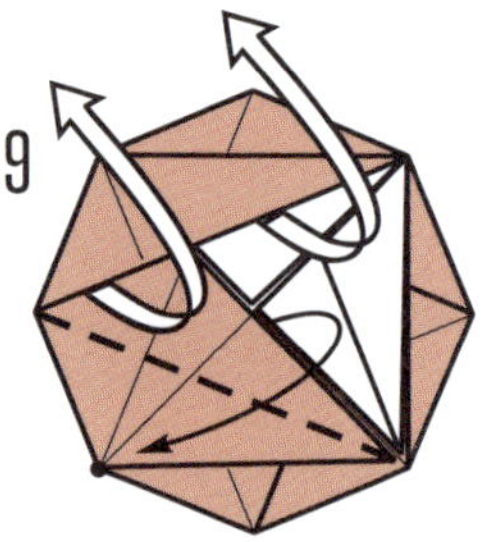

Das Öffnen der letzten Schicht ist komplizierter und erfordert einige zusätzliche Handgriffe. Man beginnt mit dem Herausziehen des Papiers unter der nach der Faltung in Schritt 18 erhaltenen Schicht. Gleichzeitig muss die angegebene Talfalte ausgeführt werden. Die Bewegung ist etwas umständlich und das Papier neigt zum Zerknittern, aber dieser Schritt ist unverzichtbar. Das Ergebnis wird in der Zeichnung zu Schritt 20 gezeigt.

20

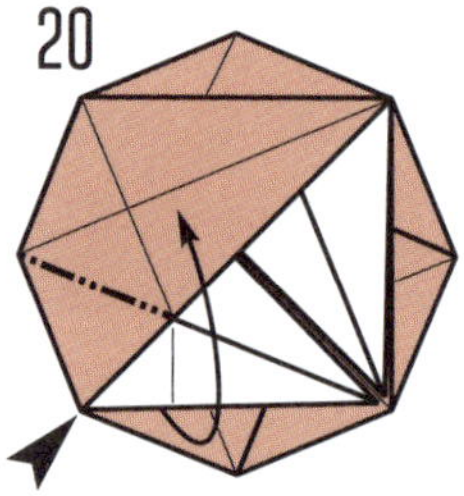

Diese Einstülpung ist notwendig, um die Schichten „auszugleichen", da sonst die Symmetrie des Modells nicht mehr gegeben wäre.

21

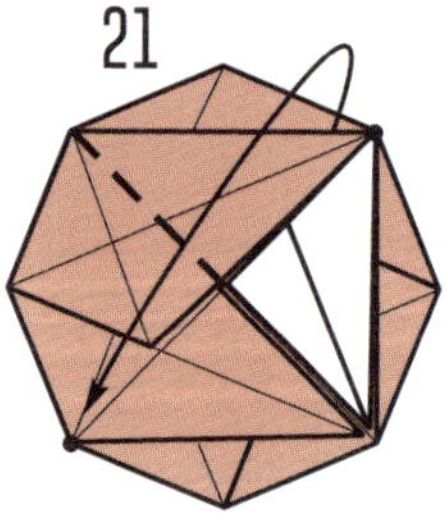

Die angegebenen Punkte aufeinander falten.

22

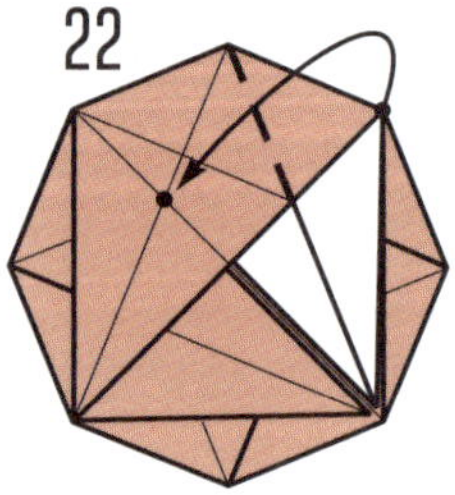

Die angegebenen Punkte aufeinander falten.

23

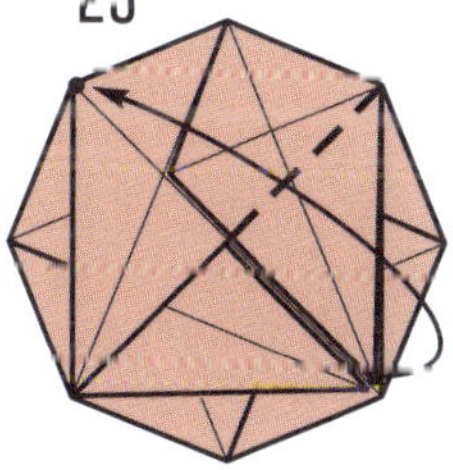

Die angegebenen Punkte aufeinander falten.

24

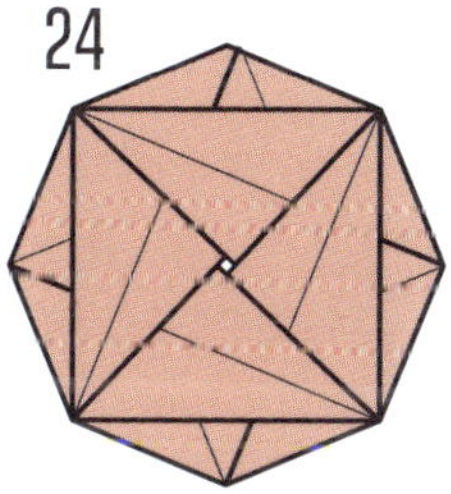

Das „Basismodell" ist fertig. Von hier aus kann man mit verschiedenen Faltentypen beginnen, um bestimmte Variationen zu erhalten, wie zum Beispiel die Tato-Variante.

25

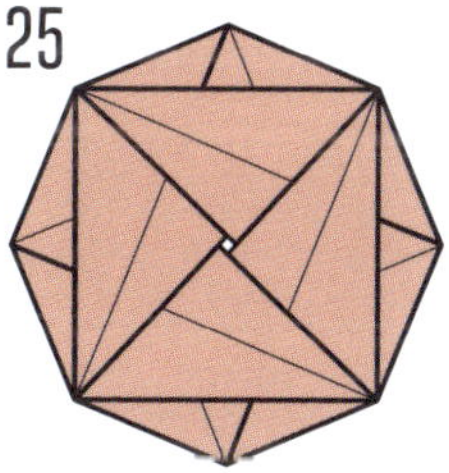

Ausgangspunkt ist Schritt 21 des Basismodells.

26

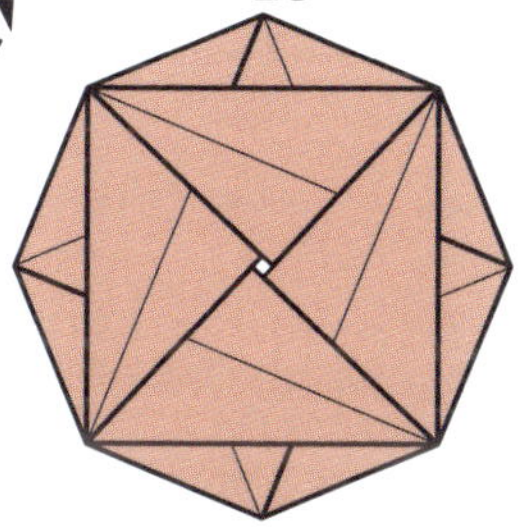

Die Zeichnung ist gegenüber der vorherigen vergrößert.

27

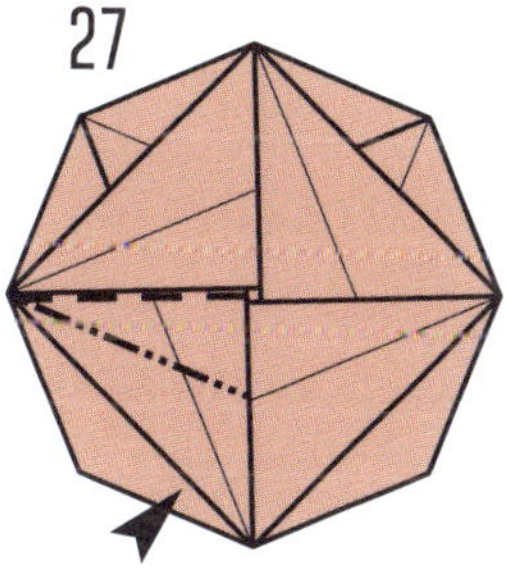

Eine Quetschfalte ausführen.

28

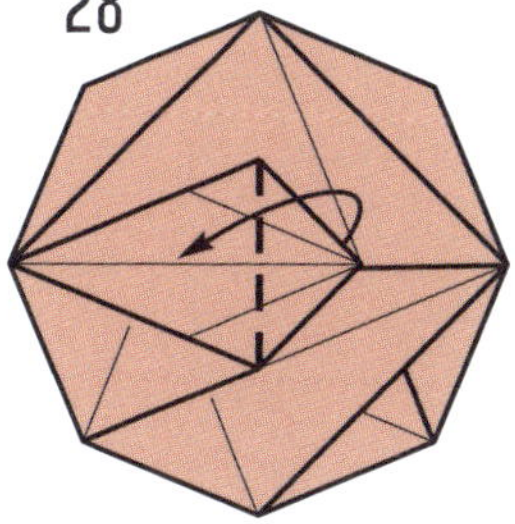

Die dargestellte Talfalte ausführen.

29

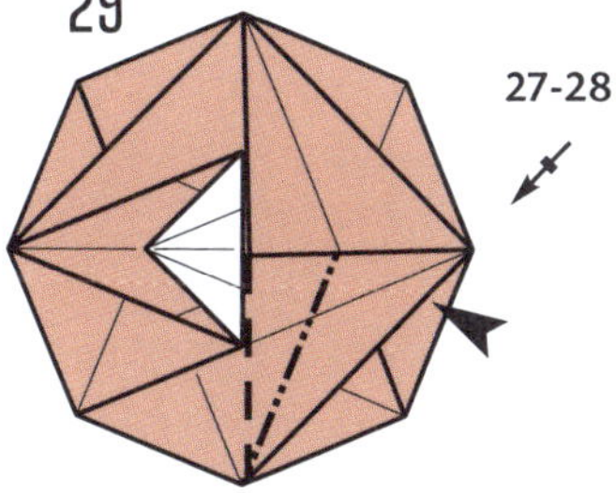

Die Quetschfalte wie in Schritt 27 und die Talfalte wie in Schritt 28 wiederholen.

30

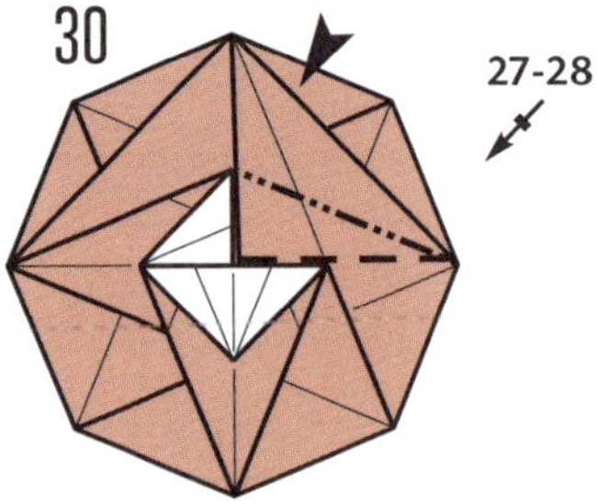

Die Quetschfalte wie in Schritt 27 und die Talfalte wie in Schritt 28 wiederholen.

31

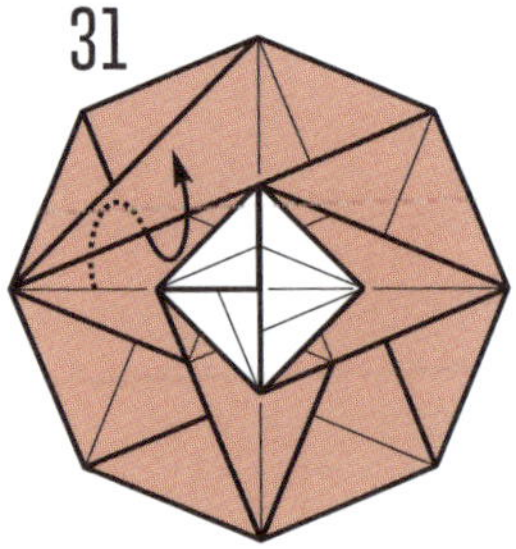

Die letzte zu faltende Schicht wird durch die in Schritt 6 vorgenommenen Faltungen abgedeckt. Sie muss herausgezogen und über die weißen Teile gebracht werden, um fortfahren zu können.

32

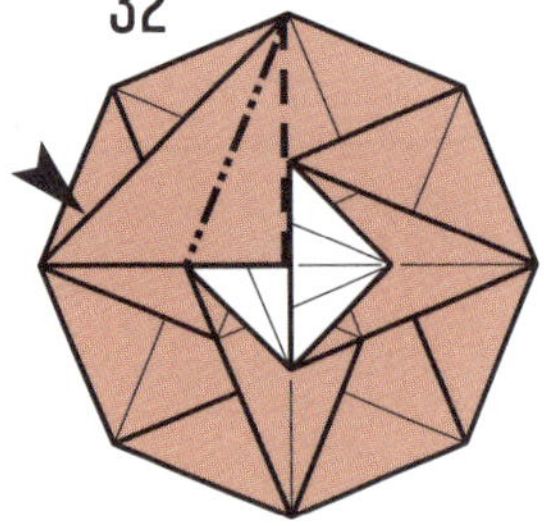

Eine Quetschfalte ausführen.

33

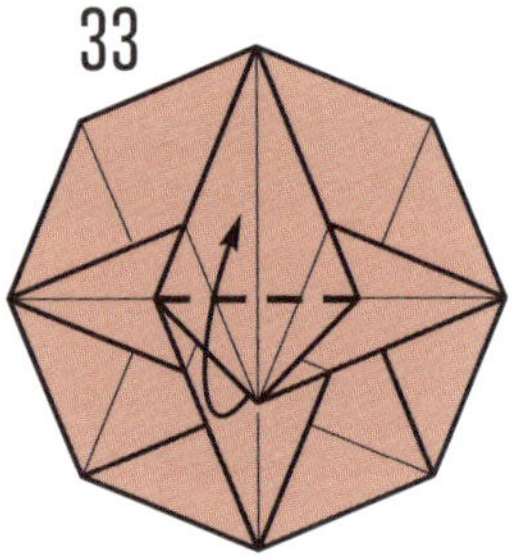

Die dargestellte Talfalte ausführen.

34

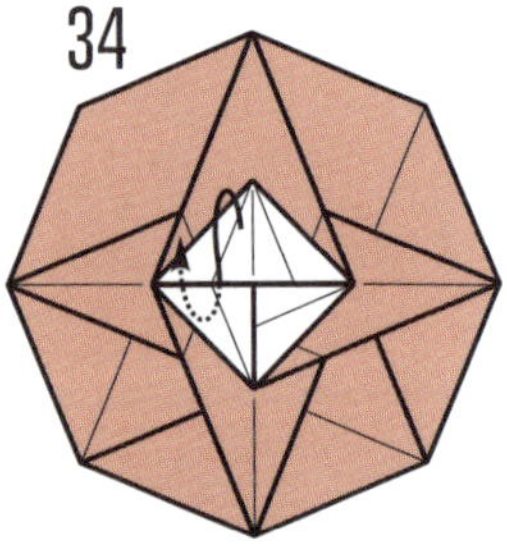

Die letzte Falte ist zwangsläufig unsymmetrisch. Es reicht jedoch aus, den linken Teil des letzten weißen Rands unter den ersten weißen Teil, der in Schritt 4 gefaltet wurde, zu stülpen und die Symmetrie für einen perfekten Umschlagverschluss ist wiederhergestellt.

35

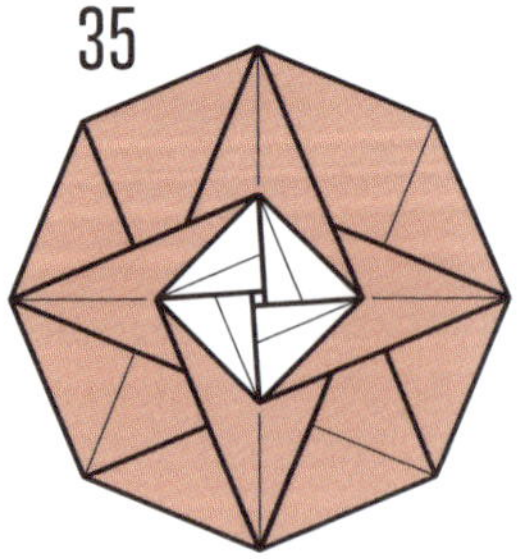

Die Tato-Variante des achteckigen Umschlags ist fertig.

VIDEO: www.nuinui.ch/video/it/g11/grande-tradizionali/p202

★★★★★

Das Noshi

Das Noshi, oder besser gesagt Noshi-awabi, ist ein essbares und ziemlich schwer zu findendes Weichtier, das ein Symbol der Unsterblichkeit ist, weil es sich nach dem Trocknen nicht zersetzt. Da es sich um ein kostbares Element handelte, war es – vor allem in den unteren Schichten – üblich, an seiner Stelle Glücksbringer in ähnlicher Form zu verschenken, z. B. in Form von Papierstreifen: Deshalb bezeichnet der Begriff Noshi heute eine Papierdekoration, die als Glücksbringer die Übergabe eines Geschenks begleitet.

1

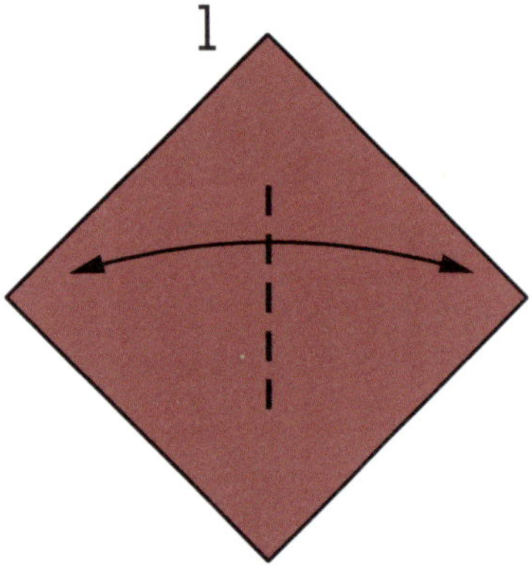

Auf der farbigen Seite mit einer Talfalte die vertikale Diagonale des Quadrats nur etwa zur Hälfte ihrer Länge falten.

2

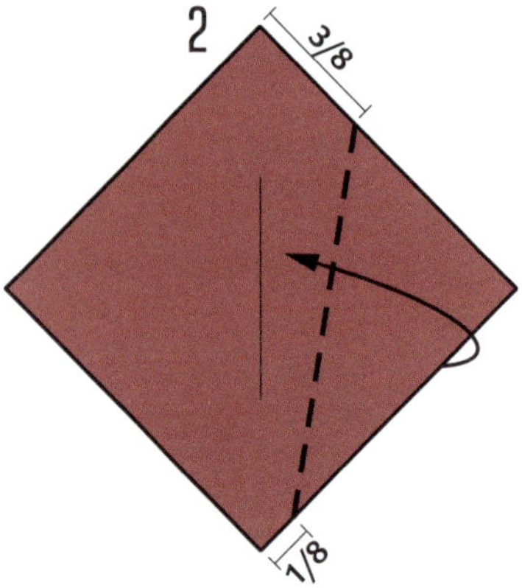

Diese Falte ist grundlegend für die endgültige Form des Noshi. Die Maßangaben in der Abbildung sind ungefähre Angaben und bedeuten, dass mit etwa 3/8 Abstand vom oberen Scheitelpunkt eine Falte beginnt, die etwa 1/8 vom unteren Scheitelpunkt endet.

3

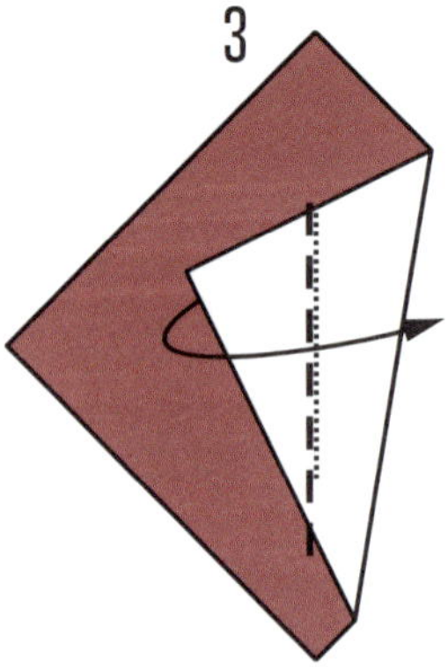

Die gepunktete Linie zeigt die Diagonale, die in Schritt 1 erstellt wurde und die Symmetrieachse bildet. Der farbige Rand muss dann erneut gefaltet werden. Dabei ist darauf zu achten, dass die diagonale Linie darunter genau eingehalten wird.

4

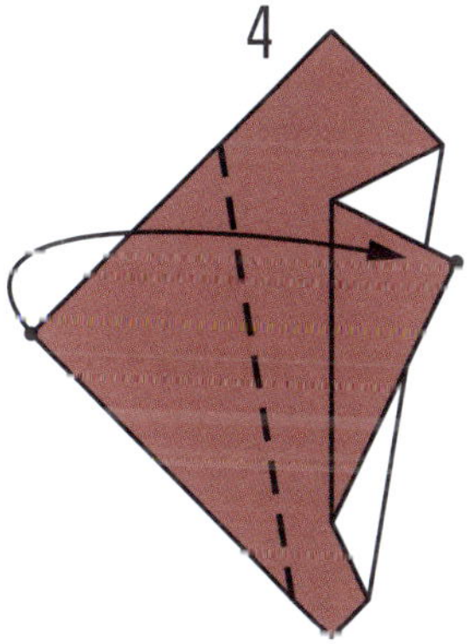

Es ist nun möglich, die Neigung der ersten Falte zu „kopieren", indem die linke Ecke genau auf die rechte Ecke gefaltet wird.

5

Wie bereits in Schritt 3 geschehen, muss die farbige Kante erneut gefaltet werden, wobei darauf zu achten ist, dass die Umrisse der unteren Kante genau eingehalten werden, die wiederum auf die in Schritt 1 gezeichneten Diagonale ausgerichtet ist.

6

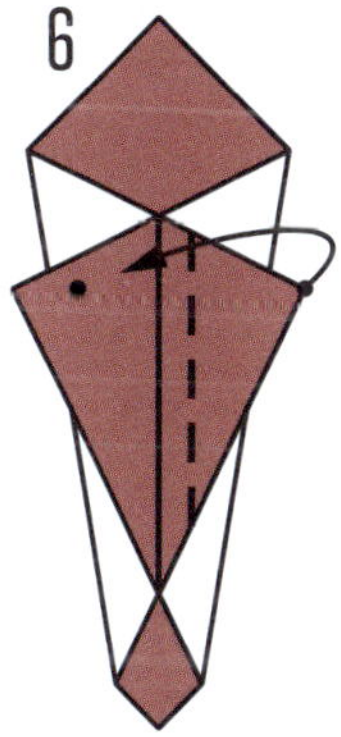

Die Falte hat keinen exakten Bezugspunkt. Der Abstand von der Mitte beträgt etwas mehr als 1 cm, aber das ist dem Belieben jedes Einzelnen überlassen. Viel wichtiger ist es, zu prüfen, ob die Falte parallel zur Mittelachse verläuft.

7

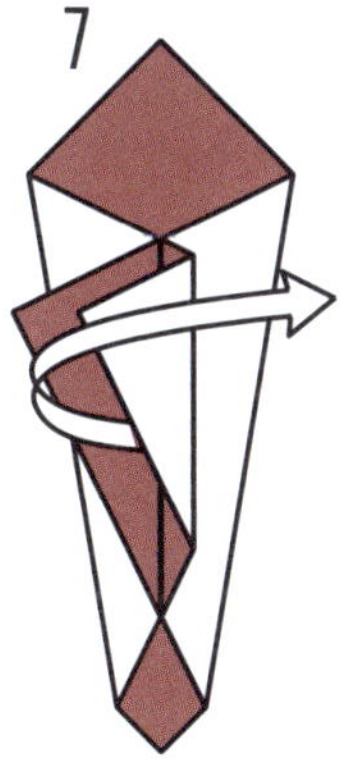

Die Zeichnung zeigt das Aussehen der Figur, nachdem Schritt 6 abgeschlossen ist. Es ist zu erkennen, dass die Seiten des in Schritt 6 gefalteten weißen Randes parallel zu denen des zugrunde liegenden farbigen Randes verlaufen. Den weißen Rand wieder entfalten.

8

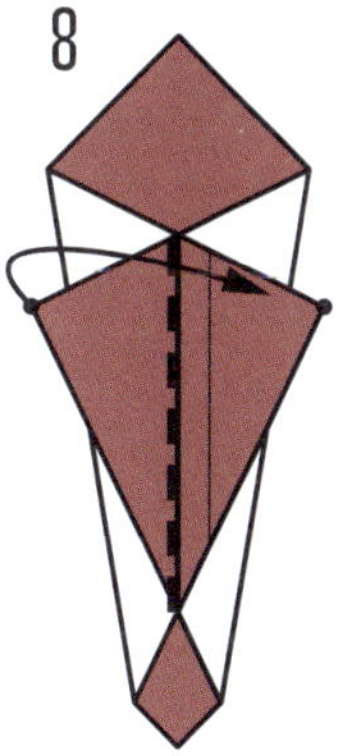

Mit einer Talfalte die angegebenen Punkte aufeinander falten.

9

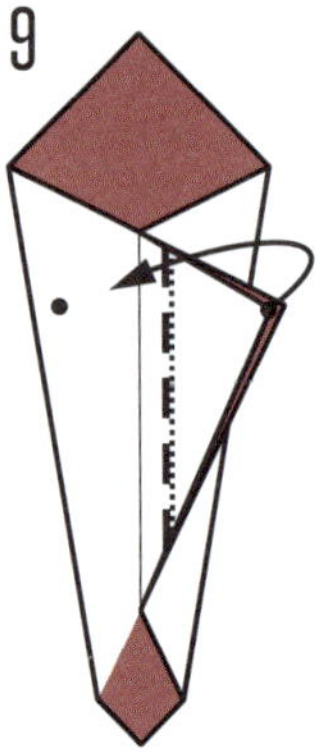

Nur mit der oberen weißen Schicht eine Talfalte ausführen. Die Falte muss genau mit der darunter liegenden Falte übereinstimmen, die bereits in Schritt 6 ausgeführt wurde.

10

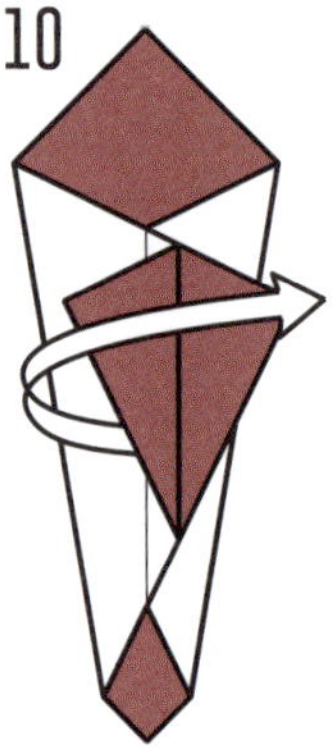

Die linke farbige Seite wieder entfalten.

11

Mit der oberen Schicht eine Talfalte ausführen.

12

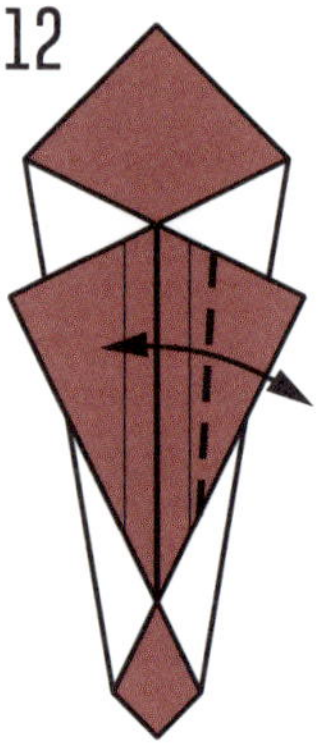

Die angegebene Falte hat keinen exakten Bezugspunkt. In der Abbildung ist sie nach rechts geneigt, sie kann aber auch parallel zur Mittelachse verlaufen. Der maximale Abstand, von dem in Schritt 6 ausgeführten Falz darf jedoch nicht größer sein, als der Abstand, der den Falz von der Mitte trennt. Wenn zum Beispiel die Entfernung der in Schritt 6 ausgeführten Falte von der Mitte 1 cm beträgt, dann darf der Abstand zwischen der Falte der Zeichnung 11 und derjenigen der Abbildung 6 höchstens 0,9 mm, besser jedoch 0,7 mm betragen. Andernfalls ist es unmöglich, das Modell korrekt auszuführen. Die dargestellte Talfalte ausführen und wieder entfalten.

13

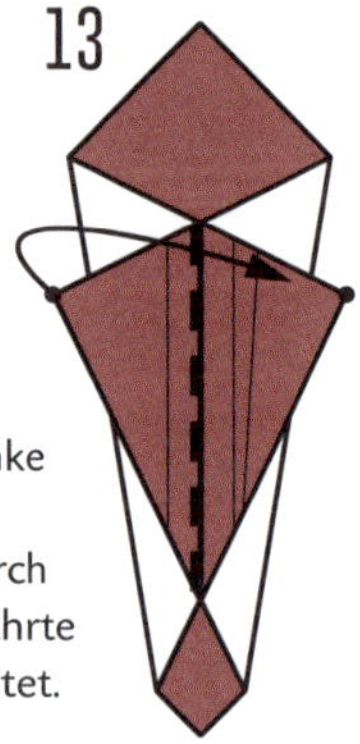

An diesem Punkt muss die linke Kante bündig auf die rechte Kante gefaltet werden. Dadurch wird das in Schritt 11 ausgeführte „Kopieren" der Falte vorbereitet.

14

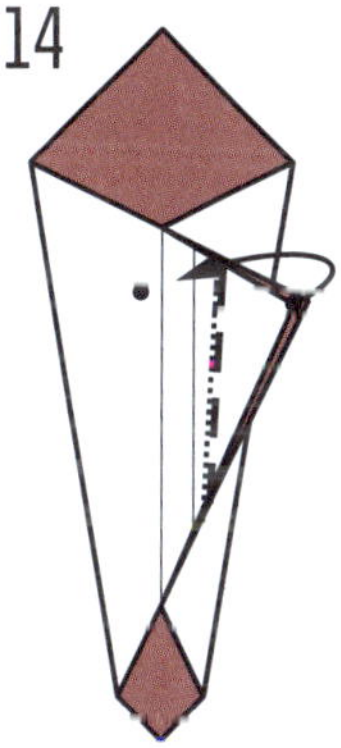

Die gepunktete Linie markiert den in Schritt 12 entstandenen Falz. Die auszuführende Falte muss genau mit diesem Falz übereinstimmen.

15

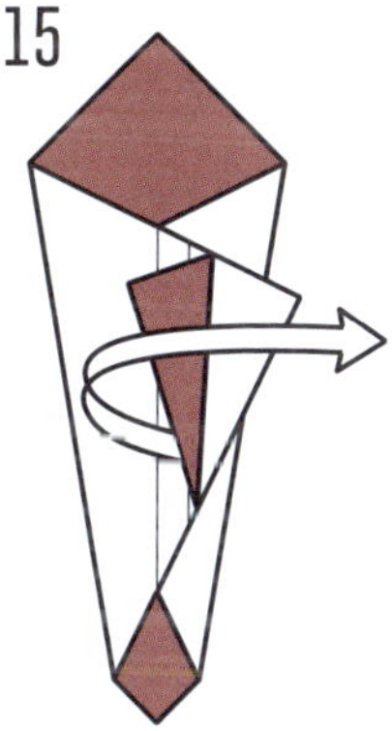

Die linke farbige Seite wieder entfalten.

16

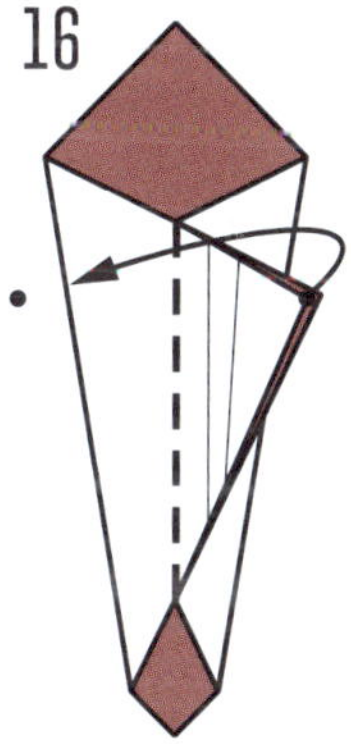

Nur mit der oberen Schicht eine Talfalte ausführen.

17

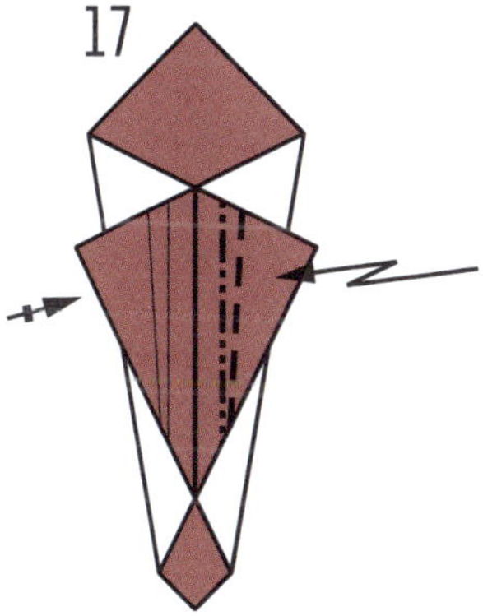

Mit dieser Zickzackfalte wird der erste Teil des Noshi vorbereitet. Links genauso verfahren.

18

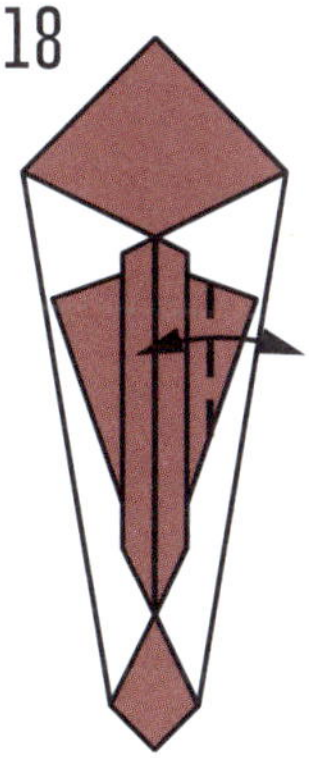

Die Falte hat keinen exakten Bezugspunkt, was den Abstand von der vertikalen Kante betrifft, muss diese jedoch exakt parallel zu dieser Kante verlaufen. Eine Talfalte ausführen und wieder entfalten.

19

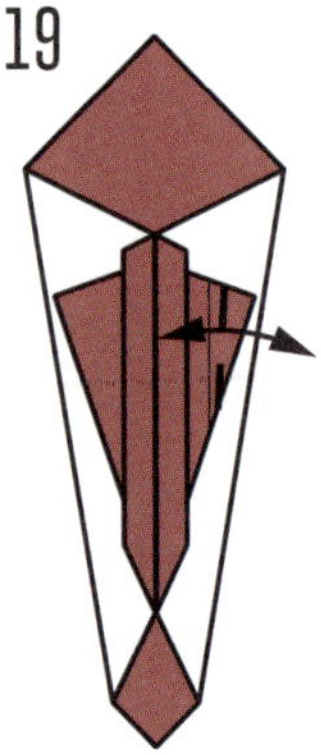

Auch diese Falte hat keinen exakten Bezugspunkt. In der Abbildung ist sie nach rechts geneigt, wie in Schritt 12, kann aber auch parallel zur Mittelachse verlaufen, falls gewünscht. Für den Abstand vom Falz, der in Schritt 19 ausgeführt wurde, gelten die gleichen Erwägungen wie für den in Schritt 12 ausgeführten Falz. Eine Talfalte ausführen und wieder entfalten.

20

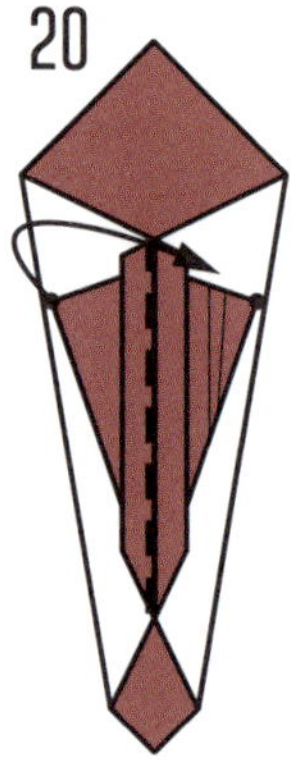

Die linke Schicht auf die rechte falten, um die in Schritt 18 und 19 ausgeführten Falten „kopieren" zu können.

21

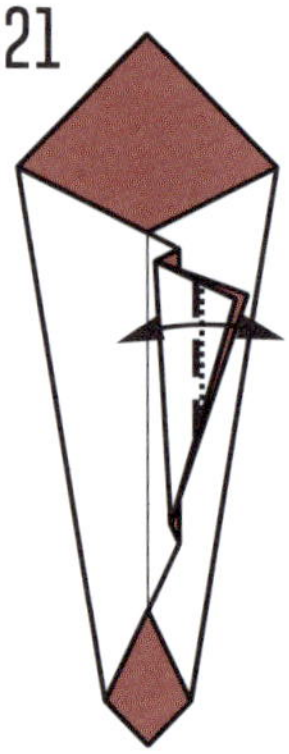

An diesem Punkt muss die Falte genau auf den unteren, parallel zur Mittelachse verlaufende Falz ausgerichtet werden, d. h. auf den in Schritt 18 erstellten Falz.

22

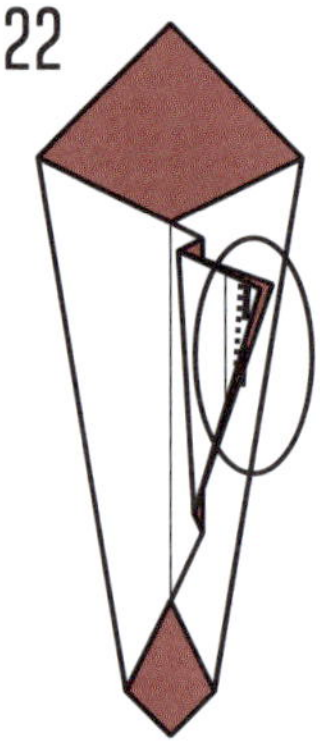

22A

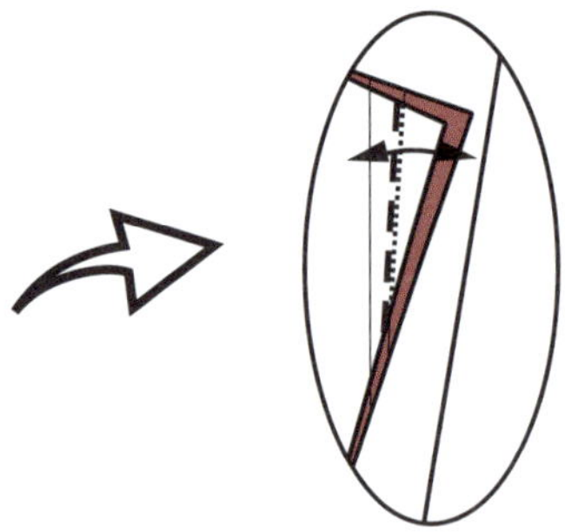

Die auszuführende Faltung ist in der vergrößerten ovalen Abbildung 22A detaillierter dargestellt.

25

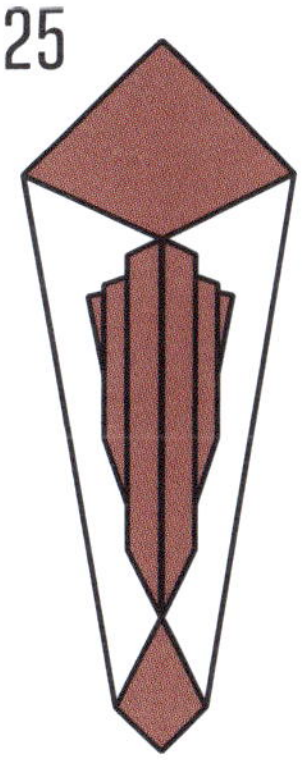

Das Noshi ist fertig.

24

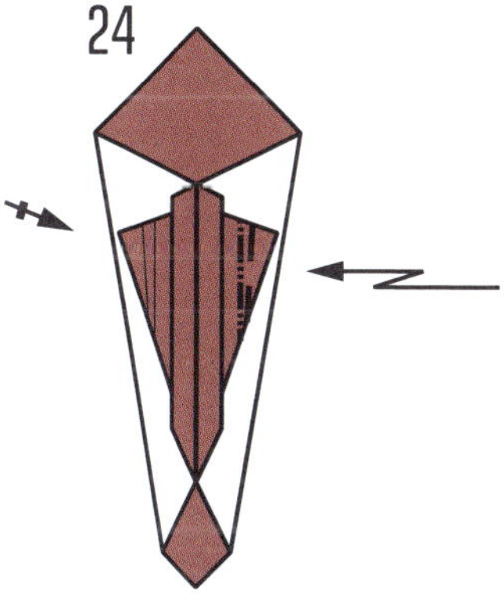

Die dargestellte Zickzackfalte rechts und links ausführen.

23

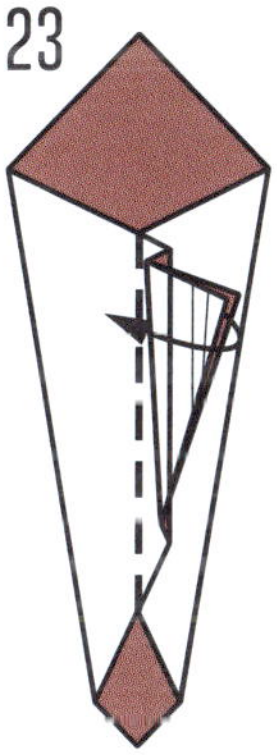

Nur mit der oberen Schicht eine Talfalte nach links ausführen.

FRANCESCO DECIO ist seit 2001 Mitglied des Vorstands des Centro Diffusione Origami (CDO), für das er mehrere Publikationen herausgegeben und zahlreiche Modelle entworfen hat. Er hat an zahlreichen bedeutenden Veranstaltungen in Italien und im Ausland teilgenommen und als Ehrengast an schweizerischen und polnischen Konferenzen seine Arbeiten vorgestellt, die sich vor allem an der festen Geometrie orientieren. Für NuiNui veröffentlichte er das Buch *Lezioni di origami. Segreti per diventare origamista.*

VANDA BATTAGLIA ist seit 1999 Mitglied des Centro Diffusione Origami (CDO) und seit 2009 Mitglied des Vorstands. Sie ist außerdem Mitglied von „Bergamorigami", einer Gruppe, die die Verbreitung dieser Kunst auf lokaler Ebene fördert. Als Spezialistin für Miniaturen und Schmuck hat sie ihre Kreationen in zahlreichen Ausstellungen gezeigt, zuletzt in „Origami, Spirito di Carta" (Turin, Dezember 2013 bis Februar 2014). Für NuiNui veröffentlichte sie das Buch *Lezioni di origami. Segreti per diventare origamista.*